Voi

« *Voile vers Sarance* confirme,
une fois de plus, le statut de Kay comme
étant l'un de nos conteurs
les plus doués et les plus attachants. »
The Toronto Star

« Magistralement écrit et d'une lecture
agréable […] Kay est un conteur
de fresques monumentales. »
Maclean's

« Un conte envoûtant […]
Les chapitres défilent alors que
l'on est happé par des passages
d'une indicible élégance […]
Un des livres les mieux écrits
que j'ai lu depuis longtemps. »
The Evening Telegram

« Kay est un maître du suspense,
exceptionnellement doué pour dépeindre
avec justesse ses personnages, et
particulièrement les personnages féminins.
Une aventure romantique de grande qualité. »
Interzone (UK)

« La ville de Sarance est intensément imaginée, avec ses bouleversements dynastiques, ses soulèvements et ses rébellions, une formidable course de chars et ses couteaux brillant dans toutes les allées. Nous sommes aussi en présence d'une vive intelligence, ici. »
Amazon.com.uk

« Kay file à vive allure et *Voile vers Sarance* devient rapidement un roman séduisant et très puissant. L'écriture de Kay, souvent lyrique et toujours voluptueuse, entraîne le lecteur dans une intrigue byzantine vraisemblable. »
St. Petersburg Times

« Une histoire complexe et richement imaginée qui renforce la position de Kay comme l'un des plus grands praticiens contemporains de la *High Fantasy*. »
Barnesandnoble.com

« Kay à son meilleur. Sarance elle-même est vaste, somptueuse et dangereuse. Car sous la brillante maîtrise de l'auteur se dévoile quelque chose qui rappelle le génie descriptif de Yeats. »
Locus

VOILE VERS SARANCE

(LA MOSAÏQUE SARANTINE –1)

VOILE VERS SARANCE

(LA MOSAÏQUE SARANTINE –1)

GUY GAVRIEL KAY

traduit de l'anglais
par
ÉLISABETH VONARBURG

ALIRE

Illustration de couverture
JACQUES LAMONTAGNE

Photographie
BETH GWINN

Diffusion et distribution pour le Canada
Québec Livres
2185, autoroute des Laurentides, Laval (Québec) H7S 1Z6
Tél. : 450-687-1210   Fax : 450-687-1331

Pour toute information supplémentaire
LES ÉDITIONS ALIRE INC.
C. P. 67, Succ. B, Québec (Qc) Canada G1K 7A1
Tél. : 418-835-4441   Fax : 418-838-4443
Courriel : info@alire.com
Internet : www.alire.com

Les Éditions Alire inc. bénéficient des programmes d'aide à l'édition
de la Société de développement des entreprises culturelles du Québec
(SODEC), du Conseil des Arts du Canada (CAC) et reconnaissent l'aide
financière du gouvernement du Canada par l'entremise du
Programme d'aide au développement de l'industrie de l'édition
(PADIÉ) pour leurs activités d'édition.
Les Éditions Alire inc. ont aussi droit au Programme de crédit d'impôt
pour l'édition de livres du gouvernement du Québec.

Sailing to Sarantium

© **1998** GUY GAVRIEL KAY

1er dépôt légal : 3e trimestre 2002
Bibliothèque nationale du Québec
Bibliothèque nationale du Canada

10   9   8   7   6   5e MILLE

TABLE DES MATIÈRES

À mes fils
Samuel Alexandre et Matthew Tyler,
avec amour,
tandis que je les vois
"créer tout de rien chaque jour
et enseigner le chant aux étoiles"

REMERCIEMENTS

Au titre même de cet ouvrage, on aura compris, je pense, que son inspiration doit beaucoup à William Butler Yeats, dont les méditations en vers et en prose sur les mystères de Byzance m'ont conduit jusque dans cette cité, en me fournissant plusieurs motifs sous-jacents, avec le sentiment que dans ce cadre histoire et fiction feraient bon ménage.

J'ai toujous pensé que, pour créer une œuvre romanesque dans une période historique donnée, on doit d'abord tenter de comprendre le mieux possible la période en question. Byzance est bien servie par ses historiens, quelles que soient par ailleurs leurs controverses. Leurs ouvrages m'ont éclairé et guidé, tout comme (grâce au courrier électronique) les contacts personnels et les généreux encouragements prodigués par de nombreux chercheurs. Il va sans dire, je l'espère, que les personnes citées ici ne sont en rien responsables des erreurs ou des modifications délibérées faites dans le présent roman, qui se veut essentiellement une fantaisie sur des motifs byzantins.

Je suis heureux de souligner l'aide considérable que m'ont apportée les travaux d'Alan Cameron sur les courses de char et les factions de l'Hippodrome; ceux de Rossi, Nordhagen et L'Orange sur les mosaïques; ceux de Lionel Casson sur les voyages dans le monde antique; ceux de Robert Browning, en particulier sur Justinien et Théodora;

de Warren Treadgold sur les questions militaires; ceux de David Talbot Rice, Stephen Runciman, Gervase Mathew et Ernst Kitzinger sur l'esthétique byzantine; et les histoires plus générales de Cyril Mango, H. W. Haussig, Mark Whittow, Averil Cameron et G. Ostrogorsky.

Je devrais également exprimer ma gratitude pour la stimulation et l'aide que m'a procurées ma participation sur Internet à des forums de discussions animées entre spécialistes de Byzance et de l'Antiquité tardive. Mes méthodes de recherche ne seront plus jamais les mêmes.

Sur un plan plus personnel, Rex Kay demeure mon premier lecteur, et le plus exigeant. Martin Springett a prêté son considérable talent à la préparation des cartes, et j'ai beaucoup apprécié la calme présence de Meg Masters, ma directrice littéraire canadienne pour mes quatre derniers ouvrages. Linda McKnight et Anthea Morton-Saner, à Toronto et à Londres, des agentes avisées, sont aussi des amies, qualités très appréciables pour un auteur parfois difficile. Ma mère m'a amené aux livres dès mon enfance, puis m'a persuadé que je pouvais écrire les miens. Elle le fait encore. Et ma femme crée un environnement où mots et histoires naissent d'eux-mêmes. C'est bien trop peu de dire que je leur suis reconnaissant.

NOTE DE LA TRADUCTRICE

Les traductions de W. B. Yeats, aux pages 53 et 275 sont tirées de *Yeats, choix de poèmes*, introduction, choix, commentaires et traduction par René Fréchette, Paris, Aubier-Montaigne, Collection bilingue, 1975, p. 167-170 et 215-218.

La mythologie est ce qui ne fut jamais,
mais existe toujours

Stephen de Byzance

… et nous ne savions si nous étions dans les cieux
ou sur la terre. Car sur terre n'existent
ni pareille splendeur ni pareille beauté,
et les mots nous manquaient pour les décrire.
Nous savons seulement que Dieu réside là
parmi les hommes, et le culte qu'on lui voue
surpasse les cérémonies des autres nations.
Car nous ne pouvons oublier cette beauté.

— Chroniques du Voyage de Vladimir,
Grand Prince de Kiev,
à Constantinople.

LA MOSAÏQUE

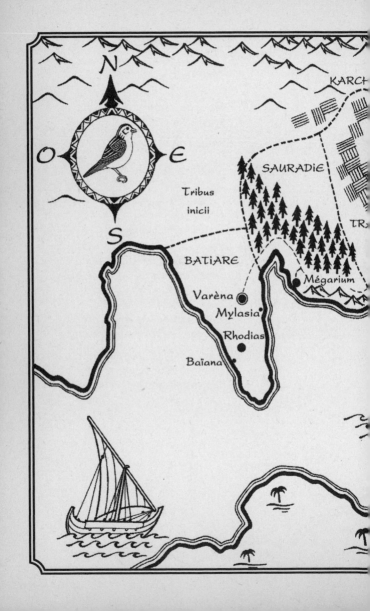

SARANTINE

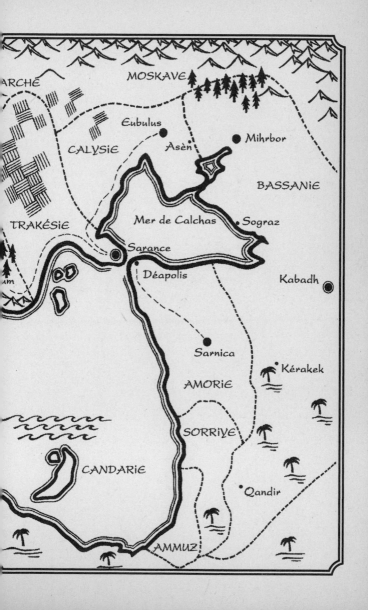

PROLOGUE

Les orages étaient assez fréquents à Sarance, les nuits d'été, pour accréditer l'histoire bien souvent répétée selon laquelle l'empereur Apius avait rejoint le dieu au milieu d'un monumental déchaînement d'éclair et de tonnerre sur la Cité sainte. Pertennius d'Eubulus lui-même, quelque vingt ans plus tard, le relate ainsi, en y ajoutant la chute d'une statue de l'Empereur devant la Porte de Bronze de l'Enceinte impériale, et un chêne fendu du faîte à la racine devant les murailles extérieures. Ceux qui écrivent l'histoire préfèrent souvent le dramatique à la vérité. C'est l'une des faiblesses de la profession.

En réalité, la nuit où Apius rendit son dernier souffle dans la salle de Porphyre, au palais Atténin, il ne pleuvait pas sur la Cité. Plus tôt dans la soirée, on avait vu de temps à autre un éclair, avec deux ou trois grondements de tonnerre, bien au nord de Sarance, du côté des terres à grains de Trakésie. Compte tenu des événements ultérieurs, cette direction septentrionale aurait déjà pu paraître porteuse d'un présage suffisant.

L'Empereur n'avait aucun fils survivant, et l'échec spectaculaire de ses trois neveux, un an plus tôt, lorsqu'il avait mis leur compétence à l'épreuve, leur avait valu les conséquences appropriées. Il n'y avait donc pas d'empereur désigné à Sarance lorsque Apius entendit – ou n'entendit point –, mots ultimes de sa longue existence, la voix intérieure du dieu déclarer pour lui seul : *Dépose ta couronne, le Seigneur des Empereurs t'attend.*

Les trois hommes qui pénétrèrent dans la salle de Porphyre, aux heures encore fraîches d'avant l'aube, étaient tous très conscients de la dangereuse instabilité de la situation. L'eunuque Gésius, chancelier de la Cour impériale, joignit pieusement ses longs doigts minces pour s'agenouiller ensuite avec raideur afin de baiser les pieds nus de l'empereur défunt. Ainsi firent ensuite Adrastus, Maître des offices, responsable de la fonction publique et de son administration, et le comte Valérius, Commandant des Excubiteurs, la Garde impériale.

« Il faut convoquer le Sénat », murmura Gésius de sa voix ténue. « Ils tiendront séance sur-le-champ.

— Sur-le-champ », acquiesça Adrastus après s'être relevé, tout en arrangeant avec un soin méticuleux le collet de la tunique qui lui arrivait aux chevilles. « Et le Patriarche doit commencer le rituel du deuil.

— L'ordre sera maintenu dans la Cité, dit Valérius avec une intonation martiale. Je m'en charge. »

Les deux autres le regardèrent. « Bien sûr », dit Adrastus avec tact. Il lissa sa barbe bien taillée. Le maintien de l'ordre était la seule raison de la présence de Valérius, l'un des premiers informés de cette navrante situation. Ses propos étaient donc… quelque peu superflus.

L'essentiel de l'armée se trouvait déployé au nord et à l'est, une grande partie près d'Eubulus, à la frontière bassanide du moment ; une autre, surtout des mercenaires, défendait les plaines exposées de Trakésie contre les incursions des Karches et des Vraques, peuplades barbares qui s'étaient montrées plutôt calmes ces derniers temps. Les stratèges de ces contingents pouvaient constituer un facteur déterminant – ou devenir un empereur – si le Sénat tardait.

Le Sénat était une assemblée de poltrons incompétents et indécis. Il tarderait certainement à prendre une décision, à défaut de directives extrêmement claires. Les trois dignitaires qui entouraient le défunt le savaient aussi fort bien.

« Je vais veiller à faire prévenir les familles de la noblesse », remarqua distraitement Gésius. « Elles voudront venir présenter leurs respects.

— Naturellement, répondit Adrastus. En particulier les Daleinoï. Si je ne me trompe, Flavius Daleinus est revenu dans la Cité il y a deux jours seulement. »

L'eunuque avait trop d'expérience pour s'empourprer de façon perceptible.

Valérius se dirigeait déjà vers l'entrée. « Occupez-vous de la noblesse comme vous l'entendrez, lança-t-il par-dessus son épaule. Mais il y a dans la Cité cinq cent mille habitants qui craindront de voir s'abattre la colère du Très Saint Jad sur un empire sans monarque lorsqu'ils apprendront ce décès. J'en fais mon affaire. Je vais prévenir le Préfet de la Cité de mettre ses hommes en état d'alerte. Soyez heureux qu'il n'y ait pas eu d'orage cette nuit. »

Il quitta la salle en martelant d'un pas ferme les mosaïques du sol ; d'une imposante carrure, il était encore vigoureux pour ses soixante ans. Les deux autres échangèrent un regard. Adrastus détourna les yeux le premier pour contempler le défunt sur son lit d'apparat, et l'oiseau serti de pierreries posé sur un rameau d'argent auprès du lit. Aucun des deux hommes ne rompit le silence.

Une fois hors du palais Atténin, dans les jardins de l'Enceinte impériale, Valérius s'arrêta juste assez longtemps pour cracher dans les buissons et noter qu'il restait encore un bon moment avant la prière au soleil levant. La lune blanche flottait au-dessus des eaux. Le vent matinal venait de l'ouest ; Valérius pouvait entendre la mer, goûter le sel dans la brise à travers les parfums des fleurs estivales et des cèdres.

Il s'éloigna dans l'autre direction sous les dernières étoiles, le long d'un assortiment hétéroclite de palais et d'édifices administratifs, trois petites chapelles, le siège de la guilde de la Soie impériale et les espaces attribués à ses activités, les terrains de jeux, les ateliers des orfèvres, et les thermes de Marisien à la décoration trop tarabiscotée ; il se dirigeait vers les baraquements des Excubiteurs, situés près de la Porte de Bronze donnant sur la Cité.

Le jeune Léontès l'attendait dehors. Valérius lui donna des instructions détaillées, qu'il avait mémorisées quelque temps plus tôt en prévision de ce jour.

Son préfet entra dans les baraquements et Valérius entendit, un peu plus tard, le bruit des Excubiteurs – ses hommes depuis dix ans – en train de se préparer. Il prit une profonde inspiration ; son cœur battait avec force, il en était conscient – il savait aussi qu'il devait dissimuler l'intensité de ses émotions. Il devait envoyer un coureur informer Pétrus, à l'extérieur de l'Enceinte impériale : Apius, Saint Empereur de Jad, n'était plus, et la partie cruciale allait commencer. Il adressa au dieu sa gratitude silencieuse : le fils de sa sœur était plus doué, et de loin, que les trois neveux d'Apius.

Il vit Léontès et les Excubiteurs émerger des baraquements dans les ombres annonciatrices de l'aube. Son visage était dénué d'expression, celui d'un soldat.

◆

C'était jour de courses à l'Hippodrome et Astorgus des Bleus avait gagné les quatre dernières lors de la précédente rencontre. Le cordonnier Fotius avait gagé une somme qu'il ne pouvait se permettre de perdre, en pariant que le conducteur champion des Bleus gagnerait les trois premières courses de la journée, ce qui en ferait sept d'affilée, un chiffre bénéfique. Fotius avait rêvé le nombre douze la nuit précédente ; trois courses de quadriges, ça voulait dire qu'Astorgus conduirait douze chevaux, et quand on additionnait le un et le deux du douze... eh bien, ça redonnait trois ! S'il n'avait vu un fantôme sur le toit de l'arcade faisant face à son échoppe, la veille, dans l'après-midi, Fotius se serait senti bien sûr de son pari.

Il avait laissé femme et fils endormis dans leur appartement au-dessus de l'échoppe pour se rendre avec prudence à l'Hippodrome – les rues de la Cité étaient dangereuses la nuit, il avait motif de le savoir. Le soleil ne se lèverait pas de sitôt ; le croissant déclinant de la lune blanche flottait à l'ouest en direction de la mer, au-dessus des tours et des dômes de l'Enceinte impériale. Fotius n'avait pas les moyens de s'offrir un siège chaque fois qu'il allait aux courses, encore moins dans la partie abritée des gradins. On n'offrait que dix mille places gratuites aux citoyens, les jours de courses ; ceux qui ne pouvaient pas payer devaient attendre.

Il y en avait déjà deux ou trois mille sur la vaste place quand il arriva au pied des hauts murs de l'Hippodrome, plongés dans l'ombre. Le simple fait de se trouver là l'excitait, dissipant les dernières traces de sommeil. Il troqua son ordinaire habit brun pour une tunique bleue hâtivement tirée de sa sacoche, la modestie étant sauve grâce à l'obscurité et à la vitesse d'exécution. Il rejoignit un groupe d'autres hommes vêtus de la même façon. Il avait fait cette concession à sa femme deux ans plus tôt après avoir été roué de coups par des partisans des Verts, pendant une saison estivale particulièrement déchaînée : il portait des habits passe-partout tant qu'il ne se trouvait pas relativement à l'abri au sein d'un groupe d'autres partisans des Bleus. Il en salua quelques-uns par leur nom, et on l'accueillit avec bonne humeur. Quelqu'un lui tendit une coupe de vin à bon marché, il en prit une gorgée et fit passer la coupe.

Un preneur de paris les dépassa, qui vendait la liste des courses de la journée avec ses pronostics. Fotius, ne sachant pas lire, ne fut donc pas tenté, mais il en vit d'autres tendre deux pièces de cuivre en échange d'une feuille. Un Fou de Dieu malodorant et à demi nu s'était taillé une place au milieu du forum de l'Hippodrome, déjà lancé dans une harangue contre la plaie des courses. Doté d'une bonne voix, l'homme aurait été assez amusant… si on ne se trouvait pas dans le mauvais sens du vent. Des marchands ambulants avaient commencé de vendre figues, melons de Mégara et agneau rôti. Fotius avait emporté une tranche de fromage et une partie de sa ration de pain de la veille. De toute façon, il était trop excité pour avoir faim.

Non loin de là, près de leur propre entrée, les Verts étaient assemblés en nombres identiques. Fotius ne voyait pas parmi eux le souffleur de verre Pappio, mais il savait qu'il serait là ; c'était avec lui qu'il avait gagé. Tandis que l'aube approchait, Fotius commença, comme d'habitude, à se demander si son pari n'avait pas été imprudent. Ce fantôme aperçu en plein jour…

C'était une nuit douce pour l'été, avec une brise venue de la mer. Il ferait très chaud par la suite, au début des courses ; les bains publics seraient bondés pendant la pause de la mi-journée, tout comme les tavernes.

Fotius, songeant toujours à son pari, se demanda s'il aurait dû s'arrêter en chemin dans un cimetière avec une tablette de sorts à l'encontre du principal conducteur des Verts, Scortius. C'était ce gamin, Scortius, qui allait sûrement se dresser – ou conduire son char – entre Astorgus et ses sept triomphes. Il s'était blessé à une épaule dans une chute à mi-rencontre, la fois précédente, et n'avait pas été en piste lorsque Astorgus avait superbement gagné ces quatre courses d'affilée à la fin de la journée.

Fotius se sentait offensé qu'un parvenu à la peau sombre, presque encore imberbe, sorti des déserts d'Ammuz ou d'ailleurs, pût menacer ainsi son bien-aimé Astorgus. Oui, songea-t-il avec regret, il aurait dû acheter une tablette de sorts. On avait poignardé un apprenti de la guilde du Lin dans un tripot des docks, deux jours plus tôt ; on venait de l'enterrer : parfaite occasion, pour les suppliants munis de tablettes, d'aller implorer une intercession divine sur la tombe d'un tout récent trépassé de mort violente. Les sorts inscrits sur la tablette en devenaient d'autant plus puissants, c'était bien connu. Il n'aurait que lui-même à blâmer si Astorgus perdait aujourd'hui. Comment il paierait Pappio s'il perdait, il n'en avait pas la moindre idée. Il choisit de ne pas y penser, pas plus qu'à la réaction de sa femme.

« Allez, les Bleus ! » lança-t-il brusquement. À proximité, une vingtaine d'autres s'animèrent pour reprendre son cri.

« Allez vous faire enculer, les Bleus ! » répliqua-t-on, réaction prévisible, de l'autre côté de la place.

« Si les Verts avaient des couilles ! » cria en retour quelqu'un près de Fotius, qui se mit à rire dans l'ombre. La lune blanche était maintenant cachée derrière les palais impériaux. L'aube arrivait, Jad remontait à l'orient dans son char, après son ténébreux périple de l'autre côté du monde.

Et les chariots des mortels allaient rouler pour la plus grande gloire du dieu pendant toute cette journée estivale, dans la Sainte Cité de Sarance. Et les Bleus, si Jad le voulait, allaient triompher de ces Verts puants qui, c'était bien connu, ne valaient pas mieux que des barbares, des païens bassanides ou même des Kindaths.

« Regardez ! » dit brusquement quelqu'un, le doigt tendu.

Fotius se retourna. Il entendit le pas cadencé des soldats avant de les voir, ombres parmi les ombres, sortir par la Porte de Bronze à l'extrémité ouest de la place.

Les Excubiteurs, des centaines, en armes, armures bouclées sur leurs tuniques rouge et or, se déployaient dans le forum de l'Hippodrome, en provenance de l'Enceinte impériale. Un fait assez inhabituel à cette heure pour être réellement terrifiant. Deux petites émeutes avaient éclaté l'année précédente, alors que les partisans les plus enragés des deux couleurs en étaient venus aux mains; des couteaux avaient fait leur apparition, des gourdins, et on avait envoyé les Excubiteurs pour aider les hommes du Préfet urbain à réprimer les émeutiers. La Garde impériale de Sarance n'y allait pas de main morte dans la répression. Chaque fois, en conséquence, une vingtaine de cadavres avaient jonché le pavé.

Quelqu'un d'autre dit: « Saint Jad, les oriflammes! » et Fotius vit avec retard que les emblèmes des Excubiteurs étaient en berne sur leurs hampes. Un souffle froid, issu de l'autre monde, vint lui transpercer l'âme.

L'Empereur était mort.

Leur père, le bien-aimé du dieu, les avait quittés. Sarance était en deuil, abandonnée, exposée à la malveillance impie de ses ennemis de l'est, du nord et de l'ouest. Et en l'absence de l'empereur de Jad, qui savait quels esprits, quels fantômes de l'entre-deux-mondes pourraient maintenant porter la ruine parmi les mortels sans défense? Était-ce donc pour cette raison qu'il avait vu une apparition? Fotius s'imagina le retour de la peste, de la guerre, de la famine. En cet instant, il vit son fils mort. Saisi de terreur, il tomba à genoux sur les pavés de la place. Il se rendit compte qu'il pleurait pour un empereur dont il n'avait jamais rien vu sinon une silhouette hiératique et lointaine dans la loge impériale de l'Hippodrome.

Puis, homme ordinaire parmi les humains ordinaires, le cordonnier Fotius comprit qu'il n'y aurait pas de courses ce jour-là. Que son téméraire pari avec le souffleur de verre était annulé. Perçant terreur et chagrin, un éclair de soulagement le traversa tel un brillant rayon de soleil. Trois courses d'affilée? Un pari de fou, et il en était quitte.

De nombreux autres s'agenouillaient à présent. Le Fou de Dieu, saisissant l'occasion, dénonçait de plus belle; incapable de discerner ses paroles par-dessus la rumeur des voix, Fotius ignorait à quoi l'homme pouvait bien s'attaquer à présent. L'impiété, la licence, les divisions du clergé, les hérétiques qui observaient les croyances héladikéennes… Les litanies habituelles. Un Excubiteur vint lui parler à voix basse. Le saint homme ignora le soldat, comme ils le faisaient tous. Mais Fotius stupéfait vit alors un manche de lance frapper l'ascète au menton. L'homme déguenillé laissa échapper un cri – plutôt de surprise – et tomba à genoux, réduit au silence.

Une autre voix s'éleva au-dessus des lamentations de la foule, vibrant d'une sévère assurance, forçant l'attention. Le fait pour l'homme d'être à cheval, seul de toute la place, y aidait quelque peu.

« Entendez-moi ! dit-il. Nul n'aura à souffrir ici si l'ordre est maintenu. Vous voyez nos étendards. Ils en disent assez. Notre glorieux empereur, le bien-aimé de Jad, son régent trois fois honoré sur la terre, nous a quittés pour rejoindre le dieu dans sa gloire, de l'autre côté du soleil. Il n'y aura pas de courses de chars aujourd'hui, mais les portes de l'Hippodrome seront ouvertes afin de vous permettre de vous réconforter les uns les autres tandis que le Sénat impérial s'assemble pour proclamer notre nouvel empereur. »

Un murmure, dans la foule, plus prononcé. Il n'y avait pas d'héritier ; tout le monde le savait. Fotius voyait des gens se précipiter d'un peu partout dans le Forum ; il ne faudrait guère de temps à pareille nouvelle pour se répandre. Il respira à fond en s'efforçant de réprimer un nouveau sursaut de panique. L'Empereur était mort ! Il n'y avait pas d'empereur à Sarance !

Le cavalier leva de nouveau une main pour réclamer le silence. Il était aussi droit qu'une lance sur sa monture, vêtu de la même façon que ses soldats. Seul son cheval noir et la bordure argentée de sa tunique indiquaient son rang. Aucune prétention. Paysan de Trakésie, fils de fermier, venu tout jeune du sud, il avait gravi les marches de la hiérarchie militaire en se signalant par son ardeur à la tâche et un courage non négligeable au combat. On connaissait bien son histoire. Un homme parmi les hommes, voilà ce qu'on disait de Valérius de Trakésie, comte des Excubiteurs.

Lequel déclarait à présent : « Des prêtres se tiendront dans tous les temples et les sanctuaires de la Cité, et d'autres vont se joindre à vous ici pour célébrer le rituel du deuil dans l'Hippodrome sous le soleil de Jad. » Il fit le signe du disque solaire.

« Jad vous garde, vous, Comte Valérius ! » s'écria une voix.

Le cavalier ne sembla pas entendre. Solide et direct, le Trakésien ne courtisait jamais la foule comme d'autres résidents de l'Enceinte impériale. Ses Excubiteurs accomplissaient leur devoir avec efficacité et sans partisanerie visible, même lorsqu'ils tuaient ou blessaient. Verts et Bleus étaient traités de la même façon, et parfois aussi les gens de haut rang, car nombre des partisans les plus enthousiastes étaient des fils d'aristocrates. On ne savait même pas quelle faction Valérius préférait ou quelle croyance il professait parmi les variations subtiles de la foi jaddite – même si, comme toujours, on se livrait à des spéculations sur le sujet. Son neveu soutenait les Bleus, c'était de notoriété publique, mais les factions suscitaient souvent des clivages à l'intérieur des familles.

Fotius songea à revenir chez lui auprès de sa femme et de son fils après des prières matinales dans son petit temple favori, près du Forum de Mézaros. Au levant, le ciel virait au gris. Le cordonnier jeta un regard vers l'Hippodrome et vit les Excubiteurs qui, comme promis, en ouvraient les portes.

Alors qu'il hésitait, il aperçut le souffleur de verre, Pappio, seul un peu à l'écart des autres Verts, dans un espace dégagé. Il pleurait, des larmes roulaient dans sa barbe. Saisi d'une émotion tout à fait inattendue, Fotius se dirigea vers l'autre. Pappio le vit et s'essuya les yeux. Sans un mot, ils entrèrent de concert dans le vaste Hippodrome, tandis que le soleil du dieu se levait au-dessus des forêts et des champs à l'est de la triple

muraille terrestre de Sarance, et que la journée commençait.

◆

Plautus Bonosus n'avait jamais désiré être sénateur.
Il avait plutôt trouvé irritante cette nomination, alors
qu'il se trouvait dans sa quarantième année. Entre autres
à cause de cette loi d'une outrageuse antiquité selon
laquelle les sénateurs ne pouvaient réclamer plus de
six pour cent d'intérêt sur les prêts qu'ils consentaient.
Les porteurs de "Noms" – membres des familles nobles
inscrites au registre impérial – pouvaient réclamer huit
pour cent, et à tous les autres, même les païens et les
Kindaths, on en permettait dix. Les chiffres doublaient
pour les projets maritimes, bien entendu, mais, à douze
pour cent, seul un homme possédé par le démon de la
folie aurait risqué de l'argent dans une entreprise com-
merciale maritime. Bonosus n'avait vraiment rien d'un
insensé, mais il était, ces derniers temps, un entrepreneur
frustré.

Sénateur de l'Empire sarantin. Quel honneur !
Même voir sa femme s'en rengorger l'irritait : elle comprenait si peu de quoi il retournait. Le Sénat faisait ce
que lui ordonnait l'Empereur, ou ce que lui disaient de
faire les conseillers privés de l'Empereur ; rien de moins
et certainement rien de plus. Ce n'était pas un siège du
pouvoir ni une source de prestige légitime. Autrefois,
peut-être, en Occident, aux tous premiers temps, après
la fondation de Rhodias, quand la puissante cité commençait à s'agrandir sur sa colline et que des hommes
calmes et fiers – eussent-ils été des païens – débattaient
de la meilleure façon de donner forme à un royaume.
Mais alors que Rhodias était devenue le cœur d'un
empire qui, depuis la Batiare, s'étendait sur le monde,
il y avait à présent quatre cents ans de cela, le Sénat
était l'outil complaisant des empereurs depuis son palais
à triple étage dressé au bord du fleuve.

Les jardins de ces palais fameux étaient désormais envahis par les ronces, jonchés de débris ; un incendie destructeur avait calciné le Grand Palais cent ans plus tôt. Lugubre et rabougrie, Rhodias servait de foyer à un bien impuissant patriarche de Jad et à des barbares conquérants venus du nord-est – les Antæ, qui se lissaient encore les cheveux à la graisse d'ours, disait-on de source fiable.

Et maintenant, le Sénat de Sarance – la Nouvelle Rhodias – était tout aussi dépourvu de signification et entaché de complaisance qu'autrefois dans l'empire d'Occident. Bonosus jeta un regard circulaire sur la chambre du Sénat, au sol et aux murs décorés de mosaïques raffinées qui suivaient la courbure délicate du petit dôme ; il était même possible, songea-t-il sombrement, que les sauvages qui avaient mis Rhodias à sac, ou d'autres pis encore, vinssent bientôt en faire autant là où résidaient maintenant les empereurs, après la perte de l'Occident scindé en deux parties. Une lutte pour la succession constituait toujours un sérieux danger pour les empires.

Le règne d'Apius avait duré trente-six ans. Difficile à croire. Vieux, las, tombé les dernières années sous la coupe de ses chiromanciens, il avait refusé de nommer un héritier après l'échec de ses trois neveux dans l'épreuve qu'il leur avait imposée. Ils n'entraient même plus dans l'équation, désormais – aveugle, ou visiblement mutilé, on ne pouvait occuper le Trône d'or. Nez tranché et yeux crevés, c'était la certitude assurée que le Sénat ignorerait les fils exilés de la sœur d'Apius.

Bonosus secoua la tête, irrité contre lui-même. D'après ces réflexions, on aurait pu croire que les cinquante sénateurs présents pouvaient en arriver à une décision concrète. En fait, on allait simplement ratifier ce qui émergerait des intrigues en cours à l'instant même dans l'Enceinte impériale, quelles qu'elles fussent. Le chancelier Gésius, Adrastus, ou encore Hilarinus, comte de la Chambre impériale, viendraient bien assez tôt les informer de ce qu'ils allaient sagement décider. C'était un faux-semblant, une comédie.

Et deux jours plus tôt, Flavius Daleinus était revenu des terres de sa famille, au sud, de l'autre côté du détroit. Une bien heureuse coïncidence.

Bonosus n'entretenait aucune animosité à l'égard des Daleinoï, ou du moins de ceux qu'il connaissait. Ce qui était fort bien. Il ne les aimait pas particulièrement non plus, mais cela n'entrait guère en ligne de compte lorsqu'un marchand d'une lignée au modeste renom considérait la famille la plus riche et la plus illustre de l'Empire.

Oradius, le Maître du Sénat, indiquait qu'il voulait voir la séance commencer, sans grand succès dans le tumulte. Bonosus se rendit à son banc et s'assit, après une courbette polie en direction du siège du Maître. D'autres le remarquèrent et suivirent son exemple. L'ordre finit par s'installer. À ce moment précis, Bonosus prit conscience de la présence d'une foule déchaînée aux portes de la salle.

On y frappait avec une vigueur effrayante, les portes en vibraient – et l'on criait sauvagement des noms ; les citoyens de Sarance semblaient vouloir proposer leurs propres candidats aux distingués sénateurs de l'Empire.

À en juger par le bruit, on était en train de se battre. Quelle surprise ! songea Bonosus, sarcastique. Alors qu'il observait, fasciné, les portes aux dorures tarabiscotées de la chambre sénatoriale – partie prenante de l'illusion selon laquelle on brassait là des choses importantes – elles commencèrent à se déformer sous le martèlement extérieur. Splendide symbole : ces portes à l'apparence magnifique cédaient à la moindre pression. Plus loin sur son banc, quelqu'un laissa échapper un glapissement dépourvu de dignité. Plautus Bonosus, homme doté d'une tournure d'esprit fantasque, se mit à rire.

Les portes s'ouvrirent avec fracas. Les quatre gardes entrèrent à reculons. Avec des clameurs, une foule de

citoyens, avec aussi quelques esclaves, se précipita
dans la salle. Puis les premières rangées s'immobilisèrent, impressionnées. Les mosaïques, l'or et les pierres
précieuses avaient leur utilité, songea Bonosus, toujours
en proie à une sarcastique hilarité. L'image d'Héladikos
avec sa torche, conduisant son chariot vers son père le
Soleil – source de controverses non négligeables dans
l'Empire – contemplait les arrivants depuis la coupole.

Nul dans la chambre du Sénat ne semblait à même
de formuler une réponse à l'intrusion. La foule tournait
en rond, ceux qui se trouvaient encore à l'extérieur
poussaient de l'avant, ceux qui étaient déjà entrés
restaient sur place, incertains de ce qu'ils voulaient
faire maintenant qu'ils étaient là. Les deux factions se
trouvaient représentées – Bleus et Verts. Bonosus jeta
un coup d'œil au Maître du Sénat. Oradius demeurait
vissé à son siège, absolument immobile. Tout en répri-
mant son amusement, Bonosus se leva :

« Citoyens de Sarance », dit-il avec gravité en écartant
les bras, « soyez les bienvenus. Vous nous apporterez
une assistance sans prix par ces temps difficiles, j'en
suis sûr. Nous feriez-vous l'honneur de nous confier les
noms de ceux que vous jugez dignes de siéger sur le
Trône d'or, avant de vous retirer et de nous permettre de
requérir la sainte assistance de Jad dans notre lourde
tâche ? »

De fait, cela prit fort peu de temps.

Bonosus fit dûment répéter et inscrire par le greffier
chacun des noms qu'on leur criait. Guère de surprises.
Les stratèges qui s'imposaient, les nobles tout aussi
prévisibles. Des détenteurs de fonctions impériales. Un
conducteur de char ; Bonosus, apparemment sérieux et
attentif, fit également enregistrer ce nom : Astorgus,
des Bleus. Il pourrait toujours en rire plus tard.

Le premier danger passé, Oradius se réveilla et sut
donner des accents riches et sonores à de longues effu-
sions de gratitude. Le discours sembla bien passer, même
si Bonosus doutait que la populace pût comprendre la

moitié de ce qu'on lui disait par l'intermédiaire de cette rhétorique archaïque. Oradius demanda aux gardes de faire sortir de la salle les loyaux citoyens de l'Empire. Ils sortirent, les Bleus, les Verts, boutiquiers, apprentis, membres des guildes, mendiants, toutes les variétés de gens de toutes races qui caractérisaient une grande métropole.

Les Sarantins n'étaient pas particulièrement rebelles, songea Bonosus avec ironie, pourvu qu'on leur donnât chaque jour leur pain gratuit tout en les laissant discuter de religion et en leur procurant leurs danseuses bien-aimées, leurs actrices et leurs conducteurs de char. Des conducteurs de char, en vérité ! L'aurige Astorgus, Très Saint Empereur de Jad. Quelle merveilleuse image ! Il pourrait mettre son monde au pas à coups de fouet, songea Bonosus, avec un bref renouveau d'amusement.

Ayant épuisé sa capacité d'intervention, il se laissa aller sur son banc, tête appuyée sur une main, et attendit l'arrivée des émissaires de l'Enceinte impériale, qui diraient aux sénateurs ce qu'ils devaient penser.

Les choses s'avérèrent cependant un peu plus compliquées. Même à Sarance, un assassinat pouvait vous prendre au dépourvu.

◆

Dans les beaux quartiers de la Cité, une génération plus tôt, il était devenu à la mode d'ajouter des balcons couverts aux deuxième et troisième étages des demeures ou aux appartements. En encorbellement au-dessus des rues étroites, ces solariums avaient maintenant pour ironique mais prévisible conséquence de bloquer presque complètement les rayons du soleil, pour l'amour de la hiérarchie sociale et afin de donner aux femmes de bonne famille une chance d'observer la vie des rues à travers des rideaux de perles ou parfois d'extravagantes fenêtres, sans souffrir elles-mêmes l'indignité d'être observées.

Sous l'empereur Apius, le Préfet de la Cité avait fait voter un décret interdisant la construction de telles structures à plus d'une certaine distance des murs de soutènement et lui avait donné suite en démolissant nombre de solariums qui violaient la nouvelle loi. Inutile de dire que cela n'avait pas affecté les rues où se trouvaient les résidences des véritables riches influents. La capacité d'un patricien à se plaindre tendait à être compensée par la capacité d'un autre à verser des pots-de-vin, ou son pouvoir d'intimidation. On ne pouvait entièrement contrecarrer des démarches privées, bien sûr, et quelques incidents regrettables avaient eu lieu au cours des années, même dans les bons quartiers.

Dans une de ces rues où s'alignent d'uniformes et plaisantes façades de briques, sans pénurie de lanternes pour assurer un coûteux éclairage nocturne, un homme est assis dans un solarium aux flagrantes dimensions hors norme ; parfois il regarde la rue, et parfois il observe les mouvements d'une femme qui, avec une exquise et gracieuse lenteur, tresse et coiffe ses nattes derrière lui dans la chambre.

Qu'elle le fasse sans se soucier de lui, pense-t-il, est une façon pour elle de l'honorer. Assise au bord du lit, dévêtue, elle offre son corps comme une suite de courbes et de creux : un bras levé, l'aisselle lisse, le déploiement couleur de miel des seins et de la hanche, et entre les cuisses, le léger duvet de l'endroit où il était le bienvenu un peu plus tôt au cours de la nuit écoulée.

La nuit où un messager est venu leur annoncer la mort d'un empereur.

Il se trompe sur un point, en l'occurrence : l'absorption désinvolte de la jeune femme dans sa propre nudité découle plus de sa confiance en elle-même que d'une émotion ou d'un sentiment associés à sa présence. Elle n'est pas sans avoir l'habitude, après tout, des regards masculins. Il le sait, mais préfère parfois l'oublier.

Il l'observe avec un léger sourire. Il a un visage rasé de près, rond, avec un menton sans agressivité et des yeux gris au regard perspicace. Il n'est pas séduisant ni d'un aspect impressionnant, mais il projette une aura d'humeur aimable, accommodante et franche. Ce qui lui est assurément fort utile.

Les cheveux brun sombre de la jeune femme ont roussi au cours de l'été. Il se demande quand elle a eu l'occasion de sortir assez longtemps pour cela, puis se rend compte que cette couleur est peut-être artificielle. Il ne pose pas de questions ; il ne désire nullement savoir tout ce que fait la jeune femme lorsqu'ils ne sont pas ensemble dans ces appartements qu'il a achetés pour elle dans cette rue choisie avec soin.

Ce qui lui rappelle justement pourquoi il se trouve ici en cet instant. Son regard se détourne de la femme assise sur le lit – elle se nomme Aliana – et revient à la rue, à travers le rideau de perles. Un certain mouvement s'y dessine, car la matinée est déjà avancée et la nouvelle doit avoir fait le tour de Sarance à l'heure qu'il est.

L'entrée qu'il surveille demeure close. Deux gardes se tiennent à l'extérieur, mais ils sont toujours deux. Il connaît leur nom, ceux des autres gardes, et d'où ils viennent. De tels détails ont parfois leur importance. De fait, c'est très souvent le cas. Il y prête attention, tout en étant bien moins cordial que ne peuvent le croire les gens dépourvus de finesse.

Un homme a franchi ce seuil, juste avant le lever du soleil, l'air pressé du porteur d'importantes nouvelles. L'observateur l'a vu à la lumière des torches, et il a remarqué sa livrée. Il a souri, alors : le chancelier Gésius avait choisi d'entrer en action ; la partie était bel et bien commencée. L'occupant du solarium compte bien la remporter, mais il a déjà trop l'expérience du pouvoir en ce bas monde pour ne pas savoir qu'il pourrait bien la perdre. Il s'appelle Pétrus.

« Tu es las de moi », dit la femme, mettant un terme au silence. Sa voix grave a un accent amusé. Le mouvement mesuré de ses bras, affairés à sa coiffure, ne s'interrompt point. « Hélas, ce jour a fini par arriver.

— Ce jour n'arrivera jamais », dit son compagnon avec calme, également amusé. C'est un des jeux auxquels ils se livrent, bien installés qu'ils sont dans la sécurité de leur relation, une relation tout à fait improbable et dont ils sont pourtant sûrs. Il n'abandonne cependant pas sa surveillance de la porte.

« Je vais de nouveau être à la rue, à la merci des factions. Un jouet pour les plus enragés des partisans, avec leurs comportements barbares. Une actrice répudiée, disgraciée, abandonnée, dont les meilleures années sont révolues depuis longtemps. »

En cette année où meurt l'empereur Apius, elle a eu vingt ans. L'homme a vu trente et un étés ; plus de première jeunesse, mais on a déjà affirmé à son sujet (on le dira plus tard aussi) qu'il fait partie de ces gens qui n'ont jamais été jeunes.

« Je ne donnerais pas deux jours, murmure-t-il, avant que le rejeton d'un Nom épris de toi, ou un marchand en voie de réussir dans la soie ou les épices d'Ispahane, ne gagne ton cœur capricieux en t'offrant des joyaux et une salle de bains privée.

— Une salle de bains privée, acquiesce-t-elle, ce serait un élément de séduction vraiment appréciable, en effet. »

Il lui jette un bref coup d'œil en souriant. Elle savait qu'il le ferait et s'est arrangée, sans intervention aucune du hasard, pour se trouver de profil, les bras levés vers les cheveux, la tête tournée vers lui, écarquillant ses yeux sombres ; elle a vécu sur les planches dès l'âge de sept ans. Elle garde la pose un instant, puis éclate de rire.

L'homme à la physionomie avenante secoue la tête ; après leurs ébats amoureux, il est vêtu d'une simple tunique gris pigeon et ne porte pas de dessous ; ses cheveux, couleur de sable, s'éclaircissent un peu, mais sans touche de gris. « Notre empereur bien-aimé est mort, pas d'héritier en vue, Sarance court un péril mortel et, dans ta légèreté, tu tourmentes un homme en proie au deuil.

— Puis-je venir aggraver ton état?» demande-t-elle.

Elle le voit bel et bien hésiter. Elle en est surprise, et même excitée, en vérité : une preuve de son désir d'elle, même en cette matinée…

Mais à cet instant, une suite de bruits se déclenche dans la rue en contrebas. Un verrou tourne, une lourde porte s'ouvre et se referme, des voix s'élèvent, urgentes, trop fortes, puis une autre, au ton sec de commandement. L'homme assis près du rideau de perles se détourne en hâte pour observer de nouveau.

La femme fait alors une pause, évaluant à ce moment précis plusieurs aspects de son existence. Mais à vrai dire, il y a quelque temps déjà que la véritable décision a été prise. Elle a confiance en Pétrus et, à sa plus grande surprise, en elle-même. Elle s'enveloppe dans le drap de lin, comme d'une protection, avant de s'adresser au profil de son compagnon maintenant concentré, et dont l'aimable expression habituelle s'est entièrement dissipée : «Que porte-t-il?»

L'autre n'aurait pas dû se vêtir ainsi, décidera-t-il bien plus tard, presque aussi surpris par la question et par ce que la jeune femme, très délibérément, a ainsi révélé. L'attrait qu'elle exerce sur lui depuis le début réside au moins autant dans son esprit et sa perspicacité que dans sa beauté ou dans les talents qui attiraient les Sarantins au théâtre le soir à chacune de ses performances, où elle commençait par les titiller pour ensuite les forcer aux rires et aux applaudissements.

Il est vraiment surpris, pourtant, et cela lui arrive rarement. Il n'est pas homme à se laisser déconcerter, et il se trouve ne lui avoir fait aucune confidence sur la présente affaire. En l'occurrence, les vêtements que l'homme aux cheveux argentés a choisi de porter sont de la plus haute importance, alors qu'il quitte sa demeure pour se présenter aux yeux du monde en cette matinée lourde de conséquences, dans la rue encore remplie d'ombres.

Pétrus échange un regard avec la jeune femme ; même en cet instant, il se détourne de la rue à cette fin, et tous deux en garderont le souvenir. Il constate qu'elle s'est couverte, qu'elle est un peu effrayée, même si, à coup sûr, elle le nierait ; très peu de choses lui échappent. Il est touché, aussi bien par les implications de la question que par la crainte qu'elle trahit.

« Tu savais ? demande-t-il à voix basse.

— Tu as été extrêmement spécifique en ce qui concerne cet appartement, murmure-t-elle, la nécessité d'un solarium donnant sur cette rue-ci. Il n'était pas difficile de remarquer quelles entrées on peut surveiller depuis le balcon. Et le théâtre ou la salle de banquet des Bleus sont d'aussi bonnes sources d'informations sur les manigances impériales que les palais ou les baraquements. Que porte-t-il, Pétrus ? »

Elle a coutume de baisser la voix, et non de la hausser, pour donner de l'emphase à ses paroles : formation théâtrale. Très efficace. Mais elle l'est dans bien d'autres domaines. Il regarde de nouveau, à travers le rideau qui lui sert d'écran, la rue et le groupe d'hommes réunis dehors devant la seule entrée qui importe.

« Du blanc », dit-il ; il reprend ensuite, tout bas, à peine un souffle : « Bordé de pourpre, de l'épaule au genou.

— Ah », dit-elle. Et se lève alors, avec le drap qui la couvre, le laissant traîner à terre en s'avançant vers lui. Elle n'est pas grande, mais à sa façon de bouger, on le croirait. « Il porte la pourpre. Ce matin. Et donc ?

— Et donc », lui fait-il écho ; mais ce n'est pas une question.

Écartant d'une main les perles du rideau, il adresse un geste bref, tout à fait banal, le signe du disque solaire, à des hommes qui attendent depuis longtemps dans l'appartement du rez-de-chaussée. Une fois que le signe lui a été retourné à travers un petit portail de guet à la fenêtre grillagée, il se lève pour revenir dans la chambre auprès de cette jeune femme superbe malgré sa taille menue.

«Et maintenant, Pétrus, que va-t-il arriver?»

Il n'a pas un physique remarquable, ce qui rend d'autant plus frappante – et déconcertante – l'impression de maîtrise qu'il laisse parfois transparaître.

« N'a-t-on pas offert de me tourmenter à loisir ? murmure-t-il. Nous disposons d'un peu de temps, à présent.»

Elle hésite, puis sourit, et le drap, fugace parure, glisse au sol.

Peu de temps après, un grand tumulte éclate dans la rue. Hurlements, cris de désespoir forcené, bruits de course. L'homme et la femme ne quittent pas leur lit, cette fois. À un moment donné, au cours de leurs ébats, il lui murmure à l'oreille une promesse déjà faite un peu moins d'un an auparavant. Elle s'en souvenait, bien sûr, mais ne s'est jamais permis d'y croire réellement. Aujourd'hui, ce matin, en lui prenant les lèvres, alors qu'il la pénètre de nouveau, elle ose – en songeant au décès impérial de la nuit passée, à une autre mort aujourd'hui même, au caractère si peu plausible de l'amour. Elle y croit maintenant, pour de bon.

Rien ne l'a jamais autant épouvantée, et c'est pourtant une femme qui, malgré sa jeunesse, a déjà vécu toute une existence, où elle a parfois connu de grandes peurs, et à juste titre. Mais ce qu'elle lui dit, un peu plus tard, quand ils ont de nouveau le loisir de parler après l'agitation et le spasme de plaisir partagé, c'est : « Souviens-toi, Pétrus. Une salle de bains privée, l'eau froide *et* l'eau chaude, ou bien je me trouve un marchand d'épices qui sait comment traiter une dame bien née.»

◆

Tout ce qu'il avait jamais voulu, c'était faire courir des chevaux.

Dès son premier éveil au monde, lui semblait-il, il
avait désiré la compagnie des chevaux, désiré les voir
aller au petit galop, marcher, courir; désiré leur parler,
parler d'eux, être entouré de chars et de conducteurs
pendant toute la journée et sous les étoiles de la nuit.
Les chevaux, il voulait les soigner, les nourrir, les mettre
au monde, les habituer au harnais, aux rênes, au fouet,
aux chariots, au vacarme de la foule. Et alors, par la
grâce de Jad et en l'honneur d'Héladikos, le galant fils
du dieu qui avait péri dans son char en apportant le feu
aux humains, il se tiendrait debout dans son propre
quadrige derrière ses quatre chevaux, tendu de tout son
long derrière leur queue flottante, rênes enroulées
autour du corps de peur qu'elles n'échappent à ses
doigts rendus glissants par la sueur, poignard à la ceinture pour s'en libérer en catastrophe s'il tombait, et il
ferait virer ses bêtes à des vitesses inouïes, avec une
grâce inimaginable.

Mais hippodromes et chars se trouvaient en ce bas
monde, ils appartenaient à un univers plus vaste que
le sien, et rien dans l'empire sarantin n'était clair et
simple – pas même le culte du dieu. Il était même devenu dangereux dans la Cité de parler trop ouvertement
d'Héladikos. Quelques années plus tôt, dans ce qui
restait de Rhodias dévastée, le Grand Patriarche avait
promulgué, avec le patriarche d'Orient à Sarance, une
Proclamation conjointe – fait rare: le Très Saint Jad, le
dieu qui vivait dans le Soleil et de l'autre côté du
Soleil, n'avait point d'enfants, mortels ou non; tous les
hommes, en vérité, étaient en esprit les fils du dieu.
L'essence de Jad transcendait et dépassait tout concept
de propagation physique. Adorer l'idée d'un fils de
chair, ou même lui accorder quelque créance était du
paganisme, un attentat à la pure divinité du dieu.

Mais alors, avaient au contraire prêché des prêtres
en Soriyie et ailleurs, comment le Seigneur Doré des
Mondes à l'ineffable et aveuglant éclat s'était-il rendu
accessible à l'humble humanité? Si Jad chérissait sa

création terrestre, ses fils spirituels, ne s'ensuivait-il pas qu'il incarnerait une partie de son être sous forme mortelle, afin de sceller l'alliance de cet amour ? Et le sceau en était Héladikos, l'Aurige, son enfant.

Et puis il y avait les Antæ, les conquérants de la Batiare qui avaient embrassé le culte de Jad – avec celui d'Héladikos, mais en tant que demi-dieu lui-même et non rejeton simplement mortel. *Paganisme barbare !* tonnaient maintenant les prêtres orthodoxes, sauf ceux qui vivaient en Batiare sous la férule des Antæ ; comme le Grand Patriarche lui-même demeurait à Rhodias selon leur bon vouloir, on fulminait moins en Occident contre les hérésies héladikéennes.

Mais à Sarance, on débattait interminablement de sujets religieux, dans les tripots des docks, les bordels, les cuisines, l'Hippodrome, les théâtres. On ne pouvait acheter une broche ou une épingle sans avoir droit aux opinions du vendeur sur Héladikos ou sur la liturgie appropriée aux prières de l'aube.

Trop de citoyens de l'Empire, et particulièrement dans la Cité, avaient trop longtemps pensé et adoré à leur propre façon pour être agressivement persécutés par les patriarches et les prêtres, mais les signes d'une division toujours plus profonde se multipliaient, et les troubles étaient fréquents.

Les lieux saints dédiés à Héladikos étaient aussi courants que les sanctuaires ou les chapelles du dieu en Soriyie, dans le sud, entre mer et désert, là où les Jaddites vivaient dans une périlleuse proximité de la frontière bassanide, parmi les Kindaths et les nomades taciturnes de l'Ammuz et des déserts plus lointains, dont les croyances, fragmentées au cours de leur passage de tribu en tribu, demeuraient énigmatiques. Au voisinage direct de peuplades ennemies, prêtres et chefs séculiers exaltaient le courage du divin fils, sa volonté de sacrifice. La Cité, derrière ses massives triples murailles et la mer qui la protégeait, pouvait se permettre de penser différemment, disait-on dans les contrées désertiques. Et, loin à l'Occident, Rhodias avait été mise à sac depuis longtemps – quelles lumières, en vérité, pouvait-on désormais attendre de son Grand Patriarche ?

C'était dans le silence de son âme que Scortius de Soriyie, le plus jeune aurige à courir en première ligne pour les Verts de Sarance, et dont l'unique désir était de conduire un char en dédiant sa vie à la vitesse et aux étalons, adressait ses prières à Héladikos et à son chariot d'or ; c'était un jeune homme réservé et discret – à demi fils du désert lui-même. Que pouvait bien faire un conducteur de char, sinon révérer l'Aurige ? avait-il décidé dès son enfance. En vérité, croyait-il en son for intérieur, si dépourvu d'éducation fût-il en la matière, ses adversaires, s'ils se conformaient à la Proclamation des patriarches et déniaient au fils son caractère divin, se coupaient d'une source vitale d'intercession quand ils roulaient de sous les arches sur les sables périlleux où l'on était mis à l'épreuve au milieu des hurlements de quatre-vingt mille citoyens.

C'était leur problème, non le sien.

À dix-neuf ans, il était le principal aurige des Verts dans le plus grand stade au monde et il avait une réelle occasion de devenir le premier conducteur de char, depuis l'Espéranain Ormaez, à gagner cent courses dans la Cité avant son vingtième anniversaire, à la fin de l'été.

Mais l'Empereur était mort. Il n'y aurait pas de courses aujourd'hui, ni pendant les rites funèbres, qui dureraient le dieu savait combien de temps. Vingt mille spectateurs, peut-être plus, se trouvaient dans l'Hippodrome ce matin-là ; ils s'étaient éparpillés sur la piste, mais ils échangeaient des murmures anxieux ou écoutaient les prêtres en tunique jaune psalmodier les litanies, ils ne regardaient pas la parade des chars. Il avait perdu une demi-course la semaine précédente à cause d'une blessure à l'épaule, et maintenant cette journée-ci – et les semaines suivantes, alors ?

Assurément, il n'aurait pas dû se faire autant de souci pour ses propres affaires en un tel moment. Les prêtres, héladikéens ou orthodoxes, seraient tous bien d'accord pour le fustiger ; sur certains points, les religieux s'entendaient très bien.

Des hommes pleuraient dans les gradins ou sur la piste, d'autres gesticulaient trop, en parlant trop fort, la peur au fond des yeux. Scortius avait vu déjà cette expression pendant les courses, sur les traits d'autres conducteurs. Il ne pouvait dire l'avoir éprouvée lui-même, sauf lorsque les armées bassanides avaient déferlé à travers les sables et que, depuis les remparts de sa cité natale, il avait levé les yeux et vu le regard de son père. Ils s'étaient rendus, cette fois-là, perdant leur cité et leurs demeures pour les regagner quatre ans plus tard par traité à la suite de victoires à la frontière nord ; on s'échangeait constamment les places conquises, de part et d'autre.

L'Empire était peut-être en péril à cette heure, il le comprenait bien. Il fallait une main ferme aux chevaux, à un empire aussi. Son problème, c'était que, ayant grandi là où il était né, il avait vu trop souvent les armées orientales de Shirvan, le Roi des rois, pour se sentir aussi anxieux, et de loin, que ceux qu'il observait en cet instant. L'existence était trop pleine, trop riche, trop neuve, trop terriblement excitante pour que son humeur fût assombrie, même en ce jour.

Il avait dix-neuf ans, et il était conducteur de char. À Sarance.

Les chevaux étaient toute sa vie, comme il l'avait rêvé. Les affaires du monde alentour… Il pouvait laisser les autres s'en occuper. Quelqu'un serait nommé empereur. Un jour, bientôt, si le dieu le voulait, quelqu'un siégerait dans la kathisma – la loge impériale – au centre du virage ouest de l'Hippodrome, et laisserait tomber le mouchoir blanc qui signalerait le début de la parade ; les chariots passeraient au pas, puis se mettraient à rouler. L'identité de l'homme au mouchoir importait peu à un aurige, songeait Scortius de Soriyie.

Il était vraiment jeune, et vivait depuis moins d'un an dans la Cité ; le factionnaire des Verts l'avait recruté dans un petit hippodrome de Sarnica, où il conduisait des carnes pour les humbles Rouges du cru – en leur gagnant des courses. Il avait encore à grandir et à apprendre. Il le ferait, d'ailleurs, et très vite. Les hommes changent, parfois.

Il s'appuya au pilier d'une arche, dans l'ombre, pour observer la foule depuis cette position avantageuse, un passage conduisant aux salles d'exercices et aux écuries, ainsi qu'aux minuscules logements du personnel de l'Hippodrome, sous les gradins. Une porte verrouillée, à mi-chemin dans le tunnel, donnait sur les caverneuses citernes contenant la majeure partie des réserves d'eau de la Cité. Les jours où ils ne couraient pas, les conducteurs les plus jeunes et les palefreniers faisaient des concours de petits esquifs entre les myriades de piliers, dans la pâle lumière de ces espaces aquatiques remplis d'échos.

Scortius se demanda s'il aurait dû quitter l'Hippodrome et traverser le Forum pour aller aux écuries des Verts s'occuper de son meilleur attelage, en laissant les prêtres psalmodier et les citoyens les plus indisciplinés se jeter à la tête, même pendant les saints rituels, les noms de candidats au trône impérial.

Un ou deux des noms invoqués avec tant de bruit lui disaient vaguement quelque chose. Il n'était pas familier de tous les officiers de l'armée et des nobles, moins encore du nombre stupéfiant de fonctionnaires du palais à Sarance. Qui donc l'aurait pu tout en se concentrant sur ce qui comptait réellement ? Il détenait quatre-vingt-trois victoires, il fêterait son anniversaire au dernier jour de l'été. Son projet était envisageable. Il leva les yeux en frottant son épaule meurtrie. Pas de nuages, la menace d'orage s'était éloignée vers l'est. Ce serait une journée torride. La chaleur lui réussissait sur la piste ; originaire de Soriyie, brûlé par le soleil du dieu, il s'accommodait mieux de l'éclat blanc de l'été que la plupart des autres. Ç'aurait été une bonne journée de courses pour lui, il en était certain. Perdue, à présent. L'Empereur était mort.

Il n'y aurait pas que des paroles et des noms à voler dans l'Hippodrome d'ici la fin de la matinée, il s'en doutait bien. Ce genre de foule ne restait jamais bien longtemps tranquille et, en la circonstance, Bleus et Verts se côtoyaient de plus près qu'il n'était souhaitable pour la sécurité générale. À mesure que la température monterait, l'humeur des factions en ferait autant. Une émeute née dans l'hippodrome de Sarnica, juste avant le départ de Scortius, s'était terminée avec la moitié du quartier kindath en flammes tandis que la foule enragée se répandait dans les rues.

Mais les Excubiteurs étaient là ce matin, armés et vigilants, et l'ambiance était plus à l'appréhension qu'à la colère. Peut-être se trompait-il quant à l'éventualité de violences. Il ne connaissait pas grand-chose en dehors des chevaux, il aurait été le premier à l'admettre. Une femme le lui avait dit pas plus tôt que deux nuits auparavant, mais, aussi langoureuse qu'une chatte, elle n'avait pas semblé insatisfaite. Il s'en était bien rendu compte : la même voix apaisante si utile avec les chevaux ombrageux était parfois tout aussi efficace avec les femmes qui l'attendaient après une course, ou envoyaient leurs serviteurs l'attendre.

La réussite n'était pas garantie chaque fois, remarquez. Au milieu de la nuit passée avec cette femme féline, il avait eu l'étrange impression qu'elle eût préféré être menée ou maniée comme il le faisait d'un quadrige dans la dernière ligne droite, à brides abattues, vers l'arrivée. Une pensée troublante. Il n'y avait pas donné suite, bien entendu. Les femmes s'avéraient difficiles à évaluer ; elles valaient cependant la peine qu'on leur consacre quelque réflexion, il devait l'admettre.

Mais vraiment pas autant que les chevaux. Rien ne les valait.

« L'épaule va mieux ? »

Scortius tourna la tête, en dissimulant à peine sa surprise. Il n'aurait pas attendu ce genre de question polie de l'homme massif mais bien bâti qui l'avait posée, en venant le rejoindre amicalement sous son arche.

« Pas mal mieux », répondit-il brièvement à Astorgus des Bleus, le conducteur le plus en vue du moment – c'était pour faire pièce à celui-ci qu'on l'avait recruté à Sarnica. Scortius se sentait inepte et gauche devant son aîné ; il n'avait pas idée du comportement à adopter dans ce genre de situation. On avait déjà élevé et dédié à Astorgus non pas une mais deux statues parmi les monuments qui décoraient la spina, l'arête centrale de l'Hippodrome, et l'une d'elles était en bronze. Il avait dîné une demi-douzaine de fois au palais Atténin, à ce que l'on disait. Les puissants de l'Enceinte impériale le consultaient sur des affaires touchant à la Cité.

Astorgus se mit à rire, avec une expression de franc amusement. « Je ne te veux aucun mal, mon garçon. Pas de poison, pas de tablette de sorts, pas de sbires embusqués dans le noir au sortir de chez une dame. »

Scortius se sentit rougir. « Je sais », marmonna-t-il.

Tout en examinant la piste et les gradins noirs de monde, Astorgus ajouta : « Une rivalité, c'est bon pour tout le monde. Les gens parlent des courses. Même quand ils n'y sont pas. Ça les pousse à parier. » Il s'adossa à l'un des piliers de l'arche. « Ils désirent davantage de jours de courses. Ils adressent des pétitions aux empereurs. Les empereurs veulent que leurs citoyens soient contents, ils ajoutent des courses au calendrier. Ce qui signifie davantage de bourses pour nous tous, petit. Tu vas m'aider à prendre encore plus tôt ma retraite. » Il se tourna vers Scortius en souriant. Son visage présentait un nombre étonnant de cicatrices.

« Tu veux prendre ta retraite ? dit Scortius avec stupéfaction.

— J'ai trente-neuf ans, répliqua plaisamment Astorgus. Oui, je veux prendre ma retraite.

— Ils ne te laisseront pas faire. Les partisans des Bleus exigeront ton retour.

— Et je reviendrai. Une fois. Deux. Si on y met le prix. Et, alors seulement, j'accorderai leur récompense à mes vieux os et te laisserai fractures, cicatrices et dégringolades – à toi ou à d'autres plus jeunes. As-tu idée du nombre de conducteurs que j'ai vus mourir sur la piste depuis mes débuts ? »

Scortius en avait vu assez depuis les siens tout récents pour ne pas avoir besoin de réponse. Quelle que fût la couleur des conducteurs, les sauvages partisans des autres factions les voulaient morts, mutilés, rompus. On venait aux hippodromes pour voir le sang et entendre les hurlements autant que pour admirer la vitesse. Sur des tombes, dans des puits et des citernes, on déposait des tablettes de cire gravées de malédictions mortelles, on en enterrait à des carrefours, on en jetait dans la mer sous la lune depuis les murailles de la Cité. On payait alchimistes et chiromanciens – qu'ils fussent intègres ou des charlatans – pour jeter des sorts coûteux sur conducteurs et chevaux dûment identifiés. Dans les hippodromes de l'Empire, les conducteurs de char couraient tout autant les uns contre les autres que contre la mort, le Neuvième Aurige. Héladikos, fils de Jad, avait péri dans son chariot et ils étaient ses disciples. Certains d'entre eux, du moins.

Les deux conducteurs demeurèrent un moment silencieux en observant le tumulte depuis l'ombre du porche. Si la foule les remarquait, Scortius le savait, ils seraient assiégés.

On ne les remarqua pas. Astorgus dit plutôt, à voix basse, après le silence : « Cet homme. Le groupe, là. Tous des Bleus ? Pas lui. Ce n'est pas un Bleu. Je le connais. Que fait-il donc, je me le demande ? »

Scortius, avec un intérêt des plus modérés, jeta un coup d'œil à temps pour voir l'homme désigné mettre ses mains en coupe devant sa bouche et crier, d'une voix patricienne qui portait loin : « Daleinus sur le Trône d'or ! Les Bleus pour Flavius Daleinus !

— Eh bien, ma foi ! » dit Astorgus, premier conducteur des Bleus, presque pour lui-même. « Ici aussi ?
Mais vraiment, quel ingénieux bâtard ! »

Scortius n'avait pas idée de ce dont il parlait.

Bien plus tard seulement, en reconstituant les événements, finirait-il par comprendre.

◆

Depuis un moment, le cordonnier Fotius observait
justement l'homme aux traits accusés, rasé de près,
dans sa tunique bleue parfaitement repassée.

Au milieu d'un groupe plus disparate que de coutume, partisans des factions et citoyens sans affiliation
évidente, Fotius s'essuya le front d'une manche humide
en essayant d'ignorer la sueur qui lui coulait dans le
dos et le long des côtes. Sa tunique était couverte de
taches de poussière et de transpiration, comme la tunique
verte de Pappio, à ses côtés. La tête bientôt chauve du
souffleur de verre portait une calotte qui avait pu être
élégante mais qui, maintenant fanée, faisait l'objet de
la risée générale. La chaleur était déjà cruelle. La brise
avait disparu avec le lever du soleil.

Ce grand gaillard trop bien habillé agaçait Fotius. Il
se tenait avec assurance au milieu de partisans des
Bleus parmi lesquels se trouvaient un certain nombre
des meneurs de claques, ceux qui orchestraient les acclamations au début des parades et après les victoires.
Mais Fotius ne l'avait jamais vu auparavant, ni dans
les gradins des Bleus ni dans les banquets, ni dans des
cérémonies.

Il donna un petit coup de coude impulsif à Pappio :
« Tu le connais ? » Il désignait l'autre. Pappio, tout en
se tamponnant la lèvre supérieure, plissa les yeux dans
la lumière. Il hocha soudain la tête. « C'est l'un des
nôtres. Ou du moins il l'était l'an dernier. »

Un sentiment de triomphe envahit Fotius. Il était
sur le point de marcher à grands pas sur le groupe de

Bleus quand l'homme porta ses mains à sa bouche pour crier le nom de Flavius Daleinus, acclamant comme empereur, au nom des Bleus, cet aristocrate fort connu.

Rien là d'unique, même si l'homme n'était pas un Bleu. Mais quand, le temps d'un battement de cœur, le même cri s'éleva à l'unisson de plusieurs sections de l'Hippodrome, au nom des Verts, puis encore des Bleus, et même des couleurs moins importantes, les Rouges et les Blancs, et d'une guilde d'artisans, puis d'une autre et d'une autre encore, le cordonnier se mit à rire tout haut.

« Par le saint nom de Jad, entendit-il Pappio s'exclamer, acerbe, nous prend-il vraiment tous pour des imbéciles ? »

Les factions n'étaient pas sans connaître la technique des "acclamations spontanées". En vérité, le musicien accrédité de chaque couleur était, entre autres, responsable du choix et de l'entraînement des recrues qui reprenaient et prolongeaient les cris aux moments critiques d'une journée de courses. L'appartenance à une faction, c'était aussi le plaisir d'entendre résonner dans l'Hippodrome, parfaitement synchronisés, les cris de "Gloire aux glorieux Bleus !", ou "Victoire éternelle à Astorgus le conquérant !" – la puissante clameur qui déferlait depuis le nord des gradins, et suivait la courbe de la piste pour revenir de l'autre côté tandis que l'aurige triomphant bouclait son tour d'honneur devant les partisans muets et défaits des Verts.

« Probable, dit un homme près de Fotius, d'un ton acerbe. Qu'est-ce que les Daleinoï pourraient bien savoir de nous ?

— C'est une famille honorable ! » intervint quelqu'un d'autre.

Fotius les laissa en débattre et traversa le terrain en direction du groupe de Bleus. Il se sentait irrité et il avait chaud. Il donna une tape sur l'épaule de l'imposteur. À cette distance, il pouvait sentir son odeur. Du parfum ? Dans l'Hippodrome ?

« Par la lumière de Jad, qui es-tu ? dit-il d'un ton impérieux. Tu n'es pas un Bleu, comment oses-tu parler en notre nom ? »

L'homme se retourna. Il était massif, mais sans gras superflu. Avec de bizarres yeux vert pâle qui examinaient maintenant Fotius comme s'il avait été un insecte rampant au goulot d'une fiole de vin. Fotius se surprit à se demander, entre autres réflexions turbulentes, comment, par une matinée comme celle-ci, on pouvait bien conserver une tunique aussi impeccablement propre et dépourvue de plis.

Les autres l'avaient entendu. Ils les regardaient, et l'homme dit avec dédain, d'une voix précise et sèche : « Et tu es le gardien accrédité des listes des Bleus de Sarance, dois-je supposer ? Ha ! Tu ne sais sans doute même pas lire !

— Peut-être pas, rétorqua Pappio en s'avançant à son tour avec audace, mais toi, tu portais une tunique verte l'automne dernier lors de notre banquet de fin de saison. Je me rappelle. Tu as même bu à notre santé. Tu étais saoul ! »

L'homme parut de toute évidence ranger Pappio parmi les insectes rampants, dans une classe voisine de celle de Fotius. Il fronça le nez : « Et il y a un nouvel édit qui interdit de changer d'allégeance, maintenant ? N'ai-je pas le droit d'apprécier et de célébrer les triomphes du puissant Asportus ?

— De qui ? dit Fotius.

— Astorgus, corrigea l'homme en hâte. Astorgus des Bleus.

— Fiche le camp d'ici », dit Daccilio, que Fotius avait toujours connu comme un des meneurs de claque de la faction bleue et qui avait cette année porté la bannière pendant des cérémonies d'ouverture de l'Hippodrome. « Fiche le camp tout de suite !

— Mais enlève d'abord cette tunique bleue ! » grinça quelqu'un d'autre, furieux. Le ton montait ; des têtes se tournaient dans leur direction. Dans tout l'Hippodrome, les imposteurs trop bien synchronisés continuaient à crier le nom de Flavius Daleinus. Bouillonnant d'une colère brûlante qui ressemblait presque à du plaisir, Fotius referma ses mains en sueur sur la tunique bleue bien nette de l'imposteur.

Asportus, hein ?

Il tira d'un coup sec et sentit la tunique se déchirer à l'épaule. La broche sertie de gemmes qui la retenait tomba dans le sable. Il se mit à rire – puis laissa échapper un hurlement quand un coup vint le frapper au creux des genoux. Il tituba et s'effondra dans la poussière. Exactement comme un aurige, songea-t-il.

Il leva des yeux aveuglés de larmes, le souffle coupé de douleur. Des Excubiteurs. Bien sûr. Trois. Armés, impersonnels, sans merci. Ils pouvaient le tuer aussi aisément que lui faucher les genoux, et avec autant d'impunité : on était à Sarance, ici ; tous les jours, des gens du commun mouraient pour l'exemple. L'extrémité acérée d'une lance visait sa poitrine.

« Le prochain qui en frappe un autre aura droit à la pointe, pas au manche », dit l'homme qui tenait l'arme, d'une voix rendue caverneuse par son casque. Il était d'un calme parfait. Les soldats de la Garde impériale étaient les mieux entraînés de la Cité.

« Vous avez du pain sur la planche, alors », dit Daccilio sans mâcher ses mots, pas du tout intimidé. « On dirait que la démonstration spontanée arrangée par les illustres Daleinoï n'obtient pas l'effet désiré. »

Les trois Excubiteurs jetèrent un coup d'œil aux gradins et celui qui tenait la lance poussa un juron, un peu moins calme. On commençait à échanger des coups de poing autour de ceux qui avaient lancé les acclamations évidemment orchestrées. Immobile à terre, sans même oser se frotter les jambes, Fotius attendit de voir la pointe de la lance hésiter puis s'écarter. L'imposteur aux yeux verts, dans sa tunique bleue déchirée, n'était plus dans les environs. Fotius ignorait totalement où il avait bien pu aller.

Pappio s'agenouilla près de lui : « Ça va, mon ami ? »

Fotius réussit à hocher la tête, essuya larmes et sueur de son visage. Sa tunique et ses jambes étaient couvertes de poussière, celle du sol sacré où couraient les conducteurs de char. Il se sentit soudain submergé par une vague d'amitié à l'égard du souffleur de verre et de sa calvitie naissante. Un Vert, certes, Pappio, mais quand même un type bien. Et il l'avait aidé à démasquer un imposteur.

Asportus des Bleus ! *Asportus ?* Fotius eut presque envie de vomir. Comptez sur les Daleinoï, ces arrogants patriciens, pour avoir aussi peu de respect envers les citoyens et s'imaginer qu'une méprisable pantomime comme celle-là pouvait poser les fesses de Flavius sur le Trône d'or !

Près d'eux, les Excubiteurs se formèrent soudain en une seule ligne hérissée de lances, avec une précision toute militaire. Un homme à cheval venait d'entrer dans l'Hippodrome et se dirigeait avec lenteur vers le centre, en longeant l'arête.

D'autres avaient vu le cavalier. Quelqu'un cria son nom, et d'autres voix en firent autant. Cette fois, c'était réellement spontané. Un peloton d'Excubiteurs se déploya autour de lui alors qu'il immobilisait son cheval en tirant sur les rênes. Leur formation de cérémonie et leur silence attirèrent tous les regards et suscitèrent de proche en proche l'immobilité parmi les vingt mille citoyens présents.

« Citoyens de Sarance, j'ai des nouvelles ! » s'écria Valérius, commandant des Excubiteurs, du ton abrupt et sans apprêt d'un soldat.

Tous ne pouvaient l'entendre, bien sûr, mais on répéta ses paroles – il en était toujours ainsi à l'Hippodrome – dans toute l'étendue, loin dans les gradins, par-dessus l'arête, son obélisque et ses statues, à travers la kathisma déserte où l'Empereur siégeait pendant les courses, et sous les porches d'où observaient quelques auriges et des membres du personnel de l'Hippodrome, à l'abri du soleil flamboyant.

À ses pieds, dans le sable, Fotius aperçut la broche tombée plus tôt. Il s'en saisit avec alacrité. Nul ne semblait l'avoir remarqué. Il la vendrait, peu de temps après, une somme assez importante pour changer son existence. Mais pour le moment, il se contenta de se relever en hâte. Il était couvert de poussière et de saleté, collant de sueur, mais il se devait d'être debout, pensait-il, quand on proclamerait le nom de son empereur.

Il se trompait sur ce qui allait s'ensuivre, mais comment aurait-il pu comprendre la danse qu'on dansait ce jour-là?

◆

Bien plus tard, embarras imprévu, l'enquête du Maître des charges, par l'intermédiaire du Questeur responsable des Services secrets impériaux, s'avéra impuissante à découvrir les assassins de l'aristocrate sarantin le plus éminent de son temps.

On établit assez aisément que Flavius Daleinus, revenu tout récemment dans la Cité, avait quitté sa demeure ce matin-là en compagnie de ses deux fils aînés, d'un neveu et d'une petite escorte. Des membres de la famille confirmèrent qu'il se rendait au Sénat pour offrir son soutien officiel aux sénateurs en ces temps d'épreuve et de décision. Selon quelques indices – non confirmés par l'Enceinte impériale – il avait prévu de rencontrer là le Chancelier pour être ensuite escorté par Gésius au palais Atténin afin d'y présenter ses derniers hommages.

Quand on transporta Daleinus chez lui sur un brancard, et plus tard à son lieu ultime de repos dans le mausolée familial, l'état du corps du défunt et ce qui restait de ses vêtements était tel qu'on ne put confirmer officiellement une rumeur très répandue ce matin-là au sujet des vêtements en question.

Ceux-ci avaient brûlé en entier – avec ou sans la bordure pourpre qui faisait l'objet de toutes les discussions – et presque toute la peau de l'élégant aristocrate avait été calcinée ou écorchée par le feu. Ce qui restait de son visage était horrible à voir, les traits en avaient comme fondu, une ruine sous la chevelure d'argent autrefois si distinguée. L'aîné de ses fils et son neveu étaient également passés de vie à trépas, ainsi que quatre de ses serviteurs. Le fils survivant, disait-on, était désormais aveugle et impropre à être vu en société. On s'attendait à lui voir prononcer les vœux du sacerdoce et quitter la Cité.

Le feu sarantin avait ce genre de conséquences sur les êtres humains.

Cette arme était l'un des secrets que l'Empire protégeait avec férocité, car elle avait évité à la Cité – jusqu'à présent – des invasions maritimes. Une réputation terrifiante précédait ce feu liquide qui incendiait vaisseaux et équipages et brûlait sur la mer.

De mémoire d'homme, en fait, et d'après les chroniques militaires, on ne l'avait jamais utilisé à l'intérieur des murailles ou lors d'une action terrestre contre des ennemis.

Ce qui, bien entendu, faisait porter les soupçons des gens bien informés sur les généraux de la Marine et, en vérité, sur n'importe quels autres officiers à même de suborner les ingénieurs navals à qui l'on apprenait comment diriger le liquide en fusion sur une cible à l'aide de tuyaux, ou à le projeter à distance sur les flottes ennemies de Sarance.

Par la suite, comme il se devait, on livra un certain nombre de gens à des interrogateurs experts. Leur décès, cependant, ne servit guère le but visé, lequel était de déterminer qui avait arrangé l'affreux assassinat d'un distingué patricien. Le Stratège de la Marine, un homme de la vieille école, choisit de mettre fin à ses jours mais laissa une lettre déclarant son innocence de tout crime et sa honte mortelle d'avoir vu une telle arme, confiée à ses soins, être utilisée de pareille manière. Son trépas, en conséquence, ne servit pas non plus à grand-chose.

On rapporta avec une raisonnable certitude que trois hommes avaient manié la pompe et le tuyau. Ou cinq. Ils portaient les couleurs, les vêtements de style bassanide, ainsi que les moustaches et les longs cheveux à la barbare des partisans les plus fanatiques des Verts. Ou des Bleus. Ou encore ils portaient les tuniques brun clair, bordées de noir, des hommes du Préfet de la Cité. Ils s'étaient enfuis vers l'est dans une allée, dit-on. Ou à l'ouest. Ou par l'arrière d'une maison donnant sur la rue opulente et ombragée où se trouvait la résidence des Daleinoï dans la Cité. Les assassins avaient été des Kindaths, déclara-t-on avec conviction, robes argentées et calottes bleues. Aucun motif apparent pour un tel acte de leur part, mais les adorateurs des deux lunes pouvaient fort bien commettre des actes malveillants pour le simple plaisir de faire le mal. S'ensuivirent quelques attaques sporadiques contre le quartier kindath, jugées excusables par le Préfet dans la mesure où elles servaient d'exutoire aux tensions de la Cité.

On avisa tous les marchands étrangers pourvus de licence de rester jusqu'à nouvel ordre à Sarance, dans les quartiers qui leur étaient attribués. Certains de ceux qui, dans leur audace téméraire, ne le firent point, curieux peut-être de suivre les événements en cours, en souffrirent les conséquences prévisibles et infortunées.

On ne retrouva jamais les assassins de Flavius Daleinus.

Dans le décompte méticuleux qu'on fit des morts de cette douloureuse période, décompte ordonné et exécuté par le Préfet de la Cité à la requête du Maître des charges, se retrouva un rapport concernant trois cadavres poussés sur le rivage quatre jours plus tard et découverts sur la côte par une patrouille de soldats, à l'est des triples murailles. Ils étaient nus, peau livide et délavée après leur séjour dans l'eau de mer, et des créatures marines leur avaient grignoté le visage et les extrémités.

On n'établit jamais aucune relation entre cette découverte et les événements de la terrible nuit où l'empereur Apius était allé rejoindre le dieu, pour être suivi, dans la matinée, par le noble Flavius Daleinus. Quelle relation aurait-on bien pu établir ? Les pêcheurs trouvaient tout le temps des cadavres dans l'eau et le long des plages de galets, sur la rive orientale.

◆

À la manière secrète, et peut-être mesquine, d'un homme intelligent dépourvu de réel pouvoir, Plautus Bonosus se réjouit fort de l'expression du chancelier impérial lorsque le Maître des offices apparut dans la chambre du Sénat ce matin-là, peu de temps après l'arrivée de Gésius lui-même.

Le grand et filiforme eunuque inclina gravement la tête, mains jointes, comme si l'arrivée d'Adrastus était pour lui une source de soutien et de réconfort. Mais Bonosus l'avait observé tandis que les gardes forçaient à s'ouvrir les portes trop décorées – plutôt mal remises des sévices qu'on leur avait fait subir.

Gésius s'était attendu à voir quelqu'un d'autre.

Bonosus avait une assez bonne idée de l'identité de la personne en question. Il serait intéressant de voir réunis tous les acteurs de cette pantomime matinale. Adrastus, c'était clair, était venu de son propre chef. Les deux plus puissants stratèges – et les plus dangereux – se trouvaient avec leurs forces à plus de deux jours de Sarance à marche forcée, et une voie légitime s'ouvrait vers le Trône d'or pour le Maître des offices, s'il agissait vite. Son lignage parmi les "Noms" était impeccable, son rang et son expérience sans égaux, et il possédait l'assortiment habituel d'amis. Et d'ennemis.

Gésius, bien entendu, ne pouvait pas même entretenir l'idée de devenir empereur, mais le Chancelier pouvait organiser une succession qui assurerait sa propre pérennité au cœur du pouvoir impérial – ou s'y essayer.

Ce ne serait pas la première fois, et de loin, qu'un eunuque du palais aurait orchestré les circonstances d'un changement de règne.

Tout en écoutant les discours banals qui se succédaient chez ses collègues – variations sur le thème de la terrible perte et des capitales décisions à venir –, Bonosus fit signe à un esclave de lui donner une coupe de vin glacé et se demanda qui pourrait bien gager avec lui.

Un charmant blondinet – du Karche, loin au nord, à en juger par la couleur de sa peau – apporta le vin. Bonosus lui sourit et regarda distraitement le garçon retourner près du mur le plus proche. Il passa de nouveau en revue l'état de ses propres relations avec les Daleinoï. Aucun conflit, à sa connaissance. Quelques années plus tôt, avant sa nomination au Sénat, ils avaient financé de concert, et de façon profitable, deux expéditions d'un bateau d'épices en direction d'Ispahane. Son épouse lui rapportait qu'elle saluait celle de Flavius Daleinus lorsque toutes deux se rencontraient à leur établissement de bains favori, et qu'on lui répondait toujours avec politesse en l'appelant par son nom. Bien.

Bonosus s'attendait à voir Gésius vainqueur. Son candidat patricien émergerait comme empereur désigné, et l'eunuque conserverait son poste de chancelier impérial. La puissante alliance du Chancelier et de la famille la plus riche de la Cité était plus qu'à même de contrecarrer l'ambition d'Adrastus, si onctueuses fussent les manières du Maître des offices et si complexes les réseaux d'espionnage qu'il avait tissés. Bonosus était prêt à risquer une somme considérable sur l'affaire, s'il trouvait preneur.

Il n'y aurait pas de paris ce jour-là. Lui aussi, plus tard, en son for intérieur – et en plein chaos – aurait quelque raison d'en éprouver de la gratitude.

Tout en sirotant son vin, Bonosus vit Gésius, d'un geste économe et élégant de ses longs doigts, inviter Oradius à demander la permission de prendre la parole.

Le Maître du Sénat acquiesça aussitôt, hochant la tête telle une marionnette ambulante. On l'a acheté, décida Bonosus. Adrastus aussi devait avoir ses partisans dans la salle ; il allait sûrement prononcer bientôt son propre discours. Ce serait vraiment intéressant. Lequel était le mieux en mesure d'étrangler le Sénat ? Personne n'avait essayé d'acheter Bonosus ; il se demanda s'il devait s'en estimer flatté ou offensé.

Tandis qu'un autre éloge funèbre de l'éclatant et trois fois honoré empereur défunt, à jamais sans égal, en arrivait à sa conclusion cousue de platitudes, Oradius adressa un geste déférent au Chancelier. Gésius s'inclina de bonne grâce et se dirigea vers le cercle de marbre blanc destiné à l'orateur, au centre du revêtement de mosaïques.

Avant qu'il pût commencer, cependant, on frappa de nouveau à la porte. Bonosus se tourna vers l'entrée, dans l'expectative. La synchronisation était vraiment remarquable, constata-t-il avec admiration. Impeccable, de fait. Il se demanda comment Gésius s'y était pris.

Mais ce ne fut pas Flavius Daleinus qui fit son entrée.

À sa place, un officier de la Préfecture urbaine, extrêmement agité, parla au Sénat assemblé de feu sarantin déchaîné dans la Cité et d'un noble assassiné.

Peu de temps après, tandis qu'un chancelier au visage gris, brusquement vieilli, se faisait soutenir jusqu'à son banc par des sénateurs et des esclaves, et que le Maître des offices affichait ou bien une incrédulité stupéfaite ou de brillants talents d'acteur, l'auguste Sénat de l'Empire entendit pour la deuxième fois de la journée une foule en furie devant ses pauvres portes bien malmenées.

Mais, cette fois, il y avait une différence. On criait un seul nom, et les voix exprimaient une assurance sauvage, pleine de défi. Les portes s'ouvrirent avec un choc violent, et les rues de la Cité se déversèrent dans la chambre. Bonosus vit de nouveau les couleurs des factions et d'innombrables guildes, des commerçants, des marchands ambulants, des aubergistes, des employés des thermes, des dresseurs d'animaux, des mendiants, des prostituées, des artisans, des esclaves. Et des soldats. Cette fois, il y avait des soldats.

Et sur toutes ces lèvres, le même nom. Le peuple de Sarance faisait connaître sa volonté. Bonosus, poussé par quelque instinct, se tourna à temps pour voir le Chancelier vider d'un trait sa coupe de vin. Après avoir pris une profonde inspiration qui sembla lui redonner des forces, Gésius se leva, sans assistance, pour se diriger de nouveau vers le cercle de l'orateur. Il avait retrouvé ses couleurs.

Saint Jad, songea Bonosus, l'esprit tourbillonnant telle une roue de chariot renversé, peut-il être aussi prompt ?

« Très nobles membres du Sénat impérial », dit le Chancelier en faisant résonner sa voix ténue aux modulations exquises, « Voyez ! Sarance est venue à nous ! Entendrons-nous la voix de notre peuple ? »

La foule l'entendit et sa voix, en réponse, devint un mugissement qui fit trembler la salle. Un nom, encore et encore. Répercuté par le marbre et les mosaïques, les pierres précieuses et l'or, vers le dôme où Héladikos au destin funeste conduisait son chariot, porteur du feu divin. Un seul nom. Un choix absurde, d'une certaine façon, se dit Plautus Bonosus, mais d'un autre côté peut-être pas. Il se surprit lui-même ; il n'avait jamais entretenu cette idée auparavant.

Derrière le Chancelier, Adrastus, le suave et raffiné Maître des offices, l'homme le plus puissant de la Cité, de l'Empire, semblait toujours abasourdi, décontenancé par l'évolution rapide de la situation. Il n'avait pas bougé, n'avait pas réagi. Gésius, oui. En fin de compte, cette hésitation, le fait d'avoir raté le moment où tout avait changé, coûterait à Adrastus sa position. Et ses yeux.

Le Trône d'or lui était d'ores et déjà ravi. C'était peut-être cette prise de conscience naissante qui le figeait sur place, là, sur un banc de marbre, tandis que la foule rugissait et vociférait comme si elle s'était trouvée à l'Hippodrome ou au théâtre, et non dans la chambre du Sénat. Ses rêves en miettes – de subtils et complexes desseins réduits à néant, tandis qu'un forgeron rougeaud et édenté lui hurlait, en plein dans sa face d'homme bien né, le nom choisi par la Cité.

Ce qu'entendait peut-être en cet instant Adrastus, paralysé, c'était un tout autre son : les précieux oiseaux de l'Empereur, qui chantaient désormais pour un autre danseur.

◆

"Valérius sur le Trône d'Or !"

Ce cri avait couru dans l'Hippodrome, exactement comme on le lui avait prédit. Il avait alors décliné en secouant la tête d'un air résolu, avait fait tourner son cheval pour quitter la place… et vu une compagnie des hommes du Préfet de la Cité – et non de ses propres soldats – accourir vers lui pour mettre genou en terre devant sa monture, lui faisant obstacle de leur corps.

Eux aussi avaient alors repris son nom, en un cri sonore, le suppliant d'accepter le trône. Il avait encore refusé en secouant la tête, avec un grand geste de dénégation. Mais la foule était déjà en transe. Le cri qui avait commencé à résonner lorsqu'il leur avait appris la mort de Daleinus se réverbérait dans le vaste espace où les chariots couraient tandis que le peuple les acclamait. Il y avait maintenant là trente, peut-être quarante mille personnes, même s'il n'y devait pas y avoir de courses ce jour-là.

Une autre épreuve suivait son cours vers sa fin bien orchestrée.

Pétrus lui avait dit ce qui allait se passer, ce qu'il devrait faire à chaque étape. La nouvelle d'un second décès susciterait un choc de crainte, mais pas de chagrin, et même le sentiment d'un châtiment bien mérité après les acclamations trop évidemment orchestrées par Daleinus. Valérius n'avait pas demandé à son neveu comment il savait que ces acclamations auraient lieu. Connaître certains détails était superflu ; il devait déjà en garder assez en mémoire, plus qu'assez, afin d'avoir une idée claire de la séquence des événements.

Mais tout s'était passé ainsi que Pétrus l'avait prédit, avec l'exactitude d'une charge de cavalerie lourde en terrain dégagé, et il était là sur son cheval, avec les hommes du Préfet qui lui bloquaient le passage et la foule de l'Hippodrome en train de hurler son nom sous l'étincelant soleil du dieu. Son nom, et son nom seul. Il avait refusé par deux fois, comme il en avait été instruit. On plaidait avec lui, maintenant. Il pouvait voir des hommes pleurer en hurlant son nom. Le bruit était assourdissant, un mur de son, douloureux dans son intensité, tandis que les Excubiteurs – ses propres hommes, cette fois – se rapprochaient puis l'encerclaient complètement, mettant un humble et loyal soldat dépourvu d'ambition dans l'incapacité totale de pousser son cheval loin de là et d'échapper à la volonté déclarée du peuple en son heure de grand péril et de grande nécessité.

Il mit pied à terre.

Ses hommes l'entourèrent, le protégeant de la foule où Bleus et Verts se pressaient au coude à coude, confondus en un désir passionné qu'ils ne s'étaient pas connu auparavant, où tous ceux qui étaient assemblés dans la lumière blanche, éclatante, l'imploraient de leur appartenir. De les sauver sans plus attendre.

Et ainsi, dans l'Hippodrome de Sarance, sous l'éclatant soleil d'été, Valérius, comte des Excubiteurs, se soumit à son destin et permit à ses gardes fidèles de le revêtir d'une cape bordée de pourpre que Léontès se trouvait avoir apportée avec lui.

"Ne s'en étonneront-ils pas ?" avait-il demandé à Pétrus.

"À ce moment-là, ça n'aura plus d'importance, avait répliqué son neveu. Fiez-vous-en à moi."

Et les Excubiteurs firent place, leurs rangs extérieurs
s'écartant avec lenteur, tel un rideau, pour laisser voir
ceux de l'intérieur qui portaient un énorme bouclier
rond. Debout sur ce bouclier, tandis qu'ils le soule-
vaient à hauteur d'épaule, à la façon dont les soldats
d'antan proclamaient un empereur, Valérius le Trakésien
leva les mains vers son peuple, se tournant alternativement vers chacun des coins de l'Hippodrome où roulait
un bruit de tonnerre – là était le véritable tonnerre, en
ce jour – et il accepta, avec une humble grâce, la volonté spontanée du peuple sarantin de le voir être son
impérial Seigneur, Régent du Saint Jad sur terre.

"Valérius ! Valérius ! Valérius !"

"Gloire à l'empereur Valérius !"

"Valérius le Doré sur le Trône d'or !"

Dorés, ses cheveux, oui, autrefois, il y avait bien
longtemps, lorsqu'il avait quitté les champs de Trakésie
avec deux autres garçons, aussi pauvre que la terre
rocailleuse mais solide pour un adolescent, prêt à toutes
les tâches les plus dures, à toutes les batailles, prêt à
aller pieds nus dans le froid, la pluie d'automne, le vent
du nord porteur d'hiver qui les poussait dans leur longue
marche jusqu'au campement sarantin, afin d'offrir
leurs services comme soldats à un empereur lointain
dans son inimaginable Cité. Il y avait très, très longtemps.

◆

« Pétrus, resteras-tu dîner avec moi ? »

La nuit. Une rafraîchissante brise de l'ouest, venue
de la mer par les fenêtres ouvertes sur la cour du rez-
de-chaussée. Le son de l'eau montait des fontaines, et
de plus loin encore les murmures soyeux du vent dans
les frondaisons des jardins impériaux.

Deux hommes se tenaient dans une salle du palais
Travertin. L'un d'eux était un empereur, l'autre l'avait
fait tel. Dans le palais Atténin, aux dimensions plus

solennelles, un peu plus loin, de l'autre côté des jardins, la dépouille d'Apius était exposée dans la salle de Porphyre, pièces de monnaie posées sur les paupières, disque d'or glissé entre les mains jointes : son obole et son passeport pour le voyage.

« Je ne peux pas, mon oncle, j'ai des promesses à tenir.

— Ce soir ? Où ?

— Chez les factions. Les Bleus ont été fort utiles aujourd'hui.

— Ah. Les Bleus. Et la plus chérie de leurs actrices ? L'a-t-elle été aussi ? » dit le vieux soldat, l'air malicieux à présent. « Ou devra-t-elle se rendre utile plus tard dans la soirée ? »

Pétrus ne sembla point se troubler. « Aliana ? Une bonne danseuse, et je ris toujours lorsqu'elle joue la comédie. » Il sourit, visage rond et lisse dépourvu de toute fourberie.

L'Empereur le dévisagea d'un œil perspicace – il n'était pas dupe. Après un moment, il reprit d'une voix égale : « L'amour est un péril, mon neveu. »

L'expression du jeune homme se modifia ; il resta un instant silencieux, immobile près d'une entrée. Puis il hocha la tête. « C'est possible. Je le sais. Est-ce que vous… désapprouvez ? »

La question arrivait à point. Mais comment son oncle pouvait-il désapprouver ce soir la moindre de ses actions ? Après les événements de la journée ?

Valérius secoua la tête : « Pas vraiment. Tu vas emménager dans l'Enceinte impériale ? L'un des palais ? » Il y en avait six disséminés dans l'Enceinte. Ils lui appartenaient tous, à présent ; il devrait se familiariser avec eux.

Pétrus acquiesça. « Bien sûr, si vous m'en faites la grâce. Mais pas avant la fin des rites funèbres et l'investiture, et la cérémonie à l'Hippodrome en votre honneur.

— Tu vas l'y emmener avec toi ? »

L'expression de Pétrus, ainsi directement apostrophé, fut également directe : « Seulement si vous l'approuvez.

— N'y a-t-il pas des lois ? demanda l'Empereur. Quelqu'un m'en a touché deux mots, je me rappelle. Une actrice… ?

— C'est vous qui êtes maintenant la source et la fontaine de toutes les lois à Sarance, mon oncle. On peut modifier des lois. »

Valérius poussa un soupir. « Nous devrons en discuter davantage. Et aussi des détenteurs d'offices. Gésius. Adrastus. Hilarinus – celui-là, je n'ai pas confiance en lui. Jamais eu confiance en lui.

— Il n'est plus là, alors. Et Adrastus non plus, je le crains bien. Gésius… c'est plus complexe. Vous savez qu'il s'est déclaré en votre faveur au Sénat ?

— Tu me l'as dit. Est-ce important ?

— Sans doute pas, mais s'il l'avait fait en faveur d'Adrastus, si invraisemblable cela puisse-t-il paraître, la situation aurait pu en devenir… plus difficile.

— Tu lui fais confiance ? »

L'Empereur observa le visage rond de son neveu, sa trompeuse banalité, tandis que le jeune homme réfléchissait. Pétrus n'était pas un soldat. Il n'avait pas non plus l'air d'un courtisan. Il se comportait plutôt, décida Valérius, comme un érudit des antiques académies païennes. Mais il y avait de l'ambition là-dessous. Une énorme ambition. Une ambition à l'échelle d'un empire, de fait. Arrivé à ce point, Valérius avait quelque raison de le savoir.

Pétrus fit un petit geste, de ses mains lisses légèrement écartées. « En vérité ? Je n'en suis pas certain. C'est complexe, je l'ai dit. Nous devrons en discuter davantage, oui. Mais ce soir, vous avez droit à une soirée de loisir, et je vais peut-être me le permettre aussi, avec votre aval. J'ai pris la liberté de vous commander de la bière, mon oncle. Elle se trouve sur le buffet à côté du vin. Ai-je votre aimable permission de me retirer ? »

Valérius n'avait pas vraiment envie de le laisser partir, mais que faire d'autre ? Lui demander de rester pour une nuit, de lui tenir la main et de lui dire que tout irait très bien maintenant qu'il était empereur ? Était-il un enfant ?

« Bien sûr. Veux-tu des Excubiteurs ? »

Pétrus avait esquissé un signe de dénégation, mais il s'interrompit : « C'est probablement sage, en effet. Merci.

— Arrête-toi aux baraquements. Dis-le à Léontès. Une garde de dix hommes pour t'accompagner à partir de maintenant, en rotation continue. On s'est servi de feu sarantin, aujourd'hui. »

Le coup d'œil trop vif de Pétrus indiqua qu'il ne savait trop comment interpréter ce commentaire. Bien. Il ne faudrait pas être transparent à l'excès, avec ce neveu.

« Jad vous garde et vous défende chaque jour de votre vie, mon Empereur.

— Que son Éternelle Lumière soit sur toi. » Et pour la première fois, Valérius le Trakésien dessina sur une tête inclinée le signe de la bénédiction impériale.

Son neveu s'agenouilla, toucha le sol du front par trois fois, la tête entre les paumes, se releva et sortit, toujours aussi calme, inaltérable, même si tout avait changé.

Valérius, empereur de Sarance, successeur de Saranios le Grand, bâtisseur de la Cité, et de toute une lignée d'empereurs qui l'avaient suivi et précédé à Rhodias, sur une période d'au moins six cents ans, resta seul dans cette pièce élégante où brûlaient des lanternes à huile pendues au plafond ou accrochées aux murs, et où – extravagance – étaient allumées une cinquantaine de bougies. La chambre où il devait passer la nuit se trouvait quelque part dans les environs ; il ne savait pas très bien où ; l'endroit ne lui était pas familier ; le commandant des Excubiteurs n'avait jamais eu motif d'y entrer. Il jeta un regard circulaire sur la pièce.

Un arbre se dressait près de la fenêtre donnant sur la cour, en or martelé, avec des oiseaux mécaniques dans les branches ; ils devaient chanter, si on savait comment les faire fonctionner. En or, l'arbre. Tout en or. Il en avait le souffle coupé.

Il alla se verser de la bière au buffet. Après la première gorgée, il sourit. De l'honnête bière trakésienne. Fiez-vous à Pétrus. Il lui vint à l'esprit qu'il aurait dû claquer des mains pour appeler un esclave ou un officier impérial, mais ce genre de choses prenait du temps, et il avait vraiment soif. Il avait le droit d'avoir soif. La journée avait duré des jours – un dicton de soldat. Pétrus avait dit vrai : il méritait une soirée sans autre planification ou tâche à accomplir. Jad savait qu'il aurait assez à faire dans les jours à venir. Et d'abord, quelques indispensables exécutions – si ce n'était déjà fait. Il ignorait le nom des hommes qui avaient utilisé le feu liquide dans la Cité – il ne voulait pas le savoir, de fait – mais on ne pouvait les laisser vivre.

Il s'éloigna du buffet pour se laisser sombrer dans un fauteuil à dossier haut, fort bien rembourré. Recouvert de soie. Il avait rarement eu l'occasion de toucher de la soie. Il effleura le tissu d'un doigt calleux. C'était lisse, et doux. C'était... *soyeux.* Il sourit pour lui-même. Il aimait cela. Une si longue vie de soldat, les nuits sur le sol pierreux, dans les hivers rigoureux ou dans les tempêtes de sable du désert, au sud. Il étendit ses jambes bottées, prit une autre grande gorgée, s'essuya les lèvres du revers de sa lourde main marquée de cicatrices. Les yeux fermés, il but de nouveau. Et décida qu'il voulait se faire enlever ses bottes. Après avoir placé avec soin la bouteille de bière sur un trépied d'ivoire d'une absurde délicatesse, il frappa trois fois dans ses mains, comme avait coutume de le faire Apius – Jad ait son âme !

Trois portes s'ouvrirent brusquement, à l'instant même.

Une dizaine de personnes bondirent littéralement dans la pièce pour se prosterner à terre. Gésius, Adrastus,

le Questeur du Saint Palais, le Préfet urbain, le comte
de la Chambre à Coucher impériale – Hilarinus, celui
dont il se méfiait –, le Questeur des impôts impériaux.
Les plus hauts officiers de l'Empire. Aplatis devant lui
sur la mosaïque bleu et vert – des images de créatures
et de fleurs marines.

Dans le silence qui s'ensuivit, l'un des oiseaux mécaniques se mit à chanter. L'empereur Valérius éclata de
rire.

◆

Très tard cette nuit-là, longtemps après que le vent
de la mer se fut réduit à un souffle, presque toute la
Cité était plongée dans le sommeil, mais certains ne
dormaient pas. Entre autres les membres du Saint Ordre
des Veilleurs dans leurs austères chapelles ; ils croyaient
– avec une dévotion ardente et sans appel – devoir
rester constamment éveillés, à l'exception d'une poignée
d'entre eux, afin de passer la nuit en prières tandis que
Jad, dans son char solaire, négociait son périlleux périple à travers la noirceur glacée au revers du monde.

Les boulangers non plus ne dormaient pas et travaillaient ; ils préparaient le pain, don de l'Empire à
tous ceux qui résidaient dans la glorieuse Sarance. En
hiver, le rougeoiement de leurs fours attirait les gens de
l'ombre à la recherche d'un peu de chaleur – mendiants,
handicapés, prostituées des rues, ceux qu'on avait jetés
dehors et ceux qui étaient trop récemment arrivés dans
la Cité pour avoir trouvé un abri ; au lever du jour froid
et gris, ils iraient ensuite chez les souffleurs de verre et
les forgerons.

Mais c'était l'été, un été brûlant, et les boulangers
presque nus œuvraient à leurs fours avec des jurons,
luisants de sueur, en se gorgeant toute la nuit de bière
claire comme de l'eau, sans personne à leurs portes sinon
les rats qui fuyaient de la lumière vers les ombres.

Dans les rues bien fréquentées, des torches signa-
laient les demeures des riches, et le pas cadencé des

hommes du Préfet de la Cité, comme leurs cris réguliers, prévenaient les illégaux d'aller se promener ailleurs dans la cité nocturne. Les bandes vagabondes des partisans les plus fanatiques – Verts et Bleus avaient chacun leurs cadres violents – avaient tendance à ignorer les patrouilles ; plus exactement, une patrouille solitaire était encline à manifester une prudente discrétion lorsque les partisans barbus, aux habits extravagants, sortaient en titubant d'une taverne ou d'une autre.

Les femmes, excepté celles qui se vendaient ou les patriciennes dans leur litière accompagnée d'escortes armées, ne sortaient pas après la tombée du jour.

Cette nuit-là, pourtant, toutes les tavernes étaient fermées, eu égard à la mort d'un empereur et à la proclamation d'un autre, même les tripots les plus sordides où se désaltéraient esclaves et marins. Le choc des événements de la journée semblait même avoir calmé les partisans des factions. Pas de jeunes gens ivres et braillards aux crinières de barbares occidentaux pour trébucher par les rues désertes dans leurs amples robes orientales à la mode bassanide.

Un cheval hennit dans l'une des écuries des factions près de l'Hippodrome, la voix d'une femme tomba d'une fenêtre ouverte au-dessus d'une colonnade proche, avec le refrain d'une chanson rien moins que dévote. Un homme se mit à rire, la femme en fit autant, puis le silence revint là aussi. Le miaulement aigu d'un chat dans une allée ; un pleur d'enfant – des enfants pleuraient toujours quelque part dans le noir. Le monde était semblable à lui-même.

Le soleil du dieu, dans son chariot, traversait la glace et les mondes infernaux aux démons glapissants. Les deux lunes, perversement adorées comme des déesses par les Kindaths, avaient sombré à l'ouest dans la vaste mer. Seules les étoiles, que nul n'avait encore proclamées saintes, étincelaient tel un semis de diamants sur la cité fondée par Saranios pour être la Nouvelle Rhodias, et pour devenir plus que Rhodias avait jamais été.

"Oh Cité, Cité, joyau de la terre, œil du monde, gloire de la création de Jad, mourrai-je avant de te revoir un jour?"

Ainsi se lamentait Lysurgos Matanias, émissaire à la cour bassanide deux cents ans plus tôt, dans sa nostalgie de Sarance en plein cœur du luxe et des splendeurs orientales de Kabadh. "Oh, Cité, Cité!"

Un certain adage usé par le temps possédait le même sens dans toutes les langues et tous les dialectes de toutes les contrées dominées par cette Cité, avec ses coupoles, ses portes de bronze et d'or, ses palais, ses jardins et ses statues, ses forums, ses théâtres, ses colonnades, ses thermes, les édifices de ses guildes, ses tavernes, ses bordels, ses sanctuaires, et le grand Hippodrome, et ses triples murailles terrestres qui n'avaient jamais subi de brèche, son port profond et bien abrité, et bien gardées les mers qui la gardaient.

Dire de quelqu'un qu'il faisait voile vers Sarance, c'était dire que sa vie était sur le point de changer : il se trouvait au seuil de la grandeur, de la gloire, de la fortune – ou bien au bord d'un précipice, d'une chute ultime et fatale, parce qu'il affrontait un destin excédant ses capacités.

Valérius le Trakésien était devenu empereur.

Héladikos, adoré par certains comme le fils de Jad et représenté sur des mosaïques qui décoraient de saintes coupoles, avait péri dans son chariot en apportant aux humains le feu du soleil.

PREMIÈRE PARTIE

Miracle, oiseau, pièce d'orfèvrerie
Miracle plus qu'oiseau et plus qu'orfèvrerie...

CHAPITRE 1

Comme presque toute l'administration civile de l'empire sarantin après la mort de Valérius Ier et l'accession au Trône d'or de son neveu Pétrus, lequel avait choisi un nom plus approprié, la Poste impériale se trouvait sous l'autorité du Maître des offices.

Des déserts récemment conquis du Majriti et de l'Espérane, loin au couchant, jusqu'à la longue frontière sans cesse fluctuante des Bassanides au levant, des terres insoumises du Karche et de la Moskave jusqu'aux déserts de Soriyie et plus loin, la gestion extrêmement complexe du courrier exigeait un investissement substantiel de personnel et de ressources, et des réquisitions non négligeables de bras et de chevaux dans les communautés rurales qui jouissaient du douteux honneur d'être pourvues d'un relais de poste impérial, ou d'en être voisines.

Le poste de messager impérial, chargé du transport effectif du courrier public et des documents de la cour, impliquait seulement une modeste solde et un régime presque interminable de pénibles voyages, dans des territoires parfois peu sûrs, selon l'activité des barbares ou des Bassanides pendant une saison donnée. Le fait pour un tel office d'être avidement sollicité, avec tous les pots-de-vin afférents, avait surtout rapport à la carrière future qu'on pouvait en attendre après quelques années de service.

Les messagers de la Poste impériale étaient censés espionner à l'occasion pour le Questeur des Renseignements impériaux, et la diligence dans cette partie tacite de l'emploi, couplée avec des pots-de-vin encore plus nombreux, pouvait aboutir à une nomination directe au service secret, avec davantage de risques mais moins de destinations éloignées et des bénéfices notablement plus consistants. Y compris la possibilité de se trouver à la réception, enfin, d'une partie des pots-de-vin en question.

À l'approche de l'âge, un transfert du service secret à, disons, la gestion d'un relais de poste important, pouvait de fait mener à une respectable retraite, surtout si l'on faisait preuve d'ingéniosité et si le relais était assez éloigné de la Cité pour vous permettre de couper davantage le vin et d'améliorer vos revenus en admettant des voyageurs dépourvus des permis requis.

Bref, être messager constituait un choix de carrière valide pour quiconque était assez bien nanti pour mettre le pied à l'étrier, mais pas assez pour être poussé par sa famille dans une voie plus prometteuse.

Voilà qui était en l'occurrence une bonne description de la compétence et des antécédents de Pronobius Tilliticus. Né avec un nom infortuné parce que bouffon (legs maintes fois maudit du grand-père de sa mère, laquelle n'était pas très au courant de l'argot militaire en usage), pourvu de talents limités dans les domaines juridique et mathématique, et d'une niche paternelle des plus modestes dans les hiérarchies de Sarance, Tilliticus s'était souvent fait répéter qu'il était bien chanceux d'avoir eu l'aide du cousin de sa mère pour obtenir un poste de messager. Son obèse cousin, étalant ses fesses molles bien en sécurité sur un banc de secrétaire au bureau de l'Impôt impérial, était toujours le premier à faire ce commentaire lors des réunions familiales.

Tilliticus avait été obligé de sourire et d'acquiescer. Maintes fois. Sa famille était encline aux réunions.

Dans un contexte aussi étouffant – sa mère ne cessait maintenant d'exiger qu'il se choisît une épouse utile –, c'était parfois un soulagement de quitter Sarance. Ainsi se retrouvait-il de nouveau sur les routes avec un paquet de lettres à destination de Varèna, la capitale des Antæ barbares en Batiare, avec quelques arrêts intermédiaires. Il transportait aussi une pochette impériale très spéciale qui était venue – fait inhabituel – directement du Chancelier lui-même, marquée du sceau compliqué de cet office, et avec les instructions des eunuques : il fallait la livrer avec un certain décorum.

À une espèce d'artisan, quelqu'un d'important, lui avait-on fait comprendre. L'Empereur faisait reconstruire le Sanctuaire de la Sainte Sagesse de Jad. On convoquait à la Cité des artisans de tous les coins de l'Empire et d'ailleurs. Tilliticus en était irrité : barbares et rustres provinciaux recevaient des invitations officielles et touchaient trois ou quatre fois plus que lui pour participer à cette dernière toquade impériale.

Au début de l'automne, sur les bonnes routes du nord, puis de l'ouest pour traverser la Trakésie, il était cependant difficile de rester maussade. Tilliticus lui-même voyait son humeur allégée par le beau temps. Le soleil brillait sans ardeur excessive ; les moissons avaient été faites et, sur les pentes, tandis que le chemin s'infléchissait vers l'occident, on pouvait voir les vignes violettes de raisins mûrissants. Il avait soif rien qu'à les voir. Il connaissait très bien les relais de poste le long de cet itinéraire, et l'on y escroquait rarement les messagers. Il s'attarda quelques jours dans l'un d'eux ("ce maudit barbouilleur peut bien attendre un peu sa convocation !") et dîna de renard en broche farci de raisins. Une fille qu'il se rappelait bien semblait aussi se souvenir de lui avec enthousiasme. L'aubergiste chargeait double pour les services privés, mais Tilliticus était au courant et considérait la chose comme l'une des gratifications afférentes à un emploi qu'il rêvait d'exercer lui-même.

La dernière nuit, cependant, la fille lui demanda de l'emmener avec lui, ce qui était tout simplement ridicule.

Tilliticus refusa avec indignation et – aiguillonné par une bonne quantité de vin presque pur – lui fit tout un exposé sur sa lignée maternelle. Il exagérait à peine ; avec une prostituée campagnarde, ce n'était guère nécessaire. Elle ne sembla pas prendre la réprimande de très bonne grâce et, le lendemain matin, en s'éloignant sur sa monture, Tilliticus se demanda s'il n'avait pas prodigué ses affections à mauvais escient.

Quelques jours plus tard, il en fut certain. Une urgence d'ordre médical lui imposa un bref détour par le nord et un retard supplémentaire de quelques jours passés dans un Hospice de Galinus bien connu où on le traita pour l'infection génitale dont la fille l'avait affligé.

On le saigna, on le purgea à l'aide d'une potion qui lui fit vomir violemment tripes et boyaux, on l'obligea à ingérer divers autres liquides fort déplaisants, et on lui rasa l'entrejambe pour y appliquer deux fois par jour un onguent noir, ulcérant et nauséabond. On lui conseilla de ne consommer que de la nourriture peu épicée et de s'abstenir de relations sexuelles et de vin pour un laps de temps d'une longueur contraire à la nature.

Les hospices étaient dispendieux, et celui-là tout particulièrement, eu égard à son renom. Tilliticus fut forcé d'acheter l'administrateur en chef pour faire enregistrer son séjour comme résultant de blessures encourues dans l'exercice de ses services ; sinon, il aurait dû payer la visite de sa propre poche.

Eh bien, une gamine vérolée dans un relais de poste, c'était bel et bien une blessure encourue au service de l'Empereur, non ? L'administrateur pouvait ainsi facturer directement la Poste impériale, et il ajouterait sans nul doute à l'addition une demi-douzaine de traitements que Tilliticus n'avait pas reçus, en détournant ces sommes vers sa propre bourse.

Tilliticus laissa une lettre sévère à l'adresse de l'aubergiste, à quatre jours de cheval de là, à confier au prochain messager en route vers l'est. Que cette salope baise des esclaves et des journaliers dans une allée à l'arrière d'un tripot si elle n'avait pas l'intention d'être en bonne santé ! Les relais de poste sur les routes de l'Empire étaient les meilleurs au monde, et Pronobius Tilliticus considérait comme un véritable *devoir* de s'assurer que la fille aurait déguerpi quand il repasserait par là.

Il était au service de l'empereur de Sarance. Ce genre d'affaire avait des incidences directes sur le prestige et la majesté de Valérius II et de sa glorieuse impératrice Alixana. Qu'on eût acheté l'Impératrice et se fût servi d'elle, dans sa jeunesse, exactement comme de la gamine de l'auberge, ce n'était pas un sujet de discussion public dans le monde tel qu'il se présentait actuellement. Mais on avait bien droit à ses propres réflexions ; on ne pouvait pas vous exécuter pour vos pensées.

Il survécut à une partie au moins de la période prescrite d'abstinence, mais à Mégarium, cité portuaire et centre administratif de la Sauradie occidentale, une taverne qu'il connaissait trop bien s'avéra trop tentante, comme il fallait le prévoir. Il ne se rappelait aucune des filles présentes, cette fois, mais elles étaient toutes bien assez pleines d'allant et le vin était bon. Mégarium avait la réputation d'offrir un vin décent, si barbare pût être le reste de la Sauradie.

Un incident infortuné incluant des plaisanteries sur son nom, une nuit, de la part d'un butor d'apprenti et d'un marchand d'icônes héladikéennes, le laissa avec une estafilade au menton et une épaule démise qui nécessitèrent un autre traitement médical et un séjour plus long que prévu à la taverne. Lequel séjour devint moins plaisant après les premiers temps, car il apparut que deux des filles avaient contracté une maladie malheureusement similaire à celle dont il aurait dû être alors exempt, et elles ne se privèrent pas de l'en accuser.

On ne le jeta pas dehors, bien sûr – c'était quand même un messager impérial, les filles étaient des corps à vendre, et l'une d'elles une esclave ; mais par la suite, ses repas eurent tendance à arriver froids ou trop cuits, et personne ne se précipitait pour aider à transporter assiettes et bouteilles d'un homme rendu maladroit par son épaule endolorie. Quand il s'estima assez bien portant pour reprendre son voyage, Tilliticus était d'avis qu'on l'avait très mal traité. Le tavernier, rhodien de naissance, lui confia un message pour des parents à Varèna ; Tilliticus jeta le message dans un tas d'ordures près du port.

L'automne était bien plus avancé qu'il ne l'aurait dû alors, et les pluies étaient arrivées. Tilliticus attrapa l'un des derniers petits bateaux qui tiraient des bordées à travers la baie pour se rendre au port batiarain de Mylasia ; il y aborda sous une pluie drue et froide, après s'être vidé les boyaux à plusieurs reprises pardessus le plat-bord. Il n'avait pas grande affection pour la mer.

À trois jours de voyage plus à l'ouest, deux s'il faisait diligence, se trouvait la cité de Varèna, où résidait la misérable petite cour des Antæ barbares et encore à demi païens qui avaient mis Rhodias à sac cent ans plus tôt pour conquérir ensuite toute la Batiare. Tilliticus n'avait pas la moindre intention de faire diligence. Il attendit la fin de l'orage tout en buvant avec morosité près du port. Il y avait droit à cause de ses blessures, décida-t-il. Cette course avait vraiment été très pénible. Son épaule lui faisait encore mal.

Et il avait vraiment eu de l'affection pour cette fille de Trakésie.

◆

Comme le temps était beau, Pardos se trouvait au four, dehors, à préparer de la chaux vive pour le lit de pose. Le feu prodiguait une chaleur plaisante quand le vent se levait, et Pardos aimait la cour du sanctuaire. Il n'avait pas peur des morts reposant sous leurs pierres tombales, du moins pas en plein jour. C'était la volonté de Jad que l'homme fût mortel ; guerre et épidémie faisaient partie de la création divine. Pardos n'en saisissait pas la raison, mais il n'escomptait pas non plus la saisir. Les prêtres, même quand ils se disputaient sur des points de doctrine ou se jetaient mutuellement au bûcher à cause d'Héladikos, étaient unanimes à enseigner la soumission et la foi, et non une vaine audace prétendant à la compréhension du monde. Pardos savait n'être pas assez sage pour la vanité – ni pour la compréhension.

Derrière les pierres tombales gravées et sculptées des défunts pourvus d'un nom s'élevait un monticule de terre noire – aucune herbe n'y avait encore poussé. Dessous gisaient les cadavres de ceux qu'avait réclamés la peste. Survenue deux ans plus tôt, et de nouveau l'été précédent, elle avait causé bien trop de décès : on n'avait pu envisager autre chose que des sépultures de masse dans des fosses creusées par des esclaves prisonniers de guerre. Outre la chaux, il y avait là de la cendre de frêne et d'autres substances ; elles aidaient à contenir les fantômes amers des morts, disait-on, tout comme ce qui les avait fait passer de vie à trépas. En tout cas, cela empêchait l'herbe de repousser. La reine avait aussi commandé des incantations à trois chiromanciens de la cour et à un vieil alchimiste qui vivait hors les murs. Après une épidémie, on faisait tout ce qu'on pouvait imaginer, malgré les déclarations des prêtres ou du Grand Patriarche sur les pratiques magiques barbares.

Après avoir touché à tâtons son disque solaire, Pardos pria pour exprimer sa gratitude d'être en vie. Il regarda la fumée noire du four à chaux s'élever vers les nuages blancs qui filaient dans le vent et nota les oranges et les ors de l'automne dans la forêt, à l'ouest. Des oiseaux chantaient dans le ciel bleu et l'herbe était verte, même si elle tirait sur le brun près du sanctuaire, là où la lumière de l'après-midi s'épuisait dans l'ombre des nouveaux murs.

Des couleurs, le monde l'entourait de couleurs. Crispin lui avait répété maintes fois de s'obliger à les *voir*. À penser à leurs jeux les unes contre les autres, les unes avec les autres ; à examiner ce qui se passait quand un nuage traversait le soleil – comme en ce moment – et que l'herbe fonçait à ses pieds. Comment nommerait-il cette nuance ? Comment l'utiliserait-il ? Un paysage marin ? Une scène de chasse ? Une mosaïque de l'ascension d'Héladikos vers le soleil au-dessus d'une forêt automnale ? Regarde l'herbe, vraiment, maintenant, avant le retour de la lumière. Imagine cette couleur rendue par des tessères de verre et de la pierre. Sertis-la dans ta mémoire, de façon à pouvoir la sertir dans la chaux et créer un univers en mosaïques sur un mur ou dans la coupole d'un dôme.

En supposant, bien sûr, que des verreries renaîtraient un jour dans la Batiare conquise où l'on fabriquait autrefois des rouges, des bleus et des verts dignes de ce nom, au lieu des ternes déchets remplis de bulles et de stries qu'ils venaient de recevoir de Rhodias le matin même.

Martinien, un homme placide et qui l'avait peut-être prévu, s'était contenté de pousser un soupir lorsqu'ils avaient sorti de leur enveloppe les plaques de verre neuf si impatiemment attendues. Après avoir explosé en l'une de ses crises de rage écumante et blasphématoire, Crispin avait écrasé la plaque du dessus, un brun sale censé être du rouge, en s'entaillant la main. « Ça, c'est du rouge ! » s'était-il écrié en laissant s'égoutter son sang sur le verre brunâtre. « Pas cette couleur de merde ! »

Ses fureurs étaient souvent divertissantes, à vrai dire, sauf pour la personne qui lui avait donné une raison de piquer une crise. Quand ils prenaient leur bière avec leur morceau de pain au déjeuner ou revenaient à pied vers les murailles de Varèna, au coucher du soleil, après leur journée de travail, travailleurs et apprentis échangeaient des histoires sur ce que la colère avait poussé Crispin à dire ou à faire. Martinien avait déclaré aux apprentis que Crispin était un génie et un grand homme ; Pardos se demandait si son mauvais caractère allait de pair.

Crispin avait été fort inventif ce matin-là, avec des idées tout à fait scandaleuses sur la façon de traiter le régisseur de la verrerie. Quant à lui, Pardos n'aurait jamais pu imaginer d'insérer ou d'appliquer des éclats de verre comme l'avait proposé Crispin, avec maints violents jurons, alors même qu'ils se trouvaient dans un lieu saint.

Martinien, tout en ignorant son partenaire plus jeune que lui, avait commencé à trier les plaques en les examinant avec soin, et en poussant un occasionnel soupir. On ne pouvait tout simplement pas les refuser. D'abord, des plaques envoyées en remplacement ne seraient sans doute pas de meilleure qualité. Et ensuite, ils travaillaient contre le temps, avec les nouvelles funérailles et la cérémonie organisées pour le roi Hildric par sa fille la reine, au lendemain du festival des Dykanies. Elles se dérouleraient dans le nouveau sanctuaire agrandi qu'ils se trouvaient à décorer. C'était déjà le milieu de l'automne, on avait fini les vendanges ; les pluies de la semaine précédente avaient transformé en bourbiers les routes du sud ; que du verre neuf pût être expédié à temps de Rhodias, c'était une possibilité trop infime pour être prise en considération.

Martinien, comme toujours, était visiblement résigné à la situation. Ils devraient s'en accommoder. Crispin en était aussi conscient que son partenaire, Pardos le savait ; il avait mauvais caractère, c'était tout. Et il lui importait de bien faire son travail. Peut-être trop, dans le monde imparfait créé par Jad pour ses enfants mortels. L'apprenti Pardos esquissa de nouveau le signe du disque solaire et remit du bois dans le four, pour le garder le plus chaud possible. Il agita le mélange qui se trouvait à l'intérieur à l'aide d'une pelle à long manche. Le jour était mal choisi pour se laisser distraire et sortir du four une chaux de mauvaise qualité.

Crispin avait des idées très inventives sur l'utilisation des éclats de verre.

Pardos portait tant d'attention à la cuisson du mélange de chaux dans son four qu'il fit bel et bien un bond lorsqu'une voix l'interpella en rhodien, avec un lourd accent. Il se retourna pour voir un homme mince au visage rougeaud, portant les couleurs gris et blanc de la Poste impériale ; le cheval du messager paissait derrière lui près de la barrière. Pardos se rendit compte tardivement que les autres apprentis et les ouvriers à l'extérieur du sanctuaire s'étaient immobilisés pour regarder de leur côté. Ils ne voyaient pas souvent apparaître parmi eux des messagers impériaux de Sarance. Jamais, en vérité.

« Es-tu dur d'oreille ? » déclara l'homme d'un ton grincheux ; il avait une plaie récente au menton et un accent oriental prononcé. « Je m'appelle Tilliticus, j'ai dit. De la Poste impériale sarantine. Je cherche un dénommé Martinien. Un artisan. On m'a dit qu'il serait là. »

Pardos, intimidé, ne put que désigner le sanctuaire. Martinien était en l'occurrence endormi sur son tabouret dans l'embrasure de la porte, son chapeau bien malmené tiré sur les yeux pour faire obstacle au soleil de l'après-midi.

« Sourd *et* muet, à ce que je vois », dit le messager. Il se dirigea vers l'édifice en marchant pesamment dans l'herbe.

« Non », dit Pardos, mais si bas qu'on ne l'entendit pas. Dans le dos du messager, il adressa de grands signes de bras à deux autres apprentis, pour leur indiquer de réveiller Martinien avant que ce déplaisant individu n'apparût devant lui.

Martinien de Varèna ne dormait pas. Depuis son emplacement favori à l'entrée du sanctuaire, du moins les beaux jours, il avait vu arriver le messager de loin ; au soleil, le gris et le blanc se détachaient très bien sur le vert et le bleu.

Crispin et lui avaient utilisé ce concept, d'ailleurs, des années plus tôt, pour une longue frise de Bien-heureuses Victimes sur les murs d'une chapelle privée à Baïana. Avec un succès mitigé – la nuit, à la lueur des bougies, l'effet n'était pas ce que Crispin avait escompté – mais ils en avaient tiré des leçons appré-ciables, et le travail de la mosaïque consistait à apprendre de ses erreurs, comme Martinien aimait à le répéter à ses apprentis. Si leurs patrons avaient eu assez d'argent pour un bon éclairage nocturne de la chapelle, le résultat aurait pu être différent, mais on les avait bien informés des ressources à leur disposition quand ils avaient éla-boré leur concept. C'était leur propre faute. On devait toujours travailler dans les limites de temps et d'argent disponibles. C'était aussi une leçon à apprendre – et à enseigner.

Il regarda le messager s'arrêter près de Pardos au four à chaux et il tira son chapeau sur ses yeux en feignant de somnoler. Une curieuse appréhension l'avait envahi. Pourquoi, il l'ignorait. Et par la suite, il ne fut jamais capable de donner une explication adéquate de ses actes en cet après-midi d'automne, des actes qui devaient changer à jamais tant d'existences. Le dieu s'empare parfois d'un être humain, enseignaient les prêtres. Et parfois des fantômes ou des esprits. Il existait, dans l'entre-deux-mondes, des puissances qui dépassaient la compréhension des mortels.

Quelques jours plus tard, en buvant une infusion de menthe avec son savant ami Zoticus, il lui dirait que c'était en rapport avec le sentiment qu'il avait eu d'être vieux, ce jour-là. Une semaine de pluie incessante lui avait douloureusement enflé les articulations des doigts. Mais ce n'était pas la véritable raison. Il n'était pas si diminué qu'il eût laissé un détail aussi mineur le pousser à commettre une telle folie. Non, il ignorait réellement pourquoi il avait choisi, sans aucune prémé-ditation, de nier sa propre identité.

Un homme comprend-il toujours ses propres actions ? demanderait-il à Zoticus, alors qu'ils étaient assis dans la villa campagnarde de l'alchimiste. Après lui avoir donné une réponse prévisible, son ami emplirait de nouveau sa tasse d'infusion mélangée à un calmant pour la douleur de ses mains. Le désagréable messager serait alors parti depuis longtemps, où que l'emmenât son voyage. Et Crispin aussi.

Martinien de Varèna feignit donc de dormir tandis que l'Oriental au nez et aux joues de buveur s'approchait de lui et lançait d'une voix grinçante : « Toi ! Réveille-toi ! Je cherche un dénommé Martinien. Une convocation impériale à Sarance ! »

Il parlait fort, d'une voix arrogante à l'accent prononcé, comme apparemment tous les Sarantins visitant la Batiare. Tout le monde l'entendit – il voulait être entendu de tous. Le travail s'arrêta à l'intérieur du sanctuaire qu'on agrandissait pour loger dignement les ossements du roi des Antæ, Hildric, emporté par la peste un peu plus d'un an auparavant.

Martinien prétendit s'éveiller d'un petit somme dans la lumière d'un après-midi d'automne. Après avoir cligné des yeux comme une chouette à l'adresse du messager impérial, il désigna d'un doigt raide l'intérieur puis l'étage du sanctuaire, pour indiquer où se trouvait son ami et collègue de longue date, Caius Crispus. Lequel, haut perché sur un échafaudage édifié sous le dôme, était justement en train d'essayer de transmuer des tessères brun sale en la flamme éclatante et sainte d'Héladikos.

Tout en pointant le doigt, Martinien se surprenait lui-même. Une convocation ? À la *Cité* ? Et il se livrait à des jeux de gamin ? Personne ici ne le dénoncerait à ce prétentieux Sarantin, mais tout de même…

Dans le silence qui suivit, une voix qu'ils connaissaient tous tomba soudain des hauteurs avec une clarté infortunée ; le son se trouvait résonner fort bien dans ce sanctuaire.

« Par la bite d'Héladikos, je vais te lui tailler les fesses en tranches avec son verre complètement inutilisable et lui faire avaler les morceaux de force, je le jure par le Très Saint Jad ! »

Le messager eut l'air offusqué.

« Voilà Martinien », dit Martinien, secourable. « Il est de mauvaise humeur. »

En réalité, Crispin n'avait plus tellement mauvais caractère ; ce blasphème vulgaire tenait plutôt du réflexe. Il prononçait parfois certaines paroles sans même avoir conscience de parler tout haut, lorsqu'il était entièrement absorbé par un défi technique. En cet instant, il était obnubilé, bien malgré lui, par un problème précis : comment faire scintiller la torche d'Héladikos d'étincelles rouges alors qu'il n'avait rien de rouge avec quoi travailler. Avec un peu d'or, il aurait pu superposer le verre à un fond doré et en réchauffer ainsi la nuance, mais utiliser de l'or pour des mosaïques, c'était un rêve aberrant en Batiare après les conflits et la peste.

Une idée lui était cependant venue. Juché sur son échafaudage dans la coupole, Caius Crispus de Varèna était en train d'insérer à plat, dans la couche encore fraîche de chaux, du marbre à veines rouges de Pezzelana en alternance avec les meilleures tessères récupérées de ces piètres plaques de verre. Il disposait de biais les morceaux de verre, afin de capturer et de refléter la lumière.

S'il avait vu juste, le mélange des à-plats de marbre et de l'éclat des tessères placées en oblique ferait courir un tremblement lumineux et dansant sur tout le pourtour de la flamme. Vu d'en bas, cela devrait être efficace quand le soleil traverserait les fenêtres situées à la base du dôme, et la nuit à la lumière des bougies fixées aux murs et des lanternes métalliques suspendues le long de l'axe du sanctuaire. La jeune reine avait assuré à Martinien que sa dotation aux prêtres de l'endroit assurerait l'éclairage nocturne et hivernal. Crispin n'avait aucune raison d'en douter : c'était la tombe de son père, et les Antæ avaient autrefois rendu un culte à leurs ancêtres, à peine déguisé par leur conversion à la foi jaddite.

Il avait noué un morceau de tissu autour de l'entaille de sa main gauche, ce qui le rendait maladroit. Il laissa échapper un bon morceau de marbre, le regarda tomber tout du long, jura et en chercha un autre. Exposé à la flamme de la torche, le lit de pose qu'il était en train de travailler commençait à durcir; il faudrait aller plus vite. La torche était en argent; avec du marbre blan-châtre et des galets lissés par la rivière, ça devrait aller. En Orient, avait-il entendu dire, on givrait le verre grâce à une méthode qui produisait des tessères d'un blanc presque aussi pur que la neige, et on avait à sa disposi-tion de la nacre pour les couronnes et les bijoux. Il ne voulait même pas y *penser*. Ce n'était qu'une source de frustration ici, en Occident, au milieu des ruines.

Il en était là au moment où une voix irritée à l'accent oriental, portant loin, et en provenance du plancher, entra dans son existence en faisant voler sa concentration en éclats. Coïncidence, ou bien la perception de l'ac-cent sarantin l'avait-elle fait voguer en esprit vers le célèbre chenal, la mer intérieure, l'or, l'argent et la soie de l'Empereur?

Crispin abaissa son regard vers le sol.

De la taille d'un escargot ainsi vu de haut, quelqu'un s'adressait à lui en le nommant Martinien. Une simple vexation en l'occurrence si Martinien lui-même – près de l'entrée, comme à son habitude à cette heure – n'avait également été en train de contempler Crispin tandis que l'Oriental aboyait le nom erroné en dérangeant tous les ouvriers du sanctuaire.

Crispin ravala deux répliques obscènes, puis une troisième réaction qui aurait été de pointer l'imbécile dans la bonne direction. Il se passait quelque chose. Cela ne ressemblait pas à son partenaire, mais ce pouvait n'être qu'une mauvaise plaisanterie dirigée contre le messager – ou peut-être pas.

Il y verrait plus tard.

« Je descendrai quand j'aurai fini », lança-t-il, bien plus poliment en vérité que ne l'exigeaient les circonstances. « Entre-temps, va prier pour une âme immortelle. Et fais-le en silence. »

L'individu au visage rougeaud s'écria : « On ne fait pas attendre les messagers impériaux, espèce de provincial vulgaire ! Il y a une lettre pour toi ! »

Intéressant, sans nul doute, mais Crispin n'eut pas de mal à l'ignorer. Il aurait bien voulu disposer d'un rouge aussi vif que celui des joues du messager, à vrai dire. Même vues de cette hauteur, elles étaient d'un bel écarlate. Il lui vint à l'esprit qu'il n'avait jamais essayé d'obtenir cet effet sur un visage de mosaïque. Il rangea cette idée dans son magasin intérieur et retourna à sa tâche : créer la Sainte Flamme, ce don offert à l'humanité, avec ce qu'il avait sous la main.

Si ses instructions n'avaient malheureusement été très précises, Tilliticus aurait simplement laissé tomber la pochette sur la poussière du plancher couvert de débris dans ce misérable petit sanctuaire puant la pire hérésie héladikéenne, et il serait reparti en coup de vent.

On ne prenait pas tout son temps, même en Batiare, pour recevoir une invitation en provenance de l'Enceinte impériale de Sarance. On se précipitait, extatique. On s'agenouillait. On embrassait les genoux du messager. Une fois, on avait même baisé ses bottes couvertes de crotte et de boue, en pleurant de joie.

Et l'on offrait très certainement des largesses audit messager qui avait été le héraut d'un privilège aussi éblouissant.

En regardant le rouquin nommé Martinien descendre enfin de son échafaudage et se diriger vers lui d'un pas délibéré, Pronobius Tilliticus comprit que ses bottes n'allaient pas recevoir de baiser. Et qu'on ne lui offrirait assurément pas d'argent en gage de gratitude.

Cela ne fit que confirmer son opinion de la Batiare sous la férule des Antæ. Ils avaient beau adorer Jad, de justesse, être officiellement tributaires de l'Empire au sein d'une alliance négociée par le Grand Patriarche de Rhodias, et avoir relevé certaines des murailles qu'ils avaient rasées pendant leur conquête de la péninsule cent ans plus tôt, c'étaient quand même encore des barbares.

Et ils avaient même infecté de leurs manières grossières et de leurs hérésies les descendants indigènes de l'Empire rhodien qui auraient pu prétendre à quelque dignité.

La crinière du dénommé Martinien était en fait d'un rouge éclatant, insultant. Seuls poussière et chaux en atténuaient la teinte, comme celle de sa barbe. Les yeux, sans douceur, étaient d'un bleu intense extrêmement déplaisant. L'homme portait une tunique ordinaire, toute tachée, sur des pantalons bruns chiffonnés. Il avait une solide carrure, avec dans le maintien une sorte de colère rentrée qui le rendait encore plus antipathique. Une de ses larges mains était emmaillotée d'un bandage taché de sang.

"Il est de mauvaise humeur", avait dit l'imbécile à l'entrée. Lequel imbécile se trouvait toujours sur son tabouret, les observant de sous une chose difforme qui avait pu autrefois être un chapeau. L'apprenti sourd et muet était entré dans le sanctuaire à présent, ainsi que tous les autres ouvriers de l'extérieur. Cet instant aurait vraiment dû être mémorable pour Tilliticus, magnifique : il aurait fait sa déclaration, puis accepté gracieusement, au nom du Chancelier et de la Poste impériale, la gratitude balbutiante de l'artisan, pour enfin diriger ses pas vers la meilleure auberge que Varèna pouvait offrir, avec un peu d'argent à mettre dans du vin chaud et les services d'une femme.

« Et alors ? Me voilà. Que veux-tu ? »

La voix de l'artiste était aussi dure que ses yeux. Son regard, lorsqu'il abandonna le visage de Tilliticus pour chercher celui de l'homme plus âgé à la porte, ne se fit pas moins hostile. Un personnage vraiment désagréable.

Cette impolitesse choqua profondément Tilliticus. « En vérité ? Je ne veux absolument rien avoir à faire avec toi. » Il fouilla dans son sac pour y trouver l'épaisse pochette impériale et la lança avec dédain à l'artisan. L'autre l'attrapa prestement d'une seule main.

En crachant presque ses paroles, Tilliticus ajouta : « Tu es Martinien de Varèna, de toute évidence. Si indigne en sois-tu, on m'a chargé de t'annoncer que l'empereur Valérius II, trois fois honoré, le bien-aimé de Jad, te requiert de te présenter devant lui à Sarance le plus vite possible. Cette pochette contient une certaine somme d'argent pour tes déplacements, un permis porteur du sceau et de la signature du Chancelier lui-même, te permettant d'utiliser les relais de la Poste impériale pour hébergement et services divers, et une lettre dont je suis sûr que tu trouveras quelqu'un pour te la lire. Elle indique que tes services sont requis pour la décoration du nouveau Sanctuaire de la Sainte Sagesse de Jad que l'Empereur, dans sa propre grande sagesse, est en train de faire bâtir. »

Le bourdonnement qui s'éleva dans le sanctuaire le radoucit un peu : au moins apprentis et artisans subalternes semblaient-ils saisir le sens de ce qu'il venait de dire. Il songea soudain qu'il pourrait envisager, à l'avenir, de transmettre ainsi les termes officiels, sans apprêt. Cela avait son efficacité.

« Qu'est-il arrivé à l'ancien ? » L'artisan aux cheveux roux semblait impassible. Était-ce donc un déficient mental ?

« L'ancien quoi, barbare primitif ! ?

— Rengaine tes insultes ou tu vas sortir d'ici en rampant. L'ancien sanctuaire. »

Tilliticus cligna des yeux. Cet homme avait bel et bien l'esprit dérangé. « Tu menaces un messager impérial ? On te coupera le nez si tu lèves seulement un doigt sur moi. L'ancien sanctuaire a brûlé il y a deux ans, pendant l'émeute. Ignores-tu les événements importants ?

— On a eu la peste ici », dit l'autre d'une voix dénuée d'intonation. « Deux fois. Et une guerre civile. Dans ces cas-là, ce qui brûle de l'autre côté du monde importe peu. Merci d'avoir délivré ce message. Je vais le lire et décider de ce que je vais faire.

— *Décider* ? » glapit Tilliticus ; il détestait la façon dont sa voix faussait quand il était pris au dépourvu. La même chose lui était arrivée lorsque la fille de Trakésie lui avait demandé de l'emmener ; difficile de trouver ensuite le ton adéquat pour le nécessaire exposé sur sa famille maternelle.

« Eh bien, oui, dit le mosaïste. Oserais-je supposer qu'il s'agit d'une offre et d'une invitation, non d'un ordre comme on en adresse à un esclave ? »

Pendant un moment, Tilliticus fut trop abasourdi pour articuler un mot.

Il se redressa de toute sa taille. Satisfait de constater qu'il contrôlait sa voix, il répliqua d'un ton sec : « Seul un esclave manquerait à comprendre le sens de cette invitation. Tu m'as l'air d'être un poltron dépourvu d'ambition. Auquel cas, tel un esclave, tu peux creuser ton trou pour retourner dans ton petit terrier et faire à ta guise dans la crasse. Pas une grande perte pour Sarance. Moi, je n'ai pas de temps à perdre en discours. Tu as ta lettre. Au nom trois fois glorieux de l'Empereur, je te souhaite une bonne journée.

— Bonne journée », dit l'autre en se détournant avec indifférence. « Pardos, ajouta-t-il, le lit de chaux était bien préparé aujourd'hui. Et correctement appliqué, Radulf, Couvry. Je suis content de vous. »

Tilliticus sortit en martelant le sol de ses bottes.

L'Empire, la civilisation, les gloires de la Cité sainte… peine perdue pour certains. À l'entrée, il s'arrêta devant l'homme plus âgé qui le regardait, toujours assis, d'un air bienveillant.

« Ce chapeau, dit Tilliticus en le foudroyant du regard, est bien le plus ridicule que j'aie jamais vu.

— Je sais, répondit l'homme, jovial. C'est ce qu'ils me disent tous. »

Pronobius Tilliticus, sans avoir trouvé d'exutoire à sa fureur offensée, récupéra son cheval et s'éloigna au galop en soulevant la poussière sur la route menant aux murailles de Varèna.

« Une petite discussion s'impose », dit Crispin, en considérant de toute sa hauteur celui qui lui avait appris presque tout ce qu'il savait.

Martinien eut une mimique penaude. Il se leva en ajustant son excentrique chapeau – Crispin était seul ici à savoir que celui-ci avait autrefois sauvé la vie de son partenaire – et le précéda dehors. Le messager impérial, avec l'élan que lui conférait son irritation, galopait vers la ville ; le sanctuaire se trouvait dans son propre enclos, à l'est des murailles de Varèna.

Ils observèrent un moment le cavalier, puis Martinien traversa la cour en direction d'un bosquet de hêtres, à l'est, à l'opposé du tumulus funèbre. Le soleil se couchait et le vent s'était levé. Crispin plissa un peu les yeux en émergeant de la pénombre du sanctuaire. Une vache releva la tête de son pâturage pour les regarder passer. Crispin portait la pochette impériale. Le nom "Martinien de Varèna" y était inscrit en grandes lettres cursives fort élégantes. Le sceau écarlate avait un dessin très élaboré.

À la lisière des arbres, de l'autre côté de la barrière qui ouvrait sur la route, Martinien s'assit sur une souche. Ils étaient tout à fait seuls. Un merle s'envola à leur gauche, une trajectoire ascendante qui le ramena vers les arbres, où il se perdit dans les feuillages. Il faisait froid à présent, c'était la fin de la journée. La lune bleue montait déjà au-dessus de la forêt. Crispin y jeta un coup d'œil, tout en s'appuyant à la barrière en bois, et vit qu'elle était pleine.

Ilandra était morte au coucher du soleil un jour de pleine lune bleue, et les petites l'avaient suivie chez le dieu la même nuit – plaies suppurantes, corps souillés, traits hideusement convulsés. Crispin était sorti de la maison et il avait vu la lune, une blessure dans le ciel.

Il tendit la lourde pochette à Martinien, qui la prit sans un mot. Après avoir un moment regardé son nom, le vieux mosaïste brisa le sceau du chancelier de Sarance. Il se mit à examiner en silence ce qui se trouvait dans la pochette. Des pièces d'argent et de cuivre alourdissaient une bourse filigranée, comme annoncé. Une lettre expliquait, comme l'avait également dit le messager, que le Grand Sanctuaire était en voie de reconstruction et inclurait évidemment des mosaïques. Quelques compliments sur la réputation de Martinien de Varèna. Un document à l'aspect officiel sur du très beau papier, qui se trouva être le permis pour les relais de poste. Martinien émit un petit sifflement en montrant le parchemin à Crispin : la signature du Chancelier lui-même, rien de moins. Ils étaient tous deux assez familiers avec les cercles de hauts dignitaires – si ce n'était qu'en Batiare, chez les Antæ – pour savoir qu'il s'agissait d'un honneur.

Un autre document plié en trois se révéla être une carte indiquant l'emplacement des relais de poste et autres haltes moins importantes sur la route impériale menant à la Cité à travers Sauradie et Trakésie. Une autre feuille repliée désignait encore comme propres au transport maritime certains vaisseaux faisant étape à Mylasia, sur la côte, s'ils se trouvaient à l'ancre.

« Trop tard maintenant pour les bateaux de commerce », dit Martinien, pensif, en examinant ce dernier papier. Il reprit la lettre, l'ouvrit. Désigna la date, en haut. « On a écrit ceci au tout début de l'automne. Notre ami aux joues rouges a pris son temps pour se rendre ici. Je crois que tu étais censé y aller par la mer.

— Moi, j'étais censé ?

— Eh bien, toi, sous mon identité.

— Martinien, au nom de Jad, qu'est-ce que…

— Je ne veux pas y aller. Je suis vieux. Mes mains me font mal. J'ai envie de boire du vin chaud cet hiver avec des amis, en espérant qu'il n'y ait pas de guerre pour un petit moment. Je n'ai aucun désir de voguer vers Sarance. C'est ta convocation à toi, Crispin.

— Elle ne porte pas mon nom.

— Elle le devrait. Tu fais l'essentiel du travail depuis des années, sourit Martinien. Il est plus que temps, aussi. »

Crispin ne lui rendit pas son sourire.

« Penses-y bien. Cet empereur est un patron des arts, paraît-il. Un bâtisseur. Que pourrait-on demander de plus à l'existence que de voir la Cité et d'y accomplir un travail honorable ? D'y créer quelque chose qui durera, d'être connu ?

— Du vin chaud et un siège près du feu dans la taverne de Galdera. » Et ma femme avec moi la nuit, jusqu'au jour de ma mort, pensa-t-il sans le dire.

L'autre émit un son incrédule en secouant la tête. « Crispin, c'est ta convocation à toi, vraiment. Ne te laisse pas chagriner par leur erreur. Ils veulent un maître mosaïste. Nous sommes connus pour notre travail dans la tradition rhodienne. Ils pensent réellement qu'il est bon pour eux d'avoir un participant batiarain, nonobstant les tensions Orient-Occident, et tu sais lequel de nous deux doit faire ce voyage.

— Je sais qu'on ne me l'a pas demandé à moi. Mais à toi. Nommément. Même si je désirais y aller, ce qui n'est pas le cas. »

Martinien, de façon inhabituelle pour lui, énonça une obscénité qui impliquait l'anatomie de Crispin, le dieu bassanide du tonnerre et un éclair.

Crispin cligna des yeux : « Tu vas t'appliquer à parler comme moi, maintenant ? demanda-t-il sans sourire. Ça va parfaire l'échange d'identité, eh ? »

Le vieil homme rougit. « Ne prétends pas que tu ne veux pas y aller. Pourquoi as-tu fait mine de ne rien savoir de leur sanctuaire ? Tout le monde est au courant de l'Émeute de la Victoire, et de l'incendie de Sarance !

— Pourquoi as-tu prétendu ne pas être toi ? »

Il y eut un petit silence. L'autre détourna les yeux pour contempler les bois dans le lointain. Crispin reprit : « Martinien, je ne veux vraiment pas y aller. Ce n'est pas un faux-semblant. Je ne veux rien faire. Tu le sais bien. »

Son ami se retourna vers lui. «Alors, c'est pour cette raison que tu dois y aller, Caius. Tu es trop jeune pour cesser de vivre.

— Elles étaient plus jeunes que moi, et pas trop jeunes. Elles ont cessé de vivre. »

Il avait parlé d'un ton abrupt. Les paroles de Martinien l'avaient surpris; il n'aurait vraiment pas dû se laisser prendre ainsi.

Tout était calme. Le soleil du dieu plongeait écarlate au couchant, s'apprêtant à son long voyage dans les ténèbres. Dans tous les sanctuaires de Batiare, on commençait sans doute à célébrer les rites du crépuscule. La lune bleue flottait à l'orient au-dessus des frondaisons. Pas encore d'étoiles. Ilandra était morte en vomissant du sang, avec des pustules noires qui lui éclataient partout sur le corps. Comme des blessures. Les petites. Les petites étaient mortes dans le noir.

Martinien ôta son informe couvre-chef. Ses cheveux étaient gris, et il en avait perdu la majeure partie au centre. Il dit, avec une grande douceur: «Et tu les honores toutes trois en en faisant autant? Dois-je blasphémer encore? Ne m'y force pas. Je n'y prends aucun plaisir. Cette pochette de Sarance est un don du ciel.

— Accepte-le, alors. Nous en avons presque terminé ici. Tout ce qui reste, c'est de la bordure et du polissage, et ensuite les maçons pourront finir. »

Martinien secoua la tête: «As-tu peur?»

Les sourcils de Crispin se joignaient quand il les fronçait. « Nous sommes amis depuis très longtemps. Ne me parle pas ainsi, je te prie.

— Nous sommes amis depuis longtemps. Personne d'autre ne pourra te parler ainsi, dit Martinien, implacable. Une personne sur quatre est morte ici l'été dernier. La même chose l'été précédent. Davantage encore ailleurs, à ce qu'on dit. Les Antæ avaient coutume d'adorer leurs propres morts avec des bougies et des incantations. Je suppose qu'ils le font encore, dans les sanctuaires de Jad au lieu de bosquets de chênes ou des carrefours, mais pas... Caius, ils ne le font pas en suivant leurs défunts dans une mort vivante. »

Après quoi Martinien contempla le chapeau qu'il tortillait entre ses mains.

Une personne sur quatre. Deux étés de suite. Crispin le savait bien. Le tumulus des morts, derrière eux, n'en était qu'un parmi bien d'autres. Des maisons, des quartiers entiers de Varèna et d'autres cités de Batiare étaient encore déserts. Rhodias elle-même, qui ne s'était jamais remise de son saccage par les Antæ, était une coque évidée, forums et colonnades résonnant d'absence. Le Grand Patriarche arpentait seul les couloirs de son palais la nuit, disait-on, s'entretenant avec des esprits invisibles aux humains ; la folie allait de concert avec la peste. Et une guerre brève mais sauvage s'était déclarée parmi les Antæ, quand le roi Hildric était mort en ne laissant qu'une fille. Champs et fermes étaient partout abandonnés, trop vastes, il n'y avait pas assez de survivants pour y travailler. On avait raconté des histoires d'enfants que leurs parents vendaient comme esclaves par manque de nourriture ou de bois à l'arrivée de l'hiver.

Une personne sur quatre. Et pas uniquement en Batiare. Au nord aussi, chez les barbares de Ferrières, à l'ouest en Espérane, à l'est en Sauradie et en Trakésie, dans tout l'empire sarantin en fait, jusqu'en Bassanie et plus loin sans doute, même si les histoires ne se rendaient pas jusque-là. Sarance elle-même en avait durement subi le choc, d'après ce qu'on en disait. Le monde entier, éviscéré par l'appétit dévorant de la Mort.

Mais dans toute la création de Jad, Crispin n'avait eu que trois âmes avec qui partager son existence, à qui donner son amour, et elles avaient toutes trois disparu. Qu'il y eût d'autres pertes, cela adoucissait-il la sienne ? Parfois, à demi endormi la nuit, dans la maison, une bouteille de vin vide à son chevet, il restait étendu dans le noir et s'imaginait entendre un souffle, une voix, une des petites criant en rêve dans la pièce voisine ; il voulait se lever pour aller la réconforter ; parfois il se levait bel et bien, et ne se réveillait pour de bon que déjà debout, nu, avec de nouveau la conscience du terrible et profond silence qui l'environnait dans l'univers.

Sa mère lui avait suggéré de venir vivre avec elle. Martinien et sa femme l'avaient invité à en faire autant. C'était malsain pour lui de vivre isolé avec pour toute compagnie des serviteurs dans une maison remplie de souvenirs, disaient-ils. Il y avait des chambres dans les tavernes et les auberges, il pouvait en louer une, vivre à un endroit où les bruits de la vie se feraient entendre sous ses pieds ou dans les couloirs. On l'avait incité à se remarier à la fin de l'année écoulée, on l'avait effectivement sollicité. Jad savait, il y avait assez de veuves abandonnées dans des lits trop grands et de jeunes filles qui avaient besoin d'un homme convenable et prospère. Des amis le lui avaient dit. Il avait encore des amis, semblait-il, malgré ses efforts méritoires pour les tenir à distance. Il était brillant, célèbre, lui disait-on, il avait encore la moitié de son existence devant lui. Comment pouvait-on ne pas comprendre l'absurdité de tels propos ? Il le leur disait, il essayait de le leur dire.

« Bonne nuit », dit Martinien.

Il ne s'adressait pas à lui. Crispin se retourna : les autres passaient sur la route empruntée par le messager pour revenir en ville. Fin de la journée. Soleil plongeant. Il faisait vraiment froid maintenant.

« Bonne nuit », dit Crispin en écho, levant une main distraite à l'adresse de leurs ouvriers et de ceux qu'on avait engagés pour terminer le bâtiment lui-même. Des réponses joviales leur parvinrent. Pourquoi ces gens n'auraient-ils pas été de bonne humeur ? Une bonne journée de travail, les pluies qui avaient cessé pour l'instant, la moisson engrangée alors que l'hiver n'était pas encore arrivé, et un parfait sujet de potins à échanger dans les tavernes et autour des foyers : une convocation impériale pour Martinien à la Cité, et un bon tour joué à un prétentieux messager oriental.

La matière même de la vie, la brillante monnaie des paroles, des hypothèses partagées, des rires, des discussions. Une histoire à colporter autour d'une chope, dont régaler une épouse, un frère, une sœur, un vieux serviteur. Un ami, un parent, un aubergiste. Un enfant.

Deux enfants.

> *"Qui sait ce qu'est l'amour ?*
> *Qui dit le connaître ?*
> *Qu'est donc l'amour ? Dites-le-moi*
>
> *Je connais l'amour*
> *Dit le plus petit d'entre eux..."*

Une chanson kindath. La nourrice d'Ilandra avait appartenu aux adorateurs des lunes ; l'enfance d'Ilandra s'était passée au pays des vignes, au sud de Rhodias, là où étaient installés de nombreux Kindaths ; une tradition dans sa famille, avoir des Kindaths pour nourrices, choisir ses médecins parmi eux. Une famille d'un rang supérieur au sien, celle d'Ilandra, même si sa mère à lui avait des relations et de la dignité. Il s'était bien marié, avait-on dit, sans rien comprendre. On ne savait pas. Comment aurait-on pu savoir ? Ilandra chantait cette chanson aux petites, la nuit. S'il fermait les yeux, il pouvait entendre sa voix en lui.

S'il mourait, il pourrait les rejoindre dans la Lumière du dieu. Toutes les trois.

« Tu as bel et bien peur », répéta Martinien, une voix humaine dans le crépuscule du monde, une intrusion. Crispin y entendit cette fois de la colère. Rare, chez cet homme pétri de bonté. « Tu as peur d'accepter, parce qu'on t'a accordé de vivre et que tu dois maintenant faire concrètement usage de cette grâce.

— Ce n'est pas une grâce », dit-il. Il regretta aussitôt le ton amer de ses paroles, l'auto-apitoiement qui y résonnait. Il leva vivement la main pour arrêter une réplique. « Que dois-je faire pour contenter tout le monde, Martinien ? Vendre la maison pour une misère à un spéculateur foncier ? Déménager chez toi ? Et aussi chez ma mère ? Épouser une fille de quinze ans fin prête à pondre des enfants ? Ou une veuve déjà pourvue de terre et de fils ? Les deux ? Prononcer les vœux de Jad et devenir prêtre ? Devenir païen ? Devenir un Fou de Dieu ?

— Va à Sarance, dit son ami.

— Non. »

Ils se dévisagèrent. Crispin se rendit compte qu'il avait du mal à respirer. Le vieil homme reprit d'une voix douce dans les ombres qui s'allongeaient : « Voilà une réponse bien trop définitive pour une décision aussi importante. Répète-le-moi demain matin et je ne t'en parlerai plus jamais. Ma parole. »

Crispin, après un silence, se contenta de hocher la tête. Il avait besoin de vin, constata-t-il. Un oiseau invisible lança un appel très clair depuis les bois lointains. Martinien se leva, aplatit son chapeau sur sa tête pour se protéger du vent du crépuscule. Ils marchèrent ensemble vers Varèna avant le signal du couvre-feu, le moment où l'on fermait les portes afin de se protéger de tout ce qui se tapissait dans les forêts sauvages, les champs nocturnes et les routes sans lois, dans l'air illuminé de lunes et d'étoiles, où assurément vagabondaient esprits et fantômes.

Les humains vivaient à l'abri de murailles, quand ils le pouvaient.

◆

Avec les derniers rayons du jour, Crispin se rendit à son établissement de bains préféré, presque désert à cette heure. La plupart des gens allaient aux thermes l'après-midi, mais le travail des mosaïstes nécessitait de la lumière et Crispin préférait à présent la fin de la journée, plus tranquille. Quelques hommes s'exerçaient avec la lourde balle, en se la renvoyant pesamment l'un à l'autre, nus et transpirant sous l'effort. Il leur adressa un signe de tête en passant, sans s'arrêter. Après un bain de vapeur, il se plongea dans l'eau chaude, puis froide, se fit huiler et masser – son régime d'automne contre le froid. Il n'adressa la parole à personne, sinon pour des échanges polis de salutations dans les salles communes, vers la fin, quand, à sa couche habituelle, on lui apporta son habituel carafon de vin. Il reprit ensuite le colis impérial des mains du serviteur qui avait enregistré son arrivée et, déclinant une escorte, il rentra chez lui à pied, laissa tomber la pochette n'importe où et se changea pour le souper. Il n'avait absolument pas l'intention d'en discuter ce soir.

« Tu vas y aller, alors. À Sarance ? »

Certaines intentions, en présence d'une mère, sont essentiellement absurdes ; cela du moins n'avait pas changé. Avita Crispina fit un signe et la servante versa une autre louche de soupe de poisson à son fils. À la lueur des bougies, il regarda la jeune fille se retirer avec grâce dans la cuisine ; elle avait le teint classique des Karches ; on appréciait leurs femmes comme esclaves domestiques aussi bien chez les Antæ que chez les Rhodiens de souche.

« Qui te l'a dit ? » Ils soupaient seuls ensemble, étendus sur des couches qui se faisaient face ; la mère de Crispin avait toujours préféré les bonnes manières à l'ancienne.

« Cela importe-t-il ? »

Crispin haussa les épaules : « Non, je suppose. » Un sanctuaire rempli de gens qui avaient entendu le messager… « Et pourquoi donc vais-je y aller, Mère, dites-le-moi, je vous prie ?

— Parce que tu ne veux pas y aller. Tu fais toujours l'inverse de ce que tu penses devoir faire. Un comportement pervers. Je n'ai pas la moindre idée de qui tu l'as hérité. »

Elle eut l'audace de sourire en proférant ces paroles.
Elle avait un joli teint, ce soir-là, ou bien les bougies
étaient indulgentes ; il n'avait pas de tessères aussi
blanches que ses cheveux, vraiment rien d'approchant.
À Sarance, à ce qu'on disait, la Verrerie impériale avait
une méthode pour fabriquer…

Il mit fin à cette réflexion.

« Je ne fais rien de tel. Je refuse d'être aussi prévisible.
Je peux quelquefois, peut-être, me montrer un peu imprudent lorsqu'on me provoque. Le messager d'aujour-
d'hui était un imbécile fini.

— Et tu le lui as dit, évidemment. »

Malgré lui, Crispin sourit : « Selon lui, c'est moi qui
en suis un.

— Il ne l'est donc pas, pour être aussi perspicace.

— Tu veux dire que ce n'est pas évident ? »

À son tour à elle de sourire : « Je me suis trompée. »

Il se versa une autre coupe de vin pâle et la dilua
pour moitié d'eau ; chez sa mère, il le faisait toujours.

« Je n'irai pas, dit-il. Pourquoi voudrais-je aller si
loin, avec l'hiver qui s'en vient ?

— Parce que tu n'es pas un imbécile fini, mon enfant,
répliqua Avita Crispina. Nous sommes en train de parler
de *Sarance*, Caius, mon chéri.

— Je sais de quoi nous parlons. Tu dis la même
chose que Martinien.

— Il dit la même chose que moi. » Vieille plaisanterie. Crispin ne sourit pas, cette fois. Il prit encore un
peu de sa soupe de poisson, laquelle était délicieuse.

« Je n'irai pas », répéta-t-il plus tard, prêt à partir, en
se penchant pour embrasser la joue de sa mère. « Tu as
un bien trop bon cuisinier pour que je souffre l'idée de
m'en aller. » Elle sentait la lavande, comme toujours. Le
premier souvenir de Crispin était ce parfum. Ce devrait
être une couleur, pensa-t-il. Parfums, goûts et sons se
transformaient souvent en couleurs dans son imagination,
mais pas celui-là. La fleur avait beau être violette, et
même presque pourpre – la couleur des rois – le parfum,

lui, ne l'était pas. C'était le parfum de sa mère, tout simplement.

Deux serviteurs munis de gourdins l'attendaient pour le raccompagner chez lui dans l'obscurité.

«Ils ont de meilleurs cuisiniers que le mien en Orient. Tu me manqueras, mon enfant, répliqua-t-elle avec calme. J'espère recevoir régulièrement du courrier.»

Crispin avait l'habitude. Ce qui ne l'empêcha pas de renifler avec exaspération tout en s'éloignant. Il jeta un coup d'œil derrière lui et la vit dans le flot de lumière, vêtue de sa robe vert sombre. Elle leva une main pour le saluer et rentra. Il tourna le coin, encadré par les deux hommes, pour franchir à pied la courte distance qui le séparait de chez lui. Après avoir renvoyé les serviteurs de sa mère, il resta un moment dehors, bien emmitouflé contre le froid, les yeux levés.

La lune bleue déclinait au couchant dans le ciel d'automne. Aussi pleine que l'avait été autrefois le cœur de Crispin. La mince lune blanche, pâle et décroissante, se levait à l'orient, à l'extrémité de la rue, entre les dernières maisons et les murailles de la cité. Les chiromanciens attachaient un sens à ce genre de détail ; mais ils en attachaient à tous les phénomènes célestes.

Crispin se demanda s'il arriverait jamais à se donner un sens à lui-même. À ce qu'il était devenu au cours de cette année, depuis qu'un second été de peste l'avait épargné pour le laisser ensevelir de ses propres mains une épouse et deux filles. Dans la concession familiale, près de son père et de son grand-père. Pas dans un monticule de terre mêlée de chaux vive. Certaines idées étaient intolérables.

Il songea à la torche d'Héladikos qu'il avait réussi à créer dans la petite coupole. Il lui restait cela, au moins, comme l'ombre pâlie d'une couleur : sa fierté d'artisan, l'amour qu'il éprouvait pour son métier. De l'amour. Était-ce encore le terme approprié ?

Il avait réellement envie de voir son dernier artifice à la lumière des bougies : un extravagant flamboiement

de chandelles et de lanternes à huile dans tout le sanctuaire, pour allumer en écho le feu qu'il avait créé à
partir de pierre et de verre. Il avait le sentiment – aiguisé
par l'expérience – d'avoir peut-être réussi à obtenir une
partie de l'effet désiré.

C'était ce qu'on pouvait obtenir de mieux en ce
monde faillible, avait toujours dit Martinien.

Il le verrait, oui, lors de la consécration du sanctuaire
à la fin de l'automne, lorsque la jeune reine et ses
prêtres, ainsi que les cérémonieux émissaires du Grand
Patriarche de Rhodias, sinon le Patriarche lui-même,
accorderaient officiellement leur dernier repos aux restes
du roi Hildric. On n'économiserait pas sur les bougies
ou sur l'huile. Il serait à même d'évaluer son travail ce
jour-là, avec ou sans sévérité.

La tournure ultérieure des événements l'en empêcha.
Il ne vit jamais sa torche de mosaïques sur la coupole
du sanctuaire, à l'extérieur des murailles de Varèna.

Alors qu'il se retournait pour entrer dans sa propre
demeure, clé à la main – les serviteurs ayant été avisés,
comme toujours, de ne pas l'attendre –, un froissement
l'avertit, mais trop tard.

Il réussit à frapper un homme à la poitrine d'un coup
de poing, entendit un grognement inarticulé et prit son
souffle pour crier quand un sac lui tomba sur la tête
pour lui être ensuite attaché autour du cou par une
main experte. À la fois aveuglé et suffoqué, il se mit à
tousser, sentit et goûta de la farine, donna un violent
coup de pied qui trouva une cible, genou ou tibia, entendit un autre cri sourd de douleur. Tout en se débattant à
l'aveuglette, il essayait de desserrer la prise qui l'étran-
glait. Il ne pouvait pas mordre, avec ce sac sur la figure.
Ses assaillants invisibles gardaient le silence. Trois ?
Quatre ? Ils étaient sûrement là pour l'argent dont ce
maudit messager avait annoncé au monde entier la
présence dans la pochette. Allaient-ils le tuer après avoir
découvert qu'il ne l'avait pas ? Sans doute. Et pourquoi,
lui demanda une partie lointaine de son cerveau, se
démenait-il donc avec tant d'énergie ?

Il se rappela son poignard, tâtonna d'une main pour le trouver tout en essayant toujours de desserrer le bras qui lui bloquait la gorge. Il griffa, comme un chat ou une femme, sentit de la peau céder sous ses ongles, du sang jaillir. Trouva la poignée de la lame tout en se contorsionnant. Dégaina le poignard.

Il revint à lui avec lenteur, en prenant peu à peu conscience d'une lumière pénible, vacillante, ainsi que d'une odeur, un parfum. Pas de la lavande. Il avait mal à la tête, ce qui n'était pas étonnant. On avait ôté le sac de farine, manifestement : il pouvait voir des bougies à la lueur diffuse, des formes autour d'elles, encore vagues. Ses mains semblaient libres. Il les leva pour tâter avec une extrême délicatesse la bosse grosse comme un œuf qui lui décorait l'occiput.

À la périphérie de sa vision, laquelle n'était pas particulièrement claire en la circonstance, quelqu'un remua alors, pour se lever d'une couche ou d'un fauteuil. Il eut une impression d'or, d'une nuance bleu lapis-lazuli.

La sensation parfumée s'intensifia, plusieurs fragrances mêlées, se rendait-il compte à présent. Il tourna la tête. Le mouvement lui fit pousser un cri étouffé. Il referma les yeux. Il se sentait très mal.

Quelqu'un, une femme, remarqua : «Ils avaient l'ordre d'être très prévenants. Vous avez résisté, semble-t-il.

— Vraiment… désolé», réussit à dire Crispin. «Si… assommant de ma part.»

Il entendit la femme rire. Rouvrit les yeux. Il n'avait pas la moindre idée de l'endroit où il se trouvait.

«Bienvenue au palais, Caius Crispus, dit-elle. Nous sommes seuls, en l'occurrence. Devrais-je prendre peur et appeler des gardes ?»

Tout en repoussant une vague de nausée particulièrement insistante, Crispin se contraignit à s'asseoir. Un peu plus tard, il se leva en titubant, le cœur battant à tout rompre. Il essaya, bien trop vite, de s'incliner et dut s'agripper aussitôt au plateau d'une table pour garder l'équilibre. Sa vision faisait des vagues et son estomac aussi.

« Vous êtes dispensé des rituels plus élaborés », dit l'unique enfant survivante du défunt roi Hildric.

Gisèle, reine des Antæ et de Batiare, monarque le plus sacré de Crispin après Jad, tributaire symbolique de l'empereur sarantin, qui offrait ses dévotions spirituelles au Grand Patriarche et à nul autre être vivant, l'observait avec une expression grave dans ses yeux largement espacés.

« Très… vraiment très… gracieux de votre part. Votre Majesté », marmonna Crispin. Il essaya, avec un succès mitigé, de cesser de larmoyer afin de pouvoir mettre un peu de ses yeux à contribution dans la lumière des bougies. Des objets semblaient flotter en l'air au hasard ; il avait également un peu de mal à respirer. Il se trouvait seul dans la pièce avec la reine. Il ne l'avait jamais vue en personne, sinon à distance. Des artisans, si prospères et célèbres fussent-ils, n'avaient en aucune façon des entretiens nocturnes et privés avec leur souveraine. Pas dans le monde auquel Crispin était accoutumé.

Un marteau minuscule mais obstiné semblait vouloir se frayer un chemin à travers son crâne ; il était plongé dans une extrême confusion, complètement désorienté. L'avait-elle fait capturer, ou secourir ? Et, dans les deux cas, pourquoi donc ? Il n'osait poser la question. À travers les parfums, il perçut de nouveau l'odeur de la farine. Ce devait être lui. Le sac. Il examina sa tunique de soirée et fit une grimace. Des traînées d'un gris blanchâtre en tachaient le bleu. Et donc ses cheveux et sa barbe…

« On s'est un peu occupé de vous pendant que vous reposiez, dit la reine, avec une certaine amabilité. J'ai fait appeler mon propre médecin. Il a dit qu'une saignée ne s'imposait pas pour l'instant. Un verre de vin serait-il de quelque secours ? »

Crispin émit un son qu'il espérait traduire un assentiment retenu et de bon aloi. La jeune femme ne se remit pas à rire et ne sourit point. Crispin songea soudain qu'elle devait avoir une certaine habitude des effets de la violence sur les êtres humains. Un certain nombre d'incidents lui revinrent malgré lui à l'esprit. Quelques-uns tout récents. Cette réminiscence ne fit rien pour l'aider à se détendre.

La reine ne bougeait pas et Crispin se rendit bientôt compte qu'elle avait dit la vérité, littéralement. Ils étaient bel et bien seuls dans cette pièce. Pas de serviteurs, pas même d'esclaves. C'était tout simplement stupéfiant. Et il ne pouvait attendre qu'elle lui servît du vin. Il regarda autour de lui et, par chance plutôt que grâce à un sens aigu de l'observation, sentit son coude effleurer une bouteille et des coupes sur la table. Dans deux coupes, avec prudence, il versa du vin qu'il allongea d'eau, en espérant qu'il ne faisait pas montre de présomption. Il n'était nullement au courant des coutumes de la cour antæ; c'était Martinien qui avait reçu toutes leurs instructions du roi Hildric, puis de sa fille, et lui en avait fait rapport.

Crispin leva les yeux. Sa vision semblait s'améliorer tandis que le marteau se calmait et que la pièce choisissait de se stabiliser. Il vit la reine secouer la tête en regardant la coupe qu'il avait remplie pour elle et il la reposa. Attendit. Regarda de nouveau la jeune femme.

La reine de Batiare était grande pour une femme, et d'une déconcertante jeunesse. Vue de près, elle avait le nez droit des Antæ et les pommettes saillantes de son père. Les yeux bien écartés étaient d'un bleu souvent célébré, il le savait, même s'il ne pouvait le distinguer clairement à la lueur des bougies. Un mince bandeau d'or serti de rubis retenait la chevelure dorée, relevée, bien entendu, et attachée.

À l'époque où ils avaient commencé à s'installer dans la péninsule, les Antæ se lissaient les cheveux à la graisse d'ours; la jeune femme n'était manifestement pas une adepte de ce genre de traditions. Il imagina les rubis – il ne put s'en empêcher – sertis dans sa torche de mosaïque, au sanctuaire. Leur éclat, là-bas, à la lumière des bougies.

La reine portait attaché au cou un disque solaire en or, gravé d'une représentation d'Héladikos. Sa robe était de soie bleue, brodée de minces fils d'or, et le long du pan gauche courait une bande pourpre, depuis le collet haut jusqu'à l'ourlet, à la cheville. Seule la royauté portait la pourpre, une tradition qui remontait aux débuts de l'empire rhodien, six cents ans plus tôt.

Crispin se trouvait seul dans une salle du palais, la nuit, avec la migraine de sa vie et une reine – sa reine – qui le dévisageait d'un air à la fois aimable et ferme.

L'opinion la plus partagée dans toute la péninsule batiaraine était que la reine ne vivrait pas jusqu'à la fin de l'hiver. Crispin avait entendu des paris être offerts, et relevés, pour et contre.

Les Antæ pouvaient bien avoir abandonné la graisse d'ours et des rituels païens depuis cent ans, ils n'étaient vraiment pas accoutumés à avoir une femme pour monarque ; n'importe quel époux – et roi – choisi par Gisèle porterait potentiellement le poids de hiérarchies et de querelles tribales d'une complexité presque inconcevable. D'une certaine façon, il n'y avait pas d'autre motif à sa survie, plus d'un an après la mort de son père et la sauvage guerre civile qui l'avait suivie sans résultat probant. Martinien l'avait ainsi résumé une nuit, pendant un souper : les factions des Antæ, bloquées autour de Gisèle, avaient trouvé un équilibre ; si elle disparaissait, cet équilibre se déferait, et ce serait la guerre. Encore.

Crispin avait haussé les épaules. Quiconque régnerait commanderait des sanctuaires à sa propre gloire, au nom du dieu. Les mosaïstes auraient de l'ouvrage. Martinien et lui étaient extrêmement bien connus, leur réputation avait fait son chemin jusque dans les classes les plus aisées, leurs employés et leurs apprentis étaient fiables. Ce qui se passait au palais de Varèna avait-il tant d'importance ? avait-il demandé au vieil homme. Quel sens tout cela pouvait-il bien avoir, après la peste ?

La reine le contemplait toujours, front lisse, patiente. Crispin comprit avec retard ce qu'on attendait de lui, la salua de sa coupe et but. Un vin splendide. Le meilleur des sarnicans. Il n'avait jamais goûté une saveur aussi complexe. En des circonstances normales, il aurait…

Il reposa aussitôt sa coupe. Après le coup qu'il avait reçu sur le crâne, ce vin pourrait le terrasser.

« Un homme prudent, à ce que je vois », murmura la reine.

Crispin secoua la tête : « Pas vraiment, Majesté. » Il ignorait toujours ce qu'on attendait de lui, ou ce à quoi il devait s'attendre. Il songea soudain qu'il aurait dû être offusqué : on l'avait attaqué et enlevé à sa propre porte. Mais il éprouvait plutôt de la curiosité, il était intrigué – et assez conscient de soi pour admettre que son existence était depuis un bon moment dépourvue de ces émotions-là.

« Puis-je supposer, demanda-t-il, que les malandrins qui m'ont enfermé la tête dans un sac de farine et cabossé le crâne venaient du palais ? Ou vos gardes loyaux m'ont-ils sauvé de voleurs ordinaires ? »

Elle sourit. Elle ne pouvait guère avoir plus de la vingtaine, songea-t-il en se rappelant des fiançailles royales, quelques années plus tôt, et le trépas accidentel d'un futur époux.

« C'étaient mes gardes. Je vous l'ai dit, leurs ordres étaient de se montrer courtois, tout en s'assurant que vous les suiviez. Apparemment, vous leur avez infligé quelques dommages.

— Je suis ravi de l'apprendre. Ils en ont fait autant.

— Par loyauté envers leur reine et pour servir sa cause. Éprouvez-vous ce genre de loyauté ? »

Extrêmement directe.

Crispin la regarda s'asseoir, le dos très droit, sur un banc de bois de rose décoré d'ivoire. Il y avait trois portes dans cette pièce, et sans doute des gardes attentifs derrière chacune d'elles. Crispin se passa la main dans les cheveux, un de ses réflexes caractéristiques, qui les ébouriffait davantage, et répondit avec calme : « On m'a engagé pour mettre tous mes talents à décorer, avec des matériaux de qualité inférieure, un sanctuaire en l'honneur de votre père. Est-ce une réponse suffisante, Majesté ?

— Pas du tout, Rhodien. C'est là un intérêt personnel. On vous a fort bien payé et les matériaux sont ce que nous pouvons nous permettre de mieux par les temps qui courent. Il y a eu une épidémie de peste et une guerre, Caius Crispus. »

Il ne put s'en empêcher : « Oh, vraiment ? »

Elle haussa les sourcils : « De l'insolence ? »

Sa voix et son expression firent brusquement prendre conscience à Crispin du fait que, quelles que fussent les manières en usage à la cour, il n'en faisait pas montre – et les Antæ n'avaient jamais été réputés pour leur patience.

Il secoua la tête : « J'ai survécu à l'une et à l'autre, murmura-t-il, inutile de me le rappeler. »

Elle l'observa un long moment en silence. Des fourmillements inexplicables remontèrent le long du dos de Crispin jusqu'au poil ras de sa nuque. Le silence se prolongea. Puis la reine poussa un profond soupir et déclara sans préambule : « J'ai besoin de faire porter un message absolument privé à l'empereur de Sarance. Aucun homme, aucune femme, ne doit en connaître la teneur, ni même qu'on en est porteur. C'est pourquoi vous êtes seul ici et y avez été amené de nuit. »

La bouche de Crispin était soudain sèche. Son cœur se remit à battre la chamade. « Je suis un artisan, Majesté. Rien de plus. Je n'ai pas ma place dans les intrigues des cours. » Il aurait voulu ne pas avoir reposé la coupe de vin. « Et puis », ajouta-t-il un peu tardivement, « je ne vais pas à Sarance.

— Bien sûr que si, dit la reine d'un ton négligent. Qui n'accepterait une telle invitation ? » Elle était au courant. Évidemment. La mère de Crispin elle-même était au courant !

« Ce n'est pas moi qu'on a invité, dit-il, abrupt. Et mon partenaire Martinien a indiqué qu'il irait.

— C'est un vieil homme. Pas vous. Et absolument rien ne vous retient à Varèna. »

Rien pour le retenir. Absolument rien.

« Il n'est pas vieux. »

Elle ignora sa réplique. « J'ai fait enquête sur votre famille, votre situation, vos dispositions. On me dit que vous êtes colérique, porté au sarcasme et peu enclin au respect. Vous êtes doué dans votre art, y avez atteint un certain renom et une certaine prospérité. Rien de tout cela ne me concerne. Mais personne n'a dit que vous étiez un poltron ou un homme dépourvu d'ambition. Vous irez à Sarance, bien sûr. Y porterez-vous mon message ? »

Avant même d'avoir réfléchi aux implications, Crispin demanda : « Quel message ? »

Ce qui signifiait – il s'en rendit compte bien plus tard, sur la longue route de l'Orient, en évoquant à maintes reprises ce dialogue – que, dès le moment où elle en avait parlé, il n'avait plus vraiment eu de choix, à moins de bel et bien décider de mourir pour aller retrouver Ilandra et les petites en compagnie de Jad, de l'autre côté du soleil.

La jeune reine des Antæ et de Batiare, environnée de périls mortels et qui se défendait avec tous les outils qui lui tombaient sous la main, si surprenants fussent-ils, murmura tout bas : « Vous direz à l'empereur Valérius II, et à nul autre, que s'il désire reconquérir cette contrée, avec la cité de Rhodias, et non détenir sur elles un droit vide de sens, il y a une souveraine sans époux qui a entendu parler de ses prouesses et de sa gloire, et leur rend hommage. »

Crispin resta bouche bée. La reine ne rougit point, son regard ne vacilla pas un instant. Elle surveillait sa réaction, comprit-il. Il balbutia : « L'Empereur est marié. Depuis des années. Il a même modifié les lois pour épouser l'impératrice Alixana. »

Calme, sans bouger d'un pouce sur son siège d'ivoire, elle déclara : « Hélas, époux et épouses peuvent être répudiés. Ou périr, Caius Crispus. »

Il le savait bien.

« Les empires nous survivent, murmura-t-elle. Les noms aussi. Pour le meilleur ou pour le pire. Valérius II, qui fut autrefois Pétrus de Trakésie, désire reconquérir Rhodias et la péninsule depuis qu'il a placé son oncle sur le Trône d'or, il y a douze étés. Il s'est assuré d'une trêve avec le Roi des rois en Bassanie pour cette unique raison. Valérius a acheté le roi Shirvan afin d'assembler une armée en Occident quand les temps seront mûrs. Aucun mystère à cela. Mais s'il essaie de reprendre cette contrée par les armes, il ne la conservera pas. La péninsule est trop éloignée, et nous autres Antæ, nous savons guerroyer. Par ailleurs, à l'orient comme au septentrion, ses ennemis, Bassanides et barbares nordiques, ne se contenteront pas d'être des spectateurs bien tranquilles, quelles que soient les sommes versées. Certains des conseillers de Valérius doivent le savoir et le lui rappelleront. Il existe une autre façon de satisfaire son… désir. Je la lui offre. » Après une pause, elle reprit : « Vous pouvez lui dire aussi que vous avez vu la reine de Batiare de très près, en bleu, or et pourpre, et lui… en donner une honnête description, s'il la demande. »

Cette fois, même si elle continuait à le regarder bien en face et relevait même un peu le menton, elle s'empourpra. Crispin prit conscience de ses mains moites. Il les pressa contre sa tunique – et ressentit, de façon étonnante, l'élan d'un désir depuis longtemps endormi. Une espèce de folie, mais c'était souvent le cas du désir. On ne pouvait absolument pas entretenir ce genre de pensées à l'égard de la reine de Batiare. Elle ne lui offrait son visage et son corps vêtu de si exquise manière que pour lui permettre de les garder en mémoire et d'en parler à un empereur, de l'autre côté du monde. Il n'avait jamais rêvé de participer à l'univers obscur des intrigues royales – et ne le désirait point –, mais son esprit accoutumé à résoudre des énigmes galopait à présent au même rythme que son pouls, et il commençait à distinguer les éléments constitutifs de cette image.

"Aucun homme, aucune femme, ne doit savoir."

Aucune femme. Voilà qui était aussi clair que possible. On lui demandait de transmettre une offre de mariage à l'Empereur, lequel était déjà extrêmement marié à la femme la plus puissante et la plus dangereuse du monde connu.

« L'Empereur et son épouse roturière, son actrice, n'ont pas d'enfants, hélas », dit Gisèle à mi-voix. Crispin comprit qu'elle avait dû lire ses pensées sur son visage ; il n'était vraiment pas doué pour ce genre de choses. « Un triste legs de sa… profession, peut-on imaginer. Et elle n'est plus jeune. »

Moi, je le suis, disait en filigrane le message qu'il devait transmettre. *Sauvez ma vie et mon trône, et je vous offre la patrie de l'empire rhodien que vous désirez tant, je vous rends l'Occident de votre Orient, et vous donne les fils dont vous avez besoin. Je suis belle, et jeune… demandez à celui qui vous transmet mes paroles. Il vous le dira. Vous n'avez qu'à demander.*

« Vous croyez… » Il s'interrompit. Se calma avec un effort. « Vous croyez qu'on peut garder un tel secret ? Majesté, si jamais l'on apprend que j'ai été amené devant vous…

— Fiez-vous à moi en cela. Vous ne pouvez m'être d'aucun secours si on vous tue en route ou lorsque vous serez arrivé.

— Vous me rassurez grandement », murmura-t-il.

De façon surprenante, elle se remit à rire. Il se demanda ce que penseraient en l'entendant les gardes postés derrière les portes. Et ce qu'ils avaient pu entendre par ailleurs.

« Ne pourriez-vous charger un envoyé officiel de ce message ? »

Il connaissait la réponse avant même de la recevoir : « Un tel messager n'aurait aucune chance de parler à l'Empereur… en privé.

— Et moi, si ?

— Peut-être. Vous êtes de pure souche rhodienne par vos parents. On en tient encore compte à Sarance, même à contrecœur. Valérius s'intéresse à l'ivoire, dit-on, aux fresques... au genre de choses que vous faites avec de la pierre et du verre. Il est réputé converser avec ses artisans.

— Comme c'est louable de sa part ! Et quand il découvrira que je ne suis pas Martinien de Varèna ? Quelle sorte de conversation aurons-nous alors ? »

La reine sourit. « Cela dépendra de votre ingéniosité, n'est-ce pas ? »

Crispin reprit une inspiration. Mais avant qu'il pût parler, la reine ajouta : « Vous n'avez pas demandé ce qu'une impératrice fraîchement couronnée, et reconnaissante, pourrait accorder en retour à celui qui aurait transmis avec succès son message. Savez-vous lire ? »

Il hocha la tête. Elle tira de sa manche un rouleau de parchemin, le lui tendit. Il s'approcha, aspira son parfum, vit le maquillage subtil qui lui allongeait les cils, lui prit le rouleau des mains.

Elle inclina la tête en signe d'accord. Il brisa le sceau. Déroula le parchemin. Lut.

Sentit toute couleur abandonner son visage. Et après la stupeur vint la dure amertume, la pierre douloureuse qui lui alourdissait toujours le cœur.

« Gaspillage, Majesté, dit-il. Je n'ai pas d'enfants pour hériter de tout ceci.

— Vous êtes jeune », dit la reine, aimable.

Un éclat de colère. « Vraiment ? Pourquoi alors ne pas m'offrir en récompense une jolie Antæ de votre cour ou une noble de sang rhodien ? Une jument fertile pour remplir d'enfants ces demeures promises et dépenser cette fortune ? »

Autrefois princesse, elle était reine, avait passé son existence dans des palais où bien jauger le caractère d'autrui était un moyen de survivre. « Je ne vous insulterais pas avec pareille proposition, répliqua-t-elle. Je me suis laissé dire que votre mariage était une union d'amour. C'est rare. Je vous estime heureux d'en avoir fait l'expérience, même si le temps qui vous a été alloué fut trop bref. Vous êtes un homme de belle allure, les ressources matérielles à votre disposition, comme l'indique ce parchemin, constitueraient une recommandation supplémentaire. Vous pourriez acheter votre propre jument de haut lignage, j'imagine, si d'autres méthodes ne se présentaient pas pour le choix d'une seconde épouse. »

Bien plus tard, dans son propre lit, longtemps après le coucher des lunes, Crispin incapable de fermer l'œil concluait à l'approche de l'aube que c'était cette réplique, sa gravité, puis la mordante ironie de sa conclusion, qui l'avait décidé. La reine lui eût-elle offert une compagne verbalement ou par écrit, il aurait aussitôt refusé et l'aurait laissée le faire exécuter, si elle le désirait.

Elle l'aurait ordonné, il en était presque certain.

Et cette pensée lui vint alors que la nuit se dissipait, avant même d'apprendre par ses apprentis au sanctuaire, au moment de la prière du matin, qu'on avait découvert six gardes du palais de Varèna, morts, la gorge tranchée.

Crispin s'éloignerait du brouhaha des spéculations pour aller se tenir seul dans le sanctuaire, sous son aurige porteur de torche. La lumière commençait d'entrer par les fenêtres situées sur le pourtour du dôme, frappant le verre placé de biais. La torche de mosaïque semblait étinceler d'une lumière scintillante, une ondulation presque imperceptible mais bien réelle, comme une flamme qui couve. Il pouvait l'imaginer au-dessus des lanternes et des bougies allumées… s'il y en avait en nombre suffisant, cela marcherait.

Il comprenait. La reine des Antæ, luttant pour sa vie, avait rendu la situation aussi claire que possible : elle ne laisserait d'aucune façon mettre en péril le secret de son message, même par ses gardes les plus loyaux. Six morts. Rien de retenu là-dedans, en vérité.

Il ignorait ce qu'il éprouvait. Ou plutôt non, il le savait, il s'en rendait bien compte : il se sentait comme un trop petit navire quittant le port bien trop tard dans la saison, avec un équipage insuffisant, dans le tourbillon des vents d'hiver.

Mais, en fin de compte, il allait à Sarance.

Plus tôt au cœur de la nuit, dans cette salle du palais, Crispin avait senti un grand calme l'envahir : « Votre confiance m'honore, Majesté », avait-il déclaré à la jeune femme assise sur son siège d'ivoire sculpté. « Je ne voudrais pas voir une autre guerre éclater ici, que ce soit chez les Antæ ou à cause d'une invasion sarantine. Nous avons eu assez de morts. Je porterai votre message et j'essaierai de le transmettre à l'Empereur, si je survis à mon imposture. Ce que je vais faire est une folie, mais tous nos actes sont folie, n'est-ce pas ? »

— Non, avait-elle répliqué de façon surprenante. Mais je ne m'attends pas à être celle qui vous en persuadera. » Elle avait désigné l'une des sorties. « Un homme à cette porte vous escortera chez vous. Vous ne me reverrez pas, pour des raisons que vous comprenez. Vous pouvez me baiser le pied, si vous vous sentez assez remis. »

Il s'était agenouillé devant elle. Avait effleuré le pied menu dans sa sandale dorée. En avait embrassé le dessus. Il avait alors senti de longs doigts passer dans ses cheveux là où on l'avait frappé. Il avait frissonné. « Ma gratitude vous est assurée, avait-il entendu, quoi qu'il arrive. »

La main s'était retirée. Il s'était relevé pour s'incliner de nouveau, était sorti par la porte indiquée et avait été raccompagné chez lui par un géant glabre à la langue coupée, à travers les rues venteuses de sa cité natale. Il avait conscience du désir qui s'attardait tandis qu'il s'éloignait du palais, de cette salle, et il en était abasourdi.

Dans l'exquise petite salle d'audience, la jeune femme demeura assise un moment après son départ. Elle était rarement seule, et cette sensation ne lui déplaisait pas. Les événements avaient évolué avec rapidité depuis qu'une de ses sources secrètes de renseignements avait mentionné les détails publics de la convocation délivrée par la Poste impériale à un artisan œuvrant au lieu d'ultime repos de son père. Elle avait eu peu de temps pour en évaluer les nuances, seulement celui de comprendre que c'était là une chance inattendue et bien mince – et de la saisir.

Il fallait maintenant voir à quelques exécutions, malheureusement. Cette partie serait perdue avant même de commencer si Agila, Eudric ou n'importe lequel de ceux qui tournaient autour de son trône apprenait que l'artisan avait eu une conversation privée avec elle cette nuit-là avant son voyage vers l'Orient. Celui qui escortait le mosaïste était le seul à avoir toute sa confiance. D'abord, il ne pouvait ni parler ni écrire. Ensuite, depuis l'âge de cinq ans, elle l'avait toujours eu en sa compagnie. Elle lui donnerait d'autres ordres pour la nuit quand il reviendrait ; ce ne serait pas la première fois qu'il tuerait pour elle.

La reine des Antæ murmura alors une brève prière, pour implorer le pardon, entre autres. Elle offrit sa prière au Saint Jad, à l'Aurige son fils, qui avait péri en apportant le feu aux mortels ; puis – afin d'être sûre, pour autant que ce fût possible –, elle pria les dieux et les déesses révérés par son peuple alors qu'il n'était qu'un assortiment disparate de tribus dans les rudes contrées du nord-est, d'abord dans les montagnes, puis dans les forêts de chênes de Sauradie, avant de descendre dans la fertile Batiare – conquérant et héritier de la mère patrie d'un empire – pour y embrasser ensuite Jad, dieu du Soleil.

Elle entretenait peu d'illusions. Cet homme, Caius Crispus, l'avait un peu prise au dépourvu, mais ce n'était qu'un artisan, doté d'un humour nourri de colère et de désespoir. Arrogant, comme l'étaient encore la plupart du temps les Rhodiens. Un outil plutôt inadéquat pour une entreprise aussi désespérée – presque certainement condamnée à l'échec, mais que faire d'autre, sinon essayer ? Elle l'avait laissé approcher, lui baiser le pied. Avait caressé, avec une lenteur délibérée, ses cheveux roux saupoudrés de farine… Peut-être la nostalgie était-elle chez cet homme la voie de la loyauté ? Peu probable, mais comment le savoir ? Et elle ne pouvait utiliser que les rares outils, ou les rares armes, qu'elle possédait ou qui lui étaient accordés.

Gisèle des Antæ ne s'attendait pas à voir les fleurs sauvages revenir au printemps, ni à regarder brûler sur les collines les feux de joie du milieu de l'été. Elle avait dix-neuf ans, mais les reines, en vérité, n'avaient pas le loisir d'être aussi jeunes.

CHAPITRE 2

Dans l'enfance de Crispin, lorsqu'il était libre pour la journée, comme seuls des garçons peuvent l'être en été, il avait franchi un matin les murailles de la cité et, après avoir un moment lancé des cailloux dans un ruisseau, il avait longé un verger clos dont les jeunes Varénains disaient tous qu'il jouxtait une maison de campagne hantée par des esprits, où des choses sacrilèges se déroulaient après la tombée de la nuit.

Le soleil brillait. Dans un élan de bravade enfantine, Crispin avait escaladé le mur de pierres mal dégrossies et, après avoir sauté dans un arbre proche, il s'était assis sur une solide branche au milieu des feuillages pour manger des pommes. Le cœur battant de fierté, il s'était demandé comment il prouverait son geste à ses amis sûrement sceptiques. Il avait décidé de graver ses initiales – un talent nouvellement acquis – dans le tronc du pommier, et de mettre les autres au défi de venir le constater.

L'instant d'après, il avait éprouvé la plus intense frayeur de toute sa jeune existence.

Il s'éveillait parfois la nuit à ce souvenir – ce dernier s'étant transformé en rêve récurrent alors même que Crispin était devenu un adulte, un mari et un père. En fait, il avait réussi à se persuader qu'il s'était agi essentiellement d'un rêve, tissé de trop vives anxiétés enfantines, de la chaleur éclatante de midi, de pommes encore vertes mangées trop vite. Sûrement une fantaisie d'enfant, terrain propice au cauchemar.

Les oiseaux ne parlaient pas, voyons.

Plus spécifiquement, ils ne discutaient pas entre eux, d'un arbre à l'autre, tous avec la même intonation et le même timbre blasés d'un aristocrate rhodien trop bien élevé, pour savoir quel œil d'un jeune intrus on devait crever et consommer en premier, et comment les orbites ainsi évidées pourraient offrir un accès aisé à des morceaux de cervelle visqueuse, à l'intérieur du crâne.

Pourvu à huit ans, don ou malédiction, d'une forte imagination visuelle, Caius Crispus ne s'était pas attardé à investiguer plus avant ce remarquable phénomène de la nature. Plusieurs volatiles semblaient entretenir une discussion animée à son propos, à demi dissimulés par feuilles et branchages. Il avait laissé tomber trois pommes, recraché la pulpe à moitié mâchée d'une quatrième et sauté d'un bond frénétique sur le mur en s'écorchant un coude, en se meurtrissant un tibia et en s'infligeant des dommages supplémentaires après un mauvais atterrissage dans l'herbe du chemin recuite par l'été.

Tandis qu'il retournait au pas de course vers Varèna, pas tout à fait en hurlant mais presque, il avait entendu derrière lui un rire sardonique et croassant.

Ou à tout le moins l'entendait-il dans ses rêves.

Vingt-cinq ans plus tard, sur la même route au sud de la cité, Crispin songeait à la puissance des souvenirs, à leur façon de resurgir avec une force inattendue ; un parfum pouvait les déclencher, un bruit d'eau courante, la vision d'un mur de pierre le long d'un chemin.

Il se rappelait ce jour dans l'arbre, et cette réminiscence de terreur le renvoyait un peu plus loin, à l'expression de sa mère lorsque les réserves de la milice urbaine étaient revenues cette année-là de la campagne de printemps contre les Inicii, et que son père ne s'était pas trouvé parmi eux.

Le maçon Horius Crispus avait été un homme haut en couleurs, aimé de tous, respecté pour son habileté au travail et prospère dans sa profession. Pourtant, après toutes ces années, son unique fils survivant avait peine à évoquer une image précise de l'homme qui était parti en souriant, barbe rousse, démarche assurée, vers la frontière du nord et la Ferrières. Crispin avait été trop jeune lorsque le commandant député de la milice était venu à leur porte avec le bouclier et l'épée bien ordinaires de son père.

Il pouvait se rappeler le poil qui piquait quand il embrassait une joue, des yeux bleus – comme les siens, lui disait-on – et de grandes mains capables, couvertes de cicatrices et d'écorchures. Une grosse voix aussi, qui se faisait douce dans la maison, près de Crispin ou de sa mère menue et parfumée. Il avait… des fragments, des détails, mais quand il essayait de les assembler mentalement pour créer une image complète, ils se dérobaient, tout comme cet homme lui avait été dérobé trop tôt.

Il avait des histoires, racontées par sa mère, ses oncles, quelquefois ses propres patrons, nombreux à bien se souvenir d'Horius Crispus. Et il pouvait étudier le travail solide et précis de son père dans tout Varèna, maisons privées, chapelles, cimetières et édifices publics. Mais sa mémoire ne pouvait s'accrocher à aucun visage qui ne se dissipât en absence. Pour un homme dont l'existence était vouée aux images et aux couleurs, un être qui s'épanouissait dans le royaume du regard, c'était difficile.

Moins à présent, peut-être. Le passage du temps avait des effets complexes, il aggravait une blessure ou la refermait. Parfois même il vous en infligeait une autre au même endroit, et vous aviez l'impression que celle-là vous tuerait…

C'était une matinée splendide. Un vent annonciateur de l'hiver, mais plus revigorant que froid sous le soleil, poussait Crispin dans le dos et balayait vers le lointain

sud-ouest la brume des forêts et des collines orientales.
Il était seul sur la route. Ce n'était pas toujours très
prudent, mais il n'éprouvait aucune impression de danger
en cet instant ; son regard portait loin dans la campagne
au sud de la cité, presque jusqu'au bord du monde,
semblait-il.

Derrière lui, quand il jetait un coup d'œil par-dessus
son épaule, Varèna étincelait, dômes de bronze, toits de
tuiles rouges, murailles presque blanches dans la lumière du matin. Un faucon tournait au-dessus de son
ombre, avis de fuite pour les petites bêtes blotties dans
les chaumes à l'est de la route. Les vignes vendangées
sur les pentes, devant lui, avaient un air nu et abandonné,
mais les raisins se trouvaient dans la cité, en voie de
devenir du vin. La reine Gisèle, efficace en cela comme
en bien d'autres choses, avait ordonné aux ouvriers et
aux esclaves de la cité de participer aux moissons et
aux vendanges afin de compenser, dans la mesure du
possible, les pertes humaines dues à la peste. Les premiers festivals auraient lieu bientôt à Varèna et dans
les petits villages des alentours, pour s'achever en
apothéose pendant les trois folles nuits des Dykanies.
Difficile pourtant d'éprouver cet automne une humeur
réellement festive... Ou peut-être que non. Peut-être
les festivals seraient-ils encore plus indispensables
après tout ce qui s'était passé. Peut-être s'y livrerait-on
avec encore plus d'abandon au voisinage de la mort.

Tout en marchant, Crispin pouvait voir les fermes
abandonnées et leurs dépendances de chaque côté du
chemin. Champs et vignobles fertiles entouraient Varèna
– fort bien, mais il fallait des hommes pour les semer
et les entretenir, et trop de travailleurs des champs
étaient ensevelis dans les fosses communes. L'hiver qui
s'approchait serait rude.

En dépit de ces réflexions, il était difficile à Crispin
de rester sombre ce matin-là. La lumière lui était nourriture, tout comme la vivacité nette des couleurs, et la
journée les lui offrait à profusion. Il se demanda s'il

serait jamais capable de créer une forêt présentant les bruns, les rouges et les ors de celle-ci, et le vert tardif et profond de celle qu'il apercevait au-delà des champs dénudés. Avec des tessères dignes de ce nom, et peut-être le dôme d'un sanctuaire conçu avec suffisamment de fenêtres, et – par la grâce du dieu – du bon verre bien clair pour ces fenêtres, il le pourrait. Peut-être.

À Sarance, on en trouvait, disait-on. À Sarance, disait-on, on pouvait trouver tout sur terre, la mort ou son désir le plus profond.

Il y allait, apparemment. Il allait faire voile vers Sarance. Marcher, en fait, car la saison était trop avancée pour les voyages en bateau, mais la vieille maxime parlait de changement, non de moyens de déplacement. Son existence prenait un autre cours, l'emportant vers ce qui devait arriver sur la route ou à la fin du voyage.

Son existence. Il en avait donc une. C'était le plus dur à accepter, lui semblait-il par moments. Quitter ces lieux où une femme et deux enfants avaient péri dans d'épouvantables souffrances, dépouillées de toute dignité, de toute grâce. Permettre à la lumière de l'émouvoir à nouveau, comme le don de ce soleil matinal.

Et en cet instant, il se sentit redevenir un enfant en apercevant au détour du chemin le mur de pierre de ses souvenirs, qui se rapprochait. Partagé entre l'amusement et un trouble réel, il adressa mentalement quelques autres malédictions à Martinien, qui avait insisté pour qu'il allât faire cette visite.

L'alchimiste Zoticus, très populaire chez les fermiers, les gens sans rejetons et les amoureux transis, et même à l'occasion chez les monarques, se trouvait justement résider dans cette villa de bonne taille dotée d'une pommeraie où un garçonnet de huit ans avait entendu des oiseaux bien élevés anticiper avec intérêt l'ingestion de ses yeux et de sa cervelle.

« J'enverrai un messager lui dire de s'attendre à ta visite, avait dit Martinien avec fermeté. Il sait plus de choses utiles que n'importe qui à ma connaissance, et ce serait folie de ta part que d'entreprendre un tel voyage sans en discuter auparavant avec lui. Et puis, il fait de merveilleuses infusions.

— Je n'aime pas les infusions.

— Crispin », avait dit Martinien sur un ton d'avertissement. Et il lui avait indiqué comment s'y rendre.

Et voilà, il y était, emmitouflé contre le vent dans sa cape, et ses pieds bottés suivaient, le long des pierres rugueuses du mur, le chemin parcouru bien longtemps auparavant par les pieds nus d'un enfant qui avait quitté seul la cité, un jour d'été, pour échapper à la tristesse qui régnait chez lui.

À présent aussi, il était seul. Des oiseaux voletaient de branche en branche de chaque côté de la route. Il les observa. Le faucon était parti. Un preste lièvre brun, trop visible, traversait un champ à sa gauche en zigzaguant de façon délibérée. Un nuage qui couvrait le soleil fit courir sur les chaumes son ombre étirée ; le lièvre se figea sur place quand l'ombre l'atteignit puis reprit sa course erratique lorsque la lumière revint.

Au bord de la route, le mur accompagnait Crispin, bien construit de lourdes pierres grises, bien entretenu. Plus loin, Crispin pouvait apercevoir la barrière de la ferme, avec une borne en face. Même si elle n'était plus en usage, cette route avait été construite aux beaux jours de l'empire rhodien. À peu de distance, une matinée de marche normale, elle rejoignait la grande route qui menait à Rhodias et plus loin, vers la mer du sud, à l'extrémité de la péninsule ; enfant, Crispin aimait cette impression de se trouver sur la même route qu'un voyageur en train de contempler cette mer lointaine.

Il s'immobilisa un instant en examinant le mur. L'escalade avait été aisée, en cette matinée d'antan. Il restait encore des pommes dans les arbres… Il fit une petite moue. Ce n'était pourtant pas le moment d'affronter des souvenirs d'enfance, s'admonesta-t-il ; il était un adulte à présent, un artisan bien connu et respecté, un veuf. Il allait faire voile vers Sarance.

Avec un petit haussement d'épaules résolu, il laissa tomber dans l'herbe brunie le paquet qu'il portait – un cadeau de la femme de Martinien pour l'alchimiste –, traversa le petit fossé et, après s'être passé une main dans les cheveux, il se mit en devoir d'escalader le mur.

On aurait dit que tous les talents ne se perdaient pas avec le temps ; il n'était pas encore trop vieux, après tout. Satisfait de son agilité, il passa un genou après l'autre sur le large sommet inégal du mur, se rétablit et traversa d'un pas le vide – sauter, c'était bon pour les enfants – afin de se trouver une bonne branche. Il s'y dénicha un endroit confortable et, en prenant le temps de bien choisir, tendit la main pour cueillir une pomme.

Il fut surpris de sentir son cœur battre à tout rompre.

S'ils l'avaient vu, sa mère, Martinien et une demi-douzaine d'autres auraient tous ensemble secoué la tête avec commisération, tel le chœur d'une de ces tragédies des anciens poètes trakésiens rarement jouées aujourd'hui. C'était bien connu, Crispin faisait certaines choses justement parce qu'il savait ne pas devoir les faire. Un comportement pervers, avait dit sa mère.

Peut-être. Il n'était pas de cet avis. La pomme était mûre. Succulente.

Il laissa tomber le trognon dans l'herbe parmi d'autres pommes, offrande aux bestioles, et se redressa pour franchir de nouveau le mur. Inutile d'être trop gourmand ou trop infantile. Il avait fait sa démonstration et se sentait curieusement satisfait ; d'une certaine façon, il avait réglé un différend avec son enfance.

« Il y en a qui n'apprennent rien, hein ? »

Un pied sur la branche, l'autre sur le sommet du mur, Crispin regarda aussitôt vers le bas. Ni oiseau, ni animal, ni esprit de l'entre-deux-mondes d'air et d'ombre : un homme, pourvu d'une grande barbe et d'une longue chevelure grise démodée, qui se tenait dans le verger, la tête levée vers lui, appuyé sur un bâton, rapetissé par l'angle de vision.

En s'empourprant, intensément embarrassé, Crispin marmonna : « On disait autrefois que ce verger était hanté. Je… voulais me mettre à l'épreuve.

— Et avez-vous bien passé votre épreuve ? » demanda le vieil homme – Zoticus, sans aucun doute – d'une voix aimable.

« Je le suppose », dit Crispin en terminant son enjambée pour se retrouver sur le mur. « La pomme était bonne.

— Aussi bonne que dans le temps ?

— Difficile de se rappeler. Je ne sais vraiment pas… »

Il s'interrompit. Un fourmillement de crainte.

« Comment… comment savez-vous que je suis venu là ? Dans le temps ?

— Vous êtes bien Caius Crispus, je présume ? L'ami de Martinien. »

Crispin décida de s'asseoir au sommet du mur ; il se sentait une curieuse faiblesse dans les jambes. « Oui. J'ai un cadeau pour vous. De sa femme.

— Carissa. Une femme merveilleuse ! Une écharpe, j'espère. Je me rends compte que j'en ai besoin, maintenant, à l'approche de l'hiver. L'âge. Terrible, je vous assure. Comment je savais que vous étiez venu, la première fois ? Question stupide. Descendez. Aimez-vous les infusions de menthe ? »

Crispin ne trouvait nullement sa propre question stupide. Mais pour l'instant, il s'abstint de tout commentaire. « Je vais chercher le cadeau », dit-il, et il redescendit de l'autre côté du mur – sans sauter, ce qui aurait totalement manqué de dignité. Il récupéra le paquet dans l'herbe, en balaya quelques fourmis et gravit la route vers la barrière, en prenant de grandes respirations pour se calmer.

Zoticus l'attendait, appuyé sur son bâton, accompagné de deux gros chiens. Il ouvrit la barrière et Crispin entra. Les chiens le reniflèrent mais s'assirent au commandement. Zoticus précéda Crispin dans une petite cour bien propre menant à la maison ; la porte était ouverte.

« Pourquoi ne pas le manger tout de suite ? »

Crispin se figea sur place. Terreur enfantine. La plus terrible, celle qui vous donnait des cauchemars pour la vie. Il leva les yeux. La voix était masculine, nonchalante, aristocratique, et il s'en souvenait très bien. Elle appartenait à un oiseau perché sur la branche d'un frêne, à peu de distance de l'entrée.

« Tes manières, Linon ! C'est un invité. » Zoticus avait une intonation réprobatrice.

« Un invité ? Qui escalade le mur ? Qui vole des pommes ?

— Eh bien, le manger ne serait vraiment pas une réaction mesurée, et les philosophes n'enseignent-ils pas que la mesure est l'essence d'une existence vertueuse ? »

Crispin, frappé de stupeur, et luttant contre sa terreur, entendit l'oiseau émettre un reniflement raffiné de dédain. En y regardant de plus près, il se rendit brusquement compte, choc supplémentaire, que ce n'était pas un véritable oiseau. C'était un artifice. Un oiseau artificiel.

Et ça parlait. Ou bien…

« Vous parlez à sa place ! dit-il aussitôt. Vous projetez votre voix ? Comme les acteurs le font, parfois, au théâtre ?

— Sang et souris ! Il nous insulte, maintenant !

— Il apporte une écharpe de Carissa. Tiens-toi bien, Linon.

— Prends l'écharpe et laisse-nous le manger. »

Crispin sentit monter sa propre bile et répliqua d'un ton net : « Tu es un artefact de cuir et de métal. Tu ne peux rien manger. Pas de vantardises. »

Zoticus lui lança un rapide coup d'œil étonné, puis se mit à rire, un rire étonnamment robuste, qui résonna dans toute la cour.

« Voilà qui devrait t'apprendre une leçon, Linon ! Si c'est possible.

— Ça m'apprendra que nous avons un invité mal élevé ce matin.

— Tu as bel et bien proposé de le manger, non ?

— Je ne suis qu'un oiseau, non ? En vérité, je suis encore moins que cela, à ce qu'il paraît. Un artefact de cuir et de métal. »

Crispin eut clairement l'impression que si le petit objet brun et gris aux yeux de verre avait pu bouger, il lui aurait tourné le dos ou se serait envolé avec dégoût, blessé dans sa fierté.

Zoticus se dirigea vers l'arbre pour prendre l'oiseau après en avoir dévissé tour à tour les petites pattes, desserrant leur prise sur la branche. « Venez, dit-il, l'eau bout et la menthe a été cueillie ce matin même. »

L'oiseau mécanique niché dans sa main resta silencieux. Il ressemblait à un jouet d'enfant. Crispin les suivit dans la maison. Les chiens se couchèrent dans la cour.

L'infusion était bonne, de fait. Plus calme qu'il ne l'aurait cru, Crispin se demanda si le vieil alchimiste y avait ajouté un autre ingrédient, mais s'abstint de poser la question. Zoticus, debout à une table, examinait la carte du messager que Crispin avait tirée d'une poche intérieure de sa cape.

Crispin regarda autour de lui. Le salon était confortablement meublé, comme dans n'importe quelle riche villa. Pas de chauve-souris écartelée pour dissection, pas de pots remplis de bouillons verdâtres ou noirâtres ni de pentagramme tracé à la craie sur le plancher. Des livres et des rouleaux de parchemins, signes d'un homme instruit et d'une surprenante prospérité, mais pas grand-chose d'autre pour suggérer magie ou chiromancie. Une demi-douzaine d'oiseaux mécaniques, faits de matériaux divers, étaient pourtant perchés sur des étagères ou des dossiers de chaises, fournissant à Crispin matière à réflexion. Aucun d'eux n'avait pris la parole pour l'instant, et le petit oiseau nommé Linon gisait en silence sur le flanc près du feu, sur une table. Mais n'importe lequel des oiseaux pourrait lui parler s'il le désirait, Crispin n'en doutait pas un instant.

Il était stupéfait de voir avec quel calme il prenait la situation. D'un autre côté, il avait eu vingt-cinq ans pour vivre avec ce savoir.

« Les relais de la Poste impériale, oui, chaque fois que c'est possible », murmurait Zoticus toujours penché sur la carte, avec une loupe pour mieux voir. « Partout ailleurs, la nourriture et les installations ne sont pas fiables. »

Crispin hocha la tête, toujours distrait : « Du chien plutôt que du cheval ou du porc, oui, je sais. »

Zoticus leva les yeux avec une expression sarcastique : « C'est très bon, du chien. Le risque est plutôt de trouver de la chair humaine dans les saucisses. »

Avec un certain effort, Crispin conserva une expression calme : « Je vois. Bien épicée, j'en suis sûr.

— Quelquefois », dit Zoticus, en revenant à la carte. « Soyez particulièrement prudent en traversant la Sauradie, elle est parfois instable en automne. »

Crispin l'observa. Zoticus avait pris une plume et annotait la carte. « Des rituels tribaux ? »

L'alchimiste releva brièvement les yeux en haussant les sourcils. Il avait des traits accusés, des yeux bleus aux orbites profondes, et n'était pas aussi vieux que ses cheveux gris ou son bâton pouvaient le laisser croire. « Oui. Et le fait pour les Sauradiens de savoir qu'ils seront essentiellement laissés à eux-mêmes jusqu'au printemps, même avec le gros campement militaire à la frontière trakésienne et les soldats à Mégarium. Des brigands d'hiver notoires, les tribus sauradiennes. Mais des femmes pleines d'allant, remarquez, si ma mémoire est bonne. » Il eut un mince sourire, pour lui-même, et retourna à ses annotations.

Crispin haussa les épaules. Sirota son thé de menthe. Essaya résolument de ne pas penser à des saucisses.

Certains auraient vu ce long voyage automnal comme une aventure en soi. Pas Caius Crispus. Il aimait les murailles de sa cité, ses bons toits contre la pluie, les cuisiniers qu'il connaissait et son établissement de bains publics. Sa variété préférée de distraction avait toujours été d'ouvrir un nouveau tonneau de vin de Mégarium ou des vignobles situés au sud de Rhodias. Concevoir et exécuter une mosaïque était une aventure... ou l'avait été. Arpenter les routes sauradiennes ou trakésiennes détrempées par la pluie et battues par les vents, en guettant les prédateurs, humains ou autres, afin de ne pas devenir saucisse pour autrui, ce n'était absolument pas une aventure pour lui, et ce voyage n'en deviendrait pas une sous prétexte qu'un homme à barbe grise caquetait à propos de femmes pleines d'allant.

« J'aimerais quand même une réponse, au fait, déclara Crispin, question stupide ou pas. Comment saviez-vous que je suis venu il y a vingt-cinq ans ? »

Zoticus reposa sa plume et s'assit dans un fauteuil massif. Un oiseau mécanique était fixé au dossier par les serres, vis bien serrées ; c'était un faucon au corps d'argent et de bronze avec pour prunelles des gemmes dorées, très différent du terne Linon qui ressemblait à une alouette ; il contemplait Crispin sans aménité, avec un scintillement pâle dans ses yeux de pierre.

« Vous savez, n'est-ce pas, que je suis alchimiste.

— Martinien me l'a dit. Je sais aussi que la plupart des gens qui s'arrogent ce nom sont des imposteurs, qui délestent des innocents de leur argent et de leurs biens. »

Crispin entendit un bruit en provenance du feu. Peut-être une bûche qui se tassait – ou peut-être pas.

« Tout à fait exact, dit Zoticus imperturbable. Dans la plupart des cas. Mais pas tous. Je suis une des exceptions.

— Ah. Vous connaissez donc l'avenir, pouvez provoquer la passion amoureuse, guérir la peste et trouver de l'eau ? » s'enquit Crispin avec une intonation agressive, il le savait, mais sans pouvoir s'en empêcher.

Zoticus le regarda bien en face. « Seulement trouver de l'eau, en réalité, et pas à tous les coups. Non. Je peux quelquefois voir et faire des choses impossibles à la plupart des autres humains, avec un succès aléatoire et bien frustrant. Vous demandez comment je vous connaissais ? Les gens possèdent une aura, une présence. Elle change peu de l'enfance à la mort. On ne se risque guère à entrer dans mon verger, ce qui est fort utile – vous pouvez vous en douter – pour qui vit seul à la campagne. Vous l'avez fait autrefois. J'ai reconnu votre présence ce matin. Enfant, vous ne manifestiez pas la même colère rentrée qu'à présent, même si vous éprouviez alors aussi un sentiment de perte. Le reste est assez peu différent. Ce n'est pas une explication bien compliquée, non ? » conclut-il avec bonté.

Crispin soutint son regard tout en agrippant sa tasse à deux mains. Puis il détourna les yeux vers le faucon précieux qui s'agrippait au dossier du lourd fauteuil de l'alchimiste. « Et eux ? » demanda-t-il en ignorant les commentaires à son propos.

« Oh. Eh bien, n'est-ce pas le but même de l'alchimie ? Transformer une substance en une autre, prouver certaines vérités quant à la nature du monde. La transmutation des métaux en or. De la mort en la vie. J'ai appris à faire penser et parler la matière inanimée, à lui donner une âme. » Il aurait aussi bien pu parler de la recette de l'infusion qu'ils étaient en train de boire.

Crispin embrassa du regard la pièce et ses oiseaux. « Pourquoi… des oiseaux ? » demanda-t-il, la première d'une bonne douzaine de questions jaillies en même temps dans sa tête. La mort en la vie…

Zoticus baissa de nouveau les yeux avec un sourire secret. Après un moment, il déclara : « Il fut un temps où je voulais moi-même aller à Sarance. Je désirais réussir dans le monde, je voulais voir l'Empereur et en être couvert de richesses, de femmes, de toute la gloire du monde. Peu après son accession au Trône d'or, Apius avait lancé une mode d'animaux mécaniques. Des lions qui rugissaient dans la salle du trône. Des ours qui se dressaient sur leurs pattes de derrière. Et des oiseaux. Il voulait des oiseaux partout. Des oiseaux, pour chanter dans tous ses palais. Les artisans du monde entier lui envoyaient leurs créations les plus réussies : on les remontait et, d'une voix de fausset, elles gazouillaient un péan à Jad ou une chansonnette rustique, sans arrêt, jusqu'à ce qu'on ait envie de les lancer contre un mur pour leur voir cracher leurs petits rouages. En avez-vous entendu ? Splendides à voir, parfois. Et la musique peut avoir son charme – la première fois. »

Crispin hocha la tête. Avec Martinien, il avait décoré la demeure d'un patricien à Rhodias.

« J'ai décidé, continua Zoticus, que je pouvais faire mieux. Bien mieux. Créer des oiseaux qui auraient leur propre capacité de parler. Et de penser. Et que ces oiseaux, fruits de longues études, de longs labeurs et… d'un certain risque, me serviraient de porte d'entrée pour la gloire en ce monde.

— Que s'est-il passé ?

— Vous ne vous souvenez pas ? Non, bien sûr. Sous l'influence de son patriarche oriental, Apius a commencé à faire crever les yeux des alchimistes et des chiromanciens, et même, pendant un temps, de simples astrologues. Les prêtres du dieu du soleil ont toujours craint les autres façons de dominer ou de comprendre le monde, celles qui sont différentes des leurs. Il m'est devenu évident, en arrivant dans la Cité, que des oiseaux dotés d'une âme et possédant leur propre opinion sur n'importe quoi constituaient une voie rapide vers la cécité, sinon la mort. »

L'intonation était ironique.

« Et vous êtes resté ici, alors ?

— Je suis resté. Après… d'assez longs voyages. La plupart du temps en automne, justement. Même aujourd'hui, j'ai des fourmis dans les jambes en cette saison. J'ai appris lors de ces voyages comment accomplir ce que je désirais. Comme vous pouvez le voir, je ne suis jamais allé à Sarance. Je le regrette un peu. Je suis trop vieux, à présent. »

En réfléchissant aux paroles de l'alchimiste, Crispin eut une soudaine illumination : "les prêtres du dieu du soleil"…

« Vous n'êtes pas jaddite, n'est-ce pas ? »

Zoticus sourit en secouant la tête.

« Curieux, dit Crispin, caustique, vous n'avez vraiment pas l'air d'un Kindath. »

L'autre se mit à rire. Le même bruit que plus tôt s'éleva de nouveau du côté du feu ; une bûche, très certainement. « On me l'a déjà dit. Mais non, pourquoi échangerais-je une fausseté contre une autre ? »

Crispin hocha la tête. Il n'était pas surpris, tout bien considéré. « Païen ?

— J'honore les anciens dieux, oui. Et leurs philosophes. Et je crois avec eux que c'est une erreur d'essayer de circonscrire les infinies possibilités de la divinité à une seule image, ou même deux ou trois, quel que soit éventuellement leur pouvoir agissant, sur une coupole ou dans un disque métallique. »

Crispin vint s'asseoir sur un tabouret en face du vieil homme et but une autre gorgée d'infusion. Les païens n'étaient pas rares en Batiare sous le règne des Antæ, ce qui pouvait expliquer pourquoi Zoticus avait pu continuer à vivre en toute sécurité dans sa campagne. La présente conversation était cependant d'une extrême candeur, compte tenu du sujet… « Les maîtres jaddites, j'imagine, ou les Kindaths dont je sais peu de choses, diraient simplement que tous les modes de la divinité peuvent être fusionnés en un seul s'il s'avère assez puissant.

— Certes, acquiesça tranquillement Zoticus. Ou en deux modes pour les purs héladikéens, ou en trois avec le soleil et les lunes des Kindaths. Ils auraient tous tort, à mon avis, mais c'est bien ce qu'ils diraient. Allons-nous donc débattre de la nature de la divinité, Caius Crispus ? Il nous faudra plus qu'une infusion de menthe, dans ce cas. »

Crispin se mit presque à rire. « Et de plus de temps. Je pars dans deux jours, j'ai beaucoup de préparatifs à faire.

— Bien sûr. Et les divagations philosophiques d'un vieil homme n'ont guère d'attraits, que ce soit maintenant

ou en d'autres temps. J'ai noté sur votre carte les auberges dont je pense qu'elles seront acceptables, et celles
à éviter tout particulièrement. Mes derniers voyages
remontent à vingt ans et plus, mais j'ai mes sources
d'information. Laissez-moi aussi vous donner les noms
de deux personnes dans la Cité. Elles sont toutes deux
dignes de confiance, je pense, quoique vous ne devriez
pas leur confier tout ce que vous saurez ou ferez. »

C'était déclaré sans apprêt. Crispin songea à une
jeune reine, à une salle illuminée de bougies, et s'inter-
rogea. Mais en silence. Zoticus traversa la pièce pour
se rendre à la table centrale, prit une feuille de parchemin et, après y avoir écrit quelques mots, la plia en
deux pour la tendre à Crispin.

« Soyez prudent le dernier jour de ce mois-ci et le premier du mois suivant. Il ne serait pas sage de voyager
ces jours-là, si vous pouvez vous arranger pour faire
halte dans un relais impérial. La Sauradie sera alors…
très différente. »

Crispin manifesta sa perplexité.

« Le Jour des morts. Ce n'est pas un bon moment
pour voyager dans cette province quand on est étranger.
Une fois en Trakésie, vous serez plus en sécurité.
Jusqu'à ce que vous arriviez à la Cité elle-même et soyez
obligé d'expliquer pourquoi vous n'êtes pas Martinien.
Ce devrait être divertissant.

— Oh, très », fit Crispin ; il avait évité d'y penser. Il
en aurait bien le temps ; le voyage était long, par voie
de terre. Il déplia le papier, lut les noms.

« Le premier est un médecin, dit Zoticus. Toujours
utile. Le second est ma fille. »

Crispin cligna des yeux : « Votre quoi ?

— Ma fille. La semence issue de mes flancs. Un
enfant de sexe féminin. » Zoticus se mit à rire. « L'une
d'entre elles. Je vous l'ai dit : j'ai pas mal voyagé, dans
ma jeunesse. »

Ils entendirent un aboiement dans la cour. De l'intérieur de la maison, un serviteur à l'air lugubre et aux

épaules voûtées fit son apparition pour se diriger sans hâte excessive vers la porte. Il sortit, fit taire les chiens. Des voix résonnèrent. Un moment plus tard, l'homme reparut, un pot dans chaque main.

« Silavin, maître. Il dit que son porc s'est rétabli. Il a apporté du miel. Il a promis un jambon.

— Splendide ! dit Zoticus. Range le miel au cellier.

— Nous en avons trente pots, maître, dit le serviteur d'un ton accablé.

— Trente ? Tant que ça ? Oh. Eh bien… notre ami ici présent va en emporter deux pour Carissa et Martinien.

— Ça en laisse quand même vingt-huit », remarqua le serviteur à la longue figure.

« Au moins nous aurons un hiver sucré, répliqua Zoticus. Le feu est très bien, Clovis, tu peux disposer. »

Clovis se retira par la porte intérieure – Crispin entr'aperçut un couloir et une cuisine de l'autre côté, avant que le battant se refermât.

« Votre fille vit à Sarance ?

— L'une d'entre elles. Oui. C'est une prostituée. »

Crispin battit de nouveau des paupières.

Zoticus eut une expression ironique : « Eh bien, pas exactement. Une danseuse. Assez semblable, si je comprends bien le théâtre de là-bas. Je ne sais trop. Je ne l'ai jamais vue. Elle m'écrit de temps en temps. Elle sait écrire. »

Crispin regarda encore le nom sur le parchemin. Shirin. Il y avait aussi un nom de rue. Il leva les yeux. « Trakésienne ?

— Sa mère. J'ai voyagé, comme je vous le disais. Certains de mes enfants m'écrivent.

— Certains ?

— Beaucoup sont indifférents à leur pauvre père qui se débat parmi les barbares dans sa solitaire vieillesse. »

Le regard était amusé, l'intonation très différente de ce qu'impliquaient les paroles. Crispin, par habitude, lutta contre son envie de rire, puis se rendit.

« Vous avez un passé aventureux.

— Plus ou moins. En vérité, mes recherches m'excitent davantage, à présent. Les femmes constituaient une distraction considérable. J'en suis quasiment libéré à présent, loués en soient les grands dieux. Je crois réellement bien comprendre maintenant certains philosophes, et ça, c'est une aventure de l'esprit. Accepterez-vous un de mes oiseaux ? En cadeau ? »

Crispin reposa sa tasse d'un geste brusque, renversant un peu d'infusion sur la table. Il s'empara de la carte pour la garder au sec. « Hein ? Pourquoi voudriez-vous… ?

— Martinien est un ami cher. Vous êtes son collègue, presque un fils pour lui. Vous allez faire un long voyage pour vous rendre dans un endroit dangereux. Si vous prenez soin de garder son existence secrète, un de mes oiseaux pourra vous être de quelque secours. Ils peuvent voir et entendre. Et offrir une agréable compagnie, à défaut d'autre chose. » L'alchimiste hésita : « Il… me plaît de penser qu'une de mes créations se rendra avec vous à Sarance, après tout.

— Oh, magnifique. Je vais me promener sous les arcades de la Cité en conversant avec un amical faucon serti de pierres précieuses ? Vous voulez me voir crever les yeux à votre place ? »

Zoticus esquissa un mince sourire : « Ce ne serait pas un cadeau bien intéressant, dans ce cas. Non. Il vous faudra être discret, mais il existe d'autres façons de parler avec eux. Avec celui d'entre eux que vous pourrez *entendre* en esprit. Vous n'êtes pas entraîné. Ce n'est pas sûr, Caius Crispus. Rien ne l'est dans mon art, je le crains bien. Mais si vous pouvez entendre l'un de mes oiseaux, il pourra devenir vôtre. Une sorte de transfert a parfois lieu lorsqu'on en entend un. Nous le saurons bien assez tôt. » Sa voix changea. « Vous tous, pensez quelque chose à l'intention de notre invité.

— Ne sois pas absurde ! » dit sèchement une chouette vissée à un perchoir près de la porte d'entrée.

« Idée idiote ! » déclara le faucon aux yeux jaunes sur le dossier haut du fauteuil de Zoticus. Crispin aurait pu imaginer que l'oiseau le foudroyait du regard.

«Tout à fait idiote», renchérit un autre faucon qu'il n'avait pas remarqué, de l'autre côté de la pièce. «Le concept même en est indécent!» Crispin se rappelait bien cette voix blasée de patricien. Entendue vingt-cinq ans plus tôt. Tous les oiseaux avaient la même. Il ne put retenir un frisson. L'autre faucon ajouta: «C'est un petit voleur. Indigne qu'on lui adresse la parole. Je refuse de lui accorder cet honneur.

— Suffit! Je l'ai commandé», intervint Zoticus. Sa voix restait égale, mais il y passait un fil métallique. «Parlez-lui. À l'instant.»

Pour la première fois, Crispin eut le sentiment que l'alchimiste était un homme dangereux. Ses traits usés et taillés à coups de serpe s'étaient modifiés sur cette dernière phrase, une expression, un maintien qui suggéraient de façon indéniable qu'il avait vu et fait en son temps des choses terribles. Et il avait bel et bien créé ces oiseaux. Des artefacts capables de voir et d'entendre. De lui parler, à lui, Crispin. Il prit conscience, soudain, de ce qu'on lui proposait. Et découvrit qu'il serrait très fort ses mains jointes.

La pièce était silencieuse. Incertain de ce qu'il devait faire, Crispin jeta un coup d'œil à l'alchimiste et attendit.

Il entendit, ou crut entendre, quelque chose.

Zoticus buvait avec calme. «Alors?» Sa voix était redevenue aimable.

Il n'y avait eu aucun son réel.

Crispin, luttant contre une crainte glacée, abasourdi, déclara: «J'ai cru... eh bien, je crois avoir entendu... quelque chose.

— Qui était?

— Je crois... comme si quelqu'un avait dit "Sang et souris".»

Un cri strident s'éleva de la table située près du feu, un cri exprimant le plus pur outrage.

«Non! Non, non, non! Par les os rongés d'un rat d'eau, je n'irai absolument pas avec lui! Jetez-moi au feu! Je préférerais de loin mourir!»

Linon, bien sûr. La petite alouette brun et gris, pas le faucon ni la chouette, ni l'autre faucon aux impérieux yeux jaunes, ni même un des corbeaux à l'air prophétique posés sur les étagères en désordre.

«Tu n'es pas exactement vivante, Linon, ne dramatise pas ainsi. Voyager de nouveau un peu te fera du bien. Ça t'apprendra les bonnes manières, peut-être.»

Les bonnes manières? Il m'abandonne à un étranger après toutes ces années et il parle de bonnes manières?

Crispin avala sa salive et, réellement effrayé de ce que sous-entendait cet exercice, émit une pensée, sans parler: *Ce n'est pas mon idée. Dois-je refuser ce présent?*

Pah! Imbécile.

Ce qui, en fin de compte, confirma la chose.

Crispin regarda l'alchimiste: «Avez-vous... entendu ce qu'elle m'a dit?»

Zoticus secoua la tête avec une expression étrange. «C'est une sensation bizarre, je l'avoue. Je ne l'ai fait qu'une seule fois auparavant et c'était différent, alors.

— Je suis... honoré, je suppose. Je veux dire, évidemment, je suis honoré. Mais je ne comprends pas encore très bien. Je ne l'avais pas demandé.»

C'est ça, vas-y, humilie-moi, maintenant!

«C'est bien possible», dit Zoticus. Il ne souriait plus. Et il ne semblait pas non plus avoir entendu l'oiseau. Il jouait avec sa tasse de terre cuite. Sur le dossier de son fauteuil, le faucon semblait fixer Crispin avec une étincelle malveillante dans les yeux. «Vous ne pouviez demander ce que vous ne compreniez pas. Ni le voler, comme une autre pomme.

— Voilà qui n'est pas très aimable», dit Crispin en contenant son réflexe irrité.

Zoticus poussa un léger soupir: «En effet. Pardonnez-moi.

— Nous pouvons annuler ceci, n'est-ce pas? Je n'ai aucun désir de m'empêtrer dans l'entre-deux-mondes. Les chiromanciens de Sarance possèdent-ils de telles créatures? Je suis mosaïste. C'est vraiment tout ce que je désire être. Tout ce que je désire faire quand j'arriverai là-bas. Si on m'y laisse vivre. »

Presque tout : il devait transmettre un certain message, s'il le pouvait ; il en avait à tout le moins pris la responsabilité.

« Je sais. Pardonnez-moi. Et non, les charlatans de la Cour impériale ou les jeteurs de sorts sur les conducteurs de char pour la plèbe de l'Hippodrome en sont incapables, j'en suis assez certain.

— Aucun ? Pas un seul ? Vous seul, de tous les enfants mortels de Jad sur terre, vous pouvez… fabriquer des créatures comme ces oiseaux ? Si vous pouvez le faire…

— … pourquoi pas quelqu'un d'autre ? Bien sûr. Question évidente.

— Et la réponse évidente, c'est ? » Ces temps-ci, le sarcasme, un vieux compagnon, n'était jamais très loin de la surface.

« Il est *possible*, mais peu probable, que quelqu'un ait appris cet art, et je ne crois pas que ce puisse être de la même façon. J'ai découvert… ce que je crois être un accès unique à une certaine sorte de pouvoir. Je l'ai découvert lors de mes périples, dans un… endroit extrêmement bien gardé, et non sans risques. »

Crispin croisa les bras. « Je vois. Un rouleau d'incantations et des pentagrammes ? Le sang bouilli d'un voleur pendu, sept tours à la course autour d'un arbre pendant une nuit de pleines lunes ? Et si on commet la moindre erreur, on est transformé en grenouille ? »

Zoticus l'ignora, se contenta de l'observer de sous ses épais sourcils horizontaux, en silence. Au bout d'un moment, Crispin commença à se sentir un peu honteux. Il avait beau être troublé, n'avoir pas sollicité cette magie ahurissante, effrayante, l'oiseau était quand même un don courtois, d'une extraordinaire générosité, et les implications de ce que l'alchimiste avait effectivement réalisé ici étaient…

« Si vous le pouvez… si ces oiseaux pensent et parlent de leur propre… volonté, vous devriez être l'homme le plus célèbre de notre époque !

— La célébrité ? La gloire d'un nom qui résonne longuement à travers les âges ? Ce serait plaisant, je suppose, un réconfort dans mon vieil âge, mais non, cela ne pourrait arriver. Réfléchissez.

— C'est ce que je fais. Pourquoi pas ?

— Tout pouvoir tend à être récupéré par un pouvoir supérieur. Cette magie n'est pas spécialement… impressionnante. Pas de boules de feu jaillies de l'entre-deux-mondes, pas de sortilèges mortels. On ne traverse pas les murs, on ne les survole pas non plus, doué d'invisibilité. De simples oiseaux artificiels avec… des âmes et des voix. Une bien petite chose, mais comment pourrais-je me défendre, ou les défendre, si l'on en connaissait la présence ici ?

— Mais pourquoi devrait-on…

— Comment le patriarche de Rhodias ou même les prêtres du sanctuaire que vous rebâtissez près de Varèna s'accommoderaient-ils d'une magie païenne conférant une âme à des oiseaux artificiels ? Me jetteraient-ils au bûcher, croyez-vous, ou me feraient-ils lapider ? Difficile choix doctrinal. Ou encore la reine ? Gisèle, outre-passant la simple piété, ne verrait-elle pas quelque mérite à des oiseaux capables d'écouter ses ennemis, bien dissimulés ? Ou l'empereur de Sarance. Valérius II possède le réseau d'espionnage le plus sophistiqué de l'histoire impériale, en Orient *ou* en Occident, dit-on. Quelles chances aurais-je de demeurer ici en paix, ou même de survivre, s'il entendait parler de ces oiseaux ? » Zoticus secoua la tête. « Non, j'ai eu des années pour y penser. Certains types d'accomplissements ou de connaissances semblent destinés à émerger puis à disparaître, inconnus des humains. »

Maintenant pensif, Crispin dévisagea le vieil homme. « Est-ce difficile ?

— Quoi ? Créer ces oiseaux ? Oui, ce le fut.

— J'en suis sûr. Non, je voulais dire, être conscient du fait que le monde ne peut apprendre ce que vous avez accompli. »

Zoticus but un peu d'infusion. « Bien sûr », dit-il enfin. Puis il haussa les épaules avec une expression ironique. « Mais l'alchimie a toujours été un art ésotérique. Je le savais lorsque j'ai commencé à l'étudier. Je suis… réconcilié avec ce savoir. J'exulterai en mon for intérieur, dans le plus grand secret. »

Crispin ne put imaginer de réplique. Les humains naissaient et mouraient, désiraient voir quelque chose leur survivre, d'une façon ou d'une autre – après le monticule de la fosse commune ou même les inscriptions gravées sur une pierre tombale, trop tôt effacées. Un nom honorable, des bougies allumées en souvenir, des enfants pour y porter la flamme. Les puissants poursuivaient la renommée. Un artisan pouvait rêver de parfaire un ouvrage qui… durerait, et qui serait connu pour être de sa main. De quoi rêvait un alchimiste ?

Zoticus l'observait. « Linon… c'est un bon résultat pour notre expérience, maintenant que j'y pense. Absolument pas remarquable, terne, en fait. Pas de pierres précieuses pour attirer l'attention, assez petite pour passer pour un colifichet, un talisman de famille. Vous ne susciterez aucun commentaire. Et vous pouvez aisément inventer une histoire.

— Terne ? *Terne ?* Par les dieux ! C'en est assez ! », dit Linon à voix haute. « Je demande formellement à être jetée dans le feu. Je n'ai aucun désir d'en entendre davantage là-dessus. Ou sur quoi que ce soit d'autre. J'ai le cœur brisé. »

Plusieurs autres oiseaux émettaient des sons d'aristocratique amusement.

Avec hésitation, pour faire un essai, Crispin émit une pensée : *Je ne crois pas qu'il l'entendait comme une insulte. Je crois qu'il est… plutôt malheureux qu'il en soit ainsi.*

Toi, tais-toi ! répliqua abruptement l'oiseau qui pouvait lui parler en esprit.

Zoticus semblait en effet troublé, nonobstant ce qu'il venait de dire. Il essayait visiblement de prendre son parti de l'identité de l'oiseau dont son hôte avait perçu la voix intérieure dans le profond silence de la pièce.

Crispin n'était là que parce que Martinien avait d'abord nié sa propre identité devant un messager impérial, puis *exigé* que Crispin allât se renseigner sur les routes menant à Sarance ; mais Crispin n'avait pas sollicité de cadeaux. Et il était là à converser en esprit avec un oiseau hostile, d'une absurde sensibilité, un oiseau fait de cuir et de… quoi ? D'étain ou de fer. En éprouvait-il davantage de la colère ou de l'anxiété, il ne savait trop.

« Encore un peu de menthe ? demanda l'alchimiste après un moment.

— Je ne crois pas, non, merci.

— Je ferais mieux de vous expliquer quelques détails. Pour clarifier.

— Clarifier. Oui, dit Crispin, je vous en prie. »

J'ai le cœur brisé, répéta Linon, en esprit seulement cette fois.

Toi, tais-toi, rétorqua aussitôt Crispin, avec une indéniable satisfaction.

Linon garda le silence. Mais il avait conscience de sa présence, pouvait presque en sentir la tonalité offensée à la périphérie de sa pensée, comme un animal nocturne juste au-delà du cercle éclairé par une torche. Il attendit que Zoticus lui eût versé une nouvelle tasse d'infusion. Puis il écouta l'alchimiste tout en gardant un silence prudent, tandis que le soleil atteignait son zénith d'automne en Batiare et commençait à redescendre ensuite vers la froide obscurité. Des métaux transmutés en or, la mort en la vie…

Le vieux païen, qui pouvait doter des oiseaux artificiels d'une voix de patricien, les faire voir sans yeux et entendre sans oreilles, lui fournit nombre d'informations qu'il jugeait nécessaires pour lui, compte tenu du cadeau qu'il venait de recevoir.

Par la suite, Crispin accéda à quelques niveaux supplémentaires de compréhension.

◆

Elle te veut, cette pute sans vergogne! Tu vas céder? Hein?

Tout en conservant une expression neutre, Crispin continua à marcher auprès de la litière de Dame Massina Baladia de Rhodias, l'épouse bien née et trop bien bichonnée d'un sénateur; porter l'oiseau attaché à un cordon de cuir à son cou, comme un ornement, était une erreur. Linon allait retourner dès le lendemain dans un de ses sacs de voyage, sur le dos de la mule qui les suivait à pas pesants.

«Vous devez être tellement las», était en train de dire l'épouse du sénateur, la voix empreinte d'une doucereuse commisération. Crispin lui avait expliqué qu'il prenait plaisir à marcher dans la campagne et n'aimait pas les chevaux. La première déclaration était tout à fait fausse, mais non la seconde. «Si seulement j'avais pensé à prendre une litière assez grande pour deux personnes. Avec une de mes servantes, bien sûr... Nous ne pourrions vraiment pas voyager seuls ensemble!» La femme du sénateur se mit à pouffer. Ahurissant.

Son chiton de lin blanc, une tenue de voyage incroyablement inappropriée, avait suffisamment glissé vers le haut – à son insu, bien entendu – pour révéler une cheville bien tournée. Encerclée d'un bracelet d'or. Ses pieds, nus par ce doux après-midi d'automne, reposaient sur des couvertures en laine d'agneau; les ongles en étaient vernis d'un rouge profond, presque violet. Ce n'avait pas été le cas la veille, alors qu'elle portait ses sandales. Elle avait été fort affairée la nuit dernière à l'auberge, ou une servante l'avait été pour elle.

Sang et souris, je parie qu'elle pue le parfum! Oui? Elle pue, Crispin?

Linon n'avait pas d'odorat. Crispin choisit de ne pas répondre. La dame était en effet environnée aujourd'hui d'un parfum épicé assez entêtant. Elle possédait une somptueuse litière, et les esclaves qui la portaient et l'accompagnaient étaient sensiblement mieux vêtus que Crispin, avec leur tunique bleu pâle et leurs sandales teintes de la même couleur, en plus foncé. Le reste du groupe était constitué des jeunes servantes de Dame Massina, de trois marchands de vin et de leurs serviteurs faisant le court trajet vers Mylasia pour suivre ensuite la route côtière, d'un prêtre qui continuait vers la Sauradie et de deux autres voyageurs se rendant à la même station thermale que la dame. À pied ou montés sur des mules, ils entouraient la litière sur la large route bien pavée. Les membres de l'escorte armée de Massina Baladia, également vêtus de ce délicat bleu pâle qui avait l'air nettement moins approprié sur eux, chevauchaient à l'arrière et à l'avant du convoi.

Personne n'était de Varèna dans le groupe et n'avait aucune raison de connaître l'identité de Crispin. Ils se trouvaient à trois jours des murailles de la cité, encore en Batiare, et sur une portion très fréquentée de la route. Des compagnies d'archers et d'infanterie en manœuvre les avaient déjà obligés à plusieurs reprises à se tasser sur le gravier des bas-côtés. Il fallait faire preuve d'une certaine prudence sur cette route, mais sans excès. Le chef de l'escorte de la dame donnait fortement l'impression de considérer un certain mosaïste à barbe rousse comme la personne la plus dangereuse du voisinage.

Crispin et la dame avaient dîné ensemble la nuit précédente, au relais de poste impérial.

Les Antæ étaient circonspects dans leur pas-de-deux avec l'Empire, et ils avaient permis l'installation de trois de ces auberges le long de leur propre route menant de la frontière sauradienne à la capitale, Varèna ; il y en avait trois autres le long de la côte et sur la principale route de Rhodias. En retour, l'Empire déposait une certaine somme dans les coffres des Antæ et s'occupait de transmettre le courrier sans anicroches jusqu'à la frontière bassanide, loin au levant. Les auberges étaient un petit symbole subtil de la présence sarantine dans la péninsule ; le commerce exigeait toujours des compromis.

Les autres membres de la compagnie, dépourvus des nécessaires permis impériaux, avaient dû se contenter d'une auberge qui sentait le rance, en revenant un peu sur leurs pas. L'attitude distante de Dame Massina à l'égard de l'artisan qui marchait dans son groupe, sans même une monture, s'était transformée de façon miraculeuse lorsque l'épouse du sénateur avait compris que Martinien de Varèna avait le droit d'utiliser les relais impériaux, et ce grâce à un permis signé par le chancelier Gésius à Sarance même où, semblait-il, l'artisan se rendait présentement en réponse à une requête impériale.

Elle l'avait invité à dîner.

Lorsqu'il fut devenu apparent à la dame, pendant qu'ils se régalaient de chapons en broche et d'un vin local acceptable, que cet artisan n'était pas sans bien connaître nombre de gens parmi les mieux nés de Rhodias et de l'élégante station balnéaire de Baïana pour qui il avait exécuté de ravissants travaux, elle devint positivement chaleureuse, allant jusqu'à lui confier que son voyage au sanctuaire médical avait pour cause des problèmes de fertilité.

C'était très courant, avait-elle ajouté en relevant le menton. En vérité, quelques jeunes idiotes trouvaient élégant de se rendre dans des stations thermales ou des hospices après une seule saison de mariage, si elles n'étaient pas enceintes. Martinien savait-il que l'impératrice Alixana elle-même s'était rendue plusieurs fois dans des lieux saints miraculeux, près de Sarance ? Ce n'était guère un secret. La mode en avait été lancée. Bien sûr, compte tenu de la vie antérieure de l'Impératrice – savait-il qu'elle avait changé son nom… entre autres ? – il était assez facile de spéculer sur le genre de manœuvre sanglante qui, dans une allée, jadis, avait pu la rendre incapable de donner un héritier à l'Empereur. Était-il vrai qu'elle se teignait maintenant les cheveux ? Martinien connaissait-il réellement les hauts personnages de l'Enceinte impériale ? Comme ce devait être excitant !

Non, il ne les connaissait pas. La déception de la jeune femme fut palpable, mais de courte durée. Elle semblait avoir du mal à trouver sous la table, pour son pied chaussé de sandales, une place qui ne le mît pas en contact avec la cheville de Crispin. Les chapons furent suivis d'un plat de poisson baignant dans un excès de sauce, avec des olives et un vin pâle. Tout en grappillant fromage doux, figues et raisins, la dame de plus en plus encline aux confidences informa son compagnon de table qu'à son avis, personnellement, elle n'avait pas grande responsabilité dans les difficultés inattendues éprouvées par elle et son auguste époux.

C'était difficile à prouver, évidemment, ajouta-t-elle en le mesurant du regard à la lueur qui provenait de la cheminée de la salle commune. Elle avait pourtant accepté de quitter Rhodias, si ennuyeuse, afin de voyager par les routes colorées d'automne jusqu'au nord et à cet hospice renommé pour ses eaux bienfaisantes, près de Mylasia. On rencontrait parfois en voyage – pas toujours, bien sûr – des personnes très intéressantes.

Martinien n'était-il point de cet avis ?

Vérifie qu'il n'y a pas de bestioles dans le lit.

« Je sais, tas de ferraille trop zélé. » Il avait encore dîné avec la dame ce soir-là ; ils avaient bu trois bouteilles de vin. Crispin avait conscience d'en subir les effets.

Et parle-moi dans ta tête, à moins de vouloir qu'on te prenne pour un fou.

Il y avait déjà eu quelques problèmes. C'était un bon conseil. Comme la première suggestion de l'oiseau, d'ailleurs. Une main tenant la chandelle au-dessus des draps, après avoir tiré la couverture, Crispin réussit à écraser de l'autre main une douzaine de ces maudites petites créatures.

Et on appelle ça un relais de poste impérial ! Ha !

Linon ne manquait pas d'opinions et ne craignait pas de les exprimer, Crispin avait pu le constater très tôt au cours de leur voyage. Il sursautait encore, dans des moments de calme, en se rendant compte qu'il entretenait de longues conversations mentales avec un volatile ressemblant à une alouette, fait de cuir décoloré et d'étain, avec des yeux en verre bleu et les accents incongrus d'un patricien rhodien, aussi bien dans sa tête que lorsque l'oiseau lui parlait à haute voix.

Il était entré dans un autre univers.

Il n'avait jamais pris le temps d'examiner son attitude à l'égard de ce qu'on appelait l'entre-deux-mondes, cette dimension à laquelle prétendaient avoir accès chiromanciens, alchimistes, sages-femmes et astrologues. Il le savait comme tout le monde, les enfants mortels de Jad partageaient non sans danger l'univers dans lequel ils vivaient avec fantômes et esprits qui pouvaient leur manifester de l'indifférence, de la malveillance, ou parfois même de la bienveillance; mais il n'avait jamais fait partie de ceux que ce savoir obnubilait à chaque instant de la journée. Il disait ses prières à l'aube, et au coucher du soleil quand il s'en souvenait, mais il se souciait rarement d'assister aux services dans un sanctuaire. Il allumait des bougies les jours saints quand il se trouvait à proximité d'une chapelle; il payait tous les respects dus aux prêtres, quand ils le méritaient; il croyait, parfois, que lorsqu'il mourrait, Jad du Soleil jugerait son âme et que son destin dans l'au-delà en serait déterminé.

Le reste du temps, dans son for le plus intérieur, il se rappelait la monstruosité blasphématoire de deux étés de peste et se sentait profondément sceptique, et même furieux, quand il évoquait l'existence du monde spirituel. Quelques jours plus tôt, il aurait dit que tous les alchimistes étaient des imposteurs et qu'un oiseau comme Linon était une fraude destinée à entourlouper les imbéciles campagnards.

Cela revenait à nier ses propres souvenirs de la pommeraie, mais il avait initialement trouvé assez facile d'écarter ses terreurs enfantines: supercherie, projection de voix, comme pour un acteur. Les oiseaux n'avaient-ils pas tous parlé avec le même timbre ?

Oui, mais en fin de compte, ce n'était pas une supercherie.

L'oiseau artificiel de Zoticus était maintenant son compagnon et, en principe du moins, son gardien pendant le voyage. Il lui semblait parfois être depuis toujours avec cette créature – ou cette création – irascible et d'une sensibilité exacerbée jusqu'au ridicule.

« Je ne me retrouve certainement pas avec un esprit très aimable, n'est-ce pas ? » se rappelait-il avoir dit à Zoticus en quittant la ferme, ce jour-là.

« Aucun d'entre eux ne l'est », avait murmuré l'alchimiste, presque sur un ton d'excuse. « Un constant regret pour moi, je vous l'assure. Rappelez-vous seulement l'ordre qui fait taire Linon et servez-vous-en quand nécessaire. » Il avait fait une pause puis repris avec ironie : « Vous n'êtes pas spécialement aimable vous-même. C'est peut-être un bon appariement. »

Crispin n'avait pas répliqué.

Il avait déjà utilisé ce bâillon plusieurs fois. Ce qui n'en valait guère la peine : l'oiseau était d'une aigreur hargneuse presque intolérable après avoir été libéré de l'obscurité et du silence.

Un autre pari, dit la voix intérieure de l'oiseau. *Ne verrouille pas cette porte et tu ne dormiras pas seul cette nuit.*

« Ne sois pas grotesque », lança Crispin. Puis, s'admonestant, il ajouta en silence : *C'est un relais impérial bondé, et elle une aristocrate rhodienne. Et*, ajouta-t-il avec maussaderie, *tu n'as rien à parier de toute façon, espèce de tas inerte.*

Une façon de parler, imbécile. Simplement, ne verrouille pas la porte. Tu verras. Je veillerai aux voleurs.

C'était bien entendu l'un des bénéfices de la présence de cet oiseau, Crispin avait déjà pu s'en rendre compte. Dormir n'avait aucun sens pour la créature de Zoticus, et tant qu'il n'avait pas ordonné le silence à Linon,

Crispin pouvait en être alerté si n'importe quel malen-
contreux péril l'approchait dans son sommeil. Il était
pourtant agacé, et d'autant plus que c'était à cause
d'un oiseau artificiel.

*Pourquoi t'imaginerais-tu comprendre le moins du
monde une telle femme ? Écoute-moi bien : elle se livre
à de petits jeux pendant la journée et le souper parce
qu'elle s'ennuie royalement. Seul un imbécile y verrait
autre chose.* Crispin ne savait pas très bien pourquoi ce
sujet l'irritait tant, mais il était irrité.

Tu ne comprends vraiment rien, hein ? répliqua Linon.
Crispin ne put interpréter l'intonation, cette fois. *Tu crois
que l'ennui cesse avec le repas ? Un garçon d'écurie
comprend mieux les femmes que toi. Contente-toi de
continuer à jouer avec tes petits morceaux de verre, et
laisse-moi me prononcer sur ce genre de choses !*

Crispin formula l'ordre de silence avec une certaine
satisfaction, souffla la bougie et se coucha, résigné à
être la proie nocturne des insectes rapaces qu'il avait pu
manquer. Ce devait être bien pis à l'hostellerie ordinaire
où les autres avaient été forcés de descendre pour la
nuit. Très mince consolation. Il n'aimait pas voyager.

Il se retourna en tous sens, se gratta là où il imaginait avoir été mordu, puis fut mordu pour de bon et
poussa un juron. Après quelques instants, surpris d'être
aussi irrésolu, il se releva, traversa d'un pas rapide le
plancher froid pour se rendre à la porte et la verrouiller.
Puis il se réfugia de nouveau dans son lit.

Il n'avait pas fait l'amour à une femme depuis la
mort d'Ilandra.

Il était encore éveillé un peu plus tard, à observer la
forme de la lune bleue déclinante qui glissait à travers
la fenêtre, lorsqu'il entendit qu'on manœuvrait la
poignée, puis qu'on frappait très doucement à la porte.

Il ne bougea pas, ne dit mot. On frappa encore, deux
fois, doucement, d'une main taquine. Puis ce fut de
nouveau le silence dans la nuit d'automne. Perdu dans
ses souvenirs, Crispin regarda la lune abandonner la
fenêtre avec sa traînée d'étoiles et finit par s'endormir.

Des bruits matinaux l'éveillèrent, en bas dans la cour. Il ouvrit les yeux, remontant des profondeurs d'un rêve, avec une intuition soudaine et sûre quant à l'oiseau de Zoticus, qu'il s'étonna de ne pas avoir eue plus tôt.

Après être descendu prendre un petit déjeuner accompagné de bière coupée d'eau, il ne fut pas très surpris de découvrir que Dame Massina Baladia de Rhodias, l'épouse du sénateur, était déjà partie au point du jour avec son escorte de cavaliers et ses serviteurs.

Il fut surpris d'en éprouver un léger regret, mais s'accoupler avec une aristocrate rhodienne blasée s'adonnant à des jeux érotiques pendant une nuit à la campagne – et qui ne connaissait même pas son véritable nom… L'idée de réintégrer ainsi cette sphère de la vie humaine lui avait paru intolérable. D'un autre côté, peut-être aurait-ce été plus facile de cette façon ; mais il n'était pas… assez détaché pour cela.

De retour sur la route dans la froide brise matinale, il rattrapa bientôt les marchands et le prêtre qui l'avaient attendu à l'hostellerie. Tout en adoptant l'allure régulière qui convenait à une longue journée de marche, il se rappela son intuition du réveil. Après avoir libéré Linon de son silence dans le sac posé sur le dos de la mule, il lui posa une question.

Quelle extraordinaire perspicacité de ta part, dit l'oiseau avec une glaciale sécheresse. *Elle est bien venue la nuit dernière, n'est-ce pas ? J'avais raison, n'est-ce pas ?*

De prestes nuages blancs passaient dans le ciel, fuyant le vent du nord. Le ciel vaste était d'un bleu léger. Le soleil, revenu sans incident de son ténébreux périple sous le versant glacé du monde, se levait juste en face d'eux, brillant comme une promesse ; des corbeaux tachaient de noir le chaume des champs ; un gel léger étincelait sur l'herbe roussie au bord de la route. Crispin regardait tout cela dans la lumière matinale, en se demandant comment obtenir avec du verre et de la pierre des couleurs aussi éclatantes, une telle luminosité d'arc-en-ciel. Avait-on jamais créé dans un dôme de l'herbe d'automne effleurée par le gel?

Il hésita avec un soupir, puis répliqua, honnête: *Oui. Tu avais raison. J'avais verrouillé la porte.*

Bah! Imbécile. Zoticus l'aurait tenue occupée toute la nuit et l'aurait renvoyée épuisée dans sa chambre.

Je ne suis pas Zoticus.

Une bien faible répartie, et il en était conscient. L'oiseau se contenta d'un rire sardonique. Mais Crispin ne se sentait pas de taille à se livrer à une joute verbale, ce matin. Trop de souvenirs l'avaient envahi.

Il faisait plus froid, surtout quand les nuages voilaient le soleil levant. Crispin avait les pieds gelés dans ses sandales – demain, des bottes! Au nord de la route, champs et vignobles à présent dénudés contribuaient peu à ralentir le vent. On commençait à voir dans le lointain une tache sombre, au nord-est: les forêts légendaires qui menaient à la frontière puis en Sauradie. La route se diviserait aujourd'hui, un embranchement vers Mylasia, au sud, où Crispin aurait pu attraper un bateau plus tôt dans l'année pour effectuer un voyage rapide jusqu'à Sarance. Par voie de terre, sa course s'infléchirait peu à peu vers le nord et cette forêt insoumise, puis de nouveau vers l'est et la longue route impériale qui en bordait les lisières situées le plus au sud.

Il ralentit un peu pour tirer sa cape de laine brune d'un des sacs, tandis que la mule impassible continuait d'avancer sur les dalles de pierre parfaitement jointoyées. Au bout d'un moment, il revint à son sac, en sortit l'oiseau attaché à son cordon de cuir et se le passa de nouveau autour du cou. Une façon de présenter des excuses.

Il s'était attendu au ton acide et crispé de Linon après le silence et la cécité forcés; il y était déjà accoutumé. Ce dont il avait besoin maintenant, se dit-il en s'enveloppant de sa cape après avoir refermé et renoué le sac, c'était de s'ajuster à certains autres aspects de ce voyage vers l'est : sa fausse identité, le message verbal secret de la reine des Antæ qu'il portait à l'Empereur, et la créature de l'entre-deux-mondes attachée à son cou. Et, pour commencer, sa récente compréhension du fait que cette créature était, indéniablement, catégoriquement, de sexe féminin.

Vers le milieu de la journée, ils arrivèrent à une petite chapelle située au bord de la route. *En mémoire de Clodius Parésis*, disait l'inscription de l'arche d'entrée. *Désormais dans la Lumière de Jad.*

Les marchands et le prêtre voulaient aller prier. Crispin, se surprenant lui-même, les accompagna tandis que les serviteurs surveillaient dehors les mules et leur précieux chargement. Pas de mosaïques, les mosaïques étaient un luxe coûteux. Il fit le signe du disque solaire devant la fresque ordinaire et pelée qui montrait, sur le mur derrière l'autel, un Jad aux cheveux clairs et aux joues bien rasées, et il s'agenouilla derrière le prêtre sur les dalles, pour célébrer avec les autres les rituels de l'aube.

C'était peut-être un peu tard dans la journée, mais certains croyaient en la tolérance du dieu.

CHAPITRE 3

Kasia prit le pichet de bière, peu allongée d'eau car les quatre marchands étaient des clients réguliers, et elle quitta la cuisine pour retourner dans la salle commune.

« Chaton, quand tu auras fini avec eux, tu pourras t'occuper de notre vieil ami dans la chambre du dessus. Déana finira de servir à tes tables cette nuit. » Morax désignait le plafond avec un sourire entendu. Elle détestait le voir sourire, manifester une *amabilité* aussi évidente. D'habitude, cela annonçait des ennuis.

Cette fois, c'était certainement bien pis.

La chambre, située juste au-dessus de la chaleur des cuisines, était réservée aux clients les plus fiables de l'auberge – ou les plus généreux. Cette nuit, elle logeait un messager impérial de Sarnica nommé Zagnès, depuis longtemps sur les routes, un homme aux manières décentes, connu pour être aimable avec les filles : il désirait parfois seulement un corps pour réchauffer son lit dans les nuits d'automne ou d'hiver.

Kasia, la dernière arrivée et la plus jeune des servantes, sans cesse assignée aux clients abusifs, n'avait jamais été envoyée lui tenir compagnie. Déana, Syrène, Khafa prenaient chacune leur tour quand il était là, se battaient même pour avoir la chance de passer une nuit tranquille avec Zagnès de Sarnica.

Pour Kasia, c'étaient les brutes. Sa peau claire, comme celle de presque tous les Inicii, se meurtrissait aisément et Morax avait l'habitude d'exiger ensuite un paiement additionnel de ces clients, pour dommages. C'était tout de même un relais de la Poste impériale, les voyageurs qui s'y arrêtaient avaient de l'argent, ou des positions sociales à protéger. Personne ne se souciait vraiment des blessures infligées à une servante mais, excepté les véritables aristocrates qui s'en moquaient éperdument, la plupart des clients ne voulaient paraître ni vulgaires ni mal élevés aux yeux de leurs compagnons. Morax était habile à proférer des menaces indignées en invoquant la Poste impériale.

Si on permettait à Kasia de passer une nuit avec Zagnès, dans la meilleure chambre, c'était parce que Morax s'inquiétait à son sujet. Ou – hypothèse nouvelle – parce qu'on ne voulait pas la voir endommagée en ce moment.

Depuis quelques jours, elle voyait des petits groupes se disperser, entendait des murmures se taire dès qu'elle apparaissait ; des regards la suivaient dans son travail. Même Déana avait cessé de la tourmenter. Il s'était bien passé dix jours depuis qu'on avait déversé de la soupe à cochons sur la paille de son grabat. Et Morax lui-même avait été bien trop gentil – depuis la visite tardive, une nuit, de quelques villageois porteurs de torches venus à l'auberge sous les froides étoiles.

Kasia essuya son front en sueur, repoussa ses cheveux blonds et alla porter la bière aux marchands. Deux d'entre eux essayèrent de la tripoter par-devant et par-derrière en relevant sa tunique tandis qu'elle leur versait à boire, mais elle y était accoutumée et déclencha leurs rires en faisant mine d'écraser la botte du plus proche. C'étaient des réguliers, qui payaient une somme rondelette à Morax, en privé, pour le privilège de loger là sans permis, et ils ne causeraient pas d'ennuis à moins de boire bien plus de bière qu'ils n'en avaient là.

Elle finit de verser, donna une tape sur la main qui lui pelotait encore les seins, en veillant à conserver son sourire, et se détourna pour s'éloigner. La soirée ne faisait que commencer, il y avait des plats et des flacons à servir, à desservir, à nettoyer, les feux à entretenir. On la libérait de ses corvées, on l'envoyait à un homme tolérable dans une chambre bien chaude… Incertaine, elle quitta la salle commune pour s'engager dans l'escalier plus sombre et plus froid.

Une brusque nausée de terreur l'assaillit dans les marches, à la lumière grésillante de la bougie. Elle dut s'arrêter, s'appuyer à la rampe pour se contrôler. Il faisait calme, ici, le vacarme de la salle commune était étouffé. Elle avait des sueurs froides dans le cou, sur le front ; un filet glacé lui coulait le long du flanc. Elle avala sa salive. Dans sa bouche, dans sa gorge, un goût rance et acide. Son cœur battait très vite, elle avait le souffle court. Les ombres indécises des arbres, au-delà des fenêtres sales et sans volets, étaient des terreurs informes et sans nom.

Elle eut envie de pleurer en appelant sa mère, une panique enfantine, irréfléchie, primitive ; mais sa mère se trouvait dans un village à trois jours de marche au nord, de l'autre côté de la vaste Ancienne Forêt, et c'était sa mère qui l'avait vendue l'automne précédent.

Elle ne pouvait pas prier. Certainement pas Jad, même si, sans cérémonie, dans une chapelle du bord de la route, elle avait été convertie comme les autres sur les ordres du marchand d'esclaves karche qui les avait achetées pour les emmener dans le sud ; et des prières à Ludan de la Forêt étaient vaines et sans espoir, compte tenu de ce qui allait bientôt se passer.

Ce devait être une vierge, et tel avait été autrefois le cas, mais le monde avait changé. La Sauradie était théoriquement jaddite, désormais, une province qui payait des impôts à l'empire sarantin, qui abritait deux camps militaires ainsi que les troupes stationnées à Mégarium ; et on avait beau observer encore certains des anciens rituels, avec discrétion, à l'insu des prêtres jaddites si on ne les forçait pas trop à s'en rendre compte, personne ne pensait plus nécessaire d'offrir ses filles vierges.

Pas quand une putain du relais de poste faisait l'affaire.

C'était sûr, songea Kasia, à mi-chemin dans l'escalier, agrippée à la rambarde, tout en regardant la nuit par la petite fenêtre. Elle se sentait impuissante, et enragée de l'être. Elle possédait un couteau, dissimulé dans la forge, mais à quoi pouvait-il bien lui servir ? Elle ne pouvait même pas tenter de s'enfuir. On la surveillait, maintenant, et de toute façon où irait une esclave ? Dans les bois ? Sur la route, avec les chiens de chasse aux trousses ?

Elle ne pouvait voir la forêt à travers le verre strié, mais elle était consciente de sa proximité dans le noir. Elle ne se faisait pas d'illusions. Les murmures, la surveillance, ces inexplicables faveurs, une douceur jamais vue dans les yeux de cette garce de Déana, l'expression de moite avidité sur le visage de la grasse épouse de Morax, la maîtresse, qui se détournait trop vite chaque fois que Kasia croisait son regard dans la cuisine.

Ils allaient la tuer dans deux jours, au matin, le Jour des morts.

◆

Crispin s'était servi de son permis pour louer un serviteur au premier relais de poste sauradien, une fois passées les bornes de pierre délimitant la frontière avec la Batiare. Il se trouvait maintenant dans l'empire sarantin. Pour la première fois de sa vie. Il envisagea de se prendre une mule, mais il n'aimait réellement pas monter et ses pieds étaient fort à l'aise dans les bottes de bonne qualité qu'il s'était achetées. Il pouvait louer un petit cabriolet à deux roues, avec un cheval ou une mule pour le tirer, mais ç'aurait été vraiment abuser du

permis et, de toute façon, les cabriolets étaient notoirement inconfortables.

Vargos, le serviteur qu'il avait engagé, était un grand
homme taciturne aux cheveux noirs – une rareté chez
un Inici – avec sur une joue une cicatrice d'un rouge
éclatant, en forme de croix ; il portait un bâton encore
plus lourd que celui de Crispin. La cicatrice semblait un
symbole païen. Crispin n'avait aucun désir d'en savoir
davantage.

Il avait refusé d'emmener un apprenti, malgré les
conseils de Martinien. S'il accomplissait ce voyage
insensé sous un nom qui n'était pas le sien, plus ou
moins afin de refaire sa vie, il n'allait certainement pas
y entraîner un garçon de chez lui. Il aurait bien assez
de soucis sans y ajouter le fardeau de protéger une
jeune vie sur une route dangereuse, menant de surcroît
à une destination encore plus incertaine.

D'un autre côté, il n'allait pas se conduire comme
un idiot – ou comme un imbécile, ainsi que Linon était
bien trop encline à l'appeler – et voyager seul. Il n'appréciait vraiment pas de se trouver loin des murailles
citadines ; la présente route, qui traversait la Sauradie
en contournant au sud la forêt sombre et les montagnes
battues par les vents, ne ressemblait en rien à celle de
Batiare, contrée à la population dense et au commerce
actif. Il s'était assuré que Vargos connaissait la route
menant à la frontière trakésienne, avait jaugé la force
physique évidente de l'individu, son expérience, et
l'avait engagé en se prévalant du permis. La Poste
impériale en débiterait le coût au bureau du Chancelier. Tout à fait efficace. La forêt, au nord de la route,
se trouvait simplement être bien trop sombre au goût
de Crispin.

Les marchands avaient bifurqué vers le sud avec
leur vin bien avant la frontière, suivant le même chemin
que Massina Baladia, qui avait une demi-journée d'avance
sur eux. Le prêtre, un homme convenable et de nature
engageante, se rendait seulement à une sainte retraite

jouxtant la frontière sauradienne. Ils avaient prié ensemble, pour ensuite se séparer tôt dans la matinée quand le prêtre avait quitté la route. Crispin pourrait se joindre à d'autres voyageurs cheminant vers l'est, il devrait y en avoir de Mégarium, et il s'y essaierait certainement ; mais dans l'intervalle, un minimum de bon sens conseillait la compagnie d'un homme capable et de bonne taille. C'était une des vertus du système postal : Crispin pouvait engager quelqu'un comme Vargos et le laisser ensuite à n'importe quel autre relais de poste sur la route, prêt à être employé par d'autres voyageurs allant dans n'importe quelle direction. L'empire sarantin n'égalait peut-être pas tout à fait Rhodias au summum de sa splendeur, mais il n'en était pas très loin non plus.

Et si Gisèle, la jeune reine des Antæ, disait vrai, Valérius II désirait restaurer l'empire occidental, d'une façon ou d'une autre.

Pour le mosaïste rhodien Caius Crispus de Varèna, misérable et gelé sous la pluie d'automne, on se devait d'encourager avec vigueur n'importe quelle mesure susceptible d'augmenter le niveau de civilisation et d'ordre dans ce genre d'endroits.

Il n'aimait pas cette forêt, vraiment pas.

C'était intéressant, ce malaise intense qui croissait à mesure que le temps passait et qu'ils progressaient sur la route, avec la forêt toujours en vue. Crispin était forcé d'admettre, non sans chagrin, qu'il était encore plus citadin qu'il ne le pensait. Les cités, malgré tous leurs dangers, possédaient des murailles ; on pouvait en général imaginer les créatures sauvages, animaux ou hors-la-loi, de l'autre côté de ces murailles. Et aussi longtemps qu'on veillait à ne pas se promener seul dehors après la tombée de la nuit, ou à ne pas emprunter une ruelle mal famée, les plus grands dangers auxquels on s'exposait, c'étaient un coupeur de bourse au marché ou un saint homme trop enthousiaste qui vous postillonnait des imprécations.

Et les cités, c'étaient des édifices, publics et privés. Palais, thermes, théâtres, demeures de marchands, appartements, chapelles et sanctuaires, avec des murs, des planchers et parfois même quelques dômes dans lesquels les gens assez fortunés désiraient parfois voir placer des mosaïques.

Une manière de gagner sa vie, pour un homme pourvu d'expérience et de certains talents.

La forêt n'avait vraiment guère usage de ces talents particuliers de Crispin, ni les terres sauvages situées plus au sud. Les tribus sauradiennes en guerre étaient synonymes de férocité barbare depuis les premiers jours de l'empire rhodien ; en vérité, la défaite la plus terrible, et la seule qu'eût jamais connue une armée rhodienne avant le lent déclin et la chute finale, avait eu pour cadre le nord lointain de la Sauradie, alors qu'une légion entière envoyée arrêter un soulèvement tribal, piégée entre marécages et forêt, s'était fait tailler en pièces.

En représailles, les légions avaient guerroyé pendant sept ans, selon les historiens. Elles avaient été victorieuses. En dernière extrémité. La Sauradie n'était pas un champ de bataille propice au combat pour des phalanges et des colonnes armées. Et même les soldats les plus disciplinés pouvaient éprouver une certaine appréhension devant des ennemis qui disparaissaient comme des fantômes dans les arbres puis démembraient et dévoraient leurs captifs au cours de cérémonies sanglantes, dans les forêts embrumées où résonnait le son des tambours.

Mais les Rhodiens n'avaient pas subjugué la majeure partie du monde connu en rechignant à employer eux-mêmes des mesures sévères, et ils possédaient les ressources de tout un empire ; les arbres des forêts sauradiennes avaient fini par porter les cadavres des guerriers des tribus – et ceux de leurs femmes, et de leurs petits enfants –, amputés de leurs membres et de leurs organes génitaux, suspendus aux branches par leurs crinières blondes couvertes de graisse.

Une histoire peu apte à susciter des réflexions paisibles, songea Crispin, même si elle avait eu lieu bien longtemps auparavant. Ce matin-là, même Linon restait silencieuse. La sombre forêt se déroulait le long de la route, toute proche pour l'instant, sans fin apparente à l'est ni, quand on se retournait, à l'ouest. Chênes, frênes, sorbiers, hêtres, et d'autres arbres dont il ignorait les noms, dénudés ou en voie de l'être. Des taches de fumée apparaissaient par moments : des charbonniers, travaillant aux lisières de la forêt. Au sud, le terrain s'élevait en une série de plateaux vers la barrière montagneuse qui dissimulait la côte et la mer. Des moutons, des chèvres, des chiens, la fumée d'une hutte de berger. Aucun autre signe de vie humaine. C'était un jour gris, avec une pluie fine et froide ; les sommets se perdaient dans les nuages.

Sous le capuchon de son manteau de voyage, Crispin essaya, avec un succès mitigé, de se rappeler pourquoi il avait entrepris ce voyage.

Il essayait d'évoquer des images éclatantes et polychromes de Sarance, les gloires fabuleuses de la Cité impériale, nombril de la création de Jad, œil et joyau du monde, comme le disait la phrase bien connue. En vain. C'était trop loin. Trop inconnu. La forêt noire, la brume, la pluie glacée étaient trop présentes, trop oppressantes, trop exigeantes. Et trop absents murailles, chaleur, badauds, échoppes, marchés, tavernes, bains, n'importe quelle image humaine de confort – sans même parler de beauté.

Un citadin, voilà ce qu'il était, la vérité toute simple. Ce voyage le forçait à en accepter, bien qu'avec regret, toutes les connotations… Décadence, mollesse, corruption, luxe trop raffiné. Ces ultimes caricatures sarcastiques de Rhodias avant sa chute : des aristocrates veules et poseurs, qui engageaient des barbares pour se battre à leur place et se retrouvaient impuissants quand leurs mercenaires se retournaient contre eux. Lui, Crispin, et Dame Massina Baladia à la litière si bien

rembourrée, aux exquis vêtements de voyage, avec ses
parfums et le vernis de ses ongles de doigts de pieds,
ils se ressemblaient après tout davantage qu'il n'aurait
voulu l'admettre. Les murailles des villes définissaient
les limites de l'univers de Crispin tout autant que celles
de la dame. Ce qu'il désirait le plus, à l'instant, s'il était
honnête envers lui-même, c'était un bain, un massage
à l'huile, professionnel, puis un verre de vin brûlant et
épicé qu'il boirait sur une couche dans une pièce chaude,
au milieu de conversations civilisées. Ici, en pleine
nature sauvage, il se sentait angoissé, désorienté, *à
découvert*. Et il avait encore un long chemin à faire.

Mais au moins le prochain lit n'était-il pas trop
éloigné. Ils firent seulement une halte brève dans un
hameau, à midi, pour du pain et du fromage accompagnés d'une bouteille de vin acide dans une taverne
enfumée qui sentait le fumier, et leur allure régulière,
sous la pluie insistante, les mena à la fin de l'après-midi
au relais de poste suivant. L'orage avait cessé, les nuages
s'écartaient au sud-ouest, même s'ils s'attardaient sur
la forêt. Crispin aperçut le sommet de quelques-unes
des montagnes. La mer serait de l'autre côté ; il aurait
pu faire voile vers Sarance, si le messager était arrivé à
temps. Réflexion superflue.

Il aurait encore eu une famille, si la peste avait
épargné leur demeure.

Tandis qu'ils traversaient un autre hameau, Vargos,
la mule et lui, le soleil apparut derrière eux pour la première fois de la journée, pâle et bas, illuminant les
pentes montagneuses, ourlant les lourds nuages au ras
des pics, scintillant d'un éclat froid dans les mares des
fossés remplis par la pluie, sur les bas-côtés de la
route. Ils passèrent une forge et une boulangerie, ainsi
que les deux hostelleries du village, à l'aspect répugnant,
tout en ignorant les regards perçants de la poignée de
gens rassemblés là, et l'invite vulgaire d'une maigre
putain dans l'allée de la seconde auberge. Crispin remercia le ciel pour le permis plié dans la bourse de

cuir attachée à sa ceinture, et ce n'était pas la première fois.

Le relais de poste se trouvait à l'est du village, exactement comme l'indiquait la carte. Il aimait sa carte, Crispin ; il trouvait un grand réconfort dans le fait que, sur leur chemin, des choses apparaissaient chaque jour exactement là et quand le disait la carte. C'était rassurant.

L'auberge était vaste, avec l'habituelle écurie, une forge, une cour intérieure, et pas de tas d'ordures en voie de décomposition à la porte. De l'autre côté d'une barrière, à l'arrière, Crispin entr'aperçut deux jardins bien entretenus, un jardin potager et un autre d'herbes aromatiques, des moutons dans un pré un peu plus loin, et une solide hutte de berger. Longue vie à l'empire sarantin, songea-t-il avec ironie, et à la glorieuse Poste impériale. La fumée qui s'élevait des larges cheminées de l'auberge promettait de la chaleur.

Nous resterons deux nuits, dit Linon.

L'oiseau se trouvait de nouveau à son cou, accroché à la lanière de cuir. Elle n'avait rien dit depuis le matin. Ses paroles abruptes et laconiques firent sursauter Crispin.

Vraiment ? Pourquoi ? Tes petites pattes sont fatiguées ?

Sang et souris ! Tu es trop stupide pour être laissé dehors sans nourrice. Rappelle-toi le calendrier et les paroles de Zoticus. Tu es en Sauradie, imbécile. Et demain, c'est le Jour des morts.

Crispin avait bel et bien oublié, et il s'en morigéna. Même si c'était déraisonnable, cela l'irritait quand l'oiseau avait raison.

Bon, alors, que se passe-t-il ? demanda-t-il, acide. *Ils me font bouillir en soupe s'ils me trouvent dehors ? Ils enterrent mes os à un carrefour ?*

Linon ne se donna même pas la peine de répondre.

Avec l'obscur sentiment d'être en désavantage, Crispin laissa Vargos s'occuper de la mule et de ses biens tandis qu'il traversait la cour détrempée entre les aboiements de deux chiens et une volée de poulets. Il franchit le seuil pour entrer dans l'auberge, montrer son permis et voir si l'argent impérial lui procurerait sans délai un bain chaud.

Le couloir d'entrée était d'une encourageante propreté, large, avec un haut plafond. Plus loin, par une porte, à gauche, Crispin put apercevoir la salle commune, avec deux cheminées allumées ; un bourdonnement jovial de voix aux accents multiples en parvenait. Après une journée entière de route froide et mouillée, l'attrait en était indéniable. Il se demanda si quelqu'un savait cuisiner dans cette auberge ; il devait y avoir dans la forêt du daim et du sanglier, peut-être même l'insaisissable aurochs sauradien ; une platée de gibier bien assaisonné et une bouteille ou deux de vin à demi décent contribueraient assez à son réconfort…

Alors qu'il regardait autour de lui, en remarquant les carreaux bien secs et bien propres du sol, il lui vint à l'esprit que cette auberge serait peut-être un endroit parfaitement adéquat pour se reposer les pieds pendant deux jours et deux nuits. Zoticus lui avait conseillé sans ambiguïté de rester au même endroit et à l'abri d'une porte le Jour des morts. Malgré ses sarcasmes à l'égard de ce genre de superstitions, il n'allait quand même pas se conduire de façon idiote simplement pour l'emporter dans une dispute avec un oiseau artificiel. Linon était la preuve que l'entre-deux-mondes, sinon le reste, était bien réel, songea-t-il brusquement.

Une réflexion qui n'était pas exactement réconfortante.

Il attendit l'aubergiste, le permis béni à la main, en se laissant déjà aller à une certaine détente, dans la sensation d'être au sec, avec de la chaleur et du vin en perspective. À un bruit venant du fond de l'auberge, derrière l'escalier, il se retourna avec une expression polie. Il avait conscience de présenter une apparence peu distinguée en cet instant, et voyager à pied avec un

seul serviteur temporaire ne le recommandait pas comme
un client fortuné ; mais il avait découvert qu'un permis,
avec son nom élégamment écrit dessus, ou enfin le
nom de Martinien, et le sceau privé ainsi que la signature d'une figure aussi importante que le Chancelier
impérial, pouvait le rendre instantanément redoutable.

Ce n'était pas l'aubergiste, derrière l'escalier. Seulement une maigre servante vêtue à hauteur de genou
d'une tunique brune toute tachée, pieds nus, cheveux
blonds, transportant une amphore de vin bouchée bien
trop lourde pour elle. Elle se figea sur place quand elle
le vit, le dévisageant sans retenue, yeux écarquillés.

Crispin eut un bref sourire, en ignorant l'audace de
ce regard : « Comment t'appelle-t-on, petite ? »

Elle déglutit avec peine, baissa les yeux, marmonna :
« Chaton. »

Il se sentit sourire en biais : « Et pourquoi donc ? »

Elle déglutit encore, comme embarrassée de parler.
« Sais pas », réussit-elle enfin à dire. « Quelqu'un pensait
que j'avais l'air d'un chaton. »

Après ce premier regard direct, ses yeux n'avaient
pas quitté le plancher. Crispin se rendit compte qu'il
n'avait parlé à personne de toute la journée, sinon pour
donner quelques instructions à Vargos ; c'était étrange,
il ne savait trop qu'en penser. Mais il savait qu'il
voulait un bain, et non bavarder avec une servante.

« Tu n'en as pas l'air. Quel est ton véritable nom,
alors ? »

Elle releva alors les yeux, puis fixa de nouveau le
plancher. « Kasia.

— Eh bien, Kasia, cours trouver l'aubergiste pour
moi. Je suis détrempé à l'extérieur et desséché à l'intérieur. Et ne pense même pas me dire que toutes les
chambres sont prises. »

Elle ne bougeait pas. Gardait les yeux à terre, serrant contre elle la lourde amphore qui reposait sur ses
mains entrelacées. Elle était très jeune, très maigre,
avec des yeux bleus bien espacés. D'une tribu nordique,

de toute évidence, les Inicii ou d'autres. Crispin se demanda si elle l'avait compris, et sa plaisanterie ; ils avaient parlé en rhodien. Il allait répéter sa requête en sarantin, sans le trait d'esprit, quand il la vit prendre une profonde inspiration.

« Ils vont me tuer demain. » Ce fut ce qu'elle dit, bien clairement cette fois. Elle leva les yeux vers lui. Des yeux immenses, profonds comme la forêt. « Voulez-vous m'emmener ? »

◆

Zagnès de Sarnica n'avait pas voulu, absolument pas.

« Es-tu simple d'esprit ? » s'était-il écrié la nuit précédente. Dans son agitation, il avait poussé Kasia hors du lit et elle s'était étalée sur le plancher. Froid, même si les feux de cuisine se trouvaient juste en dessous. « Par le saint nom de Jad, que ferais-je bien d'une esclave sauradienne ?

— Je ferais tout ce que vous voudriez », avait-elle dit, agenouillée près du lit, en luttant contre ses larmes.

« Bien sûr. Que pourrais-tu faire d'autre ? Il ne s'agit pas de ça ! » Zagnès était très agité.

Ce n'était pas le fait de la racheter et de l'emmener ; les messagers impériaux étaient accoutumés à ce genre de supplications. Ce devait donc être la raison pour laquelle elle le lui demandait. Sa raison très immédiate et très particulière. Mais elle avait été bien obligée de la lui donner, sinon il n'aurait même pas eu de motif de prendre sa requête en considération, parmi toutes les autres. On le disait bon…

Mais pas assez, apparemment. Ou pas assez fou. Le messager était livide ; elle lui avait vraiment fait peur. Un homme bedonnant, à la calvitie naissante, plus très jeune. Et nullement cruel ; simplement, il refusait de s'impliquer dans la vie clandestine d'un village sauradien, même si cela signifiait le sacrifice interdit d'une jeune fille à un dieu païen. Et tout spécialement pour cette raison, peut-être. Qu'arriverait-il s'il rapportait cette histoire au clergé ou au campement militaire, à l'est ? Une enquête, des questions, probablement pénibles, et même fatales, car ce genre d'affaire était une sainte question de religion. Des mesures sévères, ensuite, contre le paganisme renaissant ? Des prêtres fulminants, des soldats en garnison au village, en châtiment des impôts supplémentaires… On pourrait punir Morax, et d'autres – relever l'aubergiste de son poste, lui couper le nez, lui trancher les mains.

Et finis les traitements de faveur pour Zagnès de Sarnica, les chambres les plus chaudes de cette auberge ou de n'importe quelle autre auberge sauradienne. Les nouvelles voyageaient vite sur les routes principales et personne, nulle part, n'avait de sympathie pour un informateur. Zagnès était un messager impérial, mais il passait la majeure partie de ses journées, et de ses nuits, bien loin de Sarance.

Et tout ça pour une servante ? Comment avait-elle bien pu s'imaginer qu'il l'aiderait ?

Elle ne se l'était pas imaginé. Mais elle ne voulait pas mourir, et ses options se faisaient d'instant en instant plus rares.

« Reviens dans le lit, avait dit Zagnès avec brusquerie. Tu vas geler sur le plancher et tu ne me serviras plus à rien du tout. J'ai toujours froid, maintenant, ajouta-t-il avec un rire forcé. Trop d'années passées sur la route. La pluie et le vent me rentrent dans les os. Temps de prendre ma retraite. Je le ferais, si ma femme ne se trouvait à la maison. » Un autre rire faux, sans conviction. « Je suis sûr que tu t'effraies pour rien, ma petite. Je connais Morax depuis des années. Vous avez toujours peur de votre ombre, les servantes, quand arrive ce stupide… ce jour-là. »

Kasia était retournée dans le lit pour se glisser sous le drap, nue, tout près de lui. Il s'était un peu écarté. Pas étonnant, avait-elle pensé avec amertume. Quel homme avisé coucherait avec une fille destinée à Ludan de la Forêt ? L'aura sacrée du sacrifice aurait pu rejaillir sur lui.

Mais ce n'était pas cela, pourtant. Zagnès était un homme plus prosaïque : « Tu as les pieds vraiment froids, ma fille. Frotte-les, fais quelque chose. Et tes mains aussi, ajouta-t-il. J'ai toujours froid. »

Kasia s'était entendue émettre un son curieux : moitié rire, moitié panique étranglée. Elle s'était frotté les pieds l'un contre l'autre en essayant de les réchauffer afin de réchauffer à son tour l'homme qui se trouvait à ses côtés. Et elle avait entendu le vent, dehors, une branche qui frappait le mur. Les nuages étaient arrivés avec la pluie. Pas de lunes.

Elle avait passé la nuit avec lui. Il ne l'avait pas touchée, roulé tout près d'elle en boule comme un enfant. Elle était restée éveillée à écouter le vent, la branche, la pluie. Le matin arriverait, et puis la nuit et, le jour d'après, elle mourrait. Elle trouvait stupéfiant de pouvoir articuler cette séquence d'événements, ces pensées. Elle s'était demandé s'il serait possible de tuer Déana avant d'être attachée ou assommée. Elle aurait voulu prier, mais elle n'avait pas été élevée dans la foi de Jad du Soleil, et aucune de ses prières ne lui venait facilement. D'un autre côté, comment une victime sacrificielle priait-elle le dieu auquel elle allait être offerte ? Que pouvait-elle demander à Ludan ? De mourir avant d'être taillée en pièces ? Ou enfin, ce qu'on faisait aux victimes sacrificielles dans le sud, elle ne le savait même pas.

Elle s'était levée bien avant le messager endormi, dans le froid sombre et glacé d'avant l'aube, et, après avoir passé sous-vêtements et tunique en frissonnant, elle était descendue aux cuisines. Il pleuvait toujours. Elle avait entendu les bruits de la cour : les palefreniers en train de préparer les montures de rechange pour les messagers impériaux, chevaux et mules des voyageurs

qui les amenaient ou venaient les chercher. Après avoir
ramassé trois brassées de bois à la réserve, elle s'était
agenouillée pour allumer un feu de cuisine. Déana avait
descendu l'escalier en bâillant pour en faire autant
dans les salles d'en avant ; elle avait un nouveau bleu
sur la joue.

« Bien dormi, garce ? » avait-elle dit en passant près
de Kasia. « Tu ne l'auras jamais plus, celui-là, fais-moi
confiance.

— Il m'a dit que tu étais aussi souillon sous ta tunique
qu'à l'extérieur », avait murmuré Kasia, sans prendre
la peine de se retourner ; Déana la frapperait-elle ? Elle
avait un morceau de bois à la main.

Mais on ne voulait absolument pas la voir meurtrie
ou endommagée. Voilà qui aurait presque pu être amusant. Elle pouvait dire ce qu'elle voulait aujourd'hui,
sans crainte de se faire frapper.

Déana était restée immobile un moment, puis s'était
éloignée sans la toucher.

Ils la surveillaient de près. Elle s'en était rendu compte
lorsque, après avoir vidé les pots de chambre, elle
avait pris un moment pour respirer l'air froid sur le
porche à l'arrière de l'auberge. Les montagnes étaient
enveloppées de brume. Il pleuvait toujours. Très peu de
vent, à présent ; la fumée des cheminées montait tout
droit pour disparaître dans la grisaille. Kasia pouvait à
peine apercevoir le verger et les moutons dans la pente.
Les bruits étaient étouffés.

Mais le maître d'écurie Pharus se trouvait de l'autre
côté du porche, nonchalamment appuyé à un montant,
et taillait distraitement une baguette de bois mouillé
avec son couteau. Et Rugash, le vieux berger, ayant
abandonné son troupeau aux garçons, se tenait dans
l'entrée de sa hutte, à l'extrémité du verger. Quand il la
vit regarder de son côté, il se détourna et cracha dans
la boue par le trou de ses dents absentes.

Ils pensaient vraiment qu'elle pourrait s'enfuir. Où
pourrait s'enfuir une esclave ? Pieds nus dans les pentes ?

Dans l'Ancienne Forêt? Serait-il mieux de mourir sous les griffes des bêtes sauvages, ou gelée? Ou bien des esprits, ou encore les morts, la trouveraient-ils en premier et s'empareraient-ils de son âme pour l'éternité? Kasia avait frissonné. Craintes inutiles : elle n'arriverait même pas jusqu'à la forêt ou aux collines, et ils la suivraient à la trace si elle y arrivait. Ils avaient les chiens.

Khafa était apparue derrière elle dans l'embrasure de la porte. Sans se retourner, Kasia avait reconnu son pas.

« Je dis la maîtresse, tu fouettée pour paresse », avait-elle remarqué ; on lui avait ordonné de parler seulement rhodien, afin de bien l'apprendre.

« Va te faire foutre », avait dit Kasia, sans conviction. Mais après s'être détournée, elle était rentrée, passant sans un mot près de Khafa, qui était sans doute la plus correcte de toutes.

Elle avait remis tous les pots de chambre en place, montant et descendant interminablement les escaliers, puis elle était retournée à la cuisine pour finir de laver les plats de la matinée. Le feu était trop bas ; on se faisait battre ou enfermer dans le cellier quand le feu était trop bas, ou trop fort, ce qui gaspillait du bois. Elle l'avait ranimé. La fumée lui avait fait monter des larmes aux yeux. Elle s'était essuyé les joues d'un revers de main.

Elle avait ce couteau caché dans l'appentis du forgeron, près des écuries. Elle irait le chercher plus tard dans l'après-midi. À défaut d'autre chose, pendant la nuit, elle pourrait s'en servir sur elle-même. Les priver de ce qu'ils voulaient. Une sorte de victoire.

Elle n'en avait jamais eu l'occasion. Un autre groupe de marchands était arrivé, faisant halte tôt à cause de la pluie. Ils n'avaient pas de permis, bien sûr, mais, après l'habituelle conversation discrète, ils avaient payé Morax pour obtenir le droit de rester. Ils s'étaient assis près d'une des cheminées dans la salle commune, avaient bu beaucoup de vin en peu de temps. Quand trois d'entre eux avaient voulu des filles pour passer un après-midi pluvieux, Kasia était montée avec l'un des leurs, un Karche ; Déana et Syrène avaient pris les autres. Le Karche sentait le vin, la fourrure humide, le poisson. Il lui avait écrasé la figure sur le lit dès qu'ils étaient entrés, en relevant sa tunique, n'avait même pas pris la peine de la déshabiller, ou de se déshabiller. Après avoir terminé, il s'était aussitôt endormi, affalé sur elle. Kasia s'était tortillée pour se libérer. Avait regardé par la fenêtre. La pluie diminuait ; elle cesserait bientôt.

Kasia était redescendue. Le Karche ronflait assez fort pour être entendu depuis l'entrée, elle n'avait pas de prétexte pour s'attarder. Morax, venu de la salle de devant, l'avait examinée de près tandis qu'elle descendait les marches – vérifiant qu'elle n'avait pas de bleus, sans doute. Il lui avait désigné la cuisine sans rien dire. Temps de commencer à préparer le dîner. Un autre groupe d'hommes se trouvait déjà dans la salle commune, en train de boire. L'auberge serait bondée cette nuit. La perspective du lendemain emplissait les gens d'une excitation nerveuse, leur donnait envie de boire en compagnie. Par la porte voûtée, Kasia avait vu trois des villageois, et un quatrième verre : Morax avait bu avec eux.

Déana était redescendue un peu plus tard, en marchant avec précaution, comme si elle avait mal en dedans. Elles s'étaient tenues de chaque côté de la table, coupant patates et oignons, répartissant les olives dans les petits bols. La maîtresse les surveillait ; elles ne parlaient pas ; l'épouse de Morax battait les filles si elles bavardaient au travail. Elle avait dit quelque chose au cuisinier, Kasia n'avait pas entendu ; elle savait que la maîtresse continuait à la regarder. Tête basse, elle avait emporté les bols d'olives et les paniers de petits pains frais de la boulangerie pour les placer sur les tables à côté des cruchons d'huile ; c'était un relais de poste : on y était libéral, moyennant certaines sommes. Les trois villageois s'étaient engagés dans une conversation animée dès qu'elle était passée près d'eux ; ils n'avaient pas levé la tête quand elle leur avait donné leurs olives et leur pain. Les deux feux étaient bas, mais c'était à Déana d'y voir.

Dans la cuisine, le cuisinier laissait tomber les morceaux de poulets dans la marmite, avec pommes de terre et oignons, pour un ragoût. Il n'y avait déjà plus assez de vin. Un jour froid, pluvieux : les hommes buvaient. Sur un hochement de tête de la maîtresse, Kasia était retournée à l'arrière dans la réserve de vin, avec la clé. Elle avait déverrouillé et tiré la lourde trappe à charnières aménagée dans le plancher pour se charger ensuite d'une amphore prise au cellier froid et peu profond. Quand Morax l'avait ramenée du marchand d'esclaves, un an plus tôt, elle se le rappelait, elle n'avait pas été capable de les transporter, ces amphores. On l'avait battue pour ça. La grosse amphore, avec son bouchon, était encore bien lourde pour elle, elle la tenait avec maladresse. Elle avait refermé le cellier pour revenir dans le couloir, et elle avait vu un homme seul près de la porte d'entrée.

C'était son apparence extravagante, conclut-elle plus tard. La grande barbe rousse, les cheveux en désordre quand il avait repoussé le capuchon de sa cape boueuse. Il avait de larges mains à l'aspect compétent, avec du poil roux sur le dessus, et sa tunique brune et détrempée était relevée et repliée au-dessus des genoux, retenue à la taille par une ceinture pour faciliter la marche à vive allure. Des bottes coûteuses. Un lourd bâton. Sur cette route de marchands et d'employés de l'État, d'officiers en uniformes et de messagers impériaux, ce voyageur solitaire avait évoqué pour Kasia les hommes coriaces de son univers nordique si lointain.

Il y avait à cela, bien entendu, une extrême ironie, mais elle ne pouvait le savoir.

Il était seul, ni compagnon ni serviteur en vue, et pendant cet unique instant – stupeur – il n'y avait eu

personne d'autre dans les environs. Il lui avait adressé
la parole en rhodien. Elle l'avait à peine entendu, pas
plus que les réponses qu'elle avait réussi à balbutier. À
propos de son nom à elle. Elle regardait fixement le
plancher. Dans ses oreilles, un étrange mugissement,
comme s'il y avait eu du vent dans la pièce. Elle avait
peur de tomber, ou de laisser tomber l'amphore, la fra-
cassant en mille morceaux. Il lui vint soudain l'idée
que ça n'avait aucune importance. Que pouvaient-ils
bien lui faire ?

« Ils vont me tuer demain », avait-elle dit.

Elle avait relevé les yeux pour le regarder ; son
cœur battait comme un tambour du nord. « Voulez-
vous m'emmener ? »

Il ne recula pas avec horreur comme Zagnès, les
yeux écarquillés d'incrédulité scandalisée. Il l'observa
avec beaucoup d'attention. Ses yeux se plissèrent ; ils
étaient bleus, et froids.

« Pourquoi ? » demanda-t-il, presque durement.

Kasia sentit les larmes revenir. Elle les repoussa.
« Le… le Jour des morts », réussit-elle à dire. Sa bouche
lui semblait remplie de cendres. « Le… à cause du dieu
du chêne… ils… »

Elle entendit un bruit de pas. Bien sûr. Le temps
avait passé. Jamais assez de temps. Elle aurait pu suc-
comber à la peste chez elle, comme son père et son
frère. Ou à la famine, l'hiver suivant, se faire vendre
par sa mère en échange de nourriture. Et elle avait bel
et bien été vendue. Elle était ici. Une esclave. Le temps
avait passé. Elle se tut brusquement, fixant de nouveau
le plancher, étreignant la lourde amphore de vin. Morax
traversa la porte voûtée, en provenance de la salle
commune.

« Pas trop tôt, aubergiste, dit l'homme roux avec
calme. Fais-tu toujours attendre les clients tout seuls
dans ton antichambre ?

— Chaton ! rugit Morax. Petite garce, comment oses-
tu ne pas m'informer de la présence d'un distingué

client ? » Les yeux toujours baissés, elle pouvait l'imaginer en train de jauger l'homme débraillé à la porte. Il revint à sa voix normale. « Mon bon maître, c'est une auberge impériale, ici. Vous savez qu'il faut un permis.

— Je compte là-dessus pour m'assurer de la compagnie de clients assez respectables », dit l'autre avec une certaine froideur. Kasia les observait du coin de l'œil. Ce n'était pas un homme du nord, bien sûr. Il avait parlé rhodien et regardait Morax d'un air sombre. Puis il examina la salle commune bondée, de l'autre côté de l'entrée voûtée. « Il semble qu'un nombre surprenant de détenteurs de permis se trouvent à voyager un jour de pluie, bien tardivement dans l'année. Félicitations, aubergiste. Ton accueil doit être tout particulièrement plaisant. »

Morax rougit. « Vous avez un permis, alors ? Je suis ravi de vous accueillir, si c'est le cas.

— En effet. Et je désire voir ton plaisir se concrétiser. Je veux ta chambre la plus chaude, pour deux nuits, une paillasse propre pour mon serviteur là où on loge ici les serviteurs, de l'eau chaude, de l'huile, des serviettes et une baignoire dans ma chambre, immédiatement. Je me laverai avant de souper. Je déciderai avec toi de la nourriture et du vin pendant qu'on préparera le bain. Et je veux une fille pour me huiler et me laver. Celle-ci fera l'affaire. »

Morax parut désolé ; il y était fort habile. « Oh, ciel, non, nous sommes juste en train de préparer le repas du soir, mon bon maître. Comme vous le voyez, l'auberge est pleine aujourd'hui et nous avons bien trop peu de personnel. Je regrette beaucoup de devoir le dire, mais nous ne pouvons arranger un bain tout de suite. Ce n'est qu'une humble auberge de campagne, mon bon maître. Chaton, va porter ce vin dans la cuisine. À l'instant ! »

L'homme à la barbe rousse leva une main. Qui tenait un morceau de papier. Et une pièce de monnaie, vit Kasia. Elle releva la tête. « Tu n'as pas encore demandé mon permis, aubergiste. Un oubli, sans doute. Lis, je te prie. Tu y reconnaîtras sans doute la signature et le sceau du Chancelier lui-même, de Sarance. Bien sûr, nombre de tes clients doivent avoir des permis signés de la main même de Gésius. »

En un éclair, le visage de Morax passa de l'écarlate à un blanc de squelette.

C'était presque amusant, mais Kasia avait peur de laisser tomber l'amphore. Dans plusieurs villes, les fonctionnaires impériaux signaient les permis, ou des officiers juniors dans les campements militaires, mais pas le Chancelier impérial, non, vraiment. Elle était bouche bée, elle le sentait. Qui donc était cet homme ? Elle changea sa prise sur l'amphore ; le poids lui faisait trembler les bras. Morax tendit la main pour prendre le papier, et la pièce. Il déplia le papier et lut, remuant les lèvres en silence. Puis il leva les yeux, incapable de ne pas regarder fixement le nouveau venu. Ses couleurs lui revenaient peu à peu. La pièce de monnaie y avait aidé.

« Vous… vous avez dit que vos serviteurs étaient dehors, Monseigneur ?

— Un seul, je l'ai loué à la frontière pour m'accompagner jusqu'en Trakésie. Gésius et l'Empereur ont leurs raisons de vouloir que je voyage avec discrétion. Tu diriges un relais impérial. Tu dois comprendre. » L'homme à la barbe rousse eut un bref sourire, puis posa un doigt sur ses lèvres.

Gésius. Le Chancelier. Cet homme l'appelait par son nom, et possédait un permis muni de la signature et du sceau personnels du Chancelier.

Kasia se mit à prier, alors, en silence. Sa prière ne s'adressait à aucun dieu qu'on pût nommer, mais elle venait droit du cœur. Ses bras tremblaient toujours. Morax lui avait ordonné de retourner dans la cuisine. Elle se détourna pour obéir.

Elle vit l'aubergiste rendre le permis. La pièce de monnaie avait disparu. Kasia n'avait encore jamais réussi à suivre le geste de Morax lorsqu'il faisait disparaître ce genre d'offrandes. Il tendit un bras, l'arrêta en lui posant une main sur l'épaule.

« Déana ! » aboya-t-il en voyant celle-ci traverser la salle commune. Déana lâcha en hâte sa brassée de bois pour les rejoindre. « Porte cette amphore à la cuisine, et dis à Brédèn de mettre la plus grande des baignoires dans la chambre du dessus. Chaton, tu porteras l'eau chaude de la bouilloire avec Brédèn. À l'instant. Vous remplirez le bain. Et vous le ferez à la course, pour qu'il reste chaud. Ensuite, tu t'occuperas de Sa Seigneurie ici présente. Et s'il se plaint pour la moindre raison, tu seras enfermée dans le cellier toute la nuit. Me suis-je bien fait comprendre ?

— Ne m'appelle pas Sa Seigneurie, je te prie, dit à voix basse l'homme à la barbe rousse. J'ai mes raisons de voyager ainsi, oui ?

— Bien sûr, dit Morax en se recroquevillant. Bien sûr ! Pardonnez-moi ! Mais quel nom…

— Martinien fera l'affaire, dit l'homme. Martinien de Varèna. »

Sang et souris ! Que fais-tu ?

Je ne suis pas sûr, répliqua Crispin, honnête. *Mais j'ai besoin de ton aide. Son histoire te semble-t-elle vraie ?*

Après sa première et violente réaction, Linon se calma soudain. Un silence surprenant, puis elle dit : *De fait, oui. Ce qui est encore plus vrai, c'est que nous ne devons absolument pas nous en mêler, Crispin. On ne joue pas avec le Jour des morts.*

Elle n'utilisait jamais son nom. "Imbécile" était son dénominatif préféré.

Je sais. Mais un peu de patience. Aide-moi, si tu le peux.

Il observa l'aubergiste rondelet aux épaules avachies et dit à haute voix : « Martinien fera l'affaire, Martinien de Varèna. » Après une pause, il ajouta sur le ton de la confidence : « Et je te remercierai de ta discrétion.

— Bien sûr, s'écria l'aubergiste. Mon nom à moi, c'est Morax, et je suis entièrement, mais entièrement à votre service, Monsei… Martinien. » Il fit même un clin d'œil. Un petit homme rapace et mesquin.

La meilleure chambre se trouve au-dessus de la cuisine, dit Linon en silence, *il fait ce que tu lui as demandé.*

Tu connais cette auberge ?

Je les connais presque toutes sur cette route, imbécile. Tu nous entraînes dans des eaux dangereuses.

Je vogue vers Sarance. Alors, bien sûr, répliqua Crispin avec ironie.

Linon renifla intérieurement puis se tut. Une autre fille, avec un bleu en train de virer au violet sur une joue, avait pris l'amphore des mains de la blonde, et elles s'étaient toutes deux éloignées d'un pas pressé.

« Puis-je suggérer notre excellent rouge de Candarie avec votre souper ? » dit l'aubergiste en se frottant les mains, un geste apparemment commun à tous les aubergistes. « Il y a une modeste surcharge, bien sûr, mais…

— Tu as du candarien ? Ce sera parfait. Apporte-le brut, avec une amphore d'eau. Qu'y a-t-il au souper, ami Morax ? »

Que nous voilà donc bien seigneurial !

« Nous avons des saucisses campagnardes du cru. Ou un ragoût de poulet, qu'on est en train de préparer. »

Crispin choisit le ragoût.

En chemin vers sa chambre au-dessus de la cuisine, il essaya de comprendre pourquoi il venait d'agir ainsi. Aucune raison claire. D'ailleurs, il n'avait rien fait du tout. Pas encore. Et puis cela lui revint, avec un sentiment proche de la souffrance : la dernière fois qu'il avait vu une telle expression de terreur, c'était dans les yeux écarquillés de son aînée alors que sa mère au seuil de la mort vomissait le sang sur sa couche. Il avait été incapable de rien faire. Furieux, presque fou de chagrin. Impuissant.

« On commet encore cette abomination dans toute la Sauradie ? »

Il était nu dans la baignoire métallique. La plus grande baignoire de l'auberge n'était pas spécialement spacieuse. La fille aux cheveux blonds l'avait massé d'huile, sans grande compétence, et lui frottait maintenant le dos avec un tissu rêche, à défaut d'un strigile. Linon était posée dans l'embrasure de la fenêtre.

« Non. Non, Monseigneur. Seulement ici, au sud de l'Ancienne Forêt, comme on l'appelle… et au nord aussi. Il y a deux bosquets de chênes consacrés à Ludan. Le… dieu de la forêt. » Sa voix était basse, presque un murmure ; le son traversait aisément les murs. Elle parlait un rhodien acceptable, mais avec une certaine difficulté. Il revint au sarantin.

« Tu es jaddite, petite ? »

Elle hésita : « On m'a fait entrer dans la Lumière l'an passé. »

Le marchand d'esclaves, sans aucun doute. « Et la Sauradie est jaddite, n'est-ce pas ? »

Une autre hésitation : « Oui, Monseigneur. Bien sûr, Monseigneur.

— Mais ces païens prennent encore des jeunes filles pour… faire ce qu'ils leur font ? Dans une province de l'Empire ? »

Crispin, il vaudrait mieux pour toi ne pas le savoir.

« Pas dans le nord, Monseigneur », dit la fille ; elle lui passa le tissu sur les côtes. « Dans le nord, un voleur, ou une adultère… quelqu'un qui est déjà condamné à mort, on les pend dans l'arbre du dieu. On les pend, c'est tout. Rien… de pire.

— Ah. Une barbarie douce. Je vois. Et pourquoi est-ce différent ici ? On n'a pas de voleurs ni de femmes adultères ?

— Je ne sais pas. » Et elle ne savait comment réagir au sarcasme. Il était injuste, il le savait. « Ce n'est sûrement pas ça, Monseigneur. Mais… peut-être que

Morax le fait pour rester en paix avec le village. Il…
permet à des voyageurs sans permis de loger ici, surtout
en automne et en hiver. Il en tire sa richesse. Les
auberges du village en subissent le contrecoup. C'est
peut-être sa façon de compenser ? Il leur donne une de
ses esclaves. Pour Ludan ?

— Assez. Il est très évident que personne ne t'a
jamais appris à donner une bonne friction. Par le sang
de Jad ! Un relais impérial sans strigile ? Scandaleux.
Donne-moi une serviette chaude, petite. » Crispin était
conscient de la dure colère qui poignait en lui et luttait
pour ne pas élever la voix. « Une excellente raison de
tuer une esclave, bien entendu. De bonnes relations
avec les voisins. »

Elle se redressa aussitôt pour lui apporter une des
serviettes posées sur le lit – le misérable semblant de
serviettes qu'on lui avait fait monter. Ce n'était vraiment
pas ses thermes de Varèna. La chambre elle-même était
très ordinaire, mais de taille décente, et une certaine
chaleur semblait y diffuser depuis la cuisine. Il avait
déjà remarqué que la porte possédait l'un de ces nouveaux verrous métalliques, qu'ouvrait une clé de cuivre.
Les marchands devaient apprécier. Morax connaissait
son métier, apparemment, dans ses aspects licites et illicites ; il était sans doute bel et bien riche, ou en bonne
voie de le devenir.

Crispin contrôla son irritation, tout en réfléchissant
furieusement. « J'avais raison, alors, en bas ? Il y a ici
des gens sans permis ? »

Il se leva pour sortir, dégoulinant, de la petite baignoire. La fille avait rougi sous son reproche, elle était
anxieuse, visiblement effrayée. La colère de Crispin
n'en fut que plus intense. Il prit la serviette, se frotta
barbe et cheveux puis s'enveloppa pour se protéger du
froid. Et jura, mordu par une créature rampante qui
s'était trouvée dans la serviette.

La fille était là, bras ballants, embarrassée, les yeux
baissés. « Eh bien, demanda-t-il de nouveau. Avais-je
raison ?

— Oui, Monseigneur. » Quand elle parlait sarantin, langue qu'elle comprenait bien mieux, de toute évidence, elle semblait assez intelligente pour sa condition, et il y avait de l'animation dans ces yeux bleus quand elle contenait sa terreur. « La plupart sont des illégaux. L'automne est une période creuse. Si les collecteurs d'impôts ou les soldats viennent, il les achète, et les messagers impériaux font la route trop souvent pour se plaindre... aussi longtemps que les autres clients n'occupent pas toute la place. Morax prend bien soin des messagers.»

Je suis sûre que oui. Je connais ce genre d'homme. Tout a un prix.

Distrait, Crispin hocha la tête à l'adresse de l'oiseau, puis se reprit et commença à revêtir des habits secs tirés du sac qu'on lui avait monté. Il avait laissé ses vêtements mouillés à sécher près du feu, au rez-de-chaussée.

Silence, Linon. Je réfléchis !

Que toutes les puissances assemblées nous protègent !

Ces derniers temps, il trouvait de plus en plus facile d'ignorer ce genre de commentaires. Mais le comportement de Linon avait quelque chose de particulier, aujourd'hui. Il mit cette réflexion de côté pour examen ultérieur, avec la question nettement plus sérieuse de sa propre implication dans toute cette affaire. Des esclaves mouraient chaque jour dans tout l'Empire, on les maltraitait, on les fouettait, on les vendait – on en faisait des saucisses. Il secoua la tête : était-il vraiment assez stupide pour se laisser prendre à ce rapprochement ridicule entre une fille terrorisée et sa propre enfant, dans un monde tout à fait hasardeux pour lui ? Autre question épineuse. Plus tard.

Autrefois, quand il prenait encore plaisir à l'existence, Crispin avait toujours aimé résoudre des énigmes. Au travail, dans ses divertissements. Concevoir une mosaïque pour un mur, parier aux thermes. À présent, tandis qu'il se dépêchait de s'habiller dans le froid du crépuscule, il se surprenait à ordonner mentalement des éléments d'information, comme autant de tessères, pour en composer une image ; il la retournait en tous sens et l'orientait, comme du verre, pour refléter la lumière.

Que vont-ils lui faire ? demanda-t-il impulsivement.

Linon resta si longtemps muette qu'il pensa en être ignoré. Il mit ses sandales, en attendant. La voix qui s'éleva dans son esprit était froide, dépourvue d'intonation, différente de tout ce qu'il avait entendu jusque-là.

Au matin, on mettra du jus de pavot dans ce qu'elle boira. On la livrera à ceux qui viendront la chercher, quels qu'ils soient. Des gens du village, sans doute. Ils l'emmèneront. Quelquefois ils les font copuler avec des animaux, pour le bien des champs et des chasseurs, quelquefois les hommes le font eux-mêmes, l'un après l'autre. Ils portent des masques, alors, des masques d'animaux. Ensuite, un prêtre de Ludan lui arrache le cœur. Ce peut être un forgeron ou un boulanger du village. Ou l'aubergiste, au rez-de-chaussée. Nous ne le saurions pas. Si elle vit encore quand on lui arrache le cœur, c'est considéré comme un bon présage. On enterre le cœur dans les champs. Elle, on l'écorche et on fait brûler sa peau, un symbole de l'ivraie de la vie. On la pend par les cheveux dans le chêne sacré au coucher du soleil, pour que Ludan vienne la prendre.

« Par saint Jad ! Tu n'es pas sérieuse ! »

Silence ! Imbécile ! Je t'ai dit qu'il valait mieux pour toi ne pas le savoir !

La fille avait levé les yeux en sursautant. Crispin la foudroya du regard et elle baissa aussitôt la tête, saisie maintenant d'une autre sorte de crainte.

Révolté, incrédule, Crispin se remit à triturer le casse-tête mental, tout en s'efforçant de garder son calme. Orienter des morceaux de verre pour attraper la lumière. Même une lumière obscure et précaire, bougies dans la brise ou rai oblique de soleil à travers une meurtrière.

Je ne peux pas les laisser lui faire ça, dit-il à Linon.

Ah! Faisons retentir les tambours martiaux! Caius Crispus de Varèna, vaillant héros d'une époque en déclin! Tu ne peux pas? Je ne vois pas pourquoi. Ils trouveront quelqu'un d'autre, voilà tout. Et ils te tueront pour avoir essayé d'interférer. Qui es-tu, artisan, pour intervenir entre un dieu et son saint sacrifice?

Crispin avait fini de s'habiller. Il s'assit au bord du lit. Qui grinçait.

Je ne sais pas encore.

Évidemment.

La fille murmura: « Monseigneur, je ferai ce que vous voudrez. Toujours.

— Et que peut d'autre une esclave? » répliqua-t-il avec brusquerie, distrait; elle tressaillit comme s'il l'avait frappée. Il prit une profonde inspiration.

J'ai besoin de ton aide, répéta-t-il à l'oiseau. Le casse-tête prenait forme, si médiocre fût-elle. Il se balança un peu d'avant en arrière, en faisant grincer le lit. *Voici ce que je désire…*

Il expliqua ensuite à la fille ce qu'elle aussi devait faire si elle voulait survivre au lendemain. À l'entendre, on aurait dit qu'il savait de quoi il parlait. Ce qui devint presque intolérable, ce fut l'expression de ces yeux bleus quand elle comprit ce qu'il allait tenter pour la sauver. Elle voulait tellement survivre. Il brûlait en elle, ce désir de vivre.

Il avait dit à Martinien, chez eux, qu'il n'éprouvait plus de réel désir pour quoi que ce fût, pas même la vie. Peut-être cela faisait-il de lui le parfait candidat pour ce genre d'entreprise délirante.

Il renvoya la fille au rez-de-chaussée. Elle s'agenouilla d'abord devant lui, comme si elle voulait parler, mais il l'interrompit d'un regard et lui indiqua la porte. Après son départ, il resta un long moment assis, puis se leva et commença à préparer ce dont il aurait besoin.

Es-tu fâchée? demanda-t-il à Linon, à sa propre surprise.

Oui, dit l'oiseau après un moment.

Me diras-tu pourquoi ?

Non.

M'aideras-tu ?

Je suis un tas de cuir et de métal, comme l'a dit quelqu'un. Sur une simple pensée, tu peux me rendre aveugle, sourde et muette. Que puis-je faire d'autre ?

Tout en descendant les marches en direction du vacarme et de la chaleur de la salle commune, Crispin jeta un coup d'œil dehors. Il faisait complètement noir, la forêt se perdait dans cette immense obscurité. Toujours des nuages, pas de lunes ni d'étoiles. Il aurait dû descendre en anticipant seulement un bon rouge candarien, et en espérant un ragoût de qualité moyenne. Mais une aura de crainte environnait chaque ombre, chaque mouvement dans les ténèbres derrière le verre strié des fenêtres. "Si elle vit encore quand on lui arrache le cœur, c'est considéré comme un bon présage…"

Il avait pris sa décision, ou presque. Il portait à sa ceinture la clé de cuivre, mais il avait laissé la porte de sa chambre légèrement entrebâillée, comme un inepte Rhodien peu habitué aux dures réalités du voyage, aux dangers réels de la route.

◆

Le Rhodien à la barbe rousse qui buvait tout ce vin coûteux et régulièrement renouvelé – et en le partageant, de surcroît – se rendait jusqu'à Sarance avec un permis signé par le Chancelier impérial lui-même, c'était maintenant clair. Tous le savaient dans la salle commune. L'autre laissait tomber le nom de Gésius toutes les trois phrases ; ce qui aurait été agaçant si l'homme n'avait été aussi cordial… et aussi généreux. Une sorte d'artisan, apparemment, un de ces citadins ramollis convoqués pour contribuer à l'un des projets impériaux.

Thélon de Mégarium se considérait apte à évaluer ce genre d'hommes, et l'occasion qu'ils représentaient.

D'abord, cet artisan – du nom de Martinien – n'avait bien évidemment pas sa bourse avec lui. Et donc son permis, pas plus que les sommes à lui avancées et qu'il transportait depuis la Batiare – évidemment suffisantes pour s'offrir ce véritable luxe qu'était du vin de Candarie – ne se trouvaient sur lui, à moins qu'il n'en eût bourré ses sous-vêtements. Thélon dissimula son sourire derrière ses mains en pensant au papier chiffonné et taché de merde qui aurait été présenté au prochain relais. Non, le permis impérial ne se trouvait pas dans les vêtements de Martinien, il aurait gagé là-dessus une forte somme.

S'il avait eu une forte somme à gager, du moins. Dépourvu de ressources personnelles, il accompagnait le groupe de marchands dont son oncle faisait partie, uniquement parce que celui-ci avait bon cœur – comme l'oncle en question avait tendance à le lui rappeler. Ils retournaient chez eux à Mégarium après quelques fructueuses transactions au campement militaire de la frontière trakésienne, où étaient postées les Quatrième et Première Légions sauradiennes. Fructueux pour l'oncle Érytus, c'est-à-dire. Thélon n'était pas directement intéressé aux profits. On ne le payait même pas. Il était là simplement pour apprendre la route, avait dit son oncle, et les gens avec qui l'on faisait commerce ; pour montrer qu'il pouvait se conduire de manière convenable parmi des gens de meilleure extraction que les vauriens des quais.

S'il prouvait de façon assez satisfaisante et rapide son aptitude à apprendre, avait concédé l'oncle Érytus, on lui permettrait peut-être d'entrer dans l'affaire avec un bon salaire et de diriger lui-même quelques petites expéditions marchandes. Le cas échéant, peut-être, après un certain temps, quand il aurait fait la preuve de sa maturité, il pourrait devenir le partenaire de son oncle et de ses cousins.

La mère et le père de Thélon s'étaient répandus en manifestations de gratitude abjectes, embarrassantes, à l'égard de l'oncle Érytus. Les créanciers de Thélon, incluant plusieurs joueurs merdeux dans un certain tripot près du port, s'étaient abstenus de manifester un enthousiasme identique.

Tout bien considéré, Thélon devait admettre que ce voyage loin de ses foyers avait été fort propice, même si le climat était abominable et si le pieux oncle, tout comme les anémiques cousins, prenait bien trop au sérieux les prières de l'aurore et faisait une grimace à la simple mention de prostituées. Thélon s'était sérieusement demandé comment arranger une petite rencontre rapide avec la jolie blonde qui les servait ce soir-là, histoire de se détendre, mais la volubile indiscrétion de l'artisan, à la table voisine, avait fait dévier ses réflexions dans une toute autre direction.

Certains détails concrets étaient difficiles à oublier. Il serait chez lui dans quelques jours, bien trop courts. D'aucuns lui avaient laissé entendre que s'il désirait continuer à jouir de l'usage confortable de ses jambes, il avait intérêt à effectuer un paiement important afin d'éliminer une partie de la dette encourue aux dés. L'oncle, aussi obstinément stupide quand il s'agissait d'un peu de jeu que de filles, n'allait pas lui avancer la moindre somme. C'était devenu évident, malgré la bonne humeur manifestée presque à regret par l'oncle en question après ses bonnes ventes de bottes, capes et autres aux soldats, ainsi que l'achat de grossiers arte-facts religieux en bois sculpté, dans une ville à l'est du campement. Il y avait une forte demande à Mégarium pour les disques solaires trakésiens en bois, avait-il informé Thélon, et même davantage encore en Batiare, de l'autre côté de la baie. Un bon profit à faire, au moins quinze pour cent net. Thélon s'était héroïquement em-pêché de bâiller.

Il avait également décidé, bien avant, de ne pas faire remarquer à son oncle que sa piété et ses scrupules moraux ne semblaient pas l'empêcher de graisser la patte aux aubergistes – lesquels semblaient tous fort bien le connaître – afin de loger illégalement dans toute une série de relais impériaux le long de la route. Non que Thélon s'en plaignît, remarquez, mais il y avait assurément là, quelque part, une question de principe.

« Serait-il très présomptueux de ma part », était en train de dire l'oncle Érytus, en se penchant vers l'homme à la barbe rousse, « de requérir l'honneur d'entrevoir l'illustre permis dont on vous a vous-même honoré ? » Thélon se recroquevilla intérieurement devant cette servilité. Son oncle en train de lécher les bottes d'autrui, ce n'était pas beau à voir.

Le visage de l'artisan s'assombrit. « Vous ne pensez pas que je l'ai là sur moi ? » grogna-t-il, offusqué.

Thélon se dépêcha de dissimuler un autre ricanement derrière une main. Son oncle, qui buvait le verre du candarien poliment offert par l'autre, devint aussi rouge que son breuvage. « Non, non, pas du tout ! Je suis absolument certain que vous… bien sûr, vous… c'est juste que je n'ai jamais vraiment vu le sceau et la signature de l'auguste chancelier Gésius. Un homme si *célèbre* ! Qui a servi trois empereurs ! Vous me feriez un grand honneur, mon bon seigneur ! Un aperçu… l'écriture d'une figure aussi glorieuse… un exemple pour mes fils. »

L'oncle, songea Thélon avec acidité, manifestait tout l'arrivisme qu'il fallait attendre d'un marchand de province au succès modeste. Il régalerait sans fin sa famille de l'histoire indiciblement triviale de ce permis, s'il le voyait jamais, et trouverait aussi sans doute une morale religieuse à en tirer pour leur en rebattre les oreilles. La vertu et ses récompenses afférentes. Thélon se divertit en imaginant quelle sorte d'exemple un eunuque pouvait bien constituer pour ses cousins.

« Pas de problème », était en train de dire l'artisan batiarain, avec un geste seigneurial qui faillit renverser la nouvelle bouteille de vin. « Vous le montrerai demain. Le permis est dans la chambre. La meilleure des chambres. Au-dechus de la cuisine. Ch'est bien trop loin che choir. » Il se mit à rire, se trouvant apparemment très drôle. L'oncle Érytus, visiblement soulagé, rit aussi très fort. Il avait un rire vraiment épouvantable, absolument pas convaincant. Après s'être levé, le barbu roux se dirigea en titubant vers leur table pour verser une autre coupe à Érytus. Il leva la bouteille, une interrogation hésitante ; les cousins de Thélon se hâtèrent de recouvrir leurs coupes et, bien obligé, Thélon dut en faire autant.

C'était soudain vraiment par trop odieux. Du candarien à volonté, et il était obligé de refuser ? Et il était là, en plein milieu de vraiment nulle part, absolument sans argent, et à seulement quelques jours d'une rencontre qui plaçait ses jambes – et Jad savait quoi d'autre – dans un péril considérable. Thélon prit sa décision. Il venait d'avoir confirmation de son intuition. Cet homme était un parfait imbécile !

« Mes excuses, mon oncle, dit-il en se levant, une main sur le ventre. Trop de saucisses. Je dois purger, j'en ai bien peur.

— La modération », proféra son oncle, un doigt levé pour l'admonester, il fallait s'y attendre, « la modération est une vertu à table, comme ailleurs.

— Je chuis tout à fait d'accord ! » déclara le stupide artisan en faisant déborder le vin de sa coupe.

Ça sera un véritable plaisir, décida Thélon en franchissant l'arche voûtée de la porte pour se rendre dans l'obscurité de l'entrée. Il n'alla pas vers les latrines, en face. Il gravit l'escalier sans faire de bruit. Il se trouvait être fort habile avec les serrures.

En l'occurrence, il n'en eut même pas besoin.

Tiens-toi prête, dit mentalement Crispin, *je crois que nous avons ferré notre poisson.*

Quelle belle métaphore navale, répliqua Linon, sardonique. *On le mange salé ou en sauce ?*

Pas d'esprit, je te prie. J'ai besoin de toi.

Sans esprit ?

Crispin ignora la réplique. *J'envoie la fille maintenant.*

«Chaton!» appela-t-il trop fort, d'une voix bredouil-
lante, «Chaton!»

La fille qui avait dit s'appeler Kasia s'en vint prestement, une expression anxieuse dans ses yeux bleus,
en s'essuyant les mains sur sa tunique. Crispin lui
adressa un bref regard très direct, puis donna fortement
du gîte en renversant de nouveau du vin, tandis qu'il
tirait de sa tunique la clé de sa chambre.

Il n'avait vraiment eu aucune idée de qui allait mordre
à l'appât – la porte déverrouillée, l'ivresse bavarde, les
indications sans finesse dont il avait parsemé son dîner
tout en buvant. En vérité, que personne ne succombât
aurait été tout à fait possible. Il n'avait pas de plan de
rechange. Pas de brillante constellation de tessères. Une
porte laissée stupidement ouverte, des paroles impru-
dentes sur la bourse laissée dans la chambre... c'était
tout ce qu'il avait été capable de trouver.

Mais quelqu'un était bel et bien venu taquiner son
bouchon, apparemment. Il refusa de méditer sur la mo-
ralité de ses actes lorsque le neveu maussade qu'il avait
eu à l'œil s'excusa après lui avoir adressé un regard au
sens trop évident.

Crispin cligna des yeux comme une chouette pour
regarder la fille et pointa un doigt hésitant sur Érytus
de Mégarium. «Ce très bon... très bon ami à moi veut
voir mon permis. Le sceau de Gésius. L'est dans la
bourse de cuir. Sur le lit. Tu connais la chambre. Au-
dessus de la cuisine. Va chercher. Et Chaton...» Il
s'interrompit pour lui agiter son doigt sous le nez. «Je
sais 'xactement combien d'argent y a dans la bourse,
Chaton.»

Le marchand de Mégarium protestait faiblement,
mais Crispin lui fit un clin d'œil et pinça les fesses de
la fille quand elle prit la clé. «Pas trop loin pour des
jeunes jambes, la chambre», dit-il avec un rire hoquetant.
«La laisserais bien me les mettre autour du cou après,
ouais.» L'un des fils du marchand laissa échapper un
gloussement alarmant avant de rougir furieusement sous
le vif regard de son père.

À une table de l'autre côté de la salle, un Karche se mit à rire aux éclats, en levant sa bière dans leur direction. Crispin avait pensé, quand il était entré dans la salle commune, qu'un des hommes de ce groupe aurait pu se glisser dans l'escalier ; il avait parlé assez fort pour en être entendu... Mais ils buvaient avec constance depuis le milieu de l'après-midi, apparemment, et deux d'entre eux étaient profondément endormis, la tête sur la table dans la nourriture. Les autres ne seraient pas rapides quand ils se déplaceraient, ce qui n'était pas près d'arriver.

Le neveu colérique et blasé d'Érytus, bouche mince et longues mains nerveuses, avait dit qu'il se rendait aux latrines. Pas du tout. Crispin en était certain. C'était le poisson, et bien ferré.

S'il va dans la chambre avec l'intention de voler, se dit-il, il mérite ce qui va lui arriver. Crispin était complètement sobre, cependant – il avait renversé ou distribué presque tout son vin – et il n'était pas vraiment capable de s'en persuader. Il lui vint à l'esprit, soudain, avant de pouvoir repousser cette pensée, qu'une mère, quelque part, peut-être, aimait ce jeune homme.

Il est là, dit Linon dans la chambre à l'étage.

Kasia gravit de nouveau les marches, bien vite cette fois, en longeant les torchères du mur, ce qui les fit vaciller au passage et projeter une lumière inégale devant comme derrière elle. Elle portait la clé. Son cœur battait à tout rompre, mais d'une manière différente. Cette fois-ci, il y avait de l'espoir, même s'il était très mince. Où règne la plus complète noirceur, une chandelle change tout. Il n'y avait rien à voir par les fenêtres. Elle pouvait entendre le vent.

Elle atteignit le palier, alla droit à la dernière chambre au-dessus de la cuisine. La porte était entrouverte. L'homme roux avait dit que ce serait peut-être le cas. Sans expliquer pourquoi. Seulement que, si elle voyait quelqu'un lorsqu'il l'enverrait là, n'importe qui, elle devait faire exactement comme il le lui avait dit.

Elle entra dans la chambre. S'immobilisa dans l'embrasure. Vit le contour d'une silhouette surprise qui se retournait. Entendit un homme jurer. Ne put absolument pas voir qui c'était.

Et se mit à hurler, comme on l'en avait instruite.

Le cri strident de la fille résonna dans l'auberge. Ils l'entendirent clairement, même à travers le vacarme de la salle commune. Dans le silence et la soudaine immobilité, son cri suivant s'entendit encore mieux : « Au voleur ! Au secours ! Au secours !

— Jad lui putréfie les yeux ! » rugit le type à la barbe rouge en bondissant sur ses pieds, le premier à réagir. Morax sortit en trombe de la cuisine l'instant d'après, en direction des marches. Mais l'artisan, qui l'avait inexplicablement précédé à la porte, fonça dans l'autre direction. Après avoir saisi un solide bâton près de la porte d'entrée, il se précipita comme un ouragan dans la noirceur de la nuit.

Sang et souris ! avait dit Linon, le souffle coupé. *Nous sautons par la fenêtre !* Les paroles intérieures avaient immédiatement suivi le cri de la fille.

Où ça ? demanda Crispin, en se dépêchant de se lever avec un juron pour le bénéfice des autres.

Où penses-tu, imbécile ? Dans la cour sous la fenêtre. Fais vite !

La frayeur lui avait presque fait perdre la tête en entendant le cri de cette misérable fille, c'était ça le problème. Trop fort, ce cri, trop… une terreur trop vive. Il y avait là une émotion brute qui dépassait de loin la découverte d'un voleur dans une chambre. Mais Thélon n'eut pas le temps d'en décider ; seulement de savoir, presque aussitôt après avoir commis son erreur, qu'il aurait dû se retourner calmement vers elle et, en riant, lui ordonner d'apporter de la lumière pour lui permettre de trouver facilement le permis que le Rhodien voulait montrer comme promis à son oncle. Il aurait pu si aisément se sortir de là en expliquant à loisir comment une impulsion, un désir secourable, l'avaient amené dans la chambre. Il était un homme respectable, voyageant avec de distingués marchands. Que pouvait-il bien viser d'autre, vraiment, mais que pensait-on là ?

C'était ce qu'il aurait dû faire.

Mais plutôt, paniqué, l'estomac retourné, sachant que la fille ne pouvait le voir clairement dans le noir et se concentrant sur cette pensée salvatrice, il avait empoigné le sac de cuir posé sur le lit, avec les papiers, l'argent et ce qui semblait, au toucher, la demi-protubérance d'une sorte d'ornement, et il avait foncé vers la fenêtre. Ouvert le volet à toute volée, et sauté dans le vide.

Cela demandait du courage, dans l'obscurité nocturne. Il n'avait aucune idée de ce qui se trouvait en dessous dans la cour. Il aurait pu se briser une jambe sur un tonneau ou se casser le cou en atterrissant. Il ne le fit pas, même s'il se retrouva à genoux après sa chute à l'aveuglette, en déséquilibre dans la boue. Il n'avait pas lâché la sacoche, se releva prestement, traversa en titubant la cour boueuse en direction de la grange. Son esprit galopait. S'il jetait maintenant la sacoche dans la paille, il pouvait revenir à l'avant de l'auberge et diriger les poursuivants vers la route derrière un voleur qu'il aurait entr'aperçu en revenant des latrines, après le cri de la fille. Il pourrait ensuite récupérer la sacoche, ou ce qui y était de quelque valeur, avant de repartir avec les autres.

C'était vraiment une excellente stratégie, issue d'une réflexion rapide et d'une ruse aiguillonnée par l'urgence.

Et qui aurait pu marcher, si un coup ne l'avait assommé, le tuant presque, alors qu'il se dirigeait vers l'ombre de la grange sous les nuages filant à toute allure dans le ciel et les quelques étoiles indistinctes qui commençaient à y apparaître.

Imbécile! Tu aurais pu me toucher!

Apprends à esquiver, déclara abruptement Crispin. Il soufflait comme une forge. *Je suis désolé. Je ne voyais pas bien.* Seul un mince filet de lumière filtrait à travers les volets des fenêtres de la salle commune.

Il s'écria: «Ici! Je l'ai eu! Une lumière, putréfaction sur vous! De la lumière, par Jad!»

Des appels, une confuse rumeur de voix, d'accents, de langages différents, quelqu'un qui criait quelque chose de grinçant dans un dialecte inconnu. Une torche apparut plus haut, au volet ouvert de sa propre chambre. Il entendit des bruits de pas et les voix devinrent plus fortes tandis que les occupants de la salle commune et les serviteurs venus de l'autre côté de l'auberge se déversaient précipitamment par la porte du devant. Un peu d'excitation par une nuit d'automne pluvieuse.

Crispin garda le silence, les paupières mi-closes dans la lueur de l'unique torche, à l'étage, puis dans la lueur orangée qui se précisait peu à peu tandis qu'un cercle d'hommes l'entourait, quelques-uns portant des lanternes.

Le neveu du marchand gisait à ses pieds; un filet noir, sans doute du sang, s'écoulait de sa tempe dans la boue. Il avait encore en main la courroie de la sacoche de Crispin.

«Saint Jad, protège-nous!» dit l'aubergiste Morax, la respiration sifflante après tous ces efforts. Il s'était précipité à l'étage, puis au rez-de-chaussée. Un vol dans une auberge, ce n'était vraiment pas une rareté, mais le cas était un peu différent. Le coupable n'était pas un serviteur ou un esclave. Crispin, aux prises avec des émotions complexes, et conscient que c'était là seulement un début dans ce qui allait devoir être accompli, se retourna et vit le regard effrayé de l'aubergiste éviter le sien pour se fixer sur le marchand, Érytus, lequel se tenait maintenant debout près du corps de son neveu, le visage dépourvu d'expression.

«Est-il mort?» demanda-t-il enfin; il ne s'était pas agenouillé pour vérifier par lui-même, remarqua Crispin.

Que se passe-t-il ? Je ne vois rien ! Il m'a fourrée
dans la sacoche !

Écoute, alors. Pas grand-chose à voir. Mais tiens-toi
tranquille, j'ai besoin de toute mon attention, mainte-
nant.

Maintenant, tu as besoin de toute ton attention ?
Après que j'ai presque été brisée en mille morceaux ! ?

Je t'en prie, chère Linon.

Il se rendit soudain compte qu'il n'avait jamais parlé
ainsi à l'oiseau auparavant. Linon aussi, peut-être. Elle
se tut.

L'un des cousins s'agenouilla, tête penchée vers
l'homme étendu. « Il est vivant », dit-il en levant les
yeux vers son père. Crispin ferma brièvement les yeux ;
il avait frappé fort, mais pas autant qu'il l'aurait pu. Il
tenait toujours le bâton.

Il faisait froid dans la cour. Le vent soufflait du nord.
Personne n'avait eu le temps de prendre manteaux ou
capes. Crispin sentait la boue s'insinuer sous la plante
de ses pieds dans ses sandales. Il ne pleuvait plus, mais
le vent sentait la pluie. Aucune des lunes n'était visible,
seule une poignée changeante d'étoiles là où les nuages
pressés s'entrouvraient au sud, du côté des montagnes
invisibles.

Crispin reprit son souffle. Il était temps de faire
avancer les choses et il avait besoin d'assistance. En
regardant l'aubergiste bien en face, il déclara, de sa
voix la plus froide, celle qui, à Varèna, terrifiait les
apprentis : « J'aimerais savoir, aubergiste, si ce voleur
et en vérité tous les membres de son groupe sont en
possession du permis leur permettant de loger dans un
relais impérial. J'aimerais le savoir à l'instant. »

Il y eut un silence soudain dans la cour, accompagné
de frottements de pieds. Morax vacilla ; il ne s'était
vraiment pas attendu à cette déclaration. Il ouvrit la
bouche. Aucun son n'en sortit.

De nouvelles voix, à présent. D'autres gens s'approchaient, se détachant de la nuit pour se diriger vers les

torches. Crispin jeta un coup d'œil par-dessus son épaule et vit la fille, Kasia, qu'on poussait vers eux, encadrée par deux serviteurs qui lui agrippaient les coudes. Ils n'étaient pas très prévenants. Elle trébucha et ils continuèrent à la traîner.

Que se passe-t-il ? Je ne peux rien voir !

La fille est là.

Fais-en l'héroïne.

Bien entendu. Pourquoi penses-tu que je l'ai envoyée à l'étage ?

Ah ! Tu as vraiment réfléchi, cet après-midi.

Inquiétant, je sais.

« Laissez-la, misérables ! » dit-il tout haut aux hommes qui la bousculaient. « Je dois mon permis à cette fille, et ma bourse. » Ils la lâchèrent aussitôt. Elle était pieds nus. La plupart des serviteurs aussi.

Il se tourna délibérément vers Morax. « Je n'ai pas eu de réponse à ma question, aubergiste. » L'autre fit un geste impuissant, puis s'étreignit les mains d'un air implorant. Derrière lui, son épouse, les yeux étincelants : une rage sans cible immédiate, mais brûlante.

« Je vais répondre. Nous n'avons pas de permis, Martinien. » Érytus, l'oncle. Son visage étroit était pâle dans le cercle des torches. « C'est l'automne. Morax est assez bon pour nous accorder son foyer et ses chambres à l'occasion, quand il y a moins d'activité à l'auberge.

— L'auberge est pleine, marchand. Et je suppose que la bonté de Morax a un prix, et que ce prix ne bénéficie pas à la Poste impériale. Devais-je payer une surtaxe à ton neveu ? »

Oh, joli ! Deux d'une seule flèche !

Chut, Linon !

La courroie de la sacoche se trouvait toujours dans la main du neveu. Personne n'avait osé y toucher. Étendu sur le dos, Thélon de Mégarium n'avait pas bougé depuis que Crispin l'avait abattu. Il respirait de façon égale, cependant. Crispin le constata avec soulagement ; ses plans n'avaient pas inclus d'abattre le voleur, même si quelqu'un d'autre aurait pu le faire, il en avait eu conscience – c'était inévitable. "Dans le nord, on pend un voleur à l'arbre du dieu". Il agissait vite, là, peu de temps pour réfléchir, et moins encore pour déterminer le motif de ses actions.

Érytus avala sa salive. Morax se racla la gorge, jeta un coup d'œil au marchand, revint à Crispin. Sa femme se trouvait dans son dos, et il le savait ; ses épaules se voûtaient encore plus ; il avait l'air d'un homme aux abois.

Crispin, qui n'était plus désormais un pêcheur avec un appât mais un chasseur muni d'un arc, dit d'un ton glacial : « Il devient clair que ce méprisable voleur logeait ici illégalement avec l'autorisation de l'aubergiste attitré d'un relais de poste impérial. Combien te paient-ils, Morax ? Gésius voudrait peut-être le savoir. Ou Faustinus, le Maître des offices.

— Monseigneur ! Vous allez le leur dire ? » glapit Morax d'une voix étranglée, qui se brisa ensuite ; ç'aurait pu être comique, en d'autres circonstances.

« Misérable ! » Il n'était pas difficile à Crispin de prendre un ton furieux. « Mon permis et ma bourse se font dérober par un homme qui est là seulement à cause de ton avidité, et tu demandes si je vais porter plainte ! Tu n'as même pas encore parlé de châtiment, et tout ce que j'ai vu pour l'instant, ce sont des hommes en train de brutaliser la fille qui a empêché le vol ! Celui-ci aurait pris la fuite, si ce n'était d'elle ! Que fait-on aux voleurs ici en Sauradie, Morax ? Je sais ce qu'on fait dans la Cité impériale aux aubergistes qui brisent leur contrat pour un gain personnel, espèce d'imbécile ! »

Ha ! Mais prends garde. Il pourrait te tuer. Il risque son gagne-pain dans l'affaire.

Je sais. Mais il y a une foule.

Personne ne pouvait pourtant être considéré comme un allié dans cette cour, Crispin en avait douloureusement conscience. La plupart logeaient là de façon illégale et désireraient pouvoir continuer à le faire. Pour le moment, il constituait lui-même davantage une menace que Morax.

« Tous les… Monseigneur, en automne, en hiver, presque tous les relais impériaux offrent le logement aux honnêtes voyageurs. Une courtoisie.

— Aux honnêtes voyageurs. Je vois, en vérité. Je m'empresserai de présenter cet argument en ta défense, si jamais le Chancelier pose la question. Je t'en ai posé d'autres, cependant : que fait-on ici avec les voleurs ? Et comment compense-t-on les clients mécontents qui se trouvent légalement au relais ? »

Il vit Morax jeter un rapide coup d'œil à Érytus. L'aubergiste se recroquevillait presque.

Le marchand prit la parole : « Quelle compensation vous satisferait, Martinien ? Je répondrai pour mon neveu. »

Crispin, qui avait parlé de compensation avec l'espoir fervent d'entendre exactement ces mots, se tourna vers lui en faisant mine de laisser sa colère se dissiper. « Des paroles honorables, mais il a l'âge légal, non ? Il répond de lui-même, assurément.

— Il devrait. Mais ses… lacunes sont apparentes ici. Un grand chagrin pour ses parents. Et pour moi-même, je vous en assure. Qu'est-ce qui pourrait constituer une réparation ?

— On pend les voleurs, chez nous », grommela l'un des Karches. Crispin lui jeta un coup d'œil ; c'était celui qui avait levé sa chope de bière à sa santé, plus tôt dans la soirée. Il avait un éclat d'ivresse dans le regard : la plaisante perspective de la violence, un peu d'entrain dans une nuit ennuyeuse.

« Ici aussi ! » dit un autre homme invisible au dernier rang de la foule. Il y eut un rapide murmure. Une tonalité excitée, à présent. Les torches se rapprochaient en dansant dans le froid.

« Ou on leur coupe les mains », dit Crispin en feignant l'indifférence. Il écarta une torche trop proche de son visage. « Peu m'importe ce que la loi dicte ici. Faites de lui ce que vous voudrez, Érytus, vous êtes un honnête homme, je m'en rends bien compte. Vous ne pouvez compenser le tort éventuellement causé à mon permis, mais j'accepterai une mise égale à la somme contenue dans ma bourse, et que j'aurais perdue.

— D'accord », dit le marchand, sans la moindre hésitation ; c'était un homme sec et dépourvu d'humour, mais qui en imposait, à sa façon.

En essayant de garder une intonation normale, Crispin ajouta : « Et offrez-moi la fille qui a sauvé ma bourse. Je vous laisserai fixer son prix avec l'aubergiste. Ne vous faites pas rouler.

— Quoi ? s'exclama Morax.

— La fille ! ? » fit sa femme dans son dos d'un ton urgent. « Mais…

— D'accord », dit encore Érytus, toujours très calme ; il semblait à la fois soulagé et vaguement réprobateur.

« J'aurai besoin de serviteurs quand j'arriverai à la Cité, et je suis son débiteur. » Ils allaient le voir comme un porc rhodien cupide, mais c'était très bien, c'était parfait. Il se pencha pour prendre la courroie de la sacoche de la main de l'homme à terre. En se relevant, il regarda Morax.

« Tu n'es pas le seul aubergiste à te conduire ainsi, je le sais bien. Et je ne suis pas non plus, par nature, homme à colporter des histoires. Je te suggérerais d'être *extrêmement* correct avec Érytus de Mégarium quand tu lui offriras un prix pour la fille, et je suis prêt à rapporter que, grâce à l'intervention d'une de tes honnêtes servantes bien formées par tes soins, aucun dommage durable n'a été encouru.

— Pas de pendaison ? » se plaignit le Karche. Érytus lui adressa un regard froid.

Crispin esquissa un mince sourire : « Je n'ai pas idée de ce qu'on lui fera. Je ne serai pas là pour le voir. L'Empereur m'a convoqué et je ne m'attarderai pas, même pour voir justice accomplie par pendaison. À ce que je comprends, Morax, avec son grand cœur, très profondément contrit de nous avoir fait sortir par ce froid, offre maintenant de son candarien à tous ceux qui ont besoin de chaleur. Dis-je vrai, aubergiste ? »

Les hommes qui l'entouraient manifestèrent leur accord par des rires bruyants. En échangeant des regards avec plusieurs d'entre eux, Crispin laissa son sourire s'élargir.

Joliment fait, encore. Sang et souris! Serai-je obligée de te respecter?

Comment pourrions-nous jamais nous en accommoder?

« Mon époux, mon époux! » était en train de dire l'épouse de l'aubergiste d'un ton pressant, pour la troisième ou la quatrième fois. Dans la lueur des torches, son visage était marbré de rouge. Elle avait les yeux rivés sur Kasia. La fille semblait frappée de stupeur, comme si elle ne comprenait pas ce qui se passait. Ou bien c'était une excellente actrice.

Morax ne se retourna pas vers sa femme. Avec une inspiration tremblante, il prit le coude de Crispin et l'attira un peu à l'écart dans la pénombre.

« Le Chancelier? Le Maître des offices? murmura-t-il.

— … ont des soucis plus importants. Je ne les dérangerai pas avec cette affaire. Érytus compensera bien le risque encouru, et tu lui vendras la fille en compensation, avec tous ses papiers. Pour un prix honnête, Morax.

— Monseigneur, vous voulez… cette fille-là, de toutes celles que j'ai?

— Je peux difficilement faire usage de toutes tes filles, aubergiste. C'est elle qui a sauvé ma bourse. » Il se permit un autre sourire : « Une de tes favorites? »

L'aubergiste hésita : « Oui, Monseigneur.

— Bien, fit Crispin d'un ton vif. Tu devrais quand même y perdre quelque chose, si ce n'est qu'une compagne de lit blonde. Choisis une autre de tes filles pour la monter dans le noir quand ta femme dort. » Il s'interrompit, laissa son sourire s'effacer : « Je fais preuve de générosité, aubergiste. »

C'était vrai, et Morax le savait. « Je ne… c'est-à-dire, elle n'est pas… mon épouse ne… » Puis il se tut. Reprit de nouveau son souffle avec une certaine difficulté.

« Oui, Monseigneur, dit-il en essayant de sourire. J'ai d'autres filles ici. »

Crispin, en l'occurrence, savait ce que cela signifiait.

Je te l'avais bien dit, remarqua Linon.

Pas moyen d'y échapper, répliqua-t-il. Les questions qui se chevauchaient ici n'avaient pas de réponses. Tout haut, il dit : « J'y tiens, Morax… un prix très raisonnable pour Érytus. Et sers le vin. »

Morax déglutit en haussant les épaules avec réticence. Crispin n'était pas mécontent. Le vin coûteux serait la seule perte réelle de l'aubergiste et Crispin avait besoin de la bonne volonté des autres clients – et de la certitude, chez Morax, qu'ils étaient dans le camp du généreux Rhodien.

Il commençait à pleuvoir. Crispin leva les yeux. Des nuages sombres oblitéraient le ciel ; la forêt, au nord, était une présence toute proche. Quelqu'un franchit le cercle des torches pour rejoindre Crispin et Morax : une solide figure rassurante, la cape de Crispin à la main. Crispin lui adressa un bref sourire : « Ça va, Vargos. Nous rentrons. » L'autre hocha la tête, avec une expression alerte.

On avait ramassé Thélon de Mégarium et on l'emportait, entouré de son oncle et de ses cousins ; des serviteurs portaient les torches. La fille, Kasia, restait en retrait, hésitante, tout comme l'épouse de l'aubergiste au regard venimeux.

Que se passe-t-il ?

Tu as entendu. Nous rentrons.

« Va dans la chambre, Chaton », dit Crispin avec gentillesse, en revenant vers la lumière. « On va te vendre à moi. Tu n'as plus rien à faire dans l'auberge, comprends-tu ? » Pendant un instant, elle ne bougea pas, les yeux écarquillés, puis elle hocha la tête, une fois, un petit mouvement brusque, comme un lapin. Elle tremblait. « Attends-moi dans la chambre. On m'a promis du bon vin, avant de remonter. Réchauffe le lit. Ne t'endors pas. » Il était important d'affecter la nonchalance. C'était une esclave, achetée sur une impulsion ; il ne savait rien d'autre.

«Pour le vin, Monseigneur ? » La voix de Morax près de lui, basse, complice. « Le candarien ? C'est du gaspillage de l'offrir à ces gens, Monseigneur. » C'était vrai.

«Peu m'importe », répliqua Crispin, glacial.

C'était faux ; il trouvait cela presque douloureux. Le vin de l'île de Candarie était fameux, d'une bien trop bonne qualité pour être gaspillé. En des circonstances normales.

Sang et souris, artisan ! Tu es quand même encore un imbécile. Tu sais ce que ça veut dire pour demain ?

Évidemment. Impossible de l'empêcher. Nous ne pourrons pas rester ici. Je compte sur toi pour nous protéger tous. Il avait voulu en faire une plaisanterie, mais le ton n'était pas tout à fait à la hauteur. L'oiseau ne répondit pas.

Dans cette forêt, quelque part loin de la route, il y avait un arbre du dieu, et demain c'était le Jour des morts. Et malgré les conseils de Zoticus, ils allaient se trouver à voyager loin de l'auberge au lever du soleil, ou même avant.

Crispin rentra avec l'aubergiste. Envoya la fille à l'étage avec la clé. Se rassit à sa table dans la salle commune pour boire une bouteille ou deux de vin, prudemment coupé d'eau, afin de se gagner toute la bonne volonté possible de ceux qui partageaient le butin liquide. Il garda sa bourse avec lui, cette fois, avec l'argent, le permis, et l'oiseau.

Au bout d'un moment, Érytus de Mégarium reparut, ayant conclu son marché avec Morax. Il présenta à Crispin des papiers indiquant que l'esclave inici, Kasia, était maintenant la propriété légale de l'artisan Martinien de Varèna. Érytus insista aussi pour finaliser sur-le-champ la compensation financière sur laquelle ils s'étaient entendus. Crispin lui permit de compter ce que contenait sa bourse ; Érytus sortit la sienne et compta l'équivalent. Les marchands karches les observaient, mais se trouvaient trop loin pour bien voir.

Érytus n'accepta qu'une toute petite coupe de vin, en signe de bonne volonté. Il paraissait épuisé et fort marri. Il renouvela ses excuses pour la conduite indigne de son neveu, se leva un peu plus tard pour prendre congé. Crispin en fit autant et lui rendit sa courbette. L'homme s'était conduit de façon impeccable. De fait, Crispin avait tablé là-dessus.

Tout en contemplant les papiers et la bourse bien lourde posés sur la table, il finit de siroter son vin. Le groupe de Mégarium serait certainement parti avant lui le lendemain matin – si l'on permettait au neveu de repartir. Il soupçonnait que d'autres mises de fonds d'Érytus y veilleraient, si ce n'était déjà fait. Il l'espérait. Ce jeune homme était un vaurien, mais son crime avait été provoqué, il s'était fait défoncer le crâne pour sa peine et souffrirait certainement aux mains de sa famille. Crispin ne désirait pas particulièrement être la cause de sa pendaison à un chêne païen en Sauradie.

Il jeta un regard circulaire sur la salle. Les Karches ranimés et plusieurs des autres clients – y compris un jovial messager vêtu de gris – descendaient le candarien pur comme s'il s'était agi de bière. Crispin réussit à ne pas grimacer devant ce spectacle, leva sa propre coupe en un salut cordial. Il se sentait très éloigné de son propre univers. La normalité se trouvait à Varèna, derrière les murailles de la cité. Là où il aurait bien dû rester à créer des images de beauté avec les matériaux qui lui tombaient sous la main. Nulle beauté ici.

Il songea soudain qu'il ne devrait pas laisser trop longtemps seule son esclave nouvellement acquise, même avec un verrou sur la porte de la chambre. Il ne pourrait pas grand-chose si elle disparaissait maintenant pour ne plus jamais reparaître. Il s'engagea dans l'escalier.

Tu vas te la faire ? gloussa tout à coup Linon. La vulgarité de l'expression, la voix patricienne, l'humeur de Crispin juraient terriblement les unes avec les autres ; il ne répondit pas.

La fille avait la clé. Il frappa doucement en l'appelant. En entendant sa voix, elle tira le verrou et ouvrit. Une fois à l'intérieur, il verrouilla de nouveau la porte. Il faisait très sombre dans la pièce ; la fille n'avait pas allumé de bougies et avait abaissé les loquets des volets refermés. Dehors, le bruissement de la pluie. La fille se tenait tout près de Crispin, silencieuse. Embarrassé, étonnamment conscient de sa présence, il s'interrogeait encore sur ses actes de la soirée. La fille s'agenouilla dans un froissement de tissu, indistincte silhouette féminine, baissa la tête pour lui baiser les pieds avant qu'il pût s'écarter. Il recula en hâte, toussota, incertain de ce qu'il devait dire.

Il lui donna la couverture du dessus et lui ordonna de dormir sur la paillasse de serviteur, le long du mur opposé. Elle ne dit mot. À part cette instruction, lui non plus. Il resta dans son lit à écouter la pluie, longtemps. Il pensait à la reine des Antæ, dont il avait baisé le pied avant le début de ce voyage. Et à une épouse de sénateur frappant à sa porte. Une autre auberge. Une autre contrée. Il s'endormit enfin. Pour rêver de Sarance, d'une mosaïque qu'il créait là-bas, avec des tessères étincelantes et toutes les gemmes rutilantes dont il avait besoin : dans un dôme très élevé, des images de chêne dans une clairière, d'éclairs dans un ciel livide.

On le jetterait au bûcher dans la Cité pour une telle impiété, mais ce n'était qu'un rêve. Personne ne mourait à cause de ses rêves.

Il s'éveilla dans la noirceur qui précédait l'aube. Après un moment de désorientation, il quitta le lit pour traverser le plancher froid jusqu'aux fenêtres. Il ouvrit les volets. La pluie avait de nouveau cessé, même si l'eau dégouttait encore du toit. Un lourd brouillard l'avait remplacée ; Crispin pouvait à peine voir la cour à ses pieds. Des hommes s'y agitaient – et parmi eux Vargos, qui harnachait la mule – mais les sons étaient distants, étouffés. Éveillée, la fille se tenait près de sa paillasse, une silhouette pâle et mince, fantomatique, l'observant en silence.

«Allons-y», dit-il enfin.

Peu de temps après, ils étaient sur la route, marchant tous trois dans un entre-deux-mondes voilé de brume, tandis que l'aube se levait, avec le soleil invisible, sur le Jour des morts.

CHAPITRE 4

Vargos l'Inici n'était pas un esclave.

C'était le cas, bien sûr, de nombreux serviteurs dont on louait les services aux relais de poste le long des principales routes impériales, mais Vargos avait choisi ce travail de son propre chef, comme il ne manquait pas de le souligner aussitôt à ceux qui se trompaient en lui adressant la parole. Il avait signé trois ans plus tôt son deuxième contrat avec la Poste impériale ; il en portait toujours une copie sur lui, et on le payait deux fois par an, outre son logement et ses repas garantis. Ce n'était pas grand-chose, mais pendant toutes ces années il avait acheté deux fois des bottes neuves, une cape de laine, plusieurs tuniques, un poignard espéranain, et il pouvait offrir une pièce de cuivre ou deux à une prostituée. La Poste impériale préférait les esclaves, naturellement, mais il n'y en avait pas assez depuis que l'empereur Apius avait choisi d'amadouer les barbares nordiques au lieu de les subjuguer, et les groupes de voyageurs avaient grand besoin de gaillards solides. Quelques-uns de ces solides gaillards, y compris Vargos, étaient des barbares nordiques.

Chez lui, habituellement en renversant de la bière et en frappant du poing sur la table, le père de Vargos avait souvent exprimé ses opinions sur ceux qui travaillaient ou se battaient pour les libertins sarantins gras du

cul, mais Vargos avait à l'occasion des opinions diver-
gentes de celle de son parent. De fait, c'était après
l'une de ces discussions qu'il avait quitté leur village,
une nuit, pour commencer son périple vers le sud.

Il ne se rappelait plus les détails de la dispute,
quelque chose à voir avec une superstition, labourer
sous la lune bleue, mais en conclusion, le crâne ensan-
glanté, le vieil homme avait délibérément marqué Vargos
au couteau de chasse tandis que frères et oncles immo-
bilisaient celui-ci avec enthousiasme. Il avait beau
s'être débattu avec une efficace violence, il avait dû
admettre par-devers lui, ensuite, que ce marquage était
sans doute bien mérité. Les Inicii ne trouvaient pas
vraiment convenable pour un fils de manquer tuer son
père à coups de bûche au cours d'une dispute agraire.

Il avait pourtant choisi de ne pas s'attarder davantage au débat, ou dans l'attente d'autres mesures de
rétorsion familiales. Un monde entier l'attendait hors
du village – lequel n'avait pas grand-chose à offrir à
un fils cadet. Il était parti à pied cette nuit-là, sous les
deux lunes presque pleines au-dessus des champs récemment semés et de la dense forêt familière ; il avait
tourné son visage ravagé vers le sud lointain et n'avait
jamais jeté un regard en arrière.

Il avait bien sûr eu l'idée de se joindre à l'armée
impériale mais, dans un tripot au bord de la route, on
lui avait mentionné les relais de poste et il s'était dit
qu'il s'y essaierait pendant une saison ou deux.

C'était huit étés plus tôt. Stupéfiant, quand on y
pensait, comme des décisions prises en un éclair mode-
laient toute votre vie. Il avait récolté depuis de nouvelles
cicatrices, car les routes étaient bel et bien dangereuses
et, en Sauradie, les affamés se transformaient aisément
en brigands. Mais le travail lui convenait ; il aimait les
grands espaces, n'avait pas de maître pour lui taper sur
la tête et ne partageait pas la haine profonde de son
père envers les empires, celui de Sarance ou celui, plus
ancien, de Batiare.

Malgré sa réserve bien connue, il connaissait à présent du monde dans chaque relais de poste et chaque taverne, de la frontière batiaraine jusqu'en Trakésie. Ce qui se traduisait, quand il voulait dormir, par de la paille ou des paillasses d'une propreté tolérable, une cheminée parfois en hiver, de la nourriture et de la bière ; et certaines filles pouvaient parfois être gentilles, quand elles n'étaient pas occupées ailleurs. Le fait pour lui d'être un homme libre y aidait, comme les deux ou trois pièces qu'il avait à dépenser. Il n'avait jamais quitté la Sauradie. La majorité des serviteurs de la Poste restaient dans leur province, et Vargos n'avait jamais eu le moindre désir de vagabonder plus loin que huit ans auparavant, lors de son arrivée du nord, la joue ensanglantée.

Jusqu'à cette journée, ce Jour des morts, alors que le Rhodien rouquin et barbu qui l'avait engagé à l'auberge de Lauzèn, près de la frontière, quittait l'auberge de Morax avec l'esclave destinée au dieu du chêne.

Vargos s'était converti à la religion jaddite des années plus tôt, mais cela ne voulait pas dire qu'un homme natif du nord de l'Ancienne Forêt ne pouvait reconnaître la victime désignée pour l'arbre. C'était une Inici ellemême, vendue à un marchand d'esclaves, qui venait peut-être même d'un village ou d'une ferme proches des siens. Dans ses yeux, le soir précédent, dans les regards que lui adressaient hommes et femmes de l'auberge, Vargos en avait reconnu les signes. Nul n'avait dit mot, mais c'était inutile. Il savait quel jour s'en venait.

La conversion de Vargos au dieu du soleil était une véritable conversion – tout comme sa croyance, sujette à controverses, en la sainteté d'Héladikos, le fils mortel du dieu. Il priait à chaque lever et à chaque coucher de soleil, allumait des bougies pour les Bienheureuses Victimes dans les chapelles, respectait les jours de jeûne. Et il éprouvait désormais une profonde désapprobation pour les coutumes anciennes qu'il avait abandonnées : le dieu du chêne, les vierges du maïs, cette soif apparemment inextinguible de sang et de cœurs humains dévorés vifs. Mais il n'aurait jamais songé à intervenir et ne l'avait certes pas fait les deux fois précédentes, lorsqu'il avait logé chez Morax ce jour-là, non loin de l'arbre divin du sud.

Pas de mes affaires, aurait-il dit si l'idée lui en était jamais venue ou si quiconque l'avait évoquée. Un serviteur n'ameutait pas l'armée impériale ou le clergé pour empêcher un sacrifice païen. Pas s'il désirait continuer à vivre et à travailler sur cette route. Et qu'était-ce qu'une fille par an, alors qu'il y en avait tant d'autres ? On avait connu des épidémies pendant deux étés d'affilée. La mort était partout.

Le Batiarain aux cheveux roux n'avait absolument rien dit à Vargos. Il s'était contenté d'acheter la fille, ou de se la faire acheter, et il l'emmenait pour lui sauver la vie. Il aurait pu l'avoir choisie par hasard, mais ce n'était pas le cas et Vargos le savait.

Ils avaient prévu de rester deux nuits à l'auberge, afin de ne pas être en route le Jour des morts.

Cette intention avait été en accord avec ce que faisait ce jour-là en Sauradie n'importe quel voyageur doté d'une raisonnable prudence. Mais tard la nuit précédente, avant de retourner dans sa chambre à l'étage après la capture vraiment bizarre de ce voleur, Martinien de Varèna avait convoqué Vargos dans l'entrée, l'arrachant à sa paillasse dans le dortoir des serviteurs. Pour lui dire qu'ils allaient quitter l'auberge le lendemain, somme toute, avant le lever du soleil, avec la fille.

Vargos, si taciturne fût-il, n'avait pu s'empêcher de répéter en écho : « Demain ? »

Le Rhodien, d'une sobriété surprenante malgré le vin qu'ils étaient tous en train d'ingurgiter avec bruit dans l'autre salle, l'avait longuement dévisagé à la faible lumière qui régnait dans le corridor. Dans les ombres, et derrière sa barbe, son expression était difficile à distinguer. « Nous ne sommes pas en sécurité ici, je crois », avait-il simplement dit, en rhodien. « Après tout ce qui s'est passé. »

Et hors de l'auberge, on n'était absolument pas en sécurité non plus, avait pensé Vargos, sans le dire. Il avait envisagé l'éventualité d'être mis à l'épreuve par son patron ; ou bien celui-ci essayait de lui faire comprendre quelque chose sans vraiment l'exprimer. Mais il ne s'était pas attendu à la suite.

« C'est le Jour des morts demain, avait dit Martinien, avec circonspection. Je ne t'oblige pas à venir avec nous. Tu ne me dois rien de tel. Si tu préfères rester ici, je te libérerai de mon propre chef et engagerai quelqu'un d'autre là où je pourrai. »

Sûrement pas le lendemain, c'était sûr. On exprimerait des regrets à l'artisan, mais on serait dans l'incapacité de voyager avec lui le lendemain. Même pour une poignée de pièces d'argent.

Personne n'y serait obligé.

Ce n'était pas la première fois que Vargos prenait une décision rapide. Il secoua la tête : « Vous avez demandé quelqu'un pour vous accompagner à la frontière trakésienne, si je me rappelle bien. Je serai prêt avec la mule avant les prières de l'aube. La lumière de Jad nous accompagnera pendant la journée. »

Le Batiarain n'était pas quelqu'un qui souriait facilement, mais il lui avait alors adressé un bref sourire en lui posant une main sur l'épaule, avant de gravir les marches. Il avait dit « Merci, mon ami », avant de s'éloigner.

En huit ans, personne n'avait jamais offert à Vargos de le libérer ainsi de ses devoirs, personne ne l'avait jamais remercié – un serviteur engagé à court terme qui faisait simplement, ou continuait de faire, le travail pour lequel on l'avait engagé.

Ce qui signifiait deux choses, avait-il conclu, de retour dans son lit étroit, en repoussant du coude un Trakésien trop proche qui ronflait. D'abord, pour une raison ou une autre, Martinien savait exactement ce qu'il faisait lorsqu'il avait demandé au marchand de lui acheter cette fille-là. Et ensuite, Vargos était désormais son homme.

Le courage lui allait droit au cœur. Le courage de Jad dans son char, luttant contre le froid et les ténèbres chaque nuit sous le ventre du monde, le courage d'Héladikos poussant ses coursiers trop haut pour rapporter le feu de son père, et le courage d'un voyageur solitaire risquant sa propre vie pour une fille destinée à une mort barbare le jour suivant.

Vargos avait déjà vu des hommes fameux sur la route. Princes marchands, aristocrates de la lointaine Cité elle-même, vêtus de blanc et d'or, soldats en armure de bronze arborant les couleurs de leur régiment, austères et puissantes figures des prêtres du dieu. Quelques années plus tôt, de façon mémorable, Léontès lui-même, Stratège suprême de toutes les armées impériales, était passé avec une compagnie de ses propres gardes soigneusement sélectionnés, en provenance de Mégarium. Après s'être rendus au campement militaire voisin de Trakésie, ils avaient chevauché vers le nord-est, pour guerroyer contre les tribus moskaves rétives. Vargos, parmi la foule d'hommes et de femmes qui se pressait là, n'avait entr'aperçu qu'un éclair de cheveux dorés, sans casque, tandis que les gens poussaient des cris extatiques le long du chemin. C'était l'année qui avait suivi la grande victoire contre les Bassanides, de l'autre côté d'Eubulus, et après le triomphe dans l'Hippodrome accordé à Léontès; on en avait entendu parler jusqu'en Sauradie. Jamais depuis Rhodias un Empereur n'avait-il accordé un tel triomphe à un stratège.

Mais c'était cet artisan de Varèna – un descendant des légions, des Rhodiens, du sang que Vargos enfant avait appris à haïr – qui avait fait preuve du plus grand courage, la nuit précédente, et maintenant aussi. Vargos allait le suivre.

Ils n'iraient sûrement pas très loin, pensa-t-il sombrement. "La lumière de Jad nous accompagnera pendant la journée", avait-il dit la veille. Il n'y avait encore presque aucune lumière lorsqu'ils poussèrent la mule hors de la cour dans la masse obscure et étouffante du brouillard précédant l'aube. Le pâle soleil d'automne se lèverait bientôt devant eux, et ils ne le sauraient même pas.

Ils quittèrent tous trois la cour au milieu d'une immobilité silencieuse, étrange. Des hommes, ou des contours humains imprécis, se tenaient là pour les regarder passer. Personne n'offrit de les aider, même si Vargos connaissait tout le monde à l'auberge. Ils n'avaient ni mangé ni bu, selon les instructions de Martinien. Vargos savait pourquoi, sans être certain que Martinien le sût aussi.

La fille était pieds nus, enveloppée dans l'autre cape de l'artisan, le visage dissimulé par le capuchon. Pas d'autres voyageurs, mais les marchands de Mégarium étaient partis plus tôt, en pleine nuit, avec le blessé dans une litière. Vargos, qui était réveillé et chargeait la mule à la lueur des torches, les avait vus partir. Ils ne couvriraient pas grande distance aujourd'hui, mais n'avaient guère d'autre choix ; là d'où venait Vargos, le voleur capturé aurait été un candidat tout trouvé à la pendaison dans l'Arbre de Ludan.

Ici, il n'en était pas sûr. La fille avait été désignée. Ils en choisiraient peut-être une autre, ou bien ils ne la laisseraient pas partir par crainte d'une année de malchance. Les choses n'étaient pas pareilles dans le sud. Des tribus différentes y étaient installées, des histoires différentes y avaient laissé leur marque. Les tuerait-on, lui et le Batiarain, pour récupérer la fille ? Assurément, si on la voulait vraiment et s'ils résistaient. Dans l'ancienne religion, le sacrifice était le rite le plus sacré de l'année ; on interférait au péril de sa vie.

Martinien résisterait, Vargos en était absolument certain.

En être aussi certain en ce qui le concernait lui-même le surprenait un peu : une colère froide l'emportait sur sa peur. Alors qu'ils quittaient la cour, il passa près du maître d'écurie, Pharus, une silhouette trapue dans le brouillard. L'homme les regardait d'une façon particulière, il n'y avait pas le moindre respect dans son attitude; Vargos le connaissait depuis des années, mais il n'hésita pas. Il s'arrêta en face de l'autre juste assez longtemps pour relever avec force le bout de son bâton, frappant Pharus entre les jambes, sans dire mot. Le maître des écuries laissa échapper un glapissement haut perché et s'écroula dans la boue en se tenant l'entrejambe à deux mains tandis qu'il se tordait sur le sol froid et détrempé.

Vargos se pencha dans le brouillard pour murmurer à l'oreille de l'homme gémissant: « Un avertissement. Laissez-la tranquille. Trouvez-en une autre, Pharus. »

Il se redressa et poursuivit son chemin, sans un regard en arrière. Il ne regardait jamais en arrière. Pas depuis qu'il était parti de chez lui. Il vit Martinien et la fille qui le contemplaient, ombres encapuchonnées sur la route presque invisible. Il haussa les épaules et cracha par terre: « Querelle privée. » Ils sauraient bien que c'était un mensonge, mais toutes choses n'étaient pas bonnes à dire, Vargos en avait toujours eu le sentiment; il ne leur dit pas, par exemple, qu'il s'attendait à périr avant le milieu de la journée.

La mère de Kasia l'appelait *erimitsu,* "l'ingénieuse" dans leur dialecte; sa sœur était *calamitsu,* qui signifiait "la belle", et son frère, bien sûr, était *sangari*, "bien-aimé". Son père et son frère étaient morts pendant l'été, dans l'éclatement des pustules noires qui leur couvraient le corps, en vomissant du sang lorsqu'ils essayaient de crier, vers la fin. On les avait ensevelis dans la fosse avec tous les autres. En automne, face à l'hiver qui s'en venait, à la famine imminente, et pourvue de deux filles, sa mère en avait vendu une aux marchands d'esclaves: celle qui avait l'intelligence nécessaire pour survivre, peut-être, à la dureté du monde loin de leur village.

La réputation de Kasia la rendait déjà presque impossible à marier. Bien trop intelligente, et bien trop mince dans une tribu qui appréciait chez ses femmes de fortes hanches et des silhouettes voluptueuses, promesses de réconfort dans les longues froidures et d'enfants aisément mis au monde. Sa mère avait fait un choix âpre et brutal, mais ce n'était pas un cas isolé cette année-là, et de loin, tandis que les premières neiges tombaient sur les montagnes. Les marchands d'esclaves karches avaient bien su ce qu'ils faisaient, alors, en accomplissant leur lent périple d'acquisitions de village en village, au nord de la Trakésie puis en Sauradie.

Le monde était une vallée de larmes, avait compris Kasia, au-delà du chagrin, après les deux premières nuits passées à faire route vers le sud, poignets entravés. Les humains étaient nés pour la peine, et les femmes en savaient là-dessus plus long que quiconque. Allongée sur le sol froid, la tête détournée, elle avait contemplé les dernières étincelles du feu mourant tandis que deux des marchands d'esclaves lui ravissaient sa virginité.

Après un an passé à l'auberge de Morax, elle n'avait guère changé d'avis, même si elle n'avait pas été affamée et avait appris comment éviter de trop fréquentes volées. Elle était vivante. Sa mère et sa sœur étaient peut-être mortes. Elle l'ignorait. N'avait aucune façon de le savoir. Les hommes lui faisaient parfois mal, à l'étage, mais pas toujours et pas tous. On apprenait, si on était astucieuse, à dissimuler son intelligence et à s'envelopper comme d'une cape d'une impassible et muette endurance. Et on passait ainsi des jours, des nuits, sans fin. Le premier hiver dans le sud étranger, le printemps, l'été, puis l'approche d'un autre automne, les feuilles qui changeaient de couleurs, les souvenirs qu'on aurait voulu éviter.

On essayait de ne jamais penser au foyer perdu. Ou à la liberté d'aller se promener dehors quand le travail était fini, de remonter le ruisseau pour trouver des endroits complètement isolés en haut de la colline et s'y asseoir sous le vol circulaire des faucons, parmi leurs proies, les prestes petites créatures des bois, à l'écoute du cœur du monde, les yeux ouverts sur un rêve éveillé. Ici, on ne rêvait pas. On endurait, sous la cape. Qui avait jamais dit que l'existence offrait davantage ?

Jusqu'au jour où l'on comprenait que les autres allaient vous tuer et, avec une réelle stupéfaction, qu'on désirait vivre. Que, pour une raison ou une autre, la vie brûlait toujours en vous, telles les braises obstinées d'un brasier plus ardent que désir ou chagrin.

En ce Jour des morts, sur la route presque invisible, tout en se dirigeant vers l'est dans le brouillard gris qui absorbait tous les sons, Kasia regardait ses deux compagnons se débattre avec leur crainte et l'évidence brute de leur dangereuse situation – et elle était incapable de nier sa propre joie. Elle essayait de la réprimer, comme elle dissimulait toutes ses émotions depuis un an ; si elle souriait, ils la prendraient pour une simple d'esprit ou une folle ; aussi se tenait-elle près de la mule, une main sur le licou de l'animal, en essayant de ne pas croiser le regard des deux hommes quand le brouillard s'écartait pour laisser voir leur visage.

Peut-être les suivait-on. Peut-être mourraient-ils sur cette route. C'était le jour du sacrifice, le jour où les morts revenaient. Peut-être y avait-il des esprits aux alentours, en quête d'âmes mortelles. Sa mère y avait cru. Mais Kasia avait récupéré son couteau dans sa cachette, une course rapide jusqu'à la forge dans le brouillard d'avant l'aube ; elle pouvait tuer, ou se tuer, avant d'être capturée pour Ludan.

Elle avait vu la silhouette de Pharus, le maître d'écurie, alors qu'ils passaient dans la cour. Ramassé sur lui-même, il la surveillait encore avec intensité comme il l'avait fait les deux derniers jours. Et même si ses yeux avaient été presque invisibles dans la grisaille omniprésente, elle avait pu sentir sa fureur. Elle s'était soudain demandé si c'était lui le prêtre du chêne, celui qui offrait le cœur sanglant de la victime.

Et puis Vargos, qui avait été jusque-là seulement l'un des nombreux serviteurs employés sur la route, un homme qui avait dormi à l'auberge bien des nuits sans échanger un seul mot avec elle, Vargos s'était arrêté devant Pharus pour lui matraquer l'entrejambe.

C'était lorsque Pharus s'était écroulé, le souffle horriblement étranglé, que Kasia avait commencé à lutter pour ne pas laisser voir la férocité de sa joie. Après ce coup de bâton, enveloppée par le brouillard comme d'une couverture ou d'un ventre, incapable de voir à plus de dix pas devant ou derrière, chacun de ses pas sur la route lui avait semblé une nouvelle naissance. Chacun de ses pas la recréait.

C'était mal, elle le savait. La mort rôdait aujourd'hui, aucun être sain d'esprit n'aurait dû se trouver dehors. Mais la mort, déjà convoquée, l'avait attendue à coup sûr à l'auberge ; elle pourrait ou non la rencontrer dans le brouillard ; sous quelque angle qu'on regardât la situation, une chance valait mieux que rien. Et Kasia avait son petit couteau.

Vargos la précédait, le Rhodien la suivait. En silence, à l'exception des renâclements étouffés de la mule et des craquements de son fardeau. Ils écoutaient. Devant, derrière. Le monde s'était rétréci à presque rien. Ils se déplaçaient, aveugles, dans la grisaille interminable d'une route bien droite bâtie par les Rhodiens cinq cents ans auparavant, aux temps glorieux et éclatants de leur empire.

Kasia pensait à l'artisan, sur ses talons. Elle aurait dû être prête à mourir pour lui, après ce qu'il avait fait. D'ailleurs, peut-être le ferait-elle. Mais elle était aussi l'*erimitsu*, elle pensait trop pour son propre bien. Ainsi le lui avaient dit sa mère, son père, son frère, ses tantes, à peu près tout le monde.

Elle comprenait mal pourquoi il ne l'avait pas touchée, la nuit précédente. Peut-être préférait-il les garçons, ou bien il la trouvait trop maigre ; ou simplement la fatigue. Ou encore par bonté ; Kasia ne savait pas grand-chose de la bonté.

Il avait crié un nom au milieu de la nuit. Elle avait été en train de somnoler sur la paillasse près du mur, tout habillée, et s'était réveillée en sursaut au son de sa voix. Elle ne se rappelait pas le nom et il ne s'était pas vraiment éveillé, même si elle avait attendu, aux aguets.

Ce qu'elle ne comprenait pas, non plus, c'était comment il avait pensé à foncer dans la cour plutôt que dans l'escalier avec tous les autres quand elle avait crié. Sinon, le voleur se serait échappé. Il faisait noir dans la chambre, elle n'aurait pu identifier personne. Tout en marchant à côté de la mule, Kasia rongea ce casse-tête un moment, comme un chien un os auquel un peu de viande reste attaché, puis finit par abandonner. Elle resserra davantage autour d'elle la cape de Martinien ; le froid était humide et pénétrant ; elle n'avait pas de souliers mais elle y était habituée. En jetant un coup d'œil à gauche et à droite, elle ne pouvait voir que la route devant elle, presque invisible même sous ses pieds. Ce serait si facile de tomber dans les fossés. Elle savait où se trouvait la forêt, à leur gauche, savait aussi que les arbres se rapprocheraient à mesure qu'ils iraient vers l'est.

Vers le milieu de la matinée – à vue de nez –, ils arrivèrent à l'une des petites chapelles situées le long de la route. Kasia ne l'avait même pas aperçue, mais Vargos dit quelques mots à voix basse et ils s'arrêtèrent. Les yeux plissés dans la grisaille, elle discerna la forme plus sombre du petit bâtiment ; ils seraient passés tout droit si Vargos n'avait été aux aguets. Martinien décida de faire halte. Sur place, debout, l'oreille tendue, attentifs aux sons provenant de toutes les directions, ils consommèrent rapidement du pain noir et un peu d'eau, en se partageant le fromage rond et plat que Vargos avait pris à la table des serviteurs. Vargos adressa ensuite à Martinien un regard inquisiteur. L'homme à la barbe rousse hésita puis hocha la tête et les conduisit dans la chapelle déserte pour la prière à Jad. Le soleil s'était levé, et brillait. Kasia écouta les deux hommes égrener hâtivement les litanies et se joignit à eux pour les répons qu'on lui avait enseignés : *Que la Lumière soit sur nos vies, Seigneur, et la Lumière éternelle quand nous irons te rejoindre.*

Une fois retournés dans le brouillard, ils détachèrent la mule et reprirent leur marche. Il n'y avait absolument rien à voir. Pour Kasia, le monde se bornait à la silhouette de Vargos devant elle. C'était comme marcher en rêve, aucun sentiment du passage du temps, aucune impression de mouvement, les dalles de la route froides sous les pieds, la marche sans fin.

Kasia avait une ouïe excellente. Elle entendit les voix avant les deux autres.

Elle tendit une main derrière elle, effleura le bras de Martinien en désignant la route derrière eux. Au même instant, Vargos dit tout bas : « Ils arrivent. À gauche, par là-haut. Un pont. »

Il y avait un petit pont plat pour les charrettes, qui traversait le fossé pour mener dans les champs. Kasia l'aurait manqué aussi. Ils firent traverser la mule, continuèrent un moment dans les chaumes boueux à travers la grisaille dense et impénétrable, puis s'immobilisèrent. À l'écoute. Le cœur de Kasia battait à tout rompre. On était à sa recherche, après tout. Ce n'était pas fini. Ils n'auraient pas dû s'arrêter pour prier.

Que la Lumière soit. Il n'y avait aucune lumière. Aucune.

Martinien se tenait de l'autre côté de la mule, barbe et cheveux roux éteints par le brouillard gris. Il hésita puis libéra en silence une vieille et lourde épée des cordes qui l'avaient retenue au flanc de l'animal. Il échangea un regard avec Vargos. Ils entendaient clairement les voix maintenant, à l'ouest, des hommes qui parlaient trop fort, pour s'encourager. Des pas sur la route – huit hommes, dix ? –, étouffés mais très proches, juste de l'autre bord du fossé. Kasia se tendit pour voir, pria pour n'en être pas capable. Si le brouillard se levait ne fût-ce qu'un instant, ils étaient perdus.

Puis elle entendit un grondement, et un aboiement urgent et aigu. On avait amené les chiens. Bien sûr. Et les chiens connaissaient tous son odeur. Ils étaient bel et bien perdus.

Kasia posa une main sur les omoplates de la mule, sentit la nervosité de la bête, essaya de la forcer au silence par un pur acte de volonté. Chercha son couteau d'une main maladroite. Mourir avant d'être capturée, c'était en son pouvoir, à défaut d'autre chose. Disparue sa joie brève et folle, perdue, aussi vive qu'un oiseau dans la grisaille environnante.

Kasia pensa à sa mère, un an plus tôt, seule sur le chemin parsemé de feuilles, un petit sac de pièces entre les mains, regardant sa fille s'éloigner dans la file des esclaves. Un jour brillant de clarté, l'éclat de la neige sur les sommets, un chant d'oiseau, les feuilles rouges et dorées, leur chute lente.

Crispin se considérait comme un homme qui parlait avec aisance et se savait raisonnablement instruit. Pendant de nombreuses années après la mort de son père, sur l'insistance de sa mère et de son oncle, il avait eu un tuteur. Il s'était colleté avec les auteurs classiques – rhétorique, éthique, tragédies d'Aréthae, la plus grande cité de Trakésie, affrontements millénaires entre humains et divinités couchés dans une forme presque disparue du langage qu'on appelait maintenant le sarantin. Des textes venus d'un autre monde, avant que l'austère Rhodias n'eût fondé son empire et que les cités trakésiennes ne fussent devenues de petits îlots de philosophie païenne – et encore moins plus tard, lorsqu'on en avait fermé les académies. Ce n'était plus maintenant qu'une province sarantine, la Trakésie, avec les barbares nordiques à ses frontières, et Aréthae réduite à un village blotti sous la majesté de ses ruines.

Mais outre la bonne éducation reçue par Crispin, travailler pendant quinze ans aux côtés de Martinien de

Varèna aurait affiné les capacités intellectuelles de n'importe qui. Malgré toute sa gentillesse, le vieux partenaire de Crispin possédait aussi une intelligence sans merci et prenait même plaisir à pousser la logique dans ses derniers retranchements. Crispin avait appris, par force, à en faire autant et à trouver lui-même une certaine satisfaction à ranger des mots en ligne de bataille pour mener des prémisses jusqu'à leur conclusion. Couleur, lumière et forme avaient toujours été sa principale joie en ce monde, le domaine où s'exerçait son propre don, mais il n'éprouvait pas une mince fierté à être capable d'ordonner et de formuler ses pensées.

C'était donc avec une détresse très réelle qu'il avait fini par admettre, plus tôt dans la matinée, qu'il était encore bien loin de trouver les mots aptes à exprimer l'intensité de son malaise dans le brouillard et avec quelle passion il aurait désiré se trouver n'importe où ailleurs que sur cette route sauradienne quasiment invisible. C'était plus que de la peur ou la conscience du danger : le désarroi d'une âme intimement persuadée de se trouver dans un monde qui lui était étranger.

Et c'était avant d'avoir entendu hommes et chiens.

Ils se tenaient en silence sur la terre détrempée d'un champ moissonné. Crispin avait conscience de la fille à ses côtés, de sa main qui calmait la mule ; Vargos était une forme voilée, un peu plus loin devant, avec son bâton. Une idée soudaine retourna Crispin vers la mule, lui fit dégager son épée des cordes qui l'attachaient sur le dos de l'animal. L'arme à la main, il se sentit gauche et stupide, et en même temps saisi d'un réel effroi. Si quoi que ce fût reposait sur les talents d'épéiste de Caius Crispus de Varèna… Il aurait pensé que Linon, pendue à son cou par sa courroie, se livrerait à des remarques caustiques, mais l'oiseau était muet depuis leur réveil.

Il avait pris l'épée au dernier moment, une impulsion, parce que c'était celle de son père et qu'il quittait ses foyers pour un long voyage. Sa mère n'avait rien dit, mais l'arc de ses sourcils avait été, comme toujours, infiniment expressif. Elle avait envoyé un serviteur chercher la lourde épée de fantassin qu'Horius portait lorsqu'il était appelé dans la milice.

Dans la demeure de son enfance, Crispin avait constaté avec surprise en dégainant que lame et fourreau étaient bien huilés, bien entretenus, même après un quart de siècle. Il n'avait pas fait de commentaires, s'était contenté de hausser lui-même les sourcils et d'esquisser quelques passes dramatiques pleines d'autodérision, en s'immobilisant dans une pose martiale, l'arme pointée sur la table et la coupe de pommes qui y était posée.

Avita Crispina avait fait une petite grimace en murmurant avec une sèche ironie, "Essaie de ne pas te blesser, très cher." Dans un éclat de rire, Crispin avait rengainé l'épée et récupéré avec soulagement sa coupe de vin.

« Tu es censée me dire de revenir avec ou dessus, avait-il dit à mi-voix, faussement indigné.

— C'est pour un bouclier, très cher », avait répliqué sa mère avec gentillesse.

Il n'avait pas de bouclier, aucune idée quant au maniement correct d'une épée, et les chasseurs étaient accompagnés de chiens. Le brouillard leur ferait-il obstacle, l'eau du fossé ? Ou se contenteraient-ils de suivre l'odeur familière de la fille sur le petit pont pour conduire les hommes droit sur eux ? Les aboiements devenaient justement plus aigus. Quelqu'un poussa un cri, presque en face d'eux.

« Ils ont traversé pour aller dans le champ ! Venez ! »

Une question au moins avait trouvé sa réponse. Crispin respira profondément en brandissant l'épée de son père. Sans prier ; il pensait à Ilandra, comme toujours, mais sans prier. Vargos se plaça bien d'aplomb sur ses pieds, tenant son bâton à deux mains devant lui.

Il est là ! dit soudain Linon, avec une intonation que Crispin ne lui avait jamais entendue. *Oh, Seigneur des univers, je le savais ! Crispin, ne bouge pas ! Ne laisse pas les autres bouger !*

« Ne bougez pas ! » ordonna instinctivement Crispin à Vargos et à la fille.

À cet instant, il sembla se passer plusieurs événements simultanés. La maudite mule se mit à braire à pleins poumons, les pattes aussi raides que des troncs d'arbre. L'aboiement triomphant des chiens se transforma en gémissements aigus de panique. Et les cris des hommes en hurlements de terreur, un son qui déchira le brouillard.

Le brouillard qui tourbillonnait sur la route et s'écartait.

Crispin vit alors l'impossible. Une forme issue d'un rêve torturé, d'un cauchemar. Son esprit se ferma comme une trappe, niant désespérément ce que ses yeux venaient de lui montrer. Il entendit Vargos croasser quelque chose qui ressemblait à une prière. Puis le brouillard retomba tel un rideau. Plus d'yeux pour voir. Encore un hurlement, strident, épouvantable, en provenance de la route effacée. La mule tremblait de tous ses membres rigides. Et pissait de terreur – Crispin pouvait en entendre le flot couler avec force près de lui. Les chiens glapissaient comme des chiots battus en s'enfuyant vers l'ouest.

Il y eut un grondement sourd, comme né de la terre elle-même sous leurs pieds. Crispin retint son souffle. Devant eux, parmi les chasseurs, le hurlement du premier homme devint brusquement plus strident encore, fut coupé net. Le grondement cessa. Bruits de course, cris des hommes et glapissements des chiens s'éloignèrent rapidement dans la direction d'où ils étaient venus. Vargos avait laissé échapper son bâton pour tomber à genoux dans la boue froide du champ. Accrochée à la mule tremblante, la fille tentait de la calmer. Crispin se rendit compte que la main qui tenait son épée tremblait aussi, malgré lui.

Qu'est-ce que c'est ? Linon, qu'est-ce que c'est ?

Mais avant que l'oiseau pendu à son cou pût lui répondre, le brouillard s'écarta de nouveau devant eux, plutôt marée que tourbillon désormais, et en révélant pour la première fois de la journée la route de l'autre côté du fossé. Et Crispin, en vérité, put voir clairement ce qui était advenu. Sa compréhension du monde des humains comme de l'entre-deux-mondes en fut irrémédiablement transformée, tandis qu'il tombait lui aussi à genoux dans la boue en laissant échapper l'épée paternelle. La fille resta debout près de la mule, clouée sur place. Il s'en souviendrait plus tard.

◆

En cet instant, très loin à l'ouest, le soleil d'automne était levé depuis longtemps sur la forêt proche de Varèna. Sous le ciel bleu, la lumière accentuait le rouge des feuilles de chêne, tout comme celui des dernières pommes dans les arbres d'un verger jouxtant un chemin qui rejoignait la grande route de Rhodias, un peu plus loin au sud.

Dans la cour de la villa attenant à ce verger, un vieil homme se tenait à sa porte sur un banc de pierre et jouissait de la lumière et des couleurs matinales, emmitouflé dans un manteau de laine pour se protéger du petit vent coupant. Il tenait, pour se réchauffer les mains, une tasse d'infusion. Un serviteur, tout en grommelant par habitude, nourrissait les poulets. Deux chiens dormaient près de la barrière ouverte au soleil. Dans un champ, à distance, on pouvait voir des moutons, sans berger. Il faisait assez clair pour distinguer les tours de Varèna au nord-ouest. Sur le toit de la villa, un oiseau lança un trille.

Zoticus se leva avec brusquerie. Renversa un peu de son infusion en posant sa tasse sur le banc. On aurait pu voir ses mains trembler, mais le serviteur ne le regardait pas. L'alchimiste fit un pas en direction de la barrière d'entrée puis se retourna face à l'est, une expression attentive et grave sur son visage usé.

« Que se passe-t-il, Linon ? dit-il soudain, tout haut. Qu'est-ce que c'est ? »

Il n'avait évidemment pas conscience de faire écho à d'autres questions. Il ne reçut pas de réponse lui non plus. Bien sûr. L'un des chiens se dressa pourtant, la tête un peu penchée sur le côté, inquisiteur.

Zoticus resta un long moment immobile, comme à l'écoute. Il avait fermé les yeux. Le serviteur l'ignora, par habitude ; nourrit la chèvre après les poulets, s'occupa de traire la vache ; ramassa les œufs – six, ce matin ; les emporta à l'intérieur. Pendant tout ce temps, l'alchimiste ne fit pas un geste. Le chien, après avoir hésité, était venu se coucher près de lui ; l'autre resta dans la lumière près de la barrière.

Zoticus attendait. Mais le monde, ou l'entre-deux-mondes, ne lui concéda rien d'autre après cette unique et perçante vibration de l'esprit, du sang, don – ou châtiment – d'un homme qui avait séjourné, pour y épier, dans des ombres ignorées de la plupart des humains.

« Linon », dit-il encore, mais très bas cette fois, un souffle. Il rouvrit les yeux, contempla les arbres distants de la forêt à travers la barrière de sa demeure. Les deux chiens maintenant assis l'observaient. Il tendit une main sans regarder, flatta celui qui se trouvait à son genou. Après un moment, il retourna dans la maison, laissant refroidir l'infusion oubliée sur le banc de pierre. Le soleil monta plus haut avec la matinée, dans le bleu clair et sans nuage du ciel d'automne.

◆

Par deux fois déjà dans sa vie, pensait Vargos (il n'en avait jamais été certain), il avait vu un *zubir*. Rien de plus, dans une lumière assourdie, qu'une brève vision de l'aurochs sauradien, seigneur de l'Ancienne Forêt et de toutes les vastes forêts, symbole d'un dieu.

Une fois, en été, au coucher du soleil, seul dans le champ paternel, en plissant les yeux, il avait aperçu une forme massive et hirsute à la lisière du bois. La lumière baissait, et c'était loin, mais quelque chose de bien trop gros s'était découpé sur le rideau sombre des arbres pour disparaître ensuite. Un cerf peut-être, mais tellement énorme, et sans son panache de cornes.

Le père de Vargos l'avait battu à coups de manche de hache ce soir-là pour sa prétention d'avoir vu l'un des animaux sacrés de la forêt. Apercevoir un *zubir* était un prodige réservé aux prêtres et aux guerriers consacrés à Ludan. Les gamins de quatorze ans à l'esprit mal tourné ne se voyaient pas accorder ce genre de faveur dans le monde tel que les Inicii – et le père de Vargos – le concevaient.

La deuxième fois, c'était huit ans plus tôt, au printemps, lors de son voyage solitaire, avec sa joue marquée au couteau et la dure colère qui le soutenait. Il s'était endormi au hurlement des loups et réveillé sous la lune bleue pour entendre quelque chose qui mugissait dans la forêt. Un mugissement y avait répondu, plus proche encore. Fouillant du regard une nuit rendue plus étrange encore par les bruits et la lumière bleutée de la lune, Vargos avait encore vu une forme massive se mouvoir à la lisière de la forêt, puis se retirer. Il était resté éveillé, aux aguets, mais le mugissement ne s'était pas fait entendre de nouveau, et rien d'autre n'était apparu à la limite de sa vision tandis que la lune bleue filait vers l'ouest sur les talons de la lune blanche pour se coucher enfin, laissant un ciel constellé d'étoiles, les loups dans le lointain et le murmure du ruisseau obscur près de lui.

Deux fois, alors, et chaque fois sans certitude.

Mais cette fois-ci, aucun doute. La terreur qui pénétrait Vargos se logea tel un poignard entre deux de ses côtes. Dans le brouillard et le froid humide du Jour des morts, debout dans un chaume entre l'ancienne grande route rhodienne de Trakésie et les lisières d'une forêt infiniment plus ancienne que la route, il tomba à genoux en voyant ce qui se révélait sur la route dévoilée par le brouillard.

Il y avait là un homme mort. Les autres s'étaient déjà enfuis, comme les chiens. L'homme était Pharus, le maître d'écurie de Morax. Aplati sur le dos, les membres disloqués comme ceux d'une poupée d'enfant. Même d'où Vargos se tenait, il pouvait voir épandues ses entrailles. Une mare de sang s'arrondissait autour du cadavre. Ventre et poitrine avaient été arrachés.

Mais ce n'était pas ce qui fit tomber Vargos à genoux comme si on lui avait asséné un coup; il avait déjà vu des hommes mourir de mort atroce. C'était l'autre présence sur la route. La créature qui avait infligé cette blessure. Si prodigieux eût-il été en soi, le *zubir* était bien davantage qu'un symbole, Vargos le sut en cet instant, comme on sait son propre nom. Ses idées sur la foi et la puissance s'émiettèrent dans la boue froide du champ.

Très tôt après son arrivée dans le sud, il avait adopté les enseignements du dieu du soleil, il avait adoré et prié Jad et son fils Héladikos en rejetant les dieux de sa tribu et leurs rites sanglants tout comme il avait rejeté son foyer natal.

Et voici que Ludan était présent devant lui, l'Ancien, le dieu du chêne, au milieu d'un tourbillon de brouillard gris, sur une grande route de l'Empire, dans l'une de ses incarnations admises. Le *Zubir*. L'aurochs. Seigneur de la Forêt.

Et ce dieu-là exigeait bel et bien du sang. Et c'était le jour du sacrifice. Le cœur de Vargos battait à tout rompre. Ses mains tremblaient, il n'en avait pas honte. Il avait seulement peur. Un mortel, dans un lieu où il n'aurait pas dû se trouver.

Un autre tourbillon de brouillard, comme une cape enveloppant la route. La masse accablante de l'aurochs disparut. Pour reparaître. Dans le champ, tout près d'eux, énorme, noire, présence écrasante, odeur puissante, animale et sanglante, fourrure humide et humus, et puis l'homme mort fut seul sur la route déserte, écartelé, cœur à nu en ce jour qui était le jour sacré entre tous.

Une main sur le garrot de la mule secouée de frissons, Kasia vit le brouillard s'écarter, et ce qui s'était passé sur la route. Et, en un éclair, elle se trouva projetée bien au-delà de sa propre terreur.

Plongée dans une sorte de transe, les sens annihilés, elle contempla le retour du brouillard, sans la moindre surprise lorsque le *zubir* se matérialisa dans le champ près d'eux. Vargos était tombé à genoux.

Quelle surprise manifester, en vérité, devant la puissance d'un dieu? La mule avait cessé de trembler, totalement immobile, une immobilité mystérieuse compte tenu de l'odeur et de la présence de cette monstrueuse créature à moins de dix pas. Mais qu'y avait-il d'étrange, que pouvait-il y avoir d'étrange, lorsqu'on avait quitté les voies familières pour plonger si profondément dans l'univers surnaturel? Un aurochs se tenait devant eux, si énorme qu'il aurait à demi oblitéré la route si la route ne s'était déjà effacée. Trois hommes pouvaient s'asseoir entre les pointes des courtes cornes incurvées d'où dégouttait avec lenteur une matière visqueuse et veinée de blanc. Kasia avait vu le maître d'écurie, sur la route, transformé en viande de boucherie.

Ce matin, follement, elle avait pensé qu'elle pourrait s'échapper.

Elle savait maintenant qu'on n'échappait pas à Ludan, oh, elle le savait! Pas ainsi. Malgré l'aide d'un Rhodien et de tous ses plans ingénieux. Pas quand on était une fille désignée pour le dieu, si injuste, si cruel cela fût-il. La cruauté n'avait pas de… *place* ici dans ce champ. Un mot dépourvu de sens, dépourvu de *contexte*. Le dieu était, et agissait comme il l'entendait.

Suspendue dans ce calme étrange, Kasia regarda le *zubir* dans les yeux, ces yeux si bruns qu'ils en étaient noirs; elle les vit distinctement, malgré le brouillard. Et, en les voyant ainsi, elle abandonna sa volonté mortelle et son âme à l'ancien dieu de son peuple. Quel homme, quelle femme plus encore, avaient jamais été à l'abri de la destinée? Où pouvait-on s'enfuir lorsqu'un dieu

connaissait votre nom? Le prêtre païen à l'identité secrète, les villageois murmurants, la grosse femme aux
petits yeux de Morax… aucun d'eux n'avait d'importance. Leur propre destinée les attendait ou les avait
déjà trouvés. Ludan seul avait un sens, et il se trouvait
ici devant elle.

Kasia était sereine, sans désir aucun de résistance,
telle une femme droguée au jus de pavot, lorsque l'aurochs commença à se mouvoir en direction de la forêt.
Il tourna vers eux sa tête hirsute, en un lent mouvement
que Kasia crut comprendre : elle avait été désignée, il
la connaissait, il n'était aucun chemin au monde qui ne
finirait par la conduire ici. Ses pieds nus foulèrent d'un
pas ferme la boue et l'herbe écrasée à la suite du *zubir*.
Elle avait laissé la peur dans un autre monde. Aurait-elle
le temps de murmurer une prière, un vœu de quelque
valeur pour sa mère et sa sœur lointaines, si rien de tel
était permis, si elles vivaient encore, si le sacrifice conférait à la victime un quelconque pouvoir ? Elle savait
sans se retourner que les deux hommes lui avaient
emboîté le pas. Nul d'entre eux ici n'avait le choix.

Ils pénétrèrent dans l'Ancienne Forêt en ce Jour des
morts, derrière le *zubir*, et les arbres ténébreux les
engloutirent plus totalement encore que le brouillard.

"Le sacré", avait écrit le philosophe Archiloque
d'Aréthae, neuf cents ans plus tôt, "ne doit pas être
appréhendé directement. En vérité, si les dieux désirent
détruire un humain, ils n'ont qu'à se révéler à lui."

Crispin appelait à son aide cette sagesse ancienne
pour essayer de barricader son âme – images désespérément conjurées de portique de marbre au soleil, de
maître à la barbe blanche, vêtu de blanc, qui dévoilait
le sens du monde à des disciples attentifs dans la plus
célèbre des cités trakésiennes.

En vain. La terreur le consumait, le possédait, le
dominait tandis qu'il suivait la fille et la créature stupéfiante qui était… qui dépassait son entendement. Un

dieu? La manifestation d'un dieu? Du sacré? La créature se trouvait maintenant sous le vent et elle puait. Des choses innommables et rampantes apparaissaient ici et là dans l'épaisse fourrure feutrée qui lui pendait du menton, du cou, des épaules, et même des genoux et du poitrail. L'aurochs était énorme, d'une inimaginable énormité, plus haut que Crispin, large comme une maison, avec la masse terrifiante de sa tête cornue. Et pourtant, alors qu'ils entraient dans la forêt entre les premiers arbres noirs en sentinelle, sous la chute des feuilles mouillées, la créature se mouvait avec légèreté, avec grâce, sans jamais se retourner après ce premier regard – certaine qu'ils la suivaient.

Et ils la suivaient. Si un choix avait été possible, une manifestation quelconque de la volonté, Caius Crispin de Varèna aurait rendu l'âme dans le champ froid et détrempé pour rejoindre son épouse et ses filles dans l'après-monde, quelle qu'en fût la nature, plutôt que de pénétrer vivant dans l'Ancienne Forêt. Elle l'avait épouvanté même à distance, au soleil, alors qu'il se trouvait en sécurité sur la route impériale de Batiare. Et ce matin-là, en cette aube d'un autre monde en Sauradie, de toute la terre du dieu il n'était pas un endroit où il n'aurait préféré se trouver plutôt qu'ici, dans ce lieu sauvage, suintant, inhumain, où même les *odeurs* étaient horrifiantes.

La terre du dieu. Quel dieu? Quelle puissance régnait donc sur son monde familier? Le monde qui lui avait été familier : cette créature surnaturelle, dans le brouillard, sur la route, avait tout changé à jamais. Crispin s'adressa de nouveau mentalement à Linon, mais l'oiseau était aussi silencieux que les morts, suspendu à son cou comme s'il n'était en vérité rien de plus qu'une amulette, une vulgaire petite création de cuir et de métal qu'on portait pour des raisons sentimentales.

Il leva une main, impulsivement, pour étreindre la créature de l'alchimiste. Et tressaillit : l'oiseau était brûlant. Plus que tout, cette impossible métamorphose

força Crispin à admettre enfin qu'il avait quitté son
univers et n'y retournerait sans doute jamais. La nuit
précédente, il avait fait un choix, il était intervenu.
Linon l'avait averti. Il regrettait soudain la présence de
Vargos : l'homme ne méritait pas un tel sort, engagé
qu'il avait été dans une auberge de la frontière, par
hasard, pour accompagner un artisan faisant route vers
la Trakésie.

Personne ne méritait ce sort. Crispin avait la gorge
sèche, déglutir lui était difficile. Dans les volutes du
brouillard, les arbres disparaissaient pour soudain surgir
autour d'eux, immenses, tout proches. Les feuilles, la
terre détrempées délimitaient un chemin aux méandres
sans espoir. L'aurochs marchait devant eux ; la forêt les
engloutissait telles les mâchoires d'une créature vivante.
Le passage du temps se faisait incertain, tout comme le
paysage environnant ; Crispin n'avait pas idée de la
distance parcourue. Malgré lui, frappé d'une révérence
terrifiée, il toucha de nouveau l'oiseau. Il ne put le tenir.
La chaleur avait maintenant pénétré cape et tunique ; il
la sentait sur sa poitrine comme une braise.

Linon ? dit-il de nouveau, mais il n'entendit que le
silence de son propre esprit.

Il se surprit alors en se mettant à prier en silence
Jad du Soleil – pour le salut de son âme, pour celui de
sa mère et de ses amis, et pour les âmes envolées
d'Ilandra et de leurs filles, implorant la Lumière pour
eux tous, et pour lui-même.

À peine plus de quinze jours auparavant, il avait dit
à Martinien ne plus rien vouloir de la vie, n'avoir plus
de désirs, n'aspirer à aucun voyage, à aucune destination
dans un monde évidé, déchiré. Il n'aurait pas dû trembler ainsi, voir avec tant d'appréhension les textures
changeantes de la forêt aux alentours, les doigts collants
du brouillard sur son visage et la créature qui les menait
toujours plus loin, plus profond. S'il avait dit vrai, il
aurait dû être prêt à mourir. Ce fut un véritable choc
pour Crispin de découvrir que, somme toute, il ne l'était

pas. Et cette vérité, tel un marteau sur son cœur affolé, pulvérisa les illusions qu'il avait entretenues et chéries pendant plus d'un an. Il y avait dans sa demeure de mortel des affaires en suspens. Il lui restait bel et bien quelque chose dans l'existence.

Et même, il en connaissait la nature. Dans cet univers où la vue était presque inutile – troncs d'arbres, branches tordues dans la grisaille, lourde chute des feuilles dégoulinantes, masse noire de l'aurochs devant lui – il pouvait maintenant voir ce qu'il désirait, comme à la lumière d'un brasier. Même au tréfonds de l'épouvante, il était bien trop intelligent pour ne pas en percevoir l'ironie – une ironie aux facettes multiples. Mais il savait quel était son plus profond désir et, passant outre à la simple intelligence, il était assez sage pour ne pas le nier en plein cœur d'une forêt comme celle-ci.

Dans un dôme, avec du verre, de la pierre, des gemmes semi-précieuses, sous des flots de lumière cascadant des fenêtres ou à la lueur vacillante montant des bougies, il désirait créer une œuvre extraordinaire de beauté, et qui durerait.

Une œuvre qui voudrait dire que lui, le mosaïste Caius Crispus de Varèna, était né, avait vécu et en était arrivé à une compréhension mesurée de la nature de l'univers, de ce qui traversait et portait les actes des femmes et des hommes, dans leur âme, dans la beauté et la souffrance de leur bref passage sous le soleil.

Il désirait créer une mosaïque durable, que la postérité saurait avoir été faite de ses mains, et qu'elle honorerait. Et, songea-t-il sous les arbres noirs et dégouttants d'humidité, tout en piétinant les feuilles humides et pourrissantes de la forêt, cela signifierait qu'il aurait apposé sa marque sur le monde, qu'il y avait été présent.

Si étrange de ne saisir la vérité qu'au bord de l'abîme, seuil de la nuit éternelle ou de la sainte lumière du dieu, de comprendre qu'on pouvait admettre son profond désir de tenir encore une petite parcelle du monde – de vivre encore.

Il se rendit compte que sa terreur avait disparu. Une étrangeté de plus. Il jeta un regard autour de lui sur les ombres épaisses de la forêt, et elles ne l'effrayaient plus. Ce qui échappait à sa vision ne pouvait être aussi écrasant que la créature en train de marcher devant lui. Plutôt que de la peur, il éprouvait maintenant une indicible tristesse. Comme si tous les humains nés pour mourir accomplissaient en même temps qu'eux ce périple à travers les voiles du mystère, chacun aspirant à ce qu'il ne connaîtrait jamais. Il toucha de nouveau l'oiseau. Cette chaleur, comme celle de la vie, dans le froid humide et gris. Mais dépourvue de lumière ; Linon était plus sombre et terne que jamais. Rien ne pouvait briller dans l'Ancienne Forêt.

Il y avait seulement cette créature majestueuse qui les guidait entre les hauts arbres muets, délicate malgré sa masse, pendant une durée impossible à mesurer, jusqu'à un bosquet où elle les fit entrer l'un après l'autre. Sans qu'un mot fût prononcé, Crispin sut que c'était le lieu du sacrifice. Archiloque d'Aréthae n'était pas né que des hommes et des femmes mouraient déjà pour Ludan dans cette clairière.

L'aurochs se retourna.

Ils se tenaient alignés devant lui, Kasia encadrée par les deux hommes. Crispin reprit son souffle. Regarda Vargos, qui lui rendit son regard. Le brouillard s'était levé. Il faisait toujours gris et froid, mais on pouvait voir clairement. Dans les yeux de l'autre homme, Crispin vit la peur, mais aussi que Vargos la réprimait. Il l'admira infiniment à cet instant.

« Je suis désolé », dit-il, premières paroles à être prononcées dans la forêt. Il lui paraissait important de le dire. Une affirmation appartenant au monde extérieur à cette clairière, étrangère à ces arbres qui les encerclaient et dont les feuilles humides venaient se poser sur l'herbe humide. Vargos hocha la tête.

La fille tomba à genoux. Perdue dans la cape, elle semblait très menue, presque une enfant. Le cœur de

Crispin se tordit de pitié. Il contempla la créature qui se tenait devant eux, ces yeux immenses, sombres et anciens, et murmura : « Tu as déjà réclamé du sang et une vie sur la route. Dois-tu prendre aussi les siens ? Les nôtres ? »

Il n'avait pas su qu'il allait parler ainsi. Il entendit Vargos retenir son souffle et se prépara à mourir. Le grondement de la terre, comme auparavant, ces cornes lui déchirant la chair. Il continuait de regarder l'aurochs en face, l'acte le plus courageux qu'il eût jamais accompli de sa vie.

Et ce qu'il vit dans ces yeux, sans erreur possible, ce n'était ni de la colère ni une menace, mais le deuil.

À cet instant, Linon parla enfin.

Il ne veut pas cette fille, dit l'oiseau dans son esprit, doucement, presque avec tendresse. *Il est venu pour moi. Pose-moi par terre, Crispin.*

« Quoi ? » dit-il tout haut, stupide d'étonnement.

L'aurochs, immobile, le contemplait. Non, pas lui, en réalité : le petit oiseau accroché à son cou par la courroie de cuir.

Fais-le, très cher Crispin. C'est écrit depuis long-temps, semble-t-il. Tu n'es pas le premier en Occident à tenter d'arracher une victime à Ludan.

Quoi ? Zoticus ? Qu'a-t-il…

Bouleversé, Crispin se rappela un détail et s'y accro-cha comme à un mât dans la tempête. Cette longue conversation chez l'alchimiste, une tasse d'infusion, la voix du vieil homme : « … découvert lors de mes pé-riples, dans un endroit extrêmement bien gardé, et non sans risques. »

Une certaine lumière commença à se faire jour en lui. Une autre sorte de brouillard se levait. Il sentait le battement de son propre cœur, de sa vie.

Bien sûr, Zoticus, dit Linon, toujours avec douceur. *Réfléchis, très cher. Comment sinon aurais-je connu les rites ? Nous n'avons pas le temps, Crispin. Rien n'est encore certain. Il attend, mais c'est ici le lieu du*

sang. Retire-moi de ton cou. Pose-moi à terre. Va.
Emmène les autres. Tu m'as ramenée. Je crois qu'on te
permettra de repartir.

La bouche de Crispin était de nouveau sèche. Un
goût de cendres. Nul n'avait bougé depuis que la fille
était tombée à genoux. Pas un souffle de vent dans la
clairière. Le brouillard suspendu au bout des branches.
Quand les feuilles tombaient, c'était comme si elles
descendaient des nuages. Dans le froid, des petits
nuages blancs matérialisaient le souffle de l'aurochs.

Et toi ? Dois-je la sauver et t'abandonner ?

Il entendit alors un léger éclat de rire. Stupéfiant.
Oh, très cher, merci. Crispin, mon corps a péri ici
alors que tu étais encore un enfant. Zoticus s'imaginait
qu'une âme libérée pouvait être librement acquise
après le sacrifice. Au moment où se manifestait cette
puissance. Il avait raison et tort, apparemment. N'aie
point pitié de moi. Mais dis-le à Zoticus. Et dis-lui
aussi, pour moi...

Un silence, en écho à celui de la clairière immobile
et grise. *Inutile. Il saura ce que j'aurais dit. Dis-lui au*
revoir. Pose-moi à terre, maintenant, très cher. Vous
devez partir, ou bien vous ne partirez jamais.

Crispin regarda l'aurochs, qui n'avait toujours pas
bougé. Même en cet instant, il lui était difficile d'en
appréhender l'énormité, de comprendre une puissance
aussi immense et aussi brute. Les yeux bruns étaient
toujours les mêmes, leur tristesse ancienne dans la
lumière grise – mais sur les cornes, du sang. Crispin
calma son souffle avec difficulté et, d'un geste lent, il
retira le petit oiseau de son cou. Après s'être agenouillé
– cela semblait approprié – il déposa Linon avec
douceur sur le sol froid. Elle ne brûlait plus, elle était
tiède, tiède comme une créature vivante. Une victime
pour le sacrifice. Il en éprouva de la douleur. Il avait cru
être au-delà du chagrin, après Ilandra, après les petites.

Alors qu'il la déposait, Linon déclara tout haut, d'une
voix que Crispin ne lui avait jamais entendue, celle

d'une femme, grave et sereine : « Je suis tienne, Seigneur, ainsi que je l'ai toujours été depuis la première fois où l'on m'a amenée ici. »

Un moment d'immobilité, pétrifiée comme le temps en suspens. Puis la tête de l'aurochs bougea, de haut en bas, un lent acquiescement, et le temps se remit à exister. La fille, Kasia, émit un petit gémissement plaintif. Vargos porta une main à sa bouche, d'un geste curieusement enfantin.

Allez vite, à présent. Emmène-les. Souviens-toi de moi. Et maintenant, dans son esprit, la voix de Linon était la même douce voix de femme. Celle de la jeune fille qui avait été sacrifiée ici bien longtemps auparavant, pourfendue, écorchée, le cœur arraché vif de la poitrine, tandis qu'un alchimiste observait depuis sa cachette et s'adonnait ensuite à un acte, ou à un art, que Crispin ne pouvait pas même commencer de saisir. Mal ? Bien ? Que signifiaient ici ces termes ? Une transmutation. La mort en la vie. La migration des âmes. Zoticus. Un courage à peine imaginable, une incroyable arrogance.

Crispin se redressa avec maladresse. Hésita, très incertain des lois et des rites de l'entre-deux-mondes où il avait pénétré. Puis il s'inclina devant l'immense, terrible et fétide créature qui était le dieu de la forêt ou le symbole vivant d'un dieu. Il prit le bras de Kasia, l'obligea à se relever. Elle lui jeta un coup d'œil étonné. Il échangea un regard avec Vargos, hocha la tête. L'autre le regardait fixement, perplexe.

« Conduis-nous », lui dit Crispin après s'être raclé la gorge. Sa voix avait un son étrangement grêle à ses oreilles. « Conduis-nous à la route. » Il serait perdu, quant à lui, après dix pas dans la forêt.

L'aurochs restait immobile. Le petit oiseau gisait sur l'herbe. Des volutes de brouillard dérivaient dans l'air absolument immobile. Une feuille tomba, puis une autre. *Adieu*, dit Crispin en silence. *Je me souviendrai.* Il pleurait. Ses premières larmes depuis plus d'un an.

Ils quittèrent la clairière à la suite de Vargos. Dans le cercle des arbres, l'aurochs aux cornes ensanglantées tourna la tête avec lenteur pour les suivre du regard désormais indéchiffrable de ses yeux sombres. Il ne fit aucun autre mouvement. Ils s'éloignèrent d'un pas titubant, et il disparut à leur vue.

Vargos trouva le chemin, et rien ne les arrêta dans l'Ancienne Forêt. Aucun prédateur, aucun esprit, nul fantôme de l'air ou de l'ombre. Le brouillard revint et avec lui cette sensation de mouvement sans durée. Ils ressortirent par où ils étaient entrés, pourtant, et abandonnèrent la forêt pour retourner dans le champ. Ils récupérèrent la mule, qui n'avait pas bougé. Crispin se pencha pour ramasser son épée là où elle était tombée, Vargos en fit autant de son bâton. Quand ils revinrent sur la route après avoir traversé le même petit pont sur le fossé, ils se rassemblèrent un instant autour du mort et, à travers le sang, Crispin vit que le torse en avait été ouvert de part en part, de la gorge à l'aine, et que le cœur avait disparu. Kasia se détourna pour vomir dans le fossé. Vargos, les mains tremblantes, lui donna un peu d'eau. Elle but, s'essuya la figure. Hocha la tête.

Ils se remirent en marche, seuls sur la route, dans l'univers gris.

Peu après, le brouillard commença de se lever. Un pâle et faible soleil apparut ensuite avec le vent, pour la première fois de la journée, à travers la couche plus mince des nuages. Sans s'être consultés, ils s'arrêtèrent pour le contempler. À cet instant, de la forêt s'éleva un son haut et clair, sans paroles, une unique note de musique. Une voix de femme.

Linon ? s'écria Crispin en esprit. *Linon ?*

Il n'y eut pas de réponse. Le silence intérieur était absolu. La note surnaturelle se prolongea un moment dans l'atmosphère, entre champ et forêt, entre terre et ciel, puis elle s'évanouit comme la brume.

◆

Plus tard ce jour-là, alors que le crépuscule illuminait encore l'occident, un homme à la barbe et aux cheveux gris, occupant d'une cahotante charrette de fermier, se dirigeait vers les murailles de Varèna.

Le fermier, dont le passager avait soigné plus d'un bestiau, se faisait un plaisir de le conduire de temps à autre à la cité. On n'aurait pu dire que le passager, en cet instant, semblât heureux, satisfait ou animé d'un autre sentiment que le souci. Tandis qu'ils approchaient des murailles et se mêlaient au flot de la circulation qui se pressait dans les deux sens avant la fermeture des portes de Varèna au coucher du soleil, nombre de gens reconnaissaient le passager solitaire. Certains le saluaient avec une déférence craintive, d'autres s'empressaient de s'écarter le plus loin possible de l'autre côté de la route ou se laissaient distancer en esquissant le signe du disque solaire au passage de la charrette. L'alchimiste Zoticus était habitué depuis longtemps à ces deux réactions et savait comment s'en accommoder. Ce jour-là, il les remarqua à peine.

Le choc éprouvé dans la matinée avait considérablement miné le détachement qui était sa façon préférée d'envisager le monde et ce qui s'y passait ; il essayait encore, sans grand succès, de s'en remettre.

Je crois que tu devrais aller en ville, avait dit la fauconne, plus tôt ; Zoticus l'avait nommée Tirésa lorsqu'il s'était emparé de son âme. *Je crois que ça te ferait du bien.*

Va voir Martinien et Carissa, avait ajouté la petite Mirelle avec douceur. *Tu peux leur parler.* Un murmure d'acquiescement s'était élevé des autres oiseaux, tel un froissement de feuilles dans son esprit.

« Je peux parler avec vous toutes », avait-il dit à haute voix, irrité. Il était vexé quand les oiseaux se faisaient prévenants ou protecteurs à son égard, comme s'il devenait fragile avec l'âge et avait besoin d'être surveillé. Ils lui rappelleraient bientôt de mettre ses bottes.

Pas pareil, dit Tirésa avec vivacité. *Tu le sais bien.*

C'était la vérité, mais il n'aimait pas ça quand même.

Il avait essayé de lire – Archiloque, justement –, mais, devant sa concentration erratique, il avait abandonné pour une tentative de promenade dans le verger. Il se sentait tout bizarre, comme creux. Linon avait disparu. Pour une raison ou une autre. Elle était partie depuis qu'il l'avait donnée à Crispin, bien sûr, mais ceci, c'était différent. Il n'avait jamais cessé de regretter l'impulsion qui lui avait fait offrir l'oiseau au mosaïste en route vers l'Orient. Pas seulement l'Orient : Sarance. La cité qu'il n'avait jamais vue, ne verrait maintenant jamais. Au cours de sa vie, il avait découvert un pouvoir, s'était approprié un don, ses oiseaux ; il ne lui serait apparemment pas permis d'en faire davantage. Et les oiseaux ne lui appartenaient pas vraiment, n'est-ce pas ? Mais s'il en était ainsi, qu'étaient-ils donc ? Où était passée Linon, comment avait-il pu entendre sa voix ce matin-là, de si loin ?

Et que faisait-il à frissonner dans son verger sans son manteau ni sa canne, par un jour d'automne froid et venteux ? Au moins avait-il mis ses bottes…

Il était retourné dans la maison, avait envoyé Clovis, malgré ses protestations, porter une requête au fermier Silavin, plus bas sur la route, et avait quand même finalement pris conseil de ses oiseaux.

Il ne pouvait confier à ses amis ce qui le troublait, mais parfois, parler d'autre chose, de n'importe quoi, le simple timbre d'autres voix humaines, le sourire de Carissa, l'humour aimable de Martinien, la chaleur partagée d'un feu de bois, le lit qu'ils lui offriraient pour la nuit, une promenade matinale à travers le grouillement du marché…

La philosophie pouvait offrir quelque consolation lorsqu'elle s'essayait à expliquer et à comprendre la place des êtres humains dans la création divine. Mais elle n'y parvenait pas toujours. Parfois, on ne pouvait trouver de réconfort que dans le rire d'une femme, la voix et le visage familiers d'un ami, des potins partagés sur la cour des Antæ et ses périls, et même quelque chose d'aussi simple qu'un bol fumant de soupe aux pois, à table, en compagnie.

Parfois, lorsque s'amassaient, trop proches, les ombres de l'entre-deux-mondes, on avait besoin du monde des humains.

Il quitta Silavin aux portes de la cité après l'avoir remercié et arriva tard dans la journée à la demeure de Martinien. Il y fut le bienvenu, comme prévu. Ses visites étaient rares ; il vivait hors des murs. On l'invita à passer la nuit et ses amis firent comme s'il leur accordait un grand honneur en acceptant. Ils voyaient bien qu'il était préoccupé, mais, étant ses amis, ils ne le pressèrent point de parler et se contentèrent de lui offrir ce qu'ils pouvaient, et qui était déjà beaucoup en l'occurrence.

Dans l'obscurité de cette nuit-là, il s'éveilla dans un lit inconnu, et se rendit à la fenêtre. Des lumières brillaient au palais, aux étages supérieurs, là où devait se trouver la jeune reine environnée de dangers ; quelqu'un d'autre, apparemment, était éveillé. Cela ne le concernait point. Son regard se porta plus loin, vers le levant. Des étoiles brillaient sur Varèna dans la nuit claire. Elles se brouillèrent à sa vue tandis qu'il restait là, tenant serrés ses souvenirs comme on le fait d'un enfant.

CHAPITRE 5

Ils marchèrent longtemps dans un univers qui redevenait familier à mesure que le brouillard se levait. Et pourtant, malgré le retour de l'ordinaire, songeait Crispin, c'était aussi un paysage métamorphosé, qui dépassait ses capacités de description. À son cou où l'oiseau avait été suspendu, il y avait une absence étrangement pesante. D'autres corbeaux parsemaient les champs, du côté de la forêt, et l'on pouvait entendre un oiseau chanter dans un hallier au sud de la route. Un éclair roux de renard, mais ils ne virent pas le lièvre qu'il chassait.

Ce devait être le milieu de l'après-midi quand ils firent halte. Vargos ressortit la nourriture. Du pain, du fromage, de la bière pour chacun. Crispin but avec avidité tout en regardant vers le sud. Montagnes, déchirures de ciel bleu de nouveau visibles entre les nuages, neige sur les sommets. Lumière, éclats de couleur réinvestissant le monde.

Il prit conscience du regard de Kasia fixé sur lui.

«Elle… l'oiseau a parlé», dit-elle avec une expression angoissée, même si tel n'avait pas été le cas dans la forêt ni dans le brouillard gris du champ.

Il hocha la tête. Il s'était préparé à cette éventualité pendant leur marche silencieuse; on en viendrait là, c'était inévitable.

« J'ai entendu, dit-il. Oui, elle a parlé.

— Mais comment… Monseigneur ? »

Vargos les observait, bouteille à la main.

« Je ne sais pas, mentit Crispin. C'était un talisman que m'avait donné un homme connu pour être un alchimiste. Mes amis voulaient pour moi ce genre de protection. Ils croient en des forces auxquelles je ne crois pas. Ne croyais pas. Je… je ne comprends presque rien de ce qui s'est passé aujourd'hui. »

Et ce n'était pas un mensonge. La matinée lui semblait déjà un souvenir embrumé, avec cette créature de l'Ancienne Forêt plus vaste que le monde, que la compréhension qu'il avait du monde. En y pensant, la seule couleur qu'il pouvait se rappeler était celle du sang sur les cornes de l'aurochs.

« Il l'a prise, elle, à… à ma place.

— Il a pris Pharus aussi », dit tout bas Vargos en rebouchant la bouteille. « Nous avons vu Ludan aujourd'hui, ou son ombre. » Il y avait sur son visage couturé quelque chose qui ressemblait à de la colère. « Comment adorer Jad et son fils, à présent ? »

Une véritable angoisse, songea Crispin, touché. Ils avaient survécu ensemble à quelque chose de particulier, ce matin. Par quels chemins bien différents ils étaient arrivés dans cette clairière, cela ne paraissait pas si important, après tout.

Il respira profondément : « Nous les adorons comme les puissances qui parlent à notre âme, si elles semblent nous parler. » Il se surprit lui-même. « Nous le faisons en sachant qu'il existe davantage que nous ne pouvons le comprendre, le monde visible, l'entre-deux-mondes et peut-être même des mondes au-delà. Nous l'avons toujours su. Nous ne pouvons pas même empêcher des enfants de mourir, comment oserions-nous présumer connaître la vérité du monde ? Par-delà le monde tangible ? La présence d'une puissance interdit-elle à une autre puissance d'exister ? » C'était une question rhétorique, une sorte de pose, mais ces paroles résonnèrent dans l'atmosphère qui s'éclaircissait. Un merle s'éleva des chaumes et s'envola à tire-d'aile vers l'ouest, en une longue trajectoire basse.

« Je ne sais pas, dit enfin Vargos. Je ne suis pas un homme instruit. Deux fois, quand j'étais jeune, j'ai cru voir le *zubir*, l'aurochs. Je n'en ai jamais été sûr. Étais-je désigné ? Pour ce jour-ci, d'une façon ou d'une autre ?

— Ce n'est pas moi qui peux répondre à cette question, dit Crispin.

— Sommes-nous… saufs, à présent ? demanda la fille.

— Jusqu'au prochain incident », dit Crispin, puis, avec plus de bonté : « De ceux qui nous suivaient, oui, je le crois. De ce qui se trouvait dans le bois ? Je… le crois aussi. » "Il ne veut pas la fille. Il est venu pour moi."…

Il lui fallut un certain effort de volonté, mais il se retint de lancer un autre appel mental. Linon l'avait accompagné pour bien peu de temps – caustique et inflexible, mais personne, pas même Ilandra, n'avait jamais été ainsi *en lui* de cette façon. *Très cher*, avait-elle dit. *Souviens-toi de moi*.

S'il comprenait bien, Linon avait été une femme, vouée comme Kasia au dieu de la forêt, mais elle était bel et bien morte dans ce bosquet, bien longtemps auparavant. Le cœur arraché, le corps pendu à un arbre sacré. Et son âme ? Son âme, un mortel qui avait épié tout le sacrifice se l'était appropriée, avec une audace folle et en s'appuyant sur un ésotérique pouvoir que l'esprit de Crispin ne pouvait appréhender.

Il se souvint, de façon inattendue, de l'expression de Zoticus lorsqu'il était apparu que, de tous ses oiseaux, c'était la voix intérieure de Linon que Crispin avait entendue. C'était sa première, songea-t-il, absolument certain.

Dis-lui adieu, avait dit l'oiseau en silence, à la fin, de ce qui devait avoir été sa véritable voix. Rien de plus. Crispin secoua la tête. Il avait pensé autrefois, dans son arrogance, connaître quelque chose du monde des hommes et des femmes.

« Nous allons bientôt arriver à une chapelle », remarqua Vargos. Crispin revint à lui, se rendit compte que les deux autres l'observaient. « Avant le coucher du soleil. Une vraie chapelle, pas un autel au bord de la route.

— Nous irons prier, alors », dit Crispin.

Les rituels familiers leur apporteraient un réel réconfort. Un retour à l'ordinaire, là où chacun vivait sa vie. Où chacun *devait* la vivre. La journée avait accompli tout ce qu'elle pouvait accomplir, le monde révélé tout ce qu'il voulait révéler pour l'instant. Ils retrouveraient leur calme, il mettrait de l'ordre dans ses idées, il commencerait à se faire à l'absence autour de son cou et se mettrait à penser à la lettre difficile qu'il devrait écrire à Zoticus ; il anticiperait peut-être même le vin et le repas offerts par l'auberge de la soirée. Un retour à l'ordinaire, en vérité, comme revenir chez soi après un très long voyage.

Lorsqu'ils pensent ainsi que la crise est passée, passé l'instant de la révélation surnaturelle, les humains sont plus vulnérables que jamais. Les bons chefs de guerre le savent ; n'importe quel acteur doué, n'importe quel dramaturge, et les prêtres aussi, les clercs, peut-être les chiromanciens. Quand on a subi un certain type d'ébranlement profond, on est en réalité grand ouvert à la prochaine lumière qui tombe du ciel. Ce n'est pas le moment de la naissance – ce passage explosif à travers la coque du monde – qui s'imprime dans l'esprit du caneton nouveau-né, mais la première vision qui vient ensuite, et lui marque l'âme.

Ils poursuivirent leur chemin, deux hommes, une femme, dans le monde en train d'éclore. Nul autre sur la route. C'était le Jour des morts. La lumière automnale se fit douce tandis que le soleil virait vers l'ouest, pâle et voilé. Une brise fraîche poussait les nuages ; on pouvait voir d'autres échappées bleues dans le ciel.

Des corbeaux dans les champs, des merles, à leur droite d'autres petits oiseaux au vol preste inconnus de Crispin, avec une queue d'un rouge éclatant. De la neige dans le lointain, au sommet des montagnes qui apparaissaient l'une après l'autre. Au-delà, la mer. Il aurait pu faire voile vers Sarance, si le messager…

Ils arrivèrent à l'endroit dont avait parlé Vargos. La chapelle se dressait derrière une barrière métallique, à quelque distance de la route, au sud, face à la forêt. Elle était bien plus vaste que les habituels lieux de prière jouxtant la route. Une véritable chapelle, comme l'avait dit Vargos : un grand octogone de pierre grise surmonté d'un dôme, de l'herbe broutée ras tout autour, un dortoir à côté, les dépendances plus loin, et un cimetière. Il faisait très calme. Dans la prairie, de l'autre côté des tombes, des vaches et une chèvre.

Si Crispin avait davantage eu conscience du moment et du lieu, si son esprit ne s'était débattu avec l'invisible, il aurait pu comprendre où ils se trouvaient, être prêt. Mais non.

Ils attachèrent la mule près du muret, franchirent la barrière de métal dépourvue de verrou et gravirent le sentier de pierre. Des fleurs tardives poussaient le long du chemin, entretenues avec amour. Un jardin d'herbes aromatiques s'étendait à gauche, du côté de la prairie. Après avoir poussé la lourde porte en bois, ils pénétrèrent dans la chapelle et Crispin examina les murs tandis que ses yeux s'ajustaient peu à peu à la lumière plus faible. Il avança d'un pas, alors, et leva la tête vers la coupole.

Dès la naissance du culte de Jad, les disputes théologiques y avaient mené aux bûchers, à la torture et à la guerre. Aux premiers jours de l'empire rhodien, la doctrine et la liturgie du dieu du soleil, en se démarquant de celles des dieux et déesses trakésiens aux mœurs faciles, n'avaient pas évolué sans connaître leur part de schismes et d'hérésies, avec les réactions sub-

séquentes, souvent féroces. Le dieu se trouvait dans le
soleil, ou de l'autre côté du soleil ; le monde était né de
la lumière, ou la sainte lumière l'avait libéré de la
glace et du froid ; pendant un temps, on avait cru que
le dieu mourait en hiver et renaissait au printemps,
mais le doux prêtre qui avait proposé cette doctrine
avait été écartelé entre des chevaux de cavalerie sur
l'ordre d'un Grand Patriarche de Rhodias. Pendant une
brève période, ailleurs, on avait enseigné que les deux
lunes étaient les enfants de Jad – une doctrine bien trop
proche de celle des Kindaths, qui les déclaraient sœurs
du dieu et ses égales de manière bien troublante ; il
avait également fallu bien des exécutions avant d'extirper cette fallacieuse et infortunée doctrine.

Les diverses croyances en Héladikos – fils mortel
du dieu, demi-dieu, dieu lui-même – n'étaient que les
plus obstinés et les plus durables des conflits déclenchés au saint nom de Jad. Empereurs et Patriarches,
d'abord à Rhodias puis à Sarance, hésitaient, se convain-
quaient, puis leur position et leur tolérance changeaient
et l'Aurige Héladikos perdait la faveur de la mode, ou
la retrouvait, un peu comme le mouvement du soleil à
travers les nuages, un jour de vent.

De même, au milieu de toutes les guerres farouches
menées à coups de mots, de fer et de flammes, la
représentation même de Jad était devenue avec le
temps le champ de bataille où s'affrontaient l'art et la
foi, les diverses façons d'imaginer le dieu qui accordait
aux humains la lumière porteuse de vie et combattait la
noirceur chaque nuit à l'envers de sa création tandis que
les humains étaient plongés dans leur précaire sommeil.

Et justement, la ligne de démarcation, c'était cette
vieille et modeste chapelle, si bellement construite sur
l'ancienne route impériale de Sauradie, dans cet endroit
tranquille et isolé.

Crispin fut complètement pris au dépourvu. Il avança
de quelques pas dans la lumière délicatement tamisée

de la chapelle en remarquant, distrait, les mosaïques à l'ancienne mode sur les murs, des fleurs entrelacées ; puis il leva les yeux.

L'instant d'après, il se retrouva par terre sur les dalles froides, luttant pour retrouver son souffle, les yeux rivés à son dieu.

Il aurait dû savoir ce qui l'attendait. Même au moment de son départ de Varèna, il avait bien pensé que la route de Sauradie le ferait passer près de cette chapelle ; il n'était pas certain de l'endroit, mais il le savait sur la route impériale et il avait même anticipé avec intérêt de voir ce que l'art primitif des anciens artisans avait créé en représentant Jad à la manière orientale.

Mais l'intensité et la terreur de ce qui s'était passé ce matin-là dans la brume et la forêt le lui avaient tellement fait oublier qu'il était grand ouvert, sans défense, totalement exposé à la majesté de ce que des mortels avaient accompli dans ce dôme. Après l'Ancienne Forêt, l'aurochs, Linon, Crispin n'avait plus aucune barrière intérieure, aucun refuge, et la puissance de cette image l'écrasa, lui dérobant toutes ses forces : il s'écroula comme un pantin de pantomime ou un ivrogne impotent dans une allée derrière un tripot.

Il resta sur le dos à regarder fixement l'image du dieu : le visage barbu et le haut du torse de Jad, gigantesques, occupaient presque toute la coupole. Une image émaciée, ployant sous la lassitude des batailles, le poids de ses fardeaux et des graves péchés de ses enfants – Crispin remarqua la lourde cape, les épaules voûtées. Une figure aussi absolue et terrifiante que l'avait été l'aurochs : une autre tête sombre et massive se détachant sur les tessères jaune pâle du soleil. Une figure qui semblait devoir descendre des hauteurs pour un écrasant jugement. L'image comprenait la tête, les épaules et les mains levées. Rien d'autre, pas de place sur la coupole pour quoi que ce fût d'autre. Elle occupait tout l'espace doucement illuminé, laissait tomber sur le monde le regard de ses yeux aussi grands que certaines silhouettes autrefois façonnées par Crispin, tellement disproportionnée que cela n'aurait jamais dû fonctionner – et pourtant Crispin n'avait de sa vie jamais rien vu qui approchât la puissance de cette composition.

Cette œuvre se trouvait là, il l'avait bien su, géographiquement la plus occidentale de toutes les représentations orientales du dieu, avec la barbe et ces yeux noirs, hantés : Jad le juge, le guerrier las, prisonnier d'un combat mortel, et non la figure solaire de l'Occident si familière à Crispin, blonde, aux yeux bleus. Mais le savoir et le voir étaient aussi distincts que... le monde et l'entre-deux-mondes des puissances secrètes.

Les anciens artisans. Leur art primitif.

Ainsi avait-il pensé à Varèna. Il éprouvait douloureusement la profondeur de sa sottise, les limites soudain exposées de son intelligence et de son talent. Il se sentait nu devant cette image, tout en saisissant que, à sa façon, cette œuvre de mortels dans le dôme d'une chapelle était tout autant une manifestation du sacré que l'aurochs aux cornes dégouttantes de sang dans la forêt, et tout aussi propre à frapper d'épouvante. La féroce et sauvage puissance de Ludan acceptant son sacrifice dans sa clairière suscitait autant de pure humilité que l'art et la sagesse immenses dévoilés sur cette coupole, cette représentation en verre et en pierre d'une divinité. Comment passait-on d'un de ces pôles à l'autre ? Comment l'humanité pouvait-elle même vivre entre de tels extrêmes ?

Car le mystère le plus profond, le cœur palpitant de l'énigme, c'était que, alors qu'il gisait sur le dos, paralysé par la révélation, Crispin voyait bien que les yeux étaient les mêmes. Toute la tristesse du monde qu'il avait vue dans ceux du *zubir* se retrouvait ici dans le regard du dieu solaire, raffinée par les artisans anonymes dont la vision et la foi pures lui avaient fait perdre contenance ; pendant un moment, Crispin douta réellement de pouvoir jamais se relever et réaffirmer sa volonté, sa maîtrise de soi.

Il essaya de démêler les éléments du travail qu'il contemplait, de le dominer un peu pour se dominer lui-même. Dans les yeux, du brun foncé et de l'obsidienne, pour les rendre plus sombres et plus prononcés que les cheveux bruns encadrant le visage à hauteur d'épaule. Le long visage encore allongé par la chevelure raide et la barbe ; les lourds sourcils arqués, le front aux plis profonds, les joues creusées d'autres rides, la peau si pâle entre barbe et cheveux qu'elle en paraissait presque grise. Puis le bleu riche et somptueux de la tunique sous la cape, strié d'une myriade éclatante de couleurs contrastantes afin de rendre la texture du tissu et de suggérer le jeu puissant de la lumière en un dieu dont le pouvoir *était* lumière.

Et puis les mains. Les mains étaient à vous briser le cœur. De longs doigts noueux, avec leur connotation de spiritualité ascétique, mais davantage encore. Ce n'étaient pas des doigts de prêtres, les mains du repos, jointes pour la méditation ; elles étaient couvertes de cicatrices. L'un des doigts de la main gauche avait visiblement été fracturé ; il était dévié, avec une enflure à l'articulation : des tessères brunes et rouges en contraste avec le blanc et le gris. Ces mains avaient brandi des armes, s'étaient fait entailler, avaient subi les morsures du gel dans leur guerre sauvage contre la glace et le vide ténébreux ; ces mains défendaient éternellement des enfants mortels dont la compréhension était… enfantine, sans plus.

Et dans les yeux sombres, affliction et jugement étaient inséparables de ce qu'avaient subi ces mains. Les couleurs – en Crispin, l'artisan s'émerveillait – établissaient entre eux une correspondance impossible à manquer. Les veines bien visibles et trop gonflées aux poignets des mains pâles étaient composées du même brun et du même noir d'obsidienne que les yeux. L'intuition de Crispin lui disait que cet appariement exact de tessères ne se trouverait nulle part ailleurs sur la coupole. Les yeux du chagrin et de la condamnation,

les mains de la souffrance et de la guerre. Un dieu qui
s'interposait entre les ténèbres et ses enfants indignes,
leur offrant chaque matin de leur courte vie la lumière
du soleil, puis sa pure Lumière à lui, pour ceux qui la
méritaient.

Songeant à Ilandra, à ses filles, à la peste qui écu-
mait de par le monde tel un carnivore enragé, Crispin
resta étendu sur la pierre froide, sous l'image impérieuse
de Jad. Il comprenait ce qu'elle lui disait, ce qu'elle
disait à tous ceux qui la contemplaient : la victoire du
dieu n'était jamais assurée, ne devait jamais être tenue
pour acquise. C'était cela que les mosaïstes inconnus
confiaient à leurs frères sur cette coupole, par l'intermédiaire de cet immense dieu las qui se détachait dans
la douce lumière dorée de son soleil.

« Est-ce que ça va ? Monseigneur ! Ça va ? »

Il prit conscience des questions pressantes de Vargos
et de son inquiétude presque comique après tout ce à
quoi ils avaient survécu ce jour-là. Les pierres n'étaient
pas particulièrement inconfortables, malgré le froid. Il
remua vaguement une main. De fait, il avait quelque
difficulté à respirer. C'était mieux quand il ne levait
pas les yeux. En tournant la tête, il vit que Kasia se
tenait un peu à l'écart et contemplait le dôme. Et, en la
regardant, une autre compréhension se fit jour en lui.
Vargos connaissait cet endroit ; il voyageait depuis des
années le long de cette route. La fille ne devait jamais
avoir vu cette incarnation de Jad, n'en avait sans doute
jamais entendu parler. Elle n'était arrivée du nord
qu'un an plus tôt, contrainte à l'esclavage et convertie
de force à la religion du dieu du soleil ; elle avait toujours connu Jad comme un jeune dieu aux cheveux
blonds, aux yeux bleus, un descendant direct – mais
elle devait l'ignorer – de la divinité solaire du panthéon trakésien, puis de la Rhodias païenne des siècles
enfuis.

« Que vois-tu ? » lui demanda-t-il. Sa voix était rauque.
Vargos se retourna pour suivre son regard jusqu'à la

fille. Après l'avoir regardé, elle se détourna ; elle était très pâle.

« Je… Il… » Elle hésita. Ils entendirent un bruit de pas. Crispin se rassit avec peine et vit approcher un prêtre vêtu de l'habit blanc de l'Ordre des Veilleurs. Il comprenait maintenant pourquoi la chapelle était si calme. Ces saints hommes restaient debout toute la nuit en prières tandis que le dieu combattait les esprits dans les profondeurs du monde. L'humanité avait ses propres devoirs, disait la figure au-dessus de leur tête, cette guerre était une guerre sans fin. Ces hommes le croyaient et le concrétisaient dans leurs rituels. L'image du dôme et l'ordre des prêtres qui priaient toutes les nuits allaient de concert. Ceux qui avaient créé la mosaïque, il y avait si longtemps, devaient l'avoir su aussi.

« Dis-nous », demanda-t-il à voix basse à Kasia, tandis que la silhouette vêtue de blanc les rejoignait, un petit homme au visage rond et barbu.

« Il… il ne croit pas en sa victoire, dit-elle enfin. La bataille. »

Le prêtre s'immobilisa à ces paroles. Il les dévisagea tour à tour, apparemment surpris de trouver un homme assis par terre.

« Il n'en est pas *certain* », dit-il, s'adressant à Kasia en sarantin, comme elle l'avait fait. « Il existe des ennemis, et les êtres humains font le mal, ce qui rend les ennemis plus forts. L'issue de cette bataille n'est jamais sûre. Et c'est pourquoi nous devons y participer.

— Sait-on qui a créé cette œuvre ? » demanda Crispin d'une voix mesurée.

Le prêtre parut surpris : « Leurs noms ? Les artisans ? » Il secoua la tête : « Non. Ils devaient être nombreux, je suppose. C'étaient des artisans… et pendant un temps, un esprit saint les a possédés.

— Oui, évidemment », dit Crispin en se relevant. Il hésita. « C'est le Jour des morts, aujourd'hui, ici », murmura-t-il, incertain de la raison pour laquelle il le disait. Vargos l'aida à trouver son équilibre en lui prenant un coude, puis s'écarta.

« C'est ce que je comprends », dit le prêtre avec calme. Il avait un visage sans ride à l'expression affable. « Nous sommes environnés d'hérésies païennes. Elles font beaucoup souffrir le dieu.

— Est-ce tout ce que cela signifie pour vous ? » Dans l'esprit de Crispin, une voix, celle d'une jeune femme, d'un oiseau artificiel, d'une âme : "Je t'appartiens, Seigneur, comme toujours depuis la première fois où l'on m'a amenée ici."

« Que pourrait-ce être d'autre ? » rétorqua l'homme vêtu de blanc, en haussant les sourcils.

Une question honnête, il fallait le supposer. Crispin intercepta le regard anxieux de Vargos et abandonna le sujet. « Je suis désolé pour… mon état lorsque vous m'avez trouvé, dit-il. Cette image m'a beaucoup ému. »

Le prêtre sourit : « Vous n'êtes pas le premier. Pourrais-je supposer que vous venez de l'ouest… de Batiare ? »

Crispin acquiesça ; ce n'était pas une conclusion difficile. Son accent devait l'avoir trahi.

« Là où le dieu est beau, blond, avec des yeux bleus, et aussi paisible qu'un ciel d'été ? » L'homme en blanc souriait d'un air paternaliste.

« La façon dont on représente Jad en Occident m'est familière, oui. » Crispin n'avait jamais aimé se faire donner des leçons.

« Et, dernière supposition, vous devez être une sorte d'artisan ? »

Kasia semblait stupéfaite, Vargos méfiant. Crispin dévisagea le prêtre avec froideur : « Une supposition ingénieuse. Et comment le sauriez-vous ? »

L'homme avait croisé les mains sur son ventre. « Ainsi que je l'ai dit, vous n'êtes pas le premier visiteur venu de l'ouest à réagir comme vous l'avez fait. Et ce sont souvent ceux qui s'essaient eux-mêmes à ce genre de travail qui en sont… les plus touchés. »

Crispin cligna des yeux. Ce qui se trouvait sur la coupole pouvait bien le remplir d'humilité, mais "ceux qui s'essaient eux-mêmes à ce genre de travail", c'était inacceptable.

« Votre sagacité m'impressionne fort. C'est en effet du très beau travail. Après avoir satisfait à certaines commandes de l'Empereur, à Sarance, je désirerai peut-être revenir ici et surveiller les réparations nécessaires au travail de base plutôt erratique qui a été effectué dans ce dôme. »

Au tour du prêtre de cligner des yeux, un baume sur l'irritation de Crispin. « Ce travail a été exécuté par de saints hommes porteurs d'une sainte vision, dit-il, indigné.

— Je n'en doute point. Dommage de ne pas connaître leurs noms, afin de leur rendre hommage. Et dommage aussi qu'ils n'aient pas possédé une technique égale à leur vision. Vous savez certainement que des carreaux ont commencé à se détacher du côté droit de la coupole, vu d'en face de l'autel. Des morceaux de la cape et du bras gauche du dieu ont imprudemment choisi de se séparer du reste de son auguste forme. »

Le prêtre leva les yeux, presque à contrecœur.

« Bien sûr, vous pouvez en faire une parabole ou en donner une interprétation théologique », ajouta Crispin. De la façon la plus curieuse, cette joute verbale le remettait d'aplomb. Pas nécessairement la réaction *appropriée*, sans doute, mais il en avait besoin en cet instant.

« Vous oseriez proposer de *modifier* la figure du dieu ? » L'autre semblait réellement horrifié.

Crispin soupira : « Elle a bel et bien été modifiée, bon prêtre. Lorsque vos artisans, ces parangons de piété, ont effectué ce travail, il y a des siècles, Jad avait une tunique et un bras gauche. » Il leva un doigt : « Pas des restes de préparation de base complètement desséchés. »

Le prêtre secoua la tête ; il s'était empourpré. « Quel genre d'homme contemple une œuvre glorieuse et ose parler d'y mettre la main ? »

Crispin avait totalement retrouvé son calme. « Un descendant de ceux qui l'ont créée. Auquel il manque peut-être leur piété, mais qui comprend mieux les techniques de la mosaïque. Je devrais ajouter que la coupole même semble près de perdre une partie de son soleil doré, à gauche. J'aurais besoin de monter sur un échafaudage pour en être sûr, mais quelques tessères semblent aussi en avoir été délogées. Si cela continue, la chevelure du dieu ne tardera pas à suivre, je le crains. Êtes-vous prêt à voir Jad vous tomber dessus, non pas dans un grondement de tonnerre mais dans une lente averse de verre et de pierre ?

— Voilà une hérésie des plus profanes ! » s'exclama le prêtre en faisant le signe du disque.

Crispin soupira de nouveau : « Je suis navré que vous le preniez ainsi. Je n'ai aucune intention de vous provoquer. Ou pas seulement. Le lit de pose a été fait à l'ancienne manière. Une seule couche, et sûrement avec un mélange de matériaux dont nous savons maintenant qu'ils sont moins durables que d'autres. Ce qui se trouve au-dessus de nous ici, nous le savons tous, ce n'est pas le saint Jad mais une représentation créée par des mortels. Nous adorons le dieu, pas son image, je pense. » Il s'interrompit ; c'était un sujet de disputes particulièrement violentes dans certains quartiers. Le prêtre ouvrit la bouche comme pour répliquer, mais se tut.

Crispin poursuivit : « Les mortels ont leurs limites, nous le savons aussi. Parfois, on fait de nouvelles découvertes. Le constater n'est pas une critique à l'égard de ceux qui ont créé cette coupole. Des gens moins talentueux peuvent préserver le travail de leurs supérieurs. Avec des assistants compétents, je pourrai certainement faire en sorte que l'image restaurée continue d'exister dans les siècles à venir. Cela prendrait une saison de travail. Peut-être un peu plus, ou un peu moins. Mais je peux vous assurer que, sans une telle intervention, ces yeux, ces mains et cette chevelure vont bientôt se

répandre sur les dalles. J'en serai fort marri. C'est une
œuvre singulière.

— Elle est unique au monde !

— Je le crois volontiers. »

Le prêtre hésita. Crispin se rendit compte que Kasia
et Vargos le contemplaient, stupéfaits. Avec un amusement qui contribua aussi à le remettre d'aplomb, il se
dit qu'à ce stade ni l'un ni l'autre n'avait aucune raison
de le croire bon à quoi que ce fût ; un mosaïste avait
bien peu d'occasions d'exercer ses dons ou son talent
dans le désert qu'était la Sauradie.

À cet instant, par une intervention qu'il aurait pu
considérer comme divine, un tintement se fit entendre
à quelque distance. Il réprima un sourire et, après s'être
dirigé vers l'origine du son, il s'agenouilla et examina
le sol avec attention ; il y découvrit sans peine une
tessère brunâtre et la retourna. L'endos, sec et friable,
se pulvérisa sous ses doigts. Il se releva pour rejoindre
les autres et tendit le morceau de mosaïque au prêtre.

« Un saint message ? dit-il avec ironie. Ou seulement un morceau de pierre sombre provenant – il leva
les yeux – presque certainement encore de la tunique,
du côté droit ? »

Le prêtre ouvrit et referma la bouche, comme plus
tôt. Il regrettait sûrement que ce fût son tour d'être
éveillé de jour pour accueillir les visiteurs de la chapelle. Crispin éleva de nouveau son regard vers la
sévère majesté qui les surplombait et regretta d'avoir
pris le ton de la plaisanterie. "Ceux qui s'essaient à ce
genre de travail" l'avait vexé, mais ces paroles ne le
visaient pas ; il aurait dû être au-dessus de telles mesqui-
neries. Surtout ce jour-là, et en un tel lieu.

Les hommes, songea-t-il, et peut-être tout particulièrement cet homme-ci, Caius Crispus de Varèna,
semblent échapper si rarement aux soucis et aux vexa-
tions triviales de leur vie quotidienne… Il aurait assurément dû avoir laissé tout cela derrière lui, aujourd'hui.
Ou bien – idée soudaine et bien différente – c'était

peut-être d'avoir été poussé si loin de sa normalité qu'il éprouvait le besoin d'y revenir ainsi ?

Il regarda le prêtre, puis encore une fois le dieu. L'image du dieu. Tout à fait faisable, avec de bons assistants. Probablement six mois de travail, en tout cas, si on était réaliste. Il décida brusquement qu'ils passeraient la nuit là. Il parlerait au dirigeant de ce saint ordre, s'excuserait de son ironique légèreté. Si on pouvait leur faire comprendre ce qui arrivait au dôme, et s'il apportait une lettre d'eux à la Cité, peut-être le Chancelier ou quelqu'un d'autre – le mosaïste officiel de l'Empereur ? – pourrait-il être recruté pour sauvegarder cette splendeur. Il avait été d'une agaçante désinvolture, mais il pouvait peut-être la réparer en restaurant le dôme, en mémoire de cette journée et peut-être de ses propres morts.

Il peut se passer tant de choses dans le déroulement des événements, au cours d'une vie humaine... Tout comme Crispin ne devait pas voir la torche d'Héladikos à la lumière des bougies dans la chapelle proche de Varèna, il n'accomplirait pas non plus ce travail-ci, même si son intention du moment était profondément sincère et presque pieuse. Ils ne passèrent pas non plus la nuit dans le dortoir de l'antique sanctuaire.

Le prêtre glissa la tessère brune dans sa tunique. Mais avant que personne pût reprendre la parole, un tonnerre distant se fit entendre, puis se rapprocha : des chevaux au galop sur la route.

Le prêtre regarda la porte, surpris. Crispin échangea un vif coup d'œil avec Vargos. Puis, malgré les battants épais et la distance de la route, ils entendirent un ordre de halte, proféré d'une voix forte. Les sabots se turent. Il y eut des cliquettements de harnais, puis un bruit de bottes sur le chemin et des voix masculines.

Les battants s'ouvrirent brusquement, laissant entrer une vive lumière et une demi-douzaine de cavaliers qui s'avancèrent à grandes enjambées en faisant sonner leurs pas sur les dalles. Aucun d'eux ne leva les yeux vers le dôme. Leur chef, un très grand gaillard musclé, noir de cheveux, s'immobilisa devant eux, son casque sous le bras. Il salua le prêtre d'une inclinaison de tête, dévisagea Crispin.

« Carullus, tribun de la Quatrième Légion sauradienne. Mes respects. On a vu la mule. On cherche quelqu'un sur la route. Serais-tu Martinien de Varèna, par hasard ? »

À défaut d'imaginer une bonne raison de ne pas le faire, Crispin hocha la tête en signe d'acquiescement. Il était d'ailleurs également incapable d'émettre un son.

L'expression de Carullus, de la Quatrième Légion, se transforma aussitôt en un mélange de dédain et de triomphe – une conjonction remarquable, du reste, un véritable défi s'il avait fallu la rendre avec des tessères. Il pointa un gros doigt accusateur sur Crispin. « Où as-tu foutre bien pu être, espèce de limace rhodienne de merde ? En train de foutre toutes les putes vérolées le long de la route ? Qu'est-ce que tu fous sur la route au lieu d'être en mer ? On t'attend depuis des *semaines* dans la foutue Cité, Sa Majesté Trois fois Honorée, sa foutue Magnificence impériale elle-même, le foutu empereur Valérius II ! Espèce de crotte de chien ! »

◆

« Tu es vraiment un déficient mental, un Rhodien idiot, tu sais. »

Avec ces paroles, un souvenir entièrement inattendu remonta lentement à la mémoire de Crispin, d'un coin perdu de son enfance. Stupéfiant, vraiment, ce que l'esprit pouvait bien aller chercher. Aux moments les plus absurdes. À neuf ans, il s'était fait assommer en jouant à "Siège" avec des amis autour d'un appentis à bois et sur son toit ; il n'avait pas réussi à repousser le féroce assaut des barbares, deux garçons plus âgés, et il était tombé du toit dans des bûches, la tête la première.

Depuis ce matin-là jusqu'au moment où les gardes de la reine Gisèle l'avaient coiffé d'un sac de farine pour l'immobiliser et l'assommer, il n'avait pas répété l'expérience.

C'était fait, maintenant, comprenait-il à travers les miasmes d'une terrible migraine – deux fois en une seule saison. Ses pensées étaient extrêmement confuses. Un instant, il attribua à Linon les paroles insultantes qu'il venait d'entendre. Mais Linon était sardonique et non vulgaire, l'avait appelé "imbécile" et non "idiot", parlait le rhodien et non le sarantin, et elle avait disparu.

Avec témérité, il ouvrit les paupières. L'univers dérivait, agité d'une houle épouvantable. Crispin s'empressa de refermer les yeux, saisi de nausée.

« Un vrai fou » poursuivait la lourde voix implacable. « N'aurait jamais dû être autorisé à sortir de chez lui. Par le saint tonnerre, qu'est-ce qui peut bien arriver à un étranger, à ton avis – et un Rhodien, en plus ! – qui traite un tribun de la cavalerie sarantine de face de pet et d'enculeur de chèvre en présence de ses propres hommes ? »

Ce n'était pas Linon. C'était le soldat.

Carullus. De la Quatrième Légion sauradienne. C'était le nom de ce porc.

Le porc poursuivit, avec une patience grossièrement exagérée à présent : « As-tu la moindre idée de la situation où tu m'as mis ? L'armée impériale repose entièrement sur le respect de l'autorité… et sur le paiement régulier de la solde, bien sûr… et tu ne m'as pas laissé le choix. Je ne pouvais pas tirer mon épée dans une chapelle. Je ne pouvais pas te donner un coup de poing… trop bien pour toi… T'aplatir avec un casque, c'était à peu près tout ce qui restait. Je n'ai même pas tapé fort. Sois heureux, outrecuidant Rhodien, d'avoir eu affaire à un homme connu pour sa bonté et d'être barbu. Le bleu ne se verra pas trop, le temps que ça guérisse. Tu seras aussi moche que d'habitude, mais pas davantage. »

Carullus de la Quatrième Légion se mit à glousser.
À glousser, réellement.

Un casque. On l'avait frappé avec un casque. Ça lui
revenait. La pommette et la mâchoire. Il se rappelait
un bras musclé qui s'abattait sur lui comme un éclair,
puis plus rien. Il essaya de faire fonctionner ses maxil-
laires de haut en bas, puis horizontalement. Une douleur
brûlante lui arracha un grognement, mais sa mâchoire
bougeait, apparemment. Il continuait à essayer d'ouvrir
les yeux, de temps à autre, mais l'univers insistait chaque
fois pour se démener d'une façon écœurante.

« Rien de cassé, dit Carullus, désinvolte. Je te l'ai
dit, je suis un brave homme. Mauvais pour la discipline,
mais c'est ainsi. C'est ainsi. Le dieu m'a fait comme je
suis. Il ne faut absolument pas aller t'imaginer que tu
peux te promener sur les routes de l'empire sarantin en
insultant des officiers en face de leurs troupes, mon
petit ami occidental, si bien trouvées soient tes insultes.
J'ai des collègues tribuns et chilliarques qui t'auraient
fait traîner dehors pour t'étriper dans le cimetière, afin
de s'éviter d'avoir à transporter ton cadavre. Quant à
moi, d'un autre côté, je ne souscris pas entièrement à
la détestation et au mépris universels qu'inspirent à la
plupart des soldats impériaux les Rhodiens peureux et
libertins, ces froussards moralisateurs pleins de merde.
Je vous trouve en fait assez divertissants de temps à autre
et, comme je l'ai déjà dit, je suis un brave homme.
Demande à mes soldats. »

Carullus, tribun de la Quatrième Légion Sauradienne,
aimait manifestement le son de sa propre voix. Crispin
se demanda comment et quand il aurait l'occasion de
massacrer ce brave homme.

« Où… suis-je ? » Parler lui était pénible.

« Dans une litière. En route vers l'est. »

Soulagement considérable. Le monde remuait bel et
bien, les fluctuations du paysage et le militaire tressau-
tant qui lui faisait la conversation n'étaient pas simplement
le résultat du réaménagement de sa boîte crânienne.

Il avait quelque chose de pressant à dire. Il finit par se rappeler quoi. Obligea ses paupières à se rouvrir, tout en comprenant enfin que Carullus chevauchait non loin de lui sur un cheval gris foncé. « Mon serviteur ? » demanda-t-il en remuant la mâchoire aussi peu que possible. « Vargos ? »

Carullus secoua la tête, la bouche réduite à une mince fente dans son visage rasé de près. « Quiconque frappe un soldat, n'importe quel soldat, à plus forte raison un officier, est écartelé en public. C'est bien connu. Il m'a presque assommé.

— Ce n'est pas un esclave, méprisable tas de merde !

— Attention, dit Carullus avec une certaine aménité. Mes hommes pourraient t'entendre, et je devrais réagir. Je sais que ce n'est pas un esclave. On a vérifié ses papiers. Il sera fouetté et castré en arrivant au camp, mais on ne l'écartèlera pas. »

Crispin sentit son cœur lui battre douloureusement dans la poitrine. « C'est un homme libre, un citoyen de l'Empire et mon serviteur, que j'ai engagé. Tu le touches à ton propre péril. Je suis sérieux. Où est la fille ? Que lui est-il arrivé ?

— C'est bel et bien une esclave, elle, de l'un des relais de poste. Et assez jeune. On en aura l'usage au camp. Elle m'a craché à la figure, tu sais. »

Crispin s'obligea à rester calme ; la colère ne ferait que lui donner davantage la nausée et ne servirait à rien. « Elle m'a été vendue à l'auberge. Elle m'appartient. Tu le sais, puisque tu as fouillé dans mes papiers aussi, espèce d'excroissance pustuleuse. Si on la touche, si on la maltraite, ou si on fait quoi que ce soit à cet homme, ma première requête à l'Empereur sera de te faire couper les testicules pour les faire couler dans du bronze et m'en servir comme dés. Comprends-le bien. »

Carullus eut l'air amusé : « Tu es vraiment un idiot, hein ? Quoique, excroissance pustuleuse, ce n'est pas mal, je dois admettre. Comment diras-tu quoi que ce soit à l'Empereur si notre compagnie lui rapporte qu'on

vous a trouvés horriblement massacrés par des voleurs
sur la route, après vous être fait violer par tous les orifices, toi et tes compagnons ? Je le répète, l'homme et
la fille seront traités selon la coutume. »

En s'efforçant toujours de conserver son calme,
Crispin répliqua : « Il y a un idiot ici, mais il est sur le
cheval, pas dans la litière. L'Empereur recevra des
Veilleurs un rapport précis sur notre rencontre, avec
une instante demande pour mon retour, pour que je
supervise la restauration de l'image de Jad dans leur
dôme. Nous en discutions quand tu as fait irruption
dans la chapelle. Nous n'avons été ni dévalisés ni massacrés. Nous avons été interpellés dans un lieu saint
par des cavaliers débraillés sous les ordres d'un tribun
à face de merde, et un homme personnellement convoqué à Sarance par Valérius II a été frappé au visage.
Que préfères-tu, Tribun, une réprimande allégée par
mon aveu de t'avoir provoqué, ou la castration et la
mort ? »

Il y eut un moment de silence fort satisfaisant. Crispin
leva une main pour se tâter délicatement la mâchoire et
regarda le cavalier, les yeux plissés à cause de la
lumière ; des taches et des couleurs bizarres dansaient
capricieusement dans son champ de vision. « Bien sûr,
ajouta-t-il, tu peux revenir sur tes pas, massacrer les
prêtres – ils doivent tous être au courant, à présent – et
prétendre que nous nous sommes tous fait voler, violer
et massacrer par ces abominables brigands. Tu pourrais
le faire, crottin de rat sec.

— Arrête de m'insulter », dit Carullus, mais sans
force, cette fois. Il chevaucha un moment encore en
silence. « J'avais oublié les foutus prêtres, admit-il
enfin.

— Tu as également oublié qui a signé mon permis.
Et qui m'a convoqué à la Cité. Tu as lu mes papiers.
Va, Tribun, ne me donne qu'une demi-raison d'être
généreux. Tu pourrais envisager de m'implorer, par
exemple. »

Carullus de la Quatrième Légion sauradienne se mit
plutôt à jurer. De façon impressionnante, d'ailleurs, et
pendant un bon moment. Il finit par descendre de son
cheval en faisant signe à quelqu'un d'invisible à Crispin
et, après avoir tendu les rênes à un soldat qui s'empressa de les prendre, il se mit à marcher à côté de la
litière. « Puissent tes yeux se putréfier, Rhodien. On ne
peut vraiment pas laisser des civils, et surtout des étrangers, insulter des officiers de l'armée ! Ne peux-tu le
comprendre ? L'Empire a six mois de retard pour la
solde. Six mois, et l'hiver s'en vient ! Tout passe dans
les *bâtiments.* » Il prononça le mot comme s'il s'agissait
d'une autre obscénité. « As-tu la moindre idée du moral
des troupes ?

— L'homme. La fille », répliqua Crispin en l'ignorant.
« Où sont-ils ? Ont-ils été maltraités ?

— Ils sont là, ils sont là. On n'a pas touché à la
fille, on n'avait pas le temps de s'amuser. Tu es en
retard, je t'ai dit. C'est pour ça qu'on a été envoyés te
chercher. Une mission indigne de nous, maudit de Jad,
s'il y en a jamais eu !

— Oh, va donc chier ! Le *messager* avait du retard.
J'ai arrangé mes affaires en cours et je suis parti cinq
jours après son passage ! Ce n'est plus la saison pour
voyager en bateau. Tu crois que je *voulais* passer par
la route ? Trouve le *messager* et pose-lui des questions.
Titaticus ou quelque chose de ce genre. Un idiot au nez
rouge. Tue-le à coups de casque. Comment est
Vargos ? »

Carullus jeta un regard par-dessus son épaule. « Sur
un cheval.

— Quoi ? Il monte ? »

Le tribun poussa un soupir : « Attaché sur un cheval.
On l'a… un peu arrangé. Il m'a *frappé* après que tu es
tombé. Il ne peut absolument *pas* faire ça ! »

Crispin essaya de s'asseoir, avec des conséquences
déplorables. Il ferma les yeux, les rouvrit quand il pensa
pouvoir le faire. « Écoute-moi bien. Si cet homme a été

faisante adresse sa joue et sa mâchoire ensanglantées. Il vit Vargos à ce moment-là. On l'avait en effet arrangé, et plus qu'un peu, mais en réservant de toute évidence les châtiments plus substantiels pour un moment où tout le camp pourrait en profiter. L'Inici était conscient, le visage enflé de coups et une vilaine entaille au front, mais installé dans une litière. On amena Kasia, apparemment intacte, mais elle avait retrouvé son regard furtif de biche traquée, comme prise dans la lueur des torches par des chasseurs, la nuit, et figée sur place de terreur. Il se rappela sa première vision d'elle. La veille, à peu près au même moment, dans l'antichambre de l'auberge de Morax. *Hier ?* Stupéfiant. Une autre migraine en perspective s'il y pensait trop. Quel idiot. Quel imbécile.

Linon n'était plus là, elle avait rejoint son dieu, dans le silence de l'Ancienne Forêt.

« Nous avons une escorte jusqu'au campement militaire », leur dit-il, en essayant toujours de remuer le moins possible la mâchoire. « J'ai réussi à trouver un terrain d'entente avec le tribun. On ne nous fera rien d'autre. En retour, je lui permets de continuer à fonctionner en tant que mâle et en tant que soldat. Je suis navré si vous avez eu peur ou si on vous a maltraités. Il semble maintenant que je doive être accompagné pour tout le reste du voyage vers Sarance. Ma convocation était plus urgente que les documents ne semblaient l'indiquer, ou la manière dont ils m'ont été délivrés. Vargos, ils m'ont promis un médecin à leur camp demain soir pour s'occuper de toi, et je te libérerai de mon service à ce moment-là. Le tribun jure qu'on ne te fera pas de mal et je le crois honnête. Un porc dégoûtant, mais honnête. »

Vargos secoua la tête en marmonnant des paroles que Crispin ne put discerner ; les lèvres étaient très enflées, les mots mal articulés.

« Il veut vous accompagner », dit Kasia à voix basse. Le soleil était bas derrière eux à présent, presque au

sérieusement blessé, je jure que je ferai révoque[
rang et ta pension, sinon ta vie. Je le jure. Donn[
une litière et fais-le soigner. Où se trouve le plus pr[
médecin qui ne tue pas ses patients ?

— Au camp. Il m'a *frappé* », répéta Carullus [
ton plaintif. Mais il se retourna au bout d'un mom[
fit un autre geste. Un autre soldat les rejoignit au [
Carullus lui murmura des ordres en rafale, trop bas p[
Crispin. Le cavalier marmonna d'un air mécont[
mais fit tourner son cheval pour s'exécuter.

« Voilà, dit Carullus en revenant à Crispin. Ils dis[
qu'il n'a rien de cassé. Ne marchera pas et ne piss[
pas à son aise pour un temps, mais rien de permane[
Amis ?

— Fous-toi ton épée au cul. Ton campement e[
encore loin ?

— Demain dans la nuit. Il va bien, je te dis. Je n[
mens pas.

— Non, tu es seulement en train de chier dans to[
uniforme en comprenant que tu as commis l'erreur d[
ta vie.

— Par le sang de Jad ! Tu jures encore plus que moi ![
Martinien, la faute est partagée. Je suis raisonnable, là.[

— Uniquement parce qu'un saint homme a vu ce qui[
est arrivé, espèce de gros pet, bouffon de pantomime. »

Carullus se mit brusquement à rire. « Bien vrai.
Compte ça parmi les grandes bénédictions de ta vie.
Donne de l'argent aux Veilleurs jusqu'à ta mort. "Gros
pet" est bien aussi, au fait, j'aime. Je m'en servirai.
Veux-tu à boire ? »

C'était une situation scandaleuse, et Crispin n'était
que peu rassuré sur la condition de Vargos, mais il
commençait à voir que Carullus de la Quatrième Légion
sauradienne n'était pas entièrement un butor, et il
désirait en effet à boire.

Il hocha la tête, avec précaution.

On lui apporta une bouteille et plus tard, lors d'une
brève halte, un aide du tribun nettoya avec une satis-

ras de la route ; il commençait à faire plus froid, le crépuscule approchait. « Il dit qu'il ne peut plus servir sur
la route avec ce qui s'est passé ce matin. On le tuera. »

C'était la vérité, Crispin le comprit après un moment
de réflexion. Il se rappela le coup porté par Vargos
dans la pénombre de la cour, avant l'aube. Vargos avait
interféré avec le sacrifice, lui aussi. Apparemment,
l'existence de Crispin n'était pas la seule qui allait se
trouver modifiée. Dans l'ultime lueur cuivrée du soleil
qui illuminait le ventre des nuages, il observa l'homme
qui se trouvait dans la litière. « C'est exact ? Tu veux
que je retienne tes services jusqu'à la Cité ? »

Vargos hocha la tête.

« Sarance est un autre monde, tu le sais.

— Le sais », dit Vargos, bien clairement cette fois.
« Votre homme. »

Crispin ressentit alors une émotion inattendue, tel
un rayon de lumière à travers tous les incidents de cette
journée. Il lui fallut un moment pour la reconnaître : il
était heureux. Il tendit la main depuis sa litière, l'autre
tendit la sienne pour l'étreindre.

« Repose-toi, maintenant », dit Crispin, en luttant
lui-même pour garder les yeux ouverts ; il avait vraiment
mal à la tête. « Tout ira bien. » Il n'était pas sûr d'y
croire mais, après un moment, il vit que Vargos avait
en effet fermé les yeux pour s'endormir. Il effleura de
nouveau son menton meurtri et essaya de ne pas bâiller :
ça faisait trop mal quand il ouvrait grand la bouche. Il
jeta un coup d'œil à la fille. « On parlera cette nuit,
marmonna-t-il. Toi aussi, tu dois décider de ta vie. »

Dans le regard de la fille, encore, ce vif éclat d'appréhension. Guère surprenant, évidemment. L'existence
qu'elle avait connue, ce qui lui était arrivé à elle en une
année, en une matinée… Il vit Carullus s'approcher à
grandes enjambées, son ombre derrière lui sur la route.
Pas un mauvais bougre, en vérité. Le rire facile, le sens
de l'humour. Crispin l'avait bel et bien provoqué. Devant
ses hommes. C'était vrai. Pas très sage. Il l'admettrait

peut-être plus tard. Peut-être pas. Valait peut-être mieux pas.

Il était endormi avant que le tribun eût rejoint la litière.

« Ne le touchez pas ! » dit Kasia à l'officier, mais Crispin ne l'entendit pas. Elle s'interposa vivement entre la litière et le soldat.

« Je ne peux vraiment pas lui faire de mal, petite », dit le tribun de la Quatrième Légion sauradienne, en secouant la tête avec perplexité tout en la dévisageant. « Il a mes couilles sur une enclume et un marteau dans la main.

— Bien ! dit-elle. Souvenez-vous-en. » Elle avait une expression féroce en cet instant, très fille du nord, absolument rien d'une biche.

Le soldat se mit à rire. « Jad maudisse le moment où je vous ai vus tous les trois dans cette chapelle, dit-il. Des filles inicii me disent quoi faire, maintenant ? Qu'est-ce que vous faisiez dehors le Jour des foutus morts, de toute façon ? Vous ne savez pas que c'est dangereux, aujourd'hui, en Sauradie ? »

Elle pâlit, il s'en rendit compte, mais elle ne répliqua pas. Il y avait une histoire là-dessous, l'instinct de Carullus le lui disait. Mais aussi qu'il n'apprendrait sûrement pas laquelle. Il aurait pu faire battre la fille pour manque de respect, mais il savait bien qu'il ne le ferait pas. Il avait réellement bon cœur. Le Rhodien ne savait pas à quel point il était chanceux.

Carullus avait aussi le sentiment – un sentiment très secondaire, pour sûr – que son propre futur serait peut-être en péril à la suite de cette rencontre dans le sanctuaire. Il avait vu, un peu trop tard, le permis du Rhodien, le signataire, et les termes spécifiques dans lesquels l'Empereur requérait la présence d'un certain Martinien de Varèna.

Un artisan. Un simple artisan, mais invité person-nellement à la Cité pour prêter "sa grande expertise et son savoir" au nouveau Sanctuaire de la Sainte Sagesse de Jad, que l'Empereur faisait édifier. Un autre bâtiment. Un autre foutu bâtiment.

La sagesse, d'inspiration divine ou simplement pratique, suggérait à Carullus d'exercer ici un minimum de circonspection. L'autre discourait vraiment avec la plus grande assurance, et ses papiers appuyaient ses dires. C'était aussi le propriétaire de la fille, ces documents-là s'étaient également trouvés dans sa sacoche. Seulement depuis la nuit précédente, remarquez. Un autre élément de l'histoire qu'il n'apprendrait pas, sans doute. La fille lui adressait toujours un regard flamboyant, avec ces yeux au bleu nordique. Un visage empreint de caractère et d'intelligence. Des cheveux blonds.

Si le prêtre n'avait été témoin, Carullus aurait bel et bien pu les faire abattre et jeter dans un fossé. Il ne l'aurait probablement pas fait. Il était bien trop gentil. N'avait même pas brisé la mâchoire du Rhodien avec son casque. Une honte, vraiment. Le respect pour l'armée s'était volatilisé en l'espace d'une génération. La faute de l'Empereur ? Peut-être, même si on pouvait se faire trancher le nez et chasser des rangs pour ce genre de déclaration. L'argent allait dans des monuments, ces temps-ci, à des artisans rhodiens, à de honteux paiements pour ces enculés de Bassanides, en Orient, au lieu des honnêtes soldats qui assuraient la sécurité de la Cité et de l'Empire. On disait que même Léontès aux cheveux d'or, le Stratège suprême, le bien-aimé de l'armée, passait maintenant tout son temps à la Cité, dans l'Enceinte impériale, à se livrer aux danses protocolaires de rigueur autour de l'Empereur et de l'Impératrice, à des parties matinales à cheval où l'on jouait avec un maillet et une balle, au lieu de réduire les Bassanides ou les ennemis nordiques à leur condition normale de populace pleurnicharde. Il avait une riche épouse, maintenant. Une autre récompense. Les épouses pouvaient apporter un paquet d'ennuis à un soldat ; Carullus l'avait toujours pensé. Les putains, si elles étaient propres, posaient bien moins de problèmes.

La halte avait assez duré. Il fit signe à son second.
L'obscurité tombait et la prochaine auberge se trouvait
encore à bonne distance. Ils ne pouvaient pas avancer
plus vite que les litières. On reprit celles-ci, après avoir
rassemblé et amené les chevaux des soldats qui les
portaient. La fille adressa à Carullus un ultime regard
féroce avant de se mettre en route entre les deux blessés
endormis, pieds nus, minuscule et fragile dans une
cape brune trop large pour elle, sous les derniers rais
de lumière. Elle était assez jolie. Un peu mince pour le
goût de Carullus, mais elle avait du mordant, et puis,
on ne pouvait pas tout avoir. L'artisan ne lui servirait à
rien cette nuit. Il fallait se montrer discret avec les
esclaves personnelles d'autrui, mais Carullus se demanda
distraitement ce que son plus charmant sourire pourrait
obtenir de celle-ci. Il essaya d'accrocher son regard, en
vain. Cela l'irrita. Il poussa son cheval vers la tête de
la colonne.

◆

Vargos se sentait vraiment mal, mais son père et ses
frères lui avaient infligé bien pis autrefois, et il n'était
pas enclin par nature à se plaindre ou à s'abandonner à
l'inconfort. Il avait presque abattu un tribun de l'armée
d'un coup à la poitrine ; légalement, on pouvait l'exécuter pour cette raison. Ils en avaient eu l'intention, il
le savait, une fois au camp. Et puis Martinien était
intervenu, il ne savait comment. Martinien… avait des
gestes inattendus. Dans l'obscurité du dortoir bondé de
l'auberge, au rez-de-chaussée, Vargos secoua la tête. Il
s'était passé tant de choses depuis la nuit précédente
chez Morax.

Ce matin même, il avait vu l'ancien dieu.

Ludan, sous sa forme de *zubir*, dans l'Ancienne
Forêt. Dans le bosquet sacré de l'Ancienne Forêt. Il
s'y était rendu, il s'y était agenouillé… et en était sorti
vivant pour revenir dans le champ couvert de brume

parce que Martinien de Varèna avait eu autour du cou
une sorte d'oiseau ensorcelé.

Le *zubir*. En regard de ce souvenir, qu'étaient des
meurtrissures, une bouche enflée ou un jet de pisse
rouge, cette nuit ? Il avait vu ce qu'il avait vu, et il était
toujours vivant. Était-il béni ? Se pouvait-il, vraiment,
qu'un homme comme lui fût béni ? Ou bien – idée soudaine – était-ce un avertissement d'abandonner l'autre
dieu, celui qui se tenait derrière le soleil, Jad et son fils
conducteur de char ?

Ou Martinien avait-il raison là-dessus aussi, et l'existence d'une puissance ne niait pas forcément l'existence
d'une autre ? Aucun prêtre de la connaissance de Vargos
ne l'aurait admis, mais il avait déjà décidé que le Rhodien
valait la peine d'être écouté. Et accompagné.

Jusqu'au bout, apparemment, jusqu'à Sarance. Une
certaine appréhension colorait cette pensée. Mégarium,
sur la côte occidentale de Sauradie, était la plus grande
cité que Vargos eût jamais vue, et il n'avait pas apprécié
cette expérience. Les murailles qui vous enfermaient,
les rues pleines de monde, sales et bruyantes ; le vacarme du charroi toute la nuit, les voix querelleuses au
sortir des tavernes, aucun calme, pas de tranquillité,
même quand les lunes voguaient dans le ciel. Et Vargos
connaissait les histoires colportées sur Sarance : une
cité aussi différente de la provinciale Mégarium que
Léontès aux cheveux d'or, Stratège de l'Empire, l'était
de Vargos l'Inici.

Il ne pouvait demeurer ici, pourtant. C'était la pure
vérité. Dans la pénombre de l'antichambre de Morax, la
nuit précédente, il avait pris une décision, et il l'avait
scellée d'un coup de bâton dans la cour, avant l'aube,
dans la fumée des torches et le brouillard. Quand on ne
peut ni reculer ni rester sur place, on avance, inutile de
réfléchir, il suffit d'agir. Son père aurait dit ce genre de
chose après avoir vidé une autre bouteille de bière arti-
sanale, en s'essuyant les moustaches d'un revers de
manche humide et en ordonnant à l'une des femmes,

d'un geste de son bras musclé, d'apporter encore de la bière. Vue sous un certain angle, ce n'était pas une décision compliquée; sa grâce salvatrice, c'était qu'il y avait là un homme digne d'être suivi et un endroit où le suivre.

Sur sa paillasse parfaitement convenable, dans cette auberge située juste à l'est de celle de Morax, Vargos resta étendu à écouter le ronflement des soldats et les rires en provenance de la salle commune. Ils étaient encore en train d'y boire, Martinien et le tribun.

Immobile, incapable de fermer l'œil, il songea de nouveau à l'Ancienne Forêt. Au *zubir* dressé au milieu de la route impériale dans les volutes du brouillard qui s'écartait, pour reparaître – mais comment? – tout près d'eux, l'instant d'après, dans le champ embrumé. Il y penserait toute sa vie, il le savait. Et il se rappellerait l'aspect de Pharus quand ils étaient revenus sur la route.

Le maître d'écurie était déjà mort avant leur randonnée dans la forêt mais après, autour de son cadavre, ils avaient pu voir ce qu'on lui avait encore fait subir. Vargos aurait juré sur la vie de sa mère et le salut de son âme à lui que personne n'avait pu s'approcher du cadavre sur la route. Ce qui s'était approprié le cœur de cet homme n'avait pas été un mortel.

Il avait entendu un oiseau inanimé parler au *zubir*, avec une voix de femme. Il avait guidé un homme et une femme à travers l'Ancienne Forêt et les en avait fait sortir. Et même – pour la première fois, il esquissa un sourire dans l'obscurité – il avait frappé un officier sarantin, un *tribun*, et on l'avait seulement un peu battu et ensuite on l'avait mis dans une litière – une litière! – pour le *transporter* jusqu'à l'auberge, parce que Martinien les y avait contraints. Ce souvenir-là aussi lui resterait en mémoire. Il aurait aimé voir son père, que Jad le maudisse, regarder les cavaliers mettre pied à terre pour le porter sur la route impériale comme un sénateur ou un prince marchand.

Vargos ferma les yeux. Une pensée vaniteuse, indigne de ce jour. La gloriole était inconvenante aujourd'hui. Il essaya de trouver une prière convenable pour Jad et son fils, le porteur de feu, implorant conseil et pardon. Mais intérieurement, il ne cessait de voir la poitrine déchirée d'un homme qu'il avait connu, et le *zubir* noir aux courtes cornes ensanglantées. Qui devait-on prier?

Il allait à la Cité. À Sarance. Le palais impérial, l'Empereur, la Triple Enceinte, l'Hippodrome. Une centaine de sanctuaires consacrés, avait-il entendu dire, un demi-million d'habitants. Ça, il n'y croyait pas vraiment; il n'était pas un butor du nord, dupe de grossières exagérations; dans leur orgueil, les humains racontaient des mensonges.

En grandissant, il ne s'était jamais imaginé ailleurs que dans son village. Ensuite, lors d'une douce et sanglante nuit de printemps, quand tout avait changé, il avait pensé qu'il passerait sa vie à voyager le long de la route impériale de Sauradie jusqu'à être trop vieux pour le faire, et alors il se trouverait un travail fixe, à l'écurie ou à la forge d'un des relais.

La vie vous jouait des tours inattendus, songeait Vargos l'Inici dans la nuit. On prend une décision, ou quelqu'un d'autre en prend une, et voilà. Voilà. Il entendit un froissement familier, un grognement et un soupir: quelqu'un était avec une femme de l'autre côté de la salle. Il se retourna sur le flanc, avec précaution. On lui avait donné des coups de pied dans les reins; c'était pour ça qu'il pissait rouge et que ça lui faisait mal quand il changeait de position.

Une phrase courait le long de la route impériale. "Il fait voile vers Sarance", disait-on d'un homme qui se précipitait vers un danger extrême et évident, en risquant tout, en bouleversant sa vie, comme un joueur désespéré met tout son avoir sur la table de dés. Voilà ce qu'il était en train de faire.

Surprenant, vraiment. Pas dans sa nature. Excitant, il devait l'admettre. Il essaya de se rappeler la dernière fois où il avait été *excité*. Peut-être avec une fille, mais pas vraiment, c'était différent. Agréable, bien sûr. Il aurait aimé se sentir un peu mieux. Il connaissait assez deux des filles du relais et elles l'avaient à la bonne. D'un autre côté, il y avait ici des soldats. Les filles seraient occupées toute la nuit. Aussi bien. Il avait besoin de dormir.

Dans la salle commune, on riait encore et on commençait à chanter. Il se laissa dériver dans le sommeil. Martinien était là-bas avec le tribun costaud et bien rasé. Surprenant.

Cette nuit-là, Vargos rêva qu'il volait. Loin de l'auberge le long de la route, sous les deux lunes et les étoiles. D'abord vers l'ouest, la chapelle des Veilleurs, et il écoutait leurs lentes litanies s'élever dans la nuit, voyait les bougies à travers les fenêtres du dôme. Il s'envolait loin de l'image du saint Jad et infléchissait sa course vers l'Ancienne Forêt.

Il volait pendant des lieues au-dessus de la forêt, vers le nord, vers le nord, de plus en plus loin, en contemplant les arbres noirs caressés par la lumière bigarrée des lunes dans le froid métallique. Des lieues et des lieues, et la forêt roulait sous lui, et il se demandait dans son rêve comment on pouvait ne pas adorer une puissance dont c'était ainsi la demeure.

Puis il allait de nouveau vers l'ouest, survolait les sommets herbeux de collines peu élevées, puis une large et lente rivière dont les méandres se déroulaient vers le sud, avec la route qui l'accompagnait. De l'autre bord de l'éclat liquide, une autre forêt, aussi noire, aussi vaste, tandis que le vol de Vargos se poursuivait, vers le nord, toujours le nord, dans la nuit claire et glacée. Il voyait les chênes faire place aux sapins et enfin, à la lueur des lunes, la chaîne de montagnes si familière, et son vol s'abaissait vers des champs qu'il avait travaillés lui-même dans son enfance, le ruisseau où il avait nagé lors d'étés disparus, et les premières minuscules maisons du village, et la sienne, près du petit autel, et la demeure de l'Ancien, avec la branche au-dessus de la porte, et dans son rêve il voyait enfin le cimetière, et la tombe de son père.

◆

Il était inhabituel pour un homme d'effectuer de longs voyages avec une esclave, mais les soldats de la Quatrième Légion sauradienne apprirent que l'artisan n'avait pris possession de la fille que la nuit précédente – après avoir gagné une sorte de pari, à ce qu'on disait ; désirer un corps chaud à ses côtés au cœur d'une venteuse nuit d'automne, ça ne sortait vraiment pas de l'ordinaire. Pourquoi payer une putain quand on avait sa propre esclave pour s'occuper du nécessaire ? La fille était trop maigre pour fournir beaucoup de chaleur, mais elle était jeune, blonde, et sans doute dotée d'autres talents.

Les soldats avaient maintenant compris que le Rhodien était plus important qu'il n'en avait l'air. Il avait également établi une amitié imprévue avec leur tribun pendant le souper. C'était assez étonnant en soi pour susciter chez eux un certain respect. On avait escorté la fille, sans y toucher, à la chambre assignée à l'artisan. Les ordres avaient été très clairs. Carullus, qui aimait se décrire à quiconque lui prêtait oreille comme la gentillesse même, était connu pour faire mutiler des soldats et les faire expulser comme des mendiants de sa compagnie parce qu'ils avaient mal exécuté un ordre ou une tâche. Seul son principal centurion savait que la chose n'avait eu lieu qu'une fois, juste après la promotion de Carullus au rang de tribun, avec une troupe de cinq cents hommes sous ses ordres ; le centurion avait l'ordre permanent de s'assurer que toutes les nouvelles recrues apprennent cette histoire, dûment embellie. Il était utile et salutaire pour des soldats de craindre leurs officiers.

Kasia, qui, pour la première fois depuis un an, s'ap- prêtait à dormir sous un autre toit que celui de Morax, s'était installée près de la cheminée de la chambre ; elle y jetait de temps à autre une bûche en attendant celui qui était désormais son propriétaire. La chambre était plus petite que les meilleures chambres de Morax, mais elle avait au moins ce foyer. Kasia, assise sous sa cape – celle de Martinien – contemplait les flammes. Sa grand-mère avait su lire des images de l'avenir dans le feu, mais pas Kasia et, tandis qu'elle regardait danser les langues ardentes, ses pensées se contentaient de dériver. Elle se sentait ensommeillée, mais la chambre n'avait qu'un seul lit, pas de paillasse de serviteur, et elle ne savait à quoi s'attendre lorsque le Rhodien monterait de la salle commune. On chantait en bas, Martinien et celui qui l'avait assommé ; les hommes étaient bien étranges. Elle se rappelait la nuit précédente, chez Morax, quand elle avait été envoyée à l'étage pour découvrir un voleur dans la chambre de Martinien et que tout avait changé. Il lui avait sauvé deux fois la vie, maintenant. À l'auberge et ensuite, d'une façon difficilement compréhensible, avec un oiseau magique, dans l'Ancienne Forêt.

Aujourd'hui, elle s'était tenue dans l'Ancienne Forêt.

Elle avait vu une puissance de la forêt, qu'elle connaissait seulement des contes de sa grand-mère, autour d'un autre feu enfumé, dans le nord. Elle avait quitté vivante la clairière sacrée et la forêt noire, elle n'avait pas été sacrifiée, le cœur avait été arraché d'une autre poitrine, elle l'avait vu. Un homme qu'elle avait connu, avec qui elle avait été contrainte de coucher plus d'une fois. Une violente nausée l'avait saisie lorsqu'elle avait vu ce qui restait de Pharus, incapable, devant ce qu'on lui avait fait subir, de se rappeler comment il s'était servi d'elle. Elle se souvenait de la brume dans le champ, de sa main sur la mule. Des voix, les chiens de chasse à ses trousses. Martinien dégainant son épée.

Déjà bizarrement trop difficile à comprendre et à retenir, dans sa mémoire, l'interlude dans la forêt commençait à s'éloigner, à se perdre dans son propre brouillard. Avait-elle vraiment vu un *zubir*, avec ces yeux sombres, cette masse qui rapetissait tout autour d'elle ? Avait-il vraiment été aussi énorme ? Plongée dans une sorte de transe somnolente par le feu, elle avait le sentiment très curieux qu'elle aurait dû être morte, et que pour cette raison son être tout entier se trouvait… sans racines, étrangement léger. Une étincelle s'envola pour se poser sur la cape ; elle la délogea d'un preste revers de main. Pouvait-on prédire l'avenir d'une femme comme elle ? Sa grand-mère aurait-elle pu voir quoi que ce fût dans ces flammes, ou Kasia était-elle désormais une grande page blanche où rien n'était écrit à partir de cet instant, impossible à connaître ? Une sorte de fantôme vivant ? Ou plutôt libérée de tout destin ? "On parlera cette nuit", avait dit Martinien dans sa litière avant de s'endormir. "Toi aussi, tu dois décider de ta vie."

Sa vie. Dehors le vent soufflait du nord ; une nuit claire en perspective, mais très froide, le vent sentait l'hiver. Kasia remit du bois dans le feu, même si c'était un peu du gaspillage. Vit que ses mains tremblaient. Elle en posa une sur sa poitrine, y cherchant une présence, le battement de son cœur. Au bout d'un moment, elle sentit que ses joues étaient humides et en essuya les larmes.

Elle était plongée dans un sommeil agité et peu profond, mais ils firent beaucoup de bruit en gravissant les marches, et l'un des marchands les admonesta depuis la chambre située de l'autre côté du couloir, ce qui poussa un soldat à marteler agressivement sa porte, suscitant un regain de rires chez ses compagnons. Kasia était donc debout au milieu de la chambre quand on poussa la porte déverrouillée et que Martinien tituba dans la pièce, soutenu, presque porté, par deux soldats de la Quatrième Légion sauradienne, suivi de deux autres.

Après un trajet erratique, ils le laissèrent tomber sur le lit avec bonne humeur, amusés, malgré une autre volée de protestations furieuses en provenance de l'autre chambre – ou à cause d'elle. Il était bien tard, et ils faisaient du bruit. Kasia le savait fort bien : c'était la loi, les relais impériaux devaient accommoder jusqu'à vingt soldats à la fois, gratuitement, en leur faisant partager si nécessaire les chambres de clients payants. On y était obligé. Mais personne n'avait à être *content* de se faire déranger dans son repos nocturne.

L'un des soldats, un Soriyen d'après la couleur de sa peau, contempla Kasia à la lueur vacillante du foyer. « Il est tout à toi », dit-il en désignant la silhouette affalée de façon inélégante sur le lit. « Pas qu'il pourrait te servir à grand-chose. Tu veux descendre avec nous ? Avec des hommes qui peuvent tenir leur vin et ensuite tenir une fille ?

— Ferme ta foutue gueule, dit un autre. Les ordres. »

Le Soriyen parut sur le point de répliquer, mais à ce moment, d'un ton solennel, l'homme sur le lit dit très clairement, même s'il avait toujours les yeux clos : « Il est considéré comme indiscutable que la rhétorique de Kallimarchos a été l'un des déclencheurs essentiels de la Première Guerre bassanide. À partir de cette considération, les générations ultérieures devraient-elles alors empiler avec reproche toutes ces morts cruelles sur la tombe du philosophe ? Grave question. »

Il y eut un silence extrêmement déconcerté, puis deux des soldats éclatèrent de rire. « Dors, Rhodien, dit l'un d'eux. Avec un peu de chance, ta tête fonctionnera de nouveau demain matin. Le tribun en a assommé de meilleurs que toi et il en a mis d'autres sous la table dans des beuveries !

— Il n'y en a pas beaucoup qui ont fait les deux, ajouta le Soriyen. Saluons le Rhodien ! » Encore des rires. Le Soriyen sourit, content de lui. Ils s'en allèrent, en claquant la porte.

Kasia sursauta, puis alla verrouiller la serrure. Elle entendit les quatre hommes tambouriner, chacun à son tour, sur la porte du marchand, puis descendre au dortoir du rez-de-chaussée en faisant résonner leurs bottes sur les marches.

Elle hésita puis retourna au lit pour examiner avec incertitude l'homme qui y était étendu. La lumière du foyer jetait dans la pièce des ombres vacillantes ; une bûche s'affaissa avec un craquement sec. Martinien ouvrit les yeux. « Je commence à me demander si je n'étais pas fait pour le théâtre », dit-il en sarantin et de sa voix normale. « Deux nuits de suite que je dois le faire. J'ai un futur dans la pantomime, tu crois ? »

Kasia cligna des yeux. « Vous n'êtes pas… ivre, Monseigneur ?

— Pas spécialement.

— Mais… ?

— Il est bon de le laisser me battre à quelque chose. Et Carullus tient bien le vin. On aurait pu y être toute la nuit, et j'ai besoin de dormir.

— Vous battre à quelque chose ? » s'entendit dire Kasia d'une voix que sa mère et d'autres dans son village auraient reconnue. « Il vous a assommé et vous a presque brisé la mâchoire.

— Sans importance. Enfin, c'était important pour lui… » Il frotta sa joue barbue d'une main distraite. « Il était armé, ce n'était pas bien glorieux, Kasia. Ils m'ont *porté* ici dans une litière. Et ils y ont porté un serviteur qui avait frappé un officier. Je les ai obligés à le faire. Carullus a perdu beaucoup de prestige, c'est certain. Un homme bien correct, pour un soldat de l'Empire. Et je voulais dormir. » Il souleva un pied botté et en retira sa botte avec effort, puis en fit autant de son autre pied.

« On dit que mon père pouvait mettre la plupart des buveurs sur le plancher de la taverne ou les faire tomber de leur couche dans un dîner. J'ai hérité ça de lui, je suppose », murmura-t-il vaguement en ôtant sa tunique. Kasia ne dit mot ; les esclaves ne posaient pas de questions. « Il est mort, ajouta Martinien de Varèna. Une campagne contre les Inicii. En Ferrières. » Il avait beau dire, il n'était pas tout à fait sobre ; la beuverie avait duré longtemps. Il était torse nu à présent, avec une toison de poils roux sur la poitrine ; elle l'avait déjà vu en lui donnant son bain, la veille.

« Je suis… une Inici, dit-elle après un moment.

— Je sais. Vargos aussi. Curieux, d'une certaine façon.

— Les tribus de Sauradie sont… différentes de celles qui sont parties à l'occident en Ferrières. Celles qui sont parties sont… plus sauvages.

— Plus sauvages. Je sais. C'est pour ça qu'elles sont parties. »

Il y eut un silence. Martinien se redressa sur un coude et contempla la pièce dans la lumière mouvante. « Une cheminée. Bien. Remets du bois dans le feu, Kasia. » Il ne l'appelait plus Chaton. Elle alla vivement s'agenouiller devant le foyer et y poussa une bûche à l'aide d'un morceau de branche.

« On ne t'a pas apporté de paillasse, remarqua-t-il. Ils doivent penser que j'ai une seule raison de t'avoir achetée. On m'a informé en long et en large, je dois te le dire, du fait que les filles inicii, surtout les maigres, ont très mauvais caractère, et que c'est de l'argent gaspillé. Est-ce vrai ? Carullus m'a offert de m'épargner la peine de coucher avec toi cette nuit alors que je suis si mal en point. Charmant de sa part. On aurait dû mettre une paillasse dans cette chambre. »

Kasia resta où elle se trouvait, les yeux fixés sur les flammes. Difficile parfois d'évaluer l'intonation de cet homme. « J'ai votre cape pour dormir, finit-elle par dire. Là. »

Elle s'affaira à balayer les cendres dans la cheminée. Il aimait sûrement les garçons. Les Rhodiens de pure souche avaient cette réputation, comme les Bassanides. Les nuits n'en seraient que plus faciles pour elle.

« Kasia, où est-ce, chez toi ? Ta maison ? »

Elle avala précipitamment sa salive. Elle ne s'était pas attendue à une telle question.

Toujours agenouillée, elle se retourna pour le regarder. «Au nord, Monseigneur. À mi-chemin du Karche.» Il avait fini de se déshabiller et se trouvait maintenant sous la couverture, les bras autour des genoux. La lumière du feu dansait sur le mur derrière lui.

« Comment as-tu été capturée ? Ou bien as-tu été vendue ? »

Elle croisa les mains sur ses genoux. « Vendue, dit-elle. L'automne dernier. La peste a emporté mon père et mon frère. Ma mère n'avait pas le choix.

— Non, dit-il aussitôt. Il y a toujours un choix. Vendre sa fille pour se nourrir soi-même ? Très civilisé !

— Non, dit Kasia en serrant les poings. Elle… nous… en avions parlé. Quand le train d'esclaves est arrivé. C'était moi ou ma sœur, ou bien nous serions toutes mortes pendant l'hiver. Vous ne comprenez pas. Il n'y avait plus assez d'hommes pour travailler les champs ou chasser, on n'avait pas fait les moissons. Ils ont acheté six filles de mon village, avec du grain et des pièces pour le marché de la ville. Il y avait eu la *peste*. Ça… change tout.

— Oh, je sais », dit-il tout bas. Puis, après un autre silence. « Pourquoi toi ? Pas ta sœur ? »

Elle n'avait pas prévu cette question-là non plus ; personne ne posait de telles questions. « Ma mère pensait qu'elle… avait plus de chances de se marier. Sans rien à offrir d'autre qu'elle-même.

— Et tu pensais quoi ? »

Kasia avala de nouveau sa salive. Entre la barbe et la lumière inégale, l'expression de Martinien était impossible à discerner.

« Pourquoi… quelle importance ? » osa-t-elle dire.

Il soupira. « Tu as raison. Aucune importance. Veux-tu retourner chez toi ?

— *Quoi ?*

— Dans ton village. Je vais te rendre la liberté, tu sais. Je n'ai pas le moindre besoin d'une esclave à Sarance, et après… ce qui nous est arrivé aujourd'hui, je n'envisage pas de tenter les dieux en essayant de faire un profit sur ton dos. » Une voix rhodienne, une pièce illuminée par un foyer. La nuit, au bord de l'hiver. Le monde en voie d'être recréé.

Il ajouta : « Je ne crois pas que… ce que nous avons vu aujourd'hui… t'ait épargnée pour faire le ménage ou chauffer l'eau de mon bain. Non que j'aie la moindre idée de la raison pour laquelle il a épargné ma propre vie. Alors, veux-tu retourner dans ton… Oh, Jad, par le sang de Jad. Arrête, femme ! »

Elle essaya, en se mordant les lèvres, en essuyant ses larmes du revers de ses mains couvertes de suie. Mais comment ne pas pleurer devant une telle offre ? La nuit dernière, elle avait su qu'elle serait morte le lendemain.

« Kasia, je suis sérieux. Je vais te jeter dans l'escalier et laisser les hommes de Carullus prendre chacun son tour avec toi. Je *déteste* les femmes qui pleurent ! »

Ce n'était sûrement pas vrai. Il faisait sûrement semblant d'être féroce et furieux. Ce qu'elle pensait elle-même, elle n'en était pas certaine. Parfois, tout se passe trop vite. Comment un arbre fendu en deux explique-t-il l'éclair ?

◆

La fille avait fini par s'endormir près de la chaleur rémanente du foyer, sous l'une des couvertures de Crispin, encore vêtue de sa tunique, emmitouflée dans l'une des capes, la tête sur l'autre roulée en oreiller. Il aurait pu l'obliger à venir dans le lit, mais l'habitude de dormir seul depuis la mort d'Ilandra était bien installée à présent, une sorte de mystique, un talisman. Une attitude morbide et superstitieuse, songea-t-il, ensommeillé, mais il n'allait pas s'en libérer cette nuit avec une esclave achetée pour lui la nuit précédente.

"Esclave" était injuste, en réalité. Un an plus tôt, elle avait été aussi libre que lui, victime de la même épidémie estivale qui avait anéanti sa propre existence. Il y avait tant de façons de ruiner une existence.

Linon aurait décrété qu'il était un imbécile de laisser la fille dormir près du feu, il en était certain. Mais Linon n'était plus là. Il l'avait posée dans l'herbe et les feuilles humides de la forêt ce matin même, et il était reparti. "Souviens-toi de moi."

Qu'arrive-t-il à une âme sans foyer, lorsque son corps et son cœur sont sacrifiés à un dieu ? Zoticus connaissait-il la réponse à cette question ? Qu'arrive-t-il à une âme lorsque le dieu vient finalement la réclamer ? Un alchimiste pouvait-il le savoir ? Crispin avait une lettre bien difficile à écrire. "Dis-lui adieu."

Un volet claquait sur un mur. Venteux, cette nuit ; froid demain sur la route. La fille se rendait en Orient avec lui. Ces deux Inicii avaient apparemment pris la même décision. Si étranges, en vérité, les trajets et les dessins de la vie. Ou ses trajets et dessins apparents. Des formes que les humains tentaient d'imprimer à leur existence, pour se donner une réconfortante illusion d'ordre ?

Il avait entendu des hommes parler chez un restaurateur, un jour, quand il était petit. La tête de son père, avait-il appris, s'était pratiquement séparée de ses épaules. Un coup de hache. Elle avait atterri assez loin, aussi. Le sang qui giclait du corps sans tête en train de s'effondrer. Comme une fontaine rouge, avait dit l'un des hommes d'une voix impressionnée. Assez spectaculaire, assez dérangeant pour devenir une histoire, même pour des soldats : la mort du maçon Horius Crispus.

Il avait dix ans. Une hache inici. Les tribus parties plus à l'ouest en Ferrières, avaient été plus sauvages que les autres. C'était bien connu. La fille l'avait répété cette nuit. Elles faisaient des incursions incessantes dans le sud, harassant fermes et villages au nord de la Batiare. Les Antæ expédiaient presque tous les ans des armées en Ferrières, incluant les milices urbaines. Des campagnes habituellement couronnées de succès, rame-

nant les esclaves bien nécessaires. Mais il y avait aussi
des pertes. Toujours. Les Inicii, même inférieurs en
nombre, savaient se battre. Une fontaine rouge. Il n'aurait
pas dû entendre une telle histoire. Pas à dix ans. Il en
avait rêvé, ensuite, pendant longtemps, incapable de
s'en ouvrir à sa mère. Il était certain, même alors, que
les hommes de l'échoppe auraient été horrifiés s'ils
avaient su que le fils d'Horius avait été en train de les
écouter.

Quand les larmes de Kasia avaient cessé, elle s'était
expliquée bien clairement : il n'y avait plus de *place*
pour elle dans son village natal. Une fois vendue, une
fois esclave, envoyée à répétition dans une chambre
d'homme, elle n'avait aucun espoir de vie normale
parmi ses compatriotes. Impossible de revenir en arrière,
de se marier, d'élever une famille, de partager les traditions d'une tribu. Ces traditions ne pouvaient inclure
ce qu'elle avait été forcée de devenir, quoi qu'elle ait
pu être avant la peste, avec un père et un frère pour la
protéger.

Un homme capturé et réduit en esclavage pouvait
s'échapper pour retourner chez lui avec honneur, jouissait même d'un statut spécial – emblème vivant de défi
et de courage. Mais non une fille vendue aux marchands
en échange de grain d'hiver. Le village de son enfance
lui était interdit désormais, derrière la porte du passé,
et il n'y avait pas de clé. On pouvait ressentir le chagrin
d'autrui, se disait Crispin, éveillé, en écoutant le vent.

Dans les rues grouillantes et animées de Sarance,
parmi arcades, ateliers et sanctuaires, au milieu de tant
de gens venus de tant de pays différents, elle pourrait –
peut-être – se refaire une vie. Ce n'était pas facile ni
certain pour une femme, mais elle était jeune, intelligente et courageuse. Personne n'avait besoin de savoir
qu'elle avait été servante d'auberge en Sauradie, et si on
l'apprenait… eh bien, l'impératrice Alixana elle-même
n'avait guère été mieux en son temps. Plus dispen-
dieuse, mais non d'une essence différente, si les rumeurs
disaient vrai.

On se faisait sans doute trancher le nez, ou pis, pour l'avoir dit. Il ventait vraiment très fort dehors. Crispin entendait le volet qui claquait et le hurlement aigu du vent. Le Jour des morts. Était-ce vraiment le vent?

La flambée avait un peu atténué le froid de la chambre, et il avait deux bonnes couvertures. Il songea, de façon inattendue, à la reine des Antæ, sa jeunesse, sa peur, les doigts qu'elle avait passés dans ses cheveux lorsqu'il s'était agenouillé devant elle. La dernière fois qu'on l'avait assommé. Il était fatigué, sa mâchoire lui faisait mal. Il n'aurait vraiment pas dû boire avec les soldats ce soir. Extrêmement stupide. Imbécile, aurait dit quelqu'un. Un homme bien correct, quand même, Carullus de la Quatrième. Une surprise. Aimait s'entendre parler. Cette image du dieu, dans le dôme de la chapelle. Créée par des mosaïstes, des artisans comme lui. Pas tout à fait comme lui. Différents. Il aurait voulu connaître leurs noms, qu'au moins quelqu'un les sût, quelque part. Il faudrait écrire à Martinien à ce propos. Essayer de mettre de l'ordre dans ses idées. Il voyait en esprit les yeux du dieu. Aussi clairement qu'il avait jamais rien vu de sa vie. Ce brouillard de la matinée, la vue totalement inopérante, le monde vidé de toutes ses couleurs. Les voix à leur poursuite, les chiens, le mort. La forêt et ce qui les y avait conduits. Il avait eu peur de l'Ancienne Forêt à première vue, depuis la frontière, et pourtant il y avait marché, après tout. Cette masse d'arbres noirs et denses, la pluie de feuilles, un sacrifice dans la clairière. Non. Pas vraiment. La complétion d'un sacrifice.

Comment appréhender tout cela? En buvant du vin avec des soldats? Peut-être. Le plus vieux refuge ou l'un des plus anciens. En tirant les couvertures d'un lit sur son visage meurtri et en s'endormant à l'abri du tranchant du vent, de la pluie? Mais non de la nuit toujours présente.

Caius Crispus aussi rêva dans l'obscurité froide, même s'il n'y volait pas. Il marchait dans les couloirs résonnants d'un palais désert et il savait de quoi il s'agissait, où il se trouvait. Il s'y était rendu avec Martinien des années auparavant : le palais du Patriarche de Rhodias, symbole le plus éclatant du pouvoir religieux – et de la richesse – de l'Empire. Autrefois, à tout le moins. En son temps.

Il l'avait vu dans son délabrement poussiéreux, une coque évidée, bien longtemps après sa conquête et sa mise à sac par les Antæ : la plupart des salles avaient été pillées, vidées, condamnées. Il les avait traversées avec Martinien, derrière un prêtre cadavérique affligé d'une mauvaise toux, pour examiner une vieille et célèbre mosaïque murale qu'un client voulait leur voir copier pour sa villa d'été de Baïana, au bord de la mer. On avait fini par leur permettre – avec réticence, sur la foi d'une lettre de leur riche client, et probablement d'une bonne somme d'argent – de se promener dans ce désert rempli d'échos poussiéreux.

Le Grand Patriarche vivait aux deux étages supérieurs, il y adorait son dieu, y complotait, y dictait un flot interminable de correspondance pour tous les coins du monde connu et s'aventurait rarement dehors, sinon les jours saints, quand il traversait le pont couvert au-dessus de la rue menant au Grand Sanctuaire, afin d'y conduire les services religieux au nom de Jad représenté dans toute sa gloire sur la coupole, en ors éclatants.

Les trois hommes avaient déambulé dans des couloirs sans fin au rez-de-chaussée, où leurs pas résonnaient comme des reproches, pour arriver enfin à la salle contenant l'œuvre qu'ils devaient copier. Une salle de réception, avait marmonné le prêtre tout en cherchant une clé parmi celles qui pendaient à un anneau de sa ceinture. Il en avait essayé plusieurs, en toussant, avant de trouver la bonne. Les mosaïstes étaient entrés et, après une pause, étaient allés ouvrir les volets, même si au premier regard ils avaient compris que cela ne servirait pas à grand-chose.

La mosaïque occupait tout un mur, et elle était en ruine, même si ce n'était pas dû au temps écoulé ou à une technique inadéquate. On y avait mis le marteau, la hache, les poignards, pommeaux d'épées, massues, gourdins. Dans la partie inférieure, des talons de bottes, des ongles. Un paysage marin, ils savaient au moins cela. Ils connaissaient le studio d'artisans à qui on l'avait commandé, sinon les noms de ceux qui avaient exécuté le travail : l'identité des mosaïstes, comme celle d'autres artisans, n'était pas jugée digne d'être conservée.

Des nuances de bleu foncé et un vert splendide indiquaient encore le dessin originel près du plafond à caissons de bois. On avait sûrement utilisé des pierres précieuses : les yeux d'un poulpe ou d'un hippocampe, les écailles brillantes d'un poisson, le corail, les coquillages, l'éclat des anguilles ou de la végétation sous-marine. Tout avait été pillé, on avait réduit la mosaïque en pièces. De quoi avoir la nausée, même s'il fallait évidemment s'y attendre après la chute de Rhodias. À un moment donné, on avait allumé un feu dans la pièce ; les murs calcinés en étaient les témoins noircis et muets.

Ils avaient contemplé ce spectacle en silence ; la poussière qui dansait dans le flot de soleil leur chatouillait les narines. Ensuite, ils avaient méthodiquement refermé les volets pour retourner arpenter avec le prêtre maladif les mêmes couloirs aux embranchements interminables, et les vastes espaces déserts d'une cité qui avait autrefois été le centre du monde, le cœur d'un empire, pleine d'une vie grouillante, vibrante et brutale.

Dans son rêve, Crispin était seul dans le palais, encore plus sombre et désert que ne l'avait été l'original dans cette autre vie qui lui semblait désormais si terriblement lointaine ; il avait été alors un homme nouvellement marié, en train de gravir les échelons de sa guilde, d'acquérir une certaine richesse, un début de notoriété, dans l'ivresse de cette réalité improbable, merveilleuse : il adorait la femme qu'il avait épousée l'année précédente, et elle l'aimait. Mais dans les corridors du rêve, il errait dans le palais à la recherche d'Ilandra, tout en sachant qu'elle était morte.

Porte après porte s'ouvraient avec l'unique clé de fer qu'il portait, et salle après salle lui offraient de la poussière et l'évidence carbonisée des incendies, rien de plus. Il lui semblait entendre du vent dehors, voir un rai bleu de lumière lunaire, une fois, à travers les fentes des volets. Il y avait des bruits. Une célébration, très loin ? Le sac de la cité ? À une distance suffisante, songeait-il en rêve, les deux se ressemblaient beaucoup.

Salle après salle, la trace de ses pas s'inscrivait derrière lui dans la poussière retombée depuis longtemps. Personne en vue, tout le bruit dehors, ailleurs. Le palais, d'une vastitude indicible, insupportable d'abandon. Fantômes, souvenirs, sons issus du lointain. C'est mon existence, pensait-il tout en marchant. Salles, couloirs, mouvements au hasard, rien qui aurait pu compter, rendre la vie, la lumière, ou même *l'idée* du rire à ces espaces éviscérés, tellement plus vastes qu'ils avaient jamais eu besoin de l'être.

Il ouvrait une porte identique aux autres et entrait dans une autre salle encore, et dans son rêve il se figeait, face au *zubir*.

Derrière l'animal, vêtue comme pour un banquet d'une robe droite, couleur d'ivoire, avec une bande d'un bleu profond au collet et à l'ourlet, cheveux rejetés en arrière et décorés de gemmes, se tenait l'épouse de Crispin, portant au cou le collier de la mère de Crispin.

Même en rêve, il comprenait.

Ce n'était pas difficile. Ni subtil ni obscur comme l'étaient parfois les messages des rêves, nécessitant pour les interpréter un chiromancien, et son salaire. Ilandra lui était interdite. Il devait comprendre qu'elle était partie. Tout comme sa jeunesse, son père, la gloire

de ce palais en ruine, Rhodias elle-même. Partis.
Ailleurs. Le *zubir* de l'Ancienne Forêt le proclamait,
épouvantable créature sauvage qui s'interposait entre
eux avec son énormité inhumaine et absolue, sa sombre
fourrure embroussaillée, les cornes de sa tête massive,
et le regard de ces yeux, après combien de milliers
d'années passées à enseigner cette vérité ? On ne pouvait traverser la frontière du *zubir*. On arrivait de lui,
on retournait à lui, il vous réclamait ou vous laissait
aller pour une durée qu'on ne pouvait ni mesurer ni
prédire.

Puis, alors même que Crispin songeait ainsi, essayant de faire en rêve sa paix avec ces vérités enfin
comprises, et qu'il commençait à lever une main pour
dire adieu à la femme aimée debout derrière le dieu de
la forêt, le *zubir* disparaissait, le confondant à nouveau.

Il disparaissait comme il l'avait fait sur la route, dans
la brume, et ne reparaissait pas. Crispin retenait son
souffle dans le rêve, un marteau dans la poitrine, sans
savoir qu'il criait à haute voix dans une chambre glacée,
au cœur d'une nuit sauradienne.

Dans le palais, Ilandra lui souriait. Ils étaient seuls.
Plus d'obstacle. Ce sourire lui déchirait le cœur. Il
aurait pu être un cadavre sur une route, en cet instant,
la poitrine arrachée. Mais non. Dans son rêve, il la
voyait s'avancer d'un pas léger : rien entre eux, rien
pour la lui interdire. « Il y a des oiseaux dans les
arbres », lui disait son épouse défunte en se blottissant
dans ses bras, « et nous sommes jeunes. » Elle se dressait sur la pointe des pieds pour l'embrasser sur les
lèvres. Il goûtait du sel, s'entendait énoncer une phrase
d'une terrible, d'une immense importance, ne pouvait
entendre ses paroles. Ses propres paroles. Impossible.

Il s'éveilla au son du vent sauvage, dehors, avec un
feu mort et une fille inici – une ombre, un poids – assise
près de lui sur le lit, enveloppée de sa cape, les bras
serrés sur sa poitrine.

« Quoi ? Qu'est-ce que c'est ? » s'écria-t-il, désorienté, misérable, le cœur battant. Elle lui avait embrassé…

« Vous avez crié, murmura la fille.

— Oh, Saint Jad. Oh, Jad. Va dormir… » Il essaya de se rappeler le nom de la fille. Il se sentait pesant, comme drogué, il désirait retourner dans le palais. Comme certains désirent le jus des pavots, pour l'éternité.

La fille était silencieuse, immobile. « J'ai peur, dit-elle.

— Nous avons tous peur. Va dormir.

— Non. Je veux dire. Je pourrais vous réconforter, mais j'ai peur.

— Oh. » Ce n'était pas juste de devoir mettre de l'ordre dans ses pensées, être ici, maintenant. Sa mâchoire était douloureuse, son cœur aussi. « Des gens que j'aime sont morts. Tu ne peux pas me réconforter. Va dormir.

— Vos… enfants ? »

Chaque parole l'éloignait davantage du palais. « Mes filles. L'été dernier. » Il reprit son souffle. « J'ai honte d'être encore là. Je les ai laissées mourir. » Il ne l'avait jamais dit. Mais c'était vrai. Il leur avait fait défaut. Et il avait survécu.

« Laissées mourir ? De la *peste ?* » dit l'Inici assise sur son lit, incrédule. « Personne ne peut sauver quiconque de la peste.

— Je sais. Jad, *je sais*. Ça n'a pas d'importance. »

Après un moment, elle reprit : « Et votre… votre mère ? »

Il secoua la tête.

Le maudit volet n'arrêtait pas de claquer. Il aurait voulu bondir dans la nuit sauvage et l'arracher du mur et s'étendre dans le vent glacé avec Ilandra. « Kasia » dit-il – voilà, c'était le nom de la fille – « Va dormir. Ce n'est pas ton devoir ici d'apporter un réconfort.

— Pas un devoir. »

Tant de fureur en lui. « Par le sang de Jad ! Que proposes-tu ? De me transporter de joie grâce à tes talents amoureux ? »

Elle se raidit. Respira à fond. « Non. Non. Non, je… n'ai aucun talent. Ce n'était pas… ce que je voulais dire. »

Il referma les yeux. Pourquoi même s'occuper maintenant de ce problème ? Si clair, le rêve, si riche. Elle, sur la pointe des pieds, dans ses bras, une robe qu'il se rappelait, le collier, son parfum, la tendresse des lèvres entrouvertes.

Elle était morte, un fantôme, un cadavre dans une tombe. "J'ai peur", avait dit Kasia des Inicii. Crispin laissa échapper un souffle tremblant. Le volet claquait toujours sur le mur. Encore et encore et encore. Si stupide. Si… ordinaire. Il se poussa dans le lit.

« Dors ici, alors. Il n'y a rien à craindre. Ce qui est arrivé aujourd'hui est terminé. » Un mensonge. Ça ne finissait pas avant la mort. La vie était une embuscade, avec les blessures qui vous guettaient.

Il se tourna sur le flanc, face à la porte, pour faire de la place à la fille. Elle ne bougea d'abord pas, puis il la sentit se glisser sous les deux couvertures. Un de ses pieds le toucha, s'écarta en hâte, mais il comprit à ce contact glacé à quel point elle avait dû avoir froid auprès du feu éteint. C'était le cœur de la nuit. Des fantômes dans le vent ? Des âmes ? Il referma les yeux. Ils dormiraient ensemble. Ils partageraient leur chaleur mortelle. On achetait des filles de taverne, parfois, les nuits d'hiver, juste pour ça, ou presque.

Le *zubir* s'était trouvé dans le palais, et il avait disparu. Pas d'obstacle. Rien entre eux. Mais il y en avait un. Bien sûr. "Imbécile", il pouvait entendre une voix dire "Imbécile". Il resta immobile un long moment, puis, avec lenteur, il se retourna.

Elle reposait sur le dos, les yeux ouverts dans la pénombre, toujours effrayée. Elle avait longtemps cru qu'elle mourrait ce jour même. D'une mort brutale. Il essaya de saisir ce que pouvait signifier une telle expectative. Se mouvant comme sous l'eau, comme en rêve, il posa une main sur l'épaule de la fille, sur sa gorge, écarta de sa joue une mèche de longs cheveux dorés. Elle était si jeune. Il retint son souffle encore, profondément hésitant, même à présent, encore à demi perdu dans le rêve, et puis il toucha un petit sein ferme à travers le mince tissu de la tunique. Elle n'avait cessé de le regarder.

«Les talents y jouent un rôle extrêmement minime», dit-il. Sa propre voix avait un son étrange. Il embrassa la fille, alors, avec toute la douceur possible.

Il goûta de nouveau le sel, comme dans son rêve. S'écarta, la contempla, et ses larmes. Mais elle leva une main pour lui caresser les cheveux, hésita, comme incertaine de ce qu'elle devait faire ensuite, de ses gestes – de tout son être – maintenant qu'elle allait agir de son plein gré. La souffrance d'autrui, songea Crispin. La nuit si noire quand le soleil se trouvait sous le ventre du monde. Il baissa très lentement la tête pour embrasser de nouveau la fille, puis ses lèvres allèrent effleurer une pointe de sein à travers la tunique. La main restait dans ses cheveux, se resserrait. Le sommeil était un refuge, comme les murailles, le vin, la nourriture, la chaleur, et ceci. Ceci. Des corps mortels dans le noir.

« Tu n'es plus chez Morax », dit-il. Le cœur de la fille battait si vite, il pouvait le sentir. L'année qu'elle avait dû vivre… Il avait l'intention d'être doux et patient, mais cela faisait longtemps pour lui, et l'urgence de son désir le surprit, et l'emporta. La fille le tint serré contre elle ensuite, un corps plus tendre qu'il ne l'aurait cru, des mains d'une force inattendue dans son dos. Ils dormirent un moment ainsi, puis, plus tard – ils s'éveillèrent presque à l'aube – il se fit plus attentif à leurs rythmes respectifs et l'entendit commencer peu à peu à faire ses propres découvertes, un souffle retenu, un soupir – comme on escalade une montagne, un sommet après l'autre – avant le lever du soleil du dieu, témoignage de batailles à nouveau victorieuses, même s'il fallait en payer le prix, au cœur de la nuit.

◆

Le médecin en chef au campement militaire était un Bassanide, ce qu'interdisaient strictement les règlements, et il avait du talent, une qualité assez rare et assez précieuse pour avoir poussé le gouverneur militaire de la Sauradie à ignorer toutes les règles applicables, bureaucratiques autant qu'œcuméniques. Il n'était d'ailleurs pas le seul officier supérieur de l'Empire à être de cet avis. Il y avait des médecins ouvertement païens dans toute l'armée, des Bassanides adorateurs de Pérun et d'Anahita, des Kindaths avec leurs déesses-lunes. Et entre les règlements et un bon médecin… ce n'était même pas une question de choix.

Malheureusement, d'un point de vue pratique, après avoir examiné avec soin le serviteur inici et les conséquences de la légère admonestation qu'il avait reçue, et avoir étudié un échantillon d'urine rougeâtre, le médecin déclara l'homme incapable de monter à cheval pendant quinze jours ; on devait donc lui trouver une litière ou un chariot bâché. Et comme la fille se rendait aussi en Orient et que les femmes ne pouvaient pas monter à cheval, il faudrait que ce chariot fût assez grand pour deux personnes.

L'artisan révéla alors que monter à cheval lui déplaisait au plus haut point et, puisqu'ils devaient de toute façon utiliser un moyen de transport à roues…

Le gouverneur militaire fit signer les papiers par son secrétaire, sans s'attarder plus que nécessaire à ce détail. L'Empereur, dans sa suprême sagesse, voulait cet homme, en rapport avec le dernier en date des sanctuaires de Sarance. Le plus récent, le plus follement coûteux des sanctuaires de Sarance. Sur l'ordre de la prestigieuse Chancellerie, le gouverneur avait ordonné à de bons soldats de perdre du temps à retrouver un artisan rhodien sur la route. Un transport militaire pour quatre personnes n'était qu'une insulte de plus.

En la circonstance, le gouverneur s'avéra ouvert à une suggestion circonspecte, quoique éloquente, d'un des tribuns de la Quatrième Légion sauradienne, l'homme qui avait trouvé le petit groupe de voyageurs.

Le gouverneur enverrait une lettre par voie rapide, et Carullus accompagnerait l'artisan afin de se présenter en personne au Maître des offices et au Stratège suprême, Léontès, et d'appuyer la requête de la lettre : la question des arrérages de solde devait être résolue sans plus de délais. Carullus avait du bagout, Jad savait, songea le gouverneur morose en dictant sa lettre pour le messager militaire ; autant faire bon usage de sa langue.

Il apparut aussi que le Rhodien n'avait pas fait preuve de négligence, somme toute, en répondant à l'invitation. Il avait fallu pour atteindre Varèna un temps déraisonnablement long au messager postal chargé des papiers impériaux. Son nom et son numéro administratif se trouvaient comme d'habitude sur l'enveloppe en dessous du sceau brisé, et le secrétaire du gouverneur les avait pris en note. Tilliticus. Pronobius Tilliticus.

Pendant un instant, le gouverneur irrité se demanda quelle sorte de mère idiote donnait à son fils un nom presque identique à celui des organes génitaux féminins dans l'argot militaire en usage. Puis il dicta un post-scriptum suggérant au Maître des offices de réprimander le messager. Il ne put s'empêcher de faire ajouter que les communications *importantes* avec l'Occident et le royaume des Antæ en Batiare bénéficieraient d'être confiées à l'armée. Malgré ses maux d'estomac récemment devenus chroniques, le gouverneur eut un petit sourire acide en dictant cette partie de la lettre. Puis il envoya son messager.

Le groupe de l'artisan resta au camp deux nuits seulement, malgré les ronchonnements du médecin. Pendant leur bref séjour, un notaire s'occupa d'enregistrer et d'archiver pour le Rhodien des documents attestant du statut de femme désormais libre de Kasia des Inicii, et d'en envoyer des copies, comme requis, au registre de l'état civil dans la Cité.

Pendant ce temps, le centurion recruteur de la Quatrième Légion sauradienne s'occupait des formulaires nécessaires à la conscription de l'homme, Vargos, une procédure qui le libérait de son contrat avec la Poste impériale et donnait à l'armée tous les droits sur les sommes dues selon ce contrat. On remplit aussi la paperasse arrangeant le transfert des sommes appropriées au Trésorier de l'armée, dans la Cité. Le centurion en fut entièrement satisfait, au reste : les relations entre l'administration civile et l'armée étaient à peu près aussi cordiales en Sauradie que n'importe où ailleurs, c'est-à-dire pas du tout.

Le centurion fut considérablement moins enthousiaste quand il s'agit de libérer ledit bonhomme de son service militaire par trop transitoire. Si ses instructions n'avaient été aussi explicites, il s'en serait peut-être fort bien dispensé ; l'homme était robuste et bien portant et, une fois rétabli de ses blessures accidentelles, il aurait fait un excellent soldat. On devait se débrouiller avec les désertions – pas surprenant, avec six mois d'arriérés de solde – et toutes les unités étaient à court de recrues.

Mais non. Carullus et le gouverneur semblaient bien anxieux de voir repartir le Rhodien et son groupe. Des papiers impériaux signés par le chancelier Gésius lui-même pouvaient effectivement susciter ce genre de réaction, supposa le centurion ; assez proche de la retraite, le gouverneur devait éprouver la plus extrême réticence à prendre à rebrousse-poil les notables de la Cité.

Pour sa part, Carullus allait apparemment partir pour Sarance avec l'artisan, en prenant lui-même la tête de l'escorte. Pourquoi, le centurion n'en avait pas la moindre idée.

Il y avait plusieurs raisons, en fait, se disait le tribun du Quatrième de Cavalerie sauradienne pendant ces jours de voyage vers l'est puis en Trakésie, tandis que leur route s'infléchissait lentement vers le sud. Un tribun commandant cinq cents hommes pesait plus lourd qu'un messager muni d'une lettre supplémentaire de récriminations. Il pouvait légitimement anticiper d'être au moins reçu en personne et d'obtenir une réponse formelle quant aux arriérés de la solde due aux troupes sauradiennes. Le Maître des offices pourrait bien ne lui servir que des platitudes, mais Carullus avait bon espoir de rencontrer Léontès lui-même ou l'un des officiers de son proche entourage pour avoir une idée plus claire de la situation.

De surcroît, il n'était pas allé à Sarance depuis des années, et c'était une occasion de visiter la Cité trop séduisante pour être ignorée. Il avait calculé que même sans faire diligence, ils pouvaient arriver avant les dernières courses de la saison à l'Hippodrome, pendant le festival des Dykanies. Carullus entretenait pour les chars et ses Verts bien-aimés une passion de longue date qui trouvait peu de satisfaction en Sauradie.

Par ailleurs, il avait fini par éprouver une sympathie imprévue mais bien réelle pour le Rhodien roux et barbu qu'il avait assommé avec son casque. Martinien de Varèna n'était pas un homme particulièrement cordial – non que Carullus eût besoin d'autrui pour entretenir une conversation –, mais l'artisan était capable de tenir son vin presque aussi bien qu'un soldat, connaissait un nombre renversant de chansons obscènes occidentales et ne manifestait rien de l'arrogance affichée par la plupart des Rhodiens à l'égard d'un honnête soldat impérial. Il jurait aussi avec une inventivité qui méritait d'être imitée.

Et en dernier lieu, Carullus avait fini par admettre intérieurement, à regret – tout en vérifiant où se trouvaient certains autres membres du groupe dans la file – qu'il était désormais continuellement assailli par une émotion tout à fait nouvelle.

Une émotion des plus inattendues, en vérité.

◆

Depuis des siècles, les journaux et les lettres des voyageurs aguerris affirmaient que la manière la plus impressionnante de voir Sarance pour la première fois, c'était depuis le pont d'un bateau au lever du soleil.

Voile à l'est, dos au soleil du dieu qui illuminait dômes et tours en se reflétant sur les murailles sises du côté de la mer et les falaises longeant le détroit de sinistre renommée – la Dent du Serpent –, on pénétrait dans le célèbre port et il était impossible, rapportaient tous les voyageurs, d'échapper à la révérence et à l'admiration suscitées par la majesté de Sarance. "Œil du monde, joyau de Jad".

De loin en mer, on apercevait déjà les jardins de l'Enceinte impériale et le terrain plat de *churkar* où les empereurs jouaient au jeu de polo emprunté aux Bassanides, entre les toits d'or et de bronze des palais – le Travertin, l'Atténin, le Baracien, et tous les autres. Juste derrière, on pouvait apercevoir le puissant Hippodrome. Et en face, de l'autre côté du Forum, en cette année où régnait le grand et glorieux bien-aimé de Jad, le trois fois honoré Valérius II, Empereur de Sarance, héritier de Rhodias, il y avait, dernière en date des merveilles du monde, le formidable dôme doré qui coiffait le nouveau sanctuaire de la Sainte Sagesse de Jad.

Quand on arrivait de la mer, en faisant voile vers Sarance, tout cela, et bien davantage, se déployait pour le voyageur comme un festin pour l'œil affamé, trop éblouissant, d'une multiplicité et d'une évidence trop colorées pour être appréhendé d'un seul coup d'œil. On avait vu des gens se couvrir le visage d'un pan de leur cape, pénétrés de révérence, fermer les yeux, se détourner, s'agenouiller pour prier sur le pont du bateau, verser des larmes. "Oh, Cité, Cité, mes yeux ne sont jamais secs lorsque je me souviens de toi. Mon cœur est un oiseau, s'envolant à tire-d'aile vers sa demeure."

Puis les petits bateaux du port venaient à la rencontre des navires, les officiels montaient à bord, on vérifiait les papiers, on apposait des tampons sur les documents de douane, on inspectait les cargaisons et on les taxait adéquatement. Et on permettait enfin aux navires de remonter la courbe de la Dent du Serpent dont les grandes chaînes, en ce temps de paix, étaient tirées sur les rives ; on passait entre les étroites falaises, les yeux levés vers les murailles et les gardes qui s'y tenaient de chaque côté, en pensant au feu sarantin lâché sur les ennemis infortunés qui s'imaginaient pouvoir s'emparer de la sainte Cité fortifiée de Jad. La révérence faisait place à une certaine crainte bien méritée – ou elle s'y ajoutait. Sarance n'était pas un port ni un refuge pour les âmes faibles.

On abordait en suivant les instructions du Maître du port, cris, signaux avec des trompes et des torches, puis, après avoir fait examiner et tamponner une fois de plus ses papiers, le voyageur pouvait enfin mettre pied à terre sur les quais bruyants et populeux de Sarance. On pouvait s'éloigner de l'eau du pas un peu hésitant de qui a passé trop de temps en mer afin d'entrer dans la Cité qui était, et ce depuis plus de deux cents ans, à la fois la gloire suprême de Jad et de l'Empire d'Orient et l'endroit le plus sordide, le plus dangereux, le plus surpeuplé et le plus turbulent de la terre.

Cela, si on arrivait par la mer.

Si on arrivait par la terre après avoir traversé la Trakésie, comme l'Empereur lui-même était renommé pour l'avoir fait trente ans plus tôt, ce qu'on voyait avant tout le reste, c'étaient les Triples Murailles.

Certains dissidents, comme il y en a toujours parmi les voyageurs – un segment de l'humanité enclin à avoir des opinions bien arrêtées, et à les exprimer –, affirmaient avec passion que la puissance et la grandeur de Sarance étaient d'une évidence bien plus écrasante près de ces murailles titanesques, quand on les voyait étinceler au soleil levant. Et, exactement six semaines après avoir quitté ses foyers sur une invitation de l'Empereur adressée à un autre, c'est ainsi que les vit Caius Crispus de Varèna, lui qui allait se chercher une raison de vivre – si on ne l'exécutait pas d'abord comme imposteur.

Il y a là un paradoxe, songeait-il en contemplant la vaste courbe brutale des murailles qui gardaient l'accès terrestre au promontoire de la Cité. Mais il ne se sentait pas mentalement en état de jouer avec des paradoxes ce jour-là. Il était arrivé. Sur le seuil. Ce qui devait commencer, quelle qu'en fût la nature, pouvait maintenant commencer.

DEUXIÈME PARTIE

Un dôme sous la lune ou les astres dédaigne
Tout ce qu'est l'homme,
Pures complexités,
La fange et la fureur de nos veines humaines

CHAPITRE 6

C'était avec des pensées et des émotions d'une intensité inhabituelle chez lui à une heure aussi précoce que Plautus Bonosus, Maître du Sénat, se dirigeait avec son épouse et ses filles nubiles vers le petit sanctuaire semi-privé des Bienheureuses Victimes proche de leur demeure, afin d'y offrir la prière de l'aube en ce deuxième anniversaire de l'Émeute de la Victoire à Sarance.

Après être discrètement arrivé chez lui dans l'obscurité glacée, il s'était débarrassé de l'odeur de son jeune amant – le garçon insistait pour porter un onguent composé de plantes au parfum très caractéristique. Il avait changé de vêtements à temps pour retrouver ses femmes dans l'antichambre au lever du soleil. En remarquant le rameau de pin que chacune portait dans les cheveux pour les Dykanies, Bonosus se rappela soudain, et avec clarté, avoir fait la même chose (après avoir quitté un autre garçon) deux ans plus tôt, le matin du jour où la Cité avait explosé dans les flammes et le sang.

Debout dans le sanctuaire à la décoration exquise, et tout en participant activement, comme on l'attendait d'un homme de son statut, aux litanies de la liturgie, Bonosus laissa son esprit dériver vers le passé, non point la minceur lisse et boudeuse de son amant, mais l'enfer qui s'était déchaîné deux ans auparavant.

On avait beau dire, et malgré ce que les historiens pourraient bien écrire un jour ou avaient déjà écrit, Bonosus s'était trouvé là : au palais Atténin, dans la salle du trône avec l'Empereur, le chancelier Gésius, le Stratège, le Maître des offices et tous les autres ; quelqu'un, et il savait qui, avait proféré les paroles propres à renverser la marée qui avait déjà depuis deux jours englouti l'Hippodrome et le Grand Sanctuaire, pour lécher la Porte de Bronze de l'Enceinte impériale.

Le Maître des offices, Faustinus, pressait l'Empereur de se retirer de la Cité, de prendre la mer depuis la jetée secrète en contrebas des jardins, de traverser le détroit jusqu'à Déapolis ou même plus loin, pour y attendre la fin du chaos qui dévorait la capitale.

Ils étaient pris au piège dans l'Enceinte depuis la matinée précédente. L'apparition de l'Empereur à l'Hippodrome, où il devait laisser tomber le mouchoir au début des courses des Dykanies, n'avait pas déclenché des acclamations mais un grondement de rage de plus en plus violent, puis les gradins avaient vomi des spectateurs venus hurler et gesticuler sous la loge impériale. On voulait la tête de Lysippe le Calysien, le collecteur en chef des impôts impériaux, et l'on veillait à bien le faire savoir à l'empereur oint de Jad.

Les gardes du Préfet de l'Hippodrome envoyés pour disperser la foule, opération de routine, y avaient été engloutis et sauvagement massacrés. Toute ressemblance avec la routine s'était ensuite évanouie.

"Victoire !" avait hurlé un homme en brandissant le bras arraché d'un des gardes, comme une bannière. Bonosus se rappelait cet instant, il en rêvait parfois. "Victoire aux glorieux Bleus et aux glorieux Verts !"

Les deux factions avaient repris le cri en chœur. Inouï. Et d'autres l'avaient répété, emplissant l'Hippodrome d'échos. Le massacre avait eu lieu sous les yeux mêmes de l'Empereur. À ce stade, on avait jugé prudent pour Valérius II et son impératrice de quitter la kathisma par le couloir du fond, clos et surélevé, qui menait à l'Enceinte impériale.

Ce sont les premiers meurtres qui sont toujours les plus difficiles, pour une foule déchaînée. Ensuite, on se retrouve ailleurs, on a franchi un seuil, la situation devient réellement dangereuse. Il coulera davantage de sang, le feu se propagera. Ç'avait été le cas, meurtres et incendies, pendant une journée et une nuit brutales, et on en était déjà au deuxième jour.

Léontès revenait tout juste, l'épée ensanglantée, d'une expédition de reconnaissance dans la Cité avec l'Excubiteur Auxilius. Des rues entières étaient en flammes, avaient-ils rapporté, tout comme le Grand Sanctuaire. Bleus et Verts étaient en train de mettre Sarance à genoux en marchant de concert dans la fumée et scandaient des slogans en chœur. On avait proclamé plusieurs noms de remplaçants pour l'Empereur, avait ajouté le grand stratège, à voix basse.

« Certains se trouvent-ils déjà dans l'Hippodrome ? » Valérius se tenait derrière son trône, attentif. Lorsqu'il se colletait avec un problème, ni ses traits doux et rasés de près ni son regard gris ne trahissaient d'inquiétude immédiate, seulement une intense concentration. Sa cité est en feu, avait pensé Bonosus, et il a l'air d'un érudit dans l'une des anciennes académies, en train de considérer un problème de volumes et de solides.

« Il semblerait bien, Monseigneur. L'un des sénateurs, Syméonis. » Léontès, toujours courtois, s'était abstenu de regarder Bonosus. « L'une des factions l'a drapé de pourpre et l'a couronné d'une sorte de collier dans la kathisma. Contre sa volonté, je crois. On l'a trouvé dans la rue devant chez lui, et la foule s'en est emparé.

— Un vieil homme effrayé », avait dit Bonosus, ses premières paroles. « Il n'a aucune ambition. On se sert de lui.

— Je sais », avait commenté Valérius d'une voix calme.

L'Excubiteur Auxilius était intervenu : « Ils ont essayé de faire venir Tertius Daleinus. Se sont introduits chez lui de force. Mais il a déjà quitté la Cité, dit-on. »

Valérius se permit cette fois un sourire, qui n'atteignit pas ses yeux. « Bien entendu. Un jeune homme prudent.

— Ou un lâche, Seigneur trois fois honoré », dit Auxilius. Le comte des Excubiteurs était un Soriyien, un homme colérique, au visage revêche. Ce qui ne constituait pas un inconvénient, vu son poste.

« Il peut aussi faire simplement preuve de loyauté », remarqua Léontès d'un ton amène en le regardant.

Possible, mais peu probable, avait songé Bonosus par-devers lui. Le pieux Stratège était connu pour interpréter de façon positive les actions d'autrui, comme si chacun devait être mesuré à l'aune de sa vertu à lui. Mais le fils cadet de Flavius Daleinus assassiné ne devait pas éprouver plus de loyauté envers cet empereur-ci qu'envers le premier Valérius ; il devait bel et bien entretenir certaines ambitions, mais n'aurait certes pas essayé de prendre le cornet de dés aussi tôt dans une partie aussi importante. À proximité, depuis la villa campagnarde des Daleinoï, il pouvait revenir sans retard dans la Cité après en avoir jaugé l'humeur.

Pris dans l'étau suffocant de sa propre peur, Bonosus ne put s'empêcher de foudroyer du regard l'homme assis près de lui : Lysippe le Calysien, Questeur des impôts impériaux, la cause de tout ceci.

Le principal officier des impôts de l'Empire était resté muet pendant toutes les discussions ; sa masse prodigieuse débordait du banc sculpté sur lequel il était assis et qui menaçait de s'effondrer sous lui. La crainte marbrait son visage tendu ; sa longue tunique sombre était tachée de sueur ; ses yeux d'un vert caractéristique passaient avec inquiétude d'un intervenant à l'autre. Il devait savoir que son exécution publique ou même son expulsion par la Porte de Bronze dans les mains de la foule enragée, constituaient des options parfaitement valides en cet instant, même si nul ne l'avait dit tout haut. Ce ne serait pas la première fois qu'on sacrifierait au peuple un représentant des impôts impériaux.

Valérius II ne manifestait aucune intention de ce genre. Il avait toujours été d'une immuable loyauté envers l'homme monstrueusement gras qui finançait avec tant d'incorruptible efficacité ses plans architecturaux et sa coûteuse cooptation de diverses tribus barbares. Lysippe, disait-on, avait fait partie de la machination qui avait amené le premier Valérius sur le trône. Vrai ou faux, l'ambitieux empereur avait besoin aux impôts d'un responsable aussi impitoyable qu'honnête ; Valérius s'en était une fois ouvert à Bonosus de la façon la plus directe ; et, malgré sa vie personnelle dépravée, on n'avait jamais réussi à acheter ou à suborner l'énorme Calysien, à ce qu'on disait, et l'on n'avait jamais trouvé à redire aux résultats qu'il obtenait.

Plautus Bonosus, à la prière deux ans plus tard avec sa femme et ses filles, pouvait encore se rappeler le mélange chaotique d'admiration et de terreur qu'il avait éprouvé ce jour-là. Le bruit de la foule aux portes de l'Enceinte pénétrait jusqu'à la pièce où ils s'étaient rassemblés autour d'un trône doré, environnés d'artefacts d'ivoire ou de bois de santal et d'oiseaux d'or et de pierres semi-précieuses.

Il savait qu'il aurait quant à lui livré le Questeur aux factions sans y penser à deux fois. Après la hausse des niveaux d'imposition, chaque trimestre pendant un an et demi, et ce malgré les conséquences débilitantes d'une épidémie, il n'était pas bon d'arrêter et de torturer deux prêtres adorés du peuple sous prétexte qu'ils avaient abrité un aristocrate poursuivi pour évasion fiscale ; Lysippe aurait dû le savoir. C'était une chose de poursuivre les riches (même si Bonosus avait son opinion là-dessus), mais tout différent de s'attaquer à des prêtres qui prenaient soin de la plèbe.

Un officiel sain d'esprit aurait sûrement tenu compte de l'humeur agitée de la Cité, si explosive à la veille du Festival d'automne. Les Dykanies étaient toujours une période périlleuse pour les autorités. Les empereurs marchaient alors à pas prudents et amadouaient la Cité

avec jeux et largesses, sachant bien que nombre de
leurs prédécesseurs avaient perdu des yeux, des membres
ou la vie pendant ces turbulentes journées de fin d'automne, alors que Sarance se livrait à des festivités – ou
sombrait dans une dangereuse sauvagerie.

Deux ans plus tard, la voix puissante de Bonosus
s'élevait pour le verset final : "Que la lumière soit pour
nous et nos défunts, et pour nous à notre mort, Seigneur.
Saint Jad, permets-nous de trouver refuge en toi et de
ne jamais nous perdre dans les ténèbres."

L'hiver revenait. Les mois de la longue obscurité
humide et venteuse. Cet après-midi-là, deux ans plus
tôt, il y avait eu de la lumière… la lueur rouge du Grand
Sanctuaire qui brûlait sans qu'on y pût rien. Une perte
d'une taille si gigantesque qu'elle en était presque inimaginable.

« L'armée du nord peut revenir de Trakésie en quatorze jours », avait murmuré Faustinus, comme toujours
sec et efficace. « Le Stratège suprême le confirmera.
Cette populace n'a ni chef ni but précis. N'importe
quelle marionnette acclamée dans l'Hippodrome aura
une position extrêmement précaire. Syméonis empereur ? Ridicule. Partez maintenant et vous reviendrez
en triomphe dans la Cité avant que l'hiver soit là pour
de bon. »

Une main sur le dossier de son trône, Valérius avait
jeté un coup d'œil à Gésius, le vieux chancelier, puis à
Léontès. Tous deux, le Chancelier, le Stratège aux cheveux dorés, compagnons de longue date, avaient hésité.

Bonosus en comprenait la raison. Faustinus disait
peut-être vrai, mais il pouvait aussi commettre une terrible erreur : aucun empereur n'avait fui le peuple sur
lequel il régnait pour revenir ensuite gouverner. Syméonis
avait beau être un homme de paille terrifié, qu'est-ce
qui en empêcherait d'autres d'émerger une fois Valérius
parti de Sarance au su de tous ? Et si l'héritier des
Daleinoï retrouvait son courage, ou se le faisait offrir
sur un plateau ?

D'un autre côté, il était fort évident qu'aucun empereur taillé en pièces par une foule hurlante ivre de sa propre puissance n'avait jamais gouverné non plus par la suite. Bonosus aurait voulu le dire, mais s'était tenu coi. Il se demandait si la foule comprendrait que le Maître du Sénat se trouvait sur les lieux pour des raisons purement *formelles*, si jamais on en arrivait là, qu'il ne possédait aucune autorité, ne présentait aucune menace, ne leur avait fait aucun tort. Qu'il était même, financièrement, tout autant que le peuple une victime du malfaisant Questeur des impôts impériaux.

Il en doutait.

Personne n'avait rien dit en cet instant lourd de décision et de destinée. Par les fenêtres ouvertes, ils voyaient les flammes et la fumée noire – l'incendie du Grand Sanctuaire. Ils pouvaient entendre le mugissement lourd et assourdi de la foule déchaînée aux portes et dans l'Hippodrome. Le rapport de Léontès et d'Auxilius évaluait à au moins quatre-vingt mille le nombre de personnes dans l'Hippodrome et aux alentours, dans le Forum. Au moins autant avaient semblé se déchaîner dans le reste de la Cité, jusqu'aux triples murailles, et ce pendant la majeure partie de la nuit écoulée. Tavernes et tripots avaient été envahis et pillés, à ce qu'on disait ; on était encore en train d'y trouver du vin et de le faire passer depuis les celliers, de main en main, jusque dans les rues tourbillonnantes et enfumées.

La salle du trône sentait la peur.

Tout en psalmodiant gravement dans le sanctuaire de son quartier, Plautus Bonosus savait qu'il n'oublierait jamais cet instant.

Tous les hommes présents étaient restés cois. Mais la seule femme présente avait pris la parole.

« Je préférerais mourir drapée de pourpre en ce palais », avait dit l'impératrice Alixana d'une voix égale, « plutôt que de mourir de vieillesse en exil n'importe où ailleurs. » Tandis que les hommes discutaient, elle s'était tenue à la fenêtre donnant sur le levant, contemplant la cité en flammes au-delà des jardins et des palais. Après s'être retournée, elle avait échangé un regard avec Valérius : « Tous les enfants de Jad naissent pour mourir. Les parures de l'Empire ne font-elles pas un suaire élégant, Monseigneur ? »

Bonosus se rappelait fort bien : le visage de Faustinus était devenu livide ; Gésius avait ouvert puis refermé la bouche, l'air soudain vieilli, sa chair pâle et parcheminée marquée de rides profondes. Et un autre souvenir, qui ne quitterait jamais Bonosus : l'Empereur auprès de son trône, et le brusque sourire qu'il avait adressé à la femme ravissante et menue à la fenêtre.

Avec un étrange chagrin, Plautus Bonosus s'était rendu compte, entre bien d'autres choses, qu'il n'avait jamais de sa vie regardé ainsi un homme ou une femme, ou reçu de quiconque un regard évoquant même de façon lointaine celui qu'adressait en retour à Valérius la danseuse devenue leur impératrice à tous.

◆

« Il est absolument intolérable qu'un tel homme possède une telle femme ! » dit Cléandre en forçant sa voix pour dominer le brouhaha de la taverne. Il but et essuya la moustache qu'il essayait de se faire pousser.

« Il ne la possède pas, contra Eutychus, raisonnable. Si ça se trouve, il ne couche même pas avec. Et c'est bel et bien un homme d'un certain statut, petit bout de chou. »

Cléandre le regarda d'un air furieux tandis que les autres éclataient de rire.

Le volume du bruit était considérable à *La Spina*. Il était midi et les courses de la matinée étaient terminées ; les chars de l'après-midi courraient après la pause. La plus ambitieuse des tavernes sises près de l'Hippodrome était pleine à craquer d'une foule bi-partisane suante et vociférante.

Les partisans les plus fervents des Bleus et des Verts étaient allés trouver de moins dispendieux tripots et tavernes consacrés à leur faction respective mais, depuis l'ouverture de *La Spina*, ses astucieux propriétaires offraient à boire gratis aux auriges de toutes les couleurs, à la retraite ou non, et la possibilité de lever une bière ou une coupe de vin avec des conducteurs avait contribué au spectaculaire succès de la taverne depuis ses débuts.

Il le fallait bien ; on y avait investi une fortune. L'axe le plus long de la taverne avait été conçu pour imiter la véritable spina – l'arête, l'îlot central allongé de l'Hippodrome autour duquel virait la course folle des chars. Au lieu du tonnerre des sabots, un comptoir de marbre faisait le tour de cette spina, et les buveurs s'y tenaient debout ou accoudés face à face, tout en contemplant des reproductions à l'échelle des statues et monuments qui décoraient l'arête de l'Hippodrome. Jouxtant l'un des murs les plus longs se trouvait le débit de boisson lui-même, également recouvert de marbre, et les clients s'y pressaient. Pour ceux qui étaient assez prévoyants, et assez bien nantis, pour prendre des réservations à l'avance, il y avait des cubicules individuels le long du mur opposé, se perdant dans l'ombre jusqu'au fond de la taverne.

Eutychus était toujours prévoyant, et Cléandre comme Dorus assez bien nantis – ou du moins leur père. Les cinq jeunes gens, tous des Verts bien sûr, avaient passé avec *La Spina* un accord permanent selon lequel ils occupaient de façon bien visible le deuxième cubicule, à l'avant, les jours de course. Le premier était toujours réservé aux auriges ou aux occasionnels clients de l'Enceinte impériale venus se divertir parmi les foules de la Cité.

« Aucun homme ne possède réellement une femme, de toute manière, fit Gidas, mélancolique. Il possède son corps pour un temps s'il a de la chance, mais n'a de son âme qu'une vision des plus brèves. » Gidas était un poète, ou aspirait à l'être.

« Si elles ont des âmes », remarqua Eutychus avec ironie en buvant son vin soigneusement coupé d'eau. « C'est après tout un point de doctrine.

— Plus maintenant, protesta Pollon. Un Concile patriarcal en a décidé il y a un siècle, ou par là.

— Par un unique vote », dit Eutychus en souriant. Il avait des connaissances étendues et n'en faisait pas mystère. « Si l'un de ces augustes prêtres avait eu la veille une expérience malheureuse avec une putain, le Concile aurait bien pu décider que les femmes n'ont pas d'âme.

— Voilà probablement un sacrilège, murmura Gidas.

— Au secours, Héladikos ! dit Eutychus en éclatant de rire.

— C'est vraiment un sacrilège », insista Gidas avec un de ses rares et brefs sourires.

« Elles n'en ont pas, marmonna Cléandre, ignorant le dernier échange. Elles n'en ont pas, d'âme ! Ou bien elle n'en a pas, elle, pour laisser cette grise face de crapaud lui faire la cour. Elle m'a renvoyé mon cadeau, vous savez.

— Oui, Cléandre. Tu nous l'as dit. Une dizaine de fois. » La voix de Pollon avait une intonation amicale. Il ébouriffa les cheveux du garçon. « Oublie-la. Elle est trop bien pour toi. Pertennius a un poste dans l'Enceinte impériale et aussi dans l'armée. Crapaud ou non, c'est le genre d'homme qui couche avec ce genre de femme... sauf si quelqu'un d'un rang supérieur le fait tomber du lit.

— Un poste dans l'armée ? » La voix de Cléandre vira au fausset, dans son indignation. « Par la bite de Jad, c'est une mauvaise blague ! Pertennius d'Eubulus est l'anémique secrétaire lécheur de cul d'un stratège pompeux dont le courage est loin derrière lui depuis qu'il s'est marié au-dessus de son rang et a décidé qu'il aime l'or et les lits moelleux !

— Ne parle pas si fort, idiot ! » Pollon attrapa le bras de Cléandre. « Eutychus, mets de l'eau dans son foutu vin avant qu'il ne nous déclenche une bagarre avec la moitié de l'armée.

— Trop tard », dit Eutychus, chagrin. Les autres suivirent son regard vers la spina de marbre qui courait au milieu de la salle. Un homme aux larges épaules, en uniforme d'officier, s'était détourné d'une reproduction de la deuxième statue offerte à l'aurige Scortius par les Verts et les regardait fixement, avec une expression granitique. Les compagnons qui l'encadraient – des civils – leur avaient également jeté un coup d'œil, pour retourner ensuite à leur boisson.

Comme la main de Pollon lui étreignait fermement l'épaule, Cléandre resta coi, même s'il rendit agressivement son regard à l'autre, jusqu'à ce que celui-ci se fût détourné. Cléandre renifla : « Je vous l'ai bien dit, remarqua-t-il, quoique à voix basse, une armée de poseurs inutiles, se vantant de champs de bataille imaginaires. »

Eutychus secoua la tête, amusé : « Tu es vraiment un téméraire petit bout de chou, hein ?

— Ne m'appelle pas comme ça.

— Quoi, alors, téméraire ?

— Non, l'autre. J'ai dix-sept ans maintenant et je n'aime pas ça.

— Avoir dix-sept ans ?

— Non ! Ce nom-là. Arrête, Eutychus. Tu n'es pas tellement plus vieux que moi.

— Non, mais je ne me promène pas comme un gamin avec sa première érection. Quelqu'un va te la couper un de ces jours, si tu ne fais pas attention. »

Dorus fit une grimace : « Eutychus ! »

Une silhouette apparut soudain auprès de leur cubicule. Ils levèrent les yeux vers un serviteur, qui portait un carafon de vin.

« Avec les compliments de l'officier à la spina », dit-il en s'humectant les lèvres avec nervosité. « Il vous invite à lever votre verre à la gloire du Stratège suprême Léontès.

— Je ne bois pas de vin dans ces conditions, se hérissa Cléandre. Je peux acheter le mien quand j'en ai envie. »

Le soldat ne s'était pas détourné. Le serviteur parut encore plus mal à l'aise. « Il, euh… m'a ordonné de vous dire que si vous ne buvez pas son vin et ne levez pas votre verre avec lui, il sera bien chagriné et manifestera son chagrin en pendant le… plus bruyant d'entre vous par sa tunique au crochet près de la porte. » Il fit une pause. « Nous ne voulons pas d'ennuis, vous savez.

— Qu'il aille se faire foutre ! » dit Cléandre d'une voix forte.

Il se passa un petit moment avant que le soldat ne se retournât.

Cette fois, les deux autres grands gaillards qui l'accompagnaient en firent autant. L'un devait être du nord, sans doute un barbare, même si ses cheveux étaient coupés court. Le bruit dans *La Spina* continuait sans faiblir. Les yeux du serviteur allèrent du cubicule aux trois hommes proches de la spina, et il fit un geste d'apaisement implorant.

« Je ne me fais pas foutre par des petits garçons », dit le soldat avec gravité ; à ces mots, quelques autres se retournèrent à la spina. « Des gamins qui portent leurs cheveux comme les barbares qu'ils n'ont jamais affrontés et s'habillent comme les Bassanides qu'ils n'ont jamais vus, ces gamins-là font ce qu'un soldat leur dit de faire. » Il se détacha du bar et s'avança à pas lents vers leur cubicule. Son expression demeurait aimable. « Tu te coiffes comme un Vraque. Si l'armée de Léontès n'était sur nos frontières du nord-ouest aujourd'hui, un lancier vraque pourrait bien avoir escaladé les murailles et tu l'aurais dans le cul maintenant. Sais-tu ce qu'ils aiment faire aux gamins qu'ils capturent au combat ? Vais-je te l'expliquer ? »

Eutychus leva une main avec un mince sourire : « Pas un jour de festival, merci. Je suis sûr que c'est déplaisant. Vous proposez-vous vraiment de déclencher une bagarre à cause de Pertennius d'Eubulus ? Vous le connaissez ?

— Pas du tout, mais je me querellerai pour des insultes adressées à mon Stratège. Je vous ai donné un choix. C'est du bon vin. Buvez à Léontès et je me joindrai à vous. Puis nous boirons à la santé de quelques anciens conducteurs des Verts, et l'un d'entre vous m'expliquera comment les foutus Bleus ont réussi à nous piquer Scortius. »

Eutychus eut un large sourire : « Vous êtes, oserai-je le comprendre, un partisan des glorieux Verts maintes fois célébrés ?

— Toute ma pauvre vie. » L'autre lui retournait un sourire ironique.

Eutychus éclata de rire et fit place au soldat. Il versa le vin offert. Ils burent à Léontès. Aucun d'eux n'avait quoi que ce fût contre lui, en réalité ; il était difficile, même pour Cléandre, d'écarter sérieusement un tel homme d'un revers de main, même si le garçon se permit un commentaire sur les secrétaires qu'on avait et ce qui en rejaillissait sur vous.

Ils éclusèrent bien vite le carafon du soldat, et deux de plus, en buvant à une longue série de conducteurs des Verts. Le soldat semblait avoir une mémoire inépuisable quant aux auriges des Verts dans des cités de tout l'Empire pendant les règnes des trois derniers empereurs ; les cinq jeunes gens n'en avaient pour la plupart jamais entendu parler. Les deux amis du soldat les observaient depuis la spina, appuyés au comptoir, en levant leur verre avec eux à l'occasion depuis l'autre côté de l'allée, l'un avec un léger sourire, l'autre sans expression.

Puis le gérant de *La Spina* fit sonner les trompettes, une imitation de celles qui annonçaient la parade des chariots dans l'Hippodrome, et tout le monde commença à régler son ardoise pour se déverser bruyamment dans la rue dans le soleil et le vent d'automne, se joignant aux foules dégorgées par les autres tavernes et les thermes pour traverser la place publique et se rendre aux courses de l'après-midi.

La première course suivant la pause de midi était la principale course de la journée, et personne ne voulait la rater.

◆

« Les quatre couleurs participent à cette course »,
expliquait Carullus tandis qu'ils traversaient la place
d'un pas pressé. « Huit quadriges, deux par couleur, et
une grosse bourse pour le gagnant. La seule bourse de
cette importance est la dernière de la journée, quand
Rouges et Blancs ne courent pas et qu'il y a quatre Verts
et quatre Bleus qui courent avec des bigas, des chars à
deux chevaux. C'est une course plus simple. Celle-ci
est plus excitante. Il y aura sûrement du sang sur la
piste. » Il sourit. « Peut-être va-t-on écrabouiller ce bâtard
noir, Scortius.

— Tu aimerais ça ? » demanda Crispin.

Carullus considéra un instant la question. « Non,
dit-il enfin. Il est trop plaisant à voir courir. Mais je
suis sûr qu'il dépense une fortune chaque année en
protection contre les tablettes de sorts et les malédictions.
Il est passé aux Bleus, beaucoup de Verts le verraient
bel et bien avec joie traîné derrière son char et réduit
en pièces.

— Les cinq avec qui nous buvions ?

— L'un d'entre eux, en tout cas. Celui qui parlait
fort. »

Les cinq jeunes gens les avaient dépassés pour traverser le forum de l'Hippodrome, en direction des entrées
réservées aux patriciens et de leurs gradins réservés.

« Quelle est la femme dont il parlait ainsi ?

— Une danseuse. C'est toujours une danseuse. La
dernière petite chérie des Verts. Elle s'appelle Shirin,
apparemment. Une beauté, on dirait. C'est en général
le cas. Les jeunes aristocrates se bousculent pour partager le lit de la danseuse ou de l'actrice du jour. Une
longue tradition. L'Empereur en a épousé une, après
tout.

— Shirin ? » Crispin était amusé. Il avait ce nom-là
dans ses bagages, sur un morceau déchiré de parchemin.

— Oui, pourquoi ?

— Intéressant. Si c'est la même personne, je suis censé lui rendre visite. Un message de son père. » Zoticus avait commencé par dire que c'était une prostituée.

Carullus parut stupéfait. « Par le feu de Jad, Rhodien, tu es une véritable boîte à surprises. Ne le dis pas à nos nouveaux amis. Le plus jeune pourrait bien te poignarder, ou payer quelqu'un pour le faire, s'il apprend que tu as accès à cette femme.

— Ou il serait mon ami pour la vie si je lui offrais de lui rendre visite avec moi. »

Carullus se mit à rire. « Un fils de riche. Une amitié utile. » Les deux hommes échangèrent un regard sarcastique.

Vargos, près de Crispin, écoutait avec attention sans rien dire. Kasia se trouvait à l'auberge où ils avaient loué des chambres la nuit précédente. Ils l'avaient invitée à se joindre à eux – sous Valérius et Alixana, les femmes avaient le droit d'aller à l'Hippodrome – mais elle manifestait des signes de détresse depuis qu'ils avaient plongé dans le chaos grouillant de la Cité. Vargos ne se sentait pas très heureux non plus, mais il s'était déjà trouvé entre les murs d'une cité et possédait un cadre approximatif de référence pour ce qu'il y verrait.

Sarance réduisait toute expectative à néant, mais on les en avait prévenus.

Le long trajet depuis les murailles donnant sur la terre et l'auberge située près de l'Hippodrome avait visiblement perturbé Kasia, le jour précédent. C'était une période de festival ; dans les rues, le niveau de bruit et le nombre de gens étaient accablants. Ils étaient passés près d'un ascète demi-nu perché de façon précaire sur un obélisque de triomphe à section carrée, sa longue barbe blanche flottant dans la brise. Il prêchait devant un petit groupe de citoyens contre les iniquités de la Cité. Il se trouvait là-haut depuis trois ans, leur avait-on dit, en ajoutant qu'il valait mieux rester dans le bon sens du vent.

Quelques prostituées travaillaient aux franges de la foule ; Carullus en avait détaillé une et s'était mis à rire quand elle lui avait souri pour s'éloigner ensuite en ondulant des hanches ; il avait désigné la marque de ses sandales dans la poussière, qui disait très clairement : "Suis-moi".

Kasia n'avait pas ri, Crispin s'en souvenait.

Et elle avait choisi de rester à l'auberge le jour suivant, plutôt que d'avoir de nouveau et si tôt affaire à la rue.

« Vous auriez vraiment déclenché une bagarre avec eux ? » demanda Vargos à Carullus, ses premières paroles de l'après-midi.

« Bien sûr que oui », répondit le tribun en lui jetant un coup d'œil. « Léontès a été dénigré en ma présence par un petit poseur de citadin décadent qui n'est même pas encore capable de se faire pousser une moustache décente.

— Tu vas te bagarrer tout le temps, remarqua Crispin, si c'est là ton attitude. Je soupçonne les Sarantins d'être généreux de leurs opinions.

— C'est toi qui me préviens de ce qui se passe dans la Cité, Rhodien ? » dit Carullus avec un reniflement amusé.

« Combien de fois es-tu venu ici ? »

Carullus eut une expression chagrine : « Eh bien, seulement deux fois, de fait, mais…

— Alors, j'ai comme l'idée de mieux connaître que toi les façons citadines, soldat. Varèna n'est pas Sarance, et Rhodias n'est plus ce qu'elle était, mais je sais que si tu te hérisses à chaque opinion entendue au hasard comme tu le ferais dans les baraquements de ta compagnie, tu n'arriveras jamais à survivre ! »

Carullus fronça les sourcils : « Il attaquait mon stratège. Mon commandant. J'ai combattu sous Léontès contre les Bassanides devant Eubulus. Au nom du dieu. Je le connais très bien. Cette punaise, avec l'argent de son père et ses stupides robes orientales, n'a même pas le droit de *prononcer* son nom ! Je me demande où il était, ce gamin, il y a deux ans, quand Léontès était en train d'écraser l'Émeute de la Victoire. Ça, c'était du courage, par le sang de Jad ! Je me serais bagarré avec eux. C'était… un point d'honneur. »

Crispin arqua un sourcil : « Un point d'honneur, répéta-t-il. En vérité. Alors, tu n'aurais pas dû avoir autant de mal à comprendre ce que j'ai fait en traversant les murailles hier, quand nous sommes arrivés. »

Un autre reniflement de Carullus : « Absolument pas la même chose ! Tu aurais pu te faire trancher le nez pour avoir donné un autre nom que celui de ton permis. C'était un *crime* d'utiliser ces papiers. Au nom de Jad, Martinien…

— Crispin », dit Crispin.

Une bande de Bleus excités et pas tout à fait sobres leur coupa le chemin en se précipitant vers leur entrée ; on bouscula Vargos, mais il conserva son équilibre. Crispin poursuivit : « J'ai choisi d'entrer dans Sarance en tant que Caius Crispus, le nom que m'ont donné mon père et ma mère, au lieu d'un faux nom. » Il regarda le tribun. « Un point d'honneur. »

Carullus secoua la tête d'un mouvement emphatique : « La seule raison, la *seule*, pour laquelle le garde n'a pas correctement examiné tes papiers et ne t'a pas arrêté en voyant que les noms ne correspondaient pas, c'est que tu étais avec moi.

— Je sais, dit Crispin avec un brusque sourire. Je comptais là-dessus. »

Vargos renifla sans pouvoir bien contrôler son amusement ; Carullus lui jeta un coup d'œil foudroyant. « As-tu réellement l'intention de donner ton véritable nom à la Porte de Bronze ? Au palais Atténin ? Vais-je te présenter d'abord à un notaire pour décider de la disposition de tes biens en ce bas monde ? »

La fameuse porte de l'Enceinte impériale se trouvait justement visible à l'autre extrémité du forum de l'Hippodrome. On pouvait apercevoir au-delà les dômes et les murailles des palais impériaux. À peu de distance, au nord du Forum, des échafaudages, de la boue et de la maçonnerie délimitaient le site de l'immense nouveau sanctuaire édifié par Valérius II à la Sainte Sagesse de Jad. C'était à y travailler que Crispin, ou Martinien, avait été convoqué.

« Je n'en ai pas encore décidé », dit Crispin.

C'était la vérité. Sa déclaration d'identité à la porte des douanes, au moment de traverser la muraille, avait été tout à fait spontanée. Alors même qu'il prononçait son propre nom pour la première fois depuis son départ, il avait compris qu'être en compagnie – pratiquement sous la garde – d'une demi-douzaine de soldats signifierait probablement qu'un gardien surmené en période de festival n'examinerait pas ses papiers. Ce qui s'était produit. Une fois hors de portée du garde, les questions ultérieures de Carullus, accompagnées d'obscénités à vous chauffer les oreilles, constituaient également une conséquence prévisible.

Crispin avait attendu pour s'expliquer qu'ils eussent pris des chambres dans une auberge connue de Carullus près de l'Hippodrome et du nouveau Grand Sanctuaire. On avait envoyé les soldats de la Quatrième Légion sauradienne au rapport dans un baraquement, tandis que l'un d'eux était expédié à l'Enceinte impériale pour annoncer l'arrivée à Sarance du mosaïste rhodien, tel que requis.

À l'auberge, tout en mangeant du poisson bouilli et du fromage doux suivi de figues et de melons, Crispin avait expliqué aux deux autres et à la jeune femme comment il se trouvait voyager avec un permis impérial appartenant à quelqu'un d'autre. Le reste, concernant les morts et une reine barbare, ne regardait que lui.

Carullus, rendu inhabituellement muet par l'ébahissement, avait mangé et écouté sans l'interrompre. Ensuite, il avait seulement dit : « Je suis un parieur qui n'a pas peur des cotes, mais je ne parierais pas une piécette de cuivre sur la survie d'un dénommé Caius

Crispus plus d'une journée dans l'Enceinte impériale quand un dénommé Martinien y a été invité au nom de l'Empereur. On n'aime pas ce genre de… surprise dans cette cour. Penses-y. »

Crispin avait promis d'y penser. Promesse facile : il y réfléchissait, sans avoir trouvé de solution, depuis qu'il avait quitté Varèna.

Ils traversèrent le forum de l'Hippodrome, avec le Sanctuaire derrière eux et l'Enceinte impériale à leur gauche ; un homme chauve et bas sur pattes installé derrière un comptoir pliant hâtivement assemblé débitait à toute allure aux passants une suite de noms et de chiffres. Carullus s'arrêta devant lui.

« Les placements pour la première course ? demanda-t-il.

— Tout le monde ?

— Bien sûr que non. Crescens et Scortius. »

Le pronostiqueur sourit en découvrant des dents noires à la répartition aléatoire. « Une journée intéressante. Sixième et huitième position, Scortius à l'extérieur.

— Il ne gagnera pas en huitième. Tu donnes quoi pour Crescens des Verts ?

— Un honnête officier comme vous ? Trois contre deux.

— Fornique avec ta grand-mère. Deux contre un.

— À deux contre un, c'est ce que je fais, et dans sa propre tombe ! Mais d'accord. Au moins un solidus d'argent, quand même. Je ne vais pas donner ce genre de cote contre un pourboire.

— Un *solidus* ? Je suis un soldat, pas un rapace pronostiqueur de courses !

— Et je tiens un comptoir de paris, je ne suis pas un trésorier militaire. Tu as de l'argent, parie-le. Sinon, arrête de bloquer l'accès de mon échoppe. »

Carullus se mordit la lèvre inférieure. C'était une somme considérable.

Il fouilla dans sa bourse pour en tirer la seule pièce d'argent qu'il devait avoir, Crispin en était bien sûr, et il la tendit à l'autre sur le comptoir improvisé. Il se fit donner en retour un reçu vert marqué "Crescens" au-dessus du nom du pronostiqueur, lequel avait inscrit au verso, d'une écriture maladroite, le numéro de la course, la somme pariée et les cotes accordées.

Ils continuèrent leur chemin au milieu de la marée humaine. Carullus garda le silence dans le vacarme tandis qu'ils approchaient des hautes portes de l'Hippo-drome. Une fois à l'intérieur de l'édifice, il sembla revivre. Il serrait bien fort son reçu.

« Il est en huitième position, le dernier à l'extérieur. Il ne gagnera pas en partant de là.

— La sixième position est-elle bien meilleure ? » dit Crispin, une question peut-être imprudente.

« Ha ! Une seule matinée aux courses et l'arrogant imposteur Rhodien s'imagine connaître l'Hippodrome ! Silence, maudit artisan vérolé. Et prête attention, comme Vargos. Tu pourrais même apprendre quelque chose ! Si vous vous tenez bien, mes gains serviront à vous payer du sarnican rouge à la fin de la journée. »

◆

Bonosus aimait beaucoup assister aux courses de chars.

Se trouver à l'Hippodrome pour représenter le Sénat dans la loge impériale, c'était une partie de sa charge dont il tirait un plaisir sincère. Les huit courses de la matinée avaient été un splendide divertissement : Bleus et Verts se partageaient presque également les hon-neurs, deux victoires chacun pour le nouveau héros des Bleus, Crescens, et pour Scortius, vraiment magnifique. Une surprise excitante dans la cinquième course, au dernier tour, quand un coureur entreprenant des Blancs avait dépassé à la corde le deuxième conducteur des Verts pour remporter une course qu'il n'aurait vraiment pas dû gagner. Les partisans des Bleus avaient traité la victoire de leur couleur mineure comme un éblouissant triomphe militaire. Les sarcasmes rythmés et bien coordonnés qu'ils adressaient aux Verts et aux Rouges humiliés avaient déclenché plusieurs empoignades avant l'intervention des hommes du Préfet de l'Hippodrome pour séparer les factions. Bonosus avait trouvé charmant le visage ravi et empourpré du jeune conducteur sous ses cheveux blonds, quand il avait fait son tour d'honneur. Le jeune homme s'appelait Witticus, avait-il appris, un Karche ; il en avait mentalement pris note, tout en se penchant pour applaudir poliment avec les autres officiels présents dans la loge impériale.

Des événements de ce genre, voilà ce qui rendait l'Hippodrome si spectaculaire, victoire surprenante ou conducteur emporté de la piste avec le cou rompu, nouvelle victime de la sombre figure qu'on appelait le Neuvième Aurige. Dans le théâtre des courses, on pouvait oublier la faim, les impôts, l'âge, les enfants ingrats et l'amour dédaigné.

L'Empereur était d'un avis différent, Bonosus ne l'ignorait pas. Valérius aurait aussi bien fait l'impasse sur les courses en envoyant à sa place dans la kathisma un flot incessant de dignitaires de la cour et d'ambassadeurs en visite. L'Empereur, normalement si imperturbable, avait coutume de déclarer avec emportement qu'il était bien trop occupé pour passer une journée entière à regarder des chevaux courir en rond ; après une journée à l'Hippodrome, il n'allait en général pas se coucher du tout, pour rattraper le temps perdu.

Les habitudes de travail de Valérius étaient bien connues depuis le règne de son oncle. De temps à autre, il plongeait secrétaires et bureaucrates dans un état de confusion terrifiée et de somnambulisme hystérique. On l'appelait l'Empereur de la Nuit, et l'on racontait l'avoir vu déambuler dans les couloirs d'un palais ou d'un autre, en plein cœur de la nuit, en train de dicter des lettres à un secrétaire titubant de sommeil tandis qu'un esclave ou un garde les accompagnait avec une lanterne qui projetait de hautes ombres bondissantes sur les murs et les plafonds. À ces heures-là, disait-on aussi parfois, on pouvait voir des lueurs étranges ou des apparitions fantomatiques flotter dans les coins sombres, mais Bonosus n'y accordait pas vraiment foi.

Il se laissa de nouveau aller dans les coussins de son siège situé dans la troisième rangée de la kathisma et leva une main pour demander une coupe de vin en attendant le début du programme de l'après-midi. Juste à ce moment, il entendit un raclement familier derrière lui et se redressa prestement. Les Excubiteurs de garde ouvrirent la porte arrière soigneusement verrouillée de la loge impériale pour laisser entrer Valérius, Alixana, le Maître des offices, Léontès et sa nouvelle épouse, ainsi qu'une douzaine d'autres courtisans. Avec les autres spectateurs arrivés tôt, Bonosus s'agenouilla et se prosterna par trois fois.

Visiblement de mauvaise humeur, Valérius traversa leurs rangs d'un pas vif pour venir se tenir près de son trône surélevé, à l'avant de la loge, en pleine vue du public. Il avait été absent dans la matinée mais n'osait rester à l'écart de l'Hippodrome toute la journée. Pas aujourd'hui. Pas à la fin du festival, pour la dernière course de l'année, et tout spécialement pas avec le souvenir de ce qui s'était passé en ces lieux, un souvenir vieux de deux ans seulement. Il lui fallait se faire voir ici aujourd'hui.

C'était pervers, d'une certaine façon, mais les empereurs de Sarance, tout-puissants, quasi divins, étaient esclaves de la tradition de l'Hippodrome et du pouvoir presque mythique qui y résidait. L'Empereur était le serviteur bien-aimé et le régent du Saint Jad parmi les mortels ; le dieu conduisait son chariot de feu dans le ciel diurne puis s'enfonçait chaque nuit dans les ténèbres au cœur du monde, pour y livrer bataille. Les auriges de l'Hippodrome s'affrontaient pour de bon, un hommage des mortels à la gloire de leur dieu et de son combat.

Depuis des centaines d'années, mosaïstes, poètes et prêtres même avaient établi la connexion entre l'empereur de Sarance et les hommes qui conduisaient quadriges et bigas sur le sable de la piste – même si les prêtres fulminaient contre la passion du peuple pour les conducteurs de chars et les absences concomitantes dans les chapelles. C'était là un sujet de controverse qui, sous une forme ou une autre, datait de bien des siècles, d'avant même l'apparition à Rhodias du culte de Jad.

Mais ce lien sous-jacent entre trône et chariots était profondément inscrit dans l'âme sarantine, et même si Valérius rechignait à y perdre du temps au détriment de sa paperasse et de sa planification, sa présence à l'Hippodrome transcendait la diplomatie pour atteindre au sacré. Le plafond de la kathisma portait une mosaïque représentant Saranios le Fondateur dans un quadrige, le front ceint des lauriers de la victoire et non de la couronne impériale. C'était un message, et Valérius le savait. Il avait beau se plaindre, il se trouvait là, au milieu de son peuple, à regarder les chars concourir en l'honneur du dieu.

Le Mandator – le héraut impérial – leva son bâton d'office à droite de la loge. Un rugissement assourdissant jaillit aussitôt de quatre-vingt mille gorges. On avait guetté la kathisma en prévision de ce moment.

"Valérius!" s'écrièrent les Verts, les Bleus, tous les spectateurs assemblés : hommes, femmes, aristocrates, artisans, ouvriers, apprentis, marchands et même les esclaves à qui l'on accordait une journée de liberté pour les Dykanies. La populace à l'humeur notoirement changeante de Sarance avait décidé, au cours des deux années écoulées, qu'elle aimait de nouveau son Empereur. Le vil Lysippe avait disparu, Léontès aux cheveux d'or avait gagné une guerre et conquis des territoires s'étendant jusqu'aux déserts du Majriti, au sud-ouest, ravivant les souvenirs de Rhodias au temps de sa grandeur. "Salut au trois fois honoré! Salut à notre trois fois glorieux Empereur! Salut à l'impératrice Alixana!"

Et le peuple pouvait bien la saluer, songea Bonosus. Elle était des leurs, comme nul autre dans la loge impériale. Un symbole vivant de la façon dont on pouvait s'élever dans la société, même depuis un taudis infesté par les rats dans les entrailles de l'Hippodrome.

D'un large geste bienveillant adressé à la multitude, Valérius II de Sarance salua son peuple qui l'accueillait et demanda d'un signe un mouchoir pour l'Impératrice : elle le laisserait tomber pour indiquer le début de la parade, ainsi que celui des courses de l'après-midi. Un secrétaire était déjà accroupi à ses pieds, dissimulé à la foule par la balustrade de la kathisma, prêt à recevoir le flot des dictées impériales qui ne tarissait pas pendant les courses. Valérius pouvait bien céder aux exigences du jour et se présenter à son peuple, se joindre à lui dans l'Hippodrome, dans la grande union du courage et de l'esprit de compétition illustrés dans l'arène, reflets de Jad en son saint chariot, mais il n'allait certainement pas *gaspiller* un après-midi entier.

L'Impératrice accepta le brillant carré de soie. Alixana était splendide. Comme toujours. Personne ne portait comme elle des bijoux dans sa chevelure et sur sa peau – personne n'en avait le *droit*. Son parfum était unique, reconnaissable entre tous. Aucune femme n'aurait rêvé de l'imiter, et une seule autre avait la permission de l'utiliser : un cadeau, offert très publiquement par Alixana le printemps précédent.

L'Impératrice leva un bras mince. En voyant ce geste vif et théâtral, Bonosus se rappela soudain l'avoir vu levé ainsi, quinze ans plus tôt, alors qu'Alixana dansait presque nue sur des planches.

"Les parures de l'Empire ne font-elles pas un suaire élégant, Monseigneur ?" avait-elle dit au palais Atténin deux ans plus tôt. En jouant l'un des rôles principaux, sur une scène bien différente.

Je me fais vieux, songea-t-il. Il se frotta les yeux. Le passé s'obstinait à se surimposer au présent : tout ce qu'il voyait aujourd'hui lui semblait filtré au travers de visions anciennes. Trop de souvenirs entremêlés. Le jour où il mourrait l'attendait déjà en embuscade, et tout deviendrait alors hier – dans la douce lumière divine, si Jad était miséricordieux.

Le mouchoir tomba, voletant tel un oiseau blessé vers le sable de la piste. Une bourrasque de vent le déporta légèrement vers la droite. On en tirerait des augures : des interprétations férocement concurrentes, selon les chiromanciens. Bonosus vit les portes s'ouvrir à l'autre extrémité de l'Hippodrome, entendit les trompes, le son aigu et perçant des flûtes, puis les cymbales et les tambours martiaux, tandis que danseuses et saltimbanques devançaient les chars dans l'arène. Un homme jonglait adroitement avec des morceaux de bois auxquels on avait mis le feu, tout en dansant et en cabriolant sur le sable. Bonosus se remémorait d'autres flammes.

◆

« Combien de vos hommes faudrait-il pour se frayer de force un chemin dans l'Hippodrome en passant par la kathisma ? » avait demandé l'Empereur, deux ans plus tôt, dans le silence pétrifié qui avait suivi les paroles de l'Impératrice. « Est-ce possible ? »

Son vif regard gris fixait Léontès. Son bras était resté drapé avec nonchalance sur le dossier de son trône. Il y avait un passage clos et surélevé, bien sûr, entre l'Enceinte impériale et l'Hippodrome, aboutissant au fond de la loge.

Ils avaient tous retenu leur souffle à cet instant. Pour la première fois, Lysippe, le collecteur en chef, avait levé les yeux vers l'Empereur.

Léontès avait souri, laissant sa main descendre vers le pommeau de son épée. « Pour arrêter Syméonis ?

— Oui. C'est un symbole immédiat. Arrêtez-le, obligez-le à en déférer à vous. » L'Empereur fit une petite pause. « Et il devrait y avoir quelques exécutions, je suppose. »

Léontès hocha la tête. « On entre dans la foule, dans les gradins ? » Il réfléchit un instant, puis rectifia : « Non,

d'abord des flèches, ils ne pourront pas les éviter. Pas
d'armures, pas d'armes... aucun moyen de monter
jusqu'à nous... Cela déclencherait le chaos. Une ruée
panique vers les sorties. » Il hocha de nouveau la tête.
« C'est possible, Monseigneur. Cela dépend de ceux
qui se trouvent dans la kathisma, s'ils ont eu l'intelligence de se barricader à l'intérieur. Auxilius, si je peux
y entrer avec une trentaine d'hommes et causer une
diversion, serais-tu capable de te frayer un chemin hors
d'ici jusqu'à deux des portes de l'Hippodrome avec les
Excubiteurs, pour entrer quand la foule se précipitera
vers les sorties ?

— Je le ferai ou je périrai dans la tentative », avait
dit Auxilius, barbe noire et yeux durs, avec un soudain
regain d'énergie. « Je vous saluerai depuis les sables de
l'Hippodrome. Ces gens sont des esclaves et des gens du
commun. Et ils se sont rebellés contre l'oint de Jad. »

L'oint de Jad traversa la pièce pour rejoindre son
impératrice à la fenêtre et contempler les flammes.
Lysippe, respirant avec bruit, se trouvait tout près sur
son malheureux banc.

« L'ordre en est donné, alors », dit l'Empereur d'une
voix mesurée. « Vous le ferez juste avant le coucher du
soleil. Nous dépendons de vous deux. Nous plaçons
nos vies et nos trônes entre vos mains. En attendant... »
– Valérius se tourna vers le Chancelier et le Maître des
offices – « ... faites proclamer à la Porte de Bronze que
le Questeur des impôts impériaux a été démis de son
poste et de son rang pour excès de zèle, et exilé en disgrâce au fond des provinces. Nous le ferons également
annoncer par le Mandator à l'Hippodrome, s'il a la
moindre chance d'être entendu. Emmenez-le, Léontès.
Faustinus, faites répandre la rumeur dans les rues par
vos espions. Gésius, informez le Patriarche : Zakarios et
tous les prêtres devront l'afficher dans les sanctuaires,
dès à présent, et dans la soirée. Les gens iront s'y réfugier, si les soldats font bien leur travail. Ce sera un
échec si le clergé n'est pas de notre côté. Pas de tueries
dans les chapelles, Léontès.

— Non, bien sûr, Monseigneur », dit le Stratège ; sa piété était bien connue.

« Nous sommes tous vos serviteurs, dit le chancelier Gésius. Il en sera comme vous l'avez ordonné, trois fois glorieux Seigneur. » Il s'inclina avec une souplesse et une grâce étonnantes chez un homme aussi âgé.

Bonosus voyait les autres commencer à bouger, à réagir, à agir. Il se sentait paralysé par la gravité de la décision qui venait d'être prise. Valérius allait livrer bataille pour son trône. Avec une poignée d'hommes. S'ils s'étaient seulement rendus à pied légèrement plus à l'ouest du palais, à travers la sérénité automnale des jardins, et après avoir descendu un escalier taillé dans la falaise, l'Empereur et l'Impératrice auraient pu faire voile vers la haute mer avant que quiconque le sût. Si les rapports étaient exacts, il y avait maintenant dans les rues plus de cent cinquante mille personnes. Léontès avait demandé trente archers ; Auxilius aurait ses Excubiteurs, peut-être deux mille hommes. Pas davantage. Bonosus contempla l'Impératrice, qui se découpait en plein centre de la fenêtre, très droite, aussi immobile qu'une statue. Un choix qui n'était pas dû au hasard, assurément ; elle devait savoir comment se placer pour obtenir le meilleur effet. "Les parures de l'Empire. Un suaire"…

Il se rappelait l'Empereur abaissant son regard sur la corpulence suante de son principal collecteur d'impôts. Des histoires couraient sur ce que Lysippe avait fait subir aux deux prêtres dans l'une de ses salles souterraines. Elles circulaient depuis un moment déjà. De bien vilaines histoires. Lysippe le Calysien avait autrefois été un homme de belle mine, Bonosus s'en souvenait : des traits bien dessinés, une voix mémorable, et ces yeux au vert inhabituel. Il détenait depuis très longtemps un grand pouvoir, cependant. On ne pouvait ni l'acheter ni le corrompre dans ses devoirs, c'était de notoriété publique, mais on savait aussi que la corruption pouvait prendre… d'autres formes.

Les habitudes de Bonosus lui-même frisaient l'inacceptable, il en avait parfaitement conscience, mais les multiples manifestations de dépravité qu'on prêtait au gros homme – avec des garçons, des épouses forcées, des félons, des esclaves – lui répugnaient. Par ailleurs, les réformes de l'impôt élaborées par Lysippe et son acharnement à poursuivre les classes les plus aisées avaient coûté à Bonosus des sommes substantielles. Il ne savait quel aspect de cet homme l'offensait le plus. Mais il savait, parce qu'on l'avait approché plus d'une fois avec discrétion, qu'il y avait davantage dans la présente émeute que la rage aveugle de la plèbe. À Sarance et dans les provinces, nombre de patriciens auraient vu sans déplaisir la disparition de Valérius de Trakésie et l'installation sur le Trône d'or d'une figure impériale plus... accommodante.

Attentif et muet, Bonosus avait vu l'Empereur murmurer quelques paroles à l'homme assis sur le banc. Lysippe lui avait jeté un regard rapide en se redressant avec un effort qui l'avait rendu cramoisi. Après un mince sourire, Valérius s'était éloigné. Bonosus ne devait jamais savoir ce qui avait été dit. Une soudaine activité s'était manifestée du côté des portes, avec un martèlement ininterrompu.

Bonosus avait été convoqué à cette réunion pour de simples raisons procédurières – le Sénat avisait toujours l'Empereur au nom du peuple. Il se trouvait maintenant coincé là, indécis, superflu et apeuré, entre un arbre d'argent finement ciselé et la fenêtre ouverte sur l'orient. En tournant la tête, l'Impératrice le vit. Et sourit.

Assis trois rangées derrière elle à présent dans la kathisma, le visage encore brûlant de cette réminiscence, Plautus Bonosus se rappela l'Impératrice lui disant, d'un ton à la fois intime et d'une curiosité hautaine et amusée, comme s'ils avaient partagé une couche de dîner au banquet donné en l'honneur d'un quelconque ambassadeur : « Dites-moi donc, Sénateur, et satisfaites

ma curiosité féminine. Le plus jeune fils de Régalius
Parésis est-il aussi beau dévêtu qu'habillé ? »

◆

Taras, le quatrième conducteur des Rouges, n'appréciait pas sa position de départ. Pas du tout. En fait, avec
toute l'honnêteté qu'un homme se devait à lui-même et
à son dieu, il la détestait comme il l'aurait fait de scor-
pions dans ses bottes.

Tandis que les palefreniers retenaient ses chevaux
nerveux derrière la barrière métallique, Taras s'arracha
aux regards insistants du conducteur situé à sa gauche
en vérifiant les nœuds de ses rênes, dans son dos. On
devait bien les attacher ; trop facile de les perdre dans
la frénésie d'une course. Puis il vérifia le jeu du poignard
qui pendait à sa ceinture. Plus d'un conducteur avait
été la proie du Neuvième Aurige parce qu'il n'avait pu
se libérer en tranchant les courroies lorsque son char
s'était renversé et qu'il avait été traîné comme un jouet
de paille derrière ses chevaux. On courait toujours entre
deux désastres, songea Taras. Toujours.

C'était d'ailleurs tout particulièrement le cas pour
lui dans cette première course de l'après-midi du festival.
Il se trouvait en septième position – un mauvais placement, mais ça n'aurait pas dû avoir d'importance. Il
conduisait pour les Rouges ; on n'attendait nullement de
lui qu'il gagnât une course de premier plan quand les
premiers et les seconds conducteurs des Bleus et des
Verts se trouvaient dans l'arène aujourd'hui.

Comme tous les conducteurs des Blancs et des
Rouges, il avait bien son rôle à jouer dans chaque
course. Un rôle considérablement compliqué à présent
par le fait que les coureurs en sixième et en huitième
position avaient tous deux d'excellentes chances de
gagner, même s'ils partaient à l'extérieur ; et chacun
d'eux portait les fervents espoirs d'environ la moitié
des quatre-vingt mille âmes présentes dans les gradins.

Taras assura sa prise sur la poignée de son fouet. Chacun des deux conducteurs qui l'encadraient portait le casque de cérémonie argenté qui le désignait comme Premier de sa couleur, le coureur principal. Ils étaient en train de l'ôter, constata-t-il en lançant de part et d'autre un regard furtif tandis que les derniers accords de la musique de la parade se taisaient pour faire place aux ultimes préparations précédant la course. À sa gauche, un peu en retrait, en sixième position, Crescens des Verts s'enfonçait fermement sur la tête son casque de course en cuir tressé, tandis qu'un palefrenier étreignait tendrement le casque d'argent. Crescens jeta un bref regard flamboyant à Taras, qui fut incapable cette fois de détourner les yeux à temps.

« Il te dépasse à la Ligne, ver de terre, et je te fais pelleter le fumier d'un hippodrome délabré à la frontière du Karche, dans les glaces. Un avertissement amical. »

Taras déglutit en hochant la tête. Oh, très amical, songea-t-il avec amertume, mais il se garda bien de le dire. Il porta son regard au-delà de la barrière, sur la piste. La Ligne, tracée à la poussière de craie blanche dans le sable, était à environ deux cents pas. Jusque-là, chaque chariot devait garder sa position dans son couloir, pour assurer l'efficacité du départ échelonné et empêcher les collisions à la barrière. Après la ligne blanche, les conducteurs situés à l'extérieur pouvaient commencer à se rabattre s'ils en avaient la place.

Ce qui était, bien entendu, l'intérêt même de la course.

Taras aurait vraiment voulu, en cet instant, courir encore à Mégarium. Le petit hippodrome de sa ville natale d'Occident avait beau ne pas être bien important, le dixième de la taille de celui-ci, il y avait été un Vert et non un humble Rouge, un bon conducteur entretenant de raisonnables espoirs après une excellente saison où il avait gagné le casque d'argent, dormi à la maison, mangé la cuisine de sa mère. La belle vie – rejetée comme un fouet brisé du moment où un agent des Verts de Sarance venu en Occident l'avait recruté après l'avoir vu courir. Il courrait un temps pour les Rouges, lui avait-on dit, comme le faisaient presque tous les conducteurs débutants dans la Cité. S'il s'en tirait bien… eh bien, il pouvait observer sur place la vie de tous les grands conducteurs.

Si on se croyait doué, et si on voulait réussir dans la vie, avait dit l'agent des Verts, il fallait aller à Sarance. Aussi simple que ça. Et c'était vrai, Taras le savait. Il était jeune. C'était une belle occasion. Faire voile vers Sarance, disait-on, quand on prenait ce genre de risque. Son père avait été fier de lui. Après avoir pleuré, sa mère lui avait emballé une cape neuve et deux cruchons bien bouchés du remède de sa propre grand-mère contre tous les maux. La décoction la plus répugnante du monde. Taras en avait pris une cuillerée chaque jour depuis son arrivée dans la Cité ; sa mère en avait envoyé deux autres cruchons cet été-là, par la Poste impériale.

Et il était là, en aussi bonne santé qu'un poulain, le tout dernier jour de sa première saison dans la capitale. Pas d'os brisés, juste une poignée de nouvelles cicatrices, une seule mauvaise chute qui lui avait laissé des vertiges pendant quelques jours, des sons de flûte dans les oreilles. Vraiment pas une mauvaise saison, compte tenu du fait que les chevaux conduits par les Rouges et les Blancs – surtout les moins bons conducteurs – étaient des bêtes désespérément inférieures à celles des Bleus et des Verts quand elles se mesuraient à elles sur la grande piste. Taras avait de bonnes dispositions, il travaillait dur, il apprenait vite et il était devenu plus que compétent (ou ainsi l'encourageait son factionnaire), dans les tâches affectées aux couleurs mineures. C'étaient les mêmes dans chaque hippodrome, après tout. Bloquer, ralentir, commettre de petites irrégularités (des irrégularités graves pouvaient coûter la course à votre couleur majeure, et vous faire suspendre – après vous être fait cingler le dos ou la figure par un premier conducteur au vestiaire). Et même organiser des chutes pour faire verser un attelage rival remontant de l'arrière. L'astuce était de le faire sans se briser les os et sans y perdre la vie, évidemment.

Par trois fois, il avait même gagné une course secondaire mettant en compétition des Verts et des Bleus de deuxième rang avec des Rouges et des Blancs. Un pur divertissement pour la foule, ces courses-là : chariots qui donnaient de la bande, tournants pris avec témérité, empilades dangereuses, jeunes conducteurs à la tête chaude qui bataillaient à coups de fouet pour se faire un nom. Trois victoires, c'était parfaitement convenable pour un jeune qui conduisait quatrième chez les Rouges de Sarance.

Le problème, c'était que "parfaitement convenable" ne suffirait pas aujourd'hui. Pour diverses raisons, la course à venir était absolument capitale, et Taras maudissait le sort d'avoir tiré la position à l'extérieur entre le féroce Crescens et cet ouragan qui avait nom Scortius. Il n'aurait même pas dû participer à cette course, mais le second des Rouges s'était démis une épaule en tombant plus tôt dans la matinée et le factionnaire avait choisi de laisser son troisième dans la course suivante, où il aurait une chance de gagner.

La conséquence directe en était que Taras de Mégarium, à dix-sept ans, se trouvait à la ligne de départ derrière des chevaux qu'il ne connaissait pas très bien, coincé entre les deux meilleurs conducteurs de l'époque – et l'un d'eux venait de lui faire comprendre très clairement que s'il ne coupait pas la route à l'autre, son bref emploi dans la Cité pourrait bien toucher à sa fin.

Tout ça, il le savait bien, parce qu'il n'avait pas assez d'argent pour se payer une protection adéquate contre les tablettes de sorts. Mais que pouvait-on bien faire ?

La première trompette résonna, le départ était proche. Les palefreniers se retirèrent. Taras se pencha pour parler à ses chevaux, bloqua ses pieds bien au fond des gardes disposées dans le plancher du chariot et jeta un regard nerveux à sa droite, un peu en avant de lui. Pour le détourner aussitôt. Scortius, tenant aisément en place son attelage expérimenté, lui *souriait*. Le souple Soriyien à la peau brune avait le sourire facile – et fatal, à ce qu'on disait, pour les femmes de la Cité. En cet instant, il regardait Taras avec amusement par-dessus son épaule.

Taras s'obligea à relever les yeux. Il ne conviendrait pas de paraître intimidé.

« Une position terrible, hein ? » fit le Premier des Bleus d'un ton amène. « Ne t'énerve pas trop. Crescens est un type plutôt gentil sous les apparences. Il sait bien que tu ne peux pas aller assez vite pour me bloquer.

— Foutre non ! » aboya Crescens à gauche de Taras. « Je veux cette course, Scortius. J'en veux soixante-quinze pour l'année et je veux celle-ci. Baras – ou enfin, c'est quoi, ton nom ? – maintiens-le à l'extérieur ou habitue-toi à avoir une tignasse qui pue le fumier. »

Scortius éclata de rire : « On en a tous l'habitude, Crescens. » Il adressa un claquement de langue rassurant à ses chevaux.

Le plus grand, à l'extrême gauche, un bai majestueux, s'appelait Servator, et Taras aspirait de toute son âme à se trouver une fois, une seule fois dans sa vie, dans un char tiré par ce magnifique animal. Tout le monde savait que Scortius était un brillant conducteur, mais aussi qu'une bonne partie de son succès – illustré par les deux statues élevées à son nom dans la spina avant ses trente ans – était due à Servator. Jusqu'à cette année, une statue de son *cheval* s'était dressée dans la cour en face de la salle de banquet des Verts ! On l'avait fait fondre pendant l'hiver. Quand les Verts avaient perdu le conducteur, ils avaient perdu le cheval, car le dernier contrat de Scortius stipulait – cas unique – que le cheval était sa propriété et non celle de sa faction.

Il était passé aux Bleus pendant l'hiver pour une somme et des termes contractuels que nul ne connaissait vraiment, même si les rumeurs allaient bon train. Crescens, au parler rude et aux muscles protubérants, était venu du nord où il conduisait Premier pour les Verts dans l'Hippodrome de Sarnica, seconde cité de l'Empire, une arène réputée pour sa brutalité; il avait un peu soulagé le chagrin de sa faction en étant dur, brave, agressif et endurant – et en gagnant des courses. Soixante-quinze victoires, c'était une splendide saison pour le nouveau porteur d'étendard des Verts.

Soixante-quatorze, ç'aurait été splendide aussi, avait désespérément envie d'argumenter Taras. Mais il s'abstint.

Il n'en avait d'ailleurs pas le temps. Son cheval de timon de droite, énervé, réclamait son attention. Il n'avait couru qu'une fois avec cet attelage pendant l'été. La trompette du départ était levée. Un palefrenier revint en hâte aider Taras à tenir sa position. Taras ne regarda pas Crescens, mais il entendit le féroce Amorien s'écrier: «Une caisse de rouge de chez moi si tu gardes le bâtard soriyen à l'extérieur pendant un tour, Karas!

— Il s'appelle Taras!» lança Scortius des haïssables Bleus, toujours en riant. Et à cet instant la trompette résonna et les barrières se relevèrent brusquement, leur ouvrant la large piste comme une embuscade ou un rêve de gloire.

◆

«Regarde bien le départ!»

Carullus avait agrippé le bras de Crispin en criant pour couvrir le bruit assourdissant lorsque les trente-deux chevaux étaient arrivés à la barrière, juste sous leur gradin, et que la trompette avait sonné le premier avertissement. Crispin regardait bien. Comme Vargos, il avait beaucoup appris dans la matinée. Carullus était en la matière d'un savoir stupéfiant, et d'une loquacité qui ne l'était pas. La course se décidait presque pour moitié au départ, avaient-ils fini par comprendre, surtout avec les meilleurs conducteurs en piste : ils ne commettraient sans doute pas d'erreur pendant les sept révolutions autour de la spina. Si l'un des principaux Verts ou Bleus prenait la tête au premier tournant, il fallait de la chance ou beaucoup d'effort pour le dépasser sur une piste bondée.

L'action palpitante, c'était – comme à l'instant – lorsque les deux meilleurs conducteurs se trouvaient tellement loin à l'extérieur qu'il leur était impossible de gagner sinon en revenant de l'arrière, à travers diversions et blocages organisés par les couleurs mineures.

Crispin gardait l'œil sur les coureurs de l'extérieur. La grosse somme pariée par Carullus était à son avis raisonnable : Scortius des Bleus se trouvait en mauvaise position, flanqué par un conducteur rouge dont l'unique tâche (Crispin avait eu toute la matinée pour l'apprendre) serait d'empêcher le plus longtemps possible le champion bleu de se rabattre à la corde. Courir plusieurs tours à l'extérieur sur cette piste était un exercice extrêmement brutal pour les chevaux. Crescens des Verts avait son partenaire vert à sa gauche, un autre coup de chance pour lui, malgré sa propre position de départ à l'extérieur. Si Crispin comprenait un tant soit peu ce sport, à présent, le deuxième conducteur vert foncerait le plus vite possible au départ puis se mettrait à pousser à gauche vers les couloirs intérieurs, ouvrant la voie à Crescens qui pourrait alors se rabattre aussi, dès qu'ils auraient dépassé la ligne blanche marquant le début de la spina et le point où commençait le chaos des diverses manœuvres.

Crispin n'aurait pas cru être intéressé par les courses, mais son cœur battait à présent avec force et il s'était surpris à crier plusieurs fois dans la matinée. Quatre-vingt milles spectateurs en train de s'égosiller pouvaient avoir sur vous ce genre d'effet. Il ne s'était jamais trouvé au milieu d'une aussi vaste multitude. Les foules possédaient leur propre pouvoir, il commençait à en prendre conscience : elles vous emportaient avec elles.

Et maintenant l'Empereur se trouvait là en personne : un élément nouveau dans l'excitation festive de l'Hippodrome. La lointaine silhouette vêtue de pourpre, à l'extrémité ouest des gradins, là où les chars prenaient leur premier virage autour de la spina, représentait une autre dimension du pouvoir ; sur la piste en contrebas, les hommes dans leurs fragiles chariots, fouet en main, rênes bien serrées autour de leurs corps endurcis, en étaient encore une autre. Crispin regarda un moment le ciel. Le soleil était haut, la journée claire et venteuse : le dieu dans son propre char au-dessus de Sarance. La puissance, en haut, en bas, et tout autour.

Il ferma les yeux dans l'éclat du jour et à cet instant, sans aucun avertissement, comme un coup de lance ou un étincelant rai de lumière, une image le traversa. Complète, vaste, inoubliable, absolument inattendue, un don du ciel.

Et un fardeau, comme l'avaient toujours été pour lui de telles images : le terrible écart entre la beauté conçue en esprit et ce qu'on pouvait concrètement réaliser dans un monde faillible, avec des outils précaires, et ses propres écrasantes limites.

Assis sur son gradin de marbre dans l'Hippodrome de Sarance, pris dans le tumulte et les hurlements de la foule, Caius Crispus de Varèna sut néanmoins avec une accablante certitude ce qu'il aimerait créer dans le dôme d'un sanctuaire de la Cité, si on lui en donnait l'occasion. On la lui donnerait peut-être ; on avait requis la présence d'un mosaïste. Il avala sa salive, la gorge soudain sèche. Ses doigts fourmillaient. Il rouvrit les yeux pour contempler ses mains marquées d'égratignures et de cicatrices.

La seconde trompette résonna. Il releva la tête juste au moment où les barrières s'écartaient d'un seul coup et où les chars s'élançaient telle la foudre de la guerre ; l'image intérieure recula à l'arrière-plan de son esprit, mais sans disparaître – non, sans disparaître.

« Va, maudit Rouge, va ! » hurlait Carullus à tue-tête, et Crispin savait pourquoi. Il concentra son attention sur les chariots à la corde et vit le conducteur rouge jaillir du rang à une vitesse exceptionnelle – le premier équipage à sortir des barrières, lui sembla-t-il. Crescens fut presque aussi rapide et, dans le cinquième couloir, le second conducteur vert fouettait ses chevaux avec énergie, prêt à aider son champion à se rabattre vers l'intérieur dès qu'ils auraient dépassé la ligne blanche. Crispin eut l'impression qu'en huitième position Scortius des Bleus s'était bel et bien fait surprendre par la trompette ; il semblait s'être retourné pour dire quelque chose.

« Allez ! rugissait Carullus. Allez, fouettez-les ! Bien, bien, le Rouge ! »

Le conducteur rouge avait déjà rattrapé Scortius, malgré l'avantage du chariot extérieur lors du départ échelonné. Carullus l'avait dit le matin même : la moitié des courses se décidaient avant le premier virage. Ce serait le cas de celle-ci, apparemment. Le Rouge se trouvait déjà à la hauteur du champion des Bleus et commençait même à le dépasser, grâce à la furieuse vélocité de son démarrage ; le Bleu n'avait aucun moyen de se rabattre depuis sa position, si loin à l'extérieur. Dans les couloirs intérieurs, ses collègues auraient bien du mal à garder Crescens à l'extérieur ou à lui bloquer la route, surtout avec le second conducteur des Verts qui était là pour dégager la voie.

Les premiers chars atteignaient la ligne blanche. Dans le septième couloir, la main du Rouge était presque invisible tant il mettait d'énergie à fouetter ses chevaux pour arriver le premier à la ligne. Peu importait dans quelle position il terminerait ; il lui fallait seulement maintenir Scortius à l'extérieur le plus longtemps possible.

« Il a réussi ! » hurla Carullus en serrant le bras de Crispin comme dans un étau.

Les deux chariots des Verts traversèrent la ligne et commencèrent aussitôt à se rabattre – ils en avaient la place. Le Blanc du quatrième couloir n'était pas parti assez vite pour les écarter ; même s'il entrait délibérément en contact avec le Vert et qu'ils versaient tous deux, cela ne ferait que ménager davantage d'espace à Crescens. Une magnifique manœuvre, Crispin le comprenait bien.

Et puis il vit autre chose.

Scortius des Bleus, dans la pire position de départ, la plus extérieure, avec le Rouge qui fouettait frénétiquement ses chevaux dans sa sauvage détermination à le devancer, Scortius *se laissait devancer*.

Puis le Bleu se pencha soudain si loin vers l'avant que son torse dépassait de la plate-forme de son chariot, et il lança un seul coup de fouet, – pour la première fois – sur son cheval de timon droit. En même temps, le grand bai de flanc gauche, Servator, *tirait* brusquement de son côté, et le chariot bleu pivota presque sur le sable tandis que Scortius se projetait vers la droite pour rétablir l'équilibre. Il paraissait impossible que le chariot pût rester debout et continuer à rouler, tandis que les quatre chevaux passaient *derrière* le Rouge toujours en train d'accélérer, dans un angle incroyablement serré, pour filer droit vers la piste libre, *et directement derrière le char de Crescens.*

« Que Jad lui putréfie l'âme ! » hurla Carullus comme dans les affres de l'agonie. « Je ne peux pas le croire ! Ce n'est pas possible ! C'était une astuce ! Ce départ était délibéré, il voulait partir comme ça ! » Il agitait les poings en l'air, en proie à un paroxysme de passion. « Oh, Scortius, mon cœur, pourquoi, mais pourquoi nous as-tu abandonnés ? »

Autour d'eux dans les gradins, hommes et femmes hurlaient comme lui devant ce dérapage aussi stupéfiant que spectaculaire, même ceux qui n'étaient pas formellement alignés sur une faction ou une autre. Crispin entendit Vargos crier, s'entendit crier aussi, avec tout le monde, comme si son âme elle-même se trouvait dans le chariot avec l'homme en tunique bleue ceinturé de cuir. Les chevaux prirent le premier tournant dans un bruit de tonnerre, sous la loge impériale. La poussière s'élevait en tourbillonnant, le bruit était colossal. Scortius se trouvait juste sur les talons de son rival, ses chevaux piétinaient presque l'arrière du chariot de celui-ci. Aucun des coéquipiers de Crescens ne pouvait bloquer le Bleu sans gêner aussi le Vert ou commettre de flanc une irrégularité si évidente qu'elle ferait disqualifier leur couleur.

Les chariots foncèrent à toute allure le long des gradins de l'autre côté de l'Hippodrome tandis que Crispin et les autres s'efforçaient de les voir à travers les monuments de la spina. Le conducteur des Bleus avait profité de sa position à la corde pour s'emparer de la tête et y rester, et il sortit le premier du virage, luttant avec ses chevaux pour les empêcher de dériver vers l'extérieur. Juste derrière lui, de façon surprenante, se trouvait le jeune Rouge du septième couloir. Ayant échoué à bloquer Scortius, il avait choisi la seule action possible et filait de l'avant à toute allure, prenant avantage de son départ réussi – et spectaculairement raté – à la barrière.

Le premier des sept hippocampes de bronze s'abaissa pour tomber dans le réservoir d'eau argenté, à l'une des extrémités de la spina ; un disque ovoïde se renversa à l'extrémité opposée. Un tour de fini. Encore six à faire.

◆

Le chroniqueur le plus exhaustif de l'Émeute de la Victoire était Pertennius d'Eubulus, le secrétaire de Léontès, de toute évidence un sycophante et un flagorneur, mais un homme instruit, manifestement perspicace, et un observateur attentif ; ayant été présent à nombre des événements consignés par l'Eubulien dans sa chronique, Bonosus pouvait en garantir l'exactitude globale. Pertennius était justement le genre d'homme qui pouvait se rendre si incolore, si discret, qu'on oubliait sa présence… et qu'il en entendait et en voyait plus que d'autres. Il y prenait à l'évidence plaisir, un peu trop, en laissant parfois échapper des bribes d'informations, et s'attendait clairement à recevoir des confidences en retour. Bonosus ne l'aimait pas.

Nonobstant cette antipathie, il était enclin à accorder foi à sa version des événements de l'Hippodrome, deux ans plus tôt ; il existait au reste de nombreux témoignages concordants.

À la fin de la journée, l'action subversive d'agitateurs disséminés dans la foule par Faustinus avait fini par sérieusement dresser Bleus et Verts les uns contre les autres. Les humeurs se détérioraient avec l'incertitude, et les alliances entre factions semblaient être devenues bien fragiles par endroits. Il était de notoriété publique que l'Impératrice préférait les Bleus, pour lesquels elle avait autrefois dansé. Il n'avait pas été bien difficile de susciter anxiété et méfiance parmi les Verts : après les événements des deux derniers jours, ils pourraient bien être les premières victimes de la répression. Si la peur pouvait rapprocher les humains, elle pouvait aussi les diviser.

Léontès et ses trente archers de la garde impériale avaient silencieusement emprunté le couloir couvert menant du Quartier au fond de la loge impériale. S'ensuivit un incident ambigu avec un certain nombre d'hommes du Préfet de l'Hippodrome qui gardaient le couloir pour les occupants de la loge, ces soldats n'étant pas sûrs de leur allégeance immédiate. D'après le récit de Pertennius, le Stratège avait prononcé dans ce sombre couloir un discours calme et persuasif qui les avait ramenés dans le camp de l'Empereur.

Bonosus n'avait aucune raison majeure de mettre ce récit en doute, même si l'éloquence du discours tel qu'il avait été noté par le secrétaire, et sa longueur, semblaient quelque peu incompatibles avec l'urgence du moment.

Les hommes du Stratège – chacun armé d'un arc et d'une épée – étaient alors entrés en force dans la kathisma, avec les soldats du Préfet. Ils y avaient découvert Syméonis, siégeant effectivement sur le trône impérial. C'était confirmé par ailleurs : tous les gens présents dans l'Hippodrome l'y avaient vu. Il devait arguer de façon plausible par la suite qu'il n'avait pas eu le choix.

Léontès en personne arracha au sénateur terrifié son semblant de couronne et sa tunique de pourpre. Syméonis se jeta alors à genoux pour embrasser les pieds bottés du Stratège suprême. On lui permit alors de vivre ; cette prosternation abjecte et fort publique était un symbole utile, puisque tout ce qui se passait dans la kathisma pouvait être vu clairement de tout l'Hippodrome.

Les soldats expédièrent avec une efficace brutalité les rebelles de la kathisma qui avaient assis Syméonis sur le siège de l'Empereur, la plupart des agitateurs du commun, mais pas tous ; quatre de ces cinq hommes étaient des aristocrates qui estimaient avoir de bonnes raisons de se dispenser d'un empereur trop indépendant, pour devenir le véritable pouvoir derrière le trône d'un prête-nom.

Leurs cadavres mutilés furent aussitôt lancés sur le sable, dégringolant en même temps que leur sang sur les têtes et les épaules de la foule, alors si dense qu'on pouvait à peine bouger.

Ce qui devint bien entendu la cause principale du massacre qui s'ensuivit.

Léontès fit proclamer par le Mandator l'exil du collecteur d'impôts honni. Pertennius rapporta également ce discours assez long, mais à ce que Bonosus savait des événements, il était vraisemblable que presque personne ne l'entendit.

Et ce parce que, alors même que le Mandator proclamait la décision de l'Empereur, Léontès avait donné l'ordre à ses archers de commencer à tirer. On décocha quelques flèches directement sur ceux qui se trouvaient en dessous de la kathisma ; d'autres, tirées vers le haut, retombèrent en une pluie mortelle sur la foule sans protection, bien plus loin. Sur la piste, personne n'avait d'armure ni d'arme. Les flèches, tirées au hasard mais avec une régularité experte, suscitèrent une immédiate hystérie de panique. On tombait, on se faisait piétiner à mort dans le chaos, on se battait les uns contre les autres dans une hâte désespérée à fuir l'Hippodrome par l'une des sorties.

À ce moment, selon Pertennius, Auxilius et ses deux mille Excubiteurs, divisés en deux groupes, apparurent aux entrées, des deux côtés opposés. L'une de ces portes – l'histoire demeurerait et prendrait sa résonance avec le temps – était la Porte des Morts, par où l'on évacuait les auriges morts ou blessés.

Les Excubiteurs portaient leurs casques à visière. Ils avaient déjà dégainé leur épée. Ce fut un massacre. Ceux qui leur faisaient face étaient si serrés les uns contre les autres qu'ils pouvaient à peine lever un bras pour se défendre. La tuerie se poursuivit tandis que le soleil baissait, la pénombre automnale ajoutant à la terreur générale. On mourait au fil de l'épée, sous les flèches, sous les pieds, étouffé dans la presse sanglante.

C'était une nuit claire, sous le regard des étoiles et de la lune blanche, ainsi que le nota la méticuleuse chronique de Pertennius. Il y eut un nombre ahurissant de morts dans l'Hippodrome ce soir-là et pendant le reste de la nuit. L'Émeute de la Victoire se termina par une rivière noire de sang gorgeant les sables de la piste illuminée par la lune.

Deux ans plus tard, Bonosus était à regarder les chariots qui contournaient la spina à toute vitesse sur la même piste de sable. Un autre hippocampe s'abaissa (jusqu'à tout récemment, il s'était agi de dauphins), un autre ovoïde se renversa. Cinq tours. Il se rappelait une lune blanche dans la fenêtre orientale de la salle du trône, alors que Léontès, sans une égratignure, calme comme un homme à l'aise dans son établissement de bains favori, cheveux blonds légèrement ébouriffés comme par de la vapeur, revenait au palais Atténin avec dans son sillage un Syméonis tremblant et balbutiant.

Le vieux sénateur s'était jeté à plat ventre sur le sol serti de mosaïques devant Valérius, en sanglotant de terreur.

L'Empereur, maintenant assis sur son trône, avait abaissé son regard sur lui.

« Nous pensons que vous avez été contraint et forcé », avait-il murmuré tandis que Syméonis gémissait en se frappant le front contre le sol.

Bonosus s'en souvenait.

« Oui ! Oh, oui, mon cher Seigneur, trois fois honoré ! J'ai été forcé ! »

Bonosus avait alors vu le visage lisse et rond de Valérius prendre une expression curieuse. Ce n'était pas un homme qui aimait tuer, on le savait. Il avait déjà fait modifier le Code judiciaire afin d'éliminer la condamnation capitale pour de nombreux crimes. Et Syméonis était essentiellement la vieille et pathétique victime d'une plèbe déchaînée. Bonosus était prêt à parier sur l'exil pour le vieux sénateur.

« Monseigneur ? »

Alixana était restée à la fenêtre. Valérius se tourna vers elle en retenant ce qu'il s'apprêtait à dire.

« Monseigneur, avait répété l'Impératrice à voix basse, il a été couronné. Revêtu de la pourpre impériale, devant le peuple. Malgré lui ou non. Il y a deux empereurs dans cette pièce. Deux empereurs… vivants. »

Syméonis se tut alors. Les souvenirs de Bonosus étaient très clairs.

Les eunuques du Chancelier exécutèrent le vieil homme cette même nuit. Le lendemain matin, son corps nu et déshonoré fut exposé à la vue de tous, pendu au mur près de la Porte de Bronze dans toute sa flaccidité honteuse et blanchâtre.

Et le lendemain matin aussi, le Décret fut répété 'ans tous les lieux saints de Sarance : l'Empereur oint
Jad avait entendu la volonté de son peuple bien-
‹ et le détesté Lysippe avait déjà été banni hors des

On relâcha les deux prêtres qui avaient été arrêtés, tous deux encore vivants bien qu'en fort mauvais état après leur passage entre les mains du Questeur des impôts impériaux. Mais pas avant une circonspecte réunion entre eux, le Maître des offices et Zakarios, le Très Saint Patriarche oriental de Jad. Au cours de laquelle on leur fit bien comprendre qu'ils devaient rester cois sur les détails précis de ce qu'on leur avait fait subir. Aucun d'eux ne semblait d'ailleurs bien pressé d'en parler.

Il était comme toujours important de faire participer les prêtres aux tentatives de rétablir l'ordre dans le peuple. À Sarance, la coopération du clergé avait cependant tendance à coûter cher. La première déclaration officielle de l'Empereur quant à ses plans vraiment très ambitieux pour la reconstruction du Grand Sanctuaire se fit également lors de cette réunion.

Bonosus n'était encore pas certain, deux ans après, de la façon dont Pertennius avait appris tout cela. Il était cependant en mesure de confirmer un autre aspect de la chronique de l'historien. L'administration sarantine avait toujours été soucieuse de comptabilités exactes ; les agents du Maître des offices et du Préfet urbain avaient été fort zélés dans leurs observations et leurs calculs ; Bonosus, en tant que membre important du Sénat, avait lu le même rapport que Pertennius.

Il y avait eu trente et un mille tués dans l'Hippodrome, deux ans plus tôt, sous cette lune blanche.

◆

Après la première explosion d'excitation frénéti[...] au départ, les quatre tours écoulés n'avaient [...] que des modifications marginales dans l[...] des uns et des autres. Les trois qua[...] corde avaient tous été assez rapid[...] leur, et comme c'étaient les secon[...] Blancs et des Bleus, l'allure n'était [...] rapide. Crescens des Verts se trouvait i[...]

les trois premiers avec son propre second, qui l'avait aidé au début à se rabattre. Les chevaux de Scortius galopaient toujours au ras du char de son rival. Alors que les coureurs filaient devant eux pour le cinquième tour, Carullus agrippa de nouveau le bras de Crispin et dit d'une voix rauque : « Attends ! Il donne ses ordres, maintenant ! » Crispin, s'efforçant de distinguer Crescens à travers les tourbillons de poussière, se rendit compte qu'il était en effet en train de crier quelque chose à sa gauche et que le second des Verts relayait ses instructions vers l'avant.

Au tout début du sixième tour, alors qu'ils sortaient du virage, l'équipage rouge en deuxième place, il y eut un coup de théâtre : l'équipier du Vert versa brusquement, entraînant le second quadrige des Bleus dans une explosion de poussière et de hurlements.

Une roue de chariot se détacha pour rouler toute seule sur la piste, directement en face de Crispin, et l'image la plus claire qu'il garda du chaos fut cette roue qui s'éloignait en tournant avec sérénité, indifférente au carnage derrière elle. Il la regarda rouler, miraculeusement évitée par les chariots qui viraient et cahotaient de toutes parts, et s'arrêter en vacillant de l'autre côté de la piste.

Crescens et son co-équipier vert évitèrent le char accidenté. Scortius aussi, grâce à un prompt et large détour vers la droite. Le second des Blancs, derrière lui, ne fut pas aussi rapide. Son cheval de flanc buta dans l'empilade de chars désarticulés et le conducteur trancha furieusement les rênes sur sa poitrine quand son chariot se renversa. Il s'en libéra pour jaillir du côté intérieur et rouler sur lui-même en direction de la spina. Derrière lui, disposant de plus de temps pour réagir, les autres conducteurs viraient large. Le conducteur n'était pas en danger une fois qu'il avait coupé ses rênes. Mais l'un de ses chevaux, à gauche du timon, hennissait furieusement à terre, une patte évidemment brisée. Et près du premier chariot renversé, le second des Bleus gisait sur la piste, inerte.

Le personnel de l'Hippodrome se précipita sur le sable pour évacuer hommes et chevaux, avant que les chariots rescapés eussent accompli un tour complet.

« C'était délibéré ! » cria Carullus en contemplant le chaos de chevaux et d'hommes. « Magnifique ! Regarde-moi le couloir qu'il a ouvert à Crescens ! Allez, les Verts ! »

Crispin s'arracha aux chariots renversés et au corps immobile pour se concentrer sur les quadriges qui volaient dans la ligne droite vers la loge impériale. Il vit alors le second des Verts, en deuxième place après l'accident, incurver soudain la course de ses chevaux vers l'extérieur tandis que Crescens, juste derrière, fouettait furieusement son attelage. C'était superbe, réglé comme une danse. Le champion des Verts dépassa son partenaire à toute allure pour se retrouver soudain à la hauteur de l'attelage du Blanc qui avait mené jusqu'à ce moment. Et maintenant il le dépassait, par l'extérieur mais au coude à coude, incroyablement proche, dans une explosion d'audace et de vitesse. Le conducteur blanc n'eut même pas le temps de réagir et de s'écarter de la corde pour le forcer à prendre un tournant plus large.

Mais alors même que Crescens des Verts le dépassait brillamment, en accélérant dans le virage, le Blanc abandonna toute tentative pour le ralentir et tira ses propres chevaux de toutes ses forces, rênes tendues, vers la corde, à droite – où se trouvait Scortius.

Le magnifique bai du champion bleu effleura le cheval extérieur de son équipier blanc – les deux chariots étaient si proches qu'on ne distinguait plus leurs roues les unes des autres –, et Crispin se retrouva debout en train de hurler avec tout le monde dans l'Hippodrome, comme si en cet instant tous les spectateurs avaient fusionné en une seule et unique personne.

Crescens se trouvait en tête quand ils passèrent sous la loge impériale, mais ses chevaux avaient été forcés de virer large à cause de leur frénétique regain de vitesse.

Scortius des Bleus, à nouveau follement déporté sur sa gauche, le torse dépassant entièrement du chariot qui filait en cahotant, avec le grand bai qui tirait les trois autres à lui tout seul, avait réussi à ne plus avoir qu'une demi-longueur de retard lorsqu'ils jaillirent du virage pour entrer dans la ligne droite – et quatre-vingt mille personnes étaient sur leurs pieds, en train de hurler.

Les deux champions se retrouvaient seuls en tête.

La gorge enrouée à cause de ses propres cris, et tout en s'efforçant de voir ce qui se passait de l'autre côté de la spina, de ses obélisques et de ses monuments, Crispin aperçut Crescens des Verts qui donnait du fouet, tellement penché vers l'avant qu'il en était pratiquement sur la croupe de ses chevaux, et il entendit un rugissement de tonnerre issu des gradins des Verts quand ses bêtes réagirent avec vaillance, aménageant un petit écart entre eux et le char du Bleu lancé à leur poursuite.

Mais un peu, c'était assez. Un peu, ce pouvait être la course ; car avec cette demi-longueur qu'il venait de regagner, Crescens à son tour se déporta vers la gauche de son char et, avec un bref regard en arrière, sacrifia une miette de vitesse pour une rapide manœuvre *qui lui redonna le couloir à la corde.*

« Il a réussi ! » hurla Carullus en martelant le dos de Crispin. « Ho, Crescens !!! Allez les Verts, allez ! »

« Comment ça ? » dit Crispin tout haut, à la cantonade. Il regarda Scortius donner du fouet avec retard, vit son attelage réagir à son tour alors que les deux quadriges s'envolaient dans la ligne droite. Les chevaux du Bleu remontèrent, la tête de nouveau à la hauteur du chariot de Crescens lancé à une allure folle, mais il était trop tard, ils se trouvaient à l'extérieur à présent. Le Vert s'était emparé de la corde avec cette brillante manœuvre au virage et, à ce stade tardif de la course, la distance plus courte à l'intérieur ferait certainement la différence.

« Saint Jad ! » s'écria soudain Vargos à gauche de Carullus, comme si on lui avait arraché ces paroles. « Oh, par Héladikos, regardez ! Il l'a encore fait exprès !

— Quoi ? cria Carullus.

— Regardez ! Devant nous ! Oh, Jad, mais comment pouvait-il le savoir ? »

Crispin regarda ce que désignait Vargos et poussa lui aussi un cri incohérent, incrédule, comme transporté d'excitation stupéfaite. Il saisit le bras de Carullus, entendit le rugissement de l'autre, entre angoisse et féroce ravissement, puis il se contenta de regarder, avec la fascination épouvantée de qui voit une silhouette lointaine se précipiter vers une falaise invisible.

Les équipes de piste, régies par la Préfecture de l'Hippodrome et donc résolument non partisanes, effectuaient leurs diverses tâches avec la plus grande efficacité. Cela incluait de veiller à l'état de la piste, à la condition des barrières de départ, à la régularité du départ lui-même, au jugement des fautes et des obstructions en course ; elles devaient aussi essayer de faire régner l'ordre dans les écuries et prévenir les empoisonnements de chevaux ou les assauts contre les conducteurs, du moins à l'intérieur même de l'Hippodrome ; les assauts à l'extérieur n'étaient pas de leur ressort.

L'une de leurs tâches les plus difficiles consistait à dégager la piste après une collision. Ils étaient entraînés à évacuer chariot, chevaux et conducteur blessé avec doigté et célérité, soit vers la sécurité de la spina soit vers l'extérieur de la piste, au pied des gradins. Ils pouvaient démêler deux quadriges accidentés, couper les rênes des chevaux épouvantés qui se cabraient, pousser hors du chemin les roues voilées et effectuer le tout à temps pour permettre aux chariots intacts qui revenaient de continuer sans changer d'allure.

Trois chars renversés et en miettes, douze chevaux empilés, une bête des Blancs qui avait entraîné son compagnon d'attelage sur le côté en tombant elle-même, la patte brisée, et un conducteur inconscient et gravement blessé, tout cela présentait cependant un certain problème.

Ils transportèrent le blessé sur une litière jusqu'à la spina. Ils coupèrent les rênes des six chevaux de flanc et dégagèrent deux paires de chevaux de timon. Ils tirèrent l'un des chariots aussi loin que possible vers l'extérieur. Ils travaillaient encore sur les deux autres, essayant de dételer du cheval brun à la patte cassée l'autre bête indemne mais affolée, quand un cri les prévint que les chars de tête avaient fait le tour – ils roulaient vraiment très vite – et l'équipe de piste en tuniques jaunes dut courir à toutes jambes se mettre à l'abri elle-même.

L'accident avait eu lieu dans les couloirs intérieurs. Les quadriges qui approchaient dans un bruit de tonnerre disposaient de tout l'espace nécessaire pour en contourner les débris par l'extérieur.

Ou juste d'assez d'espace pour un seul d'entre eux s'ils roulaient presque côte à côte et que le conducteur du couloir extérieur n'avait nulle envie de s'écarter assez pour laisser l'autre passer en toute sécurité.

Ils roulaient justement presque à la même hauteur, Scortius des Bleus à l'extérieur, un peu en retrait, alors que les deux quadriges sortaient du virage et que l'hippocampe s'abaissait pour signaler le dernier tour. Scortius se laissa dériver sans heurt vers l'extérieur en entrant dans la ligne droite, juste assez pour faire contourner par son équipage les chariots accidentés et les deux chevaux emmêlés.

Crescens des Verts se trouva donc, en un laps de temps extrêmement bref et au summum d'une fiévreuse excitation, face à trois possibilités claires mais fort déplaisantes. Il pouvait démolir son attelage et peut-être se tuer lui-même en fonçant dans l'obstacle. Il pouvait infléchir sa course vers Scortius et tenter de passer en force à l'extérieur de l'empilade de chariots – encourant ainsi une disqualification et une suspension certaines pour le restant de la journée. Ou il pouvait retenir ses chevaux fumants en tirant violemment sur les rênes, laisser passer Scortius puis contourner l'obstacle derrière lui, concédant ainsi la victoire, avec un seul tour restant à faire.

C'était un homme brave. Dans une course époustouflante, à vous faire bouillir les sangs.

Il essaya de passer à la corde.

Les deux chevaux abattus se trouvaient un peu plus loin. Il ne restait plus qu'un seul chariot près de la rambarde de la spina. Crescens fouetta son splendide cheval de flanc gauche, une seule fois, le guida vers la rambarde et tassa littéralement ses quatre bêtes les unes contre les autres pour les faire passer. Le cheval de gauche se frotta durement contre la rambarde. Le cheval de droite se cogna contre une roue encore en train de tourner, mais l'obstacle était franchi. Le chariot du champion vert passa aussi, en rebondissant de sorte qu'un instant Crescens sembla porté par les airs, comme Héladikos. Mais il était passé. Il retomba en conservant habilement son équilibre, fouet et rênes toujours en main, les chevaux toujours lancés au grand galop.

Quelle terrible infortune, après une telle démonstration de courage et de talent, que sa roue extérieure rebondît *derrière* lui, ayant été délogée lors de son passage à travers les débris de l'accident.

Si brave et si doué qu'on fût, on ne pouvait faire courir un chariot pourvu d'une seule roue. Crescens coupa ses rênes, se tint un instant bien droit dans le char qui roulait maintenant d'une façon terriblement erratique, leva son poignard en un salut bref, mais bien visible, à la silhouette de Scortius qui s'éloignait, et sauta du char.

Il boula plusieurs fois sur lui-même, comme on l'apprenait dès le début aux conducteurs de chars, puis il se releva, seul sur le sable. Il retira son casque de cuir, s'inclina en direction de la loge impériale – en ignorant les autres équipages qui s'approchaient du virage – puis il écarta les bras d'un geste résigné et s'inclina tout aussi bas en direction des gradins des Verts.

Puis il sortit de la piste pour se rendre dans la spina. Accepta une bouteille d'eau d'un membre de l'équipe de piste. But à profondes gorgées, se versa le reste sur la tête et se tint là entre les monuments à lâcher un barrage incendiaire de jurons sacrilèges, dans une agonie de frustration, tandis que Scortius transformait la dernière ligne droite en parade pour chariot seul, puis accomplissait son tour d'honneur officiel et acceptait sa couronne. Tandis que les Bleus se permettaient enfin d'exploser en une joie délirante. Et que l'Empereur lui-même, dans la kathisma, cet indifférent empereur qui n'avait pas de faction favorite et n'aimait même pas les courses – levait une paume pour saluer au passage l'aurige triomphant.

Scortius victorieux ne se comporta pas de façon extravagante, ne prit pas de poses exagérées. Il ne le faisait jamais. Pas une seule fois en douze ans et pour mille six cents triomphes. Il courait, tout simplement, et il gagnait, et il passait ses nuits à se laisser rendre hommage dans les palais, ou les lits, des aristocrates.

Crescens avait eu accès aux livres de compte de sa faction. Il savait combien les Verts avaient payé pour des sorts destinés à contrer les tablettes de sorts sûrement commandées contre Scortius pendant toutes ces années où il avait couru pour les Verts. Il imaginait bien que les Bleus en avaient dépensé au moins moitié autant cette année, maintenant qu'il courait pour eux.

Il serait plaisant de pouvoir haïr cet homme, se dit-il en essuyant son visage et son front couverts de sueur et de boue, au milieu des monuments, en ce dernier jour de courses de sa première année à Sarance. Comment Scortius avait-il déduit que les carcasses seraient encore là après un simple accident impliquant deux chars, il n'en avait pas la moindre idée. Il ne le lui aurait jamais demandé, mais il aurait vraiment aimé le savoir. Scortius lui avait *permis* de passer à la corde dans ce dernier tournant, et il l'avait fait, comme un enfant qui vole un bonbon lorsqu'il pense que son tuteur a le dos tourné.

Il remarqua, avec une certaine ironie, que le gaillard qui courait pour les Rouges dans le septième couloir,

Baras, ou Varas, ou enfin, ce gars-là, celui que Scortius avait bien eu au départ, avait finalement rattrapé l'équipage blanc qui fatiguait au dernier tournant, afin de s'emparer de la deuxième place, et de la considérable bourse afférente. Un splendide résultat pour un jeune second des Rouges, et ça évitait un balayage complet par les Bleus et les Blancs.

Crescens décida qu'en la circonstance ce serait après tout inapproprié de tomber sur le dos du garçon. Mieux valait oublier cette course. Il y en avait encore sept dans la journée. Il courait dans quatre d'entre elles, et il tenait toujours à sa soixante-quinzième victoire.

En route vers les vestiaires sous les gradins, pour se reposer avant sa deuxième course, il apprit que le second des Bleus, Dauzis, tombé dans l'accident, était mort le cou brisé, soit lors de sa chute, soit lorsqu'on l'avait déplacé.

Le Neuvième Aurige courait toujours avec eux. Il avait montré sa face aujourd'hui.

Dans l'Hippodrome, on courait en l'honneur du dieu du soleil et de l'Empereur, on courait pour faire plaisir au peuple, et quelques-uns couraient en l'honneur du vaillant Héladikos ; mais ils savaient tous – chaque fois qu'ils se tenaient derrière leurs chevaux – que la mort était peut-être au rendez-vous dans les sables.

CHAPITRE 7

Pouvait-on oublier comment être libre ?

La question avait surgi dans l'esprit de Kasia sur la route et s'obstinait, sans trouver de réponse. Une année d'esclavage pouvait-elle vous marquer à jamais ? Le simple fait d'avoir été vendue ? Chez elle, elle avait eu la langue acérée, preste et caustique. *Erimitsu.* Bien trop intelligente pour se marier, s'était inquiétée sa mère. Elle se sentait maintenant effrayée jusqu'aux tréfonds de son être : anxieuse, égarée, elle sursautait au moindre bruit, elle baissait les yeux. Pendant un an, elle avait couché avec n'importe quel homme qui payait Morax pour se servir d'elle comme il l'entendait. Un an à se faire battre pour la moindre peccadille ou pour rien du tout, pour lui rappeler son statut.

Ils avaient seulement arrêté vers la fin, quand ils l'avaient voulue sans marques, une victime sacrificielle à la peau bien lisse pour mourir dans la forêt.

De sa chambre à l'auberge, elle pouvait entendre le bruit en provenance de l'Hippodrome. Régulier, comme les cascades au nord de chez elle, mais par moments, lorsqu'un accident du hasard, terrible ou merveilleux, arrivait là-bas où couraient les chevaux, le bruit se faisait plus fort, à la différence des eaux, pour devenir un volume écrasant de son, un rugissement qui semblait issu d'une bête aux multiples gorges.

Le *zubir* n'avait fait aucun bruit dans la forêt. Le silence avait régné sous les feuilles, sur les feuilles, concentré par le voile du brouillard. L'univers tout entier refermé sur l'objet le plus minuscule, le seul qui importait. Terrible, ou merveilleux, et sa propre existence lui avait été rendue, la menant de l'Ancienne Forêt à Sarance dont elle n'avait pas même osé rêver. Et à la liberté, dont elle avait rêvé chaque nuit de l'année écoulée.

Quatre-vingt mille personnes dans l'Hippodrome. C'était ce qu'avait dit Carullus. Un chiffre que son esprit ne pouvait appréhender. Près de cinq cent mille dans la Cité, avait-il dit. Même après l'émeute, deux ans plus tôt, et la peste. Comment faisaient-ils tous pour ne pas trembler de terreur?

Elle avait passé la matinée dans cette petite pièce. Avait pensé se faire monter son repas, en réfléchissant au changement que cela impliquait, en se demandant quelle fille battue et craintive apparaîtrait avec un plateau pour la dame.

La dame qui accompagnait les soldats, et l'homme qui allait se rendre au palais. C'était elle, la dame. Carullus s'était assuré de bien le leur faire savoir, au rez-de-chaussée. Ici comme partout, le service reçu était fonction du statut et, à Sarance, l'ouverture de la Porte de Bronze servait d'introduction dans le grand monde.

Martinien se rendait là. Ou plutôt Caius Crispus. Il leur avait dit de l'appeler Crispin en privé. C'était son nom, Crispin ; il avait été marié à une femme nommée Ilandra ; elle était morte, et ses deux filles aussi ; il avait crié son nom dans le noir.

Il n'avait pas touché Kasia depuis cette nuit au sortir de l'Ancienne Forêt. Et même alors, il l'avait fait dormir de nouveau dans sa cape sur le plancher, au début. Elle était venue dans le lit d'elle-même, quand il avait crié. Alors seulement s'était-il tourné vers elle. Et cette fois-là seulement. Ensuite il s'était assuré qu'elle aurait sa propre chambre tandis qu'ils faisaient route avec les soldats dans les vents d'automne et les rafales de feuilles ; les rivières aux eaux rapides et les mines d'argent de Sauradie avaient fait place aux fertiles terres moissonnées de Trakésie, puis à cette première vision des triples murailles de la Cité, qui l'avait frappée d'épouvante.

Cinq cent mille âmes.

Le monde de Kasia tournait et changeait trop vite même pour son intelligence, et elle ne savait comment démêler ce qu'elle éprouvait ; elle était trop prise dans la simple mouvance des événements. Elle aurait presque rougi, même à présent, en se rappelant un peu ce qu'elle avait éprouvé, justement, de manière inattendue, à l'approche de l'aube, lors de cette unique nuit avec Crispin.

Elle se trouvait dans sa chambre, elle écoutait l'Hippodrome, tout en recousant sa cape – celle de Crispin. Elle n'avait guère de talent pour les travaux d'aiguille, mais c'était une façon de s'occuper. Elle était finalement descendue dans la salle commune pour déjeuner. *Erimitsu,* l'ingénieuse : elle savait que si elle se laissait enfermer entre quatre murs, elle pourrait bien ne plus jamais en sortir. Si difficile que ce fût, elle s'était forcée à descendre. On l'avait servie avec une efficacité banale, sans déférence particulière. C'était peut-être tout ce qu'une femme pouvait espérer, surtout dans cette Cité.

Elle avait pris une moitié de volaille rôtie avec des poireaux et du bon pain, accompagnés d'un verre de vin qu'elle avait plus qu'à moitié allongé d'eau. En mangeant à sa table, dans son coin, elle s'était dit qu'elle n'avait jamais fait cela de sa vie, manger dans une auberge, comme cliente, en buvant un verre de vin. Seule.

Personne ne l'avait dérangée. La salle était presque vide. Tout le monde se trouvait à l'Hippodrome ou célébrait dans les rues le dernier jour des Dykanies en achetant à manger, et bien trop à boire, aux vendeurs ambulants, en agitant des crécelles, des étendards de

guildes ou de factions. Elle les entendait, dehors, au
soleil. Elle s'était efforcée de manger lentement, de
boire le vin et même d'en prendre un second verre. Une
libre citoyenne de l'empire sarantin sous le règne de
Valérius II. Une fête publique, un festival. Lorsque la
serveuse lui avait demandé si elle voulait du melon,
elle s'était obligée à accepter.

Les cheveux de la femme étaient de la même couleur
que les siens. Mais elle était plus vieille. Avec une
cicatrice pâle sur le front. Kasia lui sourit quand elle
apporta le melon, mais la femme ne lui rendit pas son
sourire. Un peu plus tard, pourtant, elle plaça sur la
table une tasse à deux anses pleine de vin chaud épicé.

« Je ne l'ai pas commandé, dit Kasia, alarmée.

— Je sais. Vous auriez dû. Il fait froid. Un calmant.
Vos hommes seront bientôt de retour, et excités. Ils le
sont toujours, après les chariots. Il faudra vous remettre
au travail, ma petite. »

Elle s'éloigna, toujours sans sourire, avant que Kasia
ne pût rectifier. Mais c'était de la bonté de la part de
cette servante. "Ma petite"… La femme avait voulu être
gentille ; c'était encore possible, alors, dans les cités.

Le vin épicé était bon, il sentait la moisson et la
chaleur. Kasia était restée tranquille dans son coin tout
en buvant. Elle avait observé l'entrée ouverte sur la
rue. Un flot de gens, marchant dans tous les sens, sans
fin. Venus du monde entier. Elle s'était surprise à penser
à sa mère, à la maison, à l'endroit où elle se trouvait
elle-même désormais. En cet instant. Cet endroit-ci,
entre tous les endroits possibles de la création du dieu.
Puis elle avait pensé à la nuit avec Martinien – *Crispin* –
et s'était sentie rougir de nouveau, avec cette émotion
si étrange.

Elle avait suivi les instructions de Carullus et fait
porter le coût de son repas sur la note de la chambre,
pour remonter ensuite. Elle avait sa propre chambre.
Une porte fermée d'un verrou neuf. Personne ne pouvait
entrer et se servir d'elle, ou lui ordonner quoi que ce

fût. Un luxe si énorme qu'il en était effrayant. Après s'être assise à la petite fenêtre elle avait repris son aiguille ; la cape lui réchauffait les genoux ; mais après les deux autres coupes qu'elle avait bues, le vin épicé l'avait rendue somnolente, et elle devait s'être endormie dans un oblique rayon de soleil.

Les coups violents frappés à la porte la réveillèrent en sursaut, le cœur battant. Elle se leva en hâte, s'enroula dans la cape – un geste involontaire de protection – et alla à la porte, sans l'ouvrir.

« Qui est-ce ? demanda-t-elle, hésitante.

— Ah, c'est vrai, ils ont dit qu'il avait amené une putain. » Une voix orientale à l'accent précis, instruite et acide. « Je veux voir l'Occidental, Martinien. Ouvre la porte. »

Erimitsu, c'était elle, elle se força à s'en souvenir. Elle était libre, elle avait des droits légaux, l'aubergiste et ses gens se trouvaient au rez-de-chaussée. Elle avait assez souvent entendu Morax parler aux marchands et aux patriciens. Elle en était capable.

Elle reprit son souffle. « Qui le cherche, si je puis m'en enquérir ? »

Il y eut un bref rire sec. « Je ne parle pas à des prostituées à travers une porte fermée. »

Elle constata que la colère lui était d'un certain secours. « Et je n'ouvre pas ma porte à des étrangers mal élevés. Nous avons un problème, semblerait-il. »

Un silence. Elle entendit le plancher craquer dans le couloir. L'homme toussota. « Chienne présomptueuse. Je suis Siroès, le mosaïste de la Cour impériale. Ouvre la porte. »

Elle ouvrit. C'était peut-être une erreur, mais Marti…
– *Crispin* – avait été convoqué par l'Empereur pour faire de la mosaïque, et cet homme…

Cet homme était de petite taille, grassouillet, avec une calvitie naissante ; il portait une tunique qui lui arrivait au mollet, d'un beau bleu très profond, richement brodée de fil d'or, sous une chlamyde cramoisie bordée d'un bandeau décoratif compliqué, également en fil doré. Un visage rond, à l'expression suffisante, des yeux sombres et de longs doigts qui contredisaient l'impression générale de mollesse rondouillarde. Sur ses mains, le même lacis de coupures et de cicatrices que sur celles de Crispin. Il était seul, à l'exception d'un serviteur, qui se tenait un peu en retrait dans le couloir désert.

«Ah, dit l'homme nommé Siroès. Il aime les maigrichonnes. Ça ne me dérange pas. Que charges-tu pour une séance en après-midi ?»

Rester calme, c'était important. Une libre citoyenne. «Insultez-vous toutes les femmes que vous rencontrez ? Ou vous ai-je pour une raison quelconque offensé ? On m'a dit que l'Enceinte impériale était connue pour ses bonnes manières. J'ai été mal informée, semble-t-il. Dois-je appeler l'aubergiste pour vous faire jeter dehors ou simplement crier ?»

L'autre hésita de nouveau et cette fois, en le dévisageant, Kasia pensa discerner quelque chose ; elle ne l'aurait pas cru, mais elle en était presque sûre.

« Me faire jeter dehors ? » Il émit de nouveau son petit rire rauque. « Tu n'es pas présomptueuse, mais ignorante. Où est Martinien ?»

Attention, se dit-elle. Cet homme était important, et Crispin pourrait bien en dépendre, travailler avec lui ou pour lui. Elle ne pouvait vraiment pas s'abandonner à la panique ni à la colère.

Elle maîtrisa sa voix, baissa les yeux, songea à Morax en train de faire des bassesses devant un marchand à la bourse bien garnie. « Je suis désolée, Monseigneur, je suis peut-être une barbare inaccoutumée à la Cité, mais je ne suis la prostituée de personne. Martinien de Varèna se trouve à l'Hippodrome avec le tribun de la Quatrième Légion sauradienne. »

Siroès jura tout bas. Elle eut de nouveau cette surprenante impression.

Il avait peur.

« Quand reviendra-t-il ?

— Monseigneur, quand les courses seront finies, j'imagine. » Un rugissement traversa les rues étroites et le vaste espace du Forum. Quelqu'un avait gagné une course, quelqu'un l'avait perdue. « Voulez-vous l'attendre ? Ou lui laisserai-je un message de votre part ?

— Attendre ? ! Sûrement pas. Amusant, je dois dire, que ce Rhodien s'imagine avoir le loisir de se rendre aux jeux quand il a pris tout son temps pour arriver.

— Ce n'est sûrement pas une faute pendant les Dykanies, Monseigneur ? L'Empereur et le Chancelier sont tous deux à l'Hippodrome, nous a-t-on dit. Aucune présentation n'était prévue à la cour.

— Ah. Et qui vous a donc informés de façon si complète ?

— Le tribun de la Quatrième Légion sauradienne est très au courant, Monseigneur.

— Ha ! Les Sauradiens ? Un officier de province.

— Oui, Monseigneur. Bien sûr, c'est un officier et il a une entrevue avec le Stratège suprême. Cela nécessitait pour lui de se renseigner sur les activités de l'Enceinte impériale, je suppose. Aussi bien que possible. Bien sûr, comme vous le dites, il ne doit pas vraiment savoir grand-chose. »

Elle releva la tête à temps pour surprendre un éclair inquiet dans les yeux du mosaïste. Regarda de nouveau à terre. Oui, elle était capable. C'était possible, somme toute.

Siroès poussa un nouveau juron. « Je ne peux pas attendre après un Occidental ignorant. Il doit y avoir un banquet impérial après les courses, cette nuit. J'y suis honoré d'une couche. » Il s'interrompit. « Dis-le-lui. Dis-lui… que je suis venu en tant que collègue pour le saluer avant qu'il ne doive affronter… l'énervement d'une présentation à la cour. »

Elle garda les yeux baissés.

« Il en sera honoré, je le sais. Et fort chagrin, Monseigneur, d'avoir manqué votre visite. »

Le mosaïste rejeta un pan de sa chlamyde sur son épaule en ajustant la broche d'or qui la maintenait. « Ne fais pas semblant de bien parler. Ça ne convient pas à une maigre pute comme toi. J'ai assez de temps pour te foutre. Un demi-solidus, ça suffira pour que tu te déshabilles ? »

Elle retint une réplique mordante. C'était stupéfiant, mais elle n'avait plus peur. Lui, il avait peur. Elle croisa son regard. « Non, dit-elle. Ce n'est pas suffisant. Je dirai cependant à Martinien de Varèna que vous êtes venu, et que vous me l'avez offert. »

Elle s'apprêta à refermer la porte.

« Attends ! » Les paupières de l'homme papillotaient. « Une plaisanterie. Je plaisantais. Les gens de la campagne ne comprennent *jamais* l'esprit de la cour. Est-ce que… aurais-tu… par chance quelque expérience du travail de Martinien ou, euh… de ses vues sur… disons la méthode indirecte pour poser les tessères ? »

Un homme terrifié. Ceux-là étaient parfois dangereux. « Je ne suis ni sa putain ni son apprentie, Monseigneur. Je lui dirai, lorsqu'il reviendra, que vous êtes venu chercher cette information.

— Non ! Je veux dire… n'en prends pas la peine. J'en discuterai avec lui moi-même, naturellement. Je devrai, euh… m'assurer de sa compétence. Bien sûr.

— Bien sûr », répéta Kasia, et elle ferma la porte au nez du mosaïste de la Cour impériale.

Elle la verrouilla, s'appuya au panneau de bois puis, incapable de s'en empêcher, se mit à rire en silence, et en même temps à pleurer.

◆

Si Crispin était revenu à l'auberge après les courses, comme il en avait eu l'intention, si, en parlant avec Kasia, il avait appris sa rencontre avec un visiteur – et les détails en auraient eu plus de sens pour lui que pour elle – il aurait adopté par la suite un comportement tout différent.

Ce qui, en conséquence, aurait occasionné des changements significatifs dans un certain nombre d'affaires importantes pour lui, mais aussi dans une perspective bien plus vaste. Son existence et bien d'autres auraient pu en être transformées ; et même, on pourrait le soutenir, le cours ultérieur de l'Empire.

C'est plus fréquent qu'on ne le croit. Des amants se rencontrent pour la première lors d'un dîner où l'un d'eux a failli ne pas se rendre ; un tonneau de vin tombe d'une charrette et casse la jambe de quelqu'un qui, sur un caprice, a choisi un chemin différent pour se rendre à son établissement de bains habituel. La dague d'un assassin manque sa cible uniquement parce que, sans raison particulière, la victime désignée se retourne et la voit s'abattre. Ainsi prennent forme et se modifient les marées de la fortune, tout comme la vie des hommes et des femmes dans la création divine.

Crispin ne revint pas à l'auberge.

Ou plutôt, alors qu'avec Carullus et Vargos il y revenait au coucher du soleil par les rues bruyantes et animées du festival, une demi-douzaine d'individus se détachèrent de l'endroit où ils se tenaient près de la façade de l'auberge pour s'approcher d'eux. Ils étaient vêtus, remarqua-t-il, de tuniques vert sombre à hauteur de genou, tissées d'un motif compliqué, avec une rayure brune verticale des deux côtés, des pantalons bruns, des ceintures brun foncé. Chacun portait un collier identique, avec un médaillon : l'emblème d'un office. Ils avaient un maintien grave, calme, en opposition totale avec le chaos qui les entourait.

En les apercevant, Carullus s'immobilisa d'un air circonspect, mais sans inquiétude. Crispin, suivant son exemple, resta détendu comme le chef des six hommes arrivait à sa hauteur ; de fait, il admirait la coupe et le bon goût de leurs tuniques. Juste avant que l'autre ne prît la parole, il comprit que c'était un eunuque.

« Vous êtes le mosaïste ? Martinien de Varèna ? »

Crispin hocha la tête : « Puis-je savoir qui pose cette question ? »

Depuis sa fenêtre à l'étage, Kasia les observait. Elle avait guetté les trois hommes dès que les acclamations avaient cessé dans l'Hippodrome. Elle pensa à les appeler, mais ne le fit pas. Bien entendu.

« Nous avons été envoyés par la Chancellerie. Votre présence est requise dans l'Enceinte impériale.

— Je comprends bien. C'est la raison pour laquelle je suis venu à Sarance.

— Vous ne comprenez pas. On vous fait un grand honneur. Vous devez être introduit à la cour cette nuit. L'Empereur sera tout à l'heure l'hôte d'un banquet. Après cela, il vous recevra au palais Atténin. Comprenez-vous ? Des gens du plus haut rang attendent des semaines, des mois pour une audience. Des ambassadeurs quittent parfois la Cité sans jamais avoir été reçus. Vous serez introduit cette nuit. L'Empereur s'intéresse très activement au progrès du nouveau Sanctuaire. Nous devons vous ramener et vous préparer. »

Carullus émit un petit sifflement. L'un des eunuques lui jeta un coup d'œil. Vargos ne bougeait pas, attentif. Crispin déclara : « Je suis honoré, en vérité. Mais… maintenant ? Je dois être présenté comme je suis là ? »

L'eunuque eut un bref sourire : « Non, vraiment pas comme vous êtes là. » Un autre renifla de façon audible, amusé.

« Alors, je dois prendre un bain et changer de vêtements. J'ai passé toute la journée à l'Hippodrome.

— Nous le savons. Les vêtements que vous avez apportés seront très certainement inappropriés pour une visite officielle à la cour. Vous êtes ici à la requête du Chancelier. Gésius assume donc la responsabilité de votre présentation à l'Empereur. Votre apparence, nous nous en occuperons. Suivez-nous. »

Il les suivit. Il était là pour ça.

Kasia regardait à la fenêtre, en se mordant les lèvres. Elle avait très envie de l'appeler mais elle n'aurait su dire pourquoi. Une prémonition, issue de l'entre-deux-mondes ? Des ombres… Lorsque Carullus et Vargos vinrent la rejoindre à l'étage, elle leur parla du visiteur de l'après-midi et de la curieuse question très spécifique qu'il avait posée. Carullus poussa un juron, ce qui aggrava ses craintes.

« On n'y peut rien, dit-il enfin. Aucun moyen de le lui dire, maintenant. Il doit y avoir un piège, mais c'est normal, dans cette cour. Il pense vite et bien, Jad le sait. Espérons qu'il saura conserver ses esprits.

— Je dois y aller, dit Vargos après un silence. Le soleil se couche. »

Après lui avoir jeté un coup d'œil, Carullus adressa un regard pénétrant à Kasia et les conduisit ensuite tous deux, par les rues bondées et maintenant plus sombres, vers un sanctuaire de taille respectable à quelque distance des triples murailles. Parmi les nombreux fidèles qui se pressaient devant l'autel et le disque solaire placé sur le mur du fond, ils écoutèrent le rituel du crépuscule chanté par un prêtre osseux à la barbe noire. Kasia fit ses génuflexions entre les deux hommes en essayant de ne pas penser au *zubir*, à Caius Crispus ou à tous les gens entassés autour d'elle dans la chapelle et dans la Cité.

Ils dînèrent ensuite dans une taverne proche. Encore des foules. Beaucoup de soldats. Carullus les salua et en fut salué quand ils entrèrent puis, toujours prévenant, il choisit un cubicule tout au fond, loin du bruit. Il la fit asseoir le dos tourné au tumulte, de sorte qu'elle n'eût à regarder personne d'autre que Vargos ou lui. Il commanda vin et repas pour eux trois, en échangeant des plaisanteries décontractées avec le serveur. Il avait perdu beaucoup d'argent dans l'une des courses de l'après-midi, comprit Kasia. Il n'en semblait guère assagi. Ce n'était pas un homme aisément assagi, elle avait fini par le comprendre.

◆

Il éprouvait un indicible outrage. Ce viol, cet assaut l'avait atteint jusque dans les profondeurs de son être.

Il avait proféré des grossièretés et des cris de rage ; dans sa fureur, il avait essayé de les frapper, faisant rejaillir l'eau du bain en éclaboussures, et bon nombre d'entre eux avaient été tout trempés.

Ils avaient ri. Et compte tenu de la large surface déjà débroussaillée par leurs soins alors qu'il reposait, yeux innocemment clos, dans la merveilleuse chaleur parfumée de son bain, Crispin n'avait plus guère le choix. Après avoir grondé, juré et promis des mesures de rétorsion aussi violentes qu'obscènes, lesquelles les avaient seulement amusés davantage, il avait dû leur laisser terminer ce qu'ils avaient commencé, sous peine d'avoir l'air d'un fou.

Ils finirent donc de lui raser la barbe.

La mode, à la cour de Valérius et d'Alixana, était apparemment aux joues glabres. Les barbares, les soldats de l'arrière-pays, les provinciaux ignorants par force portaient barbe et moustaches, avait expliqué avec une moue d'ineffable dégoût l'eunuque qui maniait les ciseaux, puis le rasoir étincelant ; ils ressemblaient à des ours, à des chèvres, à des aurochs – à des bêtes, avait-il déclaré bien haut.

« Que sais-tu des aurochs ? » avait rétorqué Crispin d'une voix amère et enrouée.

« Absolument rien du tout ! Saint Jad en soit loué pour sa miséricorde ! » avait dit avec ferveur l'eunuque au rasoir, en faisant le signe du disque solaire avec la lame, ce qui avait bien fait rire ses compagnons.

Les courtisans, avait-il expliqué avec patience sans cesser de manipuler le rasoir avec précision, se devaient de paraître aussi civilisés que possible, pour le dieu et pour l'Empereur. De la part d'un rouquin, avait-il ajouté fermement, porter la barbe était une provocation, un signe de mauvaise éducation aussi grave que... que de laisser échapper un vent pendant la prière à l'aurore dans la Chapelle impériale.

Un peu plus tard, dans l'antichambre du palais Atténin, tout vêtu de soie pour la deuxième fois de sa vie seulement, chaussé de cuir souple qui épousait la forme de son pied et avec une courte chlamyde vert sombre épinglée à l'épaule sur une longue tunique gris pigeon à bordure noire, Crispin n'arrivait pas à s'empêcher de se toucher la figure ; sa main s'y portait de sa propre volonté. Au bain, on lui avait tendu un splendide miroir à manche d'ivoire, avec un motif de grappes et de feuilles gravé dans l'argent au revers, et une glace merveilleusement fidèle, presque dénuée de distorsion.

Un pâle étranger humide et irrité lui avait rendu son regard. Les joues aussi lisses que celles d'un enfant. Il portait cette barbe depuis plus d'une décennie, avant même de rencontrer Ilandra. Il reconnaissait mal cet homme curieusement vulnérable, à l'air agressif et au menton carré qui le fixait dans ce miroir ; il s'en souvenait à peine. Ses yeux paraissaient encore plus bleus. Sa bouche, tout son visage, lui donnaient l'impression d'être sans défense, exposés. Il s'était essayé à un bref sourire, pour voir, y avait aussitôt renoncé. À l'œil, ce n'était pas sa figure, au toucher non plus. On l'avait… modifié. Il n'était plus lui-même. Ce n'était pas un sentiment réconfortant alors qu'il allait être présenté à la cour la plus subtile et la plus dangereuse du monde, porteur d'un faux nom et d'un message secret.

Tout en attendant son tour au palais, il continua de cultiver sa colère, une sorte de refuge contre son anxiété croissante. Les représentants du Chancelier, il le savait bien, avaient agi avec une indéniable bonne volonté et une bonne humeur tolérante devant sa crise de colère et ses éclaboussures. Les eunuques voulaient réellement lui voir faire bonne impression. Cela se reflétait sur eux, ils le lui avaient fait comprendre. La convocation signée de Gésius avait aplani les difficultés sur sa route ; il se tenait maintenant dans cette somptueuse antichambre illuminée de chandelles, tandis que la rumeur des courtisans entrant dans la salle du trône filtrait jusqu'à lui à travers la porte ; et il était – pour des raisons bien compliquées – un représentant du Chancelier, même s'il ne l'avait jamais vu.

On arrivait à l'Enceinte impériale déjà aligné sur une faction ou une autre, comprenait-il un peu tard, avant même les premiers mots ou la première génuflexion. Les génuflexions, on l'en avait informé. Des instructions précises, qu'on lui avait fait répéter. Ce faisant, contre son gré, il avait alors senti son cœur battre plus vite, et cette sensation lui revenait à présent en entendant les dignitaires de la cour de Valérius II de l'autre côté des splendides battants d'argent. Des rires qui couraient, un murmure léger de paroles. On serait d'humeur plaisante après un jour de festival et un banquet.

Il frotta de nouveau son menton nu, d'une douceur abominable. Il en était complètement perturbé. Comme si un courtisan sarantin rasé et parfumé, drapé de soie, occupait son corps alors qu'il se trouvait si loin de chez lui, presque de l'autre côté du monde. Il se sentait délogé de *l'idée* qu'il s'était faite de lui-même pendant toutes ces années.

Et cette impression – liée à son changement forcé d'apparence et d'identité – pesa probablement beaucoup sur ce qui se passa ensuite, conclut-il plus tard.

Il n'avait rien planifié. Cela, du moins, il en était sûr. Simplement, il se trouvait être un homme téméraire à l'esprit contrariant. Sa mère l'avait toujours dit, sa femme, ses amis ; il avait cessé depuis longtemps de le nier ; on riait alors de lui, aussi avait-il renoncé.

Après la longue attente, qu'il consacra à contempler le lever de la lune bleue dans une fenêtre donnant sur une cour intérieure, les événements s'accélérèrent vite une fois déclenchés.

Les battants d'argent pivotèrent sur leurs gonds. Crispin et les représentants du Chancelier se retournèrent en hâte. Deux gardes – d'une taille immense dans leur étincelante et courte tunique argentée – sortirent de la salle du trône. Derrière eux, Crispin entr'aperçut du mouvement et de la couleur. Un parfum flotta : de l'encens. Il entendit de la musique, qui s'arrêta, tout comme les mouvements. Un homme apparut derrière les gardes,

vêtu de pourpre et de blanc, porteur d'un bâton de cérémonie. L'un des eunuques lui adressa un petit signe de
tête puis lança un coup d'œil à Crispin, lui sourit – c'était
magnanime de sa part en un tel instant – et murmura :
« Vous avez l'air tout à fait convenable. On vous attend
avec bienveillance. Jad soit avec vous. »

Crispin s'avança d'un pas incertain sur le seuil près
du hérault. L'homme lui adressa un regard indifférent.
« Martinien de Varèna, n'est-ce pas ? »

Ce n'était vraiment pas prémédité de sa part.

Alors même qu'il ouvrait la bouche, il se dit qu'il
mettait peut-être ainsi sa vie en danger. Il frotta son
menton trop lisse. « Non, dit-il, assez calme. Mon nom
est Caius Crispus. Mais de Varèna, oui. »

L'expression stupéfaite du hérault aurait pu être diver-
tissante, de fait, si la situation avait été légèrement différente. L'un des gardes changea un peu de position
près de Crispin, mais sans plus, ne tourna même pas la
tête. « Allez vous faire mettre une épée dans le cul »,
murmura le hérault avec l'accent raffiné d'un aristocrate
oriental. « Vous croyez que je vais annoncer un autre
nom que celui indiqué sur la liste ? Vous ferez ce que
vous voudrez une fois entré. »

Et, s'avançant de quelques pas dans la salle, il frappa
une fois le sol de son bâton. Le bavardage des courtisans
avait déjà cessé. Disposés en deux rangées, attentifs,
ils avaient ménagé une allée à l'arrivant.

« Martinien de Varèna ! » déclara le hérault d'une
voix forte et vibrante, en faisant résonner le nom sous
la voûte.

Crispin s'avança à son tour, l'esprit tourbillonnant,
conscient de nouvelles odeurs et d'une myriade de
couleurs, mais sans rien encore distinguer clairement.
Il fit les trois pas prescrits, s'agenouilla, courba le front
vers le sol. Attendit, en comptant jusqu'à dix. Se releva.
Trois autres pas vers l'homme assis dans ce scintillement
doré qui était le trône, illuminé par les bougies. S'agenouiller de nouveau, toucher du front la mosaïque de

pierre fraîche. Compter, en essayant de calmer le battement frénétique de son cœur. Se relever. Trois pas, et
une troisième fois il s'agenouilla et se prosterna.

La dernière fois, il resta ainsi, comme on l'en avait
instruit, à environ dix pas du trône impérial et du second
trône qui en était voisin et où siégeait une femme étincelante de bijoux. Il ne leva pas les yeux. Il entendit un
léger murmure de curiosité courir parmi les courtisans
assemblés, qui avaient quitté leur fête pour voir un
Rhodien nouvellement arrivé à la cour; c'était encore
un sujet d'intérêt. Il y eut un trait d'esprit, le rire d'une
femme tel un friselis de mercure argenté, puis le silence.

Dans lequel s'éleva une voix sèche et ténue, mais
très claire: «Soyez le bienvenu à la cour impériale de
Sarance, Artisan. Au nom du glorieux Empereur et de
l'impératrice Alixana, je vous permets de vous relever,
Martinien de Varèna.»

Ce devait être Gésius. Le Chancelier. Son patron,
s'il en avait un. Crispin ferma les yeux, prit une grande
inspiration. Et resta absolument immobile, front au sol.

Il y eut une pause. Quelqu'un gloussa.

«On vous a donné la permission de vous relever»,
répéta la mince voix parcheminée.

Crispin songea au *zubir* dans la forêt. Puis à Linon,
l'oiseau, l'âme, qui lui avait parlé en esprit, même si
cela n'avait pas duré bien longtemps. Quand Ilandra
était morte, il avait voulu mourir aussi, il s'en souvenait.

Il dit, sans lever les yeux, mais aussi clairement que
possible: «Je n'ose, Monseigneur.»

Un froissement de voix, de vêtements, comme des
feuilles sur le sol. Crispin avait une conscience aiguë
des parfums mêlés, de la fraîcheur de la mosaïque.
Aucune musique. Sa bouche était sèche.

«Vous vous proposez de rester prosterné pour l'éternité?» La voix de Gésius trahissait un certain agacement.

«Non, mon bon Seigneur. Seulement jusqu'à ce qu'on
m'accorde le privilège de me tenir devant l'Empereur
sous mon véritable nom. Sinon, je suis un imposteur
qui mérite la mort.»

Tout le monde se figea.

Le Chancelier semblait avoir momentanément perdu la voix. Celle qui s'éleva alors était une voix bien entraînée, au timbre exquis, et féminine. Par la suite, Crispin se rappellerait avoir frissonné en l'entendant pour la première fois. Elle dit : « Si tous ceux qui mentent ici devaient être mis à mort, il ne resterait plus personne pour nous aviser ou nous amuser, je le crains bien. »

Remarquable, vraiment, la différence qu'il pouvait y avoir entre deux silences. La femme poursuivit, après une pause parfaitement mesurée – et Crispin savait qu'il s'agissait d'Alixana et que cette voix demeurerait à jamais dans sa mémoire : « Vous préféreriez être appelé Caius Crispus, si je comprends bien ? L'artisan assez jeune pour faire le voyage pour lequel son collègue convoqué ici s'estimait trop fragile ? »

Crispin se sentit suffoquer, comme si on l'avait frappé au plexus. Ils savaient. *Ils savaient*. Comment, il n'en avait pas idée. Les implications en étaient bien trop nombreuses, mais il n'avait pas le loisir de les envisager. Il lutta pour se maîtriser, toujours le front au sol.

« L'Empereur et l'Impératrice connaissent les cœurs et les âmes des humains, réussit-il enfin à dire. Je suis en effet venu à la place de mon partenaire, pour offrir mes maigres talents en éventuelle assistance à l'Empereur. Je me tiendrai debout sous mon véritable nom, puisque l'Impératrice m'a fait l'honneur de le prononcer, ou j'accepterai le châtiment que mérite ma présomption.

— Soyons bien clairs. Vous n'êtes *pas* Martinien de Varèna ? » Une autre voix, patricienne et cassante, quelque part à proximité des deux trônes.

Carullus avait passé un certain temps, vers la fin de leur voyage, à leur raconter ce qu'il connaissait de la cour. Crispin était presque certain que c'était là Faustinus, le Maître des offices. Le rival de Gésius, probablement l'homme le plus puissant de la salle – après celui qui siégeait sur le trône.

Celui qui siégeait sur le trône n'avait encore pas dit un mot.

« Il semble que l'un des messagers a manqué à livrer convenablement une convocation impériale, Faustinus », dit Gésius de sa voix aussi sèche que des os.

« Il semble plutôt, rétorqua l'autre, que les eunuques du Chancelier ont manqué à s'assurer qu'un homme officiellement présent à la cour était bien celui qu'il prétendait être. Voilà qui est dangereux. Pourquoi vous êtes-vous fait annoncer comme Martinien, artisan ? C'était une imposture. »

Difficile de continuer avec la tête sur le plancher. « Je ne l'ai pas fait, dit Crispin. Il semble, et je le regrette, que le héraut ait… mal entendu mon nom. Je le lui ai bien confié. Mon nom est Caius Crispus, fils de Horius Crispus. Je suis mosaïste, et ce depuis que j'ai atteint l'âge adulte. Martinien de Varèna est mon collègue et mon partenaire depuis douze ans.

— L'utilité des hérauts est bien limitée, dit l'Impératrice de cette stupéfiante voix soyeuse, s'ils se trompent ainsi. N'est-ce pas, Faustinus ? »

Indice évident qui désignait le responsable des hérauts. L'esprit de Crispin galopait furieusement. Il se faisait des ennemis chaque fois qu'il ouvrait la bouche. Il n'avait toujours pas idée de la façon dont l'Impératrice, et l'Empereur, devait-il supposer, avait su son nom.

« J'examinerai cette affaire, bien entendu, Impératrice trois fois honorée. » Le ton cassant de Faustinus s'était soudain adouci.

« Il ne semble pas y avoir ici grand problème », déclara une nouvelle voix égale et nonchalante. « On a convoqué un artisan de Rhodias, un artisan s'est présenté. Un associé de celui qu'on avait désigné. S'il s'avère à la hauteur de la tâche qu'on lui confiera, cela n'a guère d'importance, je dirais. Il serait infortuné de gâcher une ambiance festive, Monseigneur Empereur. Ne sommes-nous pas là pour nous divertir ? »

Crispin ne savait pas qui était cet homme – le premier à s'adresser directement à Valérius – mais il entendit deux choses. L'une, après un battement de cœur, fut un murmure d'acquiescement soulagé, la tension qui s'évaporait dans la salle ; celui qui avait pris la parole ne jouissait pas d'un mince statut.

L'autre son, quelques instants plus tard, fut un infime, presque imperceptible craquement devant lui.

Pour quiconque se serait trouvé dans la posture embarrassante de Crispin, le front au sol, ce bruit n'aurait rien signifié. Mais il possédait un sens bien précis pour un mosaïste. D'abord incrédule, Crispin tendit l'oreille. Perçut un rire retenu à droite et à gauche, de prestes murmures intimant le silence. Et le léger craquement qui continuait devant lui.

La cour s'était bien amusée ce soir. Bonne chère, bon vin, discussions galantes et sophistiquées sans aucun doute. C'était la nuit, une nuit de festival. Il s'imagina des mains féminines posées dans l'expectative sur des bras masculins, des corps parfumés et vêtus de soie qui se penchaient pour mieux voir le spectacle. On pourrait peut-être encore se divertir agréablement aux dépens d'un Rhodien qui méritait quand même bien d'être un peu puni.

Il ne se sentait pas d'humeur à leur offrir du divertissement.

Il se trouvait à la cour de Sarance sous son propre nom, fils d'un père qui aurait éprouvé en l'occurrence une indicible fierté, et il n'était pas enclin à devenir la cible d'une plaisanterie.

Un caractère contrariant, oui, il l'avait admis depuis longtemps. Parfois contre son propre intérêt. Il l'avait admis aussi. Mais il descendait aussi en droite ligne d'un peuple qui avait régné sur un empire bien plus vaste que celui-ci, à une époque où cette cité n'était guère qu'un amas de huttes ouvertes à tous les vents sur une falaise rocailleuse.

« Fort bien dit, déclara le chancelier Gésius, la voix légèrement moins sèche qu'auparavant. Vous avez la permission de vous relever, Caius Crispus, de Rhodias.

Tenez-vous devant le tout-puissant, le bien-aimé de Jad, le très exalté et très honoré Empereur de Sarance. » Quelqu'un se mit à rire.

Crispin se releva avec lenteur. Face aux deux trônes.

À un seul trône. Seule l'Impératrice se tenait devant lui. L'Empereur avait disparu.

Très exalté et très honoré, songea Crispin. Comme c'était spirituel.

On s'attendait maintenant à le voir paniquer, il le savait. À lui voir manifester de la confusion, être désorienté, peut-être même terrifié. Peut-être ferait-il volte-face et tournerait-il en rond à la recherche d'un empereur, tel un ours pataud, la mâchoire pendante et molle de stupeur en ne le trouvant pas.

Il leva plutôt les yeux avec une expression détendue, appréciative. Sourit en voyant ce qui s'offrait à lui. Jad pouvait parfois être généreux, même pour les mortels inférieurs qui le méritaient le moins.

« Je suis rempli d'une humilité sans bornes », dit-il avec gravité à la silhouette qui se tenait sur le trône doré au-dessus de sa tête, à mi-hauteur du petit dôme à la voûte délicate. « Empereur trois fois honoré, je serais fier de contribuer à tout travail de mosaïque que vous ou vos conseillers avisés jugeriez bon de me confier. Je pourrais aussi faire quelques suggestions pour améliorer l'effet de votre élévation sur le glorieux trône impérial. »

« Améliorer l'effet ? » De nouveau Faustinus : sa voix coupante avait une intonation atterrée. Une marée de murmures fit le tour de la salle. La plaisanterie était gâchée. Le Rhodien, on ne savait trop pourquoi, n'avait pas été dupe.

Crispin se demandait quel effet devait produire cet artifice en usage depuis des années. Chefs barbares et rois, émissaires commerciaux, Bassanides aux longues robes ou ambassadeurs karches vêtus de fourrures, tous devaient lever les yeux avec un temps de retard pour voir le Saint Empereur de Jad suspendu dans les airs avec son trône, soutenu par une force invisible, aussi supérieur à eux dans sa personne physique qu'il l'était dans sa puissance. Du moins devait-ce être le message sous-jacent de cette plaisanterie sophistiquée.

Toujours en regardant le trône, et non le Maître des offices, Crispin déclara d'un ton léger : « Un mosaïste passe une grande partie de sa vie à monter et descendre sur toute une variété de plates-formes et de palans. Je peux suggérer aux ingénieurs impériaux des dispositifs pour rendre le mécanisme silencieux, par exemple. »

Il avait conscience, tout en parlant, du regard de l'Impératrice posé sur lui. Impossible de ne pas en avoir conscience. Alixana portait une tiare plus richement ornée de bijoux que tout ce qu'il avait pu voir de sa vie.

Il continua à porter son regard vers les hauteurs. « Je devrais ajouter qu'il aurait été plus efficace de placer l'Empereur trois fois exalté dans les rayons de lune qui pénètrent dans la pièce par les fenêtres du sud-ouest. Remarquez comme seuls les glorieux pieds impériaux en sont illuminés. Imaginez l'effet, si le Bien-aimé de Jad était suspendu en cet instant dans l'éclat lumineux de la lune bleue presque pleine. Un tour et demi de moins, je pense, pour les câbles, et c'est ce qu'on aurait obtenu, Monseigneur. »

Le murmure prit une tonalité plus inquiétante. Crispin l'ignora. « N'importe quel mosaïste compétent a en sa possession des tables indiquant le lever et le coucher des deux lunes, et les ingénieurs peuvent travailler à partir de ces tables. Quand il s'agit de placer des tessères dans le dôme d'un sanctuaire ou d'un palace en Batiare, mon collègue Martinien et moi, nous avons toujours eu la bonne fortune d'obtenir des effets satisfaisants en prêtant attention à l'endroit et au moment où les lunes dispensent leur lumière au cours des saisons. Je serais honoré d'assister les ingénieurs impériaux dans cette tâche. »

Il se tut, les yeux toujours levés. Le murmure se tut aussi. Un silence chargé de multiples significations régna

alors dans la salle du trône du palais Atténin, illuminée
par les bougies, avec ses oiseaux-gemmes, ses arbres
d'argent et d'or, ses encensoirs et leur parfum, ses
exquises œuvres d'art d'ivoire, de soie, de bois de santal
et de pierres semi-précieuses.

Un rire, enfin, brisa le silence.

Crispin s'en souviendrait toujours aussi. Ce qu'il
entendrait en premier de Pétrus de Trakésie, qui avait
placé son oncle sur le trône impérial pour s'emparer
ensuite de ce trône sous le nom de Valérius II, ce serait
ce rire : un riche éclat de rire dépourvu d'inhibition, qui
tombait à gorge déployée de la voûte – où tel un dieu
flottait un homme qui s'esclaffait tel un dieu au-dessus
de sa cour, sans tout à fait baigner dans les rayons de la
lune bleue.

Sur un signe de l'Empereur, on le fit redescendre au
voisinage du trône de l'Impératrice. Nul ne dit mot
pendant cette procédure. Crispin se tenait immobile,
les bras ballants, le cœur toujours battant. Il contemplait
l'empereur de Sarance, le bien-aimé de Jad.

Valérius II avait des traits doux, fort peu impres-
sionnants, avec d'alertes yeux gris et les joues bien
lisses qui avaient justifié l'assaut infligé à la barbe de
Crispin. La ligne de ses cheveux reculait sur son front,
même s'ils étaient toujours d'un blond foncé, strié de
gris. À quarante-cinq ans, sans être de première jeunesse,
il était encore loin du déclin. Il portait une tunique serrée
par une ceinture, en soie pourpre bordée à l'ourlet et au
collet par une bande d'or au dessin complexe. Luxueux,
mais sans ornement ni flamboyance. Pas de bijoux,
sinon une très grosse chevalière à la main gauche.

La femme assise à ses côtés avait une approche différente en ce qui concernait vêtements et ornementation.
Crispin avait bel et bien évité de regarder directement
l'Impératrice, il n'aurait su dire pourquoi. Il le faisait à
présent, conscient du regard amusé de ces yeux noirs
posés sur lui. D'autres images, d'autres auras, la conscience d'autres présences s'imposèrent brièvement

quand il croisa ce regard puis baissa la tête. Il avait le vertige. Il avait déjà vu de belles femmes, et bien plus jeunes. Mais dans cette salle il y avait des femmes extraordinaires.

L'Impératrice monopolisait pourtant son attention, et pas seulement à cause de son rang ou de son histoire. Alixana – autrefois simplement Aliana des Bleus, une actrice, une danseuse – était vêtue d'un mélange éblouissant de soie écarlate et dorée ; la pourpre impériale, dans la robe qui recouvrait sa tunique, s'y trouvait pour le contraste, mais elle y était, bien présente, et définissait son statut. La tiare qui encadrait les cheveux très sombres, ainsi que le collier, valaient davantage, Crispin le soupçonnait, que toutes les gemmes des robes d'apparat de la reine des Antæ. Il ressentit un bref élan de pitié pour Gisèle : si jeune, environnée de dangers, luttant pour sa survie.

La tête bien droite malgré le poids de son ornement, l'impératrice de Sarance étincelait devant lui, et l'amusement intelligent et perspicace de ces yeux noirs lui rappelait que nul au monde n'était aussi dangereux que cette femme assise au côté de l'Empereur.

Il la vit s'apprêter à parler et lorsque quelqu'un – intervention stupéfiante – la devança, il vit parce qu'il y prêtait attention sa brusque moue, le déplaisir brièvement dévoilé.

« Ce Rhodien », dit une femme élégante aux cheveux clairs, derrière elle, « manifeste toute l'arrogance qu'on pouvait en attendre, et rien des bonnes manières qu'on aurait pu en espérer. Au moins a-t-on émondé son feuillage. Une barbe rousse et des manières rustiques, c'en aurait été trop. »

Crispin resta coi. L'Impératrice eut un mince sourire. Sans se retourner, elle remarqua : « Vous saviez qu'il avait de la barbe ? Vous avez fait faire enquête, Styliane ? Alors que vous venez à peine de vous marier ? Voilà qui est bien caractéristique des Daleinoï… »

Quelqu'un laissa échapper un rire nerveux, s'interrompit brusquement. Le grand homme séduisant à la physionomie franche qui se tenait auprès de la jeune femme parut un instant mal à l'aise. Mais d'après le nom qu'on venait de prononcer, Crispin savait maintenant qui étaient ces deux-là. Les pièces se mettaient en place. Son esprit était habitué à résoudre des casse-tête, depuis toujours. Il allait en avoir bien besoin à présent.

Il avait sous les yeux le Stratège bien-aimé de Carullus, celui que le tribun était venu de Sauradie pour rencontrer, le plus grand soldat de son temps. Cet homme de haute taille était Léontès le Doré, et près de lui se tenait son épouse. Fille de la plus riche famille de Sarance. Trophée d'un général triomphant. C'en était un, Crispin devait le concéder. Un beau trophée. Styliane Daleina était magnifique, et la perle unique, absolument spectaculaire, qui brillait dans le collier d'or, sur sa gorge, pouvait même bien être…

Une idée lui vint à cet instant, née de la colère, une pensée subversive qui lui fit faire une petite grimace intérieure, et il resta muet. La témérité avait des limites.

La remarque de l'Impératrice n'avait absolument pas troublé Styliane Daleina. Bien sûr : elle avait révélé de son plein gré sa connaissance de Crispin, en l'insultant ; elle devait s'attendre à une réplique. Il eut l'impression soudaine d'être désormais un très petit pion dans une partie complexe qui se jouait entre ces deux femmes.

Ou ces trois femmes. Il était porteur d'un message.

« Il peut bien avoir la barbe d'un Fou de Dieu s'il le désire », dit l'empereur de Sarance d'un ton plaisant, s'il possède le talent requis pour contribuer aux mosaïques du Sanctuaire. » Il ne parlait pas très fort, mais sa voix dominait toutes les autres. Évidemment. Chacun dans cette salle était habitué à répondre aux cadences de cette voix.

Crispin regarda l'Empereur, écartant les femmes de sa pensée.

« Vous nous avez tenu un discours fort convaincant à propos d'ingénierie et de rayons de lune, dit Valérius de Sarance. Parlerons-nous un peu de mosaïques ? »

ient un tel énoncé comme une hérésie.

création de Jad ne peut avoir l'effet
saïste est à même d'obtenir sur une
e les tessères directement dans la sur-

rière lui, raffinée mais plaintive : « On
e répondre à cette grossière stupidité
père, Seigneur trois fois honoré ?

en aura terminé, Siroès. Si c'est de la
ez. On vous posera des questions. Soyez
re. »

oin ne connaissait pas ce nom. Il l'aurait
il aurait pu mieux se préparer… mais il
nent pas attendu à se retrouver à la cour
e son arrivée dans la Cité.

maintenant irrité. "Grossière stupidité" ?
s accumulées. Il essaya de contenir son
l'humeur, mais il s'agissait de l'essence
oi d'artisan. « L'Orient ou l'Occident n'ont
ien à y voir, Monseigneur. Vous décrivez
direct comme une nouvelle technique. On
en erreur, je le crains. Il y a cinq cents ans,
plaçaient des feuilles inversées de tessères
et des sols à Rhodias, à Mylasia, à Baïana.
s en existent toujours, on peut les voir. Il
ument aucun exemple en Batiare de cette
ppliquée à des dômes. En expliquerai-je la
mpereur trois fois honoré ?

dites-moi pourquoi, dit Valérius.

e qu'il y a cinq cents ans, les mosaïstes
à appris que placer pierres, gemmes et verre
des feuilles enduites de résine pour les trans-
ite, c'était renoncer à toute la *puissance* con-
la courbure d'un dôme. Quand on place une
a main dans une couche, on la *positionne*. On
un angle, on l'ajuste en relation avec la pièce
t une autre, et de proche en proche, vers la lu-
à contre-jour par rapport aux fenêtres et aux

Il avait les accents d'un érudit, d'un académicien. Il
en avait l'allure. Cet homme ne dormait jamais, disait-on ;
il se promenait la nuit d'un palais à l'autre en dictant à
des scribes, ou lisait des dépêches à la lueur d'une
lanterne ; il pouvait entraîner philosophes ou tacticiens
militaires dans des discussions qui dépassaient les limites
de leur entendement ; il avait rencontré les aspirants
architectes de son nouveau Grand Sanctuaire et avait
examiné chacun de leurs plans ; l'un d'eux s'était suicidé
parce que l'Empereur avait rejeté le sien en expliquant
ses raisons avec force détails. Ces histoires-là s'étaient
rendues même à Varèna : il y avait à Sarance un empereur qui entretenait le goût de la beauté tout autant que
celui du pouvoir.

« Je ne suis ici pour aucune autre raison, Trois Fois
Honoré », dit Crispin. C'était plus ou moins la vérité.

« Ah, fit vivement Styliane Daleina. Une autre caractéristique des Rhodiens. Il est là pour discuter, nous
déclare-t-il, non pour agir. C'est ainsi que les Antæ les
ont conquis sans problème. Voilà qui est bien familier. »

On rit de nouveau. À sa manière, cette seconde interruption était extrêmement révélatrice : la jeune femme
devait se sentir absolument en sécurité pour s'introduire
ainsi dans leur discussion, que ce soit de par son propre
rang ou de par la position de son époux, ami de longue
date de l'Empereur. Ce qui était moins clair, c'était la
raison de ses agressions verbales à l'encontre de Crispin.
Il continua à observer l'Empereur.

« La chute de Rhodias a une multitude de raisons,
dit Valérius toujours aimable. Nous discutons cependant
de mosaïques, pour le moment. Caius Crispus, que
pensez-vous de la nouvelle méthode de transfert indirect,
qui consiste à placer d'avance les tessères sur une feuille,
en atelier ? »

Malgré tout ce qu'il avait entendu dire de cet homme,
la précision technique de la question de la part d'un empereur arrivant d'un banquet, au milieu de ses courtisans,

prit Crispin complètement au dépourvu. Il avala sa salive. Toussota.

« Monseigneur, c'est une méthode à la fois adéquate et utile pour poser des mosaïques sur des murs et des sols de très grandes dimensions. Elle permet un placement plus uniforme du verre ou des pierres là où on le désire, et on n'a plus autant besoin d'accélérer le processus, comme lorsqu'on insère les tessères une par une avant le séchage du lit de pose. Je peux en expliquer davantage, si l'Empereur le désire.

— Inutile. Je comprends. Et pour un dôme ? »

Crispin se demanda plus tard comment les événements se seraient développés par la suite s'il avait alors essayé d'être diplomate. Mais il n'essaya pas d'être diplomate. Les événements prirent la tournure qu'ils devaient prendre.

« Dans un *dôme* ? » fit-il en écho, et en élevant la voix. « Seigneur trois fois honoré, seul un idiot se hasarderait à suggérer d'utiliser une telle méthode dans un dôme ! Pas un mosaïste digne de ce nom ne l'envisagerait. »

Derrière lui, quelqu'un émit ce qu'on pouvait seulement décrire comme un bredouillement étranglé.

Styliane Daleina déclara d'un ton glacial : « Vous êtes en présence de l'empereur de Sarance. Nous faisons fouetter ou aveugler les étrangers aux présomptions excessives.

— Et nous honorons, dit la voix exquise de l'impératrice Alixana, ceux qui nous honorent de leur honnêteté lorsqu'on la leur demande explicitement. Nous direz-vous pourquoi vous avez des opinions aussi… arrêtées, Rhodien ? »

Crispin hésita : « À la cour du glorieux Empereur, une nuit de Dykanies… désirez-vous réellement une discussion de ce genre ?

— L'Empereur le désire », déclara l'Empereur.

Crispin déglutit de nouveau. Martinien se serait conduit avec bien davantage de tact.

Mais il n'était pas Martinien. Il exposa donc en détail à Valérius de Sarance l'une de ses convictions les plus

chères. « La
présent, est
jeu de la lum
j'en ai enten
gneur… qui
bougie, d'une
laisse danser s
des pierres qu'
participe, mêm
imparti par Jad
l'univers. Dans
artisanat qui aspi
sa création. »

Il reprit son so
faire ce genre de
lieux. Il regarda de

« Continuez », dit
sur lui, un regard int

« Dans un dôme,
dôme – que ce soit
mosaïste a l'occasion
aspect de son art, d'i
vision. Un mur est plat

« Eh bien, ils devrai
ton léger. J'ai parfois vé

Valérius se mit à rire
élan et dut sourire : « En e
je parle en principe, bien
ment atteint.

— Un mur ou un sol s
l'Empereur. Un dôme… ?

— La courbure et la ha
mettent l'illusion du mouv
de la lumière, Monseigneur
C'est la place naturelle d'ur
Une fresque peinte sur un m
ment le même effet qu'une m
supérieur – même si nombre

guilde considérera
Mais rien dans la
de ce qu'un mo
coupole s'il plac
face. »

Une voix der
me permettra d
occidentale, j'es

— Quand or
stupidité. Écout
prêt à y répond
Siroès. Cris
dû, sans doute
ne s'était vrai
le lendemain o

Et il était
Trop d'insult
mouvement
même de sa f
absolument
le transfert i
vous a induit
les mosaïste
sur des murs
Les exempl
n'y a absol
technique a
cause à l'E

— Oui,
— Par
avaient dé
à plat sur
férer ensu
férée par
tessère à
lui donne
voisine,
mière ou

bougies qui éclairent d'en bas. On peut modeler le lit de pose en relief ou en creux afin de ménager certains effets. Si l'on est un mosaïste, et pas simplement quelqu'un qui plante du verre dans une surface pâteuse, on peut tenir compte du fait qu'on connaît la disposition future des fenêtres autour de la base du dôme et sur la coupole, l'orientation de la salle dans l'espace du Saint Jad, l'endroit où se lèveront et se coucheront les lunes et le soleil du dieu… On peut tenir compte de la *lumière*, qui devient une servante, un… don du ciel pour représenter ce qui est sacré.

— Et l'autre manière ? » C'était le chancelier Gésius cette fois, une intervention surprenante. Les traits émaciés du vieil eunuque étaient empreints d'une expression pensive, comme s'il avait guetté une nuance particulière dans cet échange ; ce ne devait pas être le sujet qui l'intéressait, mais l'intérêt de Valérius ; cet homme avait survécu pour servir trois empereurs.

« L'autre manière, dit Crispin d'une voix mesurée, vous fait transformer ce don qu'est une haute surface incurvée… en un mur. Un mur mal fait, qui n'est pas plan. On renonce au jeu de la lumière, à l'essentielle raison d'être de la mosaïque. De ce que je fais. Ou de ce que j'ai toujours essayé de faire, Monseigneur. Monseigneur Empereur. »

C'était une cour cynique et blasée. Il parlait du fond de son cœur, avec trop de passion. Bien trop de passion. Il avait l'air ridicule. Il se *sentait* ridicule, et il n'avait pas une idée claire de la raison pour laquelle il exprimait ainsi publiquement des sentiments aussi intimes. Il frotta son menton mis à nu.

« Vous considérez la représentation d'images saintes dans un sanctuaire comme un… jeu ? » C'était le grand Stratège, Léontès. En entendant son phrasé tout militaire, abrupt et sans apprêt, Crispin comprit que c'était lui qui était intervenu plus tôt. Un artisan occidental en vaut un autre, avait-il alors suggéré, pourquoi nous soucier de son identité ?

Crispin soupira. « Je traite la présence de la lumière comme une gloire dont nous devons nous réjouir. Une source de joie et de gratitude. Qu'est donc la prière de l'aube, Monseigneur ? La disparition du soleil est une lourde perte. Les ténèbres ne sont pas les amies des enfants de Jad, et c'est encore plus vrai pour un mosaïste. »

Léontès l'observait, son beau front un peu plissé ; ses cheveux étaient aussi dorés que les blés. « Les ténèbres sont parfois les alliées du soldat, dit-il.

— Les soldats tuent, murmura Crispin. Ce peut être une nécessité, mais non une façon d'honorer le dieu. Vous en seriez d'accord avec moi, j'imagine, Monseigneur. »

Léontès secoua la tête. « Non. Bien sûr que non. Si nous subjuguons barbares ou hérétiques, ceux qui moquent ou nient Jad du Soleil, n'honorons-nous point notre dieu ? » Crispin vit un homme maigre à la complexion cireuse se pencher alors avec une vive attention.

« Imposer l'adoration par la force, est-ce donc la même chose que d'honorer notre dieu ? » Plus d'une décennie de débats avec Martinien l'avait entraîné à ce genre de discussion. Il aurait presque pu oublier où il se trouvait.

Presque.

« Quel extraordinaire ennui, tout d'un coup », fit l'Impératrice, sur un ton qui était l'illustration même du caprice boudeur. « C'est encore pire que des discours sur la façon de placer un morceau de verre dans une couche collante. Je ne crois vraiment pas que des couches collantes soient un sujet approprié ici. Styliane vient de se marier, après tout. »

Ce fut le Stratège qui devint écarlate, et non son élégante épouse, tandis que l'expression pensive de l'Empereur se dissipait en un sourire, et qu'un rire non dénué de malice se propageait dans la salle.

Crispin attendit le retour du silence. Sans bien savoir pourquoi, il remarqua : « C'est l'Impératrice trois fois honorée qui m'a demandé de défendre mes opinions. Mes convictions bien arrêtées, a-t-elle dit. Quelqu'un d'autre les a décrites comme de la stupidité. En présence de tant de grandeur, je n'ose choisir des sujets de discussion, je me contente de répondre quand on m'interroge, en faisant de mon mieux. Et en essayant d'éviter les abîmes de la stupidité. »

La bouche expressive d'Alixana esquissa une petite moue, mais ses yeux sombres demeuraient indéchiffrables. C'était une femme de petite taille, aux proportions exquises. « Vous avez une mémoire attentive, Rhodien. C'est bien moi qui vous l'ai demandé, n'est-ce pas ? »

Crispin inclina la tête. « L'Impératrice est fort généreuse de s'en souvenir. Des mortels moins augustes ne peuvent que se remémorer chacune de ses paroles, bien entendu. » Décidément, presque toutes ses déclarations le surprenaient lui-même, cette nuit.

Valérius claqua des mains en se carrant dans son trône. « Bien dit, quoique sans vergogne. Cet Occidental pourrait bien apprendre quelques petites choses à nos courtisans, en dehors de l'ingénierie et des techniques de la mosaïque.

— Monseigneur Empereur ! Vous n'avez sûrement accepté ces bavardages à propos du transfert... »

Le maintien détendu de l'Empereur s'évanouit. Entièrement. Le regard gris, tranchant comme une lame, se porta derrière Crispin.

« Siroès, quand vous nous avez présenté vos dessins et vos plans, à nos architectes et à nous-mêmes, vous nous avez bien dit que cette technique était nouvelle, n'est-ce pas ? »

L'atmosphère de la salle changea de façon spectaculaire. La voix de l'Empereur était glaciale. Il était toujours adossé dans son trône, mais son regard avait changé.

Crispin aurait voulu se retourner pour voir qui était l'autre mosaïste, mais il n'osait bouger. Derrière lui, l'homme balbutia : « Monseigneur... Trois Fois Honoré,

on ne l'a jamais utilisée à Sarance. Dans aucun dôme.
J'ai proposé…

— Et ce que nous venons d'entendre de Rhodias ? Il
y a cinq cents ans ? Les raisons ? Les avez-vous prises
en considération ?

— Monseigneur, ce qui a trait à l'Occident déchu,
je ne…

— Quoi ? » Valérius s'assit brusquement, très droit.
Et se pencha. Un doigt transperça l'air tandis qu'il disait :
« C'était *Rhodias*, artisan ! Ne nous parle pas de l'Occident déchu. C'était l'empire rhodien à son apogée ! Au
nom du dieu ! Comment Saranios a-t-il nommé notre
cité lorsqu'il a tracé de son épée la ligne qui deviendrait
les premières murailles, du détroit à l'océan ? Dis-le-
moi ! »

Une peur palpable régnait maintenant dans la salle.
Des hommes et des femmes à l'éblouissante élégance
fixaient le sol comme des enfants punis.

« Il… Il… Sarance, Trois Fois Honoré.

— Et quoi d'autre ? *Quoi d'autre* ? Dis-le, Siroès !

— La… il l'a appelée la Nouvelle Rhodias, Seigneur trois fois exalté. » La voix patricienne était maintenant réduite à un croassement. « Glorieux Empereur,
nous savons, nous savons tous qu'il n'y a jamais eu sur
terre un saint sanctuaire qui égalât celui que vous avez
projeté d'édifier et que vous êtes en train de créer. Ce
sera la gloire de la création de Jad. Le dôme, le dôme
n'a pas d'égal pour sa taille, sa majesté…

— Nous ne pouvons le créer que si nos serviteurs
sont compétents. Le dôme conçu par Artibasos est trop
grand, dis-tu à présent, pour qu'on y utilise des techniques adéquates de mosaïque ? C'est cela, Siroès ?

— Monseigneur, non !

— Le trésor impérial ne fournit pas des ressources
suffisantes ? Pas assez d'apprentis, d'ouvriers ? Ton propre
salaire est inadéquat, Siroès ? » La voix était froide et
dure comme de la pierre au cœur de l'hiver.

Crispin ressentit un apitoiement plein d'effroi. Il
ne pouvait même pas voir l'homme qui se faisait aussi

roidement écraser, mais derrière lui il entendit le bruit de quelqu'un qui tombait à genoux.

« La munificence de l'Empereur dépasse ma misérable personne autant qu'il surpasse lui-même en majesté toutes les personnes présentes dans cette salle, Monseigneur, Trois Fois Honoré !

— Nous sommes assez de cet avis, en effet, dit Valérius II, glacial. Nous devons reconsidérer certains aspects de nos plans architecturaux. Nous sommes reconnaissant à Dame Styliane Daleina de nous avoir recommandé vos talents, mais il commence à apparaître que la taille de notre Sanctuaire pourrait bien les avoir outrepassés. Cela arrive, cela arrive. Vous recevrez une compensation appropriée pour les travaux exécutés jusqu'à présent, ne craignez rien. »

Une autre pièce du casse-tête. L'aristocratique épouse du Stratège avait été la patronne de cet autre mosaïste auprès de l'Empereur. L'arrivée de Crispin ce soir, sa convocation précoce à la cour, avait menacé cet homme et, par extension, cette femme.

Ses conjectures antérieures se révélaient horriblement exactes : il était arrivé ici avec des allégeances et des ennemis, avant même d'ouvrir la bouche ou d'avoir relevé son front du sol. *Je pourrais bien trouver la mort ici*, songea-t-il soudain.

Derrière lui, il entendit s'ouvrir les battants d'argent. Il y eut un bruit de pas. Une pause. L'artisan banni devait être en train de se livrer aux prosternations requises.

Les portes se refermèrent. La flamme des bougies vacilla dans le courant d'air. La lumière trembla, se stabilisa. La salle du trône était silencieuse à présent, les courtisans dûment assagis et apeurés. Siroès, quel qu'il eût été, avait disparu. Crispin venait de ruiner un homme en répondant avec honnêteté à une unique et simple question sans se soucier de tact ou de diplomatie. L'honnêteté était dangereuse à la cour, pour autrui, pour soi-même. Il fixa de nouveau la mosaïque du sol.

Une scène de chasse au centre. Un empereur du temps jadis, dans la forêt, avec un arc, le saut d'un cerf, la flèche impériale déjà en vol. La mort qui s'en venait, si la scène se poursuivait.

Elle se poursuivit.

« Si cette déprimante habitude de gâcher des soirées de fête persiste, mon bien-aimé, déclara Alixana, je me joindrai au valeureux Léontès pour regretter l'existence de votre nouveau Sanctuaire. Je dois dire que payer les soldats à temps semble vraiment causer bien moins de chambardements. »

L'Empereur ne sembla pas troublé. « Les soldats seront payés. Le Sanctuaire restera après nous comme l'un de nos legs. Il fera survivre nos noms à travers les âges.

— Une bien noble ambition pour la faire reposer sur les épaules d'un Occidental mal élevé qui n'a pas fait ses preuves », remarqua Styliane Daleina, avec une certaine acidité.

L'Empereur lui jeta un regard dénué d'expression. Elle avait du courage, Crispin devait l'admettre, pour le défier lorsqu'il était de cette humeur.

« Oui, si cela reposait sur ses épaules, reprit Valérius. Le Sanctuaire commence cependant à s'édifier. Notre splendide Artibasos, qui l'a conçu et construit pour nous, en porte le fardeau – et, tel un demi-dieu du panthéon trakésien, celui de son dôme héroïque. Le Rhodien, s'il en est capable, essaiera de décorer le Sanctuaire d'une façon qui plaise à Jad, et qui nous plaise.

— Alors nous devons espérer qu'il se trouvera des manières plus plaisantes, Trois Fois Honoré », dit la jeune femme aux cheveux clairs.

Valérius eut un sourire inattendu. « Bien dit. » Cet Empereur, Crispin commençait à le comprendre, était un homme qui appréciait fortement l'intelligence. « Caius Crispus, vous avez encouru le déplaisir d'un des joyaux de notre cour, je le crains. Vous devrez essayer, tandis que vous travaillerez parmi nous, de réparer vos torts. »

Il ne se sentait pas d'humeur à réparer ses torts, en l'occurrence. Cette femme avait donné son aval à un incompétent pour des raisons d'intérêt personnel et elle essayait maintenant d'en faire subir à Crispin les conséquences. « Je le regrette déjà, murmura-t-il. Je ne doute pas que Dame Styliane ne soit un bijou entre toutes les femmes. En vérité, la perle qu'elle porte au cou, plus grosse que tout ce que j'ai jamais vu, en est une évidence et un reflet. »

Et cette fois, il savait ce qu'il faisait.

C'était d'une dangereuse témérité, et il s'en moquait. Il n'aimait pas cette grande femme arrogante avec ses traits parfaits, ses cheveux blonds, son regard froid et sa langue acérée.

Il entendit les courtisans retenir leur souffle de concert, ne put se tromper sur le soudain éclair de brûlante colère dans les yeux de la jeune femme, mais c'était l'autre femme qu'il observait, en réalité, et, en se tournant vers elle, il vit ce qu'il espérait : dans le regard sombre de l'Impératrice de Sarance, un imperceptible éclat de surprise et d'ironique appréciation.

Dans l'embarras qu'il avait suscité en attirant explicitement l'attention sur un détail que Dame Styliane Daleina aurait vraiment préféré ne pas voir souligné, l'Impératrice déclara, avec une trompeuse jovialité : « Nous avons parmi nous de nombreux joyaux. Il me vient à l'esprit tout à coup qu'un autre de ces joyaux nous a promis d'élucider un pari offert lors du banquet. Scortius, avant de me retirer pour la nuit, et pour m'assurer d'un sommeil paisible, je dois absolument connaître la réponse à la question posée par l'Empereur. Personne n'est venu réclamer la gemme offerte. Nous direz-vous donc, Aurige ? »

Cette fois, Crispin se retourna, tandis que l'assemblée éclatante des courtisans, à sa droite, se divisait avec un frisson de soie pour laisser passer un petit homme svelte au pas calme et assuré, qui s'arrêta près d'un candélabre. Crispin s'écarta un peu pour laisser Scortius des

Bleus se présenter seul devant les trônes. Malgré lui, il le dévisagea avec avidité.

Le conducteur soriyien qu'il avait vu plus tôt accomplir des miracles avait des yeux aux orbites profondes, dans un visage basané légèrement marqué de cicatrices – deux ou trois étaient plus visibles. Son maintien détendu suggérait qu'il n'était pas étranger à ces lieux. Il portait une tunique de lin au genou, d'une teinte naturelle, blanc cassé, avec des bandes bleu foncé de l'épaule à l'ourlet, et des bordures en fil doré. Sur ses cheveux noirs, une calotte souple, également bleue, mais d'un bleu plus clair. Sa ceinture était en or, d'une simplicité extrêmement luxueuse. À son cou une unique chaîne, d'où pendait sur sa poitrine un cheval d'or aux yeux de pierre précieuse.

« Nous essayons tous, dit l'aurige avec gravité, de plaire en toutes choses à notre impératrice. » Il fit une pause délibérée, puis découvrit ses dents d'un blanc éclatant. « Et à l'Empereur ensuite, bien entendu. »

Valérius se mit à rire. « Rengainez ce charme fatal, Aurige. Ou gardez-le pour qui vous êtes en train de séduire ces temps-ci. »

Il y eut un rire de femme ; quelques hommes, remarqua Crispin, ne semblaient pas amusés. Alixana, un soudain éclair dans ses yeux noirs, murmura : « Mais j'aime cela, moi, quand il le dégaine, Monseigneur Empereur. »

Crispin, pris au dépourvu, ne put contrôler son propre éclat de rire. Peu importait : Valérius et sa cour manifestèrent aussi leur amusement, tandis que l'aurige, avec un imperturbable sourire, adressait une profonde courbette à l'Impératrice. C'était là, comprit enfin Crispin, une cour dont l'essence était en partie définie par les femmes.

Par celle qui siégeait là sur son trône, très certainement. Le retour de la bonne humeur chez l'Empereur était manifestement sincère. Crispin, en observant les deux trônes, songea soudain à Ilandra, avec cette étrange

sensation de coup de poignard, comme chaque fois. Si
sa femme s'était livrée à ce genre de remarque ouvertement provocante, lui aussi aurait été assez détendu
pour la trouver amusante : il était tellement sûr d'elle…
Il en allait de même pour Valérius avec son impératrice.
Crispin se demanda, une fois de plus, ce qu'aurait été
un mariage avec une femme en qui il n'aurait pu avoir
confiance. Il jeta un regard au Stratège, Léontès. Le
grand homme ne riait pas. Son aristocratique épouse
non plus. Il pouvait y avoir d'excellentes raisons à cela,
remarquez.

« La gemme est toujours offerte, dit l'Empereur,
jusqu'à ce que Scortius révèle son secret. Il est bien
dommage que notre Rhodien n'ait pas assisté à l'événement, il semble détenir tant de réponses à tant de
questions…

— La course d'aujourd'hui, Monseigneur ? Je l'ai
vue. Un spectacle magnifique. » Il lui vint à l'esprit, un
peu trop tard, qu'il était peut-être en train de commettre
une autre erreur.

« Ah, dit Valérius avec une grimace ironique, êtes-
vous donc un amateur de l'arène ? Nous en sommes
environnés, de toute évidence. »

Crispin fit un signe de dénégation : « Vraiment pas,
Monseigneur. C'est la première fois que j'entrais dans
un hippodrome. Mon escorte, Carullus de la Quatrième
Légion sauradienne, qui se trouve ici pour rencontrer
le Stratège suprême, a été assez bon pour se faire mon
instructeur quant aux courses de chars. » Cela ne pouvait
porter préjudice à Carullus de se trouver mentionné ici.

« Ah, bien, alors. En tant que novice, vous ne seriez
pas en mesure de répondre à la question, de toute
façon. Allez, Scortius. Nous attendons d'être éclairés.

— Oh non. Non, demandons-le-lui, Monseigneur »,
dit Styliane Daleina ; une réelle malice affleurait sous
sa froide beauté. « Comme le dit notre Empereur trois
fois exalté, l'artisan semble connaître tant de choses…
Pourquoi des chariots outrepasseraient-ils ses lumières ?

— Bien des choses les outrepassent, Madame », dit Crispin du ton le plus engageant qu'il put trouver. « Mais j'essaierai de... vous satisfaire. » Il sourit à son tour, brièvement ; il payait le prix de ce qu'il avait infligé sans le vouloir à l'artisan de la jeune femme, et pour la référence délibérée à sa perle. Il souhaitait simplement que ce prix n'en serait que des insinuations acérées.

De son trône, Alixana déclara : « La question débattue au dîner, Rhodien, est la suivante : comment Scortius a-t-il su qu'il devait quitter le couloir à la corde dans la première course de l'après-midi ? Il a laissé le chariot du Vert le lui prendre, délibérément, et il a mené le pauvre Crescens à sa perte.

— Je me rappelle, Madame. Il a également mené le tribun de la Quatrième Légion sauradienne à un désastre financier. »

Faible répartie. L'Empereur ne sourit pas. « Voilà qui est regrettable pour lui. Mais aucun d'entre nous n'a été capable d'offrir une explication à la mesure de celle que détient notre magnifique aurige. Il a promis de nous la confier. Désirez-vous d'abord en hasarder une ? Il n'y a aucune honte, ajouta Valérius, à ne pas savoir. Surtout si c'était votre première visite à un hippodrome. »

L'idée ne vint même pas à Crispin de ne pas répondre. Peut-être aurait-il dû se taire. Peut-être un homme plus prudent, meilleur juge des nuances, se serait-il désisté. Martinien l'aurait fait, presque certainement.

« J'ai une idée, Monseigneur, Madame. Je me trompe peut-être complètement, bien sûr. C'est même probable. »

L'aurige lui lança un coup d'œil en haussant un peu les sourcils, mais ses yeux bruns, observateurs, avaient une expression courtoise et intriguée.

Crispin lui rendit son regard avec un sourire : « C'est une chose d'être assis au-dessus de la piste et de se demander comment on peut accomplir une certaine action, et une autre de le faire lancé à toute allure sur le sable. Que j'aie raison ou non, permettez-moi de vous saluer. Je ne m'attendais pas à être ainsi remué aujourd'hui, et je l'ai été.

— Vous me faites beaucoup d'honneur, murmura Scortius.

— Qu'était-ce donc, alors ? dit l'Empereur. À quoi pensez-vous, Rhodien ? Il y a un rubis d'Ispahane à gagner. »

Crispin le regarda et avala sa salive ; il n'avait pas été au courant, bien sûr. Ce n'était pas un prix banal mais une fortune, venue du lointain Orient. Il revint à Scortius en s'éclaircissant la voix. « Cela aurait-il à voir avec la répartition de la lumière et de l'ombre dans la foule ? »

Et, au brusque sourire étonné de l'aurige, il sut qu'il avait trouvé la bonne réponse. Un esprit doué pour résoudre des énigmes, toute sa vie.

Dans le silence attentif, il reprit, avec une assurance croissante : « Je dirais que, misant sur sa longue expérience, Scortius a compris à la teinte foncée de la foule, en atteignant le virage sous la loge impériale, Monseigneur Empereur. Il doit y avoir d'autres détails connus de lui et que je ne puis même imaginer, mais je hasarderai l'hypothèse que c'était le plus important.

— La teinte foncée de la *foule* », dit le Maître des offices, Faustinus, avec un regard étincelant. « Quelle est cette absurdité ?

— J'espère que ce n'en est pas une, Monseigneur. Je veux parler des visages, bien entendu. » Crispin n'en dit pas davantage ; il observait l'aurige à ses côtés ; à ce stade, tout le monde en faisait autant.

« On dirait que nous avons parmi nous un conducteur de char », dit enfin le Soriyien ; il se mit à rire, découvrant de nouveau ses dents blanches et égales. « Ce Rhodien n'est pas du tout mosaïste, je le crains bien, c'est un dangereux imposteur, Monseigneur.

— Il a raison ? dit l'Empereur d'une voix tranchante.

— Absolument, Monseigneur trois fois honoré.

— Expliquez ! » Encore le ton de commandement, comme un coup de fouet.

« Je suis honoré qu'on me le demande, dit le champion avec calme.

— On ne vous le demande pas. Caius Crispus de Varèna, expliquez ce que vous voulez dire. »

Pour la première fois, Scortius parut vraiment décontenancé. L'Empereur était réellement vexé, comprit Crispin, et il devina pourquoi : il y avait de toute évidence dans cette salle un autre esprit que le sien apte à résoudre des énigmes.

Il déclara avec circonspection : « Parfois, lorsqu'on voit quelque chose pour la première fois, on se trouve capable de repérer ce que d'autres, plus habitués, ne peuvent plus réellement *voir*. Je me suis lassé des courses suivantes, pendant cette longue journée, je l'avoue, et mon regard a été distrait. Il a erré sur les gradins de l'autre côté de la spina.

— Et cela vous a appris comment gagner une course de chars ? » Le bref agacement de Valérius avait disparu. Il était de nouveau intéressé. Près de lui, Alixana arborait une expression indéchiffrable.

« Cela m'a appris comment meilleur que moi pourrait le faire. Comme je vous l'ai dit, Monseigneur, un mosaïste voit les transformations des couleurs et de la lumière du monde de Jad avec une certaine… précision. Il le doit, ou il manque à sa propre tâche. J'ai passé une partie de l'après-midi à regarder ce qui se passe lorsque les chariots longent les gradins de l'autre côté et que les gens se retournent pour suivre leur course. »

Valérius se tenait un peu penché à présent, le front plissé de concentration. Il leva brusquement une main. « Attendez ! Je vais hasarder la conclusion. Oui… On a l'impression d'une couleur plus claire, plus pâle, quand les gens regardent droit devant eux, le visage tourné de votre côté, et plus sombre quand leur tête pivote, quand on voit des chevelures ou des têtes couvertes ? »

Crispin ne répondit pas. Se contenta de s'incliner. À ses côtés, Scortius des Bleus en fit autant.

« Vous avez gagné votre propre rubis, Monseigneur, dit l'aurige.

— Non. Je ne comprends toujours pas… À vous, Scortius. Expliquez ! »

— Quand je suis arrivé au tournant de la kathisma, Monseigneur Empereur, les gradins à ma droite présentaient de nombreuses couleurs, mais assez sombres, tandis que je dépassais Crescens à la corde. Ce n'aurait pas dû être le cas avec les Premiers des Verts et des Bleus juste en contrebas sur la piste. Les visages auraient dû être tournés vers nous pendant que nous passions, bien clairs au soleil. On n'a jamais le temps de voir des visages individuels pendant une course, seulement une impression de lumière et d'ombre, comme l'a dit le Rhodien. Avant le tournant, les gradins étaient sombres. Ce qui voulait dire qu'on était en train de regarder ailleurs que de notre côté. Pourquoi se serait-on détourné de nous ?

— Une collision, derrière », dit l'empereur de Sarance en hochant lentement la tête, le bout des doigts joints, les avant-bras sur les accoudoirs de son trône. « Quelque chose de plus important, et même de plus dramatique que deux champions en train de s'affronter.

— Une violente collision, Monseigneur. Cela seul pouvait distraire la foule, lui faire tourner la tête. Le premier accident a eu lieu, vous vous en souviendrez, avant que Crescens et moi-même n'arrivions. Il semblait mineur, nous l'avons vu tous deux et l'avons évité. La foule l'aurait vu aussi. Pour que l'Hippodrome tout entier se détourne de nous, il devait être arrivé quelque chose de violent depuis la première collision. Et si un troisième et un quatrième chariot s'étaient écrasés dans les deux précédents, alors l'équipe de l'Hippodrome n'était pas capable de dégager la piste.

— Et l'accident originel avait eu lieu à la corde », dit l'Empereur, avec un nouveau hochement de tête. Il souriait maintenant avec satisfaction ; ses yeux gris avaient une expression pénétrante. « Vous avez vraiment compris tout cela, Rhodien ? »

Crispin s'empressa de secouer la tête : « Non, Monseigneur. J'en ai simplement deviné la partie la plus facile. Avoir eu raison me remplit… d'humilité. Ce que

Scortius dit avoir inféré, en plein milieu d'une course, alors qu'il contrôlait quatre chevaux lancés à toute allure et affrontait un concurrent, dépasse presque mon entendement.

— Je m'en suis en fait rendu compte trop tard, ajouta Scortius, avec une expression de regret. Si j'avais *vraiment* été attentif, je n'aurais pas du tout pris Crescens à la corde. Je serais resté à l'extérieur pendant tout le virage et dans la ligne finale. Ç'aurait été la façon correcte de procéder. Parfois, ajouta-t-il plus bas, la chance et la grâce du dieu nous assurent le succès autant que tout le reste.»

Personne ne releva, mais Crispin vit le Stratège suprême, Léontès, faire le signe du disque solaire. Après un moment, Valérius jeta un coup d'œil à son chancelier et hocha la tête. Gésius fit à son tour signe à un autre qui s'avança depuis une porte située derrière le trône. Il portait un coussin de soie noire ; un rubis y reposait, serti dans un anneau d'or. L'homme s'approcha de Crispin. Même à distance, celui-ci se rendit compte que cette étincelante récompense accordée pour avoir distrait et amusé l'Empereur lors d'un banquet avait plus de valeur que tout ce qu'il avait jamais possédé de sa vie. Le serviteur s'arrêta devant lui. Scortius, à la droite de Crispin, arborait un large sourire. "La chance et la grâce du dieu"…

«Aucun homme ne mérite un tel présent, bien que j'espère servir autrement le bon plaisir de l'Empereur, en travaillant pour lui.

— Ce n'est pas un présent, Rhodien. C'est un prix. N'importe quel homme, ou n'importe quelle femme, aurait pu le gagner ici ce soir. Ils en ont tous eu l'occasion avant vous, plus tôt dans la soirée.»

Crispin inclina la tête. Il lui vint une idée soudaine et avant de pouvoir y résister, il s'entendit parler de nouveau : «Pourrais-je… aurais-je alors la permission d'en faire don, Monseigneur ?» Il trébucha un peu sur ces paroles. Il n'était pas riche, s'il avait du succès ; sa mère non plus, pas davantage Martinien et son épouse.

« Il vous appartient, dit l'Empereur après un bref silence sourcilleux. On peut donner ce qu'on possède. »

C'était vrai, bien sûr. Mais que possédait-on si la vie, si l'amour, pouvaient être emportés dans les ténèbres ? Tout n'était-il pas… un prêt, un bail, aussi transitoire que la flamme d'une bougie ?

Mais ce n'était ni le temps ni le lieu pour le dire.

Crispin prit une profonde inspiration, se contraignant à plus de clarté d'esprit, loin des ombres. Tout en sachant bien que c'était peut-être encore une erreur, il déclara : « Je serais honoré si Dame Styliane l'acceptait de moi, alors. Je n'aurais pas eu la chance de me mesurer à ce défi si elle n'avait eu une si bonne opinion de ma valeur. Et, je le crains, mes propres paroles peu diplomatiques peuvent avoir tout à l'heure causé quelque tort à un compagnon artisan qui jouit de son estime. Ceci constituerait-il une réparation ? »

Il avait conscience de l'aurige à côté de lui, regard stupéfait, bouche béante, et du frisson d'incrédulité qui courait dans la salle parmi les courtisans.

« Voilà qui est noblement dit ! » s'écria Faustinus, auprès des trônes.

Crispin songea alors que le Maître des offices, malgré toute sa puissance liée au contrôle de la bureaucratie, pouvait fort bien ne pas être un homme des plus subtils. Il se dit aussi, en remarquant l'expression pensive de Gésius et celle de l'Empereur, soudain ironique et perspicace, que ce pouvait bien ne pas être accidentel.

Il inclina la tête et le serviteur vêtu de blanc et de pourpre éclatants alla porter le coussin à la dame aux cheveux d'or qui se tenait également auprès des trônes. Le Stratège souriait, mais Styliane Daleina, quant à elle, avait pâli. Il avait peut-être commis une erreur, en vérité. Il ne pouvait se fier ici à aucun de ses instincts.

Elle tendit pourtant la main pour prendre l'anneau serti du rubis, le tint dans sa paume ouverte. Elle n'avait pas vraiment le choix. Si magnifique fût-il, ce n'était qu'une babiole comparé à la perle spectaculaire qu'elle portait au cou. Cette femme appartenait à la plus riche famille de l'Empire, Crispin le savait. Elle n'avait pas plus besoin de ce rubis que lui… d'une coupe de vin.

Mauvaise analogie. Il avait bel et bien besoin d'une coupe de vin, et un besoin urgent.

Depuis l'autre côté de la salle, la dame le dévisagea longuement puis, avec une maîtrise parfaite et glaciale, elle déclara : « Vous me faites trop d'honneur à votre tour, et vous honorez la mémoire de l'empire rhodien par ce présent. Je vous remercie. » Elle ne souriait pas alors qu'elle refermait ses longs doigts sur le rubis.

Crispin s'inclina.

« Je dois dire, intervint l'impératrice de Sarance d'un ton plaintif, que je suis maintenant en proie à une indicible désolation. Ne vous ai-je pas aussi incité à parler, Rhodien ? N'ai-je pas arrêté notre bien-aimé Scortius pour vous donner *l'occasion* de faire preuve d'intelligence ? Que me donnerez-vous à moi, oserai-je le demander ?

— Ah, vous êtes cruelle, mon amour », dit l'Empereur à ses côtés ; il semblait de nouveau amusé.

« Je suis cruellement dédaignée », dit son épouse.

Crispin eut du mal à avaler sa salive. « Je suis au service de l'Impératrice dans tout ce que je puis faire pour elle.

— Bien ! » dit aussitôt Alixana de Sarance d'une voix nette, à l'intonation différente, comme si c'était exactement ce qu'elle avait voulu entendre. « Très bien. Gésius, faites conduire le Rhodien dans mes appartements. Je désire discuter d'une mosaïque avec lui avant de me retirer pour la nuit. »

Il y eut une autre rumeur dans la salle, des froissements de tissus. Des lanternes se balançaient. Crispin vit l'homme à la face cireuse, près du Stratège, serrer brusquement les lèvres. L'Empereur, toujours amusé, se contenta de répliquer : « Je l'ai fait convoquer pour le Sanctuaire, Bien-aimée. Toute autre diversion doit le céder à ce besoin.

— Je ne suis pas une diversion », dit l'impératrice de Sarance, en arquant ses splendides sourcils.

Mais elle souriait en parlant, et un éclat de rire fit le tour de la salle, tel un chien qu'elle aurait tenu en laisse.

Valérius se leva : « Rhodien, soyez le bienvenu à Sarance. Votre arrivée parmi nous n'a pas été discrète. » Il leva une main. Alixana y posa l'une des siennes, étincelante de bagues, et elle se dressa. Ensemble, ils attendirent que leur cour se prosternât. Puis ils se détournèrent et sortirent par la seule porte de la salle qui s'ouvrait derrière leurs trônes.

En se redressant puis en se relevant, Crispin ferma brièvement les yeux, déconcerté par la rapidité des événements. Il se sentait comme dans un chariot lancé en pleine course, et totalement dépourvu de contrôle.

Quand il releva les paupières, ce fut pour voir le véritable aurige, Scortius, qui le dévisageait. « Soyez très prudent, murmura tout bas le Soriyien. Avec tous ces gens.

— Comment ? » réussit à dire Crispin, juste avant de se faire sauter dessus par le vieux et maigre Chancelier, comme s'il avait été lui-même un trophée. Après avoir posé une main possessive sur son épaule, Gésius le fit sortir en douceur de la salle, en foulant les tessères de la chasse impériale, loin des arbres d'argent aux branches remplies d'oiseaux constellés de pierres précieuses, loin des regards avides et des silhouettes soyeuses des courtisans sarantins.

Tandis qu'il franchissait les battants d'argent pour retourner dans l'antichambre, on claqua trois fois des mains et, pendant que reprenaient conversations et rires languides d'une nuit déjà bien avancée, Crispin entendit les oiseaux mécaniques de l'Empereur, qui se mettaient à chanter.

CHAPITRE 8

« Puisse Jad faire bouillir ce bâtard dans sa propre sauce au poisson ! » grognait Rasnic à mi-voix tout en grattant un pot incrusté de saleté. « Tant qu'à être debout toute la foutue nuit, on aurait aussi bien pu se joindre aux Veilleurs et se gagner de saintes indulgences ! »

Kyros, qui remuait sa soupe sur le feu à l'aide d'une longue spatule en bois, prétendit ne pas entendre ; on ne faisait rien bouillir dans de la sauce au poisson, de toute façon. Strumosus était connu pour avoir une ouïe particulièrement aiguisée ; la rumeur courait qu'une fois, des années plus tôt, l'excentrique cuisinier avait jeté une douzaine de marmitons dans une grande marmite en fer quand la soupe s'était mise à y bouillir faute de surveillance.

Kyros était assez certain que ce n'était pas vrai, mais il avait bel et bien vu le rondelet chef cuisinier lancer un hachoir à faible distance de la main d'un marmiton qui nettoyait des poireaux de façon trop négligente. La lame s'était plantée en vibrant dans la table ; l'apprenti, après l'avoir contemplée et contemplé ensuite ses propres doigts dangereusement proches, s'était évanoui. « Jetez-le dans l'abreuvoir à chevaux », avait ordonné Strumosus. Le pied bot de Kyros l'avait dispensé de cette corvée, mais les quatre autres s'étaient exécutés, après avoir transporté l'apprenti dehors par l'escalier du portique. C'était l'hiver, un après-midi d'un froid piquant et gris ; de l'autre côté de la cour, l'eau était gelée en surface dans l'abreuvoir à chevaux ; l'apprenti avait ressuscité de façon spectaculaire quand ils l'y avaient lancé.

Travailler pour un cuisinier au tempérament notoirement emporté n'était pas l'emploi le plus aisé dans la Cité.

À sa grande surprise, pourtant, pendant cette année et demie, Kyros s'était rendu compte qu'il aimait la cuisine ; préparer la nourriture avait quelque chose de mystérieux et il s'était surpris à méditer sur ces mystères. Le fait que ce ne fût pas n'importe quelle cuisine ni n'importe quel cuisinier y aidait un peu. Le petit homme au tempérament chaud et à l'ample panse qui supervisait ici la nourriture était légendaire dans la Cité. D'après certains, il en était un peu trop conscient, mais si on pouvait jamais considérer un cuisinier comme un artiste, Strumosus en était un. Et sa cuisine était destinée à la salle des banquets des Bleus de Sarance, où l'on offrait certaines nuits des festins à deux cents personnes.

Cette nuit-ci, justement. En proie à une fièvre de génie créatif, dans un chaos contrôlé et avec des invectives à vous roussir la couenne, Strumosus avait coordonné la préparation de huit services très élaborés, une véritable célébration culinaire avec pour apogée, dans la salle où on l'acclamait frénétiquement, une parade de cinquante adolescents – on avait recruté et récuré les garçons d'écurie – transportant d'énormes plateaux de merlan fourré aux crevettes et accompagné de sa célèbre sauce, tandis que les trompettes résonnaient et qu'on agitait follement des bannières bleues. Un Clarus trop enthousiaste – c'était le principal danseur des Bleus – avait bondi avec extravagance de son siège à la table principale pour aller planter un baiser sur la bouche du cuisinier, qui se tenait dans l'entrée de ses cuisines ; s'étaient ensuivis exclamations et rires gras tandis que Strumosus feignait d'éloigner le petit danseur d'une tape, puis acceptait applaudissements et coups de sifflets.

C'était la dernière nuit des Dykanies, la fin d'une autre saison de course, et les Glorieux Bleus de Grand Renom avaient une fois de plus écrasé les misérables Verts à face de petit-lait, pendant toute la durée de la saison et en ce jour aussi. La stupéfiante victoire de Scortius dans la première course de l'après-midi semblait déjà destinée à devenir l'un de ces triomphes dont on ne cesserait jamais de parler.

Le vin avait coulé à flots toute la nuit, et de nombreux discours l'avaient accompagné. Le poète en titre de la faction, Khardélos, s'était levé sur des jambes flageolantes, en s'appuyant du plat de la main sur la table, pour improviser des vers, cruchon haut :

> *Au milieu du tonnerre de la foule assemblée*
> *Tel un aigle Scortius vole à travers les sables*
> *Sous le nid d'aigle de la kathisma !*
> *Gloire au glorieux Empereur !*
> *Gloire au vif Soriyien et à ses destriers !*
> *Gloire au Bleu de Grand Renom !*

Kyros avait senti un frisson de pur plaisir lui parcourir l'échine. "Tel un aigle Scortius vole à travers les sables". C'était magnifique ! Ses yeux s'étaient embués d'émotion. Dans le calme momentané, près de lui à la porte de la cuisine, Strumosus avait émis un reniflement discret : « Piètre manieur de mots » – juste assez fort pour être entendu de Kyros ; il le faisait souvent, d'ailleurs. « Vieux clichés, tournures malmenées. Je dois en parler à Astorgus… Les auriges sont splendides, les cuisines sans égales comme nous le savons tous. Et les danseuses ne sont pas mal. Mais le poète doit lever les pieds. Il le faut. »

Kyros leva les yeux et rougit de voir posés sur lui les petits yeux perçants de Strumosus. « Ça fait partie de ton éducation, petit. Ne te laisse pas davantage séduire par des émotions faciles que par des épices

trop libéralement administrées. Il y a une différence
entre l'adulation des masses et l'approbation des gens
sophistiqués. » Il se détourna pour retourner dans la
chaleur de la cuisine. Kyros s'empressa de le suivre.

Plus tard, Astorgus, autrefois aurige le plus fameux
de la Cité et maintenant factionnaire des Bleus, visage
taillé à coups de serpe et couvert de cicatrices, fit un
discours annonçant l'érection d'une nouvelle statue à
Scortius dans la spina de l'Hippodrome. Il y en avait
déjà deux, mais elles avaient été élevées par les pus-
tuleux Verts. Celle-ci, déclara Astorgus, serait d'argent
et non de bronze, pour la plus grande gloire des Bleus
et de leur aurige. Il y eut un assourdissant rugissement
d'approbation. L'un des plus jeunes serveurs de la cuisine, surpris, laissa tomber son plat de fruits confits.
Strumosus brisa une spatule en lui rouant la tête et les
épaules de coups. Les spatules cassaient aisément, de
fait ; Kyros avait remarqué que le cuisinier infligeait
rarement beaucoup de dommages, malgré l'intensité
apparente de ses volées.

Quand il eut un moment, Kyros s'immobilisa de
nouveau dans l'entrée pour contempler Astorgus. Le
factionnaire buvait avec régularité, mais sans effet
notable ; il avait la parole facile et souriait à quiconque
s'arrêtait à table près de son siège. Un homme calme,
extraordinairement rassurant. D'après Strumosus,
Astorgus était la principale raison de la présente domination des Bleus aux courses et dans d'autres domaines.
Il avait séduit Scortius, Strumosus aussi et, à ce qu'on
disait, tramait constamment d'autres coups ingénieux.
Kyros s'étonnait, pourtant : quel effet cela devait-il faire
d'être connu pour sa compétence d'administrateur lorsqu'on avait soi-même été autrefois l'objet de toutes ces
acclamations frénétiques, de ces statues, de discours et
de poèmes délirants vous comparant aux aigles, aux
lions ou aux grandes figures de l'Hippodrome à travers
les âges ? Était-ce difficile ? Sûrement, mais on n'aurait
pu le dire en observant Astorgus.

Le banquet arrivait à son terme dans le désordre, comme c'était la tendance de tous les banquets. Deux ou trois querelles, un homme secoué de violentes nausées dans un coin, trop malade pour se rendre jusqu'à l'extrémité de la salle réservée aux vomissements. Le vétérinaire Columella, tassé sur son siège, l'air morose, psalmodiait d'une voix monocorde de très anciens vers trakésiens ; il était toujours ainsi tard dans la nuit : il connaissait davantage de vieilles poésies que Khardélos. Ceux qui l'encadraient étaient profondément endormis, la tête au milieu des assiettes. L'une des jeunes danseuses répétait sans cesse la même séquence de mouvements, seule dans un autre coin, l'air concentré, mains voletant comme des oiseaux jumeaux pour retomber à ses côtés tandis qu'elle tourbillonnait sur elle-même. Kyros semblait être le seul à l'observer ; elle était jolie ; deux autres danseuses l'avaient emmenée en partant. Puis Astorgus était parti à son tour, en entraînant Columella, et bientôt il n'y avait plus eu personne dans la salle. Cela faisait déjà un moment.

Pour autant que Kyros pût en juger, le banquet avait été un succès. Sans Scortius, bien sûr ; il avait été convoqué dans l'Enceinte impériale, on lui pardonnait cette absence. La gloire d'une invitation de l'Empereur rejaillissait sur tout le monde.

D'un autre côté, le génial aurige était la raison pour laquelle Strumosus, épuisé et dangereusement irritable, ainsi qu'une poignée de malheureux marmitons et garçons de cuisine, étaient encore éveillés au cœur d'une nuit automnale, alors même que les partisans les plus ardents avaient titubé jusqu'à leurs maisons et à leurs lits. Employés et administrateurs des Bleus ronflaient maintenant dans le dortoir de l'autre côté de la cour, ou dans leurs quartiers privés si leur rang les en avait pourvus. En cette fin du festival, rues et places étaient calmes autour de la clôture de leur enclave. Sous la supervision de la Préfecture urbaine, les esclaves devaient déjà être dehors à nettoyer les rues. Il faisait froid, à présent ; un vent tranchant du nord était descendu de Trakésie, annonçant l'hiver.

La vie ordinaire recommencerait au lever du soleil. Les festivités étaient terminées.

Mais, à ce qu'il semblait, Scortius avait solennellement promis au maître-chef des Bleus de visiter ses cuisines après le banquet de l'Empereur, afin de goûter ce qu'on avait offert cette nuit et de le comparer à la chère servie dans l'Enceinte impériale. Il était en retard. L'heure était tardive. Très tardive. Dehors, aucun bruit de pas.

Ils avaient tous été enthousiasmés à l'idée de partager la fin de cette journée et de cette nuit glorieuses avec l'aurige, mais il y avait de cela belle lurette. Kyros retint un bâillement et surveilla le feu qui baissait, tout en remuant sa soupe, attentif à ne pas la laisser bouillir. Il y goûta, décida de ne pas ajouter de sel marin. C'était un honneur suprême pour un garçon de cuisine de se faire confier la surveillance d'un plat : on avait accueilli avec indignation l'attribution de cette tâche à Kyros après à peine un an dans les cuisines. Kyros lui-même en avait été stupéfait ; il n'avait pas imaginé que Strumosus fût même conscient de sa présence.

Il ne voulait pas réellement se trouver là, au début. Tout jeune, il avait décidé d'être conducteur de char, bien sûr : tous les garçons voulaient être conducteurs de char. Plus tard, il s'était attendu à suivre les traces de son père, dresseur d'animaux pour les Bleus. Mais la réalité lui était tombée dessus alors qu'il était encore très jeune : un dompteur pourvu d'un pied bot aurait eu du mal à survivre à une saison parmi les grands fauves et les ours. Lorsque Kyros avait été en âge, son père avait fait appel aux administrateurs de la faction pour lui trouver une autre place. Les Bleus avaient coutume de prendre soin des leurs. Les roues administratives avaient tourné, à modeste échelle, et on avait assigné à Kyros un poste d'apprenti dans la grande cuisine, avec le chef cuisinier tout récemment recruté. On n'y avait pas à courir, ni à éviter des animaux dangereux.

À l'exception du cuisinier lui-même.

Strumosus reparut dans l'entrée, en provenance du portique extérieur. Rasic, avec son étonnant instinct de survie, avait déjà cessé de marmonner sans même s'être retourné. Le chef avait l'air fiévreux et à bout, mais c'était souvent le cas et ne signifiait sûrement pas grand-chose. La mère de Kyros aurait pâli en voyant Strumosus passer à une telle heure des cuisines surchauffées à la cour extérieure ; elle entretenait la ferme conviction que, si les vapeurs nuisibles ne vous affectaient pas au cœur noir de la nuit, les esprits de l'entre-deux-mondes le feraient.

Pour une somme que la rumeur décrivait comme scandaleuse, les Bleus avaient volé Strumosus d'Amorie aux cuisines de Lysippe l'exilé, autrefois Questeur des impôts impériaux, banni maintenant dans le sillage de l'Émeute de la Victoire. Les deux factions étaient rivales dans les hippodromes avec leurs chars, dans les théâtres de l'Empire avec les envolées de leurs poètes et les chants de leurs partisans et, c'était fréquent, dans les rues et les allées avec gourdins et couteaux. L'astucieux Astorgus avait décidé de transférer la compétition aux cuisines des enclaves des factions et, même si Strumosus était aussi bardé d'épines qu'une plante du désert soriyien, le recruter avait été un coup de génie. Pendant des mois, on n'avait parlé de rien d'autre dans la Cité ; nombre de patriciens s'étaient découvert une sympathie jusqu'alors inconnue pour les Bleus et s'étaient joyeusement engraissés dans la salle de banquets de la faction, tout en laissant des dons sonnants et trébuchants qui avaient grandement contribué à arrondir la bourse d'Astorgus pour les enchères de chevaux ou la séduction de danseurs et d'auriges. Les Bleus avaient apparemment trouvé une autre façon d'affronter, et de vaincre, les Verts.

Bleus et Verts avaient combattu ensemble deux ans plus tôt, lors de l'Émeute de la Victoire, mais ce fait stupéfiant, presque sans précédent, ne les avait pas empêchés de périr quand les soldats étaient entrés dans l'Hippodrome. Kyros se rappelait l'émeute, bien entendu; un coup d'épée avait abattu l'un de ses oncles sur la place de l'Hippodrome, et sa mère avait ensuite gardé le lit pendant deux semaines. On crachait sur le nom de Lysippe le Calysien dans la demeure de Kyros et dans bien d'autres, tous rangs et classes confondus.

Le collecteur en chef des impôts impériaux avait été sans merci, mais c'était le cas de tous les collecteurs d'impôts. Il y avait autre chose. Les histoires horribles et inquiétantes sur ce qui se passait après la tombée de la nuit dans son palais de la cité. Chaque fois qu'un jeune manquait à l'appel, quel que fût son sexe, on regardait du côté de ces murs de pierre dépourvus de décoration et de fenêtres. On menaçait du répugnant Calysien les enfants difficiles, pour les contraindre à obéir.

Avec une réticence inhabituelle chez lui à propos de son ancien employeur, Strumosus n'avait rien ajouté aux rumeurs. Il était arrivé dans les cuisines et les celliers des Bleus, avait passé une journée à foudroyer du regard tout ce qu'il trouvait, fait jeter presque tous les ustensiles et presque tout le vin, renvoyé tous les apprentis sauf deux, terrifié les garçons de cuisine et, après quelques jours, s'était mis à produire des repas aussi éblouissants que stupéfiants.

Il n'était jamais content, bien sûr; il se plaignait sans cesse, abusait verbalement et physiquement de l'équipe qu'il avait engagée, rudoyait Astorgus pour obtenir un nouveau bâtiment, offrait son opinion sur tout, des poètes à la diète appropriée pour les chevaux, se lamentait sur l'impossibilité d'une cuisine subtile quand on devait nourrir tant d'estomacs ignares. Pourtant, Kyros l'avait remarqué, malgré l'abondance des griefs, il ne semblait pas y avoir de fin au flot de plats tous différents qu'on préparait dans les grandes cuisines et ce matin même, au marché, Strumosus n'avait nullement paru limité financièrement dans ses achats.

C'était l'une des tâches favorites de Kyros, accompagner le cuisinier au marché, juste après la prière de l'aube à la chapelle, le regarder évaluer légumes, poissons et fruits, tâter, renifler, parfois même *écouter* la nourriture, et improviser les repas de la journée sur place, selon ce qu'il trouvait ce jour-là.

D'ailleurs, c'était sans doute à cause de cette évidente attention, conclut plus tard Kyros, que le cuisinier l'avait promu du nettoyage des assiettes et des flacons à la supervision de certaines soupes et bouillons. Strumosus n'adressait jamais directement la parole à Kyros, mais semblait toujours se parler à lui-même au marché, en passant avec vivacité d'un étal à l'autre. Tout en faisant de son mieux pour le suivre, avec son pied bot, Kyros en entendait beaucoup et essayait de s'en souvenir ; il n'avait jamais imaginé, par exemple, qu'il pût y avoir une telle différence de goût entre un poisson pêché de l'autre côté de la baie de Déapolis et un poisson de la même espèce pêché de ce côté-ci, près des falaises, à l'est de la Cité.

La première fois que Kyros vit quelqu'un verser de véritables larmes sur de la nourriture, ce fut le jour où Strumosus trouva une perche de mer de Spinadia au marché ; il caressait le poisson brillant comme un Fou de Dieu tenait son disque solaire. Après le dîner, cette nuit-là, on avait permis à Kyros comme aux autres garçons de la cuisine de goûter le plat, cuit juste à point dans une croûte de sel, parfumé aux fines herbes ; Kyros avait alors commencé à comprendre une certaine façon de vivre. Il daterait parfois de ce moment son entrée dans l'âge adulte.

En d'autres occasions, il estimerait que sa jeunesse avait pris fin le dernier jour des Dykanies, plus tard la même année, alors qu'ils attendaient le conducteur Scortius au cœur d'une nuit froide, et qu'ils entendirent soudain un appel pressant accompagné d'un bruit de course dans la cour.

Kyros fit maladroitement volte-face vers la porte. Strumosus posa en hâte sa coupe et son flacon de vin.

Trois hommes massifs oblitérèrent soudain l'entrée puis
se précipitèrent à l'intérieur, et l'espace sembla brusquement rapetisser. L'un d'eux était Scortius. Les habits
déchirés, un poignard à la main. Un autre étreignait une
épée dégainée, un homme de haute taille, une véritable
apparition dégouttante de sang, la lame écarlate.

Kyros, bouche bée, entendit la Gloire des Bleus, leur
propre Scortius bien-aimé, s'exclamer d'une voix rauque :
« On nous poursuit ! Allez chercher de l'aide, vite ! » Il
était hors d'haleine : ils avaient couru.

Un peu plus tard, Kyros se dit que si Scortius avait
été un autre homme, il aurait peut-être appelé lui-même
à l'aide. Mais Rasic bondit vers la porte intérieure et
traversa en courant la salle du banquet pour se rendre à
la sortie la plus proche du dortoir en hurlant, d'une
voix à vous glacer le sang : « Eh, les Bleus, les Bleus,
on nous attaque ! Aux cuisines ! Debout, les Bleus ! »

Strumosus d'Amorie avait déjà saisi son tranchet
favori, une lueur égarée dans l'œil. Kyros, après un
regard circulaire, s'empara d'un balai et en pointa le
manche sur l'entrée déserte. Des sons résonnaient
maintenant dehors dans le noir. Des voix d'hommes,
des chiens qui aboyaient.

Scortius et ses deux compagnons reculèrent davantage au fond de la salle. Le blessé n'avait pas lâché son
épée et attendait avec calme, première cible d'un éventuel assaut.

Puis les bruits se turent dans la cour. Pendant un
moment, on ne put rien voir. Il y eut un intervalle de
temps suspendu, très bizarre après cette explosion d'activités. Les deux marmitons et les garçons de cuisine
avaient chacun empoigné un objet qui pourrait servir
d'arme ; l'un d'eux tenait un tisonnier de fer emprunté
à la cheminée. Le sang du blessé tombait goutte à
goutte à ses pieds sur le plancher. Les chiens aboyaient
toujours.

Une ombre dans la noirceur du portique. Une silhouette masculine de haute taille. Kyros aperçut le

contour d'une épée. L'ombre prit la parole, avec un accent du nord. « On ne veut que le Rhodien. On ne cherche pas noise aux Bleus. Des vies seront épargnées si vous nous l'envoyez dehors. »

Strumosus éclata de rire. Kyros s'en souviendrait aussi.

« Imbécile ! Qui que tu sois, comprends-tu où tu te trouves ? Même l'Empereur n'envoie pas de soldats dans cette enclave !

— On n'a pas envie d'y être. Donnez-nous le Rhodien et on s'en va. Je vais retenir mes hommes, le temps pour vous de… »

Quelle que fût son identité, l'homme du portique ne termina jamais sa phrase, ni aucune autre sous le soleil de Jad, les deux lunes ou les étoiles.

« Allez, les Bleus ! » entendit Kyros. Un cri sauvage et exultant, dehors, issu de multiples gorges. « Allez, les Bleus, on nous attaque ! »

Un hurlement s'éleva du côté nord de la cour. Pas des chiens. Des hommes. Kyros vit la grande ombre à l'épée reculer d'un pas et se tourner à demi pour voir. Puis vaciller soudain. Et s'écrouler, dans une série de chocs métalliques retentissants. D'autres ombres bondirent sur le portique. Plus noir que la nuit, un lourd bâton s'éleva et retomba à deux reprises sur l'homme abattu. Il y eut un craquement. Kyros se détourna en avalant sa salive avec peine.

« Des ignorants, quels qu'ils soient. Ou aient été », dit Strumosus d'une voix neutre. Il reposa son tranchet sur la table, absolument imperturbable.

« Des soldats. En permission dans la Cité. Des tueurs à gages. Il n'a pas dû leur en falloir beaucoup, s'ils avaient emprunté pour boire. » C'était le blessé. En l'examinant, Kyros vit qu'il avait été touché à l'épaule et à la cuisse. Un soldat lui-même. Des yeux durs, furieux. Dehors, le tumulte croissait. Les autres intrus se battaient pour sortir de l'enclave. On apportait des torches au pas de course, on les voyait par la porte ouverte, flots de lueur orange et de fumée.

«Des ignorants, comme je le disais, répéta Strumosus. Pour vous avoir suivis jusqu'ici.

— Ils ont tué deux de mes hommes, et votre gardien, aux portes, dit le soldat. Il a essayé de les arrêter.»

À ces paroles, Kyros se traîna jusqu'à un tabouret et s'assit lourdement. Il savait qui avait été de garde ce soir-là. Celui qui avait tiré la courte paille – une nuit de banquet. Il commençait à avoir la nausée.

Strumosus ne manifesta aucune émotion. Il regardait la troisième silhouette entrée dans sa cuisine, un homme aux joues bien rasées et très bien vêtu, avec des cheveux d'un rouge de flamme et une expression sombre.

«C'est vous, le Rhodien qu'ils voulaient?»

L'homme eut un bref hochement de tête.

«Bien sûr, c'est vous. Dites-moi, je vous prie», ajouta le maître-cuisinier des Bleus, tandis qu'on se battait et qu'on mourait dans le noir devant ses cuisines, «avez-vous jamais goûté de la lamproie prise dans le lac près de Baïana?»

Il y eut un court silence. Kyros et les autres étaient relativement habitués à ce genre de sortie, mais personne d'autre.

«Je… je suis navré», dit l'homme aux cheveux roux, finalement, avec un sang-froid qui lui faisait honneur. «Je ne pense pas.»

Strumosus secoua la tête avec regret: «Quel dommage, murmura-t-il. Moi non plus. Un plat légendaire, vous comprenez. Aspalius a écrit à ce propos il y a quatre cents ans. Il utilisait une sauce blanche. Moi pas, personnellement. Pas avec de la lamproie.»

Ce qui suscita un autre silence identique. On pouvait maintenant voir dans la cour un nombre considérable de torches, tandis que d'autres Bleus ne cessaient d'apparaître, hâtivement vêtus et bottés. Les derniers venus avaient manqué la bataille. Il n'y avait plus de résistance, à présent. Quelqu'un avait fait taire les chiens. En scrutant l'entrée, Kyros vit Astorgus qui s'en venait gravir d'un pas rapide les trois marches du portique.

Faisait une pause pour examiner l'homme abattu, puis entrait dans la cuisine.

« Il y a six cadavres d'intrus dehors », dit-il à la cantonade. Son expression n'était pas fatiguée mais furieuse.

« Tous morts, vraiment ? » C'était le grand soldat. « Dommage. J'avais des questions à poser.

— Ils ont pénétré dans notre enclave, dit Astorgus d'un ton catégorique. Avec des épées. Personne ne fait ça. Nos *chevaux* sont là. » Il évalua un instant le blessé. Puis, avec un coup d'œil derrière lui, ajouta avec brusquerie : « Jetez les cadavres devant la barrière et notifiez les officiers de la Préfecture urbaine. Je m'en occuperai quand ils viendront. Appelez-moi. Que quelqu'un fasse venir Columella et qu'on appelle un docteur. » Il se retourna vers Scortius.

Kyros ne put déchiffrer son expression. Les deux hommes se dévisagèrent pendant ce qui sembla un long moment. Quinze ans plus tôt, Astorgus avait été ce qu'était Scortius à présent : le conducteur de char le plus célèbre de tout l'Empire.

« Qu'est-ce qui s'est passé ? demanda-t-il enfin. Un mari jaloux ? Encore ? »

◆

Scortius avait en effet d'abord supposé que c'était le cas.

Une partie de ses succès nocturnes, après courses et festins, était due à ce qu'il ne recherchait pas activement les conquêtes. Nonobstant ce détail, il aurait été inexact de dire qu'il ne les désirait pas ardemment, ou que son pouls ne s'accélérait pas lorsque certaines invitations l'attendaient chez lui à son retour de l'Hippodrome ou des écuries.

Ce soir-là – couronnement des réjouissances des Dykanies et de la saison de course – lorsqu'il était rentré se changer pour le banquet impérial, il avait trouvé une note brève, anonyme et non parfumée parmi celles qui l'attendaient sur la table de marbre à l'entrée du couloir. Ni signature ni parfum n'étaient nécessaires ; le phrasé laconique, très caractéristique, lui avait appris qu'après la première course de l'après-midi, il n'avait pas seulement vaincu Crescens des Verts.

"Si vous êtes également capable d'éviter d'autres sortes de dangers, disait la petite écriture nette, ma servante vous attendra du côté est du palais Travertin après le festin impérial. Vous la reconnaîtrez. Elle est de confiance. Et vous ?"

Rien de plus.

Il ne lut pas les autres missives. Il désirait cette femme depuis longtemps. Ces derniers temps, l'intelligence le séduisait, tout comme l'attitude de détachement serein et amusé qu'affichait cette femme-ci, l'aura de… difficulté qui l'entourait ; sa réserve n'était qu'apparence publique, il en était assez sûr ; il devait y avoir beaucoup plus sous cette austère politesse. Et peut-être son si riche époux lui-même ne l'avait-il jamais compris.

Cette nuit même, il allait peut-être découvrir, ou commencer à découvrir, ce qu'il en était. À cette perspective, un intense et secret sentiment d'anticipation avait animé pour lui tout le banquet impérial. L'affaire devait rester strictement privée, bien entendu. Scortius était le plus discret des hommes : une autre raison pour cette note ; aussi, peut-être, du fait qu'on ne l'avait pas encore assassiné.

Non qu'il n'y ait eu des tentatives ou des avertissements. Il s'était fait rouer de coups, une fois, bien plus jeune, alors que ni célébrité ni richesse ne le protégeaient. Il était réconcilié depuis longtemps, au reste, avec l'idée qu'il n'était pas du genre à mourir dans son lit. Même si le lit d'autrui était une possibilité à envisager. Le Neuvième Aurige réclamerait sa vie, ou une épée dans la nuit alors qu'il reviendrait d'une chambre où il n'aurait jamais dû mettre les pieds.

Tel était le danger de cette soirée, avait-il donc supposé tout en se glissant par une petite porte verrouillée et rarement utilisée de l'Enceinte impériale, dans la froide obscurité automnale.

Il possédait une clé de cette porte, cadeau après une rencontre, des années auparavant, avec la fille aux cheveux noirs d'un chiliarque des Excubiteurs. La dame était maintenant mariée, mère de trois enfants et dotée de manières impeccables. Elle avait eu autrefois un sourire enchanteur et une certaine façon de crier de plaisir dans la pénombre puis de se mordre la lèvre inférieure, comme si elle s'était surprise elle-même.

Il n'utilisait pas souvent cette clé, mais l'heure était vraiment tardive et il avait dû être plus prudent que d'habitude, avant le rendez-vous. Il avait attendu avec une nervosité inaccoutumée dans la pièce où la servante l'avait introduit : ce n'était pas la chambre de la dame, en fin de compte, même s'il y avait un divan, du vin et des bougies parfumées. Il s'était demandé s'il trouverait passion et abandon sous le masque courtisan de calme civilité. Lorsqu'elle était arrivée, encore dans ses atours du banquet puis de la salle du trône, il avait bien découvert en elle ces élans mais, tandis qu'ils s'attardaient un peu ensemble et que les images de la journée commençaient à s'effacer, il avait alors perçu la même chose en lui-même, de façon un peu trop évidente pour le conforter.

Voilà qui constituait un danger en soi. Dans son existence, celle qu'il avait choisie, le besoin de faire l'amour, le contact, le parfum, la voix pressante d'une femme entre ses bras, étaient aussi essentiels qu'irrésistibles, mais le désir d'une intimité durable, quelle qu'elle fût, était une menace.

Pour les dames de l'Enceinte impériale et des demeures patriciennes de la Cité, il était un jouet et il le savait. Elles satisfaisaient l'un de ses besoins, il satisfaisait les désirs que certaines avaient auparavant ignoré éprouver. Une sorte de transaction. Il s'y était prêté pendant quinze ans.

Mais sa vulnérabilité inattendue, cette nuit, sa réticence à quitter cette femme pour retourner dans le froid,

lui annonçaient pour la première fois – telle une trompette – qu'il se faisait peut-être vieux. C'était dérangeant.

Scortius referma sans bruit la petite porte derrière
lui et se retourna pour sonder l'obscurité avant de continuer son chemin. Il connaissait cette heure : nul n'y
était en sécurité dans les rues de Sarance.

L'enclave des Bleus – sa destination présente, afin
d'honorer la promesse faite à Strumosus d'Amorie – ne
se trouvait pas très loin ; il fallait traverser le terrain qui
s'étendait au nord du forum de l'Hippodrome devant le
nouveau Sanctuaire, avec son chaos de débris et de
matériaux de construction ; ensuite, à l'autre extrémité,
on montait vers les barrières de l'enclave entre la colonne
et la statue du premier Valérius. Il trouverait ensuite des
feux de cuisine encore allumés et un maître cuisinier
affichant une farouche indignation, désireux de lui entendre déclarer qu'il n'avait jamais rien goûté au palais
Atténin de comparable à ce que lui offrait la cuisine des
Bleus et sa prosaïque chaleur, en cette pause précédant
l'aube.

Ce serait sûrement vrai. Strumosus, à sa façon personnelle, était un génie. L'aurige envisageait même
avec un réel plaisir un repas tardif pour faire pièce à sa
lassitude et aux émotions troublantes avec lesquelles il
se débattait. Il pourrait dormir toute la journée, le lendemain. Le ferait sans doute.

S'il était toujours vivant. Suivant une habitude de
longue date, il resta immobile un moment, examinant
les buissons et les arbres bas près du mur, jaugeant avec
attention les espaces dégagés qu'il devrait traverser,
les balayant lentement du regard.

Il ne vit ni esprits ni fantômes ni langues de feu sur
les dalles de pierre. Mais des hommes se tenaient sous
le toit de marbre du portique presque terminé du Grand
Sanctuaire.

Il n'aurait pas dû y en avoir. Pas à ce moment de la
nuit, ni déployés avec autant de précision, comme des
soldats. Scortius n'aurait pas été surpris de trouver des

fêtards ivres prolongeant la fin des Dykanies sur la place, devant la Porte de Bronze, en train de se chercher un chemin dans le froid à travers les matériaux de construction. Mais ce groupe immobile qui se croyait dissimulé par la colonne, des capes et l'obscurité émettait un message tout différent. De leur poste de guet sous le portique, ces hommes, quelle qu'en fût l'identité, pouvaient distinctement voir les portes ; le premier mouvement qu'il ferait depuis sa propre position l'amènerait à découvert, même s'ils ignoraient l'existence du petit passage.

Sa lassitude avait disparu.

Le défi du danger était encore un vin sans mélange, l'ivresse même de l'existence pour Scortius de Soriyie, une de ses raisons pour rechercher la vitesse et le sang de l'arène, et ces illicites rendez-vous amoureux dans l'Enceinte ou ailleurs. Il le savait, au reste, depuis des années.

Il souffla une rapide et hérétique prière à Héladikos et se mit à envisager ses options. Ces hommes dans l'ombre devaient évidemment être armés. Ils avaient une bonne raison d'être là. Lui n'avait qu'un poignard. Il pouvait traverser à la course l'espace dégagé en direction du forum de l'Hippodrome et les prendre par surprise, mais ils avaient l'avantage de la position. S'il se trouvait parmi eux de bons coureurs, on lui couperait le chemin. Et une course à pied manquait par trop de dignité.

Il choisit à regret la seule solution intelligente, maintenant qu'il avait repéré les hommes embusqués : se glisser de nouveau dans l'Enceinte. Il trouverait bien un lit dans un baraquement d'Excubiteurs, on serait tout fier de l'accueillir, on ne poserait pas de questions. Ou il pouvait se rendre ouvertement jusqu'à la Porte de Bronze, en passant par l'intérieur de l'Enceinte et en suscitant des spéculations infortunées sur sa présence à cette heure, puis demander qu'on fît porter un message à l'enclave des Bleus. On lui fournirait sans retard une escorte.

De toute façon, bien trop de monde découvrirait à quelle heure tardive il s'était rendu là. Ses habitudes nocturnes n'étaient pas un grand secret, pour sûr, mais il tirait une réelle fierté de ce qu'il veillait à attirer le moins possible d'attention sur chaque épisode. Question de dignité, encore, et de respect envers celles qui lui faisaient confiance. Une grande part de son existence était publique; il préférait voir certains détails en rester privés au lieu de devenir la propriété de n'importe quel bavard envieux ou excité dans les bains, les baraquements et les tripots de Sarance.

Guère de choix, hélas! Filer dans la rue comme un apprenti fuyant le bâton de son maître ou se glisser dans l'Enceinte en donnant une tournure humoristique à la chose pour les Excubiteurs ou les gardes de la Porte.

Courir, non, vraiment pas.

Il avait déjà repris la clé dans sa bourse de cuir quand il aperçut un éclat de lumière sur le portique du Sanctuaire : un des battants massifs s'ouvrait en pivotant. Trois hommes sortirent, se détachant en vif relief sur la lumière. L'heure était fort tardive; voilà qui était des plus étranges. On n'avait pas encore ouvert le Grand Sanctuaire au public; seuls travailleurs et architectes y étaient admis. Aux aguets, invisible, Scortius vit les embusqués du portique se mouvoir aussitôt en silence pour commencer à se déployer plus largement. Il se trouvait trop loin pour entendre quoi que ce fût ou reconnaître quiconque, mais il vit deux des trois hommes se retourner devant les portes et s'incliner devant le troisième, qui se retira à l'intérieur. Ce qui lui fournit un autre motif d'alarme.

Le fil de lumière s'amincit et disparut tandis que le lourd battant se refermait. Les deux hommes se retournèrent, isolés et exposés sur le porche au milieu des gravats, dans l'obscurité venteuse. L'un d'eux adressa quelques paroles à l'autre. Ils n'avaient de toute évidence pas conscience des hommes armés qui manœuvraient autour d'eux.

La mort était chose fréquente, la nuit, dans la Cité.

On visitait les tombes des assassinés ou des accidentés avec les tablettes de sorts des chiromanciens, en ignorant les imprécations du clergé, afin de solliciter mort ou démembrement pour des auriges et leurs chevaux, irrésistible passion chez une femme convoitée, maladie pour l'enfant d'un voisin détesté, ou pour sa mule, tempêtes pour le vaisseau marchand d'un concurrent. Sang et magie, langues de feu voletant dans les rues nocturnes. Les feux d'Héladikos. Scortius les avait vus.

Il y avait des épées de l'autre côté de la place, et des hommes bien réels pour les tenir, quoi qu'on pût dire des esprits de l'entre-deux-mondes errant aux alentours. Scortius resta dans l'ombre un moment ; les lunes s'étaient couchées, les étoiles apparaissaient, furtives, derrière les nuages poussés par le vent. Un vent froid, du nord, là où résidait la Mort d'après les vieux contes de Soriyie, les légendes d'avant la venue de Jad parmi les hommes du sud, avec l'histoire de son fils.

Ce qui se passait sous ce portique ne le concernait pas, il devait voir à ses propres périls dans les rues. Il n'était pas armé, sinon de ce misérable poignard, et pouvait difficilement secourir deux hommes sans défense contre des assaillants munis d'épées.

Certaines situations exigeaient de posséder un solide sens de l'auto-préservation.

Scortius était hélas déficient en ce domaine.

«Attention !» rugit-il à pleins poumons, en jaillissant de derrière l'écran des arbustes.

En même temps, il dégaina son petit poignard. Après avoir décidé avec calme, un peu plus tôt, qu'il n'allait pas courir, voilà en définitive qu'il courait, et tout à fait dans la mauvaise direction. Il songea – mince et tardif indice d'intelligence fonctionnelle – qu'il n'était pas très avisé.

«Des assassins ! cria-t-il. Rentrez !»

Sur le portique, les deux hommes se tournèrent vers lui tandis qu'il fonçait à travers la place. Il repéra juste à temps une pile de briques couverte d'une bâche, se cogna la cheville en sautant pour l'éviter, manqua s'étaler en se recevant au sol. Il jura comme un marin dans un tripot des docks, contre lui-même, contre la lenteur des deux autres. Tout en cherchant des ennemis, du mouvement, d'autres maudites piles de briques, il vit le soldat le plus proche faire volte-face en tirant son épée, du côté ouest du portique. Il était assez proche à présent pour entendre le glissement de la lame hors du fourreau.

Il espérait avec ferveur – plan inadéquat – que dans le Sanctuaire, le troisième homme n'avait pas encore tiré le verrou des portes et qu'ils pourraient se réfugier à l'intérieur avant d'être coincés par les assassins. Il se dit, un peu tard, qu'il aurait bel et bien pu lancer le même avertissement sans charger comme un écolier. Il était la coqueluche de Sarance, le compagnon de dîner de l'Empereur, la Gloire des Bleus, et sa richesse dépassait tous ses rêves de jeunesse.

Mais il était apparemment encore à peu près le même que quinze ans plus tôt. Dommage, peut-être.

Il bondit sous le porche avec une grimace en atterrissant sur sa cheville meurtrie et, sans se soucier des deux hommes, alla droit à la porte massive pour en agripper la poignée. Qu'il tourna.

Verrouillée. Il secoua inutilement la poignée, tapa une fois sur la porte, puis fit volte-face. Vit clairement les deux hommes, pour la première fois. Il les connaissait tous deux. Aucun n'avait encore réagi de façon intelligente. Paralysés par la peur. Scortius jura de nouveau.

Les soldats les avaient encerclés. Prévisible. Le chef, un grand gaillard dégingandé, se trouvait juste en face des marches du portique, entre des piles bâchées de choses indistinctes, les yeux levés vers eux. Des yeux noirs, dans la pénombre. Il tenait sa lourde épée d'une main désinvolte, comme si elle n'avait rien pesé.

« Scortius des Bleus ! » dit-il, d'une voix étrange.

Il y eut un silence. Scortius resta coi, tout en réfléchissant furieusement.

Le soldat poursuivit, avec la même intonation déroutée : « Vous m'avez coûté une fortune cet après-midi, vous savez. » Un accent trakésien. Il l'avait deviné : des soldats en permission, engagés dans un tripot pour tuer et disparaître.

« Ces deux hommes sont sous la protection de l'Empereur, dit-il d'une voix glaciale. Si vous portez la main sur eux, ou sur moi, c'est à votre péril certain. Personne, personne ne pourra vous protéger. Où que ce soit dans l'Empire ou ailleurs. Me comprends-tu bien ? »

L'épée de l'homme ne bougeait pas. Sa voix, cependant, monta d'un ton, exprimant la surprise. « Quoi ? Vous pensiez que nous étions là pour les *attaquer* ? »

Scortius déglutit. Laissa retomber sa main armée du poignard. Les deux autres, sur le portique, l'observaient avec la plus grande curiosité. De même que les soldats, plus loin. Le vent soufflait, agitant les bâches sur les briques et les pierres. Des feuilles filaient en bruissant à travers la place. Scortius ouvrit et referma la bouche, sans rien trouver à dire.

Il avait fait plusieurs suppositions en rafales depuis qu'il était sorti de l'Enceinte impériale pour voir des hommes aux aguets dans le noir. Apparemment, aucune n'était correcte.

« Hum, Aurige, puis-je vous présenter Carullus, tribun du Quatrième Légion de Cavalerie sauradienne », dit le mosaïste roux, car c'était lui qui se tenait sur le portique. « Mon escorte pour la dernière partie de mon voyage, et mon gardien dans la Cité. Et il a bel et bien perdu beaucoup d'argent, en l'occurrence, dans la première course de l'après-midi.

— J'en suis navré », dit Scortius par réflexe. Son regard passa de Caius Crispus de Varèna au célèbre architecte Artibasos qui se tenait près de lui, attentif, dans ses habits toujours froissés. Le bâtisseur du nouveau Sanctuaire.

Et il avait maintenant une excellente idée de l'identité de celui qu'ils avaient salué pendant qu'il les observait à distance. Sa compréhension était des plus lentes ce soir, semblait-il. Les Bassanides avaient un dicton philosophique à ce propos, dans leur propre langue ; il l'avait entendu assez souvent chez les marchands de Soriyie, quand on n'était pas en période de guerre. Mais il ne se sentait pas très enclin à la philosophie à cet instant.

Un autre silence. Le vent du nord sifflait entre les colonnes, faisant de nouveau claquer les bâches sur les piles de matériaux. Aucun mouvement du côté de la Porte de Bronze : on devait l'avoir entendu crier, mais on ne s'était pas soucié d'y voir. Ce qui arrivait à l'extérieur de l'Enceinte impériale dérangeait rarement les gardes ; leur tâche était justement de le maintenir à l'extérieur. Il s'était lancé sur la place avec des hurlements d'insensé, en brandissant une dague et en se cognant la cheville... sans aucun résultat. Dans l'obscurité du portique encore inachevé du Grand Sanctuaire de la Sainte Sagesse de Jad, une image de la femme élégante qu'il venait de quitter traversa soudain l'esprit de Scortius. Son parfum, la sensation de sa peau sous ses doigts.

Il l'imagina en train de l'observer. Et fit une grimace à l'idée de ses sourcils arqués, de sa moue amusée... Puis, à défaut d'une réaction plus appropriée, il éclata de rire.

◆

Plus tôt cette nuit-là, en se rendant avec son escorte du palais Atténin au palais Travertin, où l'impératrice de Sarance prenait ses quartiers favoris d'automne et d'hiver, Crispin s'était surpris à songer à sa femme.

Cela lui arrivait souvent, mais la différence, et il en avait conscience, c'était que l'image d'Ilandra lui était alors apparue comme un bouclier, une protection, même s'il demeurait incertain de ce qui l'inquiétait. Un vent froid soufflait à travers les jardins. Il s'était emmitouflé dans la cape qu'on lui avait fournie.

Sous la protection des morts, sous le couvert de l'amour remémoré, il s'était laissé guider vers le plus petit des deux palais, avec les nuages qui filaient dans le ciel et les deux lunes en train de se coucher à l'occident. Il avait suivi des couloirs dallés de marbre où brûlaient des lanternes accrochées aux murs, pour s'arrêter devant les soldats gardant la porte d'une impératrice, celle qui l'avait convoqué en cette heure si tardive de la nuit dans ses appartements privés.

On l'attendait. Le soldat le plus proche hocha la tête sans manifester d'émotion et ouvrit la porte. Crispin pénétra dans un espace lumineux – flammes d'un foyer, lueurs de bougies, reflets d'or. Eunuques et soldats demeurèrent à la porte, qu'on referma derrière lui. L'image d'Ilandra s'effaça lentement tandis que la dame d'honneur s'approchait, vêtue de soie, légère dans ses babouches, pour offrir une coupe de vin en argent.

Il l'accepta avec une réelle gratitude. Elle le débarrassa de sa cape qu'elle plaça sur un banc contre le mur, près du feu. Puis elle adressa à Crispin un sourire en biais et se retira par une des portes. Il resta seul à contempler les myriades de bougies. Une pièce d'un goût somptueux ; un peu trop décorée pour un œil occidental, mais les Sarantins avaient tendance à la profusion en ce domaine. Puis il retint son souffle.

Sur une table rectangulaire, près du mur, à sa gauche, il y avait une rose d'or. Aussi gracile qu'une fleur vivante, apparemment aussi flexible, quatre boutons sur une longue tige, des épines parmi les petites feuilles à la forme parfaite, entièrement faits d'or, chaque bouton à une étape différente de l'éclosion, et le dernier bien ouvert, tout au bout de la tige, chaque pétale d'une finesse exquise, une merveille d'orfèvrerie, avec un rubis au centre, aussi écarlate qu'une flamme à la lueur des bougies.

Cette beauté le frappa au cœur, cette terrible fragilité. Il suffisait de prendre cette longue tige entre deux doigts et de serrer, elle plierait, elle se déformerait, elle se tordrait. La fleur semblait presque bouger au gré d'une brise inexistante. Tant de perfection, et si passagère, si vulnérable. La maîtrise manifestée ici était presque douloureuse – le temps, le soin et l'art qu'on avait consacrés à cette création – tout comme la perception simultanée que cet artifice, cet art, était aussi précaire que… que toute joie dans la vie des mortels.

Comme une rose, peut-être, était morte dans le vent, ou à la fin de l'été.

Il songea soudain à la jeune reine des Antæ, puis au message qu'il portait et, malgré la distance, il éprouva de nouveau pour elle une appréhension apitoyée.

Sur la table, près de la rose, les flammes d'un candélabre d'argent à plusieurs branches vacillèrent. Aucun bruit, mais le mouvement entr'aperçu le fit se retourner.

Elle avait connu les planches dans sa jeunesse, savait encore très bien comment se déplacer en silence avec la grâce d'une danseuse. Petite, mince. Cheveux sombres, yeux noirs, aussi délicate que la rose. Elle évoquait des épines, des perles de sang, le danger tapi au cœur de la beauté.

Elle avait revêtu une robe de chambre d'un rouge profond tissé d'or, avait fait ôter par ses femmes le spectaculaire diadème, les bijoux de son cou et de ses poignets. Ses cheveux étaient prêts pour la nuit, luxuriants, longs et noirs, troublants. Des diamants encore aux lobes de ses oreilles, unique ornement, qui captaient la lumière. Et son parfum, flottant autour d'elle dans l'espace qu'elle définissait par sa présence. Une aura, aussi, l'environnait : puissance, intelligence amusée, et autre chose encore que Crispin ne pouvait nommer mais qu'il redoutait, et avait motif de redouter.

« Et quelle connaissance approfondie vous trouvez-vous posséder, Rhodien, des appartements privés de la royauté ? » La voix était basse, ironique, d'une choquante intimité.

Prudence, oh, prudence, se dit-il en reposant la coupe de vin pour une profonde révérence, dissimulant sa sou-

daine anxiété sous la lenteur délibérée de son mouvement.
Il se redressa. S'éclaircit la voix. « Aucune, Madame.
Je suis honoré, et tout à fait hors de mon élément.

— Un Batiarain loin de sa péninsule ? Un poisson
sorti de l'eau ? Quel goût auriez-vous, Caius Crispus
de Varèna ? » Elle ne bougeait pas. Ses yeux captaient
la lumière du feu, comme les diamants – éclat de pierre
précieuse dans les diamants, braise dormante dans ces
pupilles. Elle souriait.

Elle se jouait de lui. Il le savait, mais sa gorge était
sèche malgré tout. Il toussota de nouveau : « Je n'en ai
pas idée. Je suis à votre service en tout, Trois Fois
Honorée.

— Vous l'avez déjà dit. On vous a rasé la barbe, ai-je
compris. Pauvre homme. » Elle se mit à rire, s'avança
droit sur lui, le dépassa ; il retint son souffle. Elle s'immobilisa près de la table, les yeux fixés sur la rose.
« Vous admiriez ma fleur ? » Sa voix était de miel, ou
de soie.

« Oui, Madame, infiniment. Une œuvre d'une grande
beauté, d'une grande tristesse.

— Tristesse ? » Elle avait tourné la tête pour l'observer.

Il hésita : « Les roses meurent. Un artifice d'une telle
délicatesse nous rappelle… l'impermanence de toute
chose. De toute beauté. »

Alixana resta silencieuse un moment. Ce n'était plus
une femme jeune. Ses yeux noirs, mis en relief par son
maquillage, se rivèrent aux siens jusqu'à ce qu'il se
détournât. Son parfum, si proche, capiteux, oriental,
évoquait pour lui une couleur, comme beaucoup de
choses : celle-ci proche du rouge de sa robe, mais plus
profond, plus sombre, pourpre, de fait. La pourpre
royale. Il garda les yeux baissés, perplexe : était-ce un
artifice, ou était-ce lui qui transformait tout en couleurs
– parfums, sons, goûts ? Il y avait à Sarance des arts
secrets dont il ne savait sûrement rien. Il se trouvait dans
la Cité des Cités, le joyau du monde, l'œil de l'univers.
Il y avait là des mystères.

« L'impermanence de la beauté. Bien dit. C'est la raison de sa présence, bien entendu, murmura l'Impératrice en contemplant la rose. Quel homme intelligent. Pourriez-vous, Rhodien, me faire en mosaïque quelque chose qui suggère l'opposé, une évocation de ce qui perdure par-delà l'éphémère ? »

Elle l'avait fait venir pour une raison précise, en fin de compte. Il releva les yeux. « Qu'est-ce qui l'évoquerait pour vous, Impératrice ?

— Des dauphins », répliqua-t-elle, de but en blanc.

Il se sentit devenir livide.

Elle se retourna pour le regarder bien en face, les mains à plat sur l'ivoire de la table, le jaugeant avec une expression pensive ; il en fut plus déconcerté que par de l'ironie.

« Buvez votre vin, dit l'Impératrice, il est fort bon. »

Il s'exécuta. C'était vrai.

Mais non d'un grand secours, en l'occurrence.

En cet instant de l'histoire du monde, les dauphins étaient néfastes. Ils représentaient bien davantage que de simples créatures marines en suspens entre l'eau et l'air, gracieuses et décoratives, le genre d'animal que n'importe quelle femme aurait pu apprécier d'avoir sur les murs de ses appartements. Les dauphins avaient partie liée avec le paganisme, ou bien ils étaient pris dans les filets des hérésies héladikéennes, ou les deux à la fois.

À travers les chambres sous-marines emplies d'échos, ils emportaient les âmes du royaume des mortels au royaume des morts, pour le jugement. Ainsi l'avaient cru les Anciens de Trakésie au temps jadis, et ceux de Rhodias, avant les enseignements de Jad. Des dauphins avaient servi le dieu aux multiples noms de l'Au-Delà, porteurs de l'âme des morts, voyageurs des espaces incertains qui séparaient la vie de ce qui la suivait.

Des traces obstinées de cet ancien paganisme s'étaient infiltrées – en traversant une autre sorte d'espace incertain – dans la religion de Jad, et de son fils Héladikos

qui avait péri dans son char en apportant le feu aux
mortels. Quand le chariot d'Héladikos avait plongé
dans la mer, brûlant telle une torche – ainsi le contait la
lugubre légende –, c'étaient les dauphins qui s'étaient
emparés de sa beauté foudroyée. Se muant en vivant
convoi funèbre, ils l'avaient emporté jusqu'au plus
profond des eaux pour y rencontrer son père le soleil
alors que celui-ci s'engloutissait au crépuscule. Et Jad
emportait le cadavre de son enfant dans son propre
char, chaque nuit, dans les ténèbres. Plus profondes et
plus froides que la nuit, car Héladikos était mort.

Aussi disait-on des dauphins qu'ils étaient les dernières créatures au monde à avoir vu et touché le bien-
aimé Héladikos et, pour l'avoir servi, les enseignements
des disciples du fils mortel de Jad les considéraient
comme sacrés.

On avait le choix entre les sacrilèges mortels : ou
bien les dauphins amenaient les âmes au noir dieu de
la Mort de l'antique panthéon païen, ou bien ils portaient
le corps du fils unique du dieu unique en accord avec
une hérésie désormais interdite.

Dans les deux cas, quel que fût le sens accordé aux
dauphins, l'artisan qui en plaçait sur un plafond ou un
mur s'exposait à des conséquences funestes aux mains
d'un clergé de plus en plus vigilant. Autrefois, dans
l'Hippodrome, des dauphins de métal avaient plongé
pour indiquer le nombre de tours restants ; ils avaient
disparu, on les avait fait fondre ; des hippocampes
comptaient désormais les tours.

C'était cet empereur-ci, Valérius II, qui avait encou-
ragé la Proclamation conjointe d'Athan, le Grand
Patriarche de Rhodias, et de Zakarios, le Patriarche
d'Orient dans la Cité. Valérius s'était donné beaucoup
de mal pour obtenir cet accord. La Proclamation avait
fait mine d'effacer un schisme vieux de deux cents ans
dans la foi de Jad, deux cents ans de controverses amères
et meurtrières. Mais le prix à payer pour les gains
éventuels d'un empereur ambitieux et d'un clergé super-

ficiellement uni avait été le rejet de tous les Héladikéens
dans l'hérésie sous peine de dénonciation, de malédiction
rituelle dans les chapelles et sanctuaires, de bûcher. Les
exécutions pour infractions aux lois humaines étaient
rares dans l'empire de Valérius, mais on y brûlait des
gens pour hérésie.

Et c'était l'impératrice de Valérius, toute parfumée,
éblouissante à la lumière tardive des bougies sur sa robe
rouge à fils d'or, qui demandait maintenant à Crispin
de mettre des dauphins dans ses appartements.

Il se sentait bien trop épuisé par tous les événements
de la nuit pour démêler proprement la situation. Il tem-
porisa, prudent. « Ce sont de belles créatures, Madame,
surtout quand elles bondissent des vagues. »

Alixana lui sourit avec une nuance de défi : « Bien
sûr que oui. » Son sourire s'accentua. « Ce sont aussi les
porteurs d'Héladikos là où mer et ciel se rencontrent
au crépuscule. »

Temporiser n'avait pas servi à grand-chose. Il savait
au moins pour quel péché on le jetterait peut-être au
bûcher.

Mais elle lui facilitait la tâche. Il croisa son regard,
qui ne l'avait pas quitté : « Les deux Patriarches ont
banni ce genre de croyances, Impératrice. L'Empereur a
prêté serment de les y soutenir, dans l'ancien Sanctuaire
de la Sagesse de Jad.

— Vous en avez entendu parler ? Même en Batiare ?
Sous la férule des Antæ ?

— Bien sûr. Le Grand Patriarche réside à Rhodias,
Madame.

— Et le roi des Antæ… ou sa fille après lui… ont-ils
prêté le même serment ? »

Une femme dangereuse – c'en était renversant. « Vous
savez que non, Madame. Les Antæ sont venus à Jad
par l'intermédiaire des croyances héladikéennes.

— Et n'ont point changé de doctrine, hélas ! »

Crispin fit volte-face.

L'Impératrice se contenta de tourner la tête en souriant
à celui qui venait d'entrer pour énoncer ces paroles sans

faire plus de bruit qu'elle et qui se tenait à l'une des portes dans le coin le plus éloigné de la pièce.

Pour la deuxième fois, le cœur battant à tout rompre, Crispin reposa sa coupe de vin et s'inclina pour dissimuler son inquiétude croissante. Valérius n'avait changé ni ses vêtements ni son comportement; il traversa la pièce pour se verser sa propre coupe de vin. Ils étaient seuls tous trois, sans le moindre serviteur.

L'Empereur but une gorgée tout en observant Crispin, attentif. On semblait attendre de lui une réponse.

L'heure était fort tardive. Crispin se sentit saisi d'une humeur totalement inattendue, même si sa mère et ses amis auraient tous affirmé bien la reconnaître. Il murmura: « L'un des prêtres les plus vénérés des Antæ a écrit que les hérésies ne sont pas des caprices vestimentaires ou des barbes, Monseigneur, pour être à la mode ou non selon la saison ou l'année. »

Alixana éclata de rire; Valérius eut un léger sourire, mais ses yeux gris restaient attentifs dans son visage doux et rond. « Je l'ai lu, dit-il. Sybard de Varèna. "Réponse à une Proclamation". Un homme intelligent. Je lui ai écrit pour le lui dire et l'ai invité ici. »

Crispin n'avait pas été au courant. Bien entendu.

Ce qu'il savait – comme tout le monde – c'était que les ambitions manifestes de Valérius dans la péninsule batiaraine dérivaient beaucoup de leur crédibilité des schismes religieux et du besoin hautement proclamé de secourir la péninsule de son "erreur". Il était curieux, mais également en accord avec ce que Crispin découvrait de lui, que l'Empereur pût envisager de fonder sur la religion une possible reconquête de Rhodias et de l'Occident, et en même temps louanger un prêtre antæ dont l'œuvre remettait en question, point par point, la Proclamation qui lui prêtait ce fondement.

« Il a refusé cette invitation dans des termes peu amènes, remarqua Alixana à mi-voix. Votre partenaire, Martinien, a également décliné notre invitation. Pourquoi donc, Rhodien, aucun d'entre vous ne désire-t-il venir à nous ?

— Voilà qui est injuste, mon cœur. Caius Crispus est venu, par de froides routes d'automne, en bravant le rasoir du barbier et notre cour... pour se trouver alors assiégé par les taquineries d'une impératrice qui lui présente une requête impie.

— Plutôt mes taquineries que la malice de Styliane», répliqua Alixana avec netteté, toujours appuyée sur la table. Sa voix changea, plus espiègle – intéressant : Crispin en connaissait déjà les nuances ; il lui semblait les avoir toujours connues. « Si les hérésies changent selon les saisons, murmura-t-elle, la décoration de mes murs ne le peut-elle, Monseigneur Empereur ? Vous avez déjà conquis ces lieux, de toute façon. »

Elle leur adressa un charmant sourire à tous deux. Il y eut un bref silence.

«Quel misérable humain peut espérer être assez sage pour vous contrecarrer ? » dit enfin l'Empereur en secouant la tête d'un air déconcerté.

Le sourire de l'Impératrice s'accentua : « Bien. Je peux, alors ? Je désire vraiment des dauphins pour cette pièce. Je vais prendre les arrangements nécessaires pour que notre Rhodien... »

Elle s'interrompit. Une main impériale s'était levée à l'autre extrémité de la pièce, telle celle d'un juge : « Plus tard, dit Valérius avec sévérité. Après le Sanctuaire. Et s'il choisit de le faire. C'est une hérésie, saisonnière ou non, et le fardeau, si on la découvrait, en tomberait sur les épaules de l'artisan et non de l'Impératrice. Prenez-le en considération. Et décidez ensuite.

— Ensuite, dit Alixana avec une moue de déplaisir, risque d'être dans bien longtemps. Vous avez fait édifier un Sanctuaire extrêmement vaste, Monseigneur. Mes appartements sont d'une lamentable exiguïté. »

Crispin commençait à avoir le sentiment que cet échange plaisant était normal entre eux mais constituait aussi une diversion. Pourquoi cette dernière, il n'en était pas certain, mais l'idée produisit en lui l'effet exactement opposé : inquiet, il demeura sur ses gardes.

C'est alors qu'on frappa à la porte donnant sur l'extérieur.

Après un rapide coup d'œil dans cette direction, l'empereur de Sarance sourit. Il avait l'air plus jeune ainsi, presque adolescent. « Ah. Peut-être suis-je bel et bien assez sage après tout, murmura-t-il. Encourageante pensée. Je suis sur le point de gagner un pari, semblerait-il. Madame, j'attendrai avec intérêt le paiement que vous m'avez promis. »

Alixana semblait contrariée : « Non, je ne puis croire qu'elle le ferait. Ce doit être autre chose... » Elle s'interrompit en se mordant la lèvre inférieure. La dame d'honneur venait d'apparaître dans l'embrasure d'une porte intérieure, haussant des sourcils inquisiteurs. L'Empereur reposa sa coupe et se rendit en silence dans la pièce voisine, où il serait invisible. Sans cesser de sourire, remarqua Crispin.

Alixana adressa un hochement de tête à sa servante. La dame d'honneur hésita, fit un geste vers sa maîtresse, puis désigna sa propre chevelure. « Madame ?... »

L'Impératrice haussa les épaules avec une ombre d'impatience : « On a vu bien davantage que mes cheveux dénoués, Crysomallo. Laisse-les ainsi. »

Crispin recula instinctivement d'un pas vers la table où se trouvait la rose quand la porte s'ouvrit. Alixana se tenait non loin de lui, impérieuse, malgré l'intimité qu'évoquait son apparence. Il songea que le visiteur inconnu n'était sûrement pas un intrus, car il n'aurait pas obtenu accès au palais, moins encore fait frapper à la porte par les gardes à cette heure tardive de la nuit.

La dame d'honneur s'écarta un peu et un homme la suivit dans la pièce, pour s'arrêter cependant après un ou deux pas. Il tenait à deux mains une petite boîte d'ivoire qu'il tendit à Crysomallo puis, se tournant vers l'Impératrice, il lui offrit une révérence complète en touchant le sol de son front par trois fois. Crispin, incertain, eut cependant le sentiment qu'une telle cérémonie était inappropriée ici, excessive. Quand le visiteur se redressa enfin pour se relever sur un geste d'Alixana, il le reconnut : l'homme maigre au visage étroit qui s'était tenu derrière le stratège Léontès dans la salle d'audience.

« Votre visite est tardive, Secrétaire. Ce pourrait-il être un cadeau de votre part, ou Léontès a-t-il à me faire dire quelque chose en privé ? » L'intonation de l'Impératrice était difficile à déchiffrer : parfaitement courtoise, mais sans plus.

« Sa noble épouse, Trois Fois Honorée. J'apporte un humble présent de Styliane Daleina à son impératrice bien-aimée et trois fois révérée. Elle se sentirait plus gratifiée qu'elle ne le mérite si vous daigniez l'accepter. » Il jeta un rapide regard dans la pièce en terminant sa phrase et Crispin eut le sentiment distinct que le secrétaire en engrangeait les détails dans sa mémoire. Il ne pouvait manquer de voir les cheveux dénoués de l'Impératrice ou le caractère intime de la situation. De toute évidence, Alixana s'en moquait éperdument. Crispin se demanda une fois de plus de quelle partie il était un pion, comment on était en train de le mettre en position et à quelles fins.

L'Impératrice inclina la tête et Crysomallo ouvrit la boîte en en faisant jouer le fermoir doré. Elle ne put dissimuler son ébahissement. Puis elle souleva d'une main l'objet qui s'était trouvé dans la boîte. L'humble présent.

« Oh ciel, dit l'impératrice de Sarance à mi-voix, j'ai perdu un pari.

— Madame ? » dit le secrétaire, le front plissé ; ces paroles l'avaient dérouté.

« Peu importe. Dites à Dame Styliane que son geste nous plaît, ainsi que sa… promptitude à nous envoyer ce présent, avec pour messager un scribe fort affairé qu'elle a contraint à rester éveillé tard dans la nuit. Vous pouvez aller. »

Ce fut tout. Courtoisie du ton, clarté du message, congédiement. Crispin essayait encore d'assimiler le fait qu'on venait d'offrir à l'Impératrice le collier à la perle d'une stupéfiante opulence admiré plus tôt au cou de Styliane Daleina, celui sur lequel il avait attiré une attention non désirée. Il ne pouvait même pas en imaginer la valeur. Il possédait une certitude, cependant, une conviction absolue : cela n'aurait pas eu lieu s'il s'était abstenu de parler comme il l'avait fait lors de l'audience.

« Merci, très gracieuse Dame. Je m'empresserai de rapporter vos paroles pleines de bonté. Aurais-je su que j'allais interrompre…

— Allons, Pertennius. Elle savait très bien que ce serait une interruption, et vous aussi. Vous m'avez tous deux entendue convoquer le Rhodien, dans la salle du trône. »

L'autre resta coi, les yeux au sol, avalant sa salive avec peine. C'était curieusement plaisant, songea Crispin, de voir quelqu'un d'*autre* déconfit devant Alixana de Sarance.

« J'ai pensé… Madame. Elle a pensé… que vous pourriez…

— Pertennius, mon pauvre ami. Vous feriez mieux d'accompagner Léontès sur les champs de bataille pour décrire des charges de cavalerie. Allez vous coucher. Dites à Styliane que je suis heureuse d'accepter son cadeau, et que le Rhodien se trouvait encore avec moi, en effet, comme elle désirait qu'il le fût, pour la voir faire un présent dépassant de très loin le sien. Vous pouvez aussi lui dire, ajouta l'Impératrice, que mes cheveux, une fois dénoués, m'arrivent toujours au creux des reins. » Après s'être retournée d'un geste délibéré, comme pour le laisser voir au secrétaire, elle se rendit à la table où se trouvait le flacon de vin et prit la coupe abandonnée par Valérius.

Crysomallo ouvrit la porte. Un instant avant que le nommé Pertennius se retournât pour partir – où donc Crispin avait-il entendu ce nom aujourd'hui ? – il vit un éclair s'allumer dans ses yeux et disparaître aussitôt tandis que l'autre réitérait sa profonde révérence et se retirait enfin.

Alixana ne se retourna pas avant la fermeture de la porte.

« Puisse Jad t'affliger de cataractes et te rendre chauve ! » dit-elle avec rage, de cette voix grave absolument magnifique.

L'empereur de Sarance, à qui elle s'adressait ainsi tandis qu'il revenait dans la pièce, riait avec délices. « Je suis déjà chauve, dit-il. Une malédiction gaspillée de ta part. Et si je développe des cataractes, tu devras m'abandonner à mes médecins pour qu'ils me guérissent, ou me guider dans l'existence en me parlant à l'oreille. »

L'expression d'Alixana, qu'il voyait de profil, paralysa un instant Crispin. Une expression spontanée, il en était absolument certain, d'une troublante intimité. Son cœur se serra soudain, tandis que son passé envahissait son présent.

« C'est bien ingénieux de ta part, mon amour, murmura Alixana, de l'avoir ainsi anticipé.

— Mais non, dit Valérius en haussant les épaules. Le don généreux de notre Rhodien lui a fait honte, après qu'il eut publiquement exposé ses suppositions erronées. Elle n'aurait pas dû porter de plus beaux bijoux que l'Impératrice, et elle le savait.

— Bien sûr que oui. Mais qui allait le dire, en pareille compagnie ? »

Ils se retournèrent du même mouvement vers Crispin, comme s'ils s'étaient donné le mot. Avec le même sourire.

Il s'éclaircit la voix : « Un mosaïste ignorant de Varèna, apparemment, qui aimerait maintenant demander s'il risque la mort pour ses transgressions.

— Oh certainement. Un de ces jours, sourit Alixana. Nous mourrons tous. Mais je vous remercie. Je vous dois un présent inattendu, et j'ai pour cette perle une extravagante admiration. Une faiblesse de ma part. Crysomallo ? »

La dame d'honneur, avec un sourire de satisfaction elle aussi, s'avança avec la boîte et, après avoir défait le fermoir du collier, passa derrière l'Impératrice.

« Pas encore, dit Valérius en effleurant l'épaule de la femme. J'aimerais que Gésius y jette un coup d'œil avant que tu ne le mettes. »

L'Impératrice eut l'air surprise : « Quoi ? Vraiment ? Pétrus, tu penses...

— Non, en réalité. Mais faisons-le examiner. Un détail.

— Du poison, c'est loin d'être un détail, mon cœur. »

Crispin vit Crysomallo battre des paupières à ces paroles et replacer en hâte le collier dans sa boîte, pour s'essuyer ensuite nerveusement les doigts sur le tissu de sa robe. L'Impératrice semblait plus intriguée qu'alarmée, pour autant qu'il pût en juger.

« C'est le sel de notre existence, déclara avec calme Alixana de Sarance. N'en soyez point troublé, Rhodien. Quant à votre propre sécurité... Vous avez embarrassé nombre de gens ce soir. À mon avis, une escorte serait appropriée, Pétrus ? »

Elle s'était retournée vers l'Empereur en parlant. « C'est déjà fait, dit celui-ci avec simplicité. J'en ai parlé à Gésius avant de venir ici. »

Crispin toussota. Les événements tendaient à se précipiter autour de ces deux-là, il commençait à s'en rendre compte. « Je me sentirais... emprunté avec une escorte sur les talons. Est-il permis de faire une suggestion ? »

L'Empereur inclina la tête et Crispin poursuivit : « J'ai mentionné le soldat qui m'a amené ici. Son nom est...

— Carullus, de la Quatrième Légion sauradienne, venu rencontrer Léontès. Probablement pour lui parler de la solde des armées. Vous en avez parlé, en effet. Je l'ai désigné, avec ses hommes, pour vous servir d'escorte. »

Crispin déglutit. L'Empereur aurait très bien pu ne pas se rappeler l'existence, moins encore le nom, d'un officier mentionné une seule fois en passant. Mais on disait de cet homme qu'il n'oubliait rien, qu'il ne dormait jamais, qu'il pouvait, en vérité, discuter avec les esprits de l'entre-deux-mondes et prendre conseil de ses prédécesseurs défunts en déambulant la nuit dans les corridors du palais.

« Je vous en suis reconnaissant, Monseigneur, dit Crispin en s'inclinant. Carullus est en voie de devenir un ami. Sa compagnie est un réconfort pour moi dans la Cité. Sa présence me rassurera.

— Ce qui est à mon avantage, bien entendu, répliqua l'Empereur avec un léger sourire. Je désire vous voir concentrer toute votre attention sur vos travaux. Aimeriez-vous visiter le Nouveau Sanctuaire ?

— J'en ai hâte, Monseigneur. La première matinée où il sera possible d'y être admis…

— Pourquoi attendre ? Nous irons à l'instant. »

La minuit était passée depuis longtemps. Les réjouissances des Dykanies elles-mêmes seraient terminées, à présent. Il y aurait encore des gens debout : boulangers à leurs fours, Veilleurs à leur veille, éboueurs, gardes de la Cité, prostitués des deux sexes et leurs clients… Mais cet empereur ne dormait jamais. Ainsi le disaient les histoires.

« J'aurais vraiment dû m'y attendre, dit Alixana d'un ton vexé. J'emmène un homme intelligent dans mes appartements pour les… talents qu'il peut m'offrir, et tu me le subtilises. » Elle renifla de manière théâtrale. « Je trouverai donc refuge dans mon bain et dans mon lit, Monseigneur. »

Valérius eut un brusque sourire, d'un air à nouveau adolescent. « Tu as perdu un pari, mon amour. Ne t'endors pas, veux-tu ? »

Crispin, avec une réelle stupeur, vit s'empourprer les joues de l'impératrice de Sarance. Elle esquissa cependant une brève révérence moqueuse : « Mon seigneur l'Empereur commande en tout à ses sujets.

— Bien entendu, dit Valérius.

— Je vous laisse », dit l'Impératrice en se détournant. Crysomallo la précéda sous la porte intérieure. Crispin entr'aperçut une autre cheminée, un large lit, des fresques, des tentures multicolores sur les murs. Il comprit alors qu'il allait finalement se retrouver seul avec l'Empereur. Il en envisagea les implications et sa bouche s'assécha de nouveau.

Alixana se retourna dans l'embrasure de la porte, parut réfléchir. Puis, un doigt posé sur la joue, elle secoua la tête comme si elle s'adressait un reproche. « J'ai presque oublié. Suis-je bête. Trop distraite par une perle et l'idée des dauphins. Confiez-nous, Rhodien, votre message de la reine des Antæ. Que nous dit Gisèle ? »

Après l'appréhension liée à la perspective de se retrouver seul avec Valérius pour lui donner justement ce message, la sensation de Crispin fut assez semblable à celle qu'on éprouve en voyant une trappe s'ouvrir sous ses pieds – déclenchée en l'occurrence par cette voix exquise. Son cœur fit un raté ; il eut l'impression de tomber dans le vide.

« Un message ? » répéta-t-il avec esprit.

L'Empereur murmura : « Mon amour, tu es capricieuse, cruelle et terriblement injuste. Si Gisèle lui a confié un message, il aura été destiné à mes seules oreilles. »

Saint Jad, pensa Crispin, désespéré. Ils avaient l'esprit bien trop vif. Ils en savaient trop. C'était accablant.

« Bien sûr qu'elle lui a confié un message. » Alixana avait une intonation plaisante, mais son regard restait fixé sur Crispin avec une attention méditative et maintenant totalement dépourvue d'amusement.

Il essaya de se calmer en contrôlant sa respiration. Il avait vu un *zubir* dans l'Ancienne Forêt. Il était entré dans cette forêt prêt à y périr, il y avait rencontré une puissance surnaturelle et il en était sorti vivant. Après cette confrontation dans la brume, chaque instant de vie était un don. À ce rappel, il découvrit qu'il pouvait dominer sa crainte.

Il dit d'un ton égal : « Est-ce pour cette raison que vous m'avez fait convoquer ici, Madame ? »

Les lèvres de l'Impératrice eurent un petit tressaillement ironique : « Oui, et les dauphins. Je les veux vraiment, ces dauphins.

— Nous avons des gens à Varèna, bien entendu », dit Valérius comme si cela allait de soi. « Plusieurs gardes royaux ont été abattus par une nuit d'automne. Assassinés dans leur sommeil. Tout à fait extraordinaire. Ce genre de choses n'arrive que lorsqu'on veut garder un secret. Nos gens à Varèna se sont appliqués à le découvrir. Il ne leur a pas été difficile d'apprendre l'arrivée d'un messager portant notre invitation, tout le monde en parlait. Il en a révélé publiquement le contenu, n'est-ce pas ? Et pour des raisons qui ne furent pas immédiatement claires, vous avez reçu cette invitation, par fraude, à la place de Martinien. C'était intéressant. Quelques ressources ont été mises à contribution. On vous a évidemment vu rentrer chez vous cette même nuit, très tard, escorté par les gardes royaux. Une rencontre au palais ? Ensuite, au matin, ces morts, justement les hommes qui vous avaient accompagné. On en a tiré des conclusions plausibles et on nous les a envoyées par courrier. »

C'était dit avec autant de calme et de précision que si l'Empereur avait dicté un rapport militaire. Crispin songea à la reine Gisèle : jeune, effrayée, assiégée de toutes parts, s'efforçant de trouver une voie, un espace où assurer sa survie. Et en terrible situation d'infériorité.

S'il avait un choix, quant à lui, il ignorait lequel. Son regard passa de l'empereur à l'impératrice de Sarance, croisa cette fois le regard immobile d'Alixana et ne dit absolument rien.

Il n'en avait apparemment nul besoin. L'Impératrice déclara avec calme : « Elle vous a demandé de dire à l'Empereur qu'une nuit de noces lui livrerait la Batiare plus sûrement qu'une invasion, avec moins de sang versé des deux côtés. »

Il semblait vraiment vain de résister, et pourtant Crispin ne voulait toujours rien dire. Il baissa la tête mais surprit l'éclatant et soudain sourire de l'Impératrice. Et entendit Valérius s'écrier : « Je suis maudit ! La nuit où je gagne un pari, elle en gagne un plus gros ! »

L'Impératrice reprit : « Elle voulait voir ce message délivré uniquement à l'Empereur, n'est-ce pas ? »

Crispin releva la tête, toujours muet.

La mort l'attendait peut-être ici.

« Bien sûr. Qu'aurait-elle pu faire d'autre ? » L'intonation d'Alixana était neutre, totalement dénuée d'émotion. « Elle donnerait presque n'importe quoi pour éviter une invasion.

— Oui, et moi aussi », dit enfin Crispin, avec le plus de sang-froid possible. « N'importe quel homme, n'importe quelle femme n'en feraient-ils pas autant ? » Il reprit son souffle. « Je ne dirai qu'une seule chose, que je crois être la vérité : on peut prendre la Batiare par les armes, mais non la garder. Les jours de l'Empire, en Occident comme en Orient, sont terminés. Le monde n'est plus ce qu'il était.

— Je le crois aussi », remarqua Alixana, le prenant une fois de plus au dépourvu.

« Pas moi », intervint l'Empereur d'un ton sans réplique. « Ou je ne ferais pas tous ces plans. Un jour, je serai mort et couché dans ma tombe, et je voudrais qu'on dise de Valérius II : il a accompli deux choses pendant le temps qui lui était alloué sous le soleil de Jad. Il a apaisé les schismes qui s'affrontaient et rendu leur splendeur aux sanctuaires du dieu. Et il a restitué Rhodias à l'Empire et à sa gloire. Je reposerai plus tranquille en Jad s'il en est ainsi.

— Et sinon ? » L'Impératrice s'était tournée vers son époux ; Crispin avait l'impression d'assister à une conversation maintes fois répétée.

« Je ne pense pas en termes de "sinon", dit Valérius. Tu le sais, mon amour. Je n'ai jamais pensé ainsi.

— Alors, épouse-la, murmura son épouse, tout bas.

— Je suis marié, dit l'Empereur, et je ne pense pas en termes de "sinon".

— Pas même pour reposer dans la paix du Seigneur après ta mort ? » Des yeux sombres rivés à des yeux gris dans une pièce resplendissant de bougies et d'or. Crispin avala avec peine sa salive et souhaita être ailleurs, n'importe où mais ailleurs. Il n'avait pas dit un mot du message de Gisèle, mais ils semblaient tous deux le connaître en détail, comme si son silence n'avait eu aucune importance. Sinon pour lui-même.

«Pas même pour cela, dit Valérius. Peux-tu réellement en douter ?»

Après un long moment, l'impératrice Alixana secoua la tête. « Pas vraiment », dit-elle. Il y eut un silence. Elle reprit : « Dans ce cas, cependant, nous devrions envisager de l'inviter ici. Si elle peut trouver moyen de survivre et de s'enfuir, son statut royal devient une arme contre quiconque usurpe le trône des Antæ en son absence – et on le ferait sûrement. »

Valérius sourit alors et Crispin, pour des raisons qu'il ne saisit pas tout de suite, eut soudain froid, comme si le feu s'était éteint. L'Empereur n'avait plus l'air d'un adolescent, à présent. « Une invitation est partie pour l'Occident il y a quelque temps, mon amour. J'ai demandé à Gésius de l'expédier. »

Alixana sembla se figer, puis secoua légèrement la tête, avec une expression un peu étrange : «Nous sommes bien stupides si nous essayons de vous suivre, n'est-ce pas, Monseigneur ? Quels que soient les paris ou les plaisanteries auxquels vous pouvez prendre plaisir. Ne vous lassez-vous pas d'être plus intelligent que tout le monde ?»

Crispin, consterné par ce qu'il venait d'entendre, ne put se retenir : «Elle ne peut pas venir ! On l'assassinera si elle en fait seulement mention !

— Ou on la laissera venir en Orient et on la dénoncera pour trahison en se servant de ce prétexte pour saisir son trône sans verser de sang royal. Pratique pour vous faire tenir tranquilles, vous autres Batiarains, non ? » Le regard de Valérius était calme, détaché, comme s'il avait examiné un problème de jeu d'échecs, tard dans la nuit. « Je me demande si les nobles Antæ sont assez astucieux pour s'y prendre ainsi. J'en doute, en réalité. »

Mais ce sont des vies réelles, songea Crispin, horrifié : une jeune reine, le peuple d'une contrée déchirée par la guerre et accablée par la peste. C'était sa patrie.

« Ne sont-ce alors que les pièces d'un casse-tête, Monseigneur Empereur ? Tous ceux qui vivent en Batiare, votre armée, votre propre peuple en danger en Orient si les soldats partent en Occident ? Que fera le Roi des rois en Bassanie lorsqu'il verra vos armées quitter la frontière ? » Crispin lui-même pouvait entendre sa colère, et sa témérité.

Valérius ne se troubla point : « Shirvan et les Bassanides reçoivent de notre trésor quatre cent quarante mille solidi d'or par an, dit-il, pensif. Il lui faut cet argent. On le presse au nord et au sud, et lui aussi s'est lancé dans des constructions, à Kabadh. Je vais lui envoyer un mosaïste.

— Siroès ? » murmura l'Impératrice avec une sèche ironie.

Valérius eut un mince sourire : « Peut-être.

— J'ai plutôt l'impression que tu n'en auras pas l'occasion », dit Alixana.

L'Empereur la considéra un instant, puis se retourna vers Crispin. « J'ai eu le sentiment, dans la salle du trône, en vous voyant résoudre l'énigme de Scortius, que vous aviez la même tournure d'esprit que moi. Vos tessères ne sont-elles pas… les pièces d'un casse-tête, comme vous dites ? »

Crispin secoua la tête : « Du verre et de la pierre, non des âmes mortelles, Monseigneur.

— Assez juste, acquiesça Valérius, mais vous n'êtes pas non plus un empereur. Les pièces se transforment pendant qu'on règne. Soyez heureux que votre art vous épargne certaines décisions. »

On disait – tout bas, depuis des années – que le jour où son oncle avait été élevé à la Pourpre, cet homme

avait arrangé le meurtre par le feu de Flavius Daleinus.
En cet instant, Crispin pouvait le croire

Il lança un coup d'œil à l'Impératrice. Il voyait de
quelle manière ils s'étaient joués de lui cette nuit,
comme on joue d'un instrument de musique, mais il
sentait aussi que c'était sans malice. Et même avec un
amusement léger, une sorte de franchise qui pouvait
refléter leur confiance, ou un certain respect pour
l'héritage de Rhodias… ou peut-être tout simplement
une arrogante indifférence à l'égard de ses pensées ou
de ses sentiments.

« Je vais prendre mon bain et me coucher, dit Alixana
avec fermeté. Nos paris se sont annulés, apparemment,
mon bon Seigneur. Si vous revenez très tard, entretenez-
vous de mon… état avec Crysomallo ou avec qui sera
éveillé. » Elle sourit à son époux, telle une chatte, de
nouveau maîtresse d'elle-même, et se tourna vers Crispin.
« Ne me craignez point, Rhodien. Je vous dois un collier
et quelque divertissement, et peut-être un jour davantage.

— Des dauphins, Madame ? » s'enquit-il.

Elle ne répondit pas. Se dirigea vers la porte ouverte
sur sa chambre. Crysomallo la referma sur elle.

« Buvez votre vin, dit l'Empereur après un moment.
Vous semblez en avoir besoin. Je vous montrerai ensuite
l'une des merveilles du monde. »

Je viens d'en voir une, pensa Crispin ; le parfum de
l'Impératrice s'attardait.

Il lui vint à l'esprit qu'il aurait pu le dire à haute
voix en toute sécurité, mais il ne le fit point. Ils burent.
Carullus lui avait raconté, à un moment de leur voyage,
que par décret aucune autre femme de la Cité ne pouvait porter le même parfum que l'impératrice Alixana.
« Et les hommes ? » avait-il demandé avec désinvolture,
déclenchant le rire sonore du soldat. Cela semblait si
loin.

Si profondément empêtré dans les intrigues qu'il ne
pouvait pas même commencer à comprendre ce qui

venait de se passer, Crispin reprit sa cape et quitta les appartements privés de l'Impératrice avec Valérius II de Sarance pour le suivre dans des couloirs où il fut bien vite perdu. Ils sortirent, par une autre porte que l'entrée principale, et les gardes impériaux les précédèrent avec des torches à travers un jardin plongé dans l'obscurité, le long d'une allée dallée de pierre, entre des statues éparpillées au hasard, d'abord gigantesques puis s'amenuisant dans la distance ; la nuit était couverte et venteuse ; on pouvait entendre la mer.

Ils arrivèrent à la muraille de l'Enceinte impériale et empruntèrent le chemin qui la longeait jusqu'à une chapelle, où ils entrèrent.

Un prêtre était éveillé parmi les bougies allumées – un Veilleur, à en juger par ses robes blanches. Il ne manifesta aucune surprise en voyant l'Empereur à cette heure de la nuit. Il se prosterna puis, sans un mot, prit une clé à sa ceinture et les conduisit à une petite porte obscure située derrière l'autel du dieu et le disque doré du soleil.

Elle ouvrait sur un court corridor de pierre et, en se courbant pour ne pas se cogner la tête, Crispin comprit qu'ils traversaient la muraille. Une autre porte basse se trouvait à l'extrémité du passage ; après l'avoir déverrouillée avec la même clé, le prêtre s'écarta.

Les soldats s'immobilisèrent aussi. En plein cœur de la nuit, Crispin suivit donc seul l'Empereur dans le Sanctuaire de la Sainte Sagesse de Jad.

Il se redressa pour regarder autour de lui. Des lumières brillaient partout où se posait son regard, des milliers semblait-il, même si cet espace n'avait pas encore été consacré et si la construction n'en était pas achevée. Il leva les yeux, plus haut, encore plus haut et, peu à peu, il prit conscience de la prodigieuse et transcendante majesté du dôme qu'on avait édifié là. Figé sur place, il comprit que c'était bien le lieu où il pourrait peut-être réaliser son plus profond désir et que c'était la raison pour laquelle il avait fait voile vers Sarance.

Dans la petite chapelle au bord de la route, en Sauradie, il avait été terrassé, anéanti par la puissance du
dieu représenté sur la coupole, la sévérité de son jugement, le fardeau de son combat. Ici, il ne tomba pas à
terre, n'en ressentit point le désir. Il aspirait à s'élever,
à se voir accorder la gloire de l'envol – don fatal de
son père à Héladikos –, afin de pouvoir voler au-delà
de toutes ces lumières et effleurer tendrement de ses
doigts la vaste et sainte surface de cette coupole.

Subjugué par tant de choses – le passé, le présent,
de vives et éclatantes images de ce qui pourrait être –,
Crispin resta les yeux levés, tandis qu'on refermait la
petite porte derrière eux. Il avait l'impression d'être
ballotté, telle une barque dans la tempête, par des vagues
de désir et de révérence. L'Empereur, silencieux à ses
côtés, l'observait dans la lueur vacillante d'une myriade
de bougies allumées sous le plus grand dôme jamais
bâti au monde.

Enfin, après un long moment, Crispin prononça les
premières paroles qui lui vinrent aux lèvres, dans tout
ce tourbillon d'idées, et il le fit tout bas, pour ne pas
troubler la pureté du lieu. « Vous n'avez pas besoin de
reprendre la Batiare, Monseigneur. Votre immortalité
est ici, comme pour quiconque a édifié ce dôme en
votre nom. »

Le Sanctuaire semblait s'étirer à l'infini, si hautes
étaient les quatre arches sur lesquelles reposait la grande
coupole, si vaste l'espace embrassé par le dôme et les
hémisphères qui le soutenaient, si longues les nefs et
les travées qui se perdaient dans l'obscurité et la lumière
mouvante. D'un côté, il y avait du marbre vert comme
la mer, délimitant une chapelle, ailleurs du marbre blanc
veiné de bleu, de gris pâle, d'écarlate, de noir. Importé
de toutes les carrières du monde, Crispin ne pouvait
même pas imaginer à quel prix. Deux des arches élancées reposaient sur un double envol de colonnes de
marbres ; des balcons séparaient les deux étages ; devant
la complexité du travail des maçons sur ces balustres

de pierre – même à première vue – Crispin eut envie de pleurer en se remémorant soudain son père, et le métier de son père.

Côté est et côté ouest, au-dessus du second étage de colonnes, les deux arches étaient percées d'une vingtaine de baies. De nuit et à la lueur des bougies, Crispin pouvait déjà imaginer l'effet que produiraient coucher et lever du soleil dans ce Sanctuaire, les rais en pénétrant par ces fenêtres comme des épées. Comme leur lumière plus douce, plus diffuse, par les hautes fenêtres du dôme lui-même. Car, flottant telle une image du ciel de Jad, le dôme était encerclé à sa base par de délicates petites fenêtres en ogive. Des chaînes pendaient aussi du dôme, soutenant des candélabres de fer, illuminés par leurs bougies allumées.

La lumière régnerait ici jour et nuit, changeante, glorieuse. Ce que les mosaïstes concevraient pour le dôme, les hémisphères, les arches et les parois se trouverait éclairé comme aucune autre surface au monde. Il y avait ici une grandeur qui défiait la description, une qualité éthérée, un traitement particulier de l'espace qui conférait des proportions harmonieuses aux piliers massifs et aux arches colossales. Le Sanctuaire s'ouvrait dans toutes les directions à partir du puits central – un cercle dans un carré, comprit Crispin, et il en fut remué alors même qu'il échouait à comprendre comment on y était parvenu. Il y avait des recoins, des niches, des chapelles dans les ombres, pour l'intimité, le mystère, la paix et la foi.

On pouvait croire ici en la sainteté de Jad, songea-t-il, et en la sainteté de ses créatures mortelles.

L'Empereur n'avait pas répondu à son murmure. Crispin ne le regardait même pas. Tels les doigts d'un esprit saisi d'un intense désir, ses yeux cherchaient toujours les hauteurs et l'éclat entrevu par-delà les candélabres suspendus, l'anneau de rosaces obscurcies par la nuit et le vent : la promesse de la coupole elle-même, qui l'attendait.

Valérius dit enfin : « Il y a davantage en jeu qu'un nom durable, Rhodien, mais je crois comprendre ce que vous voulez dire. Les possibilités offertes ici à un mosaïste vous plaisent ? Vous ne regrettez pas d'être venu ? »

Crispin frotta son menton rasé. « Je n'ai jamais rien vu de tel. Il n'y a rien à Rhodias, rien sur terre qui puisse… Je n'ai pas idée de la façon dont on a construit ce dôme. Comment a-t-on osé lui donner une telle portée… Qui donc a construit ceci, Monseigneur ? »

Ils se tenaient toujours près de la petite porte qui menait à travers la muraille à l'austère chapelle et à l'Enceinte impériale.

« Il viendra faire un tour, j'imagine, en entendant nos voix. Il est ici presque toutes les nuits. C'est pour cette raison que j'ai fait allumer des bougies depuis l'été. On dit que je ne dors pas, vous savez. C'est faux, mais la rumeur en est utile. Mais c'est vrai d'Artibasos, je le crois bien. Il se promène en examinant tout, reprend ses dessins ou en fait de nouveaux toute la nuit. » L'expression de l'Empereur était difficile à déchiffrer. « Vous n'avez pas… peur, Rhodien ? Ce n'est pas trop grand pour vous ? »

Crispin hésita en rendant son regard à l'Empereur. « Seul un insensé n'éprouverait pas d'effroi devant un tel dôme. Quand votre architecte viendra, demandez-lui s'il a peur de ses propres concepts.

— Je le lui ai demandé. Il a dit en être terrifié, et encore maintenant. Il dit qu'il reste ici la nuit parce que, s'il dort chez lui, dans ses cauchemars, il voit le Sanctuaire s'écrouler. » Valérius s'interrompit. « Que ferez-vous pour le dôme de mon Sanctuaire, Caius Crispus ? »

Le cœur de Crispin se mit à lui marteler la poitrine. Il avait presque anticipé la question. « Vous devez me pardonner, Monseigneur, dit-il en secouant la tête, il est encore trop tôt. »

Mais c'était un mensonge.

Il avait su ce qu'il désirait créer ici avant même d'y avoir mis les pieds. Un rêve, un don emporté de l'Ancienne Forêt, le Jour des morts. Une vision lui en avait été accordée au beau milieu des hurlements de l'Hippodrome ; là encore, un écho de l'entre-deux-mondes.

« Bien trop tôt, oui, dit une voix ronchonne. Le son porte, ici. Qui est donc cette personne, et qu'est-il arrivé à Siroès ? Monseigneur. »

Le terme honorifique avait été ajouté après coup, pour la forme. Un petit homme d'âge moyen, aux habits froissés, émergea à leur gauche derrière un buisson de bougies, pieds nus sur le marbre froid ; il portait ses sandales à la main.

« Artibasos, dit l'Empereur, avec un sourire. Tu as vraiment l'allure du Maître Architecte impérial, je dois dire. Tes cheveux imitent ton dôme dans leur aspiration au ciel. »

L'autre passa une main distraite dans sa chevelure, en parachevant le désordre. « Je me suis endormi. Puis je me suis réveillé. Et j'ai eu une bonne idée. » Il leva ses sandales, comme si c'était une explication. « J'ai marché.

— Vraiment, dit Valérius, patient.

— Eh bien, oui. Évidemment. C'est pour ça que je suis pieds nus. »

Il y eut un bref silence.

« Évidemment », dit l'Empereur d'un ton quand même un peu sévère ; c'était, Crispin le savait déjà, un homme qui n'aimait guère être laissé dans l'ignorance. Quel que fût le sujet.

« En notant les marbres moins bien polis ? hasarda Crispin. Une bonne façon de s'y prendre, je suppose. Plus facile à faire pendant une saison plus chaude, je dirais.

— Je me suis réveillé avec cette idée, dit Artibasos, en jetant un coup d'œil pénétrant à Crispin. Voulais voir si ça marchait. Ça marche ! J'ai marqué une vingtaine de dalles pour polissage.

— Tu t'attends à ce que les gens viennent ici pieds nus ? » l'Empereur avait une expression perplexe.

« Peut-être. Tous ceux qui viendront prier n'auront pas des chaussures. Mais ce n'est pas ça… Je m'attends à ce que le marbre soit parfait, moi, que les gens le sachent ou non. Monseigneur. » Le petit architecte plissa les yeux pour dévisager Crispin, avec l'air d'une chouette. « Qui est cet homme ?

— Un mosaïste », dit l'Empereur, avec une patience que Crispin continuait à trouver surprenante.

« Évidemment. J'en ai quand même entendu parler.

— De Rhodias, ajouta Valérius.

— N'importe qui peut le savoir », répliqua Artibasos en foudroyant toujours Crispin du regard.

L'Empereur se mit à rire : « Caius Crispus de Varèna, voici Artibasos de Sarance, un homme doté de quelques menus talents et de toute la politesse des natifs de la Cité. Je me demande pourquoi je te tolère, Architecte.

— Parce que vous aimez que les choses soient bien faites. Évidemment. » Cela semblait être son expression favorite. « Cette personne travaillera avec Siroès ?

— Il travaillera *à la place* de Siroès. Siroès semblerait nous avoir induits en erreur avec ses idées de transfert indirect pour la coupole. Incidemment, en avait-il discuté avec toi, Artibasos ? »

Une phrase fort anodine, mais l'architecte se retourna pour dévisager l'Empereur avant de répondre, et il hésita, pour la première fois.

« Je suis un concepteur et un constructeur, Monseigneur. Je suis en train de vous construire ce Sanctuaire. Sa décoration est du ressort des artisans impériaux. J'y ai peu d'intérêt, et absolument pas de temps à y perdre. Si cela compte, je n'aime pas Siroès, ni sa patronne, mais cela n'a plus guère d'importance non plus, n'est-ce pas ? » Il reporta son regard sur Crispin. « Je doute d'aimer celui-ci. Il est trop grand et il a des cheveux roux.

— On m'a rasé la barbe cette nuit, dit Crispin, amusé. Ou bien vous n'auriez vraiment entretenu aucun doute, je le crains. Dites-moi, avez-vous discuté de la façon dont vous alliez faire préparer les surfaces pour le travail des mosaïstes ? »

Le petit homme renifla : « Pourquoi discuterais-je d'un détail d'architecture avec un décorateur ? »

Le sourire de Crispin s'effaça quelque peu. « Peut-être, dit-il avec amabilité, pourrions-nous partager un flacon de vin, un jour prochain, et examiner d'autres approches possibles à cette question ? J'en serais reconnaissant. »

Artibasos fit une grimace : « Je devrais être poli, je suppose. Un nouvel arrivant, tout ça. Vous allez avoir des exigences en ce qui concerne le plastrage, n'est-ce pas ? Évidemment. Je le vois bien. Êtes-vous du genre qui se mêle de tout, qui a des opinions sans savoir de quoi il parle ? »

Crispin avait déjà travaillé avec ce genre d'homme. « J'ai des opinions bien arrêtées sur le vin, dit-il, mais j'ignore totalement où l'on peut trouver le meilleur à Sarance. Je vous laisserai en décider, si vous me permettez quelques opinions sur le plastrage ? »

L'architecte resta un instant figé puis se permit un mince, très mince, sourire. « Au moins, vous faites preuve d'une certaine finesse. » Il passait d'un pied sur l'autre sur le marbre glacé, en essayant de retenir un bâillement.

Toujours du même ton amusé et indulgent, Valérius remarqua : « Artibasos, je vais te donner un ordre. Prête-moi attention. Mets tes sandales – tu ne m'es d'aucun secours si tu meurs d'avoir pris froid la nuit. Trouve ton manteau. Puis rentre te coucher. Chez toi. Tu ne me sers à rien non plus à moitié mort de sommeil ou de fatigue. L'aube est à mi-chemin. Une escorte attend Caius Crispus aux portes ou devrait être arrivée maintenant. Elle t'emmènera aussi chez toi. Va dormir. Le dôme ne s'écroulera pas. »

Le petit architecte s'empressa de faire un signe pour conjurer le mauvais sort. Il paraissait sur le point de protester mais sembla se rappeler, juste à temps, qu'il parlait à son Empereur. Il referma la bouche en fourrageant de nouveau dans ses cheveux, avec des conséquences déplorables.

«Un ordre, répéta Valérius avec bonté.

— Évidemment», dit Artibasos de Sarance.

Mais il resta immobile, tandis que son Empereur tendait une main et, avec une grande douceur, lissait le chaos des cheveux couleur de sable, un peu comme une mère remet un semblant d'ordre dans l'apparence de son enfant.

Valérius les accompagna à la porte principale – aux battants d'argent, et deux fois de la taille d'un homme – puis sous le portique, dans le vent. Ils se retournèrent tous deux pour s'incliner devant lui; Crispin remarqua que le petit homme le faisait de façon aussi cérémonieuse que lui. L'Empereur rentra et referma lui-même les battants massifs; ils entendirent le lourd verrou glisser dans le loquet.

Ils restèrent un moment dans le vent à contempler l'obscurité de la place qui s'étendait devant le Sanctuaire. L'Empereur avait supposé que Carullus y serait, mais Crispin ne voyait personne. Il prit soudain conscience de son épuisement. On pouvait distinguer des lumières loin de l'autre côté de la place, à la Porte de Bronze où devaient se trouver les gardes impériaux. De lourds nuages couvraient le ciel. Il faisait très calme.

Et puis un cri déchira la nuit – un avertissement – et ils purent voir une silhouette qui fonçait droit sur le portique en courant furieusement à travers les gravats. On sauta en l'air, couvrant d'un bond trois pas, et on atterrit un peu maladroitement en frôlant Artibasos pour aller secouer et tirer la porte verrouillée.

Le nouvel arrivant se retourna avec un juron sauvage, poignard en main, et Crispin, tout en s'efforçant de comprendre, le reconnut.

Il resta bouche bée. Trop de surprises en une seule nuit. Il y avait maintenant autour d'eux des mouvements et du bruit. Crispin se retourna vivement et poussa un soupir soulagé en voyant la silhouette familière de Carullus qui gravissait les marches, l'épée à la main.

« Scortius des Bleus ! » s'exclama le soldat après un temps. « Vous m'avez coûté une fortune cet après-midi, vous savez. »

L'aurige, ramassé sur lui même d'un air farouche, fit d'un ton abrupt des déclarations confuses sur la protection de l'Empereur, qui s'appliquait à eux trois. Carullus cligna des yeux : « Vous pensiez que nous étions là pour les *attaquer* ? » Il avait abaissé son épée.

Le poignard de l'aurige en fit autant, plus lentement. La nature du malentendu s'éclaircit enfin pour Crispin. Après avoir alternativement regardé la souple silhouette près de lui et son ami aux larges épaules en bas des marches, il se livra à quelques présentations évidemment nécessaires.

Un peu plus tard, Scortius de Soriyie éclata de rire.

Carullus se joignit à lui. Artibasos lui-même se permit un petit sourire. Quand l'amusement se résorba, on formula une invitation. Nonobstant l'heure absurdement tardive, le champion des Bleus était apparemment attendu à l'enclave de la faction pour un repas aux cuisines. Il était bien trop couard pour contrarier le chef Strumosus sur ce point, expliqua-t-il, et sans bonne raison particulière il se trouvait avoir faim.

Artibasos fit remarquer qu'il avait reçu un ordre direct de l'Empereur qui venait de les quitter. On lui avait ordonné d'aller se coucher. Carullus en resta bouche bée, comprenant un peu tard l'identité de celui qui s'était trouvé sous le portique tandis qu'il observait dans l'ombre avec ses hommes. Scortius protesta. Crispin regarda le petit architecte : « Pensez-vous qu'il y tiendrait ? Le considérerait-il comme un ordre réel ?

— Bien possible, dit Artibasos. Valérius n'est pas le plus prévisible des hommes, et cet édifice est son legs à la postérité. »

L'un de ses legs, songea Crispin.

Il songea alors à son pays natal, à la jeune reine dont le message avait été dévoilé ce soir. Il n'en était assurément pas responsable. Mais, en la compagnie de

Valérius et d'Alixana, il avait été persuadé qu'ils avaient tellement d'avance sur tout le monde dans ce jeu impliquant cours et intrigues que… ce n'était plus un jeu du tout. Ce qui l'obligeait à s'interroger sur sa place et son rôle. Pouvait-il espérer prendre du recul afin de se consacrer à ses tessères et à cette glorieuse coupole ? Le lui permettrait-on ? Tant d'éléments entrelacés dans les aventures de cette nuit ; en démêlerait-il jamais l'écheveau, dans le noir ou à l'aube ?

Trois des hommes de Carullus furent détachés pour emmener l'architecte chez lui. Carullus et trois autres soldats restèrent avec Crispin et Scortius. Ils obliquèrent à travers la place battue par le vent, s'éloignèrent de la Porte de Bronze et de la statue équestre et, après avoir traversé le forum de l'Hippodrome, ils empruntèrent la rue menant à l'enclave des Bleus. Crispin se rendit compte, en cours de route, que son épuisement n'avait d'égal que sa surexcitation ; il avait besoin de sommeil, savait qu'il ne le trouverait point. L'image mentale de la coupole se transmutait en celle de l'Impératrice, effaçant le souvenir de la main de la reine des Antæ dans ses cheveux…

Des dauphins. Elle voulait des dauphins. Il chercha son souffle en se rappelant le cireux secrétaire porteur du collier, son expression tandis que son regard allait de Crispin – seul avec l'Impératrice, aurait-il été en droit de croire – à la femme elle-même, à la longue chevelure noire dénouée dans ses appartements privés. Cette expression aussitôt voilée impliquait des profondeurs superposées de significations. Mais cela aussi échappait à Crispin pour l'instant.

Il songea de nouveau au Sanctuaire et à celui qui, par ce tunnel bas à travers la muraille, l'avait conduit jusqu'à une porte ouverte sur la gloire. Intérieurement, il voyait toujours la coupole entourée de ses hémisphères, les arches qui les soutenaient, marbre sur marbre, et il voyait aussi son œuvre à lui, un jour. Le Sanctuaire était le legs d'Artibasos, et pourrait bien être ce

que la postérité se rappellerait de l'empereur Valérius II.
Ce serait peut-être aussi à cause de cette coupole qu'on
saurait un jour que Caius Crispus, fils unique d'Horius
Crispus de Varèna et de son épouse Avita, avait vécu sa
vie et accompli un travail honorable sous le soleil de
Jad et les deux lunes.

Il y pensait quand on les attaqua.

Quelques instants plus tôt, il s'était demandé si on
le laisserait prendre du champ pour s'occuper de ses
tessères, verre et marbre, or et nacre, pierre et gemmes
semi-précieuses – pour concrétiser peu à peu sa vision,
sur un échafaudage haut dans les airs, flottant au-dessus
des intrigues, des guerres, des désirs des hommes et
des femmes.

Ce ne serait pas le cas, apparemment, se dit-il, tandis
que la nuit devenait de fer et de sang.

◆

Strumosus l'avait confié une fois à Kyros – ou enfin,
à un marchand de poisson, Kyros se tenant à proximité –,
on pouvait beaucoup dire d'un homme en le regardant
goûter pour la première fois un plat excellent ou abominable. Kyros avait pris l'habitude, quand il le pouvait,
d'observer les invités occasionnels de Strumosus dans
ses cuisines.

Ce soir, par exemple. Il était très tard, et ce qui venait
de se passer était si extraordinaire qu'en conséquence
une atmosphère d'intimité inattendue régnait dans la
cuisine.

On avait jeté les cadavres des assaillants dehors, à
la barrière, et transporté à l'intérieur, en attendant une
sépulture décente, les deux soldats de la Quatrième
Légion sauradienne tombés en défendant Scortius et le
mosaïste lors du premier assaut dans la rue. Neuf cadavres en tout, neuf morts violentes. Les chiromanciens
de la Cité seraient furieusement occupés toute la journée
et le lendemain, pour satisfaire aux commandes de

tablettes de sorts à déposer sur les tombes ; les défunts de fraîche date étaient imbus de pouvoir, comme tout émissaire de l'entre-deux-mondes. Astorgus avait à la solde des Bleus deux chiromanciens dont le rôle était de contrer les sorts de ceux qui désiraient voir blessés ou mutilés les conducteurs de la faction, ou demandaient aux esprits malsains de la nuit d'en faire autant aux chevaux.

Kyros se sentait mal en pensant à celui qui avait été de garde à la barrière.

Après les courses de l'après-midi, Niester avait joué une partie de Chevaux et Renards sur l'un des tableaux de jeu de la salle commune. C'était maintenant un cadavre sous un drap dans la cour, au froid. Il avait deux enfants en bas âge. Astorgus avait envoyé quelqu'un à sa femme, mais en lui disant d'attendre après la prière de l'aube. Qu'on la laisse dormir cette nuit. Il serait bien assez temps pour le poing noir du chagrin de venir frapper à sa porte.

Astorgus lui-même, saisi d'une sombre fureur, était parti rencontrer du monde à la Préfecture urbaine. Kyros n'aurait pas voulu être l'officier chargé de discuter avec le factionnaire des Bleus.

On avait réveillé le principal chirurgien de la faction, un Kindath barbu aux gestes brusques, pour prendre soin du soldat blessé, dont le nom était Carullus, de la Quatrième Légion sauradienne. Ses blessures, spectaculaires, ne s'étaient pas avérées graves ; il avait enduré les soins, nettoyage et pansement, sans manifester d'émotion, en tenant son vin de sa main libre tandis que le chirurgien traitait son épaule. Il avait combattu seul dans l'allée sombre, contre six hommes, permettant à Scortius et au Rhodien d'atteindre les barrières de la faction, et il était encore furieux que tous les assaillants eussent été abattus ; aucun bon moyen de découvrir qui les avait engagés, à présent.

Renvoyé par le médecin à la table du dîner, le tribun de la Quatrième Légion sauradienne ne semblait guère avoir perdu l'appétit; ni ses blessures ni sa colère ne le distrayaient des bols et assiettes placés devant lui. Il avait perdu deux de ses soldats et tué deux hommes, mais un militaire devait y être habitué, être capable de continuer, sous peine de devenir fou. C'étaient les gens qui restaient à l'arrière qui devenaient fous, comme la tante de Kyros, trois ans plus tôt, lorsque son fils s'était fait tuer pendant le siège d'Asèn par les Bassanides, près d'Eubulus. Le chagrin l'avait rendue vulnérable à la peste, lors de l'épidémie de l'année suivante, la mère de Kyros en était persuadée. La tante en avait été une des premières victimes. On avait restitué Asèn aux Bassanides le printemps suivant, dans le traité qui avait ramené la paix aux frontières orientales, rendant sièges et morts encore plus absurdes. On était toujours en train de prendre et de rendre des villes, des deux côtés de cette frontière élastique.

Mais les gens ne ressuscitaient pas, même si la ville était rendue. On continuait, alors, comme cet officier en train de saucer sa soupe de poisson avec une croûte de pain, l'air d'un affamé. Que faire d'autre? Maudire le dieu, déchirer ses habits, faire retraite comme un Fou de Dieu dans une chapelle ou sur un rocher dans les déserts ou montagnes? C'était une possibilité, sans aucun doute, mais depuis qu'il était aux cuisines Kyros s'était découvert un appétit, ou un goût, si on voulait, pour les générosités et les périls du monde. Il pouvait bien ne jamais devenir aurige, dresseur d'animaux ou soldat – il traînerait son pied bot jusqu'à la fin de ses jours –, il avait quand même une vie à vivre. Dans le monde.

Et en cet instant, Scortius, Premier des Bleus, à la gloire duquel on avait promis cette nuit une statue en argent pour la spina de l'Hippodrome, levait les yeux, cuillère en main, et murmurait à Strumosus: «Que dire, mon ami? Cette soupe est digne d'un banquet divin.

— Oui, lui fit écho le Rhodien roux assis près de lui. Elle est merveilleuse.» Il avait une expression ravie –

et révélatrice, comme Strumosus l'avait dit de ce qu'on pouvait observer en de telles occasions.

Tout à fait détendu à présent, le chef cuisinier était assis au bout de la table et versait du vin à ses trois invités, tête penchée d'un air bienveillant. « Le jeune Kyros, là, s'en est occupé. Il a l'étoffe d'un cuisinier. »

Deux phrases. De simples mots. Kyros eut peur de se mettre à pleurer de joie et de fierté. Il se retint, bien sûr ; il n'était plus un enfant. Mais il rougit, malheureusement, et baissa la tête devant tous ces sourires approbateurs. Puis il se mit à attendre avec ferveur l'instant où, enfin libre dans l'intimité de son lit, au dortoir des apprentis, il pourrait se rejouer, encore et encore, l'enchaînement miraculeux de ces paroles et les réactions subséquentes. Scortius avait dit… Et le Rhodien avait ajouté… Et alors Strumosus avait dit…

On donna quartier libre le jour suivant à Kyros et à Rasic, un congé inattendu, pour avoir travaillé toute la nuit. En sifflotant, Rasic s'en alla au port s'acheter une femme dans un tripot. Kyros usa de son temps libre pour se rendre à l'appartement de ses parents, dans l'Hippodrome aux terriers surpeuplés et à l'odeur âcre où il avait grandi. Il leur apprit, timidement, ce qui s'était dit la nuit précédente. Son père, un homme laconique, lui posa sur l'épaule une main couverte de cicatrices et de morsures avant d'aller nourrir ses animaux ; sa mère, plutôt moins réservée, laissa échapper un cri.

Elle s'empressa ensuite de quitter leur minuscule appartement pour aller l'apprendre à toutes ses amies, avant d'acheter et d'allumer en signe de reconnaissance toute une rangée de bougies dans la chapelle de l'Hippodrome. Pour une fois, Kyros ne trouva pas qu'elle exagérait.

L'étoffe d'un cuisinier.

C'était *Strumosus* qui l'avait dit !

◆

Ils ne se couchèrent pas cette nuit-là. Dans cette cuisine à la chaleur bénie, illuminée par ses foyers, on leur offrait une nourriture digne des palais du dieu, de l'autre côté du soleil, un vin qui n'en valait pas moins. Ils burent une infusion, juste avant le lever du soleil; elle rappela à Crispin celle que Zoticus lui avait servie avant le début de son voyage. Et lui remémora ensuite Linon, et sa propre demeure, en lui faisant prendre conscience une fois de plus de la distance qui l'en séparait désormais. Il se trouvait parmi des étrangers, mais un peu moins peut-être après la nuit qui venait de s'écouler. Il sirota le thé brûlant en se laissant emporter par le léger vertige de l'extrême fatigue, un sentiment d'éloignement, de paroles et de gestes qui flottaient vers lui de très loin.

Scortius était allé aux écuries vérifier l'état de son meilleur cheval. Il revint en se frottant les mains dans l'air froid du petit matin et s'assit sur le banc voisin de celui de Crispin. Un homme calme, alerte et sans prétention malgré toute sa richesse et sa renommée. Un esprit généreux. Il s'était lancé dans une course folle, en pleine nuit, pour les avertir d'un danger. Voilà qui en disait long.

Crispin observa Carullus, en face de lui à la table de pierre. Lui appliquer le terme d'"étranger" n'était vraiment plus fondé. Crispin connaissait assez le grand soldat pour savoir que celui-ci dissimulait son inconfort; les blessures n'étaient pas sérieuses, leur avait assuré le chirurgien, mais elles devaient maintenant le faire souffrir, et Carullus en porterait les cicatrices. Ce soir, il avait perdu des hommes qu'il connaissait depuis longtemps; peut-être se le reprochait-il; Crispin n'en était pas sûr.

Ils ne savaient vraiment pas qui avait pu payer cette attaque. Engager des soldats en permission dans la Cité n'était apparemment guère coûteux; il suffisait d'être bien décidé à organiser un enlèvement ou un assassinat. Un coureur avait été envoyé avec un message de

Carullus à ses hommes survivants – ceux qui avaient escorté chez lui l'architecte devaient les attendre à l'auberge. La nouvelle serait pénible pour eux. Carullus, un commandant, avait perdu deux hommes placés sous sa responsabilité, mais les soldats auraient perdu des compagnons. C'était un peu différent.

L'officier de la Préfecture urbaine s'était montré très formel lorsque Crispin était arrivé avec le factionnaire. Ils avaient discuté en aparté dans la grande salle où s'était tenu le banquet; l'officier n'avait pas poussé très loin et Crispin avait compris que l'autre n'était pas vraiment certain de désirer en savoir trop long sur cette tentative de meurtre. Une intuition lui avait fait garder le silence quant au mosaïste renvoyé par l'Empereur ou à la noble dame qui aurait pu s'en sentir diminuée – ou avoir été embarrassée par une référence au collier qu'elle portait. Ces deux événements avaient eu lieu en public; l'officier en serait mis au courant s'il le désirait.

Assassinerait-on, vraiment, pour de tels motifs?

L'Empereur avait refusé de laisser son épouse mettre le collier qu'on lui avait offert.

Il y avait là des fils à démêler et à examiner, mais ils n'allaient pas se révéler à Crispin alors que son cerveau divaguait de fatigue, de vin, de tous les événements de la nuit.

Quand la rumeur grise de l'aube pointa au levant, ils quittèrent la cuisine et traversèrent la cour pour se rendre à la prière matinale dans la chapelle de la faction, avec les administrateurs et les employés des Bleus. Crispin se découvrit une gratitude sincère, presque de la piété, en psalmodiant les répons: pour la continuation de son existence, pour le dôme qui lui avait été offert cette nuit; pour l'ami qu'était Carullus, pour l'ami que pourrait devenir Scortius… et pour avoir survécu à son introduction à la cour, à des questions dans les appartements d'une impératrice, à des épées dans la nuit.

Enfin, parce qu'il appréciait réellement les petits plaisirs de la vie – il était reconnaissant d'avoir goûté à du merlan fourré aux crevettes arrosé d'une sauce qui donnait l'impression de rêver éveillé.

Scortius ne se donna pas la peine de rentrer chez lui. Il les salua au sortir de la chapelle et partit dormir dans une chambre de l'enclave qui lui était réservée. Le soleil se levait à peine. Un petit groupe de Bleus accompagna Crispin et Carullus jusqu'à leur auberge tandis que les cloches appelaient les Sarantins aux prières du matin dans d'autres chapelles.

Les nuages avaient disparu, balayés vers le sud; la journée promettait d'être éclatante et froide. La Cité commençait à s'animer autour d'eux, revenant à la vie profane après un festival. Les rues étaient jonchées de débris, mais moins que Crispin ne l'aurait cru : les travailleurs de la nuit avaient été diligents. Hommes et femmes se rendaient aux chapelles, des apprentis faisaient des courses, un marché s'ouvrait avec bruit, échoppes et étals offraient leurs produits sous les colonnades. Esclaves et enfants circulaient d'un pas pressé, porteurs d'eau et de miches de pain. Des files d'acheteurs s'allongeaient déjà devant les vendeurs ambulants de nourriture, on se dépêchait de prendre le premier repas de la journée. Un Fou de Dieu à barbe grise, pieds nus, haillons de robe jaune tout tachés sur le dos, se rendait d'un pas traînant vers ce qui devait être son poste habituel pour haranguer ceux qui ne se trouvaient pas à la prière.

Ils arrivèrent à l'auberge. Leur escorte retourna à l'enclave des Bleus, Crispus et Carullus entrèrent. La salle commune était ouverte, le foyer allumé, une poignée de clients déjeunaient. Ils se dirigèrent tout droit vers les marches, avec des gestes maintenant ralentis.

« On parlera après ? marmonna Carullus.

— Bien sûr. Ça va ? »

Avec un grognement las, le soldat déverrouilla la porte de sa chambre.

Crispin hocha la tête, même si l'autre avait déjà refermé le battant. Il prit sa propre clé et se dirigea vers sa chambre, plus loin dans le couloir. Il lui sembla curieusement long de s'y rendre. Des bruits montaient de la rue. Des cloches, encore. C'était le matin, après tout. Il essaya de se rappeler la dernière fois qu'il avait passé une nuit blanche, tout en essayant maladroitement d'ouvrir la serrure. Il y fallait une certaine concentration, mais il en vint à bout.

Bénédiction, les volets étaient fermés, oblitérant la lumière matinale en dépit des rais de soleil qui passaient par les fentes, pointillés de lumière dans la pénombre.

Il laissa tomber la clé sur une petite table près de la porte et tituba jusqu'à son lit, déjà à demi endormi. Trop tard pour interrompre son mouvement, il se rendit compte qu'il y avait quelqu'un dans la pièce, sur le lit, qui le regardait. Puis, à travers les zébrures assourdies de lumière, il vit arriver la lame nue.

◆

Quelque temps plus tôt, dans la nuit encore noire et ennuagée, un soldat de garde a tendu à l'empereur de Sarance une cape doublée de fourrure alors que, dans le froid venteux, il quitte la petite chapelle à l'extrémité du tunnel percé dans les murailles de l'Enceinte impériale.

L'Empereur se rappelle encore, même si cela lui demande à présent un effort, son premier voyage vers le sud depuis la Trakésie, à la demande de son oncle – à pied, en hiver, avec une simple tunique courte et des bottes percées qui prenaient l'eau ; il apprécie la chaleur. La distance qui le sépare du palais Travertin est assez courte, mais il est personnellement à l'épreuve de la fatigue, non du froid.

Je vieillis, pense-t-il ; ce n'est pas la première fois. Il n'a pas d'héritier. Ce n'est pas faute d'efforts, de conseils médicaux ou de prières pour obtenir le secours du dieu, ou de l'entre-deux-mondes. Ce serait bien d'avoir un fils, mais il s'est réconcilié depuis un moment avec l'idée de n'en point avoir. Son oncle lui a légué le trône : un précédent dans la famille, à tout le moins. Malheureusement, les fils de ses propres sœurs sont des non-entités ineptes, qui résident tous quatre en Trakésie, selon ses très fermes conseils.

Non qu'ils seraient du genre à susciter une insurrection. Il y faut du courage et de l'initiative, qualités dont ils sont tous dépourvus. Ils pourraient cependant servir d'hommes de paille à l'ambition d'autrui – et Jad sait qu'on est assez avide de pouvoir à Sarance. Il aurait pu les faire assassiner mais ne l'a pas jugé nécessaire.

L'Empereur frissonne en traversant les jardins dans le vent nocturne. Ce n'est que le froid, l'humidité ; il n'éprouve réellement aucune crainte. Il n'a eu peur qu'une seule fois de toute sa vie d'adulte, autant qu'il s'en souvienne : pendant l'émeute, deux ans plus tôt, lorsqu'il a appris que Bleus et Verts avaient fait alliance, dans l'Hippodrome et dans les rues incendiées. Un développement trop surprenant, qui sortait trop du prévisible, du *rationnel*. Valérius était, il est toujours, un homme qui fonde son existence et sa réflexion sur un comportement logique du monde. La soudaine alliance des factions, événement presque impossible, l'avait rendu vulnérable, toutes amarres rompues comme un vaisseau emporté par une tempête.

Il avait été prêt à suivre l'avis de ses plus anciens conseillers, ce jour-là : embarquer dans la petite anse en contrebas de l'Enceinte et fuir le sac de sa cité. Cette émeute illogique, stupide, pour une petite hausse d'impôts et quelques allégations de dépravation à l'encontre du Questeur des impôts impériaux, avait failli réduire à néant une vie entière de planification et de succès. Il en avait été épouvanté, furieux. Le souvenir en est bien plus vivace que celui de son ancienne randonnée hivernale en direction de la Cité.

Il arrive au plus petit de ses deux principaux palais, gravit les larges marches. Des soldats de garde lui

ouvrent la porte. Il s'immobilise sur le seuil, les yeux
levés vers les nuages gris foncé surplombant la mer, à
l'occident; puis il pénètre dans le palais, afin de voir si
celle dont les paroles ont été leur salut à tous deux ans
plus tôt est encore éveillée ou si, comme elle l'en a
menacé, elle s'est endormie.

Gisèle – fille d'Hildric, reine des Antæ. On la dit
jeune, et même belle, quoique ce dernier détail importe
peu en l'occurrence. Elle serait en mesure de lui assurer
un héritier, c'est une probabilité réelle. Moins vraisemblable, cependant, de la voir constituer une solution de
rechange à l'invasion de la Batiare. Si elle venait en
Orient pour épouser l'empereur de Sarance, les Antæ
interpréteraient son geste comme un acte de trahison; on
lui désignerait un successeur, ou un successeur finirait
par l'emporter parmi les prétendants.

Ceux-ci ont tendance à se succéder très vite chez
les Antæ, de toute façon, sujets à disparaître par l'épée
et le poison. Gisèle serait une bonne excuse pour une
intervention sarantienne, c'est bien vrai, elle prêterait
une certaine légitimité aux armées impériales. Détail
non négligeable. On pourrait raisonnablement espérer
l'aval du Grand Patriarche au nom de la reine, ce qui
aurait un certain poids chez les Rhodiens – et chez
nombre des Antæ – et pourrait faire pencher la balance
en cas de guerre. En d'autres mots, la jeune reine ne se
trompe pas vraiment dans son interprétation de ce
qu'elle peut représenter pour lui. Aucun homme fier de
sa maîtrise de la logique et de sa capacité d'analyse et
d'anticipation ne le nierait.

L'épouser – si on pouvait l'extirper vivante de Varèna
– ouvrirait des perspectives réellement éblouissantes.
Elle est en effet assez jeune pour porter de nombreux
enfants. Et il n'est pas si vieux non plus, malgré le sentiment qu'il en a parfois.

Comme à son habitude, l'empereur de Sarance arrive
aux appartements de son épouse par le corridor intérieur.
Il y abandonne sa cape à un soldat et frappe lui-même

à la porte. Qu'Aliana soit éveillée, il en doute sincèrement. Elle apprécie plus que lui son sommeil – comme la plupart des gens. Mais il espère qu'elle l'a attendu. La nuit a été intéressante et surprenante à plus d'un titre et, loin d'être fatigué, il a envie de parler.

Crysomallo ouvre et l'admet au sein des appartements de l'Impératrice. Quatre portes s'y présentent. Il ignore lui-même où mène chacun des couloirs. La porte se referme sur les soldats. Des bougies sont allumées, un indice. Il se tourne vers la dame d'honneur avec un haussement inquisiteur de sourcils, mais avant qu'elle ne puisse parler, la porte de la chambre s'ouvre et Aliana, l'impératrice Alixana, sa vie, apparaît en personne.

« Tu es bel et bien éveillée, dit-il. J'en suis heureux.

— Vous semblez frigorifié, murmure-t-elle avec douceur. Approchez-vous du feu. J'étais en train de me demander quels vêtements empaqueter pour l'exil où vous m'envoyez. »

Crysomallo sourit, baisse aussitôt la tête pour essayer en vain de le dissimuler ; elle se détourne, sans en avoir été instruite, et se retire dans un autre endroit du labyrinthe que constituent les appartements. L'Empereur attend la fermeture de la porte.

« Et pourquoi donc », dit-il, austère et calme, à celle qui reste avec lui, « supposes-tu qu'on te permettrait d'en emporter ?

— Ah », répond-elle, avec un feint soulagement, une main délicatement posée sur la poitrine, « vous n'avez donc pas l'intention de me faire assassiner. »

Il secoue la tête : « Vraiment inutile. Je peux laisser Styliane le faire une fois que tu auras été répudiée et déchue de tes pouvoirs. »

Le visage d'Alixana s'assombrit tandis qu'elle examine cette nouvelle possibilité. « Un autre collier ?

— Ou des chaînes, réplique-t-il d'un ton affable. Des menottes empoisonnées pour ta cellule, en exil.

— Au moins l'humiliation durerait-elle moins longtemps. » Elle soupire : « Froide, la nuit ?

— Très froide, acquiesce-t-il. Bien venteuse pour les os d'un vieil homme. Les nuages se dissiperont au matin, cependant. Nous verrons le soleil.

— Les Trakésiens savent toujours prédire quel temps il fera. Ils ne comprennent pas les femmes, c'est tout. On ne peut être doué dans *tous* les domaines, je suppose. Quel vieil homme vous accompagnait donc? » Elle sourit. Lui aussi. « Vous prendrez une coupe de vin, Monseigneur? »

Il hoche la tête, puis ajoute : « Je suis bien sûr qu'il n'y a rien de dangereux au collier.

— Je sais. Tu voulais prévenir ce mosaïste contre elle. »

Cela le fait sourire : « Tu me connais trop bien. »

Elle s'approche avec la coupe de vin, en secouant la tête : « Personne ne te connaît trop bien. Je connais certaines de tes tendances. On se le disputera, cet homme, après cette nuit, et tu as voulu l'inciter à la prudence.

— Il est prudent, je pense.

— Ce lieu n'est pas dénué de séductions. »

Il a un brusque sourire ; il peut encore avoir parfois l'air d'un adolescent : « Très. »

Elle rit en lui tendant son vin : « Nous en a-t-il parlé trop facilement ? » Elle va s'asseoir dans un fauteuil coussiné. « De Gisèle ? A-t-il ce genre de faiblesse ? »

L'Empereur traverse aussi la pièce pour se laisser tomber avec aisance sur le sol à ses pieds, parmi les coussins : aucun indice d'âge dans son mouvement. La pièce est chaude, le vin fort bon, allongé à son goût ; le vent est banni au-dehors, comme le reste du monde.

Valérius secoue la tête – lui qui était Pétrus lorsqu'elle l'a rencontré et l'est encore avec elle en privé. « C'est un homme intelligent. Extrêmement, de fait. Je ne m'y attendais pas. Il ne nous a rien dit, réellement, si tu t'en souviens bien. Il a gardé le silence. Tu as été trop précise dans tes questions et tes commentaires pour qu'il s'agisse d'hypothèses lancées au hasard. Il en a conclu ainsi et il a agi en conséquence. Observateur, je dirais, et non faible. D'ailleurs, il doit maintenant être amoureux de toi. » Il lui sourit en buvant son vin à petites gorgées.

« Un homme bien tourné, murmure-t-elle. Même si je n'aurais vraiment pas aimé voir la barbe rousse qu'il portait paraît-il en arrivant. » Elle a un frisson délicat. « Hélas, j'aime mes hommes bien plus jeunes. »

Il se met à rire. Il a dix ans de plus que l'artisan. « Pourquoi l'as-tu convoqué ici, au fait ?

— Je voulais des dauphins. Tu nous as entendus.

— Oui. Tu les auras quand nous en aurons terminé avec le Sanctuaire. Quelles autres raisons ? »

L'Impératrice hausse une épaule, un de ses maniérismes qu'il a toujours aimé ; une ondulation de lumière parcourt ses cheveux sombres. « Comme tu l'as dit, c'était un trophée après qu'il eut discrédité Siroès et résolu l'énigme de l'aurige.

— Et offert son présent à Styliane. Léontès n'a guère apprécié.

— Ce n'était pas là la cause de son déplaisir, Pétrus. Et quant à elle, elle n'aimera certainement pas avoir été obligée d'égaler sa générosité.

— Il aura son escorte. Du moins au début. Styliane est toujours la patronne de l'autre artisan, après tout. »

Elle acquiesce : « Je t'ai répété plus d'une fois que ce mariage était une erreur. »

Il fronce les sourcils. Boit un peu de son vin. Elle l'observe avec attention, même si son attitude semble détendue. « Il l'a bien gagné, Aliana. Contre les Bassanides, et dans le Majriti.

— Il a obtenu les honneurs appropriés, oui. Styliane Daleina n'était pas une récompense appropriée, mon amour. Les Daleinoï te haïssent déjà assez.

— Je ne peux en imaginer la raison », murmure-t-il avec ironie. Puis il ajoute : « Léontès était l'époux rêvé de toutes les femmes de l'Empire.

— Toutes sauf deux, dit-elle avec calme. Celle qui se trouve ici avec toi et celle qui a été forcée de l'épouser.

— Je ne peux que laisser à Léontès l'occasion de la faire changer d'avis, dans ce cas.

— Ou la voir le changer, lui ? »

Il secoue la tête : « Léontès sait aussi comment mener à bien ce genre de siège, j'imagine. Et il est à l'épreuve de la trahison. Il est assuré dans l'idée qu'il a de lui-même et de Jad. »

Elle va parler, mais se ravise. Il le remarque cependant et sourit : « Je sais, murmure-t-il. Payer les soldats, retarder le Sanctuaire.

— Entre autres. Mais qu'est-ce qu'une femme comprend aux grands projets de ce genre ?

— Exactement, réplique-t-il avec une affectation exagérée d'approbation. Occupe-toi de tes œuvres de charité et de tes prières matinales. »

Ils éclatent du même rire. L'Impératrice est connue pour s'attarder au lit le matin. Le silence s'installe. Valérius termine son vin. Alixana se lève avec grâce, remplit à nouveau la coupe et revient la lui tendre en se rasseyant. Il pose une main sur son pied chaussé d'une babouche qui repose sur le coussin près de lui. Ils contemplent le feu un moment.

« Gisèle des Antæ pourrait te donner des enfants », dit-elle enfin tout bas.

Il continue de regarder les flammes. Puis hoche la tête : « Et m'apporterait bien moins d'ennuis, doit-on supposer.

— Dois-je recommencer à choisir ma garde-robe pour l'exil ? Puis-je emporter le collier ? »

L'Empereur contemple toujours les flammèches du feu. Don d'Héladikos, d'après les schismatiques qu'il a consenti à interdire pour l'amour de l'harmonie interne de la religion jaddite. Les chiromanciens prétendent pouvoir lire l'avenir dans les flammes, y voir les contours du destin. Eux aussi, il faudra les interdire. Tous les païens. Il a même, avec une réticence connue de bien peu de monde, fait fermer les anciennes académies païennes. Mille ans de savoir accumulé. Même les dauphins d'Aliana sont une transgression ; si jamais l'artisan s'emploie à les créer, certains le jetteraient au bûcher ou le feraient marquer au fer rouge.

L'Empereur ne lit aucune certitude mystique dans ces flammes d'une nuit déjà bien avancée, assis aux pieds de cette femme, une main sur la courbe de son pied dans la babouche cousue de gemmes. « Ne me quitte jamais, dit-il.

— Où irais-je ? » murmure-t-elle après un moment, s'efforçant de garder un ton léger mais sans y parvenir tout à fait.

Il lève les yeux : « Ne me quitte jamais », répète-t-il, en fixant maintenant sur elle son regard vert.

Il peut encore avoir cet effet sur elle, lui laisser le souffle coupé, la gorge serrée. L'angoisse d'un extrême désir. Après toutes ces années.

« Pas tant que je vivrai », réplique-t-elle.

CHAPITRE 9

Kasia s'éveilla d'un rêve, à l'aube. Elle resta étendue, désorientée, à demi endormie, ne prit conscience que peu à peu des cloches qui résonnaient au-dehors. Il n'y avait pas eu de cloches jaddites chez elle, où l'on pouvait trouver les dieux dans la noirceur de la forêt, au bord des rivières ou dans les champs de grain, apaisés par le sang. Ces cloches de sanctuaire appartenaient à la vie citadine. Elle se trouvait à Sarance. Un demi-million d'habitants, avait dit Carullus, et même après la peste ! Elle s'habituerait aux foules, avait-il dit également, elle apprendrait à dormir malgré le son des cloches si elle en décidait ainsi.

Elle avait rêvé de la cascade, chez elle, en été. Elle était assise sur la rive d'un étang, auprès des chutes, abritée sous des arbres au luxuriant feuillage penché sur l'eau. Un homme se trouvait là avec elle, qui n'avait jamais vécu chez elle dans la réalité.

Dans le rêve, elle ne pouvait voir son visage.

Les cloches insistaient, appelant Sarance à la prière. Jad du Soleil s'élevait dans son chariot. Tous ceux qui désiraient la protection du dieu de leur vivant et son intercession après leur mort devaient se lever avec lui et se rendre aux chapelles et aux sanctuaires.

Kasia ne bougea pas, songeant à son rêve. Elle se sentait bizarre, inquiète, quelque chose voulait s'imposer à sa conscience. Puis elle se rappela : les hommes n'étaient pas rentrés à l'auberge la nuit précédente, ni avant qu'elle s'endormît. Et cette visite dérangeante du mosaïste de la cour. Un homme nerveux, craintif. Elle n'avait pu en prévenir Crispin avant qu'on ne l'entraînât à la cour. Carullus lui avait assuré que c'était sans importance, le Rhodien pouvait se débrouiller dans l'Enceinte impériale et il y aurait des protecteurs.

L'idée même d'une protection impliquait la présence de dangers dont on devait être protégé, mais Kasia ne l'avait pas dit. Elle avait dîné avec Carullus et Vargos pour revenir à l'auberge ensuite à travers la frénésie déchaînée des rues, et boire avec eux, au calme, un verre de vin. Elle savait que le tribun aurait pris grand plaisir à déambuler dans la dernière nuit des Dykanies, bouteille de bière en main, mais qu'il restait à l'auberge pour elle. Elle lui était reconnaissante de sa bonté, de l'aisance avec laquelle il racontait des histoires. Il l'avait fait sourire, souriant lui-même avec satisfaction chaque fois qu'il y parvenait. Lors de leur toute première rencontre, il avait assommé Crispin d'un coup de son casque ; ses hommes avaient sévèrement battu Vargos ; bien des changements en bien peu de temps.

Plus tard, un messager très pressé était sorti du chaos du festival pour chercher les soldats à l'auberge : ils devaient se rendre à l'Enceinte impériale, attendre près de la Porte de Bronze – ou à l'endroit qu'on leur indique-rait une fois rendus là – et escorter jusque chez lui le mosaïste rhodien, Caius Crispus de Varèna, après son départ. Un ordre, du Chancelier.

Carullus avait souri à Kasia assise en face de lui à leur table : « Je te l'avais dit. Des protecteurs. Et il s'en est tiré après avoir utilisé son véritable nom. De bonnes nouvelles, ma petite. » Il avait pris ses armes, comme cinq de ses soldats, et ils étaient partis.

Habitué à se coucher et à se lever tôt, Vargos était déjà au lit. Kasia se retrouvait seule. Elle ne craignait vraiment rien pour elle-même. Ou presque. Elle n'avait

pas idée de la tournure qu'allait prendre son existence ;
et si elle se donnait le temps d'y trop réfléchir, elle
commencerait à en être effrayée.

Elle avait laissé le reste de son vin sur la table pour
monter dans sa chambre, verrouiller la porte, se dévêtir
et finalement s'endormir. Et rêver par intermittence
pendant la nuit, s'éveillant à des bruits montant parfois
des rues, guettant dans le couloir les pas de ceux qui
reviendraient.

Elle n'en avait pas entendu.

Elle se leva enfin, se lava visage et torse dans le
bassin fourni avec la chambre, passa ses vêtements de
voyage, qu'elle portait depuis leur arrivée. Crispin avait
parlé de lui acheter d'autres habits. Ce qui l'avait de
nouveau incitée à s'interroger avec inquiétude sur son
avenir.

Les cloches semblaient s'être tues. Kasia peigna de
ses doigts ses cheveux emmêlés et sortit dans le couloir.
Après une hésitation, elle décida qu'il était permis de
vérifier la présence de Crispin, de lui parler de l'autre
mosaïste, de chercher à savoir ce qui s'était passé pendant la nuit. Si ce n'était pas permis, eh bien, il valait
mieux l'apprendre tout de suite. Elle était libre. Une
citoyenne de l'empire sarantin. Après moins d'un an
d'esclavage ; non, cela ne déterminait pas toute une existence.

La porte de Crispin était fermée, évidemment. Elle
leva une main pour y frapper et entendit des voix à
l'intérieur.

Le cœur lui manqua, ce qui l'étonna beaucoup même
si plus tard elle en serait moins surprise. Les paroles
qu'elle entendit proférer la choquèrent pourtant, et de
même la réplique de Crispin. Kasia se sentit rougir ; sa
main levée se mit à trembler.

Elle ne frappa point. Se détourna, extrêmement
désorientée, pour descendre l'escalier.

Elle y rencontra deux des hommes de Carullus, qui
montaient. Ils lui parlèrent de l'agression nocturne.

Kasia se laissa aller contre le mur en les écoutant. Ses jambes lui semblaient curieusement molles. Deux des soldats étaient morts, le petit Soriyien et Férix l'Amorien : des hommes qu'elle avait appris à connaître. Les six agresseurs étaient morts, quelle qu'eût été leur identité. Crispin était sauf. Carullus avait été blessé. Ils venaient tous les deux de rentrer, à l'aube. Avaient monté l'escalier, ne s'étaient pas arrêtés pour bavarder.

Non, dirent les soldats, il n'y avait eu personne d'autre avec eux.

Elle ne les avait pas entendus dans le couloir. Ou peut-être que oui, et c'était ce bruit, non les cloches, qui l'avait tirée de son rêve ou avait modelé celui-ci. Un homme sans visage près d'une cascade… Les hommes de Carullus, l'air sombre, retournèrent dans la chambre qu'ils partageaient, pour y prendre leurs armes. Ils les porteraient à présent partout, comprit-elle. Des morts, voilà qui changeait tout.

Elle resta dans l'escalier, bouleversée, incertaine. Vargos devait être maintenant à la chapelle ; il n'y avait personne pour lui tenir compagnie au rez-de-chaussée. Il lui vint à l'esprit qu'un ennemi pouvait déjà se trouver à l'étage, mais Crispin n'avait pas semblé… alarmé. Elle devrait le dire à quelqu'un ou aller vérifier par elle-même, au risque d'être embarrassée ; on avait essayé d'assassiner le mosaïste cette nuit ; il avait abattu deux hommes. Elle prit une profonde inspiration. La pierre du mur était rugueuse contre son épaule. La voix de Crispin n'avait vraiment pas manifesté d'alarme. Et l'autre voix était celle d'une femme.

Kasia fit demi-tour et retourna à la chambre de Carullus. Il avait été blessé, selon les soldats. Résolue, elle frappa à la porte. Il répondit d'une voix lasse. Elle énonça son propre nom. La porte s'ouvrit.

De petites choses changent une vie. Changent des vies.

◆

Crispin s'écarta de justesse pour éviter le poignard qui le visait. Il plaqua une main sur l'un des montants du lit pour rester debout.

« Ah, dit la femme, dans la lumière atténuée des volets. C'est bien toi, Rhodien. Bon. Je craignais pour ma vertu. »

Elle reposa sa dague. Il se rappellerait ensuite avoir pensé que ce n'était pas l'arme qu'elle aurait dû porter. Mais sur le coup, il était sans voix.

« Eh bien, dit Styliane Daleina, assise avec nonchalance sur son lit. On me dit que la petite actrice a dénoué ses cheveux pour toi dans ses appartements. S'est-elle mise à genoux comme elle le faisait sur la scène, à ce qu'on dit, pour te prendre dans sa bouche ? »

Elle souriait, absolument calme.

Crispin se sentit devenir livide en la dévisageant. Il lui fallut un moment pour retrouver sa voix. « Vous semblez avoir été mal informée. Il n'y avait aucune actrice dans l'enclave des Bleus quand j'y suis arrivé » dit-il avec la plus grande prudence. Il savait ce qu'elle voulait dire. Il ne l'admettrait pour rien au monde. « Et je ne suis allé que dans la cuisine, non dans la chambre privée de qui que ce soit. Que faites-vous dans la mienne ? » Il aurait dû dire "Madame".

Elle avait changé de vêtements. Les parures de cour avaient disparu. Elle portait une robe bleu foncé munie d'un capuchon rejeté en arrière pour encadrer ses cheveux dorés, toujours relevés, mais désormais sans ornement. Elle devait avoir traversé les rues ainsi dissimulée, pour ne pas être reconnue en entrant. Avait-elle soudoyé quelqu'un ? Sûrement, non ?

Elle ne répondit pas à la question posée de vive voix. Pas de façon explicite, c'est-à-dire. Elle le dévisagea longuement depuis le lit, puis se leva. Très grande pour une femme, les yeux bleus, les cheveux blonds, environnée d'une odeur parfumée. Crispin songea à des fleurs, à une prairie de montagne, avec une entêtante fragrance sous-jacente, du pavot. Son cœur battait à tout rompre : le danger et – un réflexe, et malgré lui – du désir. La jeune femme le jaugeait avec une expression pensive. Sans hâte, elle tendit une main pour suivre du doigt la courbe de sa mâchoire rasée. Effleura son oreille, en dessina le contour. Puis se dressa sur la pointe des pieds et l'embrassa sur la bouche.

Il ne bougea pas. Il aurait pu s'écarter, songea-t-il ensuite, reculer. Il n'était pas innocent, malgré sa fatigue, il avait reconnu ce regard évaluateur tandis qu'elle se levait dans les ombres traversées de lumière. Il n'avait pas reculé. Il s'empêcha cependant de répondre au baiser, de son mieux, même lorsque la langue de la jeune femme…

Elle n'en parut point troublée. Plutôt amusée de sa réserve, en fait, de sa rigidité. Elle prit son temps, de façon très délibérée, corps collé au sien, la langue lui effleurant les lèvres, puis les entrouvrant pour pénétrer sa bouche. Il entendit son rire bas, sentit la chaleur de son souffle contre sa peau.

« J'espère qu'elle t'a laissé un peu d'énergie », murmura l'aristocratique épouse du Stratège suprême de l'Empire, en glissant une main le long de son torse jusqu'à sa taille, et plus bas, pour s'en enquérir.

Cette fois, Crispin recula d'un pas, le souffle court, mais non sans qu'elle l'eût touché à travers la soie de son vêtement. Il la vit sourire, ces petites dents régulières… Elle était d'une exquise beauté, cette Styliane Daleina, comme du verre pâle, de l'ivoire blanc, un de ces poignards fabriqués loin en Occident, en Espérane où l'on créait des objets de toute beauté qui étaient en même temps porteurs de mort.

« Bien », répéta-t-elle. Elle le dévisageait avec assurance, avec amusement, héritière et épouse de la richesse et du pouvoir. Il pouvait encore la goûter, sentir la peau de sa gorge là où elle l'avait effleurée de sa bouche. D'un ton pensif, elle reprit : « Je vais te décevoir, je le crains maintenant. Comment rivaliser avec l'actrice ? On dit que, dans sa jeunesse, elle se désolait d'avoir reçu du Saint Jad trop peu d'orifices pour tous les actes de l'amour.

— Assez ! lança Crispin d'une voix rauque. C'est un jeu. Pourquoi jouez-vous ? Pourquoi êtes-vous ici ? »

Elle sourit de nouveau. Dents blanches, mains levées vers sa chevelure, bras nus et minces découverts par les manches retombées de sa robe. « Quelqu'un a essayé de m'assassiner cette nuit », reprit-il, furieux, tout en luttant contre son désir.

« Cela t'excite-t-il ? J'espère que oui.

— Vous le savez ? Que savez-vous d'autre ? » Alors même qu'il parlait, elle commençait à dénouer ses cheveux dorés.

Elle s'interrompit. Lui jeta un coup d'œil, avec une expression différente cette fois. « Rhodien, si j'avais désiré ta mort, tu serais mort. Pourquoi une Daleina engagerait-elle des ivrognes dans un tripot ? Pourquoi me donnerais-je la peine de faire assassiner un artisan ?

— Pourquoi vous donneriez-vous la peine de venir dans sa chambre sans y avoir été invitée ? » répliqua-t-il d'un ton sec.

Elle se mit à rire de nouveau. Ses mains affairées continuaient à rassembler les épingles, puis elle secoua la tête et la richesse de sa chevelure cascada sur ses épaules, dans le capuchon de sa robe.

« Doit-on vraiment laisser à l'actrice tous les hommes intéressants ? » dit-elle.

Crispin secoua la tête, en sentant monter à présent la colère familière. Un refuge bienvenu. « Je le répète : vous jouez. Vous n'êtes pas venue ici pour coucher avec un artisan étranger. » Elle n'avait pas reculé. Elle était toute proche de lui et son parfum les enveloppait. Rouge sombre, aussi entêtant que du pavot, ou du vin brut. Très différent de celui de l'Impératrice. Se devait de l'être. Carullus et les eunuques en avaient parlé.

Crispin choisit de s'asseoir sur le coffre de bois placé sous la fenêtre. Il prit une profonde inspiration. « J'ai

posé certaines questions. Elles semblent raisonnables
en la circonstance. J'attends », dit-il. En ajoutant ensuite :
« Madame.

— Moi aussi », murmura-t-elle, écartant ses cheveux
de la main. Mais sa voix avait changé à nouveau en
réponse à l'intonation de son interlocuteur. Il y eut un
moment de silence. Une charrette passa avec un grondement de roues dans la rue. Quelqu'un cria. C'était le
matin. Des bandes de lumière et d'ombre zébraient le
corps de la jeune femme. L'effet en était fort beau.

« Tu as peut-être tendance à te sous-estimer, Rhodien,
dit-elle. Tu as peu idée des habitudes de la cour. Nul
n'y est convoqué aussi vite que tu l'as été. Des ambassadeurs attendent des *semaines*, Artisan. Mais l'Empereur
est amoureux de son Sanctuaire. En une seule nuit, tu
as été invité à la cour, on t'a confié la gestion du travail
de mosaïque qui doit être effectué dans le Sanctuaire,
tu as eu une conversation privée avec l'Impératrice et
tu as causé le renvoi de l'homme affecté à ton poste
avant ton arrivée.

— Votre homme.

— D'une certaine façon, dit-elle, désinvolte. Il a déjà
effectué des travaux pour nous. Il me serait assez utile,
ai-je estimé, d'avoir Valérius pour débiteur parce que je
lui aurais trouvé un artisan. Léontès n'était pas d'accord,
mais il a ses propres raisons pour préférer Siroès. Il a…
ses propres opinions sur ce qu'on devrait permettre
dans les sanctuaires, à toi ainsi qu'aux autres artisans. »

Crispin cligna des yeux. Un sujet de réflexion, sans
doute. Pour plus tard. « C'est Siroès qui a engagé ces
soldats, alors ? hasarda-t-il. Je n'ai aucune intention de
ruiner la carrière de quiconque.

— Tu l'as fait, cependant », dit la jeune femme. Sa
voix avait retrouvé son calme aristocratique. « Avec
assez d'efficacité. Mais non, je peux attester que Siroès
n'était pas en mesure d'engager des assassins cette nuit.
Crois-moi. »

Crispin avala sa salive. Rien de rassurant dans l'intonation, mais la déclaration sonnait vrai. Il n'avait pas

envie, décida-t-il, de savoir pourquoi cette femme en était si certaine.

« Qui donc, alors ? »

Styliane Daleina écarta les mains avec une élégante indifférence. « Je n'en ai pas idée. Cherche dans la liste de tes ennemis. Choisis un nom. L'actrice a-t-elle aimé mon collier ? A-t-elle osé le mettre ?

— L'Empereur ne l'a pas laissée faire », dit Crispin, délibérément.

Et vit qu'il l'avait surprise : « Valérius était là ?

— Oui. Personne ne s'est agenouillé. »

Cette femme manifestait un sang-froid stupéfiant. Toute une vie passée en intrigues, avec d'inférieurs mortels. Elle eut un petit sourire : « Pas encore », dit-elle d'une voix plus grave, avec un regard direct. Un jeu, il le savait, mais tout à fait malgré lui, il fut traversé d'un nouvel élancement de désir.

Avec toute la prudence qu'il était capable de conjurer, il déclara : « Je n'ai pas coutume de me voir offrir des ébats amoureux par des gens que je connais si peu, à l'exception de prostituées. Madame, je suis généralement enclin à refuser également leurs propositions. »

Elle le contemplait et il eut le sentiment que, pour la première fois peut-être, elle prenait le temps d'évaluer réellement celui qui se trouvait avec elle dans cette pièce. Elle avait été debout ; elle se laissa tomber à l'extrémité du lit, non loin du coffre sur lequel il était assis. Son genou effleura le sien, puis s'écarta un peu.

« Cela te plairait-il de me traiter comme une prostituée, Rhodien ? murmura-t-elle. De m'enfoncer le visage dans l'oreiller, de me prendre par-derrière, brutalement ? De me tenir par les cheveux jusqu'à ce que je crie, tandis que je te t'adresse des paroles choquantes, excitantes ? Te dirai-je ce que Léontès aime faire ? Cela te surprendrait peut-être. Il aime assez...

— Non », croassa Crispin, avec un certain désespoir. « De quoi s'agit-il ? Cela vous amuse-t-il de jouer les femmes dissolues ? Vous promenez-vous dans les rues en sollicitant des amants ? Il y a d'autres chambres dans cette auberge. »

La jeune femme avait une expression indéchiffrable. Crispin espérait que sa tunique dissimulait l'évidence de sa propre excitation ; il n'osait baisser les yeux pour le vérifier.

« De quoi s'agit-il, demande-t-il. Je t'ai supposé de l'intelligence, Rhodien. Tu en as montré des indices dans la salle du trône. La fatigue t'a-t-elle rendu stupide ? Ne peux-tu deviner que certains dans la cité considèrent comme une folie destructrice l'invasion de la Batiare ? Et pourraient considérer que, en tant que Rhodien, tu partages cette opinion et entretiens quelque désir de sauver ta famille et ta contrée des conséquences d'une invasion ? »

Des poignards, ces mots, coupants et précis, presque militaires par leur franchise. La jeune femme ajouta, du même ton : « Avant de te voir captif sans espoir des machinations de l'actrice et de son époux, il semblait sensé de t'évaluer. »

Crispin se frotta les yeux et le front de la main. Elle venait après tout de lui donner un début d'explication. Mais une colère renouvelée chassa la lassitude : « Vous couchez avec toutes vos recrues ? » dit-il en la fixant d'un regard froid.

Elle secoua la tête : « Tu n'es guère courtois, Rhodien. Je couche là où mon plaisir me mène. » Le reproche ne troubla point Crispin ; mais la jeune femme parlait avec l'assurance sans bornes de qui n'a jamais été contrariée dans ses désirs. "L'actrice et son époux"…

« Et vous complotez pour miner les desseins de votre Empereur ?

— Il a fait assassiner mon père », déclara sans ambages Styliane Daleina, assise sur son lit, son exquis visage patricien encadré par sa chevelure pâle. « Il l'a fait brûler vif d'une giclée de feu sarantin.

— Une vieille rumeur », dit Crispin, mais il était secoué et s'efforçait de le dissimuler. « Pourquoi me le dire ? »

De façon inattendue, elle sourit : « Pour t'exciter ? »

Et il fut contraint de rire. Malgré ses efforts pour se retenir : l'aisance du changement de ton, l'ironie, c'était trop d'esprit. « Des immolations ne m'excitent nullement, je le crains. Dois-je comprendre que le Stratège suprême est également d'avis qu'on ne doit pas faire la guerre en Batiare ? Il vous a envoyée ? »

Elle battit des paupières. « Ne comprenez rien de tel. Léontès fera tout ce que Valérius lui ordonnera. Il vous envahira comme il a envahi les déserts du Majriti ou les steppes nordiques, ou comme il a assiégé les cités bassanides de l'est.

— Et pendant tout ce temps, sa nouvelle et aimante épouse s'activera à subvertir ses efforts ? »

Elle hésita, pour la première fois. « Son nouveau trophée, voilà l'expression que tu dois employer, Rhodien. Ouvre les yeux et les oreilles. Tu dois en apprendre davantage avant que Pétrus de Trakésie et sa petite danseuse ne te cooptent à leur service. »

Un mépris sans fard résonnait dans la voix aristocratique. Elle ne devait avoir eu aucun choix dans ce mariage. Le Stratège était assez jeune, un soldat triomphant et célèbre, de bonne lignée et indéniablement séduisant. En observant la jeune femme qui se tenait près de lui, Crispin eut le sentiment d'avoir plongé dans des eaux noires, où des courants d'une inimaginable complexité tentaient de l'aspirer. « Je ne suis qu'un mosaïste, Madame, dit-il. On m'a amené ici pour aider à la création des images qui seront placées sur les murs et la coupole d'un sanctuaire.

— Parle-moi de la reine des Antæ, déclara Styliane Daleina comme s'il n'avait rien dit. T'a-t-elle aussi offert son corps en échange de tes services ? En es-tu blasé ? Viens-je trop tard pour être d'aucun attrait ? Tu me rejettes comme étant de qualité inférieure ? Dois-je verser une larme ? »

Tourbillons d'eaux noires. C'était là une hypothèse au hasard, elle devait essayer de créer une diversion, sûrement ; cette autre rencontre nocturne tardive ne pouvait être aussi universellement connue. Un souvenir : une autre main dans ses cheveux alors qu'il s'agenouillait pour baiser le pied offert. Une autre femme, plus jeune encore que celle-ci, aussi familière des corridors du pouvoir et de ses intrigues. Ou bien… non ? L'Occident contre l'Orient. Varèna pouvait-elle jamais être aussi subtile que Sarance ? Pouvait-on l'être, où que ce fût au monde ?

Il secoua la tête : « Je ne suis pas familier des pensées ou des… faveurs des puissants de ce monde. Notre rencontre ici est unique dans mon expérience, Madame. » Un mensonge, et pourtant, alors qu'il l'observait à travers les alternances de lumière et d'ombre, ce n'en était nullement un.

De nouveau ce sourire assuré, troublant. La jeune femme semblait à même de passer sans interruption des intrigues impériales à celles des alcôves. « Voilà qui est plaisant, dit-elle. J'aime être unique. Mais c'est humiliant pour une dame, tu le sais sûrement, de s'offrir et de se voir repoussée. Je te l'ai dit, je couche là où mon plaisir me mène, non par nécessité. » Elle s'interrompit, reprit : « Ou, plutôt, là où m'attire un autre genre de nécessité. »

Crispin avala sa salive. Il ne la croyait pas, mais pouvait sentir son genou, sous la simple robe bleue, s'attarder à faible distance du sien. Il s'accrocha désespérément à sa colère, à son impression d'avoir été exploité. « Un homme se sent humilié dans sa fierté si on le considère comme un pion dans un jeu. »

Les sourcils de la femme se haussèrent aussitôt et son intonation changea – encore : « Mais c'est ce que tu es, idiot. Bien évidemment. La fierté n'y a rien à voir. Tout le monde a de la fierté dans cette cour, tout le monde est une pièce du jeu. Dans des parties multiples qui ont lieu toutes en même temps – certaines ont trait au meurtre, certaines au désir – mais un seul jeu importe, en fin de compte, et tous les autres en sont partie prenante. »

Ce qui, supposa-t-il, répondait à sa pensée inexprimée. Le genou de la jeune femme effleura le sien. Un mouvement délibéré. Rien avec elle n'était un accident, il en était sûr. "Certaines au désir"…

« Pourquoi devrais-tu te croire à part ? » conclut avec calme Styliane Daleina.

« Parce que je *veux* l'être », répliqua-t-il, se surprenant lui-même.

Il y eut un silence. Puis : « Tu deviens intéressant, Rhodien, je dois le concéder, mais tu entretiens très certainement là une illusion. Je soupçonne que l'actrice t'a déjà ensorcelé et que tu ne le sais même pas. Je verserai donc une larme, en effet, je suppose. » Son expression avait changé, mais n'indiquait nullement des larmes proches. La jeune femme se leva brusquement, traversa la pièce en trois enjambées, se retourna près de la porte.

Crispin s'était levé aussi. Maintenant qu'elle s'était écartée, il était en proie à un mélange chaotique d'émotions : appréhension, regret, curiosité et un désir déconcertant. Il y avait si longtemps qu'il n'avait éprouvé du désir… Elle releva sa capuche, voilant l'or épandu de ses cheveux.

« Je suis aussi venue te remercier pour la gemme que tu m'as offerte, bien entendu. C'était un geste… intéressant. On peut me trouver sans difficulté, Artisan, si tu as d'autres opinions quant à ta patrie et à la perspective d'une guerre. Tu verras bientôt clairement, je pense, que celui qui t'a fait venir ici afin de créer pour lui de saintes images a aussi l'intention de faire violence à la Batiare, sans autre motif que le désir de sa propre gloire. »

Crispin s'éclaircit la voix : « Je suis heureux de voir que mon petit présent a été jugé digne de remerciements. » Il s'interrompit. « Je ne suis qu'un artisan, Madame. »

Elle secoua la tête avec un calme revenu : « Cela, c'est le couard en toi, Rhodien, qui essaie de se dissimuler les vérités du monde. Tous les hommes – toutes les femmes – sont multiples. Ou bien te *veux*-tu également limité de cette manière ? Vas-tu vivre sur un échafaudage au-dessus des mourants ? »

Quelle abominable intelligence… Tout comme l'Impératrice. S'il n'avait pas rencontré Alixana en premier, songea soudain Crispin, il aurait en effet été sans défense devant cette femme-ci. Styliane Daleina n'avait peut-être pas tort, somme toute. Et il se demanda si l'Impératrice y avait songé. Si c'était la raison de cette invitation si rapide, si tard dans la nuit, au palais Travertin. Ces femmes pouvaient-elles avoir l'esprit aussi vif, aussi subtil ? Il avait mal à la tête.

« Je ne suis ici que depuis deux jours, Madame, et je n'ai pas dormi de la nuit. Vous proférez des paroles subversives à l'égard de l'Empereur qui m'a invité à Sarance, et même à l'égard de votre époux, si je vous comprends bien. Dois-je me laisser soudoyer par une chevelure de femme éparpillée sur mon oreiller pour une nuit ou une matinée ? » Il hésita : « Même la vôtre ? »

Le sourire reparut alors, énigmatique et provocant. « Cela arrive, murmura-t-elle. Parfois pour plus d'une nuit. Ou la nuit dure… plus longtemps qu'une nuit ordinaire. Le temps se déroule de façon étrange, en certaines circonstances. En as-tu jamais pris conscience, Caius Crispus ? »

Il n'osa formuler de réponse. Elle n'en attendait point, apparemment. « Nous continuerons une autre fois, peut-être », reprit-elle. Elle fit une pause ; elle semblait en proie à un débat intérieur. Puis elle ajouta : « Pour ce qui est de tes images – les coupoles et les murs ? Ne… t'attache pas trop à ton travail ici, Rhodien. Je le dis de bonne foi, et ne le devrais sans doute pas. Une faiblesse de ma part. »

Il fit un pas dans sa direction. Elle leva une main : « Pas de questions. »

Il s'immobilisa. Cette femme était l'incarnation même de la beauté lointaine et glacée. Mais elle n'était pas si

distante. Sa langue l'avait touché, sa main, sur son bas-
ventre...

Et elle semblait également capable de lire ses pensées.
Le sourire était de retour : « Tu es excité, maintenant ?
Intrigué ? Tu aimes, alors, que tes femmes manifestent
une certaine faiblesse, Rhodien ? Dois-je m'en souvenir,
et de l'oreiller ? »

Il rougit, mais rencontra sans fléchir le regard sarcastique : « J'aime que les êtres qui participent à ma vie
révèlent... un peu de leur vraie nature. Sans calcul. En
dehors du jeu dont vous parliez. Cela me séduirait, oui. »

C'était à elle de rester silencieuse, parfaitement immobile près de la porte. Le soleil matinal, se glissant à
travers les volets, striait d'un or assourdi les murs, le
sol et le bleu de sa robe.

« C'est peut-être trop demander de Sarance, je le
crains », dit-elle enfin. Elle parut sur le point d'ajouter
quelque chose, mais secoua la tête en se contentant de
murmurer : « Dors, Rhodien. »

Elle ouvrit la porte, sortit, referma le battant, disparut,
mais non son parfum, le léger désordre du lit et celui
plus grand où se trouvait plongé Crispin.

Il se laissa tomber sur le lit, tout habillé. Yeux ouverts,
sans penser d'abord à rien – et puis, hauts murs majestueux, colonnes de marbre sur colonnes de marbre, et
la gracieuse immensité de la coupole qu'on lui avait
offerte et qui réduisait presque à néant tout le reste. Il
songea longuement ensuite à certaines femmes, vivantes
et mortes. Puis il ferma les yeux et s'endormit.

Dans ses rêves, cependant, tandis que le soleil se
levait dans la claire et venteuse matinée d'automne, ce
fut d'abord le *zubir*, oblitérant temps et matière dans sa
brume, et ensuite une femme, une seule.

◆

« Que la lumière soit », psalmodia Vargos avec le
reste de l'assistance dans la petite chapelle de quartier,

tandis que le service touchait à sa fin. Le prêtre en robe jaune pâle fit le signe de la bénédiction solaire qu'on préférait dans la Cité, des deux mains, puis les gens se remirent à parler en se hâtant vers les portes, la rue et le matin.

Vargos sortit avec eux et resta un moment dans la lumière en clignant des yeux. Le vent de la nuit avait balayé les nuages ; c'était une journée claire et coupante. Une femme portant un petit garçon sur sa hanche et une amphore d'eau sur l'épaule lui sourit en passant ; un mendiant manchot traversa la foule, mais changea de direction quand Vargos secoua négativement la tête. Il y avait assez de gens dans le besoin à Sarance, inutile de donner l'aumône à un homme qui s'était fait trancher une main pour vol ; Vargos, avec une sensibilité toute nordique, avait des opinions bien arrêtées sur le sujet.

Il n'était pas pauvre, attention. Son épargne accumulée et son dernier salaire lui avaient été remis à regret par le Maître de la Poste impériale avant leur départ de Sauradie, grâce à l'intervention du centurion de Carullus. Vargos était en mesure de s'offrir à Sarance un repas, un manteau d'hiver, une femme, une bouteille de bière ou de vin.

Et justement, il avait faim. Il n'avait pas pris de petit déjeuner à l'auberge avant les prières et se le fit rappeler par l'odeur d'un agneau qui rôtissait de l'autre côté de la rue dans un étal à ciel ouvert. Il traversa après avoir laissé passer un charroi plein de bois de chauffage et un groupe de servantes rieuses qui se dirigeaient vers le puits situé à l'extrémité de l'allée ; après avoir payé d'une pièce de cuivre une brochette de viande, il la mangea sur place en observant les autres clients du petit vendeur nerveux – un Soriyien ou un Amorien, à en juger par la couleur de sa peau ; on attrapait au vol un morceau matinal avant de se hâter vers sa destination : le petit homme était fort affairé. Tout le monde bougeait vite dans la Cité, avait déjà conclu Vargos. Il n'aimait ni le bruit ni les foules, mais il se trouvait là de son propre gré et il s'était adapté à des situations plus difficiles.

Il termina sa viande, s'essuya le menton et laissa tomber la brochette dans la pile près de la rôtissoire du vendeur. Puis, en se redressant de toute sa hauteur, il prit une profonde inspiration et allongea le pas pour se rendre au port afin d'y trouver un assassin.

La nouvelle de l'agression était arrivée à l'auberge depuis l'enclave des Bleus pendant la nuit, alors qu'il dormait, ignorant de tout. Il en éprouvait une certaine culpabilité, même s'il savait que c'était absurde. Trois des soldats lui avaient appris les événements de la nuit quand il était descendu au lever du soleil, à l'appel des cloches : l'attentat contre Crispin, la blessure du tribun, la mort de Férix et de Sigérus, les six agresseurs abattus par le tribun et les partisans des Bleus dans l'enclave de la faction. Nul ne savait qui avait ordonné cet assaut. Les hommes du Préfet urbain menaient enquête, lui avait-on dit ; on leur parlait rarement en toute liberté, avait-on également remarqué. Il était trop facile d'engager des soldats pour ce genre d'entreprise. On ne découvrirait sans doute pas grand-chose de plus – jusqu'à la prochaine tentative. Les hommes de Carullus avaient repris leurs armes, avait constaté Vargos.

Ni Crispin ni le tribun n'étaient revenus, lui avait-on appris. Mais ils se trouvaient tous deux avec les Bleus, et en sécurité, avaient passé la nuit là-bas. Les cloches sonnaient, Vargos s'était rendu à la petite chapelle en bas de la rue – aucun soldat ne l'avait accompagné – pour se concentrer sur son dieu, en priant pour les âmes des deux soldats abattus afin de leur assurer la protection de la Lumière.

Les prières étaient terminées à présent et Vargos l'Inici, qui s'était de son propre gré attaché à un artisan de Rhodias à cause d'un acte de courage et de compassion, qui avait pénétré dans l'Ancienne Forêt avec lui pour y rencontrer un *zubir* et en sortir vivant, Vargos l'Inici s'en alla à la recherche de la personne qui avait voulu faire assassiner l'artisan. Les Inicii étaient des ennemis dangereux, et cette personne, quelle que fût son identité, venait d'acquérir un ennemi.

Il n'aurait pu le savoir – et la suggestion lui en aurait déplu – mais il ressemblait beaucoup à son père alors qu'il marchait ainsi à grands pas au milieu de la rue. On s'empressait de lui faire place ; un homme monté sur un âne s'écarta en hâte de son chemin. Vargos ne le remarqua même pas. Il réfléchissait.

Il n'aurait jamais prétendu être doué pour la planification ; il avait tendance à réagir aux événements plutôt qu'à les anticiper ou les provoquer. Sur la route impériale de Sauradie, on n'avait guère besoin de préparations pour aller et venir en compagnie de toutes sortes de voyageurs. Il y fallait de l'endurance, de l'équanimité, de la force physique, un certain talent avec charrettes et bestiaux, de l'habileté dans le maniement du bâton, et la foi en Jad.

De toutes ces qualités, seule la dernière lui serait-elle peut-être de quelque utilité pour retrouver la trace de qui avait engagé ces soldats. Faute d'une meilleure idée, Vargos avait décidé de se rendre au port et de dépenser quelques pièces dans les tripots les plus mal famés. Il entendrait peut-être parler de quelque chose ou on lui offrirait de l'information. Les clients en seraient des esclaves, des serviteurs, des apprentis, des soldats surveillant de près leurs pièces de cuivre : l'offre d'un verre ou deux y serait peut-être la bienvenue. Il lui vint bien à l'esprit que ce serait peut-être un peu dangereux. Mais il ne songea pas à modifier ses plans en conséquence.

Il ne lui fallut qu'une partie de la matinée pour découvrir que, sur au moins un point, Sarance était fort semblable aux contrées septentrionales ou à la route impériale : on n'était pas enclin, dans les tavernes, à répondre aux questions des étrangers, quand il s'agissait de violence et d'informations.

Personne dans ce rude district ne voulait être celui qui pointerait le doigt, et Vargos n'était pas assez habile

avec les mots, ni assez subtil pour pousser ses inter-
locuteurs, sans en avoir l'air, à parler de l'incident de
la nuit précédente dans l'enclave des Bleus. Tout le
monde semblait au courant – des soldats en armes
pénétrant dans une enclave de faction pour s'y faire
massacrer, c'était un événement assez important, même
pour une cité blasée – mais personne ne voulait en dire
plus ; des regards noirs et des silences accueillirent
Vargos quand il insista. Les six soldats abattus étaient
des permissionnaires de Calysium, en poste à la frontière bassanide ; ils avaient bu pendant plusieurs jours
dans toutes les tavernes de la Cité, en dépensant de
l'argent emprunté – le comportement plus ou moins
habituel des soldats. Ces détails au moins étaient largement connus. Le problème, c'était qui les avait achetés,
et cela, personne ne le savait ou ne voulait en parler.

Les agents de la Préfecture avaient sans doute déjà
mis leur nez partout dans ce district. Et Vargos commença à soupçonner qu'ils en avaient appris aussi peu
que lui, après avoir vu quelqu'un lui renverser délibérément sa bière dans une taverne de marins. Les bagarres
ne lui faisaient pas peur, mais il n'obtiendrait certainement rien ainsi ; il ne dit rien, paya sa bière renversée
et continua son chemin dans le soleil du début d'après-
midi.

Il était engagé à mi-chemin dans une autre ruelle
tortueuse et étroite, se dirigeant vers le bruit des quais
où les mâts s'inclinaient dans la forte brise, quand il
reçut une idée, avec une réminiscence du camp de
Carullus.

Il le décrirait ainsi plus tard, pour lui-même et pour
autrui. Il avait *reçu* une idée. Comme si elle lui avait
été accordée de l'extérieur, surprenante dans sa soudai-
neté. Il l'attribuerait au dieu et garderait pour lui-même
le souvenir d'un bosquet de l'Ancienne Forêt.

Il demanda son chemin à deux apprentis, endura les
quolibets déclenchés par son accent et se dirigea vers
les murailles donnant sur la terre. C'était un long trajet

dans une cité de grande taille, mais les garçons avaient été honnêtes avec lui, et sans malice : il finit par apercevoir l'enseigne du *Repos du Messager*. Un emplacement logique près des triples murailles : les messagers impériaux arrivaient par là.

Il entendait parler de cette auberge depuis des années. Y avait été invité par plusieurs courriers si jamais il se rendait dans la Cité, pour partager un ou deux flacons avec eux. Plus jeune, il avait compris que boire avec certains de ces cavaliers impliquerait sans doute un petit tour à l'étage en privé, ce qui ne l'avait jamais tenté. À mesure qu'il vieillissait, les invitations avaient perdu cette nuance, impliquant simplement qu'il était un compagnon utile et agréable pour ceux qui enduraient les constantes épreuves de la route.

Il s'immobilisa sur le seuil tandis que ses yeux s'ajustaient peu à peu à la lumière atténuée de la salle aux volets fermés. Ce n'avait pas été bien compliqué de mettre à exécution la première partie de sa nouvelle idée : après les expériences de la matinée, il avait de meilleures chances d'obtenir des informations de gens qui le connaîtraient qu'en continuant à poser des questions à des étrangers butés près du port. Il devait admettre qu'il n'aurait pas lui-même répondu à de telles questions. Ni aux hommes du Préfet urbain, ni à un Inici trop curieux nouvellement arrivé dans la Cité.

L'idée sous-jacente – celle qui lui avait été donnée dans la rue – c'était qu'il cherchait maintenant quelqu'un de particulier et pensait pouvoir le trouver là, ou obtenir des renseignements sur lui.

Le Repos du Messager était une auberge de taille respectable, mais à cette heure il n'y avait pas grand monde. Quelques hommes prenaient leur repas de midi, dispersés aux tables, seuls ou par paires. Celui qui se tenait derrière le comptoir de pierre leva les yeux vers Vargos en hochant poliment la tête. Ce n'était pas un tripot, on était loin du port. Toutes proportions gardées, on pouvait s'attendre ici à une certaine civilité.

« Que ce barbare aille se faire enculer », dit quelqu'un dans l'ombre. « Qu'est-ce qu'il croit faire ici ? »

Vargos ne put retenir un frisson. De peur, certes, mais pas seulement. À cet instant, il eut le sentiment d'être effleuré par l'entre-deux-mondes, magie interdite, ténèbre primitive au cœur même de la Cité en cette journée claire au froid coupant. Il lui faudrait prier de nouveau, songea-t-il, quand tout ceci serait terminé.

Il connaissait cette voix. Il se la rappelait.

« Il se paie un verre ou un repas s'il en a envie, ivrogne de merde. Et toi, qu'est-ce que tu fais là, on pourrait bien le demander ! ? » L'homme qui servait nourriture et boisson adressait par-dessus le comptoir un regard flamboyant à la silhouette indistincte.

« Ce que je fais là ? C'est mon auberge depuis que je travaille à la Poste !

— Et maintenant tu ne fais plus partie de la Poste. Tu remarques que je ne t'ai pas flanqué à la porte ? Ça me tenterait assez. Alors, surveille ta foutue langue, Tilliticus. »

Vargos n'avait jamais prétendu penser vite. Il avait besoin… de réfléchir assez longuement. Même après avoir entendu cette voix connue et le nom qui confirmait l'identité de son propriétaire, il alla au comptoir, commanda une coupe de vin, la dilua, la paya, prit une première gorgée – et quelque chose se condensa enfin de façon adéquate dans son esprit, la voix reconnue se fusionnant au souvenir du campement militaire. Il se retourna. Et offrit une autre silencieuse prière de gratitude avant de parler.

De fait, il était à présent rempli d'assurance.

« Pronobius Tilliticus ? dit-il avec calme.

— Ouais, vas te faire foutre », fit la silhouette assise à la table du coin, dans l'ombre.

Quelques hommes se retournèrent pour jeter un coup d'œil, avec une expression de dégoût.

« Je me souviens de toi, dit Vargos. En Sauradie. Tu es un messager impérial. Je travaillais sur la route, là-bas. »

L'autre éclata de rire, trop fort ; il n'était de toute évidence pas très sobre. « Tous les deux pareil, alors. Je travaillais sur la route aussi. Sur un cheval, sur une femme. Je galopais sur la route. » Il se remit à rire.

Vargos hocha la tête. Il pouvait maintenant mieux voir dans la lumière assourdie. Tilliticus était seul à sa table, avec deux bouteilles devant lui, et rien à manger avec. « Tu n'es plus messager ? »

Il connaissait déjà assez bien la réponse à cette question, entre autres. Le Saint Jad l'avait envoyé là. Ou du moins espérait-il que c'était Jad.

« Renvoyé », dit Tilliticus avec un hoquet. « Cinq jours de ça. Dernière paie, pas d'avertissement. Renvoyé. Comme ça. Tu veux un verre, barbare ? »

— J'en ai un », dit Vargos. Un sentiment nouveau l'avait envahi, quelque chose de froid : de la colère, mais d'une variété inhabituelle. « Pourquoi t'a-t-on renvoyé ? » Il lui fallait en être certain.

« Livré du courrier en retard, même si c'est les foutues affaires de personne.

— Tout le monde le sait, bordel, fit un autre homme, sardonique. Tu pourrais mentionner la fraude à l'hôpital, le courrier foutu en l'air et le fait d'avoir répandu des maladies, pendant que tu y es.

— Va te faire enculer, rétorqua Pronobius Tilliticus. Comme si t'avais jamais couché avec une pute vérolée ? Ça aurait pas eu d'importance si cet enculé de Rhodien avait pas… » Il se tut.

« Si le Rhodien n'avait pas quoi ? » demanda Vargos avec calme.

Et maintenant il avait bel et bien peur, parce qu'il lui était vraiment difficile de comprendre pourquoi le dieu serait ainsi venu à son secours et, malgré ses efforts, il ne pouvait maintenant s'empêcher de penser à l'Ancienne Forêt, au *zubir*, et à cet oiseau de métal et de cuir que Crispin avait porté autour du cou et qu'il avait abandonné dans la clairière.

Dans le coin, à la table, l'autre ne répondit pas. Peu importait. Vargos quitta le comptoir et retourna dehors.

Il jeta un coup d'œil autour de lui, les yeux plissés dans le soleil, et aperçut l'un des hommes du Préfet à l'extrémité de la rue, dans son uniforme brun et noir. Il s'approcha de lui pour lui apprendre où l'on pouvait trouver celui qui avait engagé les soldats coupables d'avoir tué trois hommes la nuit précédente : au *Repos du Messager*, à une table à droite de l'entrée. Vargos s'identifia et précisa où l'on pouvait le trouver lui-même si nécessaire. Il regarda le jeune officier entrer dans la taverne, puis il retourna à travers les rues jusqu'à son auberge.

En chemin, il s'arrêta à une autre chapelle – plus grande, avec du marbre et des décorations peintes, incluant les restes d'une fresque sur un mur derrière l'autel, Héladikos dans le ciel, presque entièrement effacée – et, dans la pénombre et le calme qui séparaient les services, il pria devant le disque et l'autel afin d'être guidé hors de l'entre-deux-mondes, puisqu'il semblait y être tombé malgré lui.

En dépit de l'antique puissance que représentait le *zubir* pour son peuple, il ne voulait pas lui adresser de prières, mais il était terriblement conscient de sa présence en lui, immense et noire comme les forêts aux frontières de son enfance.

◆

Carullus se trouvait toujours dans sa chambre, sans doute en train de laisser le sommeil réparer ses blessures et leur traitement, lorsque Crispin descendit au rez-de-chaussée, juste après midi. Il se sentait la cervelle embrumée, désorienté lui-même, et pas seulement à cause du vin bu la veille. Le vin était en fait la moindre de ses afflictions. Il essayait de tirer au clair ce qui était arrivé dans les deux palais, le Sanctuaire, la rue, et de se faire à l'identité de la visiteuse qui s'était trouvée dans sa chambre – sur son lit – lorsqu'il était rentré en titubant à l'aube. L'évocation de Styliane Daleina, aussi belle qu'une icône émaillée, ne faisait que le perturber davantage.

Il fit ce qu'il faisait toujours chez lui en de telles circonstances. Il alla aux thermes.

L'aubergiste, en lorgnant d'un œil entendu la mine maussade et mal rasée de Crispin, fut à même de lui offrir une suggestion. Crispin chercha Vargos qui se trouvait aussi, sans raison valable, absent. Il haussa les épaules avec une mauvaise humeur bougonne et se rendit donc seul aux bains, en clignant des yeux et en grimaçant dans l'éclat irritant de la journée automnale.

Il n'était pas exactement seul. Deux des soldats de Carullus l'accompagnaient, épée au fourreau. Les ordres impériaux de la veille. Il devait avoir une escorte, désormais. Quelqu'un voulait sa mort. Pas l'autre mosaïste, ni la dame, s'il l'en croyait. Il la croyait bel et bien, mais savait ne pas avoir de très bons motifs de le faire.

En chemin, tout en longeant la façade dépourvue de fenêtres d'une sainte retraite pour femmes, il songea à Kasia – et écarta également cette idée. Pas aujourd'hui. Aujourd'hui, il ne décidait rien d'important. Mais elle avait besoin d'habits neufs, à tout le moins, il le savait. Pendant qu'il se baignait, il envisagea d'envoyer l'un des soldats au marché pour en acheter, et son premier mince sourire de la journée naquit de cette image : un des hommes de Carullus en train de choisir avec discernement des dessous féminins dans un marché public.

Mais il lui vint une petite idée plus utile et il se fit apporter du papier et un style. Un messager courut à l'Enceinte impériale avec la note, à l'adresse des eunuques de la Chancellerie. Les hommes judicieux qui l'avaient rasé et habillé la nuit précédente devaient posséder, et en abondance, les talents nécessaires pour choisir la garde-robe d'une jeune femme libre récemment arrivée dans la Cité ; Crispin sollicitait leur aide. Après mûre réflexion, il leur fixa aussi un budget.

Plus tard dans l'après-midi, et alors que Kasia essayait de s'accommoder de ses propres découvertes, elle se trouverait accostée à l'auberge par une coterie tourbillonnante et parfumée d'eunuques de l'Enceinte impériale qui l'enlèveraient pour satisfaire à la tâche étonnamment complexe d'acquérir les parures nécessaires à la vie sarantine. Ils étaient divertissants et prévenants, appréciaient de toute évidence l'exercice, ainsi que leurs désaccords osés et pleins d'esprit sur ce qui convenait à Kasia. Elle se surprit à rougir et même à rire à plusieurs reprises lors de cette escapade. Aucun des eunuques ne lui demanda ce que serait précisément sa vie à Sarance, un soulagement pour elle, car elle l'ignorait toujours.

Aux bains, Crispin se fit huiler, masser et frotter, pour ensuite se glisser avec délice dans la chaleur confortable et parfumée de la piscine. D'autres clients y discutaient tranquillement. Il s'endormit presque dans le bourdonnement familier des voix murmurantes. Une immersion dans la piscine d'eau froide le ravigota ; ensuite, ceint d'un drap blanc, tel un spectre, il se rendit au sauna où, à l'ouverture de la porte, il put apercevoir à travers la vapeur une demi-douzaine d'hommes enveloppés de draps identiques, couchés ou assis sur des bancs de marbre.

Quelqu'un s'écarta sans un mot pour lui faire de la place. Sur le geste languide d'un autre, un serviteur nu versa une autre aiguière d'eau sur les pierres brûlantes. Avec un crépitement, la vapeur s'éleva encore plus dense dans la petite salle. Évocation d'un matin de brouillard en Sauradie, que Crispin s'empressa d'écarter pour s'adosser au mur en fermant les yeux.

La conversation était sporadique et décousue autour de lui ; on mettait rarement beaucoup d'énergie à discuter dans la chaleur enveloppante de la vapeur. Il était plus facile de se laisser dériver, yeux clos, dans la rêverie. Il entendit des corps se déplacer, se lever, d'autres entrer

468 — GUY GAVRIEL KAY

et s'asseoir, tandis qu'un courant d'air plus frais se glissait brièvement par la porte ouverte; puis la chaleur revint. Crispin était couvert de sueur, langoureusement détendu, indolent et calme. Des bains de ce genre, décidat-il, faisaient partie des accomplissements qui définissaient la civilisation moderne.

En réalité, songea-t-il rêveusement, ces vapeurs n'avaient absolument rien à voir avec le brouillard glacé, à demi surnaturel, de ces lieux lointains et sauvages en Sauradie. Il entendit un nouveau sifflement de vapeur comme on versait encore de l'eau, et sourit pour luimême. Il se trouvait à Sarance, l'œil du monde, et les événements avaient commencé de se multiplier.

« Je serais fort intéressé à connaître vos opinions sur la nature indivisible de Jad », murmura quelqu'un. Crispin n'ouvrit même pas les paupières. On le lui avait bien dit, trois sujets passionnaient les Sarantins : les chariots, les danses et pantomimes, et d'interminables débats sur la religion. Des marchands de fruits le harangueraient, l'avait prévenu Carullus, quant aux implications d'un Jad pourvu ou non de barbe ; des cordonniers offriraient des opinions fermement arrêtées sur la récente Proclamation patriarcale concernant Héladikos ; une prostituée lui demanderait ses opinions sur le statut des icônes des Bienheureuses Victimes avant de daigner se dévêtir.

Il n'était donc pas surpris d'entendre des hommes bien nés discuter ainsi dans un sauna. Ce qui le surprit, ce fut de sentir qu'un pied lui poussait la cheville et d'entendre la même voix ajouter : « Il n'est pas avisé, au reste, de s'endormir au sauna. »

Crispin ouvrit les yeux.

Il se trouvait seul dans les volutes de vapeur avec une autre personne. C'était à lui qu'était adressée la question concernant le dieu.

Celui qui la lui avait posée, à l'aise dans les plis lâches de son propre drap blanc, l'observait d'un regard particulièrement bleu. Il arborait une magnifique chevelure blonde et des traits ciselés, les muscles de son corps couturé de cicatrices offraient une définition parfaite, et c'était le Stratège suprême de l'Empire.

Crispin s'assit. En hâte. « Monseigneur ! » s'exclamat-il.

Léontès sourit : « Une occasion de discuter », murmurat-il. Il s'essuya le front d'un coin de drap.

« Une coïncidence ? » demanda Crispin, sur ses gardes.

L'autre se mit à rire : « Vraiment pas. La Cité est bien trop vaste. Je me suis dit que je me trouverais un moment pour connaître vos opinions sur quelques sujets d'intérêt. »

Ses manières étaient de la plus extrême courtoisie. D'après Carullus, ses soldats l'adoraient. Auraient sacrifié leur vie pour lui. L'avaient fait, sur des champs de bataille aussi lointains au couchant que les déserts du Majriti et au septentrion que le Karche et la Moskave.

Aucune arrogance perceptible. Au contraire de son épouse. Malgré tout, l'assurance et le contrôle absolus suggérés par cette rencontre étaient agaçants ; quelques instants auparavant, il y avait eu au moins dix hommes et un esclave dans la vapeur.

« Des sujets d'intérêt ? Mon opinion des Antæ et de leur état de préparation en cas d'invasion ? » Abrupt, il le savait, et probablement imprudent. D'un autre côté, chez lui, tout le monde connaissait son caractère ; il était temps qu'on l'apprît aussi à Sarance.

Léontès parut simplement déconcerté : « Pourquoi vous le demanderais-je ? Avez-vous une formation militaire ? »

Crispin secoua la tête.

Le Stratège le dévisagea : « Seriez-vous informé des fortifications des villes, de leurs sources d'eau potable, des conditions des routes, des passages dans les montagnes ? Qui, de leurs commandants, n'adopte pas le déploiement traditionnel des forces armées ? Combien de flèches leurs archers ont dans leur carquois ? Qui commande leur marine cette année et ce qu'il sait des ports ?»

Léontès sourit brusquement. Il avait un sourire éclatant. «Je n'imagine pas comment vous pourriez m'aider, de fait, même si vous le désiriez. Et même si on envisageait une invasion. Non, non, je confesse être plus intéressé par votre foi et vos opinions sur les représentations du dieu.»

Un souvenir glissa alors en place, comme une clé dans une serrure. L'irritation fit place à une émotion différente.

«Vous les désapprouvez, hasarderais-je cette hypothèse ?»

Le beau visage de Léontès était innocent de toute fourberie. «Oui. Je partage la croyance selon laquelle représenter le sacré en images, c'est altérer la pureté divine.

— Et ceux qui honorent et adorent ces images ?» Crispin connaissait la réponse. Il avait déjà eu ce genre de conversation, mais pas en transpirant dans la vapeur, et pas avec un tel homme.

«C'est de l'idolâtrie, bien entendu, dit Léontès. Une régression dans le paganisme. Qu'en pensez-vous, vous ?

— Les humains ont besoin de voies concrètes pour aller à leur dieu, dit Crispin avec calme. Mais, je l'avoue, je préfère garder pour moi mes propres opinions sur de tels sujets.» Il s'obligea à sourire : «Si peu caractéristique de Sarance soit la réticence à propos de sujets religieux. Monseigneur, je suis ici à la demande de l'Empereur et j'essaierai de le satisfaire avec mon travail.

— Et les Patriarches ? Leur satisfaction ?

— On espère toujours l'approbation de ses supérieurs», murmura Crispin. Il passa un coin de drap sur son visage dégoulinant. À travers la vapeur, il pensa voir une étincelle dans les yeux bleus, et un léger sourire. Léontès n'était pas dépourvu d'humour. C'était un soulagement relatif. Crispin était très conscient d'être absolument seul avec le stratège, et du fait que l'épouse de cet homme s'était trouvée dans sa chambre le matin même, pour lui dire… ce qu'elle lui avait dit. La tournure éventuelle de la présente rencontre n'était pas des plus prévisibles.

Il réussit à sourire de nouveau. « Si vous me considérez comme un interlocuteur inapproprié en ce qui concerne les sujets militaires – et je peux en comprendre les raisons – pourquoi pensez-vous que nous devrions discuter de mon travail au Sanctuaire ? Des tessères et de leurs combinaisons ? Que savez-vous de la teinture du verre, vous en souciez-vous ? Ou de sa coupe ? Qu'avez-vous décidé quant aux mérites de la méthode consistant à donner un angle aux tessères dans leur lit de pose ? Ou quant à la composition et aux couches du lit de pose lui-même ? Avez-vous une opinion ferme sur l'usage de pierres lisses pour représenter la chair des corps humains ? »

L'autre l'observait avec un imperturbable sérieux. Crispin fit une pause puis reprit en nuançant son intonation : « Nous avons chacun notre aire d'expertise, Monseigneur. La vôtre est beaucoup plus importante, dirais-je, mais la mienne pourrait bien… durer plus longtemps. Nous ferions sans doute mieux de parler d'autre chose, même si vous me faites honneur. Étiez-vous à l'Hippodrome hier ? »

Léontès se déplaça un peu sur le banc ; son drap blanc lui tomba sur les hanches. Une cicatrice lui courait en diagonale de la clavicule à la taille, une ligne rougeâtre, précise, comme une couture. Il se pencha et versa un peu d'eau sur les pierres. La vapeur oblitéra la pièce pendant un moment.

« Siroès n'avait aucune difficulté à nous parler de ses dessins et de ses intentions », dit le Stratège.

"Nous"…

« Votre noble épouse était sa patronne, si j'ai bien compris, murmura Crispin. Il a aussi exécuté quelques travaux pour vous, je crois.

— Des arbres et des fleurs, une mosaïque, oui. Pour notre chambre nuptiale. Un daim près d'un ruisseau, des sangliers, des chiens, ce genre de choses. Je n'ai aucun problème avec ce genre d'images, bien entendu. » Son intonation était des plus sérieuses.

« Bien entendu. Un beau travail, j'en suis certain », dit Crispin d'un ton engageant.

Il y eut un petit silence.

« Je ne saurais dire, dit Léontès. Compétent, j'imagine. » Ses dents étincelèrent encore, brièvement. « Comme vous le dites, je ne pourrais davantage en être juge que vous ne sauriez évaluer les tactiques d'un général.

— Vous dormez dans cette pièce », répliqua Crispin, abandonnant son propre argument, par pure perversité. « Vous voyez cette mosaïque toutes les nuits.

— Quelques nuits, dit Léontès, laconique. Je ne prête guère attention aux fleurs des murs.

— Mais vous vous souciez assez du dieu dans un sanctuaire pour arranger notre rencontre ici ? »

L'autre acquiesça : « C'est différent. Avez-vous vraiment l'intention de représenter Jad sur le plafond ?

— La coupole. J'aurais tendance à penser que c'est ce qu'on attend de moi, Monseigneur. En l'absence d'instructions contraires de la part de l'Empereur, ou des Patriarches, comme vous le dites, je devrais le faire, je pense.

— Vous ne craignez pas le soupçon d'hérésie ?

— Je crée des représentations du dieu depuis mon apprentissage, Monseigneur. Si c'est officiellement devenu une hérésie au lieu d'un sujet de discussion, personne n'a porté ce changement à ma connaissance. L'armée détermine-t-elle maintenant les points de doctrine religieuse ? Allons-nous maintenant discuter comment ouvrir une brèche dans les murailles ennemies grâce à des Prières de Jad ? Ou comment mettre des Fous de Dieu dans les catapultes ? »

Il était visiblement allé trop loin. Léontès s'assombrit : « Voilà de l'impertinence, Rhodien ! »

— J'espère que non, Monseigneur. Mais je vous signale que je trouve indiscret votre sujet de discussion. Je ne suis pas sarantin, Monseigneur. Je suis un Rhodien citoyen de Batiare, convoqué ici par l'Empereur. »

Léontès sourit encore, surprenant Crispin. « C'est vrai. Pardonnez-moi. Vous avez fait une entrée… théâtrale parmi nous la nuit dernière, et je dois confesser que je me sentais plus tranquille quant aux décorations prévues en sachant que Siroès y travaillait et que mon épouse était au courant de ses projets. Il envisageait un concept qui… n'impliquait pas de représentation de Jad.

— Je vois », dit Crispin à mi-voix.

Cette donnée inattendue résolvait une autre partie du casse-tête. « On m'a dit que son renvoi pourrait causer quelque désagrément à votre noble épouse. Je constate que, pour des motifs différents, ce vous est aussi un sujet de préoccupation. »

Léontès hésita : « J'approche la religion avec sérieux. »

La colère de Crispin avait disparu. « Voilà qui est prudent, Monseigneur. Nous sommes tous les enfants du dieu et devons lui rendre honneur… chacun à sa propre façon. »

Il se sentait maintenant un peu las. Tout ce qu'il était venu faire en Orient, c'était laisser derrière lui un peu de son chagrin, se trouver peut-être une consolation dans une œuvre de quelque importance. Les complexités enchevêtrées du monde semblaient extrêmement… envahissantes, à Sarance.

Léontès s'adossa au mur sur son banc, en face de lui, sans répliquer. Après un moment, il se pencha pour frapper à la porte. À ce signal, on l'ouvrit, laissant entrer un autre vif courant d'air, puis on la referma. Un seul homme semblait avoir attendu d'entrer. Il se rendit d'une démarche traînante, en ménageant l'un de ses pieds, sur un banc opposé à celui de Crispin.

« Pas de serviteur ? grogna-t-il.

— On lui donne un peu de temps pour se rafraîchir, répondit Léontès, poli. Il devrait revenir bientôt, ou un autre. Voulez-vous que je verse pour vous ?

— Faites », dit l'autre avec indifférence.

Il n'avait évidemment pas conscience de l'identité de celui qui venait de s'offrir comme préposé au sauna. Léontès prit l'aiguière, la plongea dans le petit bassin et versa de l'eau sur les pierres, par deux fois. L'eau crépita en s'évaporant. Une vague de chaleur moite roula sur Crispin, tangible, lui congestionnant la poitrine, lui brouillant la vue.

Il adressa un regard amusé au Stratège : « Un second emploi ? »

Léontès se mit à rire : « Moins dangereux. Moins gratifiant, remarquez. Je devrais vous laisser en paix. Vous viendrez dîner une de ces nuits, j'espère ? Mon épouse aurait plaisir à discuter avec vous. Elle… collectionne les gens d'esprit.

— Je n'ai jamais fait partie d'une collection », murmura Crispin.

Le troisième homme restait muet et les ignorait, bien serré dans son drap. Léontès lui jeta un bref coup d'œil, puis se leva. Dans cette petite pièce, il semblait encore plus grand qu'au palais la nuit précédente ; son dos présentait d'autres cicatrices et des faisceaux de muscles noueux. À la porte, il se retourna.

« Les armes sont interdites ici, dit-il avec gravité. Si vous vous défaites de la lame qui se trouve sous votre pied, vous n'aurez commis qu'une infraction mineure. Sinon, vous perdrez une main en justice, ou pire, quand on vous condamnera sur mon témoignage. »

Crispin cligna des yeux. Et entra immédiatement en action.

Il le devait. Sur le banc d'en face, l'homme avait tendu une main avec un grognement pour libérer une lame mince comme du papier attachée à la plante de son pied gauche. Il la tenait d'une main experte et frappa Crispin d'un mouvement ascendant, sans préambule.

Léontès, immobile à la porte, observait la scène avec ce qui semblait un détachement plein d'intérêt.

Crispin se jeta de côté en arrachant son drap de ses épaules pour bloquer la lame. L'homme poussa un juron brutal en déchiquetant le tissu pour libérer son arme. Mais Crispin avait sauté de son banc et enroulait plusieurs tours de drap autour des bras et du torse de l'agresseur, comme un suaire. Sans réfléchir, il n'avait pas le temps, mais saisi d'une rage énorme, suffocante, il assena un violent coup de coude à la tempe de l'autre. Entendit un grognement étouffé. La lame emmaillotée de tissu ne fit pas grand bruit en tombant à terre. Crispin pivota pour se donner de l'élan, écrasa le revers de son poing gauche sur le visage de l'agresseur. Il sentit des dents casser comme autant de petites pierres, et l'os qui se fracassait, tandis qu'une brusque douleur à la main lui faisait pousser un cri inarticulé.

L'autre tomba à genoux avec une sorte de toux étouffée. Il tâtonnait à la recherche de sa lame, mais Crispin lui lança deux coups de pied dans les côtes, et un à la tête alors que son assaillant glissait de côté sur le plancher mouillé. L'autre resta étendu sans bouger.

Crispin, haletant, se laissa retomber sur le banc de marbre. Il dégoulinait, de vapeur, de sueur. Il ferma les yeux, les rouvrit. Son cœur se démenait furieusement dans sa poitrine. Léontès n'avait pas fait un geste près de la porte.

« Si aimable… à vous… de m'aider », dit Crispin d'une voix étranglée en foudroyant Léontès du regard à travers les courants de vapeur et de chaleur humide. Sa main gauche enflait déjà.

Le soldat aux cheveux dorés sourit. Une légère pellicule de sueur brillait sur son corps parfait. « Il est important pour un homme d'être à même de se défendre. Et satisfaisant de s'en savoir capable. Ne vous sentez-vous pas mieux après vous en être tiré par vous-même ? »

Crispin essayait de reprendre son souffle. Il secoua la tête avec irritation. La sueur lui dégoulinait dans les yeux. Une tache de sang s'élargissait sur le plancher, imbibant le drap blanc dans lequel était pris l'homme abattu.

« Vous devriez, dit gravement Léontès. Ce n'est pas rien de pouvoir se protéger et protéger ceux qu'on aime.

— Allez vous faire foutre. Allez le dire à des bubons de peste », grogna Crispin. Il avait la nausée et luttait pour se contrôler.

« Oh, ciel. Vous ne pouvez pas me parler ainsi, dit le Stratège avec une gentillesse surprenante. Vous savez qui je suis. Par ailleurs, je vous ai invité chez moi… Vous ne devriez vraiment pas me parler ainsi. » À l'entendre, c'était une faute de goût, une faille dans les bonnes manières civilisées. Presque comique, si Crispin n'avait été quant à lui si près de vomir dans la chaleur humide maintenant étouffante, avec le sang noir d'un étranger qui continuait à tacher le drap blanc à ses pieds.

« Et qu'allez-vous me faire ? » lança-t-il d'une voix rauque entre ses dents serrées. « M'abattre avec un autre poignard bien caché ? Envoyer votre femme m'empoisonner ? »

Léontès eut un petit rire. « Je n'ai vraiment aucune raison de vous tuer. Et la réputation de Styliane est bien pis que sa nature. Vous verrez quand vous viendrez dîner avec nous. En attendant, vous feriez mieux de sortir du sauna et de prendre un certain plaisir à savoir que ce gaillard révélera presque certainement qui l'a engagé. Mes hommes l'emmèneront à la Préfecture urbaine. On y est extrêmement doué pour les interrogatoires. Vous avez résolu par vous-même le mystère de la nuit dernière, artisan. Au prix mineur d'une main endolorie. Vous devriez être un homme satisfait. »

Allez vous faire foutre, faillit répéter Crispin, mais il s'en abstint. "Le mystère de la nuit dernière"… Tout le monde semblait à présent au courant de l'agression. Il observa le grand commandant de toutes les armées sarantines. Le regard bleu de Léontès croisa le sien à travers les tremblements de la vapeur.

« Ça suffit à vous satisfaire ? dit-il avec amertume. Assommer quelqu'un, le rendre inconscient, le tuer ? C'est ce qu'un *homme* fait pour justifier sa place dans la création de Jad ? »

Léontès observa un instant de silence. « Vous ne l'avez pas tué. La création de Jad est un endroit dangereux et précaire pour les mortels, Artisan. Dites-moi, combien de temps ont duré les gloires de Rhodias, dans la mesure où elles n'ont pu être défendues contre les Antæ ? »

C'étaient des décombres, bien entendu, Crispin le savait bien. Il avait vu les ruines noircies des mosaïques que le monde entier s'était autrefois déplacé pour révérer et admirer.

Toujours avec gentillesse, Léontès ajouta : « Je serais une bien pauvre créature du dieu si je ne trouvais de prix qu'au sang et à la guerre. C'est l'univers que j'ai choisi, oui, et j'aimerais y laisser un nom dont je pourrai être fier, mais je dirais qu'un homme trouve honneur à servir sa cité, son Empereur et son dieu, à élever ses enfants et à guider sa noble épouse vers les mêmes devoirs. »

Crispin songea à Styliane Daleina. "Je couche où mon plaisir me mène, non par nécessité." Il repoussa cette pensée. « Et la beauté ? Ce qui nous démarque des Inicii et de leurs sacrifices, ou des Karches qui boivent du sang d'ours et se scarifient la figure ? Ou bien, ce qui nous différencie, est-ce seulement d'avoir de meilleures armes ? » Mais il se sentait trop faible à présent pour éprouver une réelle colère. Il lui vint à l'esprit qu'aucun mosaïste, aucun artisan, en fait, ne laissait jamais de nom dont être fier ou pas. C'était pour les manieurs d'épées ou de haches capables de décapiter un homme. Il voulut le dire, mais se retint.

« La beauté est un luxe, Rhodien. Il lui faut des murailles et… oui, de meilleures armes, des tactiques supérieures. Ce que vous faites dépend bel et bien de ce que je fais. » Il reprit : « Ou de ce que vous venez de faire à cet homme qui voulait vous assassiner. Quelles mosaïques pourriez-vous créer si vous étiez mort sur le plancher d'un sauna ? Quelles œuvres dureraient ici si Robazès, commandant des armées bassanides, nous

subjuguait au nom de son Roi des rois ? Ou les hommes
du nord, rendus féroces par leur sang d'ours ? Ou n'importe quelle autre force, n'importe quelle autre religion,
n'importe quel ennemi encore inconnu de nous ? »
Léontès essuya une fois de plus la sueur qui lui coulait
dans les yeux. « Ce que nous édifions, même le Sanctuaire de l'Empereur, nous le tenons de façon éphémère,
et devons le défendre. »

Crispin le dévisagea. Il n'avait pas vraiment envie
d'entendre ce genre de discours. « Et les soldats qui ont
attendu leur solde trop longtemps ? À cause du Sanctuaire ? Comment les putains de l'Empire vont-elles bien
pouvoir gagner leur vie ? » remarqua-t-il, amer.

Léontès fronça les sourcils. Il rendit son regard à
Crispin à travers la vapeur. « Je dois partir. Mes gardes
s'occuperont de ce gaillard. Je suis navré, ajouta-t-il, si
la peste vous a arraché des gens que vous aimiez. Un
jour, on finit par oublier ses deuils. »

Il ouvrit la porte et disparut avant que Crispin ait pu
répliquer – à quoi que ce fût.

Crispin émergea un peu plus tard des thermes. Avec
des grimaces et des bruits apitoyés devant sa main
enflée, les préposés à la salle de rafraîchissement
avaient insisté pour la baigner tandis qu'on appelait un
docteur. Celui-ci avait émis des murmures rassurants
et, en sifflotant entre ses dents, il avait manipulé la main
pour s'assurer qu'elle n'était pas fracturée. Il prescrivit
une saignée à la cuisse droite afin de prévenir l'accu-
mulation de mauvais sang autour de la meurtrissure, ce
à quoi Crispin se refusa. Le docteur, en secouant la tête
devant l'ignorance de certains patients, laissa une
décoction de plantes à mélanger avec du vin, pour pallier
la douleur. Crispin la lui paya.

Il décida de ne pas ingurgiter la potion non plus,
mais se trouva un siège à la buvette des thermes et vint
à bout d'un flacon de vin pâle. Il avait plus ou moins
décidé qu'il n'avait pas le plus petit espoir de démêler

ce qui venait de se passer. Il éprouvait à sa main une douleur sourde et constante, mais supportable. L'homme qu'il avait frappé avec tant de férocité avait été emmené, comme promis, par la garde personnelle du Stratège ; les deux soldats de Carullus étaient devenus couleur de cendre en étant informés de l'agression, mais ils n'auraient pu y faire grand-chose à moins de suivre Crispin de piscine en piscine jusqu'au sauna.

En réalité, Crispin devait l'admettre, il ne se sentait pas si mal, en fin de compte. Il était réellement soulagé d'avoir survécu à un autre attentat, et de savoir que serait révélée par l'agresseur l'origine de ces tentatives d'assassinat. Et s'en être tiré par lui-même lui apportait, c'était vrai, une certaine satisfaction – même s'il ne lui plaisait guère de l'admettre.

Il se frotta le menton d'une main distraite, puis de nouveau délibérément, avec morosité. S'étant enquis de son chemin auprès d'un préposé, il se rendit stoïquement dans une pièce voisine, coupe de vin à la main. Il attendit sur un banc tandis qu'on s'occupait de deux autres clients, puis se laissa tomber, maussade, sur le tabouret du barbier.

Le tissu parfumé qu'on lui noua autour de la gorge lui évoqua désagréablement la cordelette d'un assassin. Et il faudrait subir ce rasage tous les jours… Il était très probable qu'un barbier, quelque part dans la Cité, finirait par lui trancher accidentellement la gorge tout en régalant d'une anecdote choisie les clients en attente. Quiconque payait ses assassins gaspillait son argent ; on le ferait pour lui. Crispin aurait vraiment aimé ne pas voir le barbier souligner ses traits d'esprit de grands mouvements de rasoir. Il ferma les yeux.

Il en ressortit sans grand dommage, pourtant, ayant été assez preste pour échapper à la vaporisation de parfum. Il se sentait plein d'une curieuse énergie, alerte, prêt à envisager son travail sur la coupole du Sanctuaire. Dans son esprit, c'était déjà sa coupole à lui, constatat-il avec une certaine ironie. Styliane Daleina l'avait incité à la prudence à ce propos, il s'en souvenait, mais quel artisan un tant soit peu qualifié pouvait écouter ce genre d'avertissement ?

Il avait besoin de revoir le Sanctuaire. Il décida d'y passer avant de retourner à l'auberge. Peut-être Artibasos y serait-il. Sans doute. L'homme vivait pratiquement dans son bâtiment, avait dit l'Empereur. Crispin finirait par en faire autant, il le soupçonnait déjà. Il voulait discuter avec l'architecte des lits de pose de ses mosaïques. Il devait également trouver les ateliers de verrerie sarantins, ainsi qu'évaluer – et certainement former à neuf – les équipes d'artisans et d'apprentis que Siroès avait dû assembler. Il y avait des contrats de guildes à apprendre – et à circonvenir. Et il devrait commencer à faire des esquisses. Inutile d'avoir des idées si personne ne pouvait les voir. Il savait déjà ce qu'il n'inclurait pas dans ses dessins ; nul n'avait besoin de savoir *tout* ce qu'il avait en tête.

Il avait beaucoup à faire ; il était ici pour une raison précise, après tout. Il fit jouer les articulations de sa main. Elle était encore enflée, mais ça irait. Il remercia Jad pour l'instinct qui lui avait fait utiliser son poing gauche. La bonne main d'un mosaïste était ce qu'il avait de plus précieux.

En route vers la sortie des thermes, il s'arrêta au comptoir de marbre, dans le foyer. Une impulsion des plus irréfléchies lui fit s'enquérir d'une adresse qu'on lui avait donnée depuis longtemps. Elle s'avéra être proche. Sans raison précise, il avait pensé que ce serait peut-être le cas. C'était un quartier respectable.

Crispin choisit d'aller rendre cette visite, par devoir. En finir, se dit-il, avant d'être consumé par son travail comme il l'était toujours. En frottant son menton lisse, il quitta l'établissement de bains pour se retrouver dans le soleil de l'après-midi qui touchait à sa fin.

Accompagné de deux soldats à la mine sombre qui marchaient à grandes enjambées dans son sillage, Caius Crispus de Varèna suivit les directions indiquées jusqu'à

la rue et à la demeure inscrites pour lui sur un morceau
de parchemin dans une villa proche de Varèna. Finalement, empruntant une large rue qui s'ouvrait sur une
jolie place, et bordée des deux côtés par de belles
maisons de pierre, il gravit les marches menant à un
portique couvert et, de sa bonne main, cogna fermement
à la porte.

Il n'avait pas encore décidé ce qu'il dirait, ou pourrait
dire. Un certain embarras était à prévoir. En attendant
l'arrivée d'un serviteur, il jeta un regard circulaire sur
les alentours. Un socle de marbre proche de la porte
portait un buste de la Bienheureuse Victime Éladia,
gardienne des vierges; compte tenu de ce qu'il avait
entendu dire, il soupçonna que c'était de l'ironie. La
rue était paisible; avec les deux soldats, il était la seule
personne en vue à l'exception d'un garçonnet qui bou-
chonnait une jument placide attachée non loin de là.
Les maisons toutes semblables semblaient bien entretenues et confortablement prospères; des torches étaient
fichées dans leurs frontons et sur leurs portiques, pro-
mettant la sécurité d'un éclairage nocturne.

Entre ces façades lisses, il était possible d'imaginer
une vie infiniment plus calme à Sarance, au lieu des intrigues violentes rencontrées jusque-là. Crispin se surprit
à imaginer des fresques aux teintes délicates dans des
pièces aux nobles proportions, ivoire, albâtre, tabourets,
coffres et bancs de bois bien tournés, bons vins, bougies
dans des candélabres d'argent, peut-être un précieux
manuscrit antique à lire auprès du feu en hiver ou dans
la paix d'une cour intérieure au milieu des fleurs estivales
et du bourdonnement des abeilles. Tous les agréments
d'une existence civilisée dans la cité protégée par la mer
qui était le centre du monde derrière ses triples murailles.
Les noires forêts sauradiennes semblaient infiniment
lointaines.

La porte s'ouvrit.

Il se retourna, prêt à s'identifier et à se faire annoncer.
Il vit sur le seuil la mince silhouette d'une jeune femme

vêtue d'écarlate, chevelure noire, yeux noirs, une ossature délicate. Il eut juste le temps de le remarquer et de comprendre que ce n'était pas une servante : avec un cri, la jeune femme se jeta dans ses bras en l'embrassant avec une passion gourmande, lui agrippant les cheveux pour l'attirer vers elle. Avant de pouvoir réagir de façon intelligente, et tandis que les deux soldats les contemplaient, bouche bée, il sentit les lèvres et la langue de la jeune femme près de son oreille, puis l'entendit murmurer furieusement : « Au nom de Jad, prétendez que nous sommes amants, je vous en supplie. Vous ne le regretterez pas, je vous le promets ! »

Mais que fais-tu ? dit une voix masculine d'une renversante familiarité, venue il ne savait d'où. Son cœur manqua un battement. Le choc lui fit émettre un son inarticulé, puis des lèvres recouvrirent à nouveau les siennes. Sa bonne main se leva – obéissante ou douée de volonté propre, il n'aurait su dire – pour tenir la jeune femme tandis qu'elle l'embrassait tel un amant perdu et retrouvé.

Oh non, entendit-il dans sa tête, la voix terriblement familière, mais avec une nouvelle et lugubre intonation, *non, non, non ! Ça ne marchera jamais ! Je ne sais pas qui c'est, mais tu vas le faire rouer de coups ou assassiner !*

Et à ce moment, quelqu'un qui se tenait dans le corridor d'entrée de la maison, derrière la jeune femme dans les bras de Crispin, s'éclaircit la voix.

La jeune femme, dont la tunique rouge lui arrivait au genou, se détacha de Crispin avec toutes les apparences d'une douloureuse réticence et à cet instant il reçut un autre choc : il se rendit compte, avec retard, qu'il connaissait son parfum. C'était celui qu'aucune autre femme de la Cité n'était censée pouvoir utiliser ; et cette femme n'était manifestement pas l'impératrice Alixana.

C'était, à moins qu'il n'eut été grandement induit en erreur, Shirin des Verts, la principale danseuse de la faction, fameux objet du désir angoissé d'au moins un jeune aristocrate rencontré la veille dans une taverne, et très certainement de bien d'autres, jeunes ou non. C'était aussi la fille de Zoticus de Varèna.

Et la voix intérieure anxieuse qu'il venait d'entendre se lamenter – par deux fois –, c'était celle de Linon.

Crispin avait de nouveau mal à la tête, tout à coup. Il se surprit à regretter d'avoir quitté les bains, ou l'auberge. Ou ses foyers.

La jeune femme recula d'un pas, la main encore posée sur le devant de la tunique de Crispin, sans appuyer, comme au regret de le laisser aller, tout en se retournant vers la personne qui avait toussoté.

En suivant son regard, complètement dépassé par cette succession trop rapide d'événements, Crispin se retrouva soudain à essayer de ne pas rire tout haut comme un enfant ou un simple d'esprit.

« Oh », dit la jeune femme en levant une main vers sa bouche comme pour masquer son étonnement. « Je ne vous ai pas entendu me suivre ! Cher ami, pardonnez-moi, mais je n'ai pu me retenir. Voyez-vous, c'est…

— Vous semblez vraiment vous insinuer partout, n'est-ce pas, Rhodien ? » dit Pertennius d'Eubulus, secrétaire du Stratège suprême que Crispin venait tout juste de voir disparaître dans la vapeur. Et cet homme-ci, la dernière fois qu'il l'avait rencontré, la nuit précédente, apportait une perle à l'Impératrice.

Pertennius portait aujourd'hui des vêtements fort élégants, en lin brodé de belle qualité, bleu et argent, avec une cape bleu foncé et une calotte assortie. Le mince visage au long nez était pâle et – ce qui n'était pas surprenant en la circonstance – les yeux étroits et observateurs ne manifestaient pas une remarquable cordialité en examinant la scène qui se déroulait près de l'entrée.

« Vous… vous vous connaissez ? » balbutia la jeune femme. Crispin remarqua, en s'efforçant toujours de contenir son amusement, qu'elle avait pâli.

« L'artisan de Rhodias a été présenté à la cour la nuit dernière, déclara Pertennius. Il vient juste d'arriver à la Cité », ajouta-t-il en appuyant sur les mots.

La jeune femme se mordit la lèvre.

Je t'avais avertie ! Je t'avais avertie ! Tu mérites tout ce qui va t'arriver ! dit, avec son intonation plaintive, la voix de patricien qui avait été celle de Linon. Elle paraissait distante, mais Crispin l'entendait dans sa tête, comme auparavant.

Elle ne s'adressait pas à lui.

Il en écarta les implications et, en contemplant la fille aux cheveux noirs de l'alchimiste, la prit en pitié. Impossible, évidemment, de prétendre être des amants ou même des amis intimes, mais…

« J'admets ne pas avoir prévu un accueil aussi généreux, dit-il avec naturel. Vous devez avoir beaucoup d'affection pour votre cher père, Shirin », poursuivit-il en souriant et en lui donnant le temps d'absorber ces paroles. « Bonne journée, Secrétaire. Nous semblons fréquenter les mêmes entrées. Curieux. J'aurais dû vous chercher aux thermes, à l'instant, pour partager une coupe de vin. Mais j'ai discuté avec le Stratège, qui a été assez bon pour m'honorer de sa compagnie. Allez-vous bien, après votre course tardive, la nuit dernière ? »

Le secrétaire resta bouche bée ; il ressemblait ainsi beaucoup à un poisson. Il poursuivait cette jeune femme de ses avances, bien sûr. Ç'aurait été évident même si les jeunes partisans des Verts, à *La Spina*, n'en avaient pas discuté la veille.

« Le Stratège ? dit Pertennius. Son père ? ajouta-t-il.

— Mon père ! » répéta Shirin avec une intonation savamment indéterminée.

« Son père, confirma Crispin d'un ton plaisant. Zoticus de Varèna, de qui j'apporte nouvelles et réflexions, comme promis dans le message que j'ai fait parvenir plus tôt. »

Il sourit au secrétaire d'un air à la fois aimable et non compromettant, et se tourna vers la jeune femme qui le contemplait maintenant avec une stupeur non feinte. « J'espère bien que je n'interromps pas un rendez-vous ?

— Non, non ! dit-elle en hâte, en rougissant un peu. Oh, non. Pertennius se trouvait simplement passer dans le quartier, à ce qu'il m'a dit. Il a… choisi de m'honorer d'une visite. M'a-t-il dit. » Elle avait l'esprit vif, comprit Crispin. « J'allais lui expliquer… quand nous vous avons entendu frapper à la porte, et dans mon excitation… »

Le sourire de Crispin exprimait la compréhension la plus bienveillante. « … vous m'avez offert un accueil inoubliable. Pour en recevoir un autre du même genre, je retournerais bien à Varèna pour en revenir avec d'autres nouvelles de Zoticus. »

Elle rougit encore davantage. Elle méritait d'être un peu embarrassée, songea-t-il, amusé.

Tu ne mérites pas une telle chance, entendit-il puis, après une pause : *Non, vraiment, je n'irai pas me faire cuire à la marmite pour le dîner. Je t'ai bien dit de ne pas essayer un stratagème aussi ridiculement évident pour…*

Il y eut un abrupt silence quand la voix intérieure fut interrompue.

Crispin s'en imaginait bien la cause, l'ayant fait lui-même bien des fois sur la route. Il n'avait pas la moindre idée de ce qui se passait ici, néanmoins. Il n'aurait pas dû être capable d'entendre cette voix.

« Vous êtes de Rhodias ? » Pertennius lorgnait la mince jeune fille avec une curiosité pleine de convoitise. « Je l'ignorais.

— En partie », acquiesça Shirin, regagnant son aplomb. Crispin se rappela que c'était toujours plus facile quand l'oiseau était réduit au silence. « Mon père est de Batiare.

— Et votre mère ? » demanda le secrétaire.

Shirin secoua la tête en souriant, avec une œillade charmeuse : « Allons, Scribe, voudriez-vous vraiment sonder tous les mystères d'une jeune femme ? » Pertennius déglutit en toussotant de nouveau. La réponse, bien sûr, était "oui", mais il pouvait difficilement le dire. Crispin lui-même garda le silence, en jetant un rapide regard circulaire dans l'entrée ; aucun oiseau n'était visible.

La fille de Zoticus le prit par le coude – un geste beaucoup plus formel cette fois, remarqua-t-il – pour le faire entrer de quelques pas dans la maison. « Pertennius, très cher ami, me permettrez-vous cette réconfortante visite ? Il y a bien longtemps que je n'ai parlé avec une relation de mon père bien-aimé. »

Elle lâcha Crispin et se retourna pour empoigner le bras du secrétaire avec la même fermeté amicale et le diriger en douceur vers la porte toujours ouverte. « C'était si aimable de votre part de me rendre visite juste pour voir si je n'étais pas trop fatiguée après toutes les émotions des Dykanies. Vous êtes vraiment un ami attentionné. J'ai bien de la chance d'avoir des hommes aussi puissants que vous pour veiller ainsi sur ma santé.

— Pas si puissant que ça », dit le secrétaire, tandis que sa main libre esquissait un geste maladroit de dénégation. « Mais oui, oui, je suis vraiment, vraiment très intéressé à votre bien-être. Ma chère enfant. » Elle lui lâcha le bras. Il semblait vouloir s'attarder à la contempler, jeta un regard à Crispin qui se tenait les mains croisées, détendu, et lui retournait un franc sourire.

« Nous, euh, nous devons dîner ensemble, Rhodien, dit Pertennius après un moment.

— Absolument », acquiesça Crispin avec enthousiasme. « Léontès dit tellement de bien de vous ! »

Le secrétaire de Léontès hésita un moment, son haut front dégarni plissé de rides. Il semblait avoir bien des questions à poser, mais il s'inclina devant Shirin et sortit sous le portique. Elle referma la porte avec soin derrière lui et resta là sans bouger, le front appuyé au chambranle, le dos tourné à Crispin. Ils gardèrent tous deux le silence. Ils entendirent le tintement d'un harnais dans la rue, le bruit étouffé du départ de Pertennius.

« Oh, Jad ! » dit la fille de Zoticus d'une voix indistincte, la bouche contre la lourde porte. « Que devez-vous penser de moi ?

— Je ne sais vraiment pas, répondit Crispin avec prudence. Que devrais-je penser ? Que vous êtes très amicale lorsque vous accueillez un visiteur ? Les danseuses de Sarance sont d'une dangereuse immoralité, dit-on. »

Elle se retourna alors, en s'adossant à la porte : « Pas moi. On aimerait que je le sois, mais non. » Elle ne portait ni bijoux ni maquillage. Ses cheveux sombres étaient assez courts. Elle semblait très jeune.

Il pouvait se rappeler son baiser. Une supercherie, mais de l'expérience. « Vraiment ? »

Elle s'empourpra de nouveau, hocha la tête : « C'est la vérité. Vous devriez pouvoir deviner pourquoi j'ai agi ainsi. Il vient me voir tous les jours depuis la fin de l'été. La moitié des hommes de l'Enceinte impériale s'attendent à voir une danseuse se mettre sur le dos en ouvrant les jambes si on lui passe un bijou ou un carré de soie sous le nez. »

Crispin ne sourit pas. « On le disait de l'Impératrice en son temps, non ? »

Elle eut une expression ironique ; il y reconnut brusquement Zoticus. « En son temps, c'était peut-être vrai. Elle a changé quand elle a rencontré Pétrus. C'est ce que j'en comprends. » Elle s'écarta de la porte. « Je ne suis guère courtoise. Votre astuce vient de m'épargner un moment très embarrassant. Merci. Pertennius est inoffensif, mais il répand des histoires. »

Crispin la dévisagea. Il se rappelait la curiosité avide du secrétaire, la nuit précédente, son regard qui passait de l'Impératrice à lui pour revenir à Alixana et à sa longue chevelure dénouée. « Il pourrait n'être pas si inoffensif. Les raconteurs d'histoires ne le sont point, vous savez, surtout s'ils sont frustrés. »

Elle haussa les épaules : « Je suis une danseuse. Il y a toujours des rumeurs. Prendrez-vous un peu de vin ? Vous venez vraiment de la part de mon bâtard de soi-disant père ? »

Elle avait lancé ces paroles avec une légèreté désinvolte.

Crispin cligna des yeux. «Oui, j'en prendrai, et oui, j'en viens. Je n'aurais pas été capable d'inventer une pareille histoire», dit-il, également léger.

Il la suivit dans le couloir. Une porte s'ouvrait au fond de l'entrée sur une cour intérieure pourvue d'une petite fontaine et de bancs de pierre, mais il faisait trop froid pour rester dehors. Shirin pénétra dans une belle pièce où un feu était prêt. Elle claqua des mains, une fois, et murmura à voix basse des instructions à la servante aussitôt apparue. Elle semblait avoir regagné tout son aplomb.

Crispin se rendit compte qu'il luttait pour conserver le sien.

Près du foyer, le long du mur, sur un gros coffre de bois et de bronze, posé sur le dos comme un jouet jeté à l'écart, se trouvait un petit oiseau de métal et de cuir.

Après s'être détournée de la servante, Shirin suivit le regard de Crispin. «Justement un cadeau de mon père, dans son infinie affection à mon égard.» Elle eut un mince sourire. «C'est tout ce que j'ai jamais reçu de lui de ma vie. Il y a des années, je lui ai écrit que j'étais arrivée à Sarance et avais été engagée comme danseuse par les Verts. Je ne sais trop pourquoi j'ai pris la peine de le lui dire, mais il a répondu. Cette unique fois. Il m'a dit de ne pas devenir une prostituée et m'a envoyé un jouet d'enfant. Ça chante quand on le remonte. Il les fabrique, je crois. Une sorte de passe-temps? Avez-vous jamais vu de ces oiseaux?»

Crispin avala sa salive en hochant la tête. Il entendait, ne pouvait s'empêcher d'entendre, le cri d'une voix en Sauradie.

«Oui, finit-il par dire. Quand je lui ai rendu visite avant de quitter Varèna.» Il hésita puis s'assit sur la chaise qu'elle lui désignait, la plus proche du feu – courtoisie envers un invité, un jour de froidure. Elle prit le siège opposé, genoux modestement serrés, avec un impeccable maintien de danseuse. Il poursuivit: «Zoticus, votre père... est en fait l'ami d'un collègue.

Martinien. Honnêtement, je ne l'avais jamais rencontré auparavant. Je ne peux vraiment vous en dire grand-chose, seulement vous rapporter qu'il semblait en bonne santé quand je l'ai vu. Un homme fort instruit. Nous… avons passé une partie de l'après-midi ensemble. Il a été assez bon pour m'offrir quelques conseils pour la route.

— Il avait coutume de voyager beaucoup, si j'ai bien compris, dit Shirin, de nouveau ironique. Ou je n'exis-terais pas, je suppose. »

Crispin hésita. L'histoire personnelle de cette jeune femme ne le concernait en rien. Mais il y avait cet oiseau, qu'on avait rendu silencieux, sur le coffre. "Une sorte de passe-temps"… « Votre mère… vous l'a dit ? »

Shirin acquiesça, un mouvement qui fit remuer ses courts cheveux noirs sur ses épaules. Crispin pouvait comprendre l'attrait qu'elle exerçait : la grâce d'une dan-seuse, la vitalité, l'effervescence. Elle avait de fascinants yeux noirs. Il pouvait l'imaginer au théâtre, pied sûr, allure aguicheuse.

« Pour être juste, dit-elle, ma mère n'a jamais parlé en mal de lui, à ce que je me rappelle. Il aimait les femmes, selon elle. Il doit avoir été séduisant et per-suasif. Ma mère avait l'intention de se retirer chez les Filles de Jad quand il a traversé notre village.

— Et ensuite ? » Il pensait à l'alchimiste païen à la barbe grise, dans sa villa campagnarde isolée, au milieu de ses parchemins et de ses artefacts.

« Oh, elle s'est retirée chez elles. C'est là qu'elle se trouve encore. Je suis née et j'ai été élevée chez de saintes femmes. Elles m'ont appris à prier, à lire et à écrire. J'étais… leur fille à toutes, je suppose.

— Mais alors comment…

— Je me suis enfuie. »

Shirin des Verts eut un bref sourire. Elle avait beau être jeune, ce n'était pas un sourire innocent. La servante apparut avec un plateau : du vin, de l'eau, un bol de fruits saisonniers tardifs. La fille de Zoticus renvoya la

servante et dilua le vin elle-même pour lui apporter
ensuite sa coupe. Il aspira une autre bouffée de son
parfum, celui de l'Impératrice.

Shirin se rassit en l'observant de l'autre côté de la
pièce d'un air évaluateur. «Qui êtes-vous?» lui demanda-
t-elle; ce n'était pas une question déraisonnable. Elle
avait légèrement penché la tête de côté; son regard alla
errer dans la pièce, revint à Crispin.

*C'est le nouveau régime? Tu me bâillonnes sauf
quand tu désires mon opinion? Comme c'est aimable. Et
oui, de fait, qui est cette personne à l'aspect vulgaire?*

Crispin déglutit. La voix aristocratique de l'oiseau
était extrêmement claire dans son esprit à présent; ils
se trouvaient dans la même pièce. Il hésita et émit:
Peux-tu entendre ce que je dis?

Pas de réponse. Shirin l'observait, attentive.

Il s'éclaircit la voix. «Mon nom est Caius Crispus.
De Varèna. Je suis un artisan. Un mosaïste. Invité ici
pour aider au Grand Sanctuaire.»

Shirin porta vivement une main à sa bouche: «Oh!
Vous êtes celui qu'on a essayé d'assassiner la nuit dernière!»

*Vraiment? Oh, magnifique! Un homme tout indiqué
pour un moment d'intimité, je dois dire.*

Crispin essaya d'ignorer le commentaire. «Les nouvelles voyagent si vite?

— À Sarance, oui, surtout quand elles concernent
les factions.»

Crispin se remémora soudain que cette jeune femme,
en tant que Première Danseuse, était à sa façon aussi
importante pour les Verts que l'était Scortius pour les
Bleus. Dans cette optique, il n'était pas surprenant de
la trouver si bien informée. Elle se laissa un peu aller
dans sa chaise en dévisageant Crispin avec à présent
une curiosité sans fard.

*Tu ne peux être sérieuse? Avec de tels cheveux? De
telles mains? Et regarde sa main gauche, il s'est bagarré. Séduisant? Ha! Ce doit être ta période du mois!*

Crispin se sentit rougir et baissa les yeux malgré lui sur ses larges mains balafrées. La gauche était visiblement enflée. Il se sentait horriblement embarrassé ; il pouvait entendre l'oiseau, mais non les répliques de Shirin, et ni l'un ni l'autre n'avait la moindre idée qu'il écoutait une partie de leurs échanges.

Shirin semblait amusée de sa soudaine réaction. « Vous n'aimez pas qu'on parle de vous ? Ce peut être utile, vous savez. Surtout si vous êtes nouveau dans la Cité. »

Crispin but une gorgée bien nécessaire. « Cela dépend... de ce qu'on dit, je suppose. »

Elle sourit ; elle avait un très joli sourire. « Je suppose. Vous n'avez pas été blessé, j'espère ? »

C'est l'accent rhodien, c'est ça ? Garde les genoux serrés, ma petite. Nous ne savons rien de cet individu.

Crispin commençait à souhaiter que Shirin réduisît l'oiseau au silence ou d'avoir lui-même un moyen de le faire. Il secoua la tête en essayant de se concentrer. « Pas blessé, non, merci. Mais deux de mes compagnons sont morts, ainsi qu'un jeune homme à l'entrée de l'enclave des Bleus. Je n'ai pas idée de qui a bien pu engager ces soldats. » On le saurait bien assez tôt, songea-t-il ; il venait juste d'assommer un autre assaillant.

« Vous devez être un mosaïste terriblement dangereux ? » Les yeux de Shirin avaient lancé un éclair ; son intonation était empreinte d'une ironie espiègle. La mention des morts ne semblait pas la troubler. C'est Sarance, se rappela Crispin.

Oh dieux ! Pourquoi ne pas te déshabiller tout de suite et te coucher par terre ? Tu pourrais t'épargner tout ce long trajet jusqu'au lit...

Crispin laissa échapper un soupir de soulagement quand l'oiseau fut de nouveau bâillonné. Il contempla sa coupe de vin, la vida. Shirin se leva d'un mouvement délié, prit la coupe. Elle versa moins d'eau dans le vin cette fois, remarqua Crispin.

« Je ne pense vraiment pas être dangereux », dit-il tandis qu'elle lui rapportait la coupe et allait se rasseoir.

Elle eut de nouveau un sourire espiègle : « Votre épouse n'est pas de cet avis ? »

Il fut heureux du silence forcé de l'oiseau. « Mon épouse est morte il y a deux étés de cela, ainsi que mes filles. »

L'expression de la jeune femme se modifia : « La peste ? »

Il hocha la tête.

« Je suis navrée » Elle l'observa un moment. « Est-ce la raison de votre venue ici ? »

Par les os de Jad. Une autre Sarantine trop perspicace. Crispin répondit, honnête : « Presque. On m'y a poussé. L'invitation était en réalité destinée à Martinien, mon partenaire. Je me suis fait passer pour lui sur la route. »

Un haussement de sourcils : « Vous vous êtes présenté à la cour impériale sous un faux nom ? Et vous avez survécu ? Oh, vous êtes bel et bien un homme dangereux, Rhodien. »

Il but de nouveau : « Pas exactement. J'ai donné mon propre nom. » Une idée lui vint à l'esprit : « De fait, le héraut qui m'a annoncé a peut-être aussi perdu son poste à cause de cela.

— Aussi ? »

Cette conversation devenait subitement bien compliquée. Après le vin des thermes, et maintenant celui-ci, il n'avait pas la tête aussi claire que nécessaire. « Le… précédent mosaïste du Sanctuaire a été renvoyé par l'Empereur, la nuit dernière. »

Shirin des Verts le dévisagea avec attention. Il y eut un bref silence. Une bûche crépita dans le feu. La jeune femme, pensive, remarqua : « Il ne manque pas de gens pour avoir désiré engager ces soldats, alors. Ce n'est pas difficile, vous savez. »

Il soupira : « Je commence à le savoir. »

Il y avait davantage à dire, mais Crispin choisit de ne pas mentionner Styliane Daleina ni un poignard clandestin au sauna. Il jeta un regard circulaire sur la pièce, vit de nouveau l'oiseau. La voix de Linon – les accents patriciens communs à tous les oiseaux de l'alchimiste – mais une personnalité totalement différente. Pas surprenant. Il savait maintenant ce qu'étaient ces oiseaux, ou ce qu'ils avaient été. Était assez certain que la jeune femme l'ignorait. N'avait pas idée de la démarche à suivre.

« Et donc, dit Shirin, avant qu'un assaillant ne se présente pour vous attaquer chez moi, avec une bonne raison ou une autre, quel message un père aimant a-t-il pour sa fille ? »

Crispin secoua la tête : « Aucun, je le crains. Il m'a donné votre nom au cas où j'aurais besoin d'aide. »

Elle essaya de le dissimuler, mais elle était déçue, il s'en rendit compte. Des enfants, des parents absents. Fardeaux intimes de tout un chacun en ce monde. « N'a-t-il rien dit de moi, au moins ? »

"C'est une prostituée", avait murmuré l'alchimiste sans sourire, avant de modifier légèrement la description. Crispin toussota de nouveau. « Il a dit que vous étiez une danseuse. Il n'avait pas de précisions, en fait. »

Elle s'empourpra de colère. « Bien sûr que oui. Il sait très bien que je suis la Première Danseuse des Verts. Je le lui ai écrit quand on m'a nommée. » Elle releva le menton. « Bien entendu, il a tellement d'enfants éparpillés un peu partout, n'est-ce pas ! Avec tous ses voyages ! Je suppose que nous lui écrivons tous et qu'il répond seulement à ses préférés. »

Crispin secoua la tête : « Il m'a dit que ses enfants ne lui écrivent pas. Je n'ai pu décider s'il était sérieux.

— Il ne répond jamais, coupa Shirin d'un ton sec. Une lettre et un oiseau, c'est tout ce que j'ai jamais reçu de mon père. » Elle reprit sa propre coupe de vin. « Il nous a envoyé des oiseaux à tous, je suppose. »

Un soudain souvenir revint à Crispin : « Je… ne crois pas.

— Oh ? Et comment le sauriez-vous ? » De la colère, dans cette voix.

« Il m'a dit qu'il n'avait jamais donné qu'un seul de
ses oiseaux. »

Elle se figea : « Il a dit ça ? »

Crispin acquiesça en silence.

« Mais pourquoi ? Je veux dire… »

Il avait une hypothèse, de fait. « Avez-vous des…
frères et sœurs dans la Cité ?

— Pas que je sache.

— C'en est peut-être la raison, alors. Il m'a dit qu'il
avait toujours pensé aller à Sarance et ne l'avait jamais
fait. Que c'était une déception pour lui. Le fait que
vous y soyez, peut-être… ? »

Shirin lança un coup d'œil à son oiseau puis revint
à Crispin. Elle semblait avoir eu une idée. Avec un
haussement d'épaules indifférent, elle remarqua : « Eh
bien, pourquoi ce serait si important pour lui de m'envoyer un jouet mécanique, je ne le sais vraiment pas. »

Crispin détourna les yeux. Elle mentait, mais elle y
était obligée. Lui aussi, d'ailleurs. Il lui faudrait du temps
pour démêler cette nouvelle histoire. Chaque rencontre,
dans cette ville, semblait présenter une nouvelle sorte
de défi. Il se rappela avec sévérité qu'il se trouvait là pour
travailler. Sur une coupole. Dans un dôme transcendant,
le plus haut du monde, un don de l'Empereur et du dieu.
Il n'allait pas, non, se laisser emberlificoter dans les
intrigues de la cité.

Là-dessus, il se leva résolument. Il avait eu l'intention
de se rendre au Sanctuaire dans l'après-midi. La présente
visite devait n'être qu'un interlude mineur, par acquit de
conscience. « Je ne devrais pas abuser de votre hospi-
talité envers un étranger qui n'a pas été invité. »

Elle se leva en hâte, son premier mouvement maladroit ; elle en parut plus jeune.

Il s'approcha, de nouveau conscient de son parfum.
Et se sentit contraint de demander, déraisonnablement :
« On m'a fait comprendre plus tôt que seule l'impératrice
Alixana a le droit de porter ce… parfum particulier.
Est-il indiscret de demander… ? »

Shirin eut un brusque sourire, visiblement satisfaite :
« Vous avez remarqué ? Elle m'a vue danser ce printemps.
M'a envoyé un messager personnel, avec un petit mot et
un flacon. On l'a rendu public : en signe d'appréciation
pour ma façon de danser, l'Impératrice m'a permis de
porter le parfum qui devait n'être que le sien. Même si
on sait qu'elle préfère les Bleus. »

Crispin baissa les yeux sur elle. Une petite fille vive
aux yeux noirs, et bien jeune. « Un grand honneur. » Il
hésita. « Ce parfum vous va aussi bien qu'à elle. »

Elle eut une expression ironique ; elle devait être
habituée aux compliments, bien sûr. « C'est bien séduisant d'être associé au pouvoir, n'est-ce pas ? » murmura-
t-elle.

Crispin éclata de rire : « Par le sang de Jad ! Si toutes
les femmes de Sarance sont aussi intelligentes que celles
que j'ai déjà rencontrées…

— Oui ? » dit-elle en lui adressant un regard oblique.
« Comment se termine cette phrase, Caius Crispus ? »
L'intonation était délibérément hautaine, et encore ta-
quine. Très efficace, il devait le concéder.

Il ne put trouver de réplique. Elle se mit à rire : « Il
faudra que vous me parliez des autres, bien sûr. On se
doit de connaître ses rivales, dans cette cité. »

Crispin la dévisagea ; il pouvait imaginer le commentaire de l'oiseau à ces paroles. Il était reconnaissant du
silence. Sinon…

Oh, dieux ! Tu es une vraie disgrâce ! Tu rends…
n'importe quelle situation embarrassante !

Il dissimula son tressaillement en portant la main à
sa bouche. Pas silencieux, l'oiseau, de toute évidence ;
la fille de Zoticus avait ses propres méthodes pour le
bâillonner. Et elle avait joué de lui comme de cet oiseau.
La jeune femme se retourna avec un sourire secret et
conduisit Crispin dans le couloir vers la porte d'entrée.

« Je vous rendrai de nouveau visite, murmura-t-il en
se retournant vers elle devant la porte. Si je le puis ?

— Bien sûr. Il le faut. J'organiserai un petit dîner
pour vous. Où demeurez-vous ? »

Il nomma l'auberge. « Mais je vais me chercher une maison. Je crois que les fonctionnaires du Chancelier doivent m'en trouver une.

— Gésius ? Vraiment ? Et Léontès vous a rencontré aux thermes ? Vous avez des amis puissants, Rhodien. Mon père avait tort. Vous ne sauriez vraiment avoir besoin de quelqu'un comme moi pour… quoi que ce soit. » Elle sourit de nouveau, avec cette expression sagace qui démentait ses paroles. « Venez me voir danser. Les courses de chars sont terminées, c'est la saison du théâtre, à présent. »

Il acquiesça. Elle ouvrit la porte et recula pour le laisser passer.

« Encore merci pour votre accueil », dit-il. Il ne savait trop pourquoi. Pour l'aiguillonner, sans doute. Elle l'avait assez fait elle-même.

« Oh, ciel, murmura Shirin des Verts, on ne me permettra pas de l'oublier, n'est-ce pas ? Mon très cher père aurait tellement honte de moi. Ce n'est pas ainsi qu'il m'a élevée, évidemment. Bonne journée, Caius Crispus », conclut-elle, en introduisant cette fois une certaine distance entre eux. Après les piques qu'elle lui avait infligées, il fut pourtant satisfait de voir qu'elle avait un peu réagi.

Ne l'embrasse pas ! Non ! La porte est-elle ouverte ?

Une brève pause, puis : *Non, je ne le sais pas, Shirin ! Avec toi, je ne suis* jamais *sûre.* Un autre silence, tandis que Shirin commentait, puis, d'un ton très différent, l'oiseau déclara : *Très bien. Oui, très chère. Oui, je sais, je le sais bien.*

Il y avait là une tendresse qui ramena tout droit Crispin à l'Ancienne Forêt. Linon. "Souviens-toi de moi".

Crispin s'inclina, bouleversé par un brusque chagrin. La fille de Zoticus, avec un sourire, referma la porte. Il resta sous le portique, plongé dans des réflexions plutôt incohérentes. Les soldats de Carullus l'attendaient en le surveillant, un œil sur la rue… qui était maintenant déserte. Un petit vent soufflait. Il faisait froid, les toits des maisons interceptaient au couchant le soleil de la fin d'après-midi.

Crispin prit une profonde inspiration et frappa de nouveau à la porte.

Elle se rouvrit bientôt. Les yeux de Shirin s'agrandirent. Elle faillit parler mais, en voyant l'expression de Crispin, se ravisa. Il entra. Ferma lui-même la porte donnant sur la rue.

Elle leva les yeux vers lui.

« Shirin, je suis désolé, mais je peux entendre votre oiseau, dit-il. Nous devons discuter de quelques petites choses. »

◆

Sous le règne de l'empereur Valérius II, la Préfecture urbaine dépendait du Maître des offices, Faustinus, comme toute l'administration civile, et son fonctionnement reflétait donc l'efficacité bien connue de celui-ci et son attention aux détails.

Ces caractéristiques s'affirmèrent avec éclat quand, pour interrogatoire, on amena l'ex-messager et présumé assassin Pronobius Tilliticus dans l'édifice bien connu et sans fenêtres qui se trouvait près du Forum de Mézaros. On suivit avec un soin minutieux les nouvelles procédures judiciaires établies par le Questeur de la Justice, Marcellinus : un scribe et un notaire étaient tous deux présents quand l'Interrogateur disposa ses instruments.

En l'occurrence, aucun des poids, des sondes métalliques ou des dispositifs plus élaborés ne s'avérèrent nécessaires. Tilliticus offrit une confession complète et détaillée dès que l'Interrogateur, jaugeant son sujet d'un œil exercé, choisit de lui saisir subitement une poignée de cheveux et de la trancher d'un coup de lame courbe à dents de scie. La mèche tomba sur le plancher et Tilliticus poussa un cri aussi strident que si la lame l'avait transpercé. Puis il se mit à bafouiller d'abondance, leur en apprenant bien plus qu'ils n'en désiraient. Le secrétaire enregistra ; le notaire fut témoin et apposa son sceau à la fin de la déposition. L'Interrogateur, sans manifester de déception, se retira ; d'autres sujets l'attendaient dans d'autres cellules.

Ces révélations détaillées dispensèrent d'interroger officiellement le soldat d'Amorie qui avait été interrompu dans sa tentative et arrêté par le Stratège suprême en personne au moment où il se livrait apparemment à un autre assaut sur la personne de l'artisan rhodien dans un établissement de bains publics.

En accord avec la nouvelle procédure, on fit immédiatement appeler un magistrat à la Préfecture. Dès son arrivée, on présenta au juge la confession de l'ex-messager et tous les détails rassemblés sur les événements de la nuit précédente et de l'après-midi.

Le juge disposait d'une certaine latitude, dans le nouveau Code législatif de Marcellinus. La peine de mort avait été en grande partie éliminée comme contraire à l'esprit de la création de Jad, en un geste bienveillant de l'Empereur après les émeutes de la Victoire, mais les amendes possibles, démembrements, mutilations et conditions d'exil ou d'emprisonnement, étaient d'une grande variété.

Le juge de garde ce soir-là se trouvait être un partisan des Verts. La mort de deux soldats et d'un partisan des Bleus était une affaire sérieuse, pour sûr, mais le Rhodien impliqué – le seul personnage vraiment important de l'histoire, apparemment – n'avait pas subi de dommages sérieux et le messager avait confessé ses crimes de son propre gré. Six des coupables avaient été abattus. À peine débarrassé de sa lourde cape pour boire une ou deux gorgées du vin qu'on lui avait apporté, le juge avait déjà décidé qu'un œil crevé et un nez coupé, dénonçant Tilliticus comme un criminel ayant subi sa peine, seraient un verdict suffisant. Avec l'exil perpétuel, bien entendu. On ne pouvait permettre à un tel criminel de rester dans la Cité. Il aurait pu en corrompre les pieux habitants.

Quant au soldat amorien, on lui marqua le front au fer rouge, la routine, pour tentative d'assassinat ; ce qui évidemment lui coûtait son poste dans l'armée, et sa pension. Et on l'exila aussi.

Le tout se passa avec une satisfaisante efficacité et le juge eut même le temps de terminer son vin et d'échanger des potins salaces avec le notaire à propos d'un jeune acteur de pantomime et d'un sénateur bien connu. Il fut de retour chez lui à temps pour son souper.

Le même soir, on fit appeler un chirurgien employé de la Préfecture : Tilliticus Pronobius perdit son œil gauche et une lame chauffée à blanc lui trancha le nez. Il reposerait pendant deux nuits à l'infirmerie de la Préfecture puis serait enchaîné et conduit au port de Déapolis, de l'autre côté du détroit, d'où il partirait en exil, borgne et marqué, dans le monde du dieu et de l'Empire, ou plus loin s'il le préférait.

De fait, comme l'apprendrait un jour la majeure partie du monde du dieu, il partit pour le sud, à travers l'Amorie et la Soriyie. Il épuisa rapidement la maigre somme que son père avait pu réunir d'urgence pour lui, et en fut réduit à mendier des restes aux portes des chapelles avec les autres indigents handicapés et mutilés, les orphelins, et les femmes trop vieilles pour vendre leur corps en échange de quoi survivre.

L'automne suivant – comme le raconterait plus tard l'histoire –, il fut tiré de cet abîme d'abjection par un prêtre vertueux dans un village proche des territoires déserts et désolés d'Ammuz. Sous le coup d'une inspiration divine, Pronobius Tilliticus s'enfonça dans le désert au printemps suivant, muni seulement d'un disque solaire, et trouva une dent de pierre abrupte à escalader. Ce fut difficile, mais il ne le fit qu'une fois.

Il y vécut quarante ans, au début grâce à des vivres envoyés par le vertueux prêtre qui l'avait ramené à Jad, et apportés plus tard par les pèlerins qui avaient commencé à rechercher sa colonne de pierre dans les sables : des paniers de vin et de vivres qu'on lui montait avec

un système de poulies et de leviers et qui redescendaient
– vides – des mains de l'ermite borgne à la longue
barbe sale et aux vêtements qui se désagrégeaient.

Nombre de gens amenés au site dans des litières,
incapables de marcher, gravement malades, ainsi qu'un
nombre non négligeable de femmes affligées de stéri-
lité, devaient par la suite prétendre, en des témoignages
soigneusement cosignés par des témoins, avoir été guéris
de leur condition par l'ingestion d'un des morceaux à
moitié grignotés par l'anachorète possédé de Jad, et
qu'il avait coutume de lancer de son précaire perchoir.
Recherché pour ses prophéties et ses saintes instructions,
Pronobius Tilliticus déclamerait de laconiques paraboles
et de lugubres et stridentes exhortations concernant des
futurs funestes.

Il avait en grande partie raison, bien entendu, puisqu'il
accéda à l'immortalité en étant le premier saint homme
massacré par les fanatiques païens venus des sables
lorsqu'ils déferlèrent du sud en Soriyie à la suite de leur
propre visionnaire inspiré par les étoiles, et de sa nouvelle doctrine ascétique.

Quand une avant-garde de cette armée du désert
atteignit la colonne de roc sur laquelle était toujours
perché l'ermite apparemment indifférent aux vents ou
à la brûlure du soleil – un vieil homme à présent, incohérent dans ses convictions et sa féroce rhétorique –,
les soldats amusés l'écoutèrent un moment fulminer.
Quand il commença grossièrement à leur cracher dessus
de la nourriture, leur amusement s'évanouit. Des archers
le hérissèrent de flèches, tel un grotesque animal à pi-
quants. Il dégringola longuement de son perchoir. Après
lui avoir de façon routinière coupé les parties génitales,
ils le laissèrent dans le sable pour les charognards.

Deux générations après le Grand Patriarche Eumé-
dius, on le déclarerait officiellement saint, l'une des
Bienheureuses Victimes appelées à l'Immortelle Lumière,
source de miracles attestés, un sage.

Dans la *Vie du saint Tilliticus*, une commande du
Patriarche, on racontait comment il avait passé de dures

et courageuses années dans la Poste impériale, loyal serviteur de son Empereur, avant de répondre à l'appel d'une plus haute puissance. On racontait l'histoire émouvante selon laquelle le saint homme avait perdu un œil dans le désert en sauvant d'un lion sauvage une enfant égarée.

"On voit Jad en soi, et non avec les yeux de ce monde", avait-il dit, rapportait-on, à l'enfant éplorée et à sa mère dont le vêtement, maculé du sang qui avait coulé des blessures du sage, finit par se retrouver parmi les saints trésors du Grand Sanctuaire de Sarance.

Au temps où fut rédigée *La Vie du saint Tilliticus*, les prêtres concernés avaient oublié, ou jugé sans importance, le rôle supposé d'un mineur artisan rhodien dans le voyage du saint homme vers la Lumière éternelle du dieu. L'argot militaire subit bien des transformations aussi, il se modifie, il évolue. Aucune connotation vulgaire ou salace ne serait plus alors attachée au nom de Pronobius, bien-aimé de Jad.

CHAPITRE 10

Le jour même où le mosaïste Caius Crispus de Varèna survivait à deux attentats contre sa vie, voyait pour la première fois le dôme du Sanctuaire de la Sainte Sagesse de Jad à Sarance et rencontrait ceux et celles qui allaient façonner et définir son existence future sous le soleil du dieu, une cérémonie avait lieu loin en Occident, à l'extérieur des murailles de sa cité natale, dans un sanctuaire bien plus modeste qu'il avait obtenu le contrat de décorer avec son partenaire, leurs artisans et leurs apprentis.

Dans les forêts de Sauradie, les peuplades des Antæ, avec les Vraques, les Inicii et les autres tribus païennes de cette contrée sauvage, avaient toujours honoré leurs ancêtres, le Jour des morts, par des rituels sanglants. Mais après s'être installés par la force des armes au sud-ouest de la Batiare tandis que l'empire rhodien implosait, ils avaient adopté la religion de Jad et bon nombre des coutumes et rituels de ceux qu'ils avaient conquis. Le roi Hildric, en particulier, pendant un règne long et judicieux, avait accompli de grands progrès dans la consolidation de leur présence dans la péninsule, en parvenant à établir des rapports assez harmonieux avec les Rhodiens vaincus mais toujours pleins de morgue.

On considérait comme extrêmement infortuné pour le roi Hildric de n'avoir laissé d'autre héritier qu'une fille.

Les Antæ avaient beau adorer désormais Jad et le vaillant Héladikos, porter des disques solaires et restaurer des chapelles, fréquenter des établissements de bains et même des théâtres, traiter avec le puissant empire sarantin comme un État souverain et non comme un assemblage de tribus : ils demeuraient un peuple connu pour le règne précaire de ses chefs et totalement inaccoutumé à la domination d'une femme. Dans certains quartiers, c'était toujours un sujet de stupeur que la reine Gisèle n'eût pas encore été forcée de se marier ou qu'on ne l'eût pas assassinée.

De l'avis des observateurs sérieux, si une situation aussi clairement inacceptable avait duré jusqu'à la consécration tant attendue du monument à la mémoire d'Hildric près des murailles de Varèna, elle ne le devait qu'à l'équilibre fragile du pouvoir entre des factions rivales.

La cérémonie eut lieu à la fin de l'automne, juste après les trois jours des Dykanies, période où les Rhodiens avaient coutume d'honorer leurs propres ancêtres ; leur religion, comme leur société, était des plus civilisées : on allumait des bougies, on énonçait des prières, on ne versait pas de sang.

Pourtant, les séquelles des excès des Dykanies étaient telles qu'un nombre significatif de ceux qui se serraient dans le sanctuaire agrandi et décoré de façon impressionnante se sentaient assez mal pour presque souhaiter être morts eux-mêmes ; de tous les festivals et jours sacrés de Rhodias qui parsemaient la fin de l'année, les Antæ avaient adopté avec un enthousiasme entièrement prévisible les orgies et les beuveries des Dykanies.

Dans la pâle lumière d'une aube sans soleil étaient assemblés les membres de la cour de Varèna, en capes de fourrure, et ceux de la noblesse antæ qui avaient fait le voyage depuis les confins du pays ; ils côtoyaient des Rhodiens bien nés et nombre de prêtres de rang plus ou moins important. On avait réservé un nombre limité de places aux gens ordinaires de Varèna et de la campagne environnante et ils faisaient la queue depuis la nuit précédente pour être présents à la cérémonie. On en avait renvoyé la plupart, bien entendu, mais ils s'attardaient dehors dans le froid à bavarder en achetant de la nourriture, du vin chaud épicé et des babioles aux étals hâtivement dressés sur les pelouses entourant le sanctuaire.

Le tumulus de terre nue qui recouvrait les morts de la dernière épidémie était toujours une présence inévitable, oppressante, au nord de la cour; on pouvait voir de temps à autre des hommes et des femmes aller s'y tenir en silence dans le vent âpre.

Une rumeur persistante prétendait que le Grand Patriarche lui-même viendrait peut-être de Rhodias honorer la mémoire du roi Hildric, mais cela n'aurait pas lieu. Les conversations, dans le sanctuaire aussi bien qu'à l'extérieur, en rendaient la cause fort claire.

Obéissant à la volonté de la jeune reine, les mosaïstes – un duo célèbre, des natifs de Varèna – avaient placé Héladikos sur la coupole.

Athan, le Grand Patriarche qui – sous la pression orientale, c'était la croyance la plus répandue – avait signé une Proclamation conjointe interdisant l'image du fils mortel de Jad, ne pouvait vraiment pas se présenter dans un sanctuaire qui défiait si ouvertement sa volonté. D'un autre côté, vivant dans la réalité de la péninsule batiaraine sous la férule des Antæ, il ne pouvait pas non plus ignorer cette cérémonie. Les Antæ avaient souscrit à la religion de Jad autant pour le père que pour le fils et ils n'allaient pas abandonner Héladikos, quoi que pussent dire les deux Patriarches. C'était… un point épineux.

Dans la solution finalement choisie, aussi ambiguë qu'on pouvait le prévoir, une demi-douzaine de prêtres de haut rang avaient accompli le voyage depuis Rhodias, par les routes boueuses, pour arriver deux jours plus tôt en plein milieu des Dykanies.

Ils siégeaient maintenant avec de sombres expressions réprobatrices à l'avant du sanctuaire, devant l'autel et le disque solaire, et prenaient soin de ne pas lever les yeux vers la coupole où l'on pouvait voir l'image dorée de Jad, et la représentation également colorée, et interdite, de son fils tombant du ciel dans son chariot, une torche enflammée à la main.

Les spécialistes en la matière avaient déjà jugé fort belles ces mosaïques, même si certains avaient levé le nez sur la qualité du verre utilisé. Détail peut-être plus important, les nouvelles images de la coupole avaient suscité chez les pieux habitants de Varèna – ceux qui avaient attendu le plus longtemps pour être enfin admis à l'arrière du sanctuaire – un murmure d'émerveillement sincère et respectueux. Scintillant dans la lueur des bougies que la reine avait fait allumer pour son puissant père, la torche d'Héladikos semblait étinceler de sa propre lumière mouvante, tandis que le dieu dans sa gloire et son enfant au funeste destin abaissaient leur regard sur les fidèles assemblés.

Par la suite, on fut trop nombreux à tirer de trop nombreuses analogies, et des morales contradictoires, des sauvages événements de la matinée. Après avoir commencé dans une grisaille froide et venteuse, ceux-ci s'étaient poursuivis dans un lieu consacré à la lueur des bougies dans les prières, pour se terminer dans un bain de sang sur l'autel devant le disque solaire.

◆

Pardos avait déjà décidé que c'était le jour le plus important de sa vie. Il était même presque certain, s'effrayant un peu lui-même des implications de cette idée, que ce serait pour toujours le moment le plus important de sa vie, que rien ne saurait ou ne pourrait jamais égaler cette matinée.

Avec Radulf, Couvry et les autres, il était assis – assis, et non debout ! – dans la section allouée aux artisans :

charpentiers, maçons, briqueteurs, forgerons, peintres des fresques, vitriers, mosaïstes, et tous les autres.

Des ouvriers, sur ordre royal, avaient apporté des bancs de bois qu'ils avaient disposés avec soin dans le sanctuaire pendant les derniers jours. C'était une sensation étrange que d'être assis dans un lieu où l'on priait. Vêtu à neuf de la tunique brune et de la ceinture que Martinien leur avait achetées à tous, Pardos s'efforçait furieusement de paraître calme et plein de maturité tout en s'arrangeant pour ne rien manquer de tout ce qui se passait.

Il lui fallait paraître calme, il le savait : il n'était plus un simple apprenti. Martinien lui avait signé ses papiers, ainsi qu'à Radulf et à Couvry, la veille, dans l'après-midi ; ils étaient tous trois à présent des artisans confirmés, au service de tout mosaïste qui choisirait de les engager ; et ils pouvaient même solliciter des commandes de leur propre chef, bien que c'eût été stupide. Radulf retournait chez lui à Baïana, comme il l'avait toujours dit ; il trouverait aisément du travail dans cette ville de séjour estival : c'était un Rhodien, sa famille avait des contacts bien placés. Pardos, un Antæ, ne connaissait personne hors de Varèna. Il allait rester avec Martinien, comme Couvry, et avec Crispin si jamais celui-ci revenait de l'Orient, de ses gloires et de ses terreurs. Pardos n'aurait pas cru regretter avec autant d'intensité un homme qui le menaçait quotidiennement de mutilation et de démembrement mais, de fait, le mosaïste lui manquait.

Martinien leur avait enseigné la patience, la discipline, l'ordre, l'équilibre entre imagination et possible. De Crispin, Pardos avait appris à *voir*.

Il essayait justement d'appliquer ces leçons en observant les couleurs des chefs massifs des Antæ et celles des Rhodiens et Rhodiennes bien nés qui se trouvaient présents. L'épouse de Martinien, à sa droite, portait un châle d'un rouge merveilleusement profond sur sa robe gris foncé ; on aurait dit du vin d'été. La

mère de Crispin, à gauche de Martinien, était vêtue
d'une longue mante d'un bleu si sombre qu'il faisait
étinceler ses cheveux blancs d'un éclat liquide dans la
lumière des bougies. Avita Crispina était une femme de
petite taille, paisible, le dos bien droit, et environnée
d'un parfum de lavande. Elle avait salué Pardos, Radulf
et Couvry en les appelant par leur nom et les avait
félicités alors qu'ils entraient de concert ; ils n'avaient
pas eu la moindre idée qu'elle fût même au courant de
leur existence.

À gauche de l'autel surélevé, près de l'endroit où
les prêtres psalmodieraient les rites de la journée et le
service à la mémoire d'Hildric, les membres les plus
importants de la cour étaient assis autour de la reine,
qui se trouvait au premier rang. Les hommes portaient
la barbe et ne souriaient pas, sobrement vêtus de bruns,
de roux et de verts foncés – des couleurs de chasse.
Pardos reconnut Eudric aux cheveux blonds, marqué
de cicatrices récoltées au combat, et pourtant séduisant, autrefois commandant des cohortes du nord qui
combattaient les Inicii, et désormais Chancelier du
royaume. La plupart des autres, Pardos ne les connaissait
pas. Certains semblaient éprouver un malaise évident à
n'être pas armés. Les armes étaient bien entendu interdites dans la chapelle, et Pardos pouvait voir des mains
se poser sans cesse sur des ceintures d'or et d'argent
sans rien y trouver.

La reine elle-même se tenait sur un siège surélevé
dans les premières rangées des bancs de bois nouvellement installés, du même côté que Pardos et les autres.
Elle était d'une exquise beauté, un peu effrayante dans
ses blanches robes de deuil, avec le voile de soie blanche
qui lui dissimulait le visage. Seul le siège imitant un
trône et l'unique bande de pourpre sombre sur la coiffe
souple qui retenait son voile indiquait aujourd'hui son
statut royal. Au temps glorieux de Rhodias, épouses,
mères et filles avaient toujours porté le voile, leur avait
dit Martinien, quand on ensevelissait un homme ou

célébrait sa mémoire. La reine, ainsi vêtue et voilée, élevée au-dessus de tous, semblait à Pardos un personnage sorti de l'Histoire ou des légendes d'autres mondes fantastiques qu'on racontait la nuit autour des feux.

Bien entendu, Martinien était le seul d'entre eux qui lui eût jamais parlé au palais, lorsqu'on leur avait attribué le contrat, à lui et à Crispin, et par la suite, quand il avait demandé de l'argent et rapporté les progrès de l'entreprise. Radulf avait vu la reine une fois de près, un jour qu'elle revenait en ville à cheval après une chasse royale loin des murailles. Pardos ne l'avait jamais vue de près. Elle était belle, avait dit Radulf.

C'était très étrange, mais on pouvait presque l'affirmer en cet instant, même si on ne pouvait distinguer son visage. Se vêtir de blanc parmi tous ces gens portant des couleurs automnales plus foncées, songea soudain Pardos, c'était un moyen efficace d'attirer les regards. Il examina cette idée, et la façon dont il pourrait s'en servir – et ce faisant songea à Crispin.

Il y eut un froissement de tissu et il se retourna vivement vers l'avant du sanctuaire. Les trois prêtres qui devaient conduire les rites – le fameux Sybard de Varèna, de la cour royale, et deux autres attachés au sanctuaire, contournèrent le disque solaire et s'immobilisèrent, jaune, bleu, jaune, jusqu'à l'apaisement progressif des murmures. Dans la lumière mouvante des chandelles et des lampes d'huile d'olive, sous les yeux du dieu et de son fils qui les voyaient depuis le dôme, ils levèrent les mains, six paumes tendues pour la bénédiction de la sainte lumière de Jad.

Rien de saint dans ce qui s'ensuivit.

Plus tard, Pardos comprit que le geste des prêtres avait été le signal convenu. Il fallait coordonner les diverses actions, et chacun savait comment commencerait la cérémonie.

Juste avant le début des rites, un homme à la barbe brune et aux larges épaules se dressa. Agila, Maître des Chevaux, mais Pardos ne le sut que plus tard. Alors que toute l'assemblée le regardait, le massif Antæ se détacha de la rangée où se tenait la reine, fit deux grandes enjambées en direction de l'autel et rejeta en arrière sa cape doublée de fourrure.

Il transpirait abondamment, il était cramoisi, et il portait une épée.

Les mains des prêtres demeurèrent levées tels six appendices oubliés tandis que leurs voix s'éteignaient dans le silence. Quatre autres hommes s'étaient également levés à l'arrière de la section royale – Pardos le vit, le cœur battant – pour se tenir dans les allées qui séparaient les rangées de bancs. Ils avaient aussi rejeté leur cape, révélant quatre autres épées, qu'ils dégainèrent. C'était une hérésie, une violation. C'était bien pis.

« Mais que faites-vous ! ? » s'écria le prêtre de la cour, si outragé que sa voix en était stridente. La reine Gisèle ne bougeait pas ; le grand homme barbu se tenait presque exactement en face d'elle, mais il était tourné vers le reste du sanctuaire.

Pardos entendit Martinien murmurer : « Jad nous protège. Ses gardes sont dehors. Évidemment. »

Évidemment. Comme tout le monde, Pardos était au courant des rumeurs, des craintes, des menaces. Il savait que la jeune reine n'avait jamais rien mangé ou bu qui n'eût été préparé par ses propres gens et goûté par eux ; qu'elle ne se hasardait jamais hors du palais, et même dans le palais, sans une forte escorte de gardes armés. Sauf ici. Au sanctuaire. Voilée de deuil, le jour du service célébré à la mémoire de son père, devant son peuple, nobles et gens du commun, devant les saints prêtres et sous le regard du dieu, dans un espace consacré où les armes étaient interdites, là où elle pouvait se croire en sécurité.

Mais elle s'était trompée.

« Que dit la Batiare de la trahison ? » dit l'homme musculeux et couvert de sueur devant la reine, ignorant le prêtre. « Que font les Antæ aux monarques qui les trahissent ? » Ses dures paroles résonnèrent dans l'espace saint, s'élevèrent sous la coupole du dôme.

« Que dis-tu ? Comment osez-vous venir armés dans un sanctuaire ? » Le même prêtre. Un homme courageux. On disait que Sybard avait défié l'Empereur sur un point de doctrine, par écrit. Il n'aurait pas peur ici, songea Pardos. Mais ses propres mains tremblaient.

L'Antæ barbu fouilla dans sa cape pour en tirer une liasse de parchemins. « J'ai des documents, s'écria-t-il. Des documents prouvant que cette fourbe reine, cette fourbe fille, cette fourbe prostituée, s'apprête à nous livrer tous aux Inicii ! »

Les païens du nord. Les tribus qui sacrifiaient encore leurs prisonniers aux dieux de la forêt. Les anciens ennemis des Rhodiens et des Antæ.

« C'est sans aucun doute un mensonge », dit le prêtre Sybard avec un aplomb renversant, tandis qu'une vague de murmures choqués courait dans le sanctuaire. « Et même s'il en était ainsi, ce n'est le lieu ni l'heure d'en traiter.

— Silence, chien castré d'une prostituée, eunuque ! Ce sont les guerriers Antæ qui choisissent le lieu et l'heure pour décider du destin d'une chienne menteuse ! »

Pardos avala sa salive avec peine. Il se sentait comme assommé. C'étaient des paroles barbares, impensables. Cet homme parlait de la *reine* !

Deux événements simultanés se déroulèrent alors très vite. Le barbu dégaina son épée, et un homme encore plus grand, à la tête rasée, qui se tenait derrière la reine, se dressa pour se placer devant elle. Son visage était dépourvu d'expression.

« Écarte-toi, le muet, ou tu seras abattu », dit l'homme à l'épée.

Dans tout le sanctuaire on se levait et on commençait à se presser vers les portes. Raclements de bancs, brouhaha de voix.

L'autre ne bougea pas, faisant de son corps un bouclier à la reine. Il n'avait pas d'arme.

« Dépose ton épée ! » s'écria le prêtre depuis l'autel. « C'est folie dans un lieu saint ! »

— Tue-la, à la fin ! »

Pardos entendit ces paroles, une voix neutre et basse, mais parfaitement distincte, provenant des sièges occupés par les Antæ près de Gisèle.

Quelqu'un poussa un cri strident. Le mouvement des gens qui s'enfuyaient faisait vaciller la flamme des bougies. Les mosaïques, au-dessus des têtes, semblaient bouger et se transformer dans les courants de lumière.

La reine des Antæ se dressa.

Le dos aussi droit qu'une lance, elle leva les mains pour écarter son voile, puis retira la coiffe qui portait l'emblème de la royauté. Elle les déposa avec douceur sur son siège surélevé, de façon que chacun, homme et femme, pût voir son visage.

Ce n'était pas la reine.

La reine était jeune, avec des cheveux dorés. Tout le monde le savait. Cette femme-ci n'était plus jeune, et des fils d'argent apparaissaient dans sa chevelure d'un brun sombre. Une fureur royale et froide étincelait dans ses yeux, pourtant, alors qu'elle s'adressait à celui qui se tenait devant elle, devant le muet qui s'était interposé. « Tu es démasqué, Agila, dans ta traîtrise. Soumets-toi au jugement. »

Pardos avait les yeux fixés sur l'homme en sueur dénommé Agila au moment où celui-ci perdit ce qui lui restait de sang-froid : la mâchoire béante, les yeux écarquillés, stupéfaits, puis le cri de rage obscène, ignoble.

Le muet désarmé mourut en premier, étant le plus proche. Un revers violent lui frappa le haut du torse et lui entailla profondément le cou. Agila arracha l'épée de la blessure et l'homme s'écroula sans un son. Pardos vit le sang jaillir dans ce lieu sacré pour aller éclabousser les prêtres, l'autel, le disque saint. Agila enjamba le corps effondré et plongea son épée droit dans le cœur de la femme qui avait remplacé la reine pour contrarier ses plans.

Elle poussa un cri aigu de souffrance et s'affaissa sur le banc situé derrière son fauteuil. Une de ses mains étreignait la lame qui lui perçait le sein, comme si elle avait voulu l'arracher elle-même. Agila le fit à sa place, avec sauvagerie, en lui entaillant la paume.

On criait partout, à ce stade. Le mouvement en direction des portes était devenu une folle panique de corps pressés. Pardos vit un apprenti de sa connaissance tituber, tomber, disparaître. Il vit Martinien qui agrippait son épouse et la mère de Crispin par les coudes alors qu'ils se mêlaient à la foule égarée en essayant de se diriger vers les sorties, comme tout le monde. Couvry et Radulf se trouvaient sur leurs talons. Puis Couvry s'avança pour prendre l'autre bras d'Avita Crispina et la protéger ainsi de son corps.

Pardos demeura où il se trouvait, debout mais figé sur place.

Il ne pourrait par la suite jamais l'expliquer exactement, seulement dire qu'il observait, qu'il fallait bien quelqu'un pour observer ce qui se passait.

Et devenu ainsi observateur – tout proche, de fait, point immobile dans le tourbillon chaotique – Pardos vit le Chancelier, Eudric Cheveux d'Or, quitter sa place près de la femme abattue pour déclarer d'une voix sonore : « Pose ton épée, Agila, ou on te la prendra. Ton acte est une trahison impie et l'on ne te laissera ni la fuir, ni y survivre. »

Il était d'un calme ahurissant. Agila se tourna vivement vers le Chancelier. Un espace avait été dégagé, les gens fuyaient le sanctuaire.

« Fous-toi ta dague dans le cul, Eudric ! Ordure, va te faire enculer par des chevaux ! Nous sommes complices et tu ne vas pas prétendre le contraire maintenant. Seul le roulement d'un dé a choisi lequel d'entre nous se tiendrait ici. Abandonner mon épée ? Insensé ! Dois-je appeler mes soldats pour te régler ton affaire, maintenant ?

— Appelle-les, fourbe », dit l'autre. Sa voix était égale, presque solennelle. Ils se tenaient tous deux à moins de cinq pieds l'un de l'autre. « Ils ne répondront pas. Mes propres hommes s'en sont déjà occupés, dans les bois où tu pensais les poster en secret.

— Quoi ? Bâtard de traître !

— Quelle amusante déclaration de ta part, en la circonstance », dit Eudric. Puis il recula prestement d'un pas en ajoutant « Vincelas ! » d'un ton pressant, tandis qu'Agila, les yeux fous, franchissait l'espace qui les séparait.

Il y avait une galerie, un peu plus haut : un endroit pour les musiciens qui y jouaient, invisibles, pour les méditations des prêtres ou leurs déambulations paisibles les jours où les pluies d'hiver ou d'automne rendaient l'extérieur trop désagréable. La flèche qui tua Agila, Maître des Chevaux, jaillit de là. Il s'abattit comme un arbre aux pieds d'Eudric, et son épée tomba avec fracas sur les dalles de pierre.

Pardos leva les yeux. Il y avait une demi-douzaine d'archers dans la galerie. Dans les allées, cependant, les quatre autres hommes à l'épée dégainée – les hommes d'Agila – abaissèrent leurs armes avec lenteur, puis les laissèrent tomber.

Ils moururent ainsi, alors qu'ils se rendaient, dans le chant de six autres flèches.

Pardos se rendit compte qu'il était tout à fait seul à présent dans la section réservée aux artisans. Complètement exposé. Il ne se retira pas, mais il s'assit. Paumes moites, jambes molles.

« Je vous présente mes excuses », dit Eudric avec aisance en se détournant des cadavres pour regarder les trois prêtres toujours debout devant l'autel. Leur visage avait la couleur du petit-lait, songea Pardos. Eudric fit une pause pour ajuster le collet de sa robe puis son lourd collier d'or. « Nous devrions pouvoir restaurer l'ordre rapidement, à présent, calmer les gens, les ramener ici. C'est un incident politique, extrêmement infortuné. Cela ne vous concerne en rien. Vous poursuivrez la cérémonie, bien entendu.

— Quoi ? Absolument pas ! » dit le prêtre de la cour, Sybard, les mâchoires contractées. « Le seul fait de le suggérer est une impiété et une disgrâce. Où se trouve la reine ? Que lui a-t-on fait ?

— Je suis bien plus anxieux que vous de connaître la réponse à cette question, je puis vous en assurer », dit Eudric Cheveux d'Or. Les paroles d'Agila résonnaient encore aux oreilles de Pardos, lequel observait avec fixité : "Nous sommes complices".

« On peut hasarder une hypothèse », ajouta Eudric, toujours très détendu, et à la cantonade pour tous ceux qui étaient restés dans le sanctuaire. « Elle a dû avoir vent du vil complot d'Agila et choisi de sauver sa vie plutôt qu'être présente aux saints rites en l'honneur de son père. Difficile, vraiment, d'en blâmer une femme. Cela suscite évidemment quelques questions. » Il sourit.

Pardos se rappellerait ce sourire.

Eudric continua, après une pause : « Je propose de restaurer l'ordre ici, puis de le rétablir au palais – au nom de la reine, bien entendu – tandis que nous cherchons l'endroit exact où elle se trouve. Puis, ajouta le blond chancelier, nous devrons déterminer ensuite comment procéder à Varèna et, en vérité, dans toute la Batiare. En attendant » – sa voix soudain froide n'admettait pas de contradiction – « tu es toi-même dans l'erreur, prêtre. Entends-moi bien : je ne t'ai pas *demandé* de poursuivre les rites. Je te l'ai *ordonné*. Vous allez tous trois conclure la cérémonie de consécration et les rituels du deuil, ou votre mort s'ajoutera à celles auxquelles vous venez d'assister. Crois-moi, Sybard. Je n'ai point de querelle avec toi, mais tu peux périr ici ou vivre afin d'atteindre les buts que tu t'es fixés, et ceux de notre peuple. On a déjà consacré des lieux saints avec du sang. »

Sybard de Varèna, aux longues jambes et au long cou, l'observa un moment. « Il n'est aucun but que je pourrais poursuivre de manière légitime, déclara-t-il, si je devais agir ainsi que vous dites. Il me faut célébrer l'office pour ceux qui viennent de mourir, et réconforter leurs familles. Faites-moi abattre si vous le désirez. »

Et il quitta la plate-forme attenant à l'autel pour sortir par une porte latérale. Les yeux d'Eudric s'étrécirent, mais il ne dit mot. Un noble antæ de plus petite taille, au menton rasé, mais portant de longues moustaches brunes, se tenait maintenant près du Chancelier, et Pardos le vit poser une main sur le bras de celui-ci pour le retenir tandis que Sybard passait près d'eux.

Eudric regardait droit devant lui en soufflant avec bruit. Ce fut le petit homme qui donna les ordres, d'une voix nette. Avec leurs propres capes, des gardes se mirent à éponger le sang là où étaient tombés la femme et le muet; il y en avait beaucoup. Ils transportèrent les deux cadavres à l'extérieur par la porte latérale, puis ceux d'Agila et de ses hommes.

D'autres soldats sortirent dans la cour, où l'on pouvait entendre la rumeur des gens effrayés qui se bousculaient. On leur avait donné l'ordre de faire revenir la foule. Et de dire que la cérémonie allait se poursuivre.

Lorsque Pardos y réfléchit par la suite, il en fut stupéfait, mais la plupart de ceux qui s'étaient précipités dehors en se piétinant les uns les autres dans leur terreur retournèrent dans le sanctuaire. Ce que cela impliquait à propos des gens, et du monde où ils vivaient, il l'ignorait. Couvry revint. Radulf aussi. Pas Martinien ni les deux femmes. Pardos se rendit compte qu'il en était heureux.

Il resta là où il se trouvait. Son regard passait d'Eudric à celui qui se tenait auprès de lui puis, devant l'autel, aux deux prêtres restants. L'un d'eux se retourna pour regarder le disque solaire, puis alla y essuyer le sang d'un coin de sa robe, comme ensuite le sang sur l'autel. Quand il se retourna pour revenir, Pardos vit la tache sombre sur le jaune de la robe. Le prêtre pleurait.

Eudric et son compagnon reprirent leurs sièges, exactement comme auparavant. Après leur avoir jeté un regard nerveux, les deux prêtres levèrent de nouveau les mains, paumes tendues, et énoncèrent les paroles rituelles, dans un parfait unisson.

«Saint Jad, que la lumière soit pour tous tes enfants assemblés ici, aujourd'hui et dans les temps à venir. » Et les gens, dans le sanctuaire, psalmodièrent le répons, de façon désordonnée d'abord, puis plus clairement. Les prêtres élevèrent de nouveau la voix, et l'assistance répondit de nouveau.

Pardos se leva alors sans faire de bruit, tandis que le rituel commençait, et il passa près de Couvry, de Radulf, il traversa toutes les rangées de ces gens assis, pour se diriger vers l'aile est ; il s'éloigna de tous ces gens qui se tenaient là sous la mosaïque de Jad et d'Héladikos porteur du feu ; il franchit les portes, traversa la cour glacée, descendit le chemin, franchit la barrière et quitta ce lieu pour toujours.

◆

Au moment où l'homme et la femme qu'elle aimait depuis l'enfance périssaient dans le sanctuaire de son père, la reine des Antæ, vêtue d'une mante de fourrure à capuchon, se tenait au bastingage de poupe d'un vaisseau parti de Mylasia pour l'Orient, sur une mer houleuse. Elle fixait le nord-ouest et la terre où, loin derrière les champs et les forêts qui l'en séparaient, se trouvait Varèna. Point de larmes dans ses yeux. Plus tôt, oui, mais elle n'était pas seule ici, et les manifestations du chagrin, pour une reine, requéraient la solitude.

Le vaisseau bien briqué avait des lignes élancées ; à l'extrémité du mât principal, fouetté par la forte brise, un lion écarlate et un disque solaire se déployaient sur fond d'azur : la bannière de l'empire sarantin.

La poignée de passagers impériaux – courriers, officiers de l'armée, collecteurs d'impôts, ingénieurs – débarquerait à Mégarium, en remerciant le ciel pour une traversée sans incidents malgré le vent et les vagues écumantes ; il était bien tard pour voyager par bateau, même pour un court trajet à travers la baie.

Gisèle ne serait pas parmi ceux qui quitteraient le navire. Elle se rendait plus loin. Elle voguait vers Sarance.

On s'était servi de presque tous les autres passagers comme d'un écran, d'un masque pour duper les officiels antæ du port de Mylasia. Si le vaisseau ne s'était pas trouvé au port, ces voyageurs auraient chevauché sur la route impériale du nord-est, jusqu'en Sauradie, pour obliquer ensuite au sud vers Mégarium. Ou ils seraient montés à bord d'un navire moins élégant que le vaisseau royal, si l'on avait jugé la mer assez bonne pour une rapide traversée de la baie.

Le présent vaisseau, pourvu d'un excellent équipage, s'était trouvé à Mylasia, dans l'attente d'une unique passagère, si elle se décidait à y embarquer.

Valérius II, Saint Empereur de Sarance, avait envoyé une invitation extrêmement personnelle à la reine des Antæ en Batiare; il lui suggérait de venir visiter sa grande Cité, siège de l'Empire, joyau du monde, pour y être fêtée et honorée, et pour s'entretenir peut-être avec lui de sujets d'importance pour la Batiare comme pour Sarance dans l'univers de Jad tel qu'il se présentait cette année-là. Six jours auparavant, la reine avait fait transmettre – discrètement – son acceptation au capitaine du vaisseau ancré à Mylasia.

Ou sinon, elle risquait de se faire assassiner.

Elle périrait sûrement, de toute façon, se disait-elle tout en contemplant par-dessus la crête blanche des vagues le rivage de sa patrie qui s'éloignait peu à peu, et en essuyant des larmes causées par le vent de la poupe – par le vent seul. Son cœur était douloureux comme une blessure, et l'image sombre de son père au regard sévère hantait sa mémoire, car elle savait ce qu'il aurait pensé et dit de sa fuite. Cela lui causait grandpeine. Un chagrin de plus – il y en avait déjà tellement dans son existence.

Le vent salin repoussa son capuchon, exposant son visage aux éléments et aux yeux des humains, fouettant ses cheveux dénoués. Peu importait. On savait à bord qui elle était. Les précautions rendues nécessaires par la plus extrême prudence étaient devenues caduques lorsque le vaisseau avait levé l'ancre avec la marée matinale pour l'emporter loin de son trône, de son peuple, de ce qui avait été toute son existence.

Y avait-il moyen de revenir? Une voie à suivre entre les récifs de la brutale rébellion, chez elle, et ceux de l'Orient où une armée s'apprêtait presque certainement à reprendre Rhodias? Et s'il existait vraiment une telle voie dans l'univers du dieu, était-elle assez judicieuse pour la découvrir? Et la laisserait-on vivre assez longtemps pour ce faire?

Elle entendit un pas derrière elle sur le pont. Ses femmes se trouvaient dans les cabines, toutes deux en proie à un violent mal de mer. Six de ses propres gardes l'accompagnaient aussi. Seulement six, malgré la distance à parcourir, et pas Pharos, l'homme silencieux qu'elle aurait tellement voulu à ses côtés – mais il se trouvait toujours à ses côtés et la supercherie aurait échoué s'il n'était pas demeuré au palais.

Ce n'était pas un des gardes qui s'approchait, ni le capitaine, lequel manifestait le mélange de respect et de courtoisie exactement approprié en la circonstance. C'était l'autre homme, celui qu'elle avait convoqué au palais pour l'aider à mener à bien sa fuite, celui qui lui avait expliqué pourquoi Pharos devrait rester à Varèna. Elle avait pleuré alors, elle s'en souvenait.

Elle lui adressa un regard oblique. De taille moyenne, longue barbe et cheveux d'un gris qui virait au blanc, traits rudes, des yeux bleus aux orbites profondes, et le bâton de frêne qu'il portait toujours. Un païen. Il le devait bien, pour être tout ce qu'il était d'autre.

«C'est une bonne brise, à ce qu'on me dit», déclara l'alchimiste Zoticus; il avait une voix lente et grave. «Elle nous poussera bientôt à Mégarium, Madame.

— Où vous me quitterez?»

Abrupt, mais elle n'avait guère le choix. Elle se trouvait dans une situation désespérément urgente, ne pouvait se livrer à d'anodines conversations de voyageurs. Devait se faire un outil, si elle en était capable, de tout ce qui pouvait en devenir un, et de n'importe qui.

L'alchimiste au visage taillé à coups de serpe s'approcha du bastingage, à une distance empreinte d'une certaine réserve. Avec un frisson, il resserra sa cape sur lui avant de hocher la tête : « Je suis navré, Madame. Comme je l'ai dit au début, je dois voir à certaines affaires en Sauradie. Je vous suis reconnaissant de m'avoir offert ce passage. À moins de voir le vent forcir, auquel cas ma gratitude sera tempérée par l'état de mon estomac. » Il lui sourit.

Elle ne lui rendit pas son sourire. Elle aurait pu le faire ligoter par ses soldats, l'empêcher de repartir de Mégarium ; les marins de l'Empereur n'interviendraient certainement pas. Mais à quoi bon ? Elle pouvait utiliser des cordes mais non s'attacher son cœur et son esprit, et c'était ce qu'elle voulait de lui. De quelqu'un.

« Mais pas reconnaissant au point de rester avec votre reine qui a besoin de vous ? » Un reproche non voilé. Cet homme avait aimé les femmes dans sa jeunesse, elle se rappelait l'avoir entendu dire. À quoi d'autre faire appel pour le garder avec elle ? Sa virginité constituerait-elle un appât ? Peut-être avait-il déjà couché avec des vierges, mais sûrement jamais avec une reine, songea-t-elle avec amertume. Cette douleur en elle, alors que la côte grise s'éloignait et se fondait enfin à la mer grise... On devait se trouver au sanctuaire à présent, et commencer les rites à la mémoire de son père à la lueur des bougies et des lampes.

L'alchimiste ne détourna pas les yeux, même si son propre regard avait une expression glaciale. Était-ce le premier des prix à payer, alors, un prix qu'elle continuerait de payer ? Après s'être lancée à l'aventure sur le vaisseau d'un autre monarque, avec pour seule compagnie une poignée de soldats, après avoir abandonné son trône à d'autres, une reine ne pouvait plus susciter ni respect ni sentiment du devoir ?

Ou bien seulement de la part de cet homme-ci ? Nulle absence de respect en lui, à vrai dire, seulement une franchise directe. Il dit avec gravité : « Je vous ai servie, Majesté, de toutes les manières possibles ici. Je suis un vieillard. Sarance est bien loin. Je ne possède aucun pouvoir qui pourrait vous y être de quelque secours.

— Vous possédez la sagesse, des arts secrets et de la loyauté… je continue à le croire.

— Et vous avez raison de le croire, pour ce qui est de la loyauté. Je désire aussi peu que vous, Madame, voir la Batiare plongée de nouveau dans un conflit. »

Elle repoussa une mèche vagabonde. Le vent lui mettait la peau à vif ; elle l'ignora. « Vous comprenez pourquoi je suis ici ? Je ne fuis pas pour moi. Ceci n'est pas… une fuite.

— Je comprends, dit Zoticus.

— Ce n'est pas la simple question de savoir qui d'entre nous règne à Varèna, ce qui importe, c'est Sarance. Absolument personne au palais n'en a la moindre compréhension.

— Je le sais. Ils se détruiront mutuellement, se livrant ainsi aux armées orientales. » Il hésita. « Puis-je demander ce que vous espérez accomplir à Sarance ? Vous avez parlé de revenir… comment le feriez-vous, sans armée ? »

Une question problématique. Elle en ignorait la réponse. « Il y a des armées et… des armées », dit-elle. « Différentes façons d'être assujetti. Vous savez ce qu'est désormais Rhodias. Vous savez… ce que nous avons fait lorsque nous l'avons conquise. Peut-être puis-je obtenir que Varèna et le reste de la péninsule ne soient pas dévastées ainsi. » Elle hésita à son tour. « Je pourrais peut-être même les empêcher de nous attaquer. D'une façon ou d'une autre. »

Il ne sourit pas, ne traita pas cette assertion avec dédain. Se contenta de dire : « D'une façon ou d'une autre. Mais vous ne reviendriez pas non plus, alors, n'est-ce pas ? »

Elle y avait pensé aussi. « Peut-être. Je paierai ce prix, je suppose. Alchimiste, si je connaissais toutes les voies possibles, je ne vous aurais pas demandé conseil. Restez avec moi. Vous savez ce que j'essaie de sauvegarder. »

Il s'inclina alors, mais ignora la requête renouvelée. « Je le sais bien, Madame. J'ai été honoré, et je le suis toujours, que vous ayez fait appel à moi. »

Dix jours plus tôt, elle se l'était fait amener sous un prétexte pratique : à l'approche du service commémoratif, il devait une fois de plus offrir ses incantations à l'entre-deux-mondes afin d'apaiser les âmes des pestiférés défunts, sous le tertre, tout comme l'esprit de son père. Zoticus était déjà venu plus d'un an auparavant, lorsqu'on avait édifié le tumulus.

Elle se souvenait de lui : un homme qui n'était plus de toute jeunesse, mais d'un maintien posé, attentif, rassurant. Pas de vantardise, pas de promesses de miracles. Son paganisme importait peu à Gisèle. Les Antæ avaient été païens aussi, il n'y avait pas si longtemps, dans les ténébreuses forêts de Sauradie et les champs qu'on ensemençait de sang.

Zoticus, disait-on, s'entretenait avec l'esprit des morts. C'était pourquoi elle l'avait convoqué deux étés plus tôt. Une époque de terreur et de douleur universelles : la peste, une féroce incursion des Inicii dans son sillage, une brève et sanglante guerre civile à la mort de son père… On avait eu un besoin désespéré de panser toutes les blessures, de trouver n'importe où du réconfort.

Pendant ses premiers jours sur le trône, Gisèle avait sollicité toutes les interventions possibles pour apaiser vivants et morts. Elle avait ordonné à cet homme d'ajouter sa voix à celles qui devaient adoucir les esprits du tumulus, à l'arrière du sanctuaire. Au coucher du soleil, dans la cour, après les prières des prêtres, lesquels étaient pieusement retournés à l'intérieur du lieu saint, il s'était joint aux chiromanciens aux grands chapeaux couverts de signes mystérieux, avec leurs entrailles de poulets. Elle ne savait ce qu'il avait fait ou dit, mais on lui avait rapporté qu'il avait été le dernier à quitter la cour sous les lunes montantes.

Elle avait songé à lui dix jours auparavant, après le rapport de Pharos, des nouvelles effrayantes mais à vrai dire peu inattendues. L'alchimiste était venu, avait été admis en sa présence, s'était incliné cérémonieusement, puis était resté appuyé sur son bâton. Ils se trouvaient seuls, Pharos excepté.

Il lui avait paru important de se ceindre de sa couronne, ce qu'elle faisait rarement en privé. Elle était la reine. Elle était encore la reine. Elle pouvait se rappeler ses premières paroles; et imaginait, sur le pont du vaisseau, qu'il le pouvait aussi.

« Ils vont m'assassiner le lendemain des Dykanies, au sanctuaire, lorsque nous y honorerons mon père. C'est décidé, Eudric, Agila et Kerdas, ce serpent. Tous les trois ensemble, en fin de compte. Je n'aurais jamais pensé qu'ils feraient alliance. Ils doivent constituer un triumvirat après ma disparition, me dit-on. Ils vont prétendre que j'ai traité avec les Inicii.

— Un pauvre mensonge », avait dit Zoticus. Il avait été très calme, une expression bienveillante et alerte dans son regard bleu, au-dessus de sa barbe grise. Personne à Varèna ne pouvait s'étonner de voir menacée la vie de la reine.

« Ils le veulent tel. Un faible prétexte, rien de plus. Vous comprenez ce qui s'ensuivra ?

— Vous désirez me voir formuler une hypothèse ? Eudric se débarrassera des deux autres dans l'année, je dirais.

— Possible. » Elle avait haussé les épaules. « Ne sous-estimez pas Kerdas. Mais cela n'importe guère.

— Ah », avait-il dit alors, à mi-voix. Un homme avisé. « Valérius ? »

— Bien sûr, Valérius. Valérius et Sarance. Une fois notre peuple divisé et en proie à une brutale guerre civile, qu'est-ce qui l'arrêtera, à votre avis ?

— Quelques petites choses le pourraient, avait-il dit avec gravité. Éventuellement. Mais au début, non. Le Stratège, comment s'appelle-t-il déjà, serait ici l'été prochain.

— Léontès. Oui. L'été prochain. Je dois vivre, je dois empêcher cela. Je ne veux pas voir tomber la Batiare, je ne veux pas la voir ensanglantée à nouveau.

— Nul homme ni femme ne pourraient le vouloir, Majesté.

— Alors, vous allez m'aider.» Elle avait opté pour une dangereuse franchise, ayant déjà conclu qu'elle n'avait à peu près pas le choix. «Il n'y a personne à cette cour en qui j'aie confiance. Je ne peux pas les faire arrêter tous les trois, chacun se déplace partout avec une petite armée. Si j'en désigne un comme mon futur époux, les autres seront en révolte ouverte le lendemain.

— Et vous seriez réduite à néant du moment où vous le déclareriez. Ils se massacreraient dans les rues de toutes les villes et dans les champs devant les murailles.»

Elle l'avait dévisagé, frappée jusqu'au fond du cœur, effrayée, en essayant de ne pas placer trop haut ses espoirs. «Vous comprenez, alors?

— Bien sûr.» Il lui avait souri. «Vous auriez dû être un homme, Madame, le roi dont nous avons besoin... même si, d'un autre côté, nous en aurions été appauvris d'autant.»

De la flatterie. Un homme et une femme. Elle n'avait pas de temps à perdre avec ce genre de stupidités. «Comment vais-je m'enfuir?» avait-elle dit avec brusquerie. «Je dois m'enfuir et y survivre pour revenir. Aidez-moi.»

Il s'était de nouveau incliné. «Je suis honoré», avait-il dit – une réplique obligée. «Où, Madame?

— Sarance, avait-elle dit sans détour. Il y a un bateau.»

Et elle l'avait surpris, en fin de compte, elle l'avait bien vu. En avait éprouvé un léger plaisir, à travers l'angoisse profonde qui l'accompagnait, chaque nuit, chaque jour, en son âme et sur ses pas, telle une ombre ou un esprit issu de l'entre-deux-mondes.

Elle lui avait demandé s'il serait capable de tuer pour elle. Lui avait déjà posé la question deux ans plus tôt, lorsqu'on avait édifié le tumulus des pestiférés. Distraitement, un simple point d'information. Pas cette fois-ci, mais il avait offert une réponse à peu près semblable: «Avec un poignard, bien sûr, bien que mes talents soient fort limités. À l'aide de poisons, certes, mais pas mieux que bien d'autres à votre disposition. L'alchimie transmute la matière, Madame, elle ne prétend pas aux soi-disant pouvoirs des charlatans et des faux chiromanciens.

— La mort est une transmutation de la vie, n'est-ce pas?» avait-elle remarqué.

Elle se rappelait son sourire, les yeux bleus qui l'avaient dévisagée avec une tendresse inattendue. Il devait avoir été fort séduisant; l'était encore, d'ailleurs. Il portait peut-être ses propres soucis, quelque fardeau; elle pouvait en la circonstance s'en rendre compte mais non l'admettre devant lui. Qui, dans l'univers de Jad, vivait sans chagrin?

«On peut la voir ainsi, ou autrement, Madame, avait-il dit. On peut considérer la mort comme la poursuite du voyage sous un manteau neuf.» Son intonation s'était modifiée. «Au moins une journée et une nuit entière d'avance vous sont nécessaires avant qu'on ne découvre votre absence, si vous devez atteindre Mylasia en toute sécurité, Madame, il faut pour cela qu'une personne en qui vous ayez confiance prétende être la reine, le jour de la cérémonie.»

Il était intelligent. Elle avait besoin qu'il le fût. Il avait poursuivi, elle l'avait écouté.

Elle pourrait quitter la cité sous un déguisement, la deuxième nuit des Dykanies, alors que les portes étaient ouvertes pour le festival. La reine pouvait porter au sanctuaire les lourds voiles blancs du deuil rhodien traditionnel, ce qui permettrait à quelqu'un d'autre de la remplacer. Elle pouvait déclarer son intention de se retirer en privé dans ses appartements le jour précédant la consécration, afin de prier pour l'âme de son père. Ses gardes – un petit nombre, triés avec soin – pouvaient attendre hors les murs et la rejoindre sur la route. Une ou deux de ses femmes aussi. En vérité, elle aurait besoin de dames d'honneur, n'est-ce pas ? Deux autres gardes, eux-mêmes déguisés pour le festival, pouvaient franchir les murailles avec elle dans le chaos des Dykanies et rejoindre les autres en rase campagne. Ils pouvaient même se retrouver à la villa de Zoticus, si cela convenait à la reine. Puis ils devraient se rendre à bride abattue à Mylasia. C'était faisable en une nuit et une journée complète. Une demi-douzaine de gardes assurerait sa sécurité sur la route. Pouvait-elle envisager une telle randonnée à cheval ?

Oui. Elle appartenait au peuple des Antæ. Elle montait depuis son adolescence.

Laquelle n'était pas si lointaine.

Elle lui avait fait répéter son plan, en y ajoutant des détails, étape par étape, en modifiant quelques-uns, changeant l'ordre de certains autres. C'était nécessaire, il ne pouvait être assez familier de la routine du palais. Elle avait ajouté l'excuse supplémentaire d'un malaise féminin pour se retirer avant la consécration : le sang des femmes suscitait encore d'anciennes frayeurs chez les Antæ, personne ne la dérangerait.

Après avoir indiqué à Pharos de verser du vin à l'alchimiste, elle s'était enfin demandé qui la remplacerait. Terrible question. Qui pouvait le faire ? Qui le ferait ? Elle ne l'avait pas dit, non plus que l'homme à la barbe grise qui buvait son vin à petites gorgées, mais ils savaient tous deux que, c'était presque assuré, cette femme mourrait.

Et en fin de compte, il n'y avait vraiment qu'un seul nom. Gisèle avait pensé pleurer alors en songeant à Anissa, qui avait été sa nourrice, mais elle s'était retenue.

Puis, en jetant un coup d'œil à Pharos, Zoticus avait murmuré : « Lui aussi devra rester, pour garder la femme qui prétendra être la reine. Même moi, je sais qu'il ne vous quitte jamais. »

C'était Pharos qui lui avait rapporté le complot à trois têtes. Le muet regardait Zoticus depuis la porte. Il avait hoché la tête, une seule fois, d'un air résolu, et s'était approché pour se tenir près de Gisèle. Son refuge. Son bouclier. Comme il l'avait été toute sa vie. Elle leva les yeux vers lui, faillit protester mais ne dit mot, comme on se plie de douleur.

Ce qu'avait dit le vieil homme était vrai. Horriblement vrai. Pharos ne la quittait jamais, jamais ; il se tenait devant la porte de ses appartements quand elle se trouvait à l'intérieur. On devait le voir au palais, puis au sanctuaire tandis qu'elle prenait la fuite, pour lui permettre justement de s'enfuir. Elle avait alors levé une main pour la poser sur le bras musculeux du géant muet au crâne rasé, lui qui avait tué et mourrait pour elle, qui aurait perdu son âme pour elle, si nécessaire. Les larmes jaillirent alors, mais elle se détourna pour les essuyer. Elle n'était apparemment pas née pour la paix, la joie, un règne sans nuages – ni même pour garder auprès d'elle les êtres si rares qui l'aimaient vraiment.

Ainsi la reine des Antæ avait-elle été presque seule lorsqu'elle avait quitté son palais, sous un déguisement, pendant la deuxième nuit des Dykanies, pour traverser la cité, ses feux de joie sur les places, la lueur mouvante de ses torches ; et presque seule pour franchir les portes, dans l'ivresse frénétique de la foule. Et enfin au matin du deuxième jour sous des cieux gris où menaçait la pluie, abandonnant la seule contrée qu'elle eut jamais connue pour les mers de la fin d'automne et le reste du monde, au levant.

L'alchimiste qui avait répondu à sa convocation et planifié sa fuite l'attendait à Mylasia. Avant de quitter

ses appartements, dix jours plus tôt, il avait demandé
passage pour la Sauradie sur le vaisseau impérial. Des
affaires personnelles, avait-il expliqué. Laissées sans
conclusion longtemps auparavant.

◆

Saurait-elle jamais à quel point elle l'avait touché ?
Il en doutait.

Solitaire enfant-reine, avec sa gravité plus qu'humaine, se défiant des ombres, des paroles, du vent
même. Et qui pouvait l'en blâmer ? Elle était menacée
de toutes parts et l'on prenait ouvertement des paris,
dans sa propre cité, sur la saison de son futur assassinat.
Assez sage pourtant – seule de tout le palais, semblait-il
– pour comprendre comment les querelles tribales des
Antæ devaient absolument changer dans le monde plus
vaste où vivait désormais son peuple, sous peine pour
celui-ci de régresser jusqu'à n'être plus qu'une tribu
parmi d'autres, chassée de la péninsule autrefois conquise, livrée à ses déchirements internes, cherchant
désespérément de l'espace vital parmi les autres fédé-
rations barbares…

Il se tenait maintenant sur une cale dans le port de
Mégarium, bien emmitouflé contre le froid de la pluie
oblique, et il regardait le vaisseau sarantin s'éloigner en
fendant les vagues, emportant la reine des Antæ vers
un monde qui s'avérerait bien certainement trop dangereux et trop hypocrite même pour son intelligence
aiguë.

Elle se rendrait à bon port, cependant ; il avait pris
la mesure du vaisseau et de son capitaine. Voyageur
lui-même en son temps, il connaissait la route et la mer.
Un bateau de commerce, large et pataud avec sa cale
profonde, aurait couru davantage de risques si tard
dans l'année ; mais, si tard dans l'année, un bateau de
commerce ne serait pas parti. Ce vaisseau-là avait été
spécialement affrété pour une reine.

Elle arriverait à Sarance, elle verrait la Cité, ce qu'il n'avait jamais fait lui-même. Mais il ne trouvait aucune joie dans cette certitude. Dans sa contrée natale, au demeurant, seule la mort attendait la jeune fille, une mort certaine, et elle était assez jeune – d'une si terrible jeunesse encore – pour s'accrocher à la vie, à n'importe quel espoir qui s'offrait en face des ténèbres proches, ou de la lumière subséquente de son dieu.

Ses dieux à lui étaient autres – il était tellement plus vieux. La longue obscurité ne devait pas forcément être toujours un objet de crainte; la poursuite de l'existence n'était pas un bien absolu. On devait chercher des équilibres, des harmonies. Chaque chose avait sa saison. La continuation du même voyage, sous un autre manteau. C'était l'automne à présent, à plus d'un titre.

À bord, alors qu'ils regardaient la Batiare disparaître à la poupe dans la grisaille, il avait vu pendant un bref moment la jeune femme soupeser les mérites d'une tentative de séduction. Cela lui avait fait grand peine. Pour Gisèle en cet instant, pour cette jeune reine d'un peuple qui n'était pas le sien, il aurait presque pu faire taire toutes ses préoccupations intérieures, les vérités qu'il comprenait au plus profond de son âme, il aurait presque pu voguer vers Sarance.

Mais en ce monde existaient des puissances plus hautes que celle des monarques, et il allait en rencontrer une là où il la savait résider. Ses affaires étaient en ordre. Martinien et un notaire avaient en main les papiers nécessaires. Le cœur lui avait parfois manqué, une fois la décision claire – seul un imbécile prétentieux l'aurait nié – mais il n'y avait plus en lui la moindre ombre de doute quant au cours nécessaire de ses actes.

Plus tôt dans l'automne, un cri avait résonné en lui, une voix familière venue de l'Orient lointain, à travers une inimaginable distance. Et puis, peu après, une lettre de l'ami de Martinien, l'artisan à qui il avait donné un oiseau. Linon. En lisant ses mots pesés avec soin, en déchiffrant leur phrasé voilé, ambigu, il avait compris le cri. Linon. Sa première, sa toute petite. Il s'était bien agi d'un adieu, et de bien plus encore.

Il n'avait pu dormir après avoir reçu cette lettre. Il était passé de son lit à sa chaise au dossier haut, puis à la porte de sa villa, où il était resté enveloppé d'une couverture, contemplant la lumière bigarrée des deux lunes et les étoiles de la nuit claire. L'ensemble de la création – ses appartements, son jardin, le verger un peu plus loin, le mur de pierre, les champs et les forêts pris dans le ruban de la route, les deux lunes qui montaient de plus en plus haut puis se couchaient, le pâle lever du soleil enfin – tout lui avait semblé presque intolérablement précieux, transcendant, imbu d'une puissance sacrée, baigné de la gloire des dieux et des déesses qui existaient encore, qui existaient toujours.

À l'aube, il avait pris sa décision ou, plus exactement, avait compris qu'on l'avait prise à sa place. Il devrait partir, ressortir son vieux sac de voyage – acheté trente ans plus tôt, avec son tissu usé et taché, et sa bandoulière en cuir d'Espérane. Y empaqueter les affaires de voyage, avec ce qu'il avait d'autre à emporter. Et commencer la longue randonnée en direction de la Sauradie, pour la première fois depuis près de vingt ans.

Mais ce matin-là aussi – comme le font parfois les forces invisibles du monde intermédiaire pour indiquer à un humain qu'il est rendu là où il le doit, qu'il a enfin bien compris – un messager était arrivé de Varèna, du palais, de la jeune reine, et il était allé la rencontrer.

Il avait écouté ce qu'elle avait à lui dire, sans surprise, puis passagèrement étonné. Avait réfléchi avec tout le soin dont il était capable pour Gisèle – plus jeune que les filles et les fils qu'il n'avait jamais vus, mais plus vieille aussi que n'aurait jamais à l'être n'importe lequel d'entre eux –, saisi de compassion pour elle, en tenant à l'écart la gravité de ses propres réflexions, ses propres craintes, la prise de conscience croissante de ce qu'il avait fait si longtemps auparavant, de ce qu'il allait faire. Il lui avait offert, en guise de présent, un plan pour sa fuite.

Puis il lui avait demandé s'il pouvait faire voile avec elle jusqu'à Mégarium.

Et il se trouvait là maintenant, visage fouetté par la pluie, à regarder le vaisseau qui filait déjà vers le sud à travers vent et vagues blanches. Son sac, il le gardait entre les pieds sur la jetée de pierre, habitué aux us et coutumes des ports. Il n'était plus un jeune homme; les quais étaient partout des endroits dangereux. Il n'avait pas peur, pourtant; rien en ce monde ne pouvait l'effrayer.

Un monde qui l'entourait toujours, même dans la pluie d'automne: marins, oiseaux de mer, vendeurs ambulants, douaniers en uniforme, mendiants, prostituées matinales à l'abri sous les portiques, pêcheurs de calmars lançant leurs lignes sur la jetée, gamins des quais qui nouaient les filins des bateaux pour une pièce lancée à la volée; en été, ils plongeaient, mais il faisait trop froid à présent. Zoticus s'était trouvé là bien des fois. Il était un autre, alors. Jeune, fier, pourchassant l'immortalité à travers mystères et secrets qu'il fallait ouvrir telle une huître pour sa perle.

Il lui vint à l'esprit qu'il avait presque sûrement des enfants qui vivaient à Mégarium. Il ne songea pas à les chercher. Aucun intérêt, plus maintenant. Ce serait un manque d'intégrité. Une flagrante sentimentalité. Le vieux père, dans son ultime long voyage, venu embrasser ses enfants bien-aimés.

Pas lui. Il n'avait jamais été ce genre d'homme. Il avait plutôt embrassé l'entrè-deux-mondes.

Il est parti? dit Tirésa dans son sac. Les oiseaux étaient tous les sept avec lui, aveugles mais non silencieux. Il ne les bâillonnait jamais.

Le vaisseau? Oui. Il est parti. Vers le sud.

Et nous? Tirésa parlait habituellement au nom des autres, quand l'ordre régnait: privilège du faucon.

Nous allons partir aussi, très chères. Oui, maintenant même.

Dans la pluie ?
Nous avons déjà fait route sous la pluie.

Il se pencha pour passer la courroie du sac sur son épaule – sensation confortable du cuir lisse et souple. Le sac ne lui semblait pas lourd, même à son âge. N'avait pas de raison de l'être : un vêtement de rechange, un peu de nourriture et de boisson, un couteau, un livre, et les oiseaux. Tous ses oiseaux, toutes les âmes aériennes qu'il avait réclamées et façonnées durant son existence, éclatante audace, ténébreux accomplissement.

Un garçonnet de peut-être huit ans, assis sur un poteau, le regardait observer le navire qui s'éloignait. En souriant, Zoticus lui lança une pièce d'argent tirée de sa bourse de ceinture. L'enfant l'attrapa avec habileté, vit que c'était de l'argent, écarquilla les yeux.

« Pourquoi ? demanda-t-il.

— Pour la chance. Allume une bougie pour moi, petit. »

Il s'éloigna à grands pas en balançant son bâton dans la pluie, tête haute, bien droit. Il traversa la cité en direction du nord-est pour rejoindre l'embranchement de la route impériale près de la muraille donnant sur les terres, comme il l'avait fait tant de fois par le passé, mais c'était maintenant pour tout autre chose. Il allait mettre fin à une histoire qui avait duré trente ans, l'histoire d'une vie qu'il ne pouvait confier à personne ; il allait ramener les oiseaux chez eux, afin de libérer les âmes qu'il avait appelées à lui.

Ce cri lointain avait été un message. Dans sa jeunesse, en lisant les Anciens, puis en mettant en pratique une terrible et prodigieuse alchimie, il avait pensé que c'était le sacrifice dans la forêt sauradienne qui comptait ici, l'hommage à une puissance adorée au milieu des arbres. Il avait pensé que les âmes des êtres sacrifiés au dieu de la forêt n'étaient que rebuts dénués d'importance, à la disposition de qui voudrait les réclamer, si par de noirs artifices on en était capable.

Mais non. La réalité était toute différente. Certes, il avait découvert qu'il possédait le savoir requis, la capa-

cité effroyable, puis exaltante d'accomplir la transmigra-
tion des âmes. Et puis, en ce matin de début d'automne,
dans sa propre cour, il avait entendu en esprit la voix qui
criait depuis l'Ancienne Forêt. Linon, sa voix de femme,
celle qu'il avait entendue une seule fois, de sa cachette,
lors du sacrifice meurtrier dans la clairière. Et, dans
son vieil âge, il avait compris la nature de son erreur, si
longtemps auparavant.

Quelle que fût la puissance qui résidait dans la forêt,
ces âmes étaient bien en réalité son tribut. Elles n'appartenaient à nul autre.

Une seconde nuit d'insomnie en avait résulté, et le
surgissement de la révélation, tel un lent lever de soleil.
Il n'était plus de toute jeunesse. Qui savait combien de
saisons ou d'années les dieux lui laisseraient encore
voir ? Et la lettre de l'artisan, par la suite, avait confirmé
sa certitude. Il savait ce qu'on exigeait de lui ; lorsque
la cape de l'existence mortelle quitterait ses épaules, il
ne s'engagerait pas dans l'éventuel voyage subséquent
avec à son débit des âmes dont il s'était emparé à tort.

Une de ces âmes l'avait quitté ; une seule – la première – avait été restituée. Les autres se trouvaient maintenant dans son sac tandis qu'il marchait sous la pluie
pour les ramener chez elles.

Ce qui l'attendait, lui, dans les arbres, il l'ignorait,
même s'il s'était emparé de quelque chose qui ne lui
était pas destiné, et même si équilibre et compensation
étaient enchâssés au cœur même de son art et des pré-
ceptes qu'il avait étudiés. Seul l'insensé nie sa peur. Ce
qui était serait. Le temps courait, le temps courait toujours.
Le don de prophétie ne faisait pas partie de son art. Il
existait en ce monde des puissances plus hautes que celle
des monarques.

Il songeait encore à la jeune reine et au voyage qu'elle
avait entrepris. Il songeait à Linon : la toute première
fois, la terreur qui lui serrait les entrailles, la puissance,
la terreur sacrée. Il y avait si longtemps. La pluie froide
sur son visage était maintenant une laisse qui le ratta-

chait au monde. Il traversa Mégarium, arriva aux murailles, vit la route devant lui depuis les portes ouvertes,
entr'aperçut pour la première fois l'Ancienne Forêt dans
la grisaille du lointain.

Il fit une pause alors, un instant, pour regarder, et
sentit le battement lourd et mortel de son cœur. Quelqu'un trébucha contre lui, avec un juron en sarantin,
puis poursuivit son chemin.

Qu'y a-t-il? demanda Tirésa. Vive et alerte. Un faucon.

Rien, mon cœur. Un souvenir.

Pourquoi un souvenir n'est-il rien?

Pourquoi, en vérité? Il ne répondit pas, reprit sa
route, bâton à la main, franchit les portes. Il attendit au
bord du fossé qu'une compagnie de marchands à cheval
fût passée, avec ses mules surchargées, puis se remit en
marche. Tant de matins d'automne ici, tous confondus
en un seul souvenir confus, au temps où il s'en allait à
la recherche de la gloire, de la connaissance, des secrets
mystérieux du monde. De l'entre-deux-mondes.

À midi, il se trouvait sur la route principale qui filait
vers l'est, et la grande forêt marchait avec lui, au nord,
toute proche.

Elle resta là, immuable, pendant les jours suivants,
sous la pluie, dans les pâles et brefs rayons du soleil;
feuilles multicolores, humides et lourdes, presque toutes
tombées, fumée d'une cabane à charbon, bruit lointain
des haches, son liquide d'un ruisseau invisible, au sud
des moutons et des chèvres, un berger solitaire. Une
fois, un sanglier sauvage se précipita de sous la futaie
puis, surpris par la lumière soudaine alors qu'un nuage
découvrait le soleil perçant, il retourna au galop dans
l'ombre et disparut.

La forêt était là aussi la nuit, derrière les volets fermés
des auberges où après tout ce temps nul ne se souvenait
de lui dans les salles communes, où il ne reconnaissait
personne, où il mangeait et buvait seul, sans prendre
de fille à l'étage comme il l'avait fait autrefois, et d'où
il s'éloignait à la première lueur du jour.

Et elle était là, à un jet de pierre de la route, dans la soirée du dernier jour, après une petite bruine d'après-midi, alors que le soleil rouge et bas se couchait dans son dos, allongeant son ombre devant lui ; il traversa le hameau familier – portes et volets clos pour la nuit, pas un chat dans l'unique rue –, pour arriver enfin, conduit par son ombre, à l'auberge où il s'arrêtait toujours avant de repartir le lendemain dans la noirceur précédant le lever du soleil et accomplir ce qu'il accomplissait le Jour des morts.

Il s'immobilisa sur la route devant l'auberge, hésitant. Il pouvait entendre les bruits qui montaient de la cour, derrière la palissade. Des chevaux, les craquements d'une carriole qu'on déplaçait, le martèlement de la forge, des garçons d'écurie. L'aboiement d'un chien. Un rire. Derrière l'auberge s'élevaient les premiers contreforts des montagnes qui barraient l'accès à la côte et à la mer, avec leurs prairies crépusculaires semées de chèvres. Le vent s'était éteint. Zoticus regarda le soleil écarlate derrière lui, les nuages empourprés qui bordaient l'horizon. Il ferait meilleur demain, c'en était la promesse ; à l'auberge, il y aurait du feu, du vin épicé pour se réchauffer.

Nous avons peur, entendit-il.

Pas Tirésa. Mirelle, qui ne parlait jamais. Il en avait fait un rouge-gorge à la gorge cuivrée, aussi petit que Linon. Le même timbre, pour toutes, sarcastique et patricien, celui du juriste près de la tombe duquel il avait accompli pour la première fois la cérémonie ténébreuse qui avait déterminé tout le reste. Le fait que, après avoir été ainsi capturées, les âmes de neuf jeunes sauradiennes sacrifiées dans un bosquet de l'Ancienne Forêt dussent ressembler à celle d'un arrogant juge rhodien mort d'un excès de boisson, c'était une ironie inattendue. La même voix pour toutes, mais il connaissait le timbre particulier à chacun de ces esprits aussi bien qu'il connaissait celui de sa propre voix.

Oh, très chères, dit-il avec douceur, *ne craignez rien.*

Ce n'est pas pour nous. Tirésa, maintenant. Avec une nuance d'impatience. *Nous savons où nous sommes. Nous craignons pour toi.*

Il ne l'avait pas prévu. Et se rendit compte qu'il ne pouvait imaginer une réplique. Il jeta un autre regard derrière lui sur la route, puis vers l'est, devant lui. Personne à cheval, personne à pied. Tous les mortels sains d'esprit se retiraient à la fin de la journée entre leurs murs, derrière leurs fenêtres closes, sous leurs toits, près de leurs feux, pour se protéger du froid et de la noirceur bientôt totale. Sur la route impériale, son ombre et celle de son bâton. Un lièvre surpris dans le champ détala en zigzaguant, pris dans la lumière rasante, pour se réfugier dans le fossé humide près de la route. Le soleil, les nuages au couchant, aussi rouges qu'un feu, que les ultimes braises d'un feu.

Il n'y avait vraiment aucune raison d'attendre au matin, si beau dût-il être.

Zoticus poursuivit son chemin sur la route solitaire, abandonnant les lumières de l'auberge. Il arriva bientôt à un petit pont plat qui franchissait un fossé au nord de la route, reconnut l'endroit et emprunta le pont, comme il l'avait fait autrefois, année après année. Il traversa le champ d'automne à l'herbe humide et sombre et, lorsqu'il arriva à l'orée obscure de la forêt, il ne s'arrêta pas mais s'enfonça dans l'obscurité attentive et lourde de ces arbres anciens, porteur de sept âmes, et de la sienne.

Derrière lui, dans le monde, le soleil sombra.

L'ombre était éternelle dans l'Ancienne Forêt; la nuit l'approfondissait, elle ne la créait point. Le matin était une lueur lointaine, une intuition plus qu'une modification de l'espace ou de la lumière. Les lunes, on les devinait habituellement à leur attraction et non à leur éclat, même si on pouvait parfois les entr'apercevoir; et parfois une étoile apparaissait entre les branches sombres, entre les feuilles mouvantes, quand la brume soudain se levait.

Dans la clairière où chaque automne des prêtres masqués versaient le sang en un rituel si ancien que nul ne savait quand il avait pris naissance, c'était encore vrai, mais légèrement différent. Les arbres s'écartaient assez ici pour laisser passer de la lumière quand les volutes du brouillard n'y flottaient point. Au printemps ou en été, le soleil de midi pouvait parfois y éveiller une touche de vert dans les feuilles, une nuance rouge et dorée lorsque les gelées d'automne s'en étaient emparées. La lune blanche y conférait une beauté froide et austère aux branches noires du cœur de l'hiver, la lune bleue les faisait à nouveau basculer dans l'étrangeté, dans l'entre-deux-mondes. On pouvait y voir plus clairement.

Comme l'herbe et les feuilles écrasées, et le sol meuble où s'était imprimé un sabot trop massif pour le monde des vivants, avant de retourner parmi les arbres. Comme sept oiseaux posés sur la terre durcie, des oiseaux mécaniques, fabriqués par artifice. Comme l'homme qui se trouvait près d'eux. Ce qui restait, plus exactement, d'un homme. Son visage était intact. Sous la lueur bleue de la lune, l'expression en était sereine, résignée, paisible.

Qu'il fût revenu de son propre gré avait pesé dans la balance ; on en avait tenu compte, on l'avait un peu épargné. Le corps avait été violemment pourfendu de l'aine au sternum. Sang, matière et humeurs étaient visibles, une longue traînée sur l'herbe dans la direction prise par les sabots.

Un vieux sac de voyage gisait au sol à peu de distance. Avec une large bandoulière en cuir d'Espérane, assouplie par un long usage.

La clairière était silencieuse. Le temps suivait son cours. La lune bleue, voguant dans les espaces déserts du ciel, s'éloigna de ce qu'elle pouvait apercevoir dans la clairière. Aucun vent, aucun bruit dans les branches dénudées, aucun bruissement dans les feuilles mortes. Nulle chouette ne lançait son cri dans l'Ancienne Forêt, nul rossignol n'y chantait. Aucune bête pour marteler le sol sur son passage, pour le retour d'un dieu. Pas pour le moment. Il était venu, il était reparti. Il reviendrait encore et encore, mais pas cette nuit.

Alors, dans la nuit immobile et froide, montèrent des paroles. Les oiseaux, dans l'herbe, qui n'étaient pas vraiment les oiseaux. Des voix de femmes flottèrent dans l'air obscur, aussi douces que des feuilles, elles qui avaient péri ici bien longtemps auparavant.

Le haïssez-vous ?

Maintenant ? Vois ce qu'on lui a fait.

Pas seulement maintenant. Toujours. Avant. Moi, jamais.

De nouveau le silence, pour un instant. La durée ne signifiait pas grand-chose dans l'Ancienne Forêt, elle était difficile à appréhender sinon par les étoiles qui glissaient hors du champ de vision, quand on pouvait les voir.

Moi non plus.

Moi non plus. Aurions-nous dû le haïr ?

Comment cela ?

En vérité, comment ?

Et voyez seulement, dit alors Linon, qui intervenait pour la première fois, elle qui avait été la première réclamée et la première à revenir, *voyez comme il en a été récompensé.*

Il n'avait pas peur, pourtant, n'est-ce pas ? Tirésa.

Si, dit Linon. Un soupir dans le silence tranquille. *Mais plus maintenant.*

Où est-il ? Mirelle.

Personne ne lui répondit.

Où devons-nous aller ? demanda Mirelle.

Ah. Cela, je le sais. Nous y sommes déjà. Nous sommes parties. Il suffit de dire adieu et nous sommes en allées, dit Linon.

Adieu, alors, dit Tirésa. Le faucon.

Adieu, murmura Mirelle.

Une par une, elles se dirent adieu, un bruissement de paroles dans l'air obscur alors que leurs âmes s'en allaient. À la fin, Linon était seule, elle qui avait été la toute première. Dans le calme du bosquet, elle prononça les ultimes paroles rituelles pour l'homme qui gisait près d'elle dans l'herbe, même s'il ne pouvait plus l'entendre. Elle dit encore autre chose dans la nuit, des mots plus tendres qu'un simple adieu. Et son âme captive accepta enfin la libération si longtemps déniée.

Ainsi le savoir secret quitta-t-il, avec ces âmes métamorphosées, la création où vivent et meurent hommes et femmes, et l'on ne vit plus jamais sous le soleil ou les lunes les oiseaux de Zoticus l'alchimiste. Sauf un.

Quand l'automne revint, dans le monde des mortels alors grandement transformé, ceux qui arrivèrent à l'aube du Jour des morts pour célébrer les anciens rites interdits ne trouvèrent ni cadavre ni oiseaux artificiels dans l'herbe. Il y avait un bâton, et un sac vide avec une bandoulière de cuir. Ils s'en étonnèrent. Quand ils eurent fait ce qu'ils étaient venus faire, l'un des hommes prit le bâton, l'autre le sac.

Ces deux-là, en l'occurrence, devaient être fortunés pendant tout le restant de leur vie, et leurs enfants après eux, qui reçurent bâton et sac à leur mort, et les enfants de leurs enfants.

Il existe en ce monde des puissances plus hautes que celle des monarques.

◆

« J'éprouverais une profonde gratitude » déclara le prêtre Maximius, principal conseiller du Patriarche d'Orient, « si quelqu'un pouvait nous expliquer pourquoi une vache d'une taille aussi absurde doit être placée sur la coupole du sanctuaire de la Sainte Sagesse de Jad. Quel travail ce Rhodien s'imagine-t-il donc devoir faire ? »

Il y eut un bref silence, digne de l'acidité hautaine du commentaire.

« Je crois », dit gravement l'architecte Artibasos après avoir jeté un coup d'œil à l'Empereur, « que l'animal serait plutôt un taureau, en réalité. »

Maximius renifla. « Je suis bien entendu tout à fait heureux de m'en remettre à votre expérience de la ferme. La question demeure, cependant. »

Dans son siège à dossier bien rembourré, le Patriarche se permit un petit sourire sous sa barbe blanche. L'Empereur demeura imperturbable.

« La politesse vous va bien, dit Artibasos, assez aimable. Vous devriez peut-être la cultiver davantage. Il est coutumier – sauf parmi les prêtres, peut-être – de laisser son savoir précéder ses opinions. »

Cette fois, ce fut Valérius qui sourit. L'heure était tardive. Chacun connaissait les habitudes nocturnes de l'Empereur, et Zakarios, le Patriarche d'Orient, s'y était depuis longtemps adapté. Les deux hommes avaient négocié une relation fondée sur une amitié personnelle imprévue tout autant que sur la tension bien réelle entre leurs postes et rôles respectifs ; cette dernière avait tendance à se manifester dans les actions et les déclarations de leurs subordonnés, qui évoluaient aussi avec les années ; ils s'en rendaient compte tous les deux.

À l'exception des serviteurs et de deux secrétaires impériaux qui se tenaient dans l'ombre en bâillant, il y avait cinq hommes dans la pièce – une salle du petit palais Travertin ; chacun, à un moment ou à un autre, avait eu l'occasion d'examiner à loisir les dessins qu'on avait apportés là. Le mosaïste ne se trouvait pas présent ; ce n'aurait pas été approprié. Le cinquième homme, Pertennius d'Eubulus, secrétaire du Stratège suprême, avait pris des notes en étudiant les esquisses. Ce n'était point surprenant : le mandat de l'historien était de faire la chronique des projets architecturaux de l'Empereur, et le Grand Sanctuaire en était le fleuron.

Ce qui conférait une extrême importance aux esquisses préliminaires pour les mosaïques éventuelles de la coupole, à la fois sur le plan esthétique et sur le plan théologique.

Les doigts joints devant la figure, des doigts courts et épais, Zakarios refusa en secouant la tête le vin offert par un serviteur. « Taureau ou vache, c'est inhabituel. Une grande partie de ce dessin est inhabituelle. Vous en serez d'accord, Monseigneur ? » Il ajusta la partie de sa coiffe qui lui retombait sur l'oreille. Avec ses cordelettes qui lui pendaient sur le menton, cette coiffe ne faisait rien pour améliorer son apparence, il en avait conscience mais avait passé l'âge où ce genre de choses importait ; il se souciait bien davantage du fait que, bien que l'hiver ne fût pas encore arrivé, il avait déjà froid tout le temps, même à l'intérieur.

« On pourrait difficilement ne pas en être d'accord », murmura Valérius. Il était vêtu d'une tunique de laine bleu sombre, avec des pantalons à la dernière mode, ceinturés, et enfoncés dans des bottes noires. Une tenue de travail : pas de couronne, pas de bijoux. De tous ceux qui se trouvaient dans la pièce, il semblait le seul à avoir oublié l'heure. La lune bleue avait glissé loin à l'occident et flottait maintenant sur la mer. « Auriez-vous préféré un concept plus "habituel" pour ce sanctuaire ?

— Ce dôme a de saintes visées », dit le Patriarche avec fermeté. « Les images qui s'y trouvent – au point le plus élevé du Sanctuaire – doivent inspirer de pieuses pensées aux dévots. Ce n'est pas un palais destiné à des mortels, Monseigneur, c'est une évocation du palais de Jad.

— Et vous avez le sentiment, dit Valérius, que le projet du Rhodien ne convient pas, en l'occurrence ? Vraiment ? » C'était une question pleine de sous-entendus.

La Patriarche hésita. L'Empereur avait l'habitude déconcertante de trancher dans les détails pour aller droit à l'essentiel avec ce genre de requête abrupte. En fait, les esquisses au fusain du projet de mosaïque étaient stupéfiantes. Il n'y avait réellement pas d'autre mot simple pour les décrire, ou du moins aucun ne venait-il à l'esprit du Patriarche en cette heure tardive.

Eh bien, oui, un autre terme : elles suscitaient un sentiment d'humilité.

Ce qui était tout à fait bien, n'est-ce pas ? Le dôme couronnait un sanctuaire – une demeure – destiné à honorer un dieu, tout comme un palais abritait et honorait un monarque mortel. L'exaltation du dieu devait être plus auguste encore, car les Empereurs n'étaient que ses régents sur terre ; la voix du messager de Jad était la dernière qu'ils entendaient en mourant : *Dépose ta couronne, le Seigneur des empereurs t'attend.*

Si les fidèles éprouvaient de la révérence, la vaste immensité de la puissance divine au-dessus de leur tête…

« Le dessin est remarquable », dit Zakarios avec franchise – il était risqué d'être moins que direct avec Valérius. Il posa ses mains jointes sur ses genoux. « Il est aussi… troublant. Désirons-nous que les fidèles soient troublés dans la demeure du dieu ?

— Je ne sais même pas où je me trouve moi-même quand je regarde ceci », déclara Maximius d'un ton plaintif en allant à la large table où Pertennius d'Eubulus se penchait sur les esquisses.

« Vous êtes dans le palais Travertin », dit le petit architecte, Artibasos, plein de prévenance. Maximius lui adressa un regard chargé de rancœur.

« Que voulez-vous dire ? » demanda Zakarios. Son principal conseiller était un homme trop zélé, facilement hérissé, à l'esprit littéral, mais capable dans les limites de ses fonctions.

« Eh bien, voyez, dit Maximius. Nous devons nous imaginer debout sous la coupole, dans le Sanctuaire. Mais le long de… je suppose que c'est le côté est, le Rhodien montre ce qui est évidemment la Cité… et le Sanctuaire lui-même, vu de loin…

— Comme depuis la mer, oui, dit Valérius à mi-voix.

— … Et donc nous serons *à l'intérieur* du Sanctuaire, mais devrons nous imaginer en train de le regarder de l'extérieur, à distance. Ça… ça me donne la migraine », conclut fermement Maximius. Il effleura son front, comme pour insister sur sa douleur. Pertennius lui adressa un regard oblique.

De nouveau un court silence. L'Empereur jeta un coup d'œil à Artibasos. Avec une patience inattendue, l'architecte déclara : « Il nous montre la Cité dans une perspective plus vaste. Sarance, Reine des Cités, merveille du monde. Dans une telle représentation, le Sanctuaire est là, comme il se doit, avec l'Hippodrome, les palais de l'Enceinte impériale, les murailles donnant sur la terre, le port, les bateaux dans le port...

— Mais, dit Maximius, un doigt levé, avec tout le respect que je dois à notre glorieux Empereur, Sarance est la merveille de ce monde-ci, alors que la demeure du dieu honore les mondes au-delà de ce monde... ou devrait le faire. » Il jeta un coup d'œil par-dessus son épaule au Patriarche, comme pour lui demander son assentiment.

« Qu'est-ce qui se trouve au-delà ? » demanda l'Empereur d'une voix douce.

Maximius se retourna vivement : « Monseigneur ? Je vous demande pardon... Au-delà ?

— Au-delà de la Cité, au-dessus, Prêtre. Qu'y a-t-il ? » Maximius avala sa salive.

« Jad, Monseigneur Empereur », dit l'historien Pertennius en réponse. Son intonation était détachée, songea le Patriarche, comme s'il n'avait pas été en réalité contraint de *participer* à tout le processus, seulement d'en rédiger la chronique. Néanmoins, il avait dit vrai.

Zakarios pouvait voir les dessins depuis son siège. Le dieu se tenait en effet au-dessus de Sarance, nimbé d'une majestueuse magnificence dans son chariot solaire, montant comme le soleil, tout droit, avec la barbe prescrite comme il se devait par l'orthodoxie orientale. Zakarios s'était à demi attendu à devoir s'indigner d'une jolie image occidentale trop dorée, mais le Rhodien n'avait rien fait de tel. Jad était sombre et sévère sur sa coupole, tel que le connaissaient les fidèles orientaux, emplissant tout un pan de la voûte et situé presque à son apex. Ce serait une glorieuse représentation du dieu, si on pouvait en venir à bout.

« Jad, oui, en vérité, dit l'empereur Valérius. Le Rhodien montre notre Cité dans toute sa majesté – la Nouvelle Rhodias, ainsi que Saranios l'a nommée au tout début, et ainsi qu'il la désirait. Et au-dessus, là où il doit se trouver et se trouve toujours, l'artisan nous présente le dieu. » Il se tourna vers Zakarios. « Monseigneur Patriarche, quel message déconcertant y a-t-il ici ? Si un tisserand, un cordonnier ou un soldat se tenaient sous cette image, qu'en emporteraient-ils dans leur cœur après avoir levé les yeux ?

— Il y a davantage, Monseigneur », ajouta Artibasos d'un ton mesuré. « Regardez le côté ouest du dôme, où il nous montre Rhodias en ruine – un rappel de la fatale fragilité des choses humaines. Et voyez comme, le long du côté nord, nous aurons la création du dieu dans toute sa splendeur et toute sa variété : des hommes et des femmes, des fermes, des routes, de petits enfants, des animaux de toute sorte, des oiseaux, des collines, des forêts. Imaginez ces esquisses d'arbres en forêt d'automne, Monseigneur, ainsi que le suggèrent les notes. Imaginez là-haut la couleur des feuilles, illuminées par les lampes ou par le soleil. Ce taureau en fait partie, il appartient à la création de Jad, tout comme la mer qui court le long du côté sud vers la Cité. Monseigneur Empereur, Monseigneur Patriarche, le Rhodien nous propose d'offrir, sous forme de mosaïque dans ma coupole, la représentation d'une si grande part de la création divine que j'en suis… j'en suis bouleversé, je l'admets. »

Sa voix s'éteignit dans le silence. L'historien Pertennius lui adressa un regard curieux. Personne ne prit la parole. Même Maximius se tenait coi. Zakarios se passa une main dans la barbe et jeta un coup d'œil à l'Empereur ; ils se connaissaient depuis longtemps.

« Bouleversant », dit le Patriarche en écho, s'appropriant le terme. « Est-ce *trop* ambitieux ? »

Il vit qu'il avait touché un point sensible. Valérius le regarda droit dans les yeux pendant un instant, puis haussa les épaules : « Il l'a dessiné, il se charge de le

réaliser si nous lui fournissons hommes et matériaux. »
Un autre haussement d'épaules : « Je peux toujours lui
faire trancher les mains et l'aveugler s'il échoue. »

Pertennius leva les yeux à ses paroles, sans trahir
d'émotion sur son visage étroit, puis revint aux esquisses
qu'il n'avait cessé d'étudier.

« Une question, si je puis ? murmura-t-il. N'est-ce
pas… déséquilibré, Messeigneurs ? Le dieu est toujours
au *centre* de la coupole. Or ici Jad et la Cité se trouvent
à l'est, le dieu en ascension vers l'apex… mais il n'y a
rien pour lui faire pendant à l'ouest. C'est presque comme
si ce dessin… exigeait une autre figure à l'opposé.

— Il nous donnera le ciel », dit Artibasos en allant
rejoindre Pertennius à la table. « La terre, la mer, le ciel.
Les notes décrivent un coucher de soleil à l'ouest, sur
Rhodias. Imaginez-le, en couleur…

— Même ainsi, je prévois un problème », dit le scribe
à la longue figure de Léontès. Il posa un doigt manu-
curé sur l'esquisse au fusain. « Avec tout mon respect,
Messeigneurs, vous pourriez lui suggérer de placer
quelque chose *ici*. Plus… eh bien, hum, *quelque chose*.
Pour l'équilibre. Car, ainsi que nous le savons tous,
l'équilibre est essentiel à l'homme vertueux. » Il eut une
brève expression pieuse, en serrant ses lèvres minces.

Quelque philosophe païen l'aura sans doute dit,
songea Zakarios, acide. Il n'aimait pas l'historien ; cet
homme semblait toujours présent, attentif, ne trahissait
jamais rien.

« C'est bien possible, dit Maximius, un peu trop
agressif, mais ça ne fait rien pour calmer ma migraine,
je vous en assure.

— Et nous vous sommes tous fort reconnaissants de
nous l'apprendre, Prêtre », dit l'Empereur d'une voix
douce.

Maximius s'empourpra sous sa barbe noire puis, en
voyant l'expression glaciale de Valérius, qui ne s'accordait pas à la douceur de son timbre, il pâlit. Avec les
manières décontractées et la nature ouverte qu'affichait

l'Empereur, songea Zakarios en sympathisant maintenant avec son conseiller, on oubliait parfois trop facilement comment Valérius avait porté son oncle au trône et comment il avait conservé celui-ci pour lui-même.

Le Patriarche intervint : « Je suis prêt à me dire satisfait. Nous ne trouvons ici aucune indication d'hérésie. Le dieu y est honoré, la gloire terrestre de la Cité s'y trouve placée de manière appropriée sous la protection de Jad. Si l'Empereur et ses conseillers sont satisfaits aussi, nous approuverons le projet au nom du clergé et en bénirons la réalisation et l'achèvement.

— Merci », dit Valérius, avec un bref hochement de tête poli. « Nous espérions de vous ces paroles. La vision de l'artisan est digne du Sanctuaire, à notre avis.

— Si elle peut être réalisée, dit Zakarios.

— Il y a toujours cette possibilité, dit Valérius. Bien des projets humains échouent au moment de leur réalisation. Prendrez-vous encore du vin ? »

Il était vraiment très tard. Plus tard encore lorsque les deux prêtres, l'architecte et l'historien se retirèrent, escortés hors de l'Enceinte par des Excubiteurs. Lorsqu'ils quittèrent la pièce, Zakarios vit Valérius adresser un signe à l'un de ses secrétaires. D'un pas titubant, l'homme se détacha des ombres du mur. L'Empereur avait commencé à lui dicter une lettre avant même que la porte ne se fût refermée sur les autres.

Zakarios devait se rappeler cette image, et la sensation qu'il eut, plus tard au cœur de cette même nuit, en s'éveillant d'un rêve.

Il rêvait rarement, mais dans ce rêve-là, il se tenait sous la coupole du Rhodien. La décoration en était achevée, complète, et, en levant les yeux pour la contempler dans la lumière ardente des chandeliers suspendus, des lampes à huile et des buissons de bougies, Zakarios l'appréhendait dans son ensemble, comme un tout. Et il saisissait alors ce qui se passait du côté ouest, où seul un coucher de soleil se trouvait à l'opposé du dieu.

Un coucher de soleil, alors que Jad se levait ? À l'opposé du dieu ? Il y avait bel et bien là une hérésie, pensa-t-il en se dressant brusquement dans son lit, bien réveillé mais désorienté. Il ne pouvait cependant se rappeler de quelle *sorte* d'hérésie il s'agissait et il retomba dans un sommeil agité. Au matin, il avait tout oublié, sauf cet instant où il s'était assis dans l'obscurité, alors que ce rêve de mosaïques illuminées par les bougies s'était écoulé de lui dans la nuit telle l'eau d'un ruisseau, telles les étoiles filantes de l'été, telle la caresse des êtres aimés morts et disparus.

◆

Tout revenait à une question de *vision*, avait toujours dit Martinien et, au cours des années, Crispin avait enseigné la même chose à tous leurs apprentis ; il y croyait avec passion. On voyait avec l'œil intérieur, on regardait avec une attention forcenée le monde extérieur et ce qu'il vous montrait, on choisissait avec soin parmi les tessères, les pierres et – si on vous en offrait – les gemmes semi-précieuses. On se tenait debout ou assis dans la salle palatiale, la chapelle, la chambre à coucher ou la salle de banquet où l'on devait travailler, et l'on observait ce qui s'y passait au cours d'une journée, tandis que la lumière s'y transformait ; et aussi la nuit, en allumant des bougies ou des lanternes, en les payant de sa poche s'il le fallait.

On s'approchait de la surface sur laquelle on devait travailler, on la touchait – comme il le faisait maintenant, perché au sommet d'un échafaudage situé à une hauteur vertigineuse au-dessus des dalles polies du Sanctuaire d'Artibasos, à Sarance. On faisait courir ses yeux et ses doigts sur la surface qu'on vous avait donnée. Aucun mur ne pouvait être absolument lisse, aucun dôme voir ses arcs approcher la perfection ; les enfants de Jad n'avaient pas été créés pour la perfection. Mais on pouvait *utiliser* les imperfections. On pouvait les compenser, et même les transformer en avantages… si on les connaissait, si on savait où elles se trouvaient.

Crispin avait l'intention de mémoriser la courbure de cette coupole, à la vue et au toucher, avant même de laisser poser la première couche de crépi. Il avait déjà gagné sa première dispute avec Artibasos, avec le soutien imprévu du chef de la guilde des briqueteurs. L'humidité était l'ennemi de la mosaïque ; on devait appliquer une couche protectrice de résine sur toutes les briques, dès qu'il en aurait fini avec son exploration. Puis l'équipe des charpentiers enfoncerait des milliers de clous à tête plate dans cette pellicule, entre les briques, en laissant légèrement ressortir les têtes pour aider à l'adhérence de la première couche de crépi – du sable grossier et de la brique pulvérisée. On le faisait presque toujours en Batiare, mais c'était virtuellement inconnu en Orient, et Crispin avait assuré avec véhémence que les clous amélioreraient considérablement la tenue du crépi, surtout sur les courbures de la coupole. Il leur ferait faire les murs aussi, même s'il ne l'avait pas encore dit à Artibasos ou aux charpentiers. Il avait encore quelques autres idées pour les murs ; il n'en avait pas non plus parlé.

Il y aurait trois couches de plastrage, ils en étaient tombés d'accord, chacune constituée de matériaux plus fins que la précédente. Et c'était sur la dernière qu'il accomplirait son œuvre, avec les artisans et les apprentis de son choix, selon les esquisses qu'il avait soumises et qui étaient maintenant approuvées par la cour et le clergé. Ce faisant, il essaierait de représenter le plus possible du monde qu'il connaissait et pouvait inclure dans une seule œuvre. Rien de moins.

Car en vérité, Martinien et lui-même avaient eu tort, pendant toutes ces années. Ou enfin, n'avaient pas entièrement eu raison.

Après avoir quitté sa contrée natale dans l'amertume, pour arriver dans un état d'esprit qu'il se sentait encore incapable de définir, c'était l'une des pénibles expériences acquises par Crispin pendant son voyage. La vision se trouvait réellement au cœur de cet art de la lumière et de la couleur – bien sûr – mais ce n'était pas tout. On devait regarder, mais il devait aussi y avoir un *désir*, un besoin, une vision intérieure pour appuyer la vision des yeux de chair. S'il devait jamais accomplir une œuvre qui approchât seulement l'inoubliable image de Jad dans cette petite chapelle au bord de la route, il devrait chercher en lui-même un sentiment aussi profond que l'émotion éprouvée par les pieux et fervents inconnus qui y avaient représenté le dieu – ou à tout le moins éprouver un sentiment voisin.

Il ne posséderait jamais leur certitude pure et droite mais, lui semblait-il, il ressentait peut-être, de façon miraculeuse, un sentiment équivalent. Il avait quitté les murailles d'une cité de l'Occident déclinant, porteur de trois âmes mortes en son cœur emmuré, avec autour du cou un oiseau pourvu d'âme. Il avait fait route jusqu'à de plus hautes murailles, ici, en Orient. D'une cité à la Cité, au travers de territoires sauvages et brumeux, après avoir pénétré dans une forêt terrifiante – qui pouvait seulement susciter l'épouvante –, pour en ressortir vivant. On lui avait accordé la vie, ou, plus exactement peut-être, l'âme de Linon abandonnée sur l'herbe ainsi qu'elle l'avait elle-même ordonné, avait acheté sa vie, celle de Vargos et celle de Kasia.

Il avait vu dans l'Ancienne Forêt une créature qui l'accompagnerait jusqu'à la fin de ses jours. Tout comme Ilandra était en lui à jamais, et leurs filles, cette douleur qui lui brisait le cœur. On se déplaçait dans le temps en abandonnant bien des choses en route, et pourtant elles demeuraient avec vous ; c'était la nature de la vie humaine. Après la mort d'Ilandra et des petites, il avait pensé éviter cette vérité, s'y dérober. Mais c'était impossible.

"Tu ne les honores pas en vivant comme si toi aussi tu étais mort", avait dit Martinien, déclenchant en lui une colère proche de la rage. Crispin éprouva une vague soudaine d'affection pour son ami lointain. En cet instant, loin au-dessus du chaos de Sarance, tant de choses lui semblaient dignes d'être honorées ou exaltées... ou méritaient au contraire d'être questionnées, car enfin, si des enfants mouraient de la peste, si des jeunes filles se faisaient mettre en pièces dans la forêt ou vendre pour du grain d'hiver, et en subissaient la souffrance, ce n'était vraiment ni nécessaire ni juste.

Si c'était là le monde du dieu – ou des dieux – alors un mortel, ce mortel-ci en tout cas, pouvait le reconnaître en honorant la puissance et l'infinie majesté qui l'habitaient, mais il ne dirait pas, non, que c'était juste, il ne s'inclinerait pas comme s'il n'était que poussière ou feuille sèche arrachée d'un arbre à l'automne, impuissante dans le vent.

Il pouvait bien, ils pouvaient tous, hommes et femmes, être aussi impuissants que cette feuille, mais il ne l'admettrait pas, et il accomplirait ici sur cette coupole une œuvre qui le dirait ou aspirerait à le dire – cela et bien davantage encore.

C'était pour cette raison qu'il avait fait ce voyage. Poussé par sa voile, et peut-être toujours en train de voguer, il intégrerait aux mosaïques de ce sanctuaire le voyage de la vie, ce qu'il recelait et ce qui le suivait, dans la mesure où le lui permettraient son art et son désir.

Il mettrait même Héladikos là-haut – même s'il pourrait bien en être châtié, par mutilation et aveuglement. Même si le fils du dieu n'était qu'une suggestion voilée d'un rayon de soleil couchant, une absence. En levant les yeux, si l'on était d'une certaine manière en résonance avec les images, on pourrait de soi-même placer le fils de Jad là où le dessin l'exigeait, dans sa chute à l'Occident déchu, une torche à la main. La torche y serait bel et bien, une pointe de lumière jaillissant vers le ciel des nuages bas du couchant, ou tombant du ciel vers la terre où résidaient les mortels.

Il mettrait Ilandra, et les petites, sa mère, les visages qui avaient illustré sa propre vie, car il y avait de la place pour ces images et elles appartenaient au dessin, au voyage, le sien et celui de tous les humains. Les êtres qui habitaient une existence humaine en étaient l'essence même. Ce qu'on trouvait, ce qu'on aimait, ce qu'on abandonnait, ce qui vous était arraché.

Son Jad serait le dieu oriental barbu de cette chapelle de Sauradie, mais le *zubir* païen se trouverait aussi sur la coupole, un animal dissimulé parmi les autres. Mais pas tout à fait: cet animal-là serait seul rendu en pierres noires et blanches, selon l'ancienne manière rhodienne des premières mosaïques. Et Crispin savait – si ceux qui avaient approuvé ses esquisses au fusain l'igno-raient –, comment cette image de l'aurochs sauradien se détacherait sur toutes les couleurs qu'il allait utiliser. Et Linon, avec des gemmes précieuses à la place des yeux, reposerait près de lui dans l'herbe – et qu'on se demande donc ce que cela signifiait! Qu'on appelle taureau le *zubir* si on le désirait, qu'on s'interroge sur cet oiseau dans l'herbe. L'émerveillement et le mystère faisaient partie de la foi, n'est-ce pas? C'était ce qu'il dirait, si on lui posait la question.

Il était seul, là-haut, sur son échafaudage, les yeux rivés aux briques, les parcourant des mains en aveugle – et conscient de l'ironie, comme toujours lorsqu'il le faisait – tout en indiquant par gestes aux apprentis quand déplacer l'échafaudage. La plate-forme se balançait quand on la bougeait, il devait s'agripper au rebord, mais il avait passé la majeure partie de sa vie d'artisan sur de tels échafaudages et ne craignait pas les hauteurs. C'était un refuge, en fait. Loin au-dessus du monde, au-dessus des vivants et des morts, des intrigues de cours, des hommes et des femmes, des nations, des tribus, des factions, et du cœur humain captif du temps et toujours avide d'obtenir plus que ce qui lui était accordé. Crispin désirait ne pas être attiré de nouveau par la déconcer-tante furie du monde; il voulait vivre à présent – comme Martinien l'en avait pressé – mais *loin* des conflits qui obscurcissaient le jugement, afin de concrétiser sur une coupole sa vision du monde. Tout le reste était éphémère, transitoire. Il était mosaïste, comme il n'avait cessé de le répéter à tous, et cette élévation, cette distance, étaient à la fois son refuge, sa source, son but. Avec de la chance et la bénédiction du dieu, il pourrait peut-être créer ici une œuvre durable, laisser un nom.

Ainsi pensait-il au moment où il jetait un coup d'œil vers le monde d'en bas pour vérifier si les apprentis avaient encore bloqué les roues de l'échafaudage. Et il vit une femme qui franchissait les battants d'argent pour pénétrer dans le Sanctuaire.

Elle s'avançait sur les dalles de marbre polies, gracieuse, même vue d'une telle hauteur. Puis elle s'arrêta sous la coupole et leva les yeux.

Elle le cherchait, lui, et, sans qu'un mot fût prononcé, sans qu'un geste intervînt, Crispin sentit ce qui l'aspirait de nouveau vers le monde, une attirance sauvagement physique, impérieuse, qui rendait vaine toute illusion d'ascétisme distant. Il n'était pas fait pour vivre une existence de saint homme dans un lieu inaccessible ; mieux valait l'admettre tout de suite. La perfection échappait toujours aux humains, il venait justement de le penser ; les imperfections, quant à elles, pouvaient être transformées en avantages. Peut-être.

Debout sur l'échafaudage, il resta encore un moment les mains posées sur les briques froides de la coupole, en fermant les yeux. Un grand calme régnait, si haut dans cette sereine solitude. Il y était un monde à lui seul, une création en voie d'accomplissement. Cela aurait dû suffire. Pourquoi donc n'était-ce pas suffisant ? Il laissa retomber ses mains à ses côtés. Puis il haussa les épaules – un geste bien connu de sa mère, de ses amis, de son épouse défunte – et il fit signe à ceux qui se trouvaient en dessous de bien tenir la plate-forme, pour lui permettre d'amorcer la longue descente.

Il se trouvait plongé dans le monde, ni au-dessus ni à distance à l'abri de ses murs. S'il avait fait voile vers où que ce fût, c'était vers cette vérité. Il accomplirait son travail ou y échouerait en tant qu'homme vivant dans son temps, parmi ses amis, ses ennemis, peut-être ses amours ; et peut-être avec l'amour, à Varèna sous la domination des Antæ ou ici à Sarance, Cité des Cités, œil du monde, sous le règne du grand et glorieux Valérius II, Empereur trois fois honoré, régent de Jad sur terre – et sous le règne de l'impératrice Alixana.

Ce fut une lente descente, qui dura longtemps, mains et pieds en alternance, répétition de gestes familiers. Par précaution habituelle, il avait fait le vide dans son esprit : on risquait la mort quand on était distrait, ici, et ce dôme était le plus haut qu'il eût jamais vu. Tout en se mouvant ainsi, il éprouvait pourtant la force qui le tirait vers le bas : le monde, qui l'appelait de nouveau à lui.

Il atteignit le socle de bois de la plate-forme mobile dont les roues reposaient sur le plancher de marbre. Un dernier mouvement de balancier l'amena sur la base, encore à une certaine distance du sol. Puis il hocha la tête à l'adresse de celle qui se tenait là, qui n'avait ni parlé ni bougé mais qui était venue le réclamer au nom de toutes les femmes. Il se demanda si, d'une manière ou d'une autre, elle avait su qu'elle le faisait. Peut-être. Cela irait de pair avec ce qu'il connaissait déjà d'elle.

Il reprit son souffle et descendit de l'échafaudage.

La femme sourit.

Guy Gavriel Kay...

... est né en Saskatchewan en 1954. Après avoir
étudié la philosophie au Manitoba, il a collaboré à
l'édition de l'ouvrage posthume de J.R.R. Tolkien,
le Silmarillon, puis terminé son droit à Toronto,
ville où il réside toujours. Scénariste de *The Scales
of Justice*, une série produite par le réseau anglais
de Radio-Canada, il publiait au milieu des années
quatre-vingts *la Tapisserie de Fionavar*, une trilogie
qui devait le hisser au niveau des plus grands. Ont
suivi *Tigane*, *Une chanson pour Arbonne* et *les Lions
d'Al-Rassan*, trois romans de fantasy historique
dont la toile de fond s'inspirait respectivement de
l'Italie, de la France et de l'Espagne médiévale, puis
La Mosaïque sarantine et *Le Dernier Rayon du
soleil*. Traduit en plus de vingt langues, Guy Gavriel
Kay a vendu des millions d'exemplaires de ses
livres au Canada et à l'étranger, ce qui en fait l'un
des auteurs canadiens les plus lus de sa génération.

EXTRAIT DU CATALOGUE

ALIRE

Collection «Romans» / Collection «Nouvelles»

Collection «Essais»

VOUS VOULEZ LIRE DES EXTRAITS
DE TOUS LES LIVRES PUBLIÉS AUX ÉDITIONS ALIRE ?
VENEZ VISITER NOTRE DEMEURE VIRTUELLE !

www.alire.com

VOILE VERS SARANCE
est le soixante-troisième titre publié
par Les Éditions Alire inc.

Ce deuxième tirage
a été achevé d'imprimer
en mars 2006 sur les presses de